Secretos y cenizas

Una historia de amor ante el peligro
de la guerra que pudo cambiar
el destino de América.

MERCEDES
SANTOS

Amor
verdadero

Amor
verdadero

Santos Esteras, Mercedes
Secretos y cenizas. - 1a ed. - Buenos Aires :
Cute Ediciones, 2012.
585 p. ; 14x22 cm.

ISBN 978-987-1903-10-8

1. Narrativa Española. 2. Novela Romántica. I. Título
CDD E863

Fecha de catalogación: 23/10/2012

IMPRESO EN LA ARGENTINA

Queda hecho el depósito que marca la ley 11.723

Agüero 1481, Ciudad Autónoma de Buenos Aires, República Argentina.
Tel.: (5411) 4824-5694. Email: info@cuteediciones.com.ar

Esta primera edición de 3.000 ejemplares se terminó de imprimir en noviembre de 2012 en Arcángel Maggio - División Libros, Lafayette 1695, Ciudad de Buenos Aires, República Argentina.

Diseño de portada e interior: editopia.com.ar
Fotografía: Eduardo Aguirre
Retoque digital: Walter Balcedo
Modelo: Agustina Ruiz
Corrección: Inés Romero

www.cuteediciones.com.ar

Dedicada a mi familia. A mis hijos Jorge y Javier, mi marido Joaquín, mis padres y mis hermanos, por su ayuda y apoyo durante todo este tiempo.

I

PARTE

Capítulo I

Badajoz. España. Abril de 1738

Se echó el grueso chal por encima tapándose el cabello cobrizo; se colocó la falda y comprobó que no se dejaba nada. En su mano enguantada llevaba un sobre que apretaba inconscientemente. ¿Podían unas simples líneas cambiar su vida? Definitivamente, sí. Miró por el ventanuco de su celda y aspiró la fragancia del huerto. Era muy temprano, apenas si había comenzado a salir el sol y aún relucían las gotas de rocío, pero la hora intempestiva no impedía que hubiese ya movimiento por los pasillos del convento de Santa Catalina, perteneciente a las Madres Agustinas.

– *¡Ummmm!* -se removió adormilada aún su compañera. –¿Te vas? ¿Tan pronto?- le preguntó.

– Sí, Lucía; tengo que hacer algo; sigue durmiendo. Nos vemos esta tarde.

Cerró con sigilo y salió por el portón principal; Carina recorrió a paso ligero las calles polvorientas con las primeras luces del día.

Tenía prisa por ver a doña Constanza de Ulloa y Solano, su tía y tutora. Hermana de su padre, era en realidad su única familia. Habían vivido siempre juntas hasta que hacía cinco años, cuando la mujer enfermó. Don Agapito, el matasanos de los De Ulloa, aconsejó entonces que la niña pasase una temporada en el convento hasta que la dama se recuperase de su dolencia pulmonar. Desde entonces, y a pesar de que la mujer había recobrado pronto la salud, la niña continuó en Santa Catalina. El recinto religioso acogía, como en su caso, a jóvenes de buena familia en régimen interno aunque no fuesen a tomar los hábitos.

La abadesa del convento insistió en ello; era bueno para la muchacha convivir con jóvenes de su edad, aprender una instrucción básica y permitir cierta libertad a su tía. Doña Constanza aceptó, aunque no sin pena; viuda sin hijos, se había hecho cargo de Carina tras la muerte de su madre, cuando la pequeña tenía siete años, y le había dedicado su vida. El padre, don Joaquín de Ulloa y Solano, marino de la Real Armada de S.M. apenas paraba por casa. Obligado por su oficio, había traspasado la tutela a su hermana para que se hiciese cargo de la menor cuando él estuviera ausente. Hacía diez años que no lo veían.

Un remolino de aire levantó su falda. La ciudad despertaba. Labriegos con sus aperos y mulos partían a las dehesas próximas. Se acercaba a la plaza de San Juan, centro de la ciudad de Badajoz, cuando vio bajar a las hermanas del vecino convento de Los Remedios camino de su oración diaria.

–¡Unas moneditas...! -le reclamó una gitanilla que le ofrecía un ramito de romero.

En la escalinata de la catedral charlaba el deán con varios sacerdotes mientras los primeros mendigos estiraban sus raídas mantas sobre el suelo, donde pasarían el día pidiendo limosna y haraganeando. Unos perros famélicos cruzaron el jardincillo lateral mientras las mujeres más madrugadoras comenzaban a llenar sus cántaros en las fuentes. Desde allí se apreciaba con nitidez el rumor del río Guadiana, que esa primavera lluviosa bajaba rebosante y rápido; las puertas de la muralla y de la alcazaba estaban ya abiertas.

–¡Dios la guarde señorita De Ulloa!- la saludó en ese instante una vieja matrona amiga de su tía; con una mantilla oscura, la mujer cubría su cabeza canosa camino de la misa diaria de las ocho.

Ya cerca de la muralla se dirigió al caserón de la calle Santa Lucía. Un grupo de oficiales cuchicheó por lo bajo al verla pasar. Alguno la conocía de lejos. Carina no se dio cuenta. Los militares eran muy abundantes allí; tanto, que en número casi igualaban a la población civil.

Badajoz era una plaza fuerte, una ciudad militar en la frontera portuguesa protegida por murallas, baluartes y regimientos de infantería y caballería. Fosos profundos la rodeaban; torres de vigilancia, baluartes y baterías armadas le daban un aspecto austero y duro. Desde tiempo inmemorial había tenido un propósito defensivo: primero como ciudad árabe en la *Marca Media*, la franja de terreno que separaba los dominios cristianos del norte de los musulmanes de al-Ándalus en el sur. Después, conquistada definitivamente por las huestes castellanas, se convirtió en frontera de los reinos de España y Portugal. El famoso castillo de la Muela dominaba la villa. Junto al Alcalde, máxima autoridad civil, un General nombrado por el Rey se ocupaba de la seguridad de tan importante enclave estratégico.

La vida de muchos de aquellos militares se mezclaba con la de los ciudadanos. Algunas familias vecinas llevaban generaciones sirviendo en el ejército. De hecho, los jóvenes pacenses tenían poco futuro fuera de él. Los hijos de hidalgos empobrecidos tenían difícil servir en la Corte o acceder a puestos relevantes en la Administración y el clero, pero el Ejército les ofrecía la posibilidad de un buen futuro; el padre de Carina era buen ejemplo de ello. Joven impulsivo, buen jinete, con una formación media, había pasado por el seminario de Otón para formarse con el fin de entrar en algún cuerpo de caballería. Su profesor, un jesuita que llevaba años destinado en la plaza, cambió su destino; conocedor de su talento para los números, su memoria para las leyes y su carácter aventurero, le animó a entrar en la Armada, un cuerpo de difícil acceso pero con más privilegios. Así fue como don Joaquín de Ulloa, con el beneplácito de su familia y la bendición de la Iglesia, se encontró estudiando como cadete en Cádiz siendo un chaval.

–*¡Toc toc!*- Carina golpeó sofocada y con fuerza el robusto portón de madera de su casa familiar.

Instantes después la vieja Reme abrió la puerta. La sirvienta llevaba años con su tía.

–Reme, ¿se ha despertado mi tía?

–No, señorita, pero no tardará en hacerlo. Puede esperarla tomándose un tazón de leche en la cocina. Acabo de encender.

–Gracias Reme pero esperaré a que se levante. Subiré a mi cuarto. Tengo algo que hacer.

La sirvienta no dijo ni mu y arremangándose la vieja camisa de franela marrón, se dirigió a los fogones y removió con un palo las ascuas. Un rico olor a tocino y huevos empezaba a invadir la planta baja. El resto del servicio iniciaba sus tareas: hacer la colada, cepillar las mulas en las cuadras, preparar los carros con paja. Doña Constanza había logrado mantener en buen estado el caserón con el dinero de la herencia de su esposo; no había sido fácil. Aquellas viejas mansiones presumían mucho de escudos pero eran frías, llenas de corrientes de aire; las cubiertas se caían a pedazos y nunca había dinero suficiente para afrontar tantas obras como era menester; mucho menos después de haber sufrido en los últimos años una terrible plaga de langosta que había diezmado las cosechas.

Sentada en su cama, en el centro de una austera alcoba extremeña con el suelo de losas de barro cocido y esteras finas, Carina miró al aparador que contenía sus objetos más personales: un cepillo de pelo de nutria con mango de plata, recuerdo de su madre; un frasco de perfume con esencia de enebro; una bandejita de plata con zarcillos, pulverizadores, un abrecartas dorado, un jarrón de vidrio con flores y un tintero junto a una pluma medio seca.

Emocionada, volvió a sacar la carta de su padre, que había leído la noche anterior. Le temblaron las manos al hacerlo. Había sido una conmoción saber lo que decía. Sentía una mezcla de emoción, nervios y miedo; estaba ansiosa por conocer la reacción de su tía cuando conociera el contenido. Del sobre también rodó un pequeño medallón con un retrato dentro. Lo observó fijamente: era la cara de un desconocido; *Antonio Sanz del Álamo* leyó en el reverso; un nombre que hasta ahora no significaba nada pero que podría ser muy importante en su futuro.

Miraba embobada la imagen del hombre; su aspecto algo pálido; sus labios prietos y rojos; su cabello oscuro; su mirada intensa... Cuando la puerta se abrió de golpe y sin llamar entró, en bata y con los ojos enrojecidos, su tía. Doña Constanza reprimió un bostezo tapándose la boca con la mano y se dirigió a su sobrina. Besó superficialmente su mejilla y le preguntó por su temprana visita. Muchos fines de semana los pasaba allí, pero nunca aparecía hasta bien entrado el mediodía; jamás a horas tan intempestivas.

–¡Loado sea el Señor!... ¿Te has caído de la cama?- le preguntó.

–Tenía algo que contarle. Bueno, léalo usted misma -dijo entregándole la carta pero guardándose el retrato del desconocido; manteniendo bien cerrado el puño.

La tía tomó el papel y lo desplegó. Olía a alquitrán, a mar salada, a cera... el sobrecito llevaría meses viajando en correos y barcos por medio mundo. Con un gesto de asco, tomó sus antiparras y se sentó a leer en la dura silla de madera del cuarto de la joven, junto a la ventana, para ver mejor.

"Querida hija:

Hace más de seis meses que no sé nada de ustedes. No han enviado más carta que la que recibí el otoño pasado. Me alegra saber que siguen bien aunque lamento la pérdida de la cosecha en El Palomar. Me entristeció la muerte de nuestro querido párroco don Mateo. Veo también que las remesas de dinero que les envío llegan sin problemas; me alegra saberlo después de los últimos robos habidos en barcos correo; espero poder verlas lo antes posible..."

Doña Constanza levantó la cabeza con un gesto de interrogación en la mirada. Hasta ahí nada nuevo. Las mismas palabras de siempre; los mismos cumplidos y poco más. ¿A qué venía entonces ese nerviosismo? Carina, entendiendo las dudas de su tía, la animó a proseguir.

"El tiempo por aquí sigue siendo tan infernal como siempre. Se espera esta tarde una buena tormenta y ya suenan los truenos. Dicho esto, te escribo querida hija para preguntarte algo que me lleva tiempo rondando la cabeza: ¿querrías venirte a vivir conmigo?

Sé que hasta ahora has sido feliz en España, pero créeme si te digo que aquí también disfrutarás. Siempre he creído que me reencontraría contigo en Badajoz, pero pasan los años y no veo el momento de abandonar aquí mis obligaciones con mi señor el Virrey, ni mis amistades. Los negocios emprendidos en estas tierras marchan bien, ¿por qué abandonarlos a su suerte? Últimamente he comprado unos terrenos en el interior, una plantación de cacao que genera grandes e importantes beneficios. A ello le sumo mi sueldo en la Administración de la Capitánía General de Cartagena y los buenos amigos hechos en estos años.

Aquí no serás una señorita de provincias, aquí se vive mucho mejor que en Badajoz; la sociedad criolla es más rica, divertida y, para alguien joven como tú, la vida en las colonias será una bendición, créeme. Además, sé por tus cartas, que no se ha concertado ninguna boda ni hay pretendiente a la vista. Mejor. A lo máximo que puedes aspirar allí es a casarte con algún oficial borracho y pendenciero de alguno de los regimientos de la ciudad o a enamorarte de algún hidalgo tan pobre como una rata que mendigue un puesto en la Administración para mantenerte en el futuro.

Si vienes, no te arrepentirás. En Cartagena vive lo mejorcito de América: marqueses, condes, barones, señores con título, grandes hacendados, cualquiera podría ser un buen partido para ti. Si eres la mitad de hermosa que tu madre, lo conseguirás. Podrás vivir desahogada, en una sociedad distinguida, aprovechándote de los muchos conocidos que he hecho para ti en este tiempo dedicado a trabajar tan duramente..."

Llegado a ese punto doña Constanza no pudo reprimir una sonrisa sardónica. Dudaba mucho que su hermano se hubiese roto el espinazo trabajando de sol a sol, aunque no de los amigos beneficiosos que hubiese podido hacer en esos años: siempre había tenido don de gentes. Volvió a centrarse en la carta, sorprendida de que el tarambana de su hermano por fin reparase en que tenía una hija casadera de la que ocuparse. En esos años se había interesado más bien poco -al menos así lo creían íntimamente las dos mujeres- por el futuro de Carina. Ahora, inesperadamente, se presentaba como su abnegado padre, que vivía desde hacía años sacrificado para conseguir introducirla en la mejor sociedad colonial y darle una buena dote.

"*Como padre tuyo reconozco haber estado algo ausente de tu educación y preparación -decía en la siguiente línea, como si hubiese podido leerle el pensamiento- y por ello, ahora que has llegado a la edad adecuada, te informo de algunas gestiones hechas por mi parte, sin querer forzarte a nada. Te envío un medallón con el retrato de mi joven ayudante, Antonio Sanz, un muchacho cabal de familia noble aunque algo empobrecida en la última generación: su padre se jugó a la ruleta media fortuna. Está en buena posición para ofrecerte su mano. Si viajas hasta aquí, podrías casarte con él pronto; ser la señora del barón de Sierpes y unir su título con la buena fortuna amasada por mí y que lógicamente te dejaré como herencia. No te animaría a casarte con ningún desconocido, pero Antonio es un buen partido. Te envío un pequeño medallón con un retrato muy actual para que te hagas una idea de su aspecto físico. Como observarás no te propongo una boda con un viejo o desagradable muchacho, sino con un joven ambicioso y prometedor. Comprendo que el viaje puede asustarte, ¡se habla tanto de naufragios, tormentas y piratas! Pero si eres valiente, una auténtica De Ulloa, no desaprovecharás esta oportunidad.*

Escríbeme con lo que opinas de la proposición de tu viejo y amantísimo páter. *Si tu tía te desanima, no la escuches. Es más, anímala a viajar contigo. Ella siempre fue como yo...*"

–¡Ja! dijo por lo bajo la dama encontrando chistosa la comparación; mirando a Carina que a su vez la observaba atentamente. Colocándose malhumorada las antiparras, continuó la lectura.

"*–...y como creo que también serás tú, una aventurera. Recuerda que la sangre de los conquistadores corre por nuestras venas. Tu tía, aunque lo niegue, es igual; estará aburrida de llevar la misma vida durante años; sin salir de esa polvorienta y tórrida ciudad donde nunca pasa nada. Siempre fue una mujer de carácter, decidida, e imagino lo terrible que habrá sido para ella soportar tantos años de viudedad entre las limitaciones de esa sociedad chismosa; tener que cuidar a una mocosa que no era hija suya o mantener la casona destartalada que tu tío le dejó. Tal vez algo de aventura le recuerde la joven que un día fue y quiera seguirte. Si es así, si deciden venir las dos, habría que hacer muchas gestiones: vender la finca de la tía, vender su casa y la nuestra, algunas propiedades pequeñas pero que aún conservo allí, no sé. Escríbanme.*

Tal vez esta propuesta sea sólo un calentón mental debido a la humedad y el viento torrencial que ahora mismo sacude Cartagena de Indias. A lo mejor tampoco eres la mujer que imagino sino una muchacha acomodaticia sin más objetivo en la vida que echar el lazo a algún modesto y guapo cadete. Pero si no es así, si alguna vez has soñado con una vida diferente, debes venir. Te prometo que nunca habrás visto una ciudad más hermosa que ésta y ninguna podrá ofrecerte lo que ella. Ven y no lo lamentarás.

Esperando tu contestación impacientemente se despide con cariño, tu padre.

Don Joaquín de Ulloa y Solano

En Cartagena de Indias a 20 de enero de 1738."

Quitándose las antiparras y dejándolas sobre el aparador. Miró distraída por la ventana: el sol iluminaba la calle y los árboles se veían verdes y esplendorosos. Abrió la hoja de cristal y respiró profundamente la fragancia de sus macetas. Con cara inescrutable miró a Carina, quien no le quitaba ojo. La dama se retiró un mechón del pelo y extendió la mano en dirección a la muchacha; Carina comprendió lo que quería: el medallón. Se lo entregó. Doña Constanza lo miró con interés un momento.

–No me gusta -dijo finalmente- ¡Guapo, pero frío! Parece una comadreja.

Carina le quitó de un tirón el medallón y lo guardó en su faltriquera con un mohín.

–¡Una comadreja! Pero, ¿qué dice? ¡Mírelo bien! -contestó Carina- Reconozca que es muy guapo. Joven; de rasgos finos y aristocráticos; ropa elegante. Y no será mala persona, si no padre jamás se hubiera atrevido a recomendármelo como futuro esposo.

–*¡Ummmm!* -carraspeó la mujer mayor- No estaría yo tan segura. -contestó airada al recordar con pesar el carácter truhán de su propio hermano. Tomó con la mano una hermosa petunia y la cortó –El motivo por el que tu padre propone ahora semejante locura no sé cual es; no me fío. Si ese joven es tan noble, tan buen partido, tan encantador, habrá más de una cartagenera interesada en él; y si no es así ¡malo! Eso es que hay gato encerrado.

Doña Constanza era una mujer bastante franca. No le gustaba alardear de modales finos y, aunque su origen familiar procediese de una hidalguía que se remontaba a los primeros tiempos de la Reconquista -guardaba en un viejo cofre el documento de la Chancillería de Granada de 1560 que así lo atestiguaba-, no había tenido empacho en romper moldes y armar un pequeño escándalo en su tiempo al casarse con un comerciante más rico que su familia pero socialmente inferior. Nunca le importó que algunas familias le retirasen el saludo o que su hermano se escandalizara. Peor le había parecido a ella que el muy *digno heredero de la familia*, su hermano Joaquín, se hubiera casado con una *señoritinga* gaditana. Había aportado la dama poca dote y muchos aires... aunque nadie le pudo negar nunca su extraordinaria belleza. Era una mujer de cabellos largos y cobrizos, tez de porcelana blanca y ojos negros. Esa belleza la había heredado Carina, pero con un toque menos delicado; Carina era más vital, más fuerte, menos lánguida, algo de lo que doña Constanza se alegraba.

–¡No sea tan suspicaz, tía!, parece una buena oportunidad. Además, qué voy a hacer aquí. No hay nadie que me pretenda -y se puso colorada al decirlo.

–¡Vayaaa, parece que se te ha olvidado pronto lo del joven Ramón!... ¡Me alegro!

Carina se dio media vuelta y bajó a desayunar al salón. Su tía la siguió en silencio, preocupada por la petición de su hermano; asustada de que el futuro la separase de su amada muchacha.

Tras pasar la mañana atendiendo a unas visitas, las mujeres descansaron un rato la siesta y ya tarde se prepararon para acercarse a la ermita del Castillo, extramuros de la ciudad, donde se celebraría una pequeña romería en recuerdo a los patronos de Badajoz, Marcos y Marceliano.

El pequeño carruaje corrió paralelo a la muralla, dejó a su derecha la torre del Canto y enfiló hacia el puente de las Palmas con la intención de salir del recinto urbano. Atravesaron la puerta de Mérida, que ese día cerraría más tarde para dar tiempo a los vecinos a regresar de la romería, y recorrieron la hermosa alameda de Los Fresnos. El traqueteo sobre el firme de cantos rodados adormeció a Carina, que llevaba todo el día muy alterada. Desde la mañana no había cruzado palabra con su tía, y aquello la había puesto de muy mal humor. Hacia atrás en el asiento, con la vista perdida en las hermosas dehesas y encinares, divisó la huerta de Mérida, los olivares y algunas alquerías donde los puercos dormían por la noche tras pasar el día andorreando por los floridos campos. No había mejor carne de cerdo, mejores jamones que los de Extremadura. De ello gustaban presumir sus vecinos.

–¿Irá Lucía? -le preguntó su tía por su mejor amiga y compañera de cuarto en el convento-. Necesito hablar con su madre, doña Juana, de un encargo que me hizo el otro día. -comentó sin más.

Carina afirmó con la cabeza. Lucía le había asegurado la noche anterior que se verían en la romería, que estaría allí con toda su familia. Bueno, con toda, toda, no. No estaría Ramón, su hermano mayor, el joven más guapo de Badajoz. Un mozo rubio de cabellos rizados que más parecía un ángel que un hombre y que había hecho fantasear a todas las compañeras de su hermana. Carina no había sido una excepción. Al contrario: su proximidad a Lucía; la de su tía con doña Juana y la estrecha relación entre ambas familias, habían animado a la joven a fantasear con la idea de que un día aquel adonis sería su futuro esposo. Él siempre se había mostrado atento y cariñoso con ella, una mocosa aún, y ella se lo había agradecido con la devoción más absoluta y un juramento de amor eterno. La eternidad de su amor duró hasta que supo, por Lucía, que el muchacho, Guardia de Corps en Madrid, se había prometido en matrimonio a una heredera de la capital. De eso hacía ya un año y, aunque la boda aún no se había celebrado, Carina lo había sentido como una traición y no había vuelto a hablar de ese asunto; como si nunca hubiese existido ese interés; como si jamás se hubiese enamorado... pero su tía, que la conocía bien, sabía cuán doloroso había sido para ella.

-¡Dios los guarde! -saludó doña Constanza a unos conocidos.

La polvareda le provocó un acceso de tos que mitigó con un poco de agua. Carina guardó silencio, ni se inmutó. Doña Constanza observó inquieta el comportamiento de la joven. Sabía lo terca que podía ser, lo tenaz cuando se le metía algo entre ceja y ceja; maldijo por lo bajo a su hermano por meterle ideas locas en la sesera. ¿Para qué querría que viajaran a América? ¿Por qué someterlas al peligro que suponía un viaje tan arriesgado como ese? ¿Por qué no regresaba él al hogar y buscaba un marido en condiciones para su hija? ¿A qué tenía que haber mandado aquel maldito medallón con la cara del guapo joven pintada? Todo ello había ilusionado a Carina; en el fondo, pensó, seguía siendo una niña muy impresionable.

Desde el compromiso matrimonial de Ramón había estado decaída, apática... Ya no era una niña que esperara deseosa a los lunes para jugar con las amigas. Muchas de ellas habían abandonado el convento y se habían comprometido; otras incluso ya eran madres. Carina habría soñado lo mismo con Ramón: un noviazgo tranquilo, un anillo de pedida... Pero roto el encantamiento, deseaba estar lo más lejos posible de allí, lejos de todo lo que le recordara a él, y la propuesta de su padre era una solución.

Por otra parte no podía negar que era una *auténtica De Ulloa.* De su madre habría heredado su frondosa mata de pelo rojizo o su estilizada figura, pero ni un ápice de su pereza o su debilidad. Al contrario; siempre había tenido el carácter aventurero y temerario de su padre. Doña Constanza la entendía; comprendía su desilusión y sabía que no había nada más duro que un primer desengaño amoroso; había intentado ayudarla, a su manera: la había animado, había hecho bromas recomendándola a un muchacho más atrevido que el soso y ceremonial Ramón. Dios, ¡qué complicado era todo! ¿Era tan difícil que se cumplieran los sueños? ¡Si lo sabría Constanza! Hubo un tiempo en que también fue joven y decidida, pero su vida había quedado reducida al estrecho límite de aquella ciudad provinciana; alejada de la corte, de la vida mundana con la que soñó en su juventud. ¿Quería esa misma vida aburrida para Carina? ¿Podía negarle la oportunidad de una vida mejor como la que le prometía ahora su padre? ¿Tenía derecho a ello? Y así las cosas, ¿la dejaría viajar sola? ¿Resistiría ella una vida en soledad, sin nadie que la cuidara en la ancianidad, entre las cuatro paredes de su casa? La respuesta resultó bastante evidente. No.

Si Carina decidía marcharse, la seguiría.

Capítulo II

Cartagena de Indias. Virreinato de Nueva Granada. Mayo de 1738

El cielo, plomizo y denso, anunciaba una inminente tormenta. El señor De Ulloa miró a lo lejos y supo con toda certeza que caería un buen aguacero. Había un enorme revuelo de gentes, cacharros y animales en el mercado popular del puerto, el que estaba frente al muelle viejo y la bahía de las Ánimas. Descorrió la cortinilla, se bajó de la silla de mano y pasó entre los puestos que los esclavos recogían a toda prisa; gallinazos negros picoteaban restos de comida por el suelo; los perros ladraban y las gaviotas chillaban histéricas sobrevolando las embarcaciones ancladas en el muelle.

Don Joaquín, un blanco de unos cincuenta años de buen ver y llamativa peluca empolvada, entró en una taberna seguido por un esclavo; pidió en la barra una botella de ron y esperó en un rincón. Instantes después otro hombre se le acercó. El recién llegado vestía de forma más austera; en realidad era uno de los letrados a su servicio. Severino Cuesta trabajaba desde hacía años para él; llevaba las cuentas de sus negocios; ambos se trataron con familiaridad a pesar de las diferencias sociales y económicas.

Durante un buen rato charlaron en el interior oscuro y lleno de humo; se echaron unas risas y unos chascarrillos; aspiraron rapé de sus pastilleros y dieron buena cuenta de la botella. Además de repasar las últimas gestiones realizadas para su patrón el letrado tuvo tiempo de comentar el último escándalo de la semana: el duelo temerario entre un joven dandi de la sociedad criolla, Diego de Veranz, y un desconocido. A De Ulloa le encantaban los chismes y no tenía escrúpulos en utilizarlos en beneficio propio si era el caso. De Veranz era el hijo y heredero del barón De Veranz, un prominente hombre del reino. El hijo, por contra, era un calavera mujeriego y juerguista al que su padre había intentado reformar enviándolo al ejército; desde hacía más de un año servía a las órdenes de Blas de Lezo, Comandante General de Nueva Granada. Sobre la víctima se rumoreaba que era un diplomático francés.

–La riña fue en un burdel y al parecer todo por los servicios de una fulana -contaba Cuesta.

–No puedo creer que el Corregidor se haya atrevido a detener a De Veranz. Su padre se pondrá furioso, moverá Roma con Santiago. Verá, querido Cuesta, cómo termina todo en agua de borrajas. Demasiado importante el niñato ese para que la justicia caiga sobre él. ¡Si hubiera sido otro!

–No crea don Joaquín, el Corregidor se ha puesto farruco e insiste en hacerle pagar semejante atropello. Pide un castigo ejemplar.

–¡*Yaaaa*! Curioso, ¿eh?, ¿pidiendo dureza para su futuro yerno? - dijo en alusión al joven dandi, prometido de la hija del Corregidor desde hacía años. ¿Es que ha roto el compromiso con la muchacha? -preguntó curioso a su interlocutor.

–Que se sepa no, y tampoco han roto relaciones las familias. Desde luego suena raro.

–¿Estaba solo el joven o iba con alguien? ¿Qué era aquello? ¿Una orgía?

–Estaban de parranda; eran varios y según se cuenta, tanto el duelista como los testigos intentaron escapar pero los alguaciles acudieron pronto; un chivatazo. Los detuvieron a todos y los papaítos tuvieron que acudir raudos a pagar las multas para sacar a sus cachorros de la cárcel.

–Es lo que tiene pertenecer a su clase -dijo un poco envidioso De Ulloa-, ahí espero llegar yo pronto. Ya ve querido Cuesta, para algunos todo el monte es orégano: los padres pagan las multas, los hijos vuelven a campar a sus anchas y no sé si la embajada francesa dirá algo. Diga lo que diga, se tapará.

–No crea, no es tan fácil -contestó Cuesta-. Los chismes que rodean a De Veranz lo perjudican. A los demás los han soltado ya pero a él no. Su padre está enfadadísimo y ha acudido a Lezo y al Virrey, pero de momento sigue detenido. Ser tan popular lo perjudica- dijo refiriéndose al muchacho.

De Veranz era demasiado conocido; todo lo que tuviera que ver con su vida era motivo permanente de chismes y cotilleos ya fuera en salones aristocráticos o en tabernas del puerto. Sus aventuras amorosas, su suerte a las cartas y sus duelos eran sonados y le habían creado una legión de enemigos; muchos estaban ansiosos de verlo morder el polvo.

El señor De Ulloa abrió el correo recibido de España que le entregó su letrado pero no estaba la carta que esperaba desde Badajoz con la contestación de su hija a su propuesta de irse a vivir con él a Cartagena. Sentía que había hecho lo correcto y esperaba convencerla. Se marchaban del garito cuando un carruaje pasó rápido, delante de sus narices.

–¿Era Antonio? -preguntó con cara de interrogación don Joaquín a su acompañante.

–Me ha parecido él desde luego -respondió el otro de reojo a su jefe.

Antonio era el joven ayudante de De Ulloa; pertenecía a una buena familia, de las de raigambre y pasado glorioso pero presente sin plata. A diferencia de su padre, que era un jugador manirroto, él trabajaba duro para recomponer la fortuna familiar. Don Joaquín lo ayudaría a recuperar la gloria de su apellido si se casaba con su hija. Sería una boda de conveniencia. El joven aportaría un título nobiliario y a cambio recibiría una pequeña fortuna. El chico era listo y trabajador; llegaría lejos. Aunque también era excesivamente ambicioso y los escrúpulos no eran su fuerte.

–¡Mejor! -se dijo don Joaquín- ¿Quién diablos podría llegar lejos siendo escrupuloso? Mejor así: tenía grandes planes para él y para ella. Esperaba que su hija aceptara su propuesta. Podría hacerla ascender socialmente mucho; más de lo que él lograría nunca por sus propios medios. Desde luego los Sanz no eran los De Veranz, pero servirían; serían el primer peldaño a subir. Si Carina era tan hermosa como su madre no le costaría conseguirlo. Empezaría siendo la mujer de un aristócrata de medio pelo como Antonio y el tiempo diría. Si tenía el empuje y la ambición necesaria podría llegar a codearse con lo más alto de la élite criolla... con los De Veranz, los Eslava, los Mendoza, los Arjona...

La vieja Tomasa, la esclava negra que cuidaba su casa desde que llegara hacía diez años a Cartagena, aborrecía al joven Sanz. Con lo supersticiosa que era, cruzaba los dedos, imitando una rústica cruz, cada vez que se lo cruzaba. Sus advertencias al amo habían servido de poco; don Joaquín jamás las había tenido en consideración. No permitiría que las manías de una vieja esclava negra echaran por tierra sus planes.

Ya en casa entró al frondoso patio interior de su vivienda; dejó el bastón y la casaca al lacayo y subió a sus habitaciones particulares. Una fuerte ráfaga de viento le voló la peluca dejando al descubierto su pelo corto y canoso. Extendiendo una mano al aire notó cómo las primeras gotas del diluvio que se avecinaba comenzaban a caer. La mesa estaba puesta y la sopera humeante pero De Ulloa no tenía apetito. La ansiedad lo carcomía. Deseaba que su hija accediese a sus deseos y viajara a las colonias pero era poca la ascendencia que tenía sobre ella. ¡Habían estado tantos años separados, la conocía tan poco… corría tan deprisa el tiempo!

El sonido de la lluvia estrellándose en el cristal de su ventana lo hizo suspirar. También había llovido ¡y cómo! el día que regresó a Badajoz nacida ya su hija. Esta era un rollizo bebé de cabellos rojizos y aspecto saludable. Don Joaquín sonrió desganado. Hacía más de diez años que no veía a su hermana Constanza pero le parecía estar escuchándola, colérica, como aquel día, contándole los pormenores de su batalla con el párroco de Badajoz. El cura se había negado a poner semejante nombre bárbaro, Carina, a la niña y doña Constanza había tenido directamente que sobornarlo.

–Ese nombre no es de cristiana. Lo siento pero no podrá ser -había contestado sin más Don Mateo. Agustina, la madre de Carina, se había echado a llorar. ¡Era tan flojita! Y estaba tan débil tras el parto que no tuvo fuerzas para insistirle al viejo e inflexible sacerdote.

Tuvo que ser doña Constanza la que se le enfrentara hasta convencerlo:

–Por favor, don Mateo, no condene a esta madre enferma sin ver a su hija bautizada como Dios manda. Sabe que no es culpa suya. Ha sido una orden de su esposo.

-¡Cuando vea a ese pillastre le diré un par de cosas! ¡Qué ocurrencias tiene ese hombre, señor! -dijo persignándose mientras se movía con soltura entre los bancos de madera encendiendo los velones y los cirios a los pies de las imágenes de los santos.

Don Mateo sentía un gran cariño por él; de niño, tiempo atrás, había sido el monaguillo de su parroquia. Sin embargo no entendía la insistencia en querer ponerle a la niña un nombre que consideraba absurdo, que no se recogía en ningún santoral católico. La Santa Madre Iglesia sólo bautizaba con nombres registrados en su santoral y no tenía por norma admitir otros, aunque ciertamente en América habían hecho la vista gorda ante los nombres indígenas y autóctonos tan raros que existían. Por eso, de un tiempo a esa parte, alguno fuera de lo corriente sí que habían dejado inscribir, pero en el Nuevo Mundo, no en una parroquia extremeña.

Doña Constanza había insistido. Tenían una orden terminante enviada por él desde las colonias. Debían ponerle a su bebé por nacer el nombre de Orión si era chico -"¡Jesús, Jesús!", se había santiguado asustada la embarazada al leerlo- o de Carina si era chica. Carina era el nombre de la constelación más brillante y hermosa del Hemisferio norte. La había descubierto navegando en un bergantín que transportaba una pequeña expedición científica prusiana y había quedado impresionado. Como marino conocía bien los cielos del hemisferio norte, pero desconocía los del sur; el color malva, rosa, fucsia y violeta de la nebulosa Carina y su estrella Carinae, lo habían enamorado; por eso había decidido que aquel nombre sería perfecto para una mujer si el bebé por nacer era niña. Así había sido, pero don Mateo el sacerdote no entendía nada de nebulosas y la explicación de doña Constanza no lo ayudó gran cosa.

Al final, tras semanas de tira y afloja, la mujer encontró la solución: primero haría un gran desembolso en forma de ayuda económica para la parroquia -eso ya gustó más al cura- y luego incluirían Carina al final de una larga ristra de nombres en la pila bautismal; iría el último y no el primero como él había pretendido. Finalmente don Mateo accedió. Una mañana de primeros de mayo, de eso hacía ya diecisiete años, el bebé envuelto en una fina toquilla y en brazos de su madre recibió el sacramento del bautismo de manos del tozudo sacerdote. Doña Constanza firmó en el registro como su madrina y tutora. El nombre inscrito era largo: María de los Ángeles Sacramento del Carmen Carina de Ulloa Rodríguez y Solís. Hija desde entonces de la Santísima Madre Iglesia.

Don Mateo quedó convencido de haber hecho lo debido. Confiaba que teniendo esos hermosísimos nombres nadie en su sano juicio la llamase Carina. Así habría sido de no mediar él mismo quien al regresar dos meses después ordenó que el nombre de la recién nacida fuera ese y nada más que ese. Desde entonces, nadie se había atrevido a llamar a la jovencita de otra manera. Don Joaquín había logrado así ganar una batalla, la primera respecto a su hija; esperaba poder ganar también esta última.

Aquel recuerdo mejoró su ánimo pero no le devolvió el hambre. Apagando el largo cigarro en el mismo plato de comida que había dejado intacto, se levantó y entró deprisa en sus aposentos; se quedó blanco. Una iguana, abierta en canal y destripada, aparecía colocada sobre la colcha de su cama. Dos velas encendidas titilaban a los lados de un espejo boca abajo. Odiaba los rituales de santería y vudú. Colérico, llamó a gritos a la negra Tomasa. La vieja subió indolente y ante las explicaciones requeridas por el amo, ni se inmutó.

–Habrá sido Niña Perla; así lo protege, amo, ¡que bien lo necesita cónchale! -dijo con su voz nasal; sin más, se dio media vuelta de regreso a sus fogones, sin hacer caso a las advertencias soeces de su señor.

Capítulo III

Puerto de Cádiz. España. Octubre de 1738

Pagaron y se despidieron amablemente de la posadera, una regordeta mujer de treinta años y carácter afable que tenía a su marido en la Marina como tantas otras en Cádiz. Carina y su tía se habían alojado allí más de lo previsto, un mes entero, esperando que saliera una flota con destino a América. Aunque con el nuevo siglo las comunicaciones eran más fluidas y había multitud de cargueros que hacían solos la ruta -algo impensable hacía sólo treinta años- desde la Casa de Indias se seguía aconsejando a los capitanes que viajaran reagrupados para hacer frente a cualquier emergencia, se llamase ésta ataque enemigo, asalto pirata o naufragio, y su tía había esperado hasta conseguir embarcar en un grupo importante; no quería más riesgos de los imprescindibles. Durante ese tiempo habían disfrutado de la ciudad portuaria, de su ambiente en los cafés y calles. Cádiz era el puerto base de la Armada Española, el lugar de amarre de la flota americana que incansablemente iba y venía a los colonias trayendo oro y plata, añil, cacao o tabaco y llevando textiles, productos metalúrgicos y artículos de lujo de todo tipo. Después de tanta espera en unas horas embarcarían en la fragata *Santa Bárbara*, una de las diez que compondrían la flota en la que viajaría hasta el Virreinato de Nueva Granada.

–Señora, ya está todo cargado -le dijo el mozo mientras se sacudía la ropa tras cargar los bultos en el carruaje que las llevaría hasta la escalerilla de su barco.

–Gracias -contestó doña Constanza dándole una buena propina a escondidas de la dueña.

Salieron pronto de la posada *«Las dos coronas»* situada en una zona repleta de fondas y tabernas. Se habían alojado allí el mismo día de su llegada; aquella tarde habían aparecido en el zaguán fresco y lleno de plantas con todos sus baúles y maletas cubiertas del polvo del camino. Habían partido dos días antes de Badajoz en la diligencia tras apurar los preparativos del viaje. Doña Constanza había intentado convencer a su sobrina de que desistiese de la empresa hasta el último momento, pero ésta no había cambiado de parecer.

–¿Al puerto señora?- le preguntó el cochero mientras masticaba tabaco dejando ver su boca mellada.

–No, es algo pronto, denos una vuelta antes por el muelle.

–*¡Arrr!* -sonó el latigazo y el coche arrancó suavemente.

A doña Constanza se le llenaron los ojos de lágrimas. En unas horas dejaría su tierra seguramente para siempre. A su edad era poco probable que volviera...

–No lo piense más -le dijo su sobrina con cariño. Será peor. Es cosa decidida.

–*Yaaa* -contestó la augusta dama mientras se limpiaba la lágrima que pugnaba aparecer en sus ojos.

Le había costado más de la cuenta decir adiós a la que había sido su vida de siempre. ¡Cuántas veces había despotricado de Badajoz, de sus amigas, de todo! Ahora dejaba su mundo y se embarcaba en semejante temeridad. ¡Sabe Dios qué se encontrarían al llegar! Respiró el aire cálido, el olor a mantecas y aceites que salía de las tascas donde a esas horas se terminaba de cerrar tratos y los marineros se gastaban sus últimas monedas. Era un intento desesperado de aferrarse a algo tan suyo, tan conocido como si esas sensaciones fueran a darle mayor seguridad a la hora de emprender semejante aventura. Sus ojos intentaban aprehender cada esquina, cada calle, cada rincón de su amada tierra. Tener la certeza de que jamás regresaría, la ahogaba de angustia. Ya nunca más se reuniría los jueves en su casa con sus amistades a jugar a la baraja y a tomar anisete, ni vería sus maravillosas dehesas, ni reiría y chismorrearía con Reme.

En las últimas semanas previas a su partida, doña Constanza se había despedido de todos sus conocidos con lágrimas en los ojos, especialmente de doña Juana, a quien tenía en gran aprecio. También había visitado al notario y a su letrado don Enrique del Pozo, al que había encargado la puesta en venta de su casa. Lo había hecho de la boca para afuera, porque en su interior se negaba a desprenderse de aquel viejo caserón en el que había pasado la mayor parte de su vida. Sí había vendido por contra la finca y el encinar, la casa de su hermano y otras propiedades. Con ese dinero en metálico harían el viaje sin ahogos, y con lo que más adelante sacara por su casa -en caso de que realmente se decidiera a venderla- tendrían para adquirir nuevas propiedades o hacer nuevas inversiones en Cartagena de Indias.

La mañana estaba lluviosa, aunque no hacía frío. Era el típico tiempo otoñal aunque aderezado con los vientos arremolinados de la bahía de Cádiz capaces de volver loco al más pintado. Dejaron el carruaje alquilado y se acercaron a la iglesia de Nuestra Señora del Carmen madrina de los marineros.

–¿Por qué para aquí tía? Sigamos mejor un poco más allá.

–No, nos encomendaremos a la Virgencita antes de partir -dijo mientras se sacaba el misal y el rosario de marfil y enredaba sus cuentas entre sus dedos.

La ciudad estaba atestada de gente desde primeras horas: marineros, soldados, mujeres que iban al mercado o a la primera misa del día, carruajes impetuosos que pasaban por la calzada salpicando a los viandantes mientras unas enormes moles grises, desdibujadas por la llovizna, permanecían ancladas en el puerto, esperando poner rumbo a sus destinos.

Luchando con las varillas de sus paraguas consiguieron entrar a paso rápido en la recoleta iglesia y se arrodillaron ante la Virgen en los bancos de madera próximos a la coqueta capilla donde descansaba la sagrada imagen. Rezaron en silencio; la tía se persignó con rapidez y enseguida se acercó a encender un par de velas a los pies del manto bordado en oro de la Señora. Salieron al exterior. En la manzana contigua un carro con dos desvalidas chicas paraba en el Hospital del Carmen, un hospital de mujeres recientemente construido y gestionado por el Obispado de Cádiz; ellas regresaron al coche.

–¡¿Más vueltas?! Por Dios, tía, ya es tarde; vayamos al puerto. Estoy nerviosa.

–Más nerviosa estarás si tenemos que esperar allí las dos horas que aún faltan para partir.

Carina no tuvo más remedio que dar la razón a su tía; ya en el birlocho se dedicó a mirar por la ventanilla. Dejaron a mano derecha la estatua de San Francisco Javier, la casa palacio del Almirante con su grandiosa fachada barroca, la catedral, los astilleros del puerto, el fuerte de la Cortadura, los castillos de San Sebastián y Santa Catalina al fondo, las torres vigías y la playa de la Caleta. Finalmente regresaron al muelle. Había ya mucho movimiento y los mozos y grumetes no paraban de subir y bajar bultos. Doña Constanza destemplada se tomó un cargado café en un hotelito de la zona y después embarcaron. Media hora después, ya en cubierta, la fragata levantaba anclas y ponía rumbo a las Canarias, a las colonias.

–*¡Piiiiiiiiiiii!*- sonó la sirena que anunciaba la marcha.

En cabeza salía la nave Capitana con el estandarte izado en el palo mayor, le seguían los mercantes y cerraba la nave almiranta. Los buques de guerra se situaron a barlovento del grupo mientras las velas hinchadas por el fuerte viento hacían sonar los aparejos y las arboladuras. Rechinaban los cables y había un intenso trasiego en cubierta.

El reducido grupo de viajeros movía sus pañuelos blancos desde la baranda en un último adiós a los suyos; después, todos se acercaron a estrecharle la mano al Capitán y a su tripulación que desde el puente les informaron brevemente de cómo estaba el mar ese día, de cómo serían esas primeras horas de navegación y de las previsiones del viaje en general. Aquel primer contacto sirvió para hacer los primeros amigos e intercambiar las primeras impresiones.

–¿Van ustedes a La Habana? -les preguntó en ese instante un caballero de edad mediana y gran estatura-. Perdonen que las moleste, soy don Germán Serrano; soy médico. Regreso a Cuba donde llevo viviendo diez años.

–Encantada -contestó la tía con un mohín coqueto que sorprendió a Carina. Claro que no nos molesta. Nosotras vamos a Cartagena. Allí nos espera mi hermano y padre de esta guapa jovencita.

–¿Es la primera vez que viajan ustedes a América? -siguió preguntando.

–Así es. Esperamos que no sea tan peligroso como nos han contado.

–No haga usted caso a las habladurías. Cierto que uno puede

encontrarse cualquier cosa en dos meses en el mar, pero la situación está cada vez más tranquila y además de momento no hay guerra.

Tía y médico prosiguieron su charla ante la presencia silenciosa de Carina que sólo abrió la boca para contestar con monosílabos a su nuevo conocido. Tenía la cabeza muy lejos.

Carina respiró profundamente el aire lleno de salitre y con los ojos vidriosos se despidió de su tierra. ¿Qué le depararía aquel viaje? ¡Misterio! Dejaba su mundo conocido y corría al encuentro de un padre del que apenas guardaba un puñado de cartas y el viejo y minúsculo retrato pintado que hacía veintitrés años le había regalado don Joaquín a su novia y futura esposa. Aquel muchacho espabilado y con mirada pilla seguramente no tendría nada que ver con el hombre que era en la actualidad. ¿Cómo sería realmente? ¿Cómo sería vivir con él? Y lo que era más difícil de prever, ¿cómo sería el joven Antonio con el que se había medio prometido? ¡Así, sin conocerse! ¿No estaría perdiendo la cabeza? Eso pensaba su tía y tal vez tuviese razón. Asomada a la baranda presenció el hermoso espectáculo. Cádiz se veía blanco y distante, la costa hermosa y soleada y el mar muy azul.

–¿Le gusta el mar? -le preguntó en ese instante un anciano, también pasajero.

–*Oh*, sí, me encanta, es precioso. Es la primera vez que viajo en barco.

No había conocido el mar hasta el mismo día que llegó a Cádiz. Había quedado sorprendida de aquella masa inmensa e infinita, del olor que desprendía, del sabor. Un mes después, y tras pasear por la playa cada mañana, se había acostumbrado y ya no le causaba impresión. Observó que el sol ascendía rápido y sintió el rugir de su estómago; apenas si habían almorzado nada con las prisas de la carga de la embarcación. El olor a la olla que se preparaba abajo en las cocinas le despertó el apetito y se preguntó si aguantaría sin comer nada hasta la cena, unas horas más tarde.

–¡Buenos días tenga, hija! -la saludaron dos frailes franciscanos que viajaban destino a Quito acompañados por un artesano dedicado a la escultura y la talla de imágenes religiosas.

Carina los saludó con una amable sonrisa, besando el anillo de su mano.

–¿Es su primer viaje a las colonias? -le preguntó otra joven recién casada que acompañada de su esposo viajaba destino a Caracas.

–Sí. No conozco las colonias, aunque mi padre lleva años viviendo allí. Vamos a reunirnos con él.

Dos ancianos hermanos que también iban a Cartagena se unieron al grupo. Tenían experiencia en esos viajes, los habían hecho en múltiples ocasiones y sirvieron de cicerone a los más jóvenes.

–Estamos en el *Mar de las Yeguas* -dijeron refiriéndose al tramo de océano entre Cádiz y Canarias-. Después de diez u once días llegaremos a las islas afortunadas. Creo que llegaremos pronto, hace el tiempo perfecto.

Desde Canarias el viaje continuaría hacia el llamado *Mar de las Damas*, una zona de navegación tranquila y aburrida; tanto, que en más de una ocasión terminaba en peleas de marineros que convertían la embarcación en un ring improvisado. Ese tramo duraba un mes, al cabo del cual llegarían a la isla Dominica. La Habana era la siguiente escala; allí desembarcarían unos para quedarse, otros para coger un nuevo navío destino a Veracruz, Portobello, Cartagena, Maracaibo o Caracas... Pero aún quedaba mucho para eso.

–¡Qué bonito!- dijeron a coro dos jóvenes próximas a Carina refiriéndose al brillante cielo. En pocos minutos, y mucho antes que en tierra, el firmamento se tiñó de rojo intenso y el mar se oscureció profundamente. Empezó a echarse la noche y refrescó.

Todos los buques comenzaron a encender sus faroles de situación ubicados en la popa. El gran fanal de la nave Capitana que guiaba la expedición resplandecía. Un intenso olor a comida subía a la cubierta mientras los marineros bajaban como locos a disfrutar de su rancho de tasajo. Una pareja de grumetes cantaba en tonos monocordes una oración en señal de gracias a Dios por el día a punto de finalizar mientras un oficial avisaba a los pasajeros de que podrían reunirse en breve en el cuarto del Capitán para la cena. Puesto que acababan de salir de puerto el menú sería rico en verduras y carnes; otra cosa sería más adelante, cuando muchos alimentos terminaran estropeados y la dieta consistiera en poca cosa: miel, quesos, aceitunas, salazones.

Tras una charla breve e insustancial Carina decidió descansar y hacer hora en su camarote. Tumbada en la estrecha litera de su pequeña habitación sacó de su faltriquera los dos retratos y las dos cartas que guardaba como oro en paño, como si aferrándose a ellas se asegurara un futuro tranquilo y sin sobresaltos. Miró primero el retrato de su padre y comprendió que por fin, después de tanto tiempo, volvería a verlo. ¡Tenía tan pocos recuerdos de él! Su imagen real era una mezcla entre el retrato que guardaba su madre y un *flash* de visiones ancladas en el tiempo: el caballero con aspecto severo sentado en la cabecera de la mesa obligándola a tomarse una sopa, del brazo con su madre paseando a orillas del Guadiana, junto a las murallas, discutiendo con su tía en la cocina, riendo con un gran cigarro en la mano junto a un desconocido. A ese puñado de imágenes descoloridas se reducía lo que guardaba en la memoria de su padre. Cerró la tapa del medallón y lo guardó. Desplegó con cuidado su carta y la leyó por milésima vez. Le pedía que fuese a Cartagena, que se reunieran allí para vivir y le aseguraba que todo iría bien.

–*¡Jajaa, jajaa!* -oyó unas risas fuera; los pasajeros comenzaban a bajar al comedor.

Cerró la ventana y desplegó deprisa la otra carta. El estilo, al principio desconocido, ya le era familiar; era la letra del joven Antonio Sanz. Le agradecía la oportunidad de escribirle, se alegraba de saber que viajaría a Cartagena para reunirse con su padre, se deshacía en elogios ante la posibilidad de conocerla... estaba deseando serle presentado oficialmente. De la carta parecía desprenderse una declaración, pero al final era todo enrevesado y quedaba diluido en frases corteses sin terminar de decir nada claro. Al menos para ella, una chica provinciana a la que le gustaba hablar claro y sin tapujos, especialmente de cosas tan serias; respecto a la carta no sabía con qué idea quedarse. ¿Sería siempre así de retorcido el joven Sanz? ¿Le daría tantas vueltas a todo?

–¡Vaya, mirando otra vez la dichosa cartita y el retrato! Yo que tú no le daría contestación alguna hasta que no lo conociese en persona. Primero que te lo presente tu padre, después que te corteje como Dios manda, y luego ya veremos. No me gusta esa carta en la que dice y dice y no dice nada y no me gusta su retrato. -comentó la tía que entraba en ese instante en el camarote.

–La carta es la primera que me escribe. No podemos pretender que haga una declaración encendida si ni siquiera me ha visto.

–No, claro que no -le contestó la tía mientras se quitaba el fino abrigo de paño y el sombrero que dejaba colgado en la percha y se sentaba un rato sobre la cama. Escucha cariño a tu tía que tiene mucha más experiencia que tú de la vida. Los hombres son por lo general unos truhanes y éste en particular no me inspira mucha confianza. Sé -dijo mandándola callar cuando la muchacha ya hacía ademanes de intervenir- que es guapo, pero no sé, me da mala espina y ¡acuérdate de lo que te digo! No te precipites, no confíes a ciegas ni en lo que ese muchacho te prometa ni en lo que te diga tu padre. Los hombres se toman esto del matrimonio a la ligera. Si no les sale bien, siempre tendrán el burdel a mano para resolver sus desfogues o sus queridas y amantes a mansalva; pero nosotras, no. Estamos obligadas a ser más listas, a no equivocarnos.

–Está bien tía, esperaré a ver qué pasa. No me precipitaré en mi decisión.

Dicho esto, ambas mujeres se cambiaron para bajar al comedor con los demás.

–¡Qué belleza! -señaló Carina animada viendo como un grupo de delfines saltaba una y otra vez sin descanso siguiendo al barco. Los últimos rayos de luz desaparecían ya en el horizonte y era casi noche cerrada.

Tras un ligero paseo por cubierta y unos saludos sonó la campana que avisaba de la cena. La veintena de pasajeros del *Santa Bárbara* bajó al salón principal para reunirse con el Capitán y el resto de oficiales. Sentados a la larga mesa, con una mar en calma y en una fina vajilla, tomaron sopa y un estofado de buey, algunas piezas de fruta y un café. Charlaron y rieron distendidamente, Carina trabó amistad con una linda muchacha antillana que había pasado dos años en la Corte madrileña, y antes de medianoche cada uno se marchó a su camarote.

Carina aprovechó para salir por última vez aquel día a cubierta. Estaba sola a excepción de los marineros encargados de gobernar la nave. Escuchó al timonel que reía estrepitosamente con otro compañero mientras sonaba sin cesar el ruido del oleaje. En la popa divisó el rastro efervescente que dejaba la estela de espuma de la nave. La luna brillaba intensamente en el negro cielo y se reflejaba misteriosamente en el agua. Aún estaban cerca de la costa y se apreciaban las luces de algunos faros lejanos en tierra al igual que las bocinas y pitos de algunos barcos que se cruzaban con ellos en la noche al marchar en dirección contraria. Agotada de tanta tensión acumulada ese día, bajó a dormir. Quedaban meses hasta que llegaran a su destino; esperaba que no se le hicieran tremendamente largos y aburridos. ¡Tenía tantas ganas de llegar!... Al otro lado del océano la esperaba una nueva vida.

Cartagena de Indias. Reino de Nueva Granada. Octubre de 1738

El carruaje avanzaba despacio y Joaquín de Ulloa pensó que llegarían bien entrada la noche a Cartagena. Se sentía agotado física y mentalmente. El viaje desde Santa Fe de Bogotá dejaba exhausto a cualquiera y él ya no gozaba de la excelente salud de antaño. Un mes atravesando páramos, descendiendo el río Grande de la Magdalena -que no era más que una gigantesca vía de agua en medio de la selva- andando con mulas por sierras y altiplanos, en ascenso permanente hasta Bogotá en plena cordillera de los Andes, resultaba agotador. Además, acostumbrado como estaba al clima húmedo y caliente de la costa, las temperaturas frías y desapacibles de Santa Fe le desagradaban. Aun así no había tenido más remedio que viajar hasta la capital.

El hecho de que el Virrey hubiera dispuesto asentarse oficialmente en Cartagena, convirtiendo a dicho puerto en la capital política y de facto del Virreinato, no cambiaba algunas cosas. La Audiencia Real y la judicatura seguían en Santa Fe. Hasta allá había tenido que ir en persona para firmar bajo notario y ante la presencia de los oidores del reino varios documentos que le acreditaban con un título nobiliario. No muy alto, tampoco podría comprarse uno mejor, pero al menos algo era. Una vez que el tribunal estudiara el caso -le habían dicho que al menos les llevaría cinco o seis meses- don Joaquín de Ulloa podría presumir de ser *marqués de los Llanos*.

Era un título sin pedigrí, como muchos de los que había en las colonias, pero un título al fin y al cabo.

–*¡Raaas, raaaas!*- sonó la fusta del caballero al dar por fuera de la ventana para llamar al cochero.

-Domingo, ¿cuándo diablos vamos a llegar a casa? ¿No puedes conducir más deprisa?- le preguntó gritándole en dirección al pescante.

–Lo siento amo, el camino está muy embarrado y hay que ir despacio para no atascar las ruedas, de todas formas creo que…

–¡Maldita sea! ¡Aligera! -contestó rudo el futuro marqués desde el asiento trasero del 'carruaje, impaciente por tantas horas y tantos días de viaje. Estaba cansado y nervioso. El título nobiliario era lo único que podría ofrecerle a su hija ahora que por fin se había decidido a viajar al Nuevo Mundo. Esperaba que la joven no fuera muy ilusa y no se hubiera hecho excesivas ilusiones con la posibilidad de prometerse en matrimonio con el joven Sanz. ¡Maldito desagradecido! -pensó- y la ira le corroyó el estómago, haciéndole subir la bilis hasta la boca. Se limpió con un pañuelo los labios, se refrescó con agua de colonia, aspiró un poco de rapé y dejó que su cabeza se apoyara en el asiento, cerrando los ojos mientras veía brillar las luces en lo alto del Cerro de la Popa.

Recreó mentalmente, como había hecho en las últimas semanas, la desagradable conversación mantenida en su despacho con su joven ayudante. Éste, en un tono soberbio, había renunciado a su puesto y le había devuelto la carta de Carina y el medallón con su retrato que le había entregado cuando sellaron el pacto del futuro matrimonio. Esa tarde hubo pocas explicaciones y muchas voces.

–¿Cómo se atreve?, ¡desvergonzado, desagradecido! -le inquirió con malos modales don Joaquín.

–Lo siento, es mi decisión. Creo que ya he trabajado suficiente para usted. Le ruego no haga una escena porque sería muy desagradable. Respecto a lo de su hija, lamento decirle que el matrimonio no se llevará a cabo. Tengo otros planes.

–¿Así, de repente? ¡Qué raro! -dijo sardónico el mayor de los dos, quien en su furia calmada echaba chispas por los ojos. Acercándose al otro lo tomó por la solapa de su ligera levita y lo empotró contra una pared. Don Joaquín era más viejo pero también más fuerte.

–¡Déjeme y no haga locuras! -dijo apartándolo y colocándose las puntillas de su manga-. Le será fácil encontrar otro ayudante y a su hija, si es tan bonita como dice, no le faltarán pretendientes -comentó esto último limpiándose un hilo de sangre que le caía por el labio medio partido del empujón y con una sonrisa en los ojos que hizo que el otro le volviese a golpear.

–¡*Toc toc!* Amo, por Dios, ¡que se pierde! -se lamentaba desde fuera la negra Tomasa.

–¡Márchate ahora mismo! ¡Esto no te incumbe! ¡Fueraaaaa! -dijo sin mirar a su vieja sirvienta.

–¡Señor, por Dios, que no vale la pena, déjelo! -replicó en ese momento una voz femenina, ronca y sensual, que los dos hombres reconocieron enseguida; era de la Niña Perla, la bellísima y joven mulata que vivía en la casa y soliviantaba los más bajos instintos del joven ayudante; el muchacho había intentado seducirla en más de una ocasión, encontrando como única respuesta una frialdad y altivez que no habían hecho más que aumentar su deseo, al mismo tiempo que su odio.

Antonio Sanz odiaba a don Joaquín, odiaba a su mulata, odiaba su hermosa casa, su plantación de cacao en el interior, su ropa cara y su carruaje llamativo; odiaba que un *don nadie* como él, un militar sin linaje de enjundia, pudiera disfrutar de todo aquello mientras él se veía reducido a trabajar por cuenta ajena y a manchar su nombre, su linaje y su honor debido a la humillación de la ruina familiar. Una ruina consumada en el juego y las mujeres, en el alcohol y las malas compañías de su padre, ahora gravemente enfermo; con su comportamiento había arrastrado por el lodo a toda la familia. Su madre hacía dos años que había muerto amargada por la mala vida dada por su esposo, un canalla, vividor y *señoritingo* que no había dado palo al agua jamás y que había vivido y derrochado el dinero sin control, gracias a unas rentas con las que había logrado terminar antes de lo previsto.

La mala vida dada por el padre a la familia -y la austeridad que la madre había impuesto en la casa para poder hacer frente con el mayor decoro posible a la riada de acreedores que desde hacía años les perseguían- habían obligado al jovencísimo heredero a dejar su vida licenciosa y ponerse a trabajar. Hacía ya tiempo que no se relacionaba con sus viejos conocidos, entre ellos *la crème de la crème* de la sociedad cartagenera: Diego de Veranz, Isidro Carmona, Luis de Vivanco y tantos otros.

A algunos no les perdonaría jamás el que lo hubieran dejado de lado al saberse el mal estado de las finanzas de su familia, a otros los odiaba aún más por haber sido incluso considerados y atentos con él, como era el caso de De Veranz. Odiaba que alguien a quien de niño ganaba luchando a puñetazos en la vieja escuela de los padres jesuitas ahora estuviera a tanta distancia social de él. Odiaba que tuviera de prometida a la doncella más deseada del reino, a Mariana Arjona de Pedralves, la virginal y rubia hija del Corregidor; desposarse con ella había sido su sueño inconfeso; una boda como esa lo habría devuelto al lugar social que le correspondía por nacimiento y le habría permitido llenar de nuevo las arcas familiares... ¿Por qué la vida había sido tan injusta con él? Esa era una pregunta que se hacía hace tiempo, jurándose a sí mismo cada vez con más ahínco, que la deshonra del padre sería lavada por el hijo y que pronto recuperaría el honor y la fortuna perdidos. Cómo lo conseguiría era algo que todavía estaba por ver, pero que se haría realidad antes que tarde, lo era. Lo juraba.

Aborrecía a Joaquín de Ulloa pero como su ayudante sabía de su fortuna acumulada a base de arriesgadas inversiones y del trapicheo con algunos productos más arriba de Mompox, donde el contrabando estaba a la orden del día. Trabajar para él durante los últimos años se le había hecho muy cuesta arriba, pero saber que podría heredarlo todo con sólo casarse con su única hija le ofreció nuevas perspectivas. Dijo *sí* al ofrecimiento de De Ulloa sin haber conocido siquiera a la muchacha, sin haber echado un vistazo al medallón que su padre guardaba en su secreter bajo llave, sin saber siquiera que fuese tan joven. Aquel día en que *su jefe* le hizo la propuesta dijo *sí*, y sólo dos días más tarde pudo conocer a quien sería su esposa: una niñita de mofletes colorados y regordetes, con el pelo cobrizo recogido en dos grandes trenzas a ambos lados de la cara y una sonrisa sincera e infantil.

–Mírelo, pero solo servirá para que se haga una idea. Carina tiene ahora cinco años más que en ese retrato; lamentablemente no tengo otro para poder enseñárselo. Si lo desea, le pediré que se haga uno para usted.

-No será necesario. Esto no será un matrimonio por amor, sino una alianza. Dará igual el aspecto que tenga, aunque usted es libre de pedirle un retrato si quiere.

–Bien, así lo haré -contestó don Joaquín ásperamente, mostrando su malestar por el tono frío y desapegado del joven-. Si ella accede a este compromiso, no se arrepentirá. Ella es una muchacha inocente, educada en un convento y que conoce poco de la vida. No le dará problemas y además le permitirá heredar toda mi fortuna puesto que es mi única hija. A cambio, ya sabe lo que le pido: un título nobiliario para ella y una vida en sociedad, que con su título y mi dinero podrá mantener sin problema.

–Sí -dijo poniéndose los guantes y cogiendo el bastón-, lo he entendido muy bien, señor.

–Eso espero.

El medio compromiso no se había hecho público; ambos habían preferido esperar a que Carina llegara a Cartagena, a hablar con ella personalmente, a establecer los votos adecuados, la dote y firmar por escrito los términos de la alianza. Lo sabían los de la casa, ambas familias y poco más. En los siguientes meses todo había marchado según lo previsto: Carina se había mostrado interesada, el muchacho le había escrito una carta donde dejaba entrever su interés personal en esa boda aunque sin comprometerse en firme aún y sólo estaban a la espera de que ella llegara para hacer efectivo el compromiso y la boda. Por eso había sido tan inesperado aquel desplante y aquella negativa del joven Antonio hacía semanas. Entonces don Joaquín no había sabido el porqué de aquella ruptura que tan beneficiosa parecía para ambas partes, solo había intuido que fuera lo que fuese, sería por algo que a Antonio Sanz le sirviese mejor, le fuera más beneficioso. ¡Era tan ambicioso! -se recriminó a sí mismo- Solo tardó una semana en conocer la causa real: Antonio Sanz se comprometía en matrimonio con la joven Mariana Arjona, la hija del Alcalde Corregidor.

–¡¿Cóoooomo?! - preguntó blanco de ira a su viejo sirviente Jacinto, que en ese momento le entregaba la gaceta en cuyas páginas traseras se anunciaba los próximos esponsales.

–Eso es imposible -dijo quitándole de un tirón la hoja de papel desplegada encima de la mesa caoba del comedor-. Esa joven está comprometida. A no ser... -empezó a discernir el enredo- Claro, ahora entiendo.

–Amo, esa muchacha rompió su compromiso recientemente con De Veranz por un escándalo. ¿No se acuerda? Se habló mucho de ello. Claro que quién se iba a pensar que una joven tan distinguida y rica acabaría desposándose con don Antonio, que no tiene ni un chavo -se calló al darse cuenta de que hablaba de más, que chismorreaba a su antojo ajeno a que aquel arruinado hubiera sido el futuro prometido de la señorita de su casa, una damita a la que hasta ahora nadie conocía.

Joaquín de Ulloa no pareció oír el comentario fuera de tono. Estaba ausente, haciendo cálculos, mirando por la ventana que daba al florido y exótico patio de su casona.

–¿Cómo se las habrá apañado para obtener la mano de la señorita Arjona? ¡Bonito misterio! Encontraré la respuesta. Ya me encargaré yo de hacerle saber al Corregidor la clase de hiena que pretende meter en su casa. ¿Cómo habrá permitido semejante despropósito de compromiso? ¡Es sabido en toda Cartagena que Antonio no tiene un peso, que está en la ruina y tardará años hasta hacerse con una fortuna medianamente decente que permita a la señorita Arjona vivir con los lujos a los que está acostumbrada!

–Señor, vuestro jugo de papaya -dijo una sirvienta que en ese momento le dejaba un tazón sobre la mesa de madera del patio.

Al frescor de una ceiba gigante y con las antorchas encendidas, esperando una brisa que nunca aparecía, don Joaquín tomó entonces algunas decisiones: la primera que el joven Antonio podía irse al diablo y casarse con quien quisiera, sería lo mejor para Carina. Estaba claro que el joven no era trigo limpio, ahora lo veía con más nitidez que nunca. No quería a semejante arpía como futuro marido de su hija y por tanto, responsable de sus bienes patrimoniales. No, no quería eso, aunque tampoco dejaría que ese desagradecido se saliera con la suya. Descubriría qué artimaña había utilizado para lograr comprometerse en matrimonio con tan distinguida joven, lo que había de oscuro detrás de aquella alianza, lo que esperaba de esa boda el Corregidor, perro viejo y resabiado donde los hubiera.

Sólo lamentó la pena que sentiría Carina al llegar. Ojala no se desilusionara mucho.

–¡Maldita comadreja! -seguía rumiando por lo bajo mientras pensaba cómo podría recompensarla del disgusto. Tal vez pudiera adquirir para ella un título nobiliario y así con título, dinero, y algo de belleza -si se parecía a su madre sería la más despampanante novedad de la próxima temporada social- buscarían el marido más idóneo para ella. Sí, eso haría. Tenía que ponerse manos a la obra cuanto antes. No quería recibir a Carina con las manos vacías y el tiempo se le echaba encima.

Dos días después hablaba con su letrado, quien lo puso al día de todos los trámites a realizar para tal fin. Lo más desagradable fue saber que tendría que viajar personalmente a Bogotá. Era eso o Madrid. Evidentemente Santa Fe de Bogotá le quedaba más cerca aunque el viaje fuera un infierno. Lo había hecho en otras ocasiones y cada vez le había parecido más insufrible. Se había despedido de sus sirvientes una noche otoñal de dulces aromas con el enfado de Niña Perla en su alcoba. Se había reído al verla echar las habas, despotricar y maldecirlo por sólo ocuparse de aquella bruja pelirroja que tenía por hija.

–¡Basta! -había terminado por decirle ya en tono más serio-. No te permito que hables así de Carina ni en broma.

–¡Carina, Carina! ¡Siempre Carina! ¿Y yo? -le gritó celosa la mujer, que salió dando un portazo de la alcoba.

Los criados abajo oían pero no escuchaban. Las discusiones entre Niña Perla y el amo eran continuas, formaban parte de la intimidad de la casa, lo mismo que las babuchas del amo o el loro blanco y amarillo que gritaba sin parar en su jaula en el patio cada tarde. Todos sabían quién era la bella mulata y se le guardaba un gran respeto.

La noche del regreso la casona estaba vacía. Domingo bajó a abrir el portón para dejar entrar el carruaje cuando recordó la causa de aquel aspecto desértico de la vivienda.

–¡Amo, recuerde que usted mismo dio permiso a los sirvientes para que celebraran las fiestas de Getsemaní!

–¡*Ahhhh!* Es cierto. Ya recuerdo -contestó el señor haciendo memoria y recordando cómo efectivamente les había autorizado a todos a que disfrutaran de aquella noche de las fiestas en el barrio de esclavos de Cartagena. Getsemaní era una isla unida a la ciudad mediante un puente de madera en el que se aglutinaban, en chozas y casuchas, miles de esclavos liberados, manumitidos, negros, mulatos, zambos, gentes de todas clases.

–Habrá descoque -dijo para sí mismo don Joaquín-. Pero que mucho, mucho descoque...

Pensó con una sonrisa en los labios cómo correría el ron, la chicha, se calentarían los ánimos con las cumbias y los restregones de culos de las mulatas, más despechugadas y sudorosas de lo habitual, con sus piernas morenas al aire y sus traseros en danza. Se le hizo agua la boca. Una vez asistió de lejos a la fiesta y terminó retozando en su carroza con una linda mulatita del barrio a quien ni preguntó su nombre, ni volvió a ver en su vida. Pero desgraciadamente aquella noche no estaba para bailar cumbias ni para entregarse al desenfreno. Estaba cansado y tenía que resolver algunas cuestiones urgentes. Sus averiguaciones en torno al misterio del joven Antonio y su futura boda iban dando sus frutos... aunque aún le quedaban algunos cabos sueltos, los últimos puntos oscuros por descubrir; intuía que estaba muy cerca de la verdad. ¡Sería un escándalo! O al menos eso creía.

–Señor vuestra ropa de mañana ya está preparada. ¿Desea el amo algo más?- le preguntó Jacinto.

–No, vete a dormir. Si te necesito ya te llamaré -contestó ausente el hombre mientras apuraba un largo cigarro.

El esclavo obedeció. Don Joaquín estaba cansado y también subió a sus dependencias. Escuchó truenos y vio estallar a lo lejos los relámpagos que amenazaban vendaval. Un gran aguacero comenzó a caer de forma estrepitosa haciendo que los cristales golpearan sin parar y algunos objetos cayeran al patio. A pesar del sofocante calor y la humedad se vio obligado a cerrar la balconada que daba a una céntrica calle donde se oía movimiento, carruajes, borrachos que regresaban a casa. Era muy tarde. De un soplido apagó la vela que portaba en la palmatoria y con su gorro y su camisón se dispuso a acostarse en la mullida cama. Un extraño sonido le hizo girarse de forma repentina; una sombra se abalanzó sobre él propinándole tal golpe en la cabeza que el hombre quedó tendido sin sentido en el suelo.

-¡¡¡¡Socorroooooooo!!!! -se escuchó gritar a la cocinera con las primeras luces del alba. -Ay Virgencita de la Candelaria -repetía llorando, persignándose aterrada- que lo han *matao*, que nos han *matao* al amo!

Los gritos de horror despertaron a toda la casa. La negra Tomasa acababa de encontrar muerto al amo. Llantos, gritos, carreras, alguaciles, letrados y un forense. Una semana después la casona era cerrada a cal y canto y don Joaquín de Ulloa enterrado sin más comitiva de plañideras que sus propias esclavas y algún que otro conocido; en la calle se chismorreó y mucho de lo acaecido. Don Joaquín hubiera disfrutado de saberse el centro de atención. Su sueño de convertirse en un referente social en Cartagena no había podido lograrlo en vida, pero su asesinato prometía hacerlo siendo cadáver. En las semanas posteriores a su fallecimiento se habló de él en Cartagena más que en los diez años que vivió en la ciudad.

Capítulo IV

Fuerte San José. Bahía de Cartagena. Enero de 1739

Hacía mal día, no tanto porque hiciera frío como porque hasta finales de febrero era temporada de lluvia y viento, y eso eran palabras mayores en un lugar donde llovía de forma torrencial en cualquier época del año. Tenían, eso sí, más suerte que otras ciudades caribeñas dado que Cartagena estaba bien resguardada de la ruta de los huracanes.

–¡Malditas antiparras! -decía en ese momento su tía mientras las abría de la patilla intentando seguir el avance de las primeras naves que iniciaban su entrada a la bahía.

El pasaje del *Santa Bárbara* llevaba horas en la baranda del barco disfrutando del maravilloso espectáculo que ofrecía la naturaleza; increíbles islas coralinas, bosques de palmeras y costas selváticas, un mar azul turquesa y una ciudad cuyo perfil se vislumbraba con catalejo a lo lejos. Atrás quedaban las dificultades y los miedos de un viaje no exento de peligros.

Desde la nave capitana empezaron a hacer señales a tierra. Carina escuchó cómo el Teniente Ruíz -después de tantos días en alta mar ya se conocían todos- indicaba al Capitán que la entrada por Bocachica requeriría de una parada en el Fuerte San José, según les indicaban desde tierra.

–Los controles se han extremado, señor. El pasaje tendrá que desembarcar al completo -decía.

La totalidad de la flota, con el pabellón de España bien visible, se acercó en fila india al estrecho paso, entrada obligatoria a la larga bahía de más de una veintena de millas que terminaba en el muelle viejo de Cartagena; conocido popularmente como *el de los Pegasos*, era el lugar donde se desembarcaba habitualmente. Las naves se hacían señales entre sí indicándose el orden de entrada a través del poco profundo acceso para evitar accidentes en las maniobras. Los prácticos trabajaban sin descanso y desde tierra soldados de la Armada ayudaban en las tareas. El tercer barco en entrar fue el *Santa Bárbara*.

–¡Válgame Dios, esto es el infierno! -exclamó doña Constanza al sentir el húmedo calor antillano.

–¡Vamos tía, no nos retrasemos! -la ayudó Carina a bajar por la estrecha escalerilla.

Doña Constanza se limpió el sudor de la frente con un pañuelito bordado. Hacía un bochorno espantoso, un calor denso y pegajoso que no se había notado tan desagradable en el barco debido a la ligera brisa que el buque provocaba al navegar. Carina se encargó de su equipaje dando órdenes a los esclavos negros que desde la Capitánía del fuerte habían enviado para ayudarles. Algunos pasajeros se mostraban indignados; enseñaban a cualquiera sus papeles en regla, mostrando su extrañeza de que se les requiriera tanto control en las puertas de su propia casa, de su propia ciudad.

–¡Exijo ver a quien esté al frente del fuerte! -decía uno de los ricos comerciantes que habían hecho con ellos el viaje, don Ramón Vigo, sin que nadie se dignara contestarle.

Soldados indiferentes a las críticas del pasaje fueron conduciendo a éste hasta una zona a cubierto, atravesando un gran espacio en forma de media luna de piedra. Carina miró fascinada el contraste de colores: el intenso negro de los esclavos, el azul del mar, el verde de la lujuriosa vegetación que parecía fuera a invadirlos, el blanco de los cocos recién abiertos chorreando líquido en la mesa de madera que había en la recepción donde les ofrecieron agua y algo de fruta.

Pasaron en grupo a una estancia en penumbra más fresca y esperaron a ser llamados. Uno tras otro, los pasajeros entraron a una sala donde enseñaron sus documentos, declararon todo lo que portaban consigo y explicaron el motivo de su viaje a Cartagena. A muchos se los oía salir enseguida por la puerta trasera sin parar aún de protestar. Los del lugar hacían apuestas sobre si tal medida se debería más al celo excesivo del Comandante en Jefe de Nueva Granada, don Blas de Lezo, o al propio Virrey.

–Les aseguro que esto es cosa de Lezo. ¡*Hiputa* tuerto! ¡Ese *güevon* del *Patapalo* no para! No me extraña que el Virrey lo deteste. Seguro que esto es cosa suya -señalaba Gonzalo Parrondo, uno de los dos hermanos que viajaban en el barco, propietarios ambos de un gran ingenio azucarero en la costa.

–¡Pues si estamos así sin que haya ninguna guerra declarada, imagínense cuando estalle una! ¡*Ufff*! -resopló con malos modos su hermano Luis.

El joven licenciado Salinas, un muchacho de veinte años que procedía de Cádiz donde había estudiado medicina, se humedecía la cara sin parar mientras bebía agua fresca que una joven mulata le ofrecía. Era novato en esas lides y curioso se interesó por los dos mandamases de la ciudad cartagenera.

–El *Patapalo* ese ¿quién es? ¿Por qué lo llaman ustedes así? -les preguntó sin más.

–Es la máxima autoridad militar de esta plaza que como ven es un verdadero fuerte defensivo, la ciudad más amurallada y protegida de América; aquí se han concentrado de siempre los galeones con el oro, la plata, las esmeraldas o los productos coloniales que se envían a la metrópoli. Por eso ha sido siempre objetivo de piratas, potencias extranjeras; ha sufrido saqueos, robos, destrucciones y cada vez que una desgracia de esas se ceba sobre nosotros, las autoridades refuerzan la fortificación y aumentan la seguridad. -comentó resignado otro viajero.

–*Mediohombre* es Blas de Lezo; lo llaman así porque está cojo, manco y tuerto.

–¡Por Dios! ¿Y así va a defender esta plaza? -preguntó doña Constanza interesada en la conversación-. Pues buen Comandante en Jefe se han buscado ustedes.

–Es un héroe de guerra, señora. Lleva toda su vida en la Marina y en América es una leyenda. Durante diez años capitáneó la Escuadra del Pacífico contra los piratas de los Mares del Sur, después regresó un tiempo a España para hacerse cargo de la Escuadra del Mediterráneo y volvió hace dos años a las Colonias, a Cartagena, para hacerse cargo de la Escuadra del Caribe -contestó el jesuita que los acompañaba, un religioso perteneciente al convento del Padre Claver donde atendían a los desamparados, normalmente esclavos que llegaban hacinados y enfermos en los barcos negreros procedentes de África.

–Y si tanto molesta al Virrey, ¿no puede mandarlo de vuelta a Madrid? -preguntó Salinas.

–Desde luego que no. Hay quien asegura que es el propio Rey quien ha mandado a Lezo aquí. Y se comenta con cierto temor que eso es porque se teme un ataque inminente o hay una situación política más delicada de lo que parece, aunque de momento no ha pasado nada. Lo que es un hecho contrastado es que Lezo manda más que el Virrey y a éste ese insulto a su autoridad le molesta terriblemente. Se llevan mal y eso no es aconsejable para Cartagena.-comentó otro individuo gordo y sudoroso.

La conversación se derivaba en política, en los dimes y diretes de ambos protagonistas principales de Cartagena, cuando un joven soldado salió a llamar a doña Constanza y a Carina. Era su turno. Las dos mujeres pasaron a la amplia estancia seguidas de los esclavos que portaban sus baúles y allí fueron atendidas por un hombre joven, sin peluca, con el cabello castaño atado en una pequeña coleta. Éste levantó la cara de los papeles que firmaba y Carina observó su rostro cruzado por una cicatriz, su nariz prominente y su agradable sonrisa.

–¡Por favor, señoras, siéntense! Las atiende el Capitán De Rieux -dijo besándoles la mano.

Las mujeres se acomodaron en unos butacones rojos. El hombre siguió un instante más escribiendo. Se escuchaba el rasgar de la pluma sobre el papel. Volvió a mojar ésta en el tintero y tras estampar un sello y secar con arena, se la entregó a un miembro de su guardia. Después de eso, por fin las atendió.

–Veo que son ustedes nuevas aquí, que esta es la primera vez que vienen a Cartagena. ¿Me equivoco?

–No señor -contestó doña Constanza, que en un segundo y sin que el oficial le pidiera nada, se lanzó en picado a contarle las intenciones de su viaje y el de su sobrina, de cómo les había ido en el barco, de lo calurosa que era la ciudad.

–¡No me esperaba esto, no señor! -decía sin parar de abanicarse, sin dejar que el hombre metiera baza en una conversación que más bien era un monólogo.

Ella misma ordenó a los esclavos que abrieran los baúles para enseñarle al oficial que no portaban nada peligroso entre las mantelerías del ajuar de su sobrina, sus trajes de seda o los recuerdos de familia. La sobrina le tiraba de la manga e intentaba callarla sin éxito. Carina miró con sorna al oficial, se encogió de hombros y dejó por imposible a doña Constanza. Ésta siguió contando su salida de Cádiz, el tranquilo viaje sin sobresaltos hasta La Habana donde habían hecho escala, lo bonita que les había parecido la ciudad antillana en la que pasaron dos noches, lo serviciales que eran los soldados de su Majestad el Rey, lo bien atendidas que habían estado ella y su sobrina en el *Santa Bárbara*.

–Bien, no siga por favor. No es necesario. Pueden ustedes seguir su curso hasta la ciudad. Por cierto -dijo cuando ya iba a firmarles la autorización-, ¿en casa de quién vivirán ustedes?, no lo he entendido bien al principio, perdonen.

–Bien, no hay problema, hijo. Mi sobrina y yo viviremos en casa de mi hermano; su padre es un gran hombre de esta ciudad, don Joaquín de Ulloa. ¿Le suena? ¿Acaso lo conoce? -dijo la tía al ver el gesto de tensión inmediata que apareció en la cara del oficial al escuchar el nombre.

–¿Dice que van ustedes a reencontrarse con don Joaquín de Ulloa, que es el padre de su sobrina?

–Sí, señor -intervino Carina-. Es mi padre y hace diez años que no nos vemos. Nos espera impacientes.

–¿Algo más que las autoridades deban conocer? preguntó súbitamente, mucho más interesado en ellas.

–Mi sobrina va a casarse pronto con un joven prometedor de las colonias, tal vez lo conozca se llama Antonio Sanz del A...

–No lo creo -cortó Carina mirándolo desafiante a los ojos, molesta de que un extraño se entrometiera así en su vida. ¿Qué diablos le importaba a ese hombre lo que ellas fueran o no a hacer allí?

El oficial miró un rato a la muchacha. Se sorprendió de su aspecto; resultaba atractiva aunque no al estilo dulce, coqueto y sensual de las muchachas criollas, sino al estilo más árido, desafiante y apasionado de las españolas. No podían negar las damas de dónde venían. A ninguna señora o señorita criolla se le hubiese ocurrido jamás vestir de oscuro en una ciudad tropical como aquella, donde hacía un calor y una humedad tan intensas. Solo a las vetustas damas venidas allende los mares, de la árida y dura Castilla, de la fría Navarra o de la sobria Extremadura, se les podía ocurrir algo semejante.

En ese instante, Gerardo Liandres de Rieux, -nombre que denotaba ascendencia materna francesa- lo tuvo claro. Recordó la muerte en extrañas circunstancias de De Ulloa, de quien se había hablado tanto en la ciudad, lo que se dijo de su fortuna, del oscuro origen de ese dinero, de la relación tirante que mantenía con su joven ayudante Antonio Sanz, de la precipitada boda de éste con Mariana Arjona, la novia hasta entonces de su querido amigo Diego de Veranz, de cómo éste se había enterado del matrimonio a traición, estando en el destierro, en su peculiar *destierro*.

La noche antes de la boda, borracho de ron, Diego había hecho empapelar la ciudad con pasquines contra el canalla de Antonio Sanz, dejando caer que era el autor del asesinato de su antiguo jefe, incluso dando a conocer un secreto que había generado mucho morbo: la ruptura del pacto de boda que el joven Sanz había firmado con De Ulloa para casarse con la infantil y mofletuda hija de éste. Diego, con su peculiar sentido del humor y su agudo ingenio, se lució ese día.

–En mi opinión te has pasado -le había recriminado esa misma noche su amigo.

–¿Por qué? ¿Acaso no te gustan mis versos? ¿He perdido facultades poéticas? -le preguntó con sorna el otro.

–No, pero haces acusaciones muy graves sin probarlas, acusaciones que correrán como la pólvora y que te pueden traer otro disgusto. Entiendo que en este momento aborrezcas a Antonio Sanz, al Corregidor, a Mariana y al mundo entero, incluido el trepa de De Ulloa, pero incluyes a su hija que es casi una niña y que no creo se merezca el que la traten así.

–¡Qué más da...! No vive aquí, no sabrá nunca nada de esto -contestó De Veranz encogiéndose de hombros.

De Rieux terminó dándose por vencido, sabiéndose incapaz de hacer cambiar de opinión a su amigo. Desde luego él estaba en total desacuerdo con los pasquines. Lanzaban acusaciones muy graves contra un tipo que, aunque arruinado, pertenecía a la nobleza de Cartagena y al mismo tiempo ponía en la picota a toda la familia De Ulloa y a la del Corregidor. Unos días más tarde pudo comprobar lo que tanto se temía: los pasquines habían convertido a Antonio Sanz en el principal sospechoso del asesinato de Joaquín de Ulloa y a Carina de Ulloa en el hazmerreír de la ciudad en veinticuatro horas.

Nadie por su parte, ni el propio Sanz ni el Corregidor padre de la novia, pudieron acusar a Diego de Veranz de ser el autor de las infamias que empapelaban las calles del rico barrio de Santa Catalina. Se suponía que estaba fuera de la ciudad -lo contrario habría que probarlo- hacía tres meses, cuando se lo había desterrado por un escándalo, y nadie había vuelto a saber de él. Habían corrido chismes diversos: que si lo habían visto en la ciudad disfrazado, si lo habían destinado a Portobello, si su oficial en jefe, el mismísimo Blas de Lezo, lo protegía y tenía en alguna misión, incluso que había sido enviado a Madrid por su padre. Sólo rumores ya que nadie sabía a ciencia cierta dónde estaba el polémico muchacho. Nadie excepto los más allegados, entre ellos el propio De Rieux, su amigo íntimo. De hecho en ese mismo instante Diego dormía a pierna suelta en una sala contigua al despacho en el que estaban.

Diego de Veranz acababa de llegar de una misión ordenada por Lezo; no hacía ni dos días que había regresado de Panamá y Portobello. Parecía mucho más calmado que la noche en que se fue, dos días después de la boda de la que hasta entonces había sido su prometida. El deshonor que para un hombre como él suponía esa boda, y la ruptura entre importantes familias cartageneras que conllevaba, lo habían alterado hasta tal punto que Lezo creyó que si seguía allí terminaría haciendo una locura. Por eso lo envió fuera unos meses, para que se calmara. Necesitaba su mente ágil, su conocimiento al dedillo de la ciudad, de sus habitantes, de sus vicios, sus gustos, sus pecados, el estado de sus finanzas, sus filias.

–¿Podemos marcharnos? -le preguntó Carina sin que el hombre pareciera oírla.

De Rieux estaba absorto en sus pensamientos, preguntándose qué hacer. Debería despertar a Diego para que conociera a las damas. Su amigo había vuelto mucho más tranquilo, pero no por ello había olvidado ni la afrenta, ni su juramento: recuperar a Mariana, aclarar lo sucedido, firmar la paz con su padre, restablecer su buen nombre, poner fin al enfrentamiento con el Corregidor. Para eso necesitaba saber, entre otras cosas, las causas por las que De Ulloa había aparecido asesinado en su casa, demostrar que había sido Sanz.

Ya lo había intentado nada más conocer el compromiso de su ex novia con Sanz. Incluso se atrevió a colarse en el precintado caserón quince días después del trágico suceso y una vez que los hombres del Alguacil Mayor investigaron lo ocurrido. Éstos habían llegado a la conclusión de que había sido un robo, posiblemente de algún cimarrón, en una noche donde los esclavos andaban borrachos y demasiado sueltos por la ciudad, a decir de algunos. Diego se atrevió a entrar sin permiso en la hacienda. No había nadie; los esclavos y sirvientes habían sido trasladados a una zona en Getsemaní a la espera de que los herederos de don Joaquín de Ulloa se hicieran cargo de ellos una vez se leyera el testamento. La casa presentaba un aspecto frío y desangelado. Así fue, husmeando en los papeles de De Ulloa, cotilleando en su secreter, como descubrió el matrimonio pactado de la hija de éste con Antonio Sanz; vio el retrato pintado en un minúsculo medallón de la jovencita, casi niña, una muchacha regordeta y mofletuda y fue cuando se le ocurrió que tendría que hacer algo al respecto para que todo el mundo en Cartagena supiera de lo que era capaz aquel depravado. Dos horas después había redactado los versos y al anochecer había hecho empapelar la ciudad de pasquines. Carina de Ulloa había pasado de ser una desconocida a ser la comidilla, la burla de todos.

–¿Podemos marcharnos? -volvió a preguntar la joven perdiendo un poco la paciencia.

–Sí, sí, enseguida. Esperen unos minutos -se limitó a decir el oficial.

De Rieux miró a Carina y reconoció para sí que el retrato del padre no le hacía justicia en nada y la caricatura dibujada por su amigo, menos. La mujer que tenía delante destilaba fuerza y belleza. Su mandíbula firme tenía poco que ver con el rostro melifluo reproducido por los panfletos, sus ojos negros desprendían inteligencia, su parquedad al hablar la retrataba como una mujer poco dada al coqueteo pero apasionada e impetuosa; su porte al andar la distinguía como una mujer fina y elegante. Tenía buen talle, un color de pelo indescriptible, la piel marfileña y una sonrisa adorable. Lamentó tener que darle tan malas noticias. Independientemente de que avisara a Diego, tenía que informar a la muchacha y a su tía de lo que se iban a encontrar al llegar a Cartagena, debería ponerlas sobre aviso. ¡Sería muy duro!

Las mujeres miraban sorprendidas al oficial sin comprender por qué llevaba un rato en silencio, perdido en sus propias reflexiones y sin atenderlas. Ellas tenían prisa, ¡querían llegar a Cartagena ya! Vieron cómo finalmente escribía un garabato rápido en un papel y se lo entregaba al soldado que montaba guardia en la puerta dándole instrucciones al oído y en voz baja. Esa actitud alarmó a Carina que presintió que algo no iba bien pero, ¿qué? Ellas eran españolas y así lo podían acreditar, no eran enemigas del Estado, no portaban armas. En fin, sería inconcebible que alguien les impidiera entrar en la ciudad. ¿O no?

–¿Algún problema? -se atrevió finalmente a preguntar Carina con un tono frío, carraspeando.

–No, o sí, depende -contestó el oficial mirándola.

–No comprendo, explíquese -contestó la muchacha en tono imperativo.

–Bien, pueden ustedes entrar a Cartagena con el grupo sin mayor problema -dijo el oficial y escuchó cómo resoplaba de tranquilidad la tía- pero...

–¿Pero qué? -cortó Carina nerviosa.

–Pero, hay algo que antes deberían saber, especialmente usted, señorita -le contestó mirándola a los ojos-. Es algo muy desagradable que me veo obligado a decirles y es posible que no estén ustedes preparadas para ello.

–No se preocupe por nosotras, somos mujeres fuertes; diga lo que tenga que decir y si al final tenemos que tomar un buque de vuelta a casa, lo haremos.

–Ya le he dicho que no se trata de eso -volviéndose a la sirvienta que pasaba por allí le ordenó traer un frasco de sales, agua lo más fresca posible y unos polvos. Las dos damas se miraron con una interrogación en los ojos-. Bien -continuó el oficial- señorita, lamento tener que decirle que su padre, don Joaquín de Ulloa, murió asesinado hace tres meses, a finales de octubre.

–¿Cómooooo? -repitieron al unísono ambas mujeres, las dos blancas del sobresalto.

–Como escuchan. Don Joaquín de Ulloa falleció a consecuencia de un golpe que algún desconocido le propinó en el cráneo. La investigación oficial concluyó -no quiso alarmarlas en ese momento con historias turbias y raras- que algún ladronzuelo le propinó el golpe para robarle en su casa. Cuando lleguen a la ciudad deberán ponerse en contacto con las autoridades y allí les informarán de todo, de los pasos a seguir para escriturar las casas y propiedades de su padre a su nombre si es usted su heredera, así como esclavos, etc.

Siguió mirándola. La joven estaba blanca y parecía al borde del desmayo. Evidentemente estaba demasiado exhausta del viaje como para encajar algo así nada más al llegar a su destino, pero él lo creyó necesario. También que dada la situación era mejor que conociera todo de un golpe. Cerrando la carpeta con el papeleo de las mujeres, las miró y dirigiéndose a Carina, le dijo a ésta:

–También lamento decirle que el joven Antonio Sanz, con quien al parecer está usted prometida, se casó recientemente y...

¡Zaaaas!, se oyó un golpe seco al caer.

Carina y el oficial se miraron. Quien se había caído redonda no era la muchacha sino la tía. Unas esclavas entraron raudas y veloces y con abanicos de hoja de palma y agua fresca, unas sales y unos polvos, reanimaron a la dama. Su sobrina seguía pálida e impávida sentada en el sillón sin decir palabra. Muda se había quedado, sorprendida... En ese momento se sintió perdida. Se preguntó qué diablos hacía allí, para qué había viajado desde tan lejos, qué iba a hacer ahora sola y en una ciudad desconocida... Se secó el sudor frío de la frente mientras observaba por el rabillo del ojo al oficial que, temeroso de que la muchacha también se desmayara, ordenaba colocar unas poltronas más cómodas en un rincón sombreado y con corriente.

–Por favor siéntese, refrésquese...

–Gracias -dijo muy seria Carina, que en ese momento aceptaba un vaso de agua y el aire que le proporcionaron dos esclavas jóvenes que abatían sin parar las gigantescas hojas. Sin perder la compostura dejó caer la cabeza sobre el respaldo del sofá y cerró momentáneamente los ojos.

–¿Se siente usted bien, señorita? ¿Quiere que busquemos a un médico? ¿Qui...

–No, gracias, no quiero nada. Estoy bien, sólo algo aturdida. Se lo agradezco, es usted muy amable pero preferiría que atendieran a mi tía.

–No se preocupe, su tía está mejor. Está consciente y bebiendo unos sorbos de agua. Están refrescándola con pañuelos húmedos y en unos minutos estará recuperada. Quien nos preocupa es usted. A veces es preferible un llanto o un desmayo a tiempo a...

No le dio tiempo a continuar. Primero por la mirada insolente de Carina preguntándose cómo se le ocurría a ese oficial desear que una dama como ella perdiera la compostura allí, en medio de todo el mundo. Si tenía que perderla lo haría en la intimidad de su casa, sin que nadie la viera. Además en ese instante alguien se acercó a ellos. Lo primero que Carina vio fue su sombra: era grande y alargada. Un hombre joven, alto y musculoso se acercó a ambos. Por el saludo del oficial se veía que eran conocidos y amigos, aunque el recién llegado no vestía uniforme ni parecía un caballero. Llevaba una camisa fina de lino blanco, un pantalón claro, botas altas y un sombrero de paja. El ala del gran sombrero tapaba en buena medida su rostro. Ya junto a los dos, Carina escuchó su voz grave y segura.

–¿Sucede algo? ¿Ocurre algo malo? ¿Se encuentra usted bien, señorita? Me ha parecido que...

Carina lo interrumpió.

–Si, bueno, me he encontrado momentáneamente mal. Mi tía y yo acabamos de llegar de España y nos hemos enterado de sopetón de malas noticias. Este oficial nos acaba de decir que mi padre ha fallecido y bueno, en realidad eso es todo. Mi tía y yo sólo necesitaremos un poco de tiempo para hacernos a la idea -dijo estirándose compulsivamente la manga del modoso vestido azul marino que lucía.

El que un extraño le hablase y mirase de forma tan directa la puso nerviosa. Más si ese extraño no parecía tener rostro. Era una mezcla de trozo de ala de sombrero, sombra en gris con contraluces y voz profunda de barítono. El oficial parecía tratarlo con aprecio y respeto. Carina se preguntó quién sería.

En ese instante el bochorno terrible que había hecho durante todo el día cedió pasó a la tormenta. Un viento huracanado arrancó el techo de paja de unas casillas colocadas frente al salón donde estaban y la lluvia sonó estrepitosamente al caer. Olía a tierra húmeda, a mar, se oían los gritos y las carreras de los pasajeros que aún estaban fuera a la intemperie esperando pasar aquella especie de aduana. Escuchó con nitidez el ruido de sables de unos oficiales que corrían cruzando la explanada de piedra del fuerte mientras el chapoteo en el agua indicaba que todavía había trabajadores junto a las naves cargando y descargando éstas. Doña Constanza siguió tumbada en el butacón. Los dos hombres jóvenes hablaban en voz baja entre sí y Carina guardaba silencio cerca de ellos; el oficial salió al exterior para dar unas instrucciones a su guardia.

Durante unos instantes Carina tuvo la sensación de que en aquel lugar extraño y a pesar de tanta gente como había, sólo estaban ellos dos: ella y el desconocido. Le pareció de mala educación que el hombre no se hubiese quitado el sombrero en su presencia como establecían las normas más básicas del protocolo. Más inusual era que ni siquiera se hubiese presentado. En ese instante desconocía quién era y por qué estaba allí. Desconocía si podría ayudarlas o era un siempre curioso. Indiferente al hombre que desde una distancia prudencial parecía haberse olvidado de ella y estar atento a lo que afuera acontecía, Carina se levantó.

No sintió las piernas flojas ni el pulso alterado. Estaba tranquila, pero sofocada por el terrible bochorno. El agotamiento sufrido en los últimos días según se acercaban a Cartagena había desaparecido. El fuerte viento parecía llevarse consigo todo el cansancio; se acercó a unos arcos abiertos a un callejón y dejó que la lluvia le mojara el rostro. El agua caía por su cara, su cuello, sus ojos, notó el pelo húmedo, la ropa y una gran sensación de paz la invadió. Era como si aquel agua pudiese lavar el sudor de tantos días en el barco, como si pudiese incluso limpiar la angustia que de manera inconfesable e inconsciente había tenido durante los últimos meses, como si su corazón presagiase un desastre indeterminado, un desastre que acababa de materializarse. Ella era fuerte. Podía hacer frente a las dificultades, lo que no podía era luchar contra los malos presagios. Muy mojada, pero restablecida física y mentalmente, se volvió hacia el interior, y entonces lo vio por primera vez.

La miraba intensamente, como si quisiera leerle el pensamiento, como si no quisiera perderse ni un detalle de su aspecto. Tenía los ojos verdes y el cabello oscuro sujeto en una coleta. No usaba peluca, y aunque iba vestido como un estibador del puerto a Carina no le cupo ninguna duda de que aquel hombre era un caballero. No por sus modales, que estaba claro dejaban mucho que desear, sino por su estampa. Era la de un hombre distinguido, seguro de sí mismo, rico y seguramente con éxito entre las mujeres. Indudablemente era guapo. En realidad muy guapo... o tal vez debería decir: muy atractivo. Sus rasgos afilados, su mentón fuerte, su mirada arrogante, sus largas patillas, sus manos finas y sin callos, sus piernas largas y estilizadas embutidas en aquellas finas elásticas blancas que le marcaban todos los músculos del cuerpo. Carina se detuvo mentalmente. La descripción que para ella misma estaba haciendo del hombre le resultaba terriblemente sugerente, tanto como para que se le encendiera la cara en un instante. Roja de vergüenza se volvió hacia su tía.

–Tía querida, ¿está mejor? ¿Llamamos a un médico?

¡Raaaaaaas! -afuera caían objetos. En ese instante entró de nuevo el oficial De Rieux.

–Lamento decirles que esta tarde será imposible que se embarquen hasta Cartagena. Aunque quedan pocas millas para llegar la tormenta podría hacer encallar los barcos en los arrecifes y las zonas de menos calado, incluso podría volcar la embarcación. Tendrán que dormir aquí y mañana por la mañana continuar su camino. Ya he dado instrucciones para que preparen la zona de almacén para acoger a todos en un improvisado alojamiento, todos menos a ustedes dos. Después del disgusto y el incidente con su tía yo me sentiría mucho más tranquilo si durmieran en el cuarto contiguo a éste.

–¡Oh no, señor, no querríamos molestarle! -dijeron las dos mujeres.

–No es ninguna molestia y para mí será un honor. ¿No es cierto

Diego? -contestó mientras miraba con interés a su amigo, a quien veía inusualmente callado y pensativo.

–*Ahh*, sí, desde luego -se limitó a contestar el desconocido.

–Carina de Ulloa -se presentó la joven con un gesto algo desdeñoso en la mirada, como dando a entender al desconocido los malos modales que tenía por no presentarse siquiera como Dios manda.

Los dos hombres captaron su indirecta. De Rieux corrió a presentar a su amigo.

–Perdonen señoras -dijo dirigiéndose a las dos- les presentó a Diego de V...

–Me llamo Diego de Vargas -dijo el otro directamente, cortando a su compañero. Éste lo miró con sorpresa sin que las mujeres se dieran cuenta.

–Encantada -contestaron ambas, mientras ofrecían su mano al nuevo conocido.

–Diego es u...

El joven volvió a interrumpir a su amigo. A Carina definitivamente le pareció muy maleducado.

–Soy letrado. Estaba en el fuerte realizando un trabajo para un Capitán del cuerpo y mañana al igual que ustedes regresaré a Cartagena. Si les puedo ser de alguna ayuda, no sé, como cicerone en una nueva ciudad, como abogado que ponga en orden sus asuntos y las ayude con el testamento o como su simple esclavo -dijo besándole la mano cortésmente, en un gesto innato que desmentía ser un *sirviente* al uso- aquí estoy a sus órdenes, para lo que me requieran.

–¡Qué amable! -contestó la tía-. Seguro que sí. Carina y yo necesitaremos ayuda.

Tras una charla breve y excesivamente fría, las mujeres, agotadas por el día y las noticias, abandonaron la estancia y se fueron al cuarto preparado para ellas.

La mañana siguiente llegó pronto. Amanecía muy temprano en Nueva Granada y a Carina le pareció que jamás había visto un sol tan grande y tan madrugador. Repuestas del disgusto y las malas noticias de la tarde anterior las mujeres se arreglaron en su cuarto y salieron al exterior. Querían agradecerle al oficial que les hubiese permitido ese mínimo de intimidad ofreciéndoles el cuarto. Doña Constanza había llorado mucho durante la noche de forma intermitente, pero Carina no. No había soltado una lágrima. No había podido. Presentía que necesitaría las fuerzas para algo que no fuera el llorar por un novio que nunca fue tal y por un padre que tampoco ejerció de ello. Tumbada en el camastro militar había dado vueltas a la idea de desenredar lo que el futuro le depararía. ¿Cómo se las iban a apañar ellas dos en una ciudad extraña?, ¿sería suficiente el dinero que heredarían de su padre para salir adelante al menos de momento?, ¿tendrían que replantearse volver a España?, ¿encontrarían a amigos que las ayudaran?

Volver... sólo pensarlo se le hizo cuesta arriba. Estaba agotada del viaje y sólo imaginar tener que repetirlo la dejaba sin aliento. Y aún peor era tener que renunciar a los sueños que durante esos meses de navegación había tejido. Anhelaba una nueva vida en lo más profundo de su corazón y sabía que no podría regresar a Badajoz sin al menos haberlo intentado. No, regresar no era una opción al menos de momento, pero si se quedaban era evidente que necesitarían un letrado, y a ser posible uno criollo, que supiera desenvolverse bien en la ciudad para no ser engañadas o estafadas nada más comenzar su peligrosa andadura en aquel nuevo reino. Le dio vueltas al ofrecimiento del desconocido de esa tarde. No era muy educado, pero se lo veía inteligente, discreto, y si se encargaba de temas relacionados con la Marina, a la que había pertenecido su padre, podría ser el hombre ideal; al menos de momento, hasta que ella conociera a más gente en Cartagena y encontrara un profesional más adecuado. Esa misma noche tomó la decisión. Le propondría trabajar para ella. Ni siquiera se lo consultó a su tía que bastante atribulada estaba. Sabía que aprobaría su decisión.

Al salir encontraron una mesa con jugo de coco y galletas para su desayuno, lo que agradecieron sabedoras de que estaban siendo tratadas como auténticas reinas y no como el resto del pasaje, al que habían ofrecido fruta y café en bancos corridos en los soportales donde habían dormido. Sin duda las dos mujeres habían sido unas privilegiadas en su trato, aunque el motivo fuera bastante penoso.

–Señoras, les ofrezco mi humilde mesa. Espero que les guste -dijo De Rieux.

–Muchas gracias joven, no sabe cuánto se lo agradecemos -contestó la tía.

Carina agradeció igualmente al oficial el trato y sin más preámbulos, como solía hacer, le preguntó por su amigo de la tarde anterior. Le preguntó si creía que podría ayudarla a desenredar todos los problemas legales que se encontraría en Cartagena al llegar, empezando por la apertura del testamento. El joven oficial casi se ahoga con su café al oírla.

–Estoy seguro; será el hombre idóneo.

–Me alegro. Por favor, comuníqueselo.

Dos horas después las mujeres abandonaban el fuerte San José camino por fin de la ciudad de Cartagena. En el *Santa Bárbara* viajaba con ellas el joven de Vargas, que como su nuevo letrado parecía comportarse con menos altivez pero manteniendo la distancia con ella. Carina lo prefirió así. El hombre le producía una extraña sensación de intranquilidad y al mismo tiempo de confianza. Asomada a estribor se dejó deleitar por la brisa mientras mentalmente se animaba a sí misma a afrontar lo que estaba por llegar. Tenía la sensación de que no sería nada fácil.

–*¡Ja, ja!* -escuchó reír a su tía.

La mujer hablaba distendidamente con el joven, con quien parecía haber congeniado. La vio feliz a pesar de todo, especialmente después de la incertidumbre vivida tras las malas noticias de la tarde anterior. Deseó poder abrazarla y protegerla. ¡La quería tanto! En realidad lo había sido todo para ella: su madre, su padre, su amiga, y ahora estaban solas en una ciudad desconocida y ya no era la de antes. Había envejecido, se había vuelto más cobarde. Tendría que ser fuerte por las dos; no derrumbarse, no flaquear ante las adversidades que aparecieran. Su mirada reflejó todo el amor que le tenía. Con la mirada perdida en el paisaje se prometió cuidarla como se merecía, con todo su amor.

En ese momento divisó la aleta de varios tiburones persiguiendo la estela del navío. Los siguió con la mirada un buen rato, embelesada con el trazo su nado, la potencia de su aleteo. Niños en pequeñas piraguas cargadas de plátanos y frutas tropicales las llamaban desde abajo intentando venderles algo. El agua tenía un color azul indescriptible y el verde lujurioso de las orillas simulaba un remanso de paz que Carina supo era falso. Cartagena le pareció una gran trampa, un lugar indescriptiblemente hermoso lleno de peligros. Dándose la vuelta cruzó los dedos y tocó la madera del buque.

–Padre guíanos, protégenos -rogó en un susurro.

Tras cruzar un recodo y dejar atrás varios baluartes defensivos en los que la selva parecía trepar entre cañones y muros, divisaron a lo lejos las torres de la catedral y a los barcos anclados en el puerto. Por fin llegaban a tierra. Lástima que después de todo no hubiera nadie allí para recibirlas. Un gentío esperaba en el muelle intentando localizar a los suyos. Desde el barco muchos agitaban sus pañuelos para hacerse ver. Los ojos de Carina se nublaron de lágrimas.

Capítulo V

Cartagena de Indias. Enero de 1739

Entró a tientas, dando tumbos en la vivienda. Un sirviente mulato le abrió el portón desde el interior cuando aporreó con la aldaba la madera oscura remachada de clavos y a punto estuvo de caérsele encima.

–¡*Quiteessegg*!- dijo apartándolo, con la lengua estropajosa y la botella de ron en la mano.

El esclavo, un hombretón de aspecto severo y estricto, se retiró limitándose a preguntarle al amigo del amo si necesitaba ayuda. Éste, con un gesto, le indicó que no. Cruzó el patio floreado y a rastras ascendió por la ancha escalera que daba acceso al piso superior. Diego se sentía fatal. Vislumbraba que estaba muy borracho y se maldijo a sí mismo por haber bebido tanto y haber perdido el control. Sabía que estaba en una situación personal delicadísima y cualquier error podía traerle graves consecuencias, lo sabía y lo había sabido esa tarde y esa noche, pero no había hecho nada. Nada, excepto hartarse a beber.

Recostado por fin en un butacón de raso desgastado oyó subir a la sirvienta. Con sus caderas anchas y su cadencia al andar, la mujer era una cotorra melosa capaz de marearlo, aunque esa noche viéndolo en semejante estado lo dejó tranquilo.

–¡Sí señorito, moliendo duro, pero que bien duro en la taberna!- le dijo chistosa mientras con manos ágiles le desabrochaba la camisa, la levita triste y ramplona que llevaba y le sacaba las botas.

Descalzo, con los pantalones de faena puestos, se tiró en la cama. Las hojas de palma del techo que movía un niñito lo mareaban. Tenía que dormir la mona. Casi lo había conseguido cuando oyó ruidos abajo. Supo inmediatamente quién era: Gerardo. Instantes después el oficial de la Marina, vestido aún con el uniforme azul marino y rojo, irrumpía en la estancia donde Diego descansaba.

–¡Y bien! ¿Cómo se te ocurre? ¿Serás insensato? ¿No has tenido suficiente? -le dijo muy serio-. Acabo de entrar y ya me ha dicho Malenita cómo has llegado -comentó en referencia a la sirvienta que minutos antes había medio desvestido a Diego.

–Me hace el *favorrrg* y baja el *tonitttog* -contestó el otro divertido–. *Siiiii, ya sé lo lo quuuee... me vas a deciiir y tienes razóoon* -contestó Diego con la lengua estropajosa y tropezándose con cada sílaba.

–Calla ya -le contestó–. Duerme. Mañana hablaremos -dijo empujándolo y volviéndolo a tirar sobre el colchón del que el otro había intentado torpemente levantarse.

Se volvió hacia una pequeña estancia próxima a la balconada y cogió un aguamanil. Mojando un trapo se lo acercó a la cara. Diego lo intentó rehuir pero no pudo. Prácticamente inconsciente, el jov en se quedó dormido sin darse cuenta. Gerardo cerró con malos modos la puerta y dejó a su amigo en semejante estado. Apreciaba mucho a Diego pero reconocía que podía ser insufrible, en especial en los últimos tiempos. Alguien como él, acostumbrado a tenerlo todo siempre, de repente se sentía como un fracasado, como un perdedor, y eso era más de lo que su soberbia y su amor propio podían soportar. Se estaba destrozando, tendría que hablar con él muy seriamente.

Desde que el juicio que acabó en destierro por un duelo ilegal -que venía a sumarse a los muchos que ya llevaba a sus espaldas y en los que *in extremis* había conseguido salvar los muebles- Diego tenía prohibido acercarse a la ciudad durante un año, momento en el que se revisaría su pena por el mismo tribunal que lo había juzgado meses antes. El castigo para uno de los jóvenes más privilegiados podría parecer duro pero en realidad había tenido suerte. El Tribunal Real había pedido para él pena de cárcel por su reiterada desobediencia, pero Lezo lo había impedido. Lo necesitaba.

Lo que había indignado tanto a Gerardo como a la propia familia De Veranz y al resto de amigos había sido la aparente pasividad de Diego, que no había intentado defenderse de ninguna manera, ni buscar atenuantes de ninguna clase, comportándose con una actitud altanera frente a los oidores reales que había sido la comidilla de la ciudad. Durante días no se había hablado de otra cosa en Cartagena que de su juicio, de su arrogancia y de haber comparecido en el estrado más preocupado por el arreglo de su corbata y su aspecto de petimetre que por su futuro. El propio Gerardo había sentido momentáneamente el mismo rencor contra él por su estúpido comportamiento que el sufrido por su padre, que desde ese día había dejado de hablarle. No había nadie que no coincidiera en Cartagena en que con esa actitud, el joven manirroto, dandi y conquistador había tocado fondo.

Gerardo también lo había visto así hasta que, intranquilo por su palidez y mutismo en el juicio, lo visitó horas después de dictada la sentencia en la insana celda de la cárcel de la ciudad a la que había sido conducido. De un solo vistazo percibió su mirada de agradecimiento y vio transformarse al joven pendenciero y mimado en alguien más humilde y cercano; como si hubiese madurado de golpe, mientras la sociedad que tanto lo había adorado y consentido, le daba la espalda. Sólo unos minutos a solas con él bastaron para cambiar su percepción de lo ocurrido: se leía el dolor en su mirada, lo sintió profundamente preocupado y se preguntó por qué no habría hecho algo más por defenderse cuando había podido.

–¡Tranquilo muchacho! Nadie se ha muerto por un añito sabático de destierro. Así podrá ver mundo y dejarse de mariconadas de salones -dijo en ese instante *Patapalo*, que acababa de llegar.

Los dos jóvenes saludaron con la ceremonia requerida al militar de más alta graduación del Caribe.

–Y bien, ¿cómo está? ¿Preparado para dejar por una temporadita Cartagena? -dijo riéndose.

–Desde luego, señor -contestó serio el otro, mientras su amigo lo miraba intrigado.

Si en algo se caracterizaba *Patapalo* no era ni por sus modales corteses, ni por proteger a ricos herederos, a *niños bien*. Es más, los odiaba, los consideraba un cáncer sin solución en la administración del reino, unos parásitos con los que no había forma de convivir. Su mirada de cariño, incluso de admiración por Diego resultó llamativa. Lezo era precisamente la persona que más enfadada debería estar con él, pero lejos de parecer contrariado, le sonrió con bondad, con un aprecio evidente. De Rieux tuvo la convicción de que en toda aquella historia había gato encerrado, que las cosas no habían sucedido como se habían contado públicamente y que algo se estaba tramando, algo serio e importante en lo que tanto Diego como Lezo estaban metidos de lleno. Aquel pensamiento lo intranquilizó profundamente. ¿Qué diablos estaría pasando? Desde ese día se puso a disposición de ambos para ayudarlos en todo lo que se le requiriera y había sido el propio *Patapalo* el que le había pedido que cuidara de Diego en los próximos meses, que no lo perdiera de vista; al muchacho se le haría muy cuesta arriba su nueva situación y no estaba para cometer más errores.

Desde entonces Diego había empalmado una misión con otra para Lezo, viajando a Panamá, a Portobello, a Maracaibo... tomando como base el Fuerte San José a la entrada a la bahía, en la isla de Barú, un punto que según Lezo no podía contar como ciudad propiamente dicha, por lo que no estarían desobedeciendo la sentencia de la Audiencia Real. El castigo se lo había puesto el Virrey y sólo éste podría quitárselo, aunque Lezo lo había intentado. Al menos había conseguido la autorización de Eslava para que el muchacho siguiera sirviendo esos meses en la Marina y ayudara a la fortificación de las defensas que él estaba acometiendo como un poseso desde su llegada hacía unos años a Cartagena.

Lezo lo trasladó de regimiento, lo alejó de sus conocidos, de su círculo social. ¡Cuántos menos supieran dónde estaba, mejor! El general también demostró que podía ser extremadamente duro con algunos de sus hombres... y demasiado blando con otros. Éste era ese caso. A pesar de la imagen de calavera indisciplinado que rodeaba a De Veranz, Lezo lo consideraba uno de sus mejores oficiales por lo que no le importaba otorgarle ciertos privilegios. Uno de ellos, llevado en secreto, era dejarlo entrar de vez en cuando en Cartagena para que disfrutara de mujeres o de alguna juerga, siempre y cuando estuviera a mil millas de su aristocrática familia y de su ex novia, en definitiva de todos sus conocidos; aquello obligatoriamente lo acercaba a los tugurios del muelle.

Hasta allí había bajado un par de veces en esos meses, siempre camuflado luciendo ropa pasada de moda hacía años y con aspecto de notario, como él decía.

–¡Dios! ¿Cómo voy a rumbearme a una moza con semejante pinta? -se dijo la primera vez que se vio en el espejo con aquella indumentaria oscura y de licenciado apolillado que ni en sus peores pesadillas hubiera imaginado nunca tener que llevar.

Sus últimas salidas había llevado el pelo oscurecido con tintes para impedir que nadie reconociera su espléndida y castaña cabellera, con sombreros que cubrían buena parte de su rostro. Se había mantenido lejos de los clubes sociales de antaño, de los cafés de moda o las mansiones de sus amigos. Más difícil de esconder había resultado su altura y sus intensos y profundos ojos verdes. Los ojos del hombre más deseado de Cartagena, los del soldado más astuto de Lezo: fríos y brillantes como esmeraldas.

Durante sus escasas estancias en la ciudad, de solo un par de horas o como mucho un día, Diego dormía en una casa cerca de la muralla, en la calle de la Merced, propiedad de Gerardo. Su amigo siempre se sentía intranquilo cuando Diego hacía uso de ella, porque siempre existía el riesgo de que alguien lo reconociese en la ciudad. Había intentado convencerlo de que aguantara sin entrar en la villa un tiempo, pero Diego, riéndose de sus miedos, había hecho caso omiso. El que aquella noche presentara semejante estado de embriaguez no tranquilizaba precisamente a Gerardo, quien durante unos minutos desde la balconada llena de flores vigiló que nadie raro husmeara la zona. Comprobó que nadie hubiera descubierto a su amigo.

Con terrible jaqueca bajó a desayunar a la mañana siguiente. Malenita le había preparado sus bollitos de maíz, dulces de guayaba, tamales, compota de ciruela y un café bien cargado que humeante lo espabiló. Hizo un esfuerzo por comer algo aunque tenía el estómago revuelto. Unas profundas ojeras marcaban su rostro, más afilado debido a la barba de dos días que lucía. Gerardo se reunió con él. Sentado con el periódico encima de la mesa dejó que la luz matinal inundara la estancia. Se trataba de una sala semicircular con toda la pared de balconada abierta al mar. Los postigos estaban abiertos y algunas flores tropicales daban al ambiente una falsa sensación primaveral.

–*Ummmmm* -carraspeó Diego-. Lo siento amigo. Ya sé que

ayer me pasé bebiendo. No entiendo qué me ocurrió. Sabes que hasta ahora he bajado a la ciudad otras veces, me he divertido tranquilamente jugando algunas partidas y no he dado la nota, pero ayer, no sé, lo necesitaba.

–Entiendo -contestó el amigo mirándolo, dejando el periódico cerrado en la mesa mientras daba un gran sorbo a su taza-. Cada vez es más peligroso que te vean; te arriesgas a que se retrase la supervisión de pena. No te busques más líos. Sabes que pueden mandarte a prisión.

–Lo sé -contestó el otro dando un gran bocado al dulce de leche-. No volverá a suceder.

–¿Por cierto, que tal en la Real Contaduría? ¿Aclaraste algo con *tu clienta*? -le preguntó divertido-¿¡Sabes que estás loco!? Tarde o temprano esa muchacha te descubrirá en todo el sentido de la palabra. Primero como el farsante que se hace pasar por abogado sin tener idea de leyes, y segundo como el hombre que... ¿destruyó su reputación con pasquines maledicentes? No sé, aunque resulte menos provechoso para tus planes de investigador, deberías decirle la verdad a la señorita De Ulloa.

–¿Y que me denuncie? -contestó medio riéndose con la boca llena-. Ni lo sueñes. Mis enemigos actuales -fíjate lo que te digo- no van a ser nada en comparación con ella cuando descubra de verdad quién soy y eso que todavía no ha llegado a sus manos ninguno de los pasquines que se pegaron por la calle. Cuando se vea en ese retrato atroz y comience a tirar del hilo, me odiará a muerte. Y yo lo entenderé. Me lo tendré bien merecido, pero de momento no puedo descubrirme. Necesito estar cerca y averiguar qué le pasó al bueno de don Joaquín, quién lo mató. De momento ya sé quiénes son sus herederas.

–¿*Quiénes*? -le dijo el otro mirándolo. ¿Es que hay alguien más que su hija?

–Bueno, pues según el testamento que se leyó ayer por la mañana, lo hay -contestó Diego limpiándose con una hermosa servilleta de hilo bordada-. Además de algunas baratijas para sus sirvientes más fieles, la libertad para sus esclavos y la práctica totalidad de sus bienes a su hija Carina, también se ha establecido una cláusula con una pequeña fortuna en metálico para una tal *Niña*

Perla, que nadie sabe quién es. Habrá que localizarla. Supongo que será alguna mantenida de De Ulloa. Al parecer se trata de una mulata joven. Hasta ahí hemos llegado.

–¿No ha contactado el antiguo abogado de De Ulloa con su hija? Deberías tener cuidado si lo hace. Ese hombre podría reconocerte. Tú no sabrás quién es él, pero él seguro que te conoce a ti. Es lo malo de ser tan popular -dijo encogiéndose de hombros.

–Lo sé. Por eso he hecho averiguaciones. Ya sé quién es el licenciado que atendía a De Ulloa, un pobre diablo. Aun así, no quiero verme con él la cara, no fuera a reconocerme. Como tarde o temprano contactará con ella, he inventado una buena treta para impedir que me vea frente a frente.

–¿Dónde se alojan las señoras? ¿Están ya en casa De Ulloa? ¿Se ha abierto el caserón?

–Todavía no. Posiblemente esta tarde les den la llave en la Contaduría. El testamento es claro y lo declara propiedad de la hija. Hasta ahora las autoridades no habían podido reabrirlo, pero en uno o dos días las dos podrán mudarse allí a vivir. Ahora están en una pensión cómoda y segura cerca de la catedral.

–Si se van a vivir a la casa tendrán que comprar esclavos, contratar servicio- siguió el amigo.

–Sí, en eso estoy -le dijo con una mirada pícara Diego-. Enviaré como servicio a algunos de mis hombres. Así, aunque yo no esté en la casa, estaré permanentemente informado de lo que ocurre. Respecto a los esclavos, en cuanto abran la casa las acompañaré al mercado. Compraremos unos cuantos aunque la tía había insistido en buscar a los que había antes y habían servido a su hermano, contratarlos como criados; especialmente quiere conocer a la tal *Niña Perla*. Tenías que haber visto el gesto de la sobrina. No le ha gustado nada.

–¿Qué vas a hacer hoy? ¿Te vas a quedar otro día más en la ciudad? ¿Qué vas a hacer cuando tengas que dejar Cartagena? ¿Qué explicaciones les vas a dar?

–Bueno, he estado pensando en ello. Lezo me ofreció cuando llegué unas semanas de permiso que no acepté, ahora he cambiado de opinión. He decidido descansar; estaré unos días a ver si averiguo algo.

–Estás obsesionándote con esa idea. Deberías olvidarte aquí y ahora de todo: del asesinato de De Ulloa, de la ingrata de tu ex novia, del desvergonzado de Antonio Sanz, del Corregidor, de tu padre y de todo, centrarte en tu carrera. Ahora mismo Lezo te tiene en gran estima, no la pierdas. Un año pasará pronto, volverás a deslumbrar en sociedad, seguirás teniendo el mismo éxito con las mujeres, podrás elegir una bonita novia que te haga feliz. En fin, no te compliques la existencia luchando contra molinos de viento, intentando darle la vuelta a una situación que en mi opinión ya es irreversible. Sólo te hará sufrir y hará sufrir a otros. Ten cuidado con esa muchacha, no se merece que le hagas daño. Ella no te ha hecho nada. No seas injusto.

–No quiero hacerle daño. No es mi objetivo. Y no es una obsesión. Simplemente soy de aquellos a los que les gusta llegar al fondo de las cosas. Quiero saber qué pasó; si la muerte de De Ulloa fue una casualidad o un asesinato y si de alguna manera se vincula con el súbito casamiento de Sanz con mi novia. Respecto a su hija, ya me conoces. Tengo a las mujeres que quiero, no tengo intención de manchar su reputación, seducirla, o hacerle daño.

–Por cierto, ¿qué te pareció? Desde luego el retrato que guardaba su padre en el secreter y la caricatura no le hacen justicia. Reconóceme que es una mujer atractiva.

–Sí, sí que lo es -contestó De Veranz, parco en palabras mientras saboreaba hambriento un bocado delicioso.

Gerardo lo miró de reojo. Sabía que a su amigo no le había pasado inadvertida la belleza de la señorita De Ulloa. Se preguntó qué habría pensado Diego al verla en el fuerte. Estaba despeinada, con la cara arrebolada del sofoco, sudorosa e increíblemente hermosa. Estaba seguro de que le había gustado a Diego, aunque éste no parecía querer reconocerlo. Él, que nunca había tenido problema en alabar la belleza de cualquier dama, para las que siempre tenía una palabra atenta, un detalle cortés, una flor o una sonrisa demoledora, ahora se había vuelto medio misógino.

–Bueno, y tú, cuéntame. ¿Qué tal va ese plan de asedio y conquista de la joven Paulina de Mendoza? ¿Avanzas o no?- le preguntó divertido Diego.

–Bueno, avanzar avanzo, aunque más despacio de lo previsto. Pero mira lo que te digo, todo andará y me juego contigo lo que quieras, a que me caso antes que tú.

De Rieux lo dijo riéndose, sin darse cuenta de que sus palabras tocaban la fibra sensible de su colega. Diego no había olvidado la humillación pública de su ex prometida casándose con un criollo arruinado. No estaba para bromas. Tras pasar un par de horas juntos, cada uno despachando sus asuntos, los dos amigos se separaron. Gerardo tenía que realizar algunas visitas obligadas. Diego se dedicó a descansar antes de volver a visitar a la familia De Ulloa. Tenía con ellos cita esa tarde.

Tumbado en la cama pensó en la joven Carina y le hirvió la sangre. Cerró los ojos y rememoró el momento: la vio a contraluz en aquel portalón del fuerte, mojándose con la lluvia, con las manos chorreando tocándose la cara y el cuello, dejando que sus dedos largos y femeninos se deslizaran por su cuerpo ajustándose el corpiño, rememoró el gemido inconsciente de placer que se le escapó, la cara arrebolada y la deseó con todas sus fuerzas. La habría poseído, si hubiera sido posible, en ese instante. Hubiera dado lo que fuera por poder acercarse a ella y haber tocado su estrecho talle y sus firmes pechos. Deseaba saber a qué sabía su boca, a qué olía su pelo que despeinado le colgaba en madejas en torno a la cara. Deseó haber sido él el causante de su gemido de placer. Con los ojos cerrados y balanceada por el viento parecía poseída por la naturaleza, tan ahíta de sexo como las meretrices de un burdel. Hubiera podido estar horas contemplándola sin decir una palabra, pero la magia se rompió al volverse bruscamente presintiendo que él la miraba.

Después la magia retornó en el barco. Aunque no hubiese parado de hablar durante toda la travesía con la tía no había perdido de vista a la sobrina, que parecía aislada y ausente. La había observado en un gesto similar al de la tarde anterior: mirando embelesada la lejanía desde la baranda, sorprendida de la belleza que la rodeaba por doquier, acariciando con sus dedos las maderas, dejándose arrastrar por la lujuria que le producía el viento refrescante de la mañana, y pensó que su imagen de señorita austera y tiesa era sólo eso, una pose, y que debajo de una fachada tan fría latía la pasión; se preguntó si no le gustaría ser él quien se la descubriera, quien despertara en ella su sensualidad oculta por las rígidas normas de la buena educación. Sus manos cruzadas en el regazo hablaban de una mujer distante, muy diferente a las jovencitas criollas sensuales y desvergonzadas en sus ademanes que él conocía, pero sus ojos decían otra cosa. En ellos había fuerza, determinación, inteligencia y pasión a raudales. Tendría que felicitar al hombre que la desposara. Sería muy afortunado.

En ese instante se acordó del cabrón de Antonio Sanz, del hombre con el que su padre pretendía casarla. Se preguntó si ella habría estado de acuerdo, si habría estado enamorada de ese imbécil, y sólo pensarlo le revolvió el estómago.

–¡Seguro que no!- se dijo. Sería algún turbio negocio del padre y del ayudante.

Se preguntó también qué pensaría Antonio Sanz cuando la viese. Seguramente nunca se la hubiese imaginado tan atractiva y lo que era peor, ¿qué pensaría la sociedad criolla al conocerla? Se quedarían perplejos al ver a la Carina real después de llevar meses chismorreando sobre la imaginaria. La niña mofletuda y monjil resultaba ser una mujer muy diferente. ¡Menudo chasco se iban a llevar muchos! Claro que cuanto más tarde se enterara Carina del enredo, mejor. Seguro que le dolía saber que durante meses, y sin causa alguna, había sido el hazmerreír de una sociedad a la que llegaba buscando una vida nueva. Aquel pensamiento lo hizo sentirse terriblemente culpable.

Decididamente había sido un estúpido -reconoció- y además, injusto. Debería haber escuchado a Gerardo aquella noche en la que el ron hizo estragos y decidió vengarse de Sanz con aquellos papeluchos insolentes sin pensar que podría herir a terceras personas inocentes. Si pudiera borrar aquel episodio lo haría, pero lamentablemente no estaba en su mano dar marcha atrás en el tiempo. Carina sufriría al saber lo ocurrido y él no podría amortiguar mucho el golpe. No la conocía demasiado pero estaba seguro de que el rechazo y las burlas de aquella sociedad criolla la herirían en su amor propio.

–¡Y dicen que yo soy arrogante, pues verán cuando la conozcan! -dijo para sí mismo.

Tendría que pensar en algo para compensarla. Tal vez pudiera acudir a sus hermanas, especialmente a Olalla, la pequeña, la que nunca le había dado la espalda ni en los peores momentos. Su hermana la mayor, Luisa, se había mostrado más dura con él. Con ella sería más difícil. Además Luisa acababa de dar a luz a su segundo hijo y estaba un poco alejada de la vida social. ¡Bueno -se dijo- ya habrá tiempo de pensar en algo! Y con este pensamiento se durmió.

Carina metió la llave en la cerradura y sonó el gozne metálico. Los presentes estaban algo inquietos esa tarde desapacible de febrero en la que por fin podrían acceder a la casa solariega de De Ulloa. Por fuera el caserón era similar a muchos otros de aquel céntrico barrio de Santa Catalina, la zona más cotizada y noble de la ciudad colonial, la mejor protegida por las murallas y la que menos sufría los malos olores de las ciénagas próximas.

Se trataba de un edificio verde con el portón de madera, tachuelas oscuras y una gran balconada volada repleta de buganvillas, cintas, gardenias, hiedra y albahaca. La vegetación, un tanto abandonada desde el cierre de la casa hacía meses, crecía salvaje y espléndida. Encima del portalón había un gran arco de medio punto con huecos haciendo un dibujo en aspa cubierto con cristales. El patio por dentro era rectangular y las paredes estaban pintadas de color melocotón. En la planta baja había una arcada con columnas que sujetaban el segundo piso, todo acristalado. En el centro del patio había una gran fuente, larga y estrecha, rebosando un agua que a falta de cuidados tenía un color verde opaco; en ella flotaban hermosos nenúfares criollos. Junto al agua había multitud de pequeños tiestos, algunos de plantas desconocidas que crecían sin control debido al calor y la humedad del ambiente. Estaba empedrado el suelo y varios árboles daban sombra: una ceiba gigante, un ficus enorme, unas palmeras. Del lado izquierdo una ancha escalera conducía a la planta superior. Abajo estaban las cuadras, los fogones, las letrinas y las habitaciones de los sirvientes. Arriba las habitaciones nobles: varios dormitorios, un gran salón alargado y luminoso, una coqueta y acogedora biblioteca, un amplio vestidor.

Las habitaciones tenían techos altos, suelos de losa y madera, esteras finas, espejos dorados y lámparas de cristal. Todo en tonos oscuros, masculinos. Los muebles europeos se mezclaban con los autóctonos de mimbre, había una hermosa jaula de madera vacía y otros objetos primorosos. Doña Constanza fue retirando las sábanas blancas que cubrían los sofás y muebles principales, un grandioso espejo les devolvió a los tres su imagen duplicada. Diego se preguntó cuánto ganaría el bueno de De Ulloa, porque un simple oficial de la Marina no ganaba para mantener una casa como aquella, un cacaotal en el interior, otra pequeña vivienda en Turbaco, y sus propiedades en España. Carina abrió las ventanas dejando que entrara el aire, ventilando la estancia que olía a cerrado. Se asomó y observó el movimiento en la calle. Escuchó las campanas de la catedral llamando a misa; una anciana de color arrastraba un burro cargado de cocos, otra joven esclava portaba en su cabeza un gigantesco cesto de mimbre con ropa. Pasó a la alcoba principal y vio la severa cama cubierta con un fino mosquitero blanco, el armario, unas mesillas pequeñas.

–Aquí mataron a padre -comentó en voz baja a su tía. Ésta afirmó con la cabeza. –¿Sabe usted algo de aquello? Tal vez oyera algo, lo que se comentó entonces... -dijo de repente, preguntándole a Diego.

–Sí, algo oí, condenaron a un cimarrón que lo negó, pero aun así no continuaron la investigación -se atrevió a decir éste, en ese momento tan absorto en la casa y sus secretos como ellas mismas.

La única vez que estuvo allí lo hizo a oscuras y deprisa, sin tiempo para detenerse en detalles. En el salón vio el secreter. Hacia allí se dirigía Carina. Intentó abrir sus pequeños cajones sin éxito. Decidida se sacó una fina horquilla del cabello y con una maña digna del mejor ratero abrió el cajón principal. Se entretuvo en sacar un fajo de cartas, unos papeles, una pluma seca, un tubo de cera para lacrar cartas y un medallón. Carina lo tomó con la cara iluminada.

–¡Mira tía!, ¿se acuerda -le preguntó con una amplia sonrisa en los labios- de esta pintura?

Diego se quedó paralizado al verla con el medallón que él mismo había caricaturizado y convertido en objeto de sorna. La pintura era malísima y lo lógico era que una jovencita presumida lo aborreciera, pero ella parecía emocionada de verlo.

–¡¿Que si me acuerdo?! -contestó la tía arrancándoselo de las manos-. Joven, -dijo volviéndose hacia su acompañante- dígame usted si esta pintura no es un adefesio. Antes de dejarlo contestar siguió a su aire-. ¡Dios mío cariño, deberías haber matado a sor Brígida por este retrato! Sé que te lo hizo con todo el cariño del mundo, pero de verdad no sabes el peso que me quitas de encima al haberlo recuperado. Es tan feo que cualquiera podría convertirte en objeto de mofa. Dámelo. Yo lo guardaré o lo quemaré ¿para qué diablos lo quieres?

–¡Ni se le ocurra! Ya sé que es feo pero me recuerda a sor Brígida. Sabe lo buena que fue con nosotras. Yo la apreciaba mucho. Me gustó que me pintara, fue divertido, lo recuerdo con cariño.

Diego seguía la conversación como ausente, aunque en realidad no perdía baza de todo lo que comentaban las mujeres. Pensaba que algo podría descubrir de sus conversaciones. Carina se volvió de nuevo hacia él.

–Señor de Vargas, ya sé que está usted bastante ocupado, pero me gustaría pedirle un favor.

Diego la miró algo sorprendido y con un gesto de cabeza la animó a hablar.

–Bien, verá, nunca estuve muy unida a mi padre, por eso tal vez le haya sorprendido mi frialdad al hablar de su muerte. Nunca conviví con él a excepción de unos cuantos meses cuando era muy niña, pero eso no significa que no lo quisiera. Me gustaría saber al detalle qué pasó en esta misma casa, la causa por la que asesinaron a mi padre. El Alguacil mayor me entregó, como bien recordará usted, el informe detallado del crimen; lo he leído por encima sin llegar a ninguna conclusión. Parece que fue un robo, pero no falta nada importante en el inventario que me han hecho llegar. No sé si robarían algo desconocido, o si hubo... otra causa detrás de lo que pareció un simple robo. ¿Podría contar con su ayuda para seguir averiguando qué paso realmente? -le dijo mirándolo fijo.

Diego resopló. Ni en sus mejores sueños hubiera imaginado una situación como esa. Era perfecta para avanzar en el asunto que lo había llevado hasta allí. Sin pensárselo le contestó que sí, que estaría encantado. Carina le sonrió y Diego se quedó absorto mirándola. Al trasluz de la ventana, con el pelo encendido como el fuego, tan hermoso como el crepúsculo que iluminaba el cielo a su espalda, con la mirada intensa y fija en él, con los labios húmedos. Diego sintió que le flojeaban las piernas y la sangre se le hacía espuma.

–Por cierto, ¿qué le han dicho a usted en la Contaduría sobre mi servidumbre? ¿Cuándo podré contar con ella?

–Ya sabe que los esclavos más viejos fueron liberados por su padre. Han sido avisados para que le presenten a usted sus respetos como manda la tradición, y si usted desea que alguno continúe trabajando en esta casa podrá proponérselo cuando vengan y si ellos aceptan, todo arreglado. Dos de los jóvenes están en un centro en la Ciénaga y regresarán a la casa en cuanto usted me autorice a recogerlos. Respecto a la tal *Niña Perla*, es una mujer libre y aunque se le ha intentado avisar de su llegada como al resto de esclavos manumitidos, no se ha sabido nada de ella. No la han encontrado.

–Bien -dijo Carina- habrá que seguir buscándola. Hay que darle lo que le corresponde de la herencia.

–De todas formas -continuó él- deberíamos ir mañana al mercado de esclavos a hacernos con alguna doncella para ustedes, necesitarán más manos para atender esta casa.

Carina le sonrió en agradecimiento por sus consejos. Le reconoció, con amabilidad a pesar de su carácter estirado, que sin él hubieran estado perdidas en Cartagena. En ese momento regresaba la tía de otra habitación. Con un fajo de papeles amarillentos y un tintero medio vacío se sentó en el escritorio de su hermano.

–Es imperdonable que no hayamos enviado cartas de presentación a la buena sociedad de Cartagena. Eso es lo primero. Tenemos que presentarnos debidamente. La primera carta será para doña Josefina Pacheco de Lezo. Después me he hecho con un listado de nombres importantes de damas de esta ciudad. Aunque estemos de luto y no podamos asistir a actos sociales en unos meses, no es decente no presentarse. Por cierto joven -dijo volviéndose a Diego- ¿qué le parece a usted la lista que me han ofrecido? ¿Está completa?, ¿debería incluir algún nombre importante que falte o quitar alguno indeseable?

Diego tomó la lista escrita con una cursi letra femenina y leyó los nombres de las principales familias cartageneras. Detrás de la de Lezo iba la suya propia. Sintió pena al leer el nombre de sus hermanas y su madre. Luego le seguían casi medio centenar de damas de alta alcurnia, pero Diego no tuvo ganas de seguir leyendo, era como regresar a su antiguo mundo, un mundo al que de momento no podía volver. Le devolvió la lista a la tía y dejando a ésta entretenida escribiendo, siguió recorriendo con Carina las estancias. Observó cómo la muchacha tomaba nota mentalmente de lo que se necesitaba, de lo que se había deteriorado, de lo que deseaba adquirir...

–Por cierto, y ya sé que se extralimita en lo que deben ser las funciones de un joven licenciado en leyes, pero... ¿podría usted indicarme dónde hay una buena modista?

Diego soltó una carcajada de forma espontánea. Carina lo miró con curiosidad.

–Perdóneme, no quería molestarla, es sólo que me preguntaba cuánto tardaría usted en comprender que en Cartagena no se puede ir vestida con trajes tan oscuros y calientes, con lanas pesadas y terciopelos. No se preocupe, conozco donde están las principales tiendas de tejido y las más reputadas modistas. Será un placer acercarla mañana en mi carruaje. ¿Le parece a las diez?

Carina aceptó satisfecha. Se sentía bien con el joven abogado cerca. Le daba seguridad, le gustaba. A la mañana siguiente, ambos jóvenes y la tía como carabina, recorrieron en carruaje el centro urbano. Visitaron el mercado de esclavos, el mayor de toda América, compraron dos jóvenes adolescentes que servirían en la casa como doncellas y tomaron un espeso chocolate con canela en una esquina a la sombra de un tamarindo. Diego se sentía como si le hubieran quitado años de encima, como si los malos meses anteriores se hubieran borrado de un plumazo, se sentía con ganas de correr, de gritar, de hacer cualquier cosa... cuando de repente la vio bajar de un hermoso birlocho. Era Mariana, más guapa y elegante que nunca. Sus rizos rubios caían en cascada y el traje de fina seda azul de su falda le marcaba la silueta. Su imagen le produjo la misma sensación que si le hubieran dado un mazazo en la cabeza.

Capítulo VI

Se paró en seco al oír un leve crujido en las maderas del piso. Levantó la cabeza y vio en la puerta a Juanín, el joven negro de su propiedad que había *prestado* a la señorita De Ulloa.

–Soy yo señor, puede seguir, nadie a la vista- dijo saliendo de nuevo de la estancia.

Junto al también esclavo Silverio habían llegado el primer día a la casa para sustituir al servicio ausente hasta que las señoras recuperaran a su personal tras la lectura del testamento o compraran los esclavos necesarios. Eso ya lo habían hecho; incluso habían recuperado una parte del personal del padre al que éste había concedido la libertad como la negra Tomasa, que después de visitar a la joven ama había aceptado la oferta de la muchacha de seguir como cocinera por un modesto sueldo. Carina iba a devolverle a Diego sus esclavos cuando éste insistió en que los retuviera todo el tiempo que necesitara, hasta que estuvieran perfectamente establecidas, y así había sido. Ella había mostrado algunos reparos pero doña Constanza, una mujer más práctica, los había aceptado encantada dando las gracias de todo corazón a su joven letrado, al que consideraba una bendición de Dios.

–¡Qué hubiéramos hecho sin usted! ¡Se me abren las carnes sólo de pensarlo! ¡Solas en un lugar extraño, sin un hombre que nos proteja! ¡Mil gracias! Le aseguro que tendrá en nosotras a sus más fieles y leales amigas y que ésta, será siempre su casa para lo que quiera.

–Será un honor ayudarlas. Pienso cómo me gustaría que alguien ayudara a mi madre o a mis hermanas si se vieran en una situación como la suya. Créanme, es lo menos que puedo hacer por ustedes. Por los esclavos no se preocupen, no los necesito por ahora- contestó Diego.

Precisamente por el cariñoso trato de doña Constanza, -no tanto por el de Carina siempre más distante- era por lo que le escocía y molestaba estar comportándose como lo hacía: engañándolas, espiando en una casa donde le habían abierto las puertas y el corazón de par en par. La vieja conseguía muchas veces hacerlo sentir como un traidor, como un maldito desagradecido y eso era algo que no se podía permitir.

–Si sigue diciéndole esas cosas tía, nuestro letrado se pondrá colorado -contestó Carina riéndose, pero observándolo de forma escrutadora.

Diego supo que tendría que tener mucho cuidado con ella, a veces parecía que sospechase algo. Desde el primer día sólo había pensado en servirse de ellas para averiguar lo que necesitaba; había buscado los momentos oportunos para poner la casa patas arriba buscando una pista sobre la muerte de don Joaquín y el origen de su fortuna, pero sin encontrar nada hasta el momento. Aprovechaba ratos como aquel en que las señoras habían ido al cementerio, a visitar la tumba de don Joaquín, para quedarse solo en la casa, aparentemente trabajando y en realidad espiando. La servidumbre sabía del ascendente del abogado sobre las dueñas y nadie decía nada. Aun así había tomado precauciones para no ser descubierto. Cuando se liaba a vaciar cajones, mover alfombras, tantear paredes a la búsqueda de misteriosas cajas fuertes o andorreaba por el trastero de la buhardilla, mandaba bien lejos a los criados desconocidos y ponía a los suyos a controlar puertas y accesos. Y aunque estaba acostumbrado a jugar con fuego durante horas y a aguantar hasta el límite sin que se le acelerara el pulso, reconoció que aquel día se sentía nervioso. No había explicación lógica a su alterado estado de ánimo, sólo una vaga sensación de peligro; sentía que no estaba sólo, por eso, al levantar la cabeza y ver a Juanín en la puerta se tranquilizó; alejando aquel temor volvió a echar un detenido vistazo a la sala: nada. No había nada... ni nadie, al menos él no lo veía. Se preguntó si no estaría paranoico.

Desde una rendija de la ventana vio a la vieja Tomasa salir, seguramente en dirección al mercado, acompañada por una doncella pinche en la cocina. ¿Habría sido ella quién había intentado introducir en la casa, en dos ocasiones distintas, copias de los pasquines que se mofaban de la señorita De Ulloa?

–No amo, no lo creo. La Tomasa es *mu* rebuena. Ella no se metería en esas vainas- le contestó Juanín esa misma mañana cuando lo interrogó sobre sus sospechas.

–Bien, no me la pierdan de vista; ni a ella ni a nadie de los nuevos. ¿Entendido? -les ordenó-. Esta noche quiero que vigilen fuera por turnos.

Los esclavos asintieron con la cabeza.

Uno de los papeles lo había encontrado él mismo la noche anterior al salir, tirado por el suelo. Era evidente que alguien con prisa había intentado colarlo por debajo del portón principal. Otro se lo había dado Juanín, a quien había instruido en lo que debía hacer en caso de encontrar papeluchos semejantes. El muchacho lo había escondido y se lo había dado a la menor oportunidad. En esa ocasión el interesado en hacerle llegar a Carina el papel difamatorio había intentado introducirlo por el portón trasero que daba a los establos.

–¿Han mirado bien? ¿No quedarán más por ahí? - les preguntó a sus hombres.

Estos negaron rotundamente con la cabeza. Allí no había más, pero afuera todavía quedaban decenas pegados en tapias y paredes. Diego se sintió ridículo. Retirar de circulación los pocos que quedaran parecía una misión imposible, pero tendría que intentarlo.

–¡Pardiez! -repitió por lo bajo, condenado.- Toma estos reales. Repártetelos con el Chamaquito y su familia. Ve a verlos hoy mismo y pídeles que limpien los que encuentren.

–Amo, es que hay muchos y no sabemos leer. ¿Cuál quitamos? ¿Todos?

–No, no. Déjalo, ya veré qué hago. -respondió cansado, harto.

El destino parecía reírse de él. El mismo que los había puesto en circulación ahora intentaba retirarlos, aunque era consciente de que tarde o temprano, seguramente más temprano que tarde, Carina se haría con alguno. Las víboras y cotillas de la ciudad se las apañarían para hacérselo llegar, para ponerla en antecedentes de lo que se iba encontrar en Cartagena. No tenía razones, pero aquella idea lo enrabietaba.

Y lo peor era que seguramente lo harían por pura diversión, por tener algo de qué hablar durante el chocolate o el café. ¡La despellejarían viva! El morbo de saber que la famosa señorita De Ulloa había aparecido habría desatado una vorágine de cotilleo infrenable. A pesar de estar desterrado conocía muy bien su ciudad y a sus conciudadanos y sabía que una noticia como esa era un bombón o más bien una bomba. Además había podido comprobar cómo algunos indeseables pasaban una y otra vez por delante de la casa para comprobar que lo que se decía era cierto: que los balcones estaban abiertos, que la servidumbre había vuelto a encender los fogones y que entraban y salían carruajes. Casi nadie la conocía aún y no se la esperaba en los salones sociales demasiado pronto debido al duelo por su padre, pero ello no sería óbice para que se hablara de ella, de lo que hacía o dejaba de hacer, de cómo era o cómo vestía.

–¡Maldita sea! -dijo enfadado consigo mismo, arrepentido de haber sido él quien hubiera puesto en marcha aquella máquina cruel.

Reflexionó sobre quién estaría tan deseoso de hacer daño a Carina. Puesto que ella no conocía a nadie allí solo podía ser o un enemigo del padre o alguna arpía de corazón seco, de esas malas que de vez en cuando andan por ahí sueltas y cuyo único objetivo en la vida es hacer daño porque sí, sin razón alguna. La idea le dolió. Se estaba ablandando, pensó, sin dejar de reconocer que en el fondo se había tomado muy a pecho su papel de protector de las damas, tanto que sufría con ellas.

Juanín silbó delicadamente y Diego reconoció la señal. Las dueñas de la casa se acercaban. Unos minutos después cerraba los cajones del último armario de la alcoba principal sin haber encontrado nada rescatable. Se limpió con el agua de una jofaina el polvo de las manos, se retocó en el espejo, se colocó unas falsas antiparras que usaba para dar un toque más apropiado a su disfraz de letrado y salió tan fresco por la puerta seguido del esclavo. Abajo el servicio abría el portón para dejar entrar el carruaje de las señoras. Se había echado la noche y a él se le había ido el tiempo sin darse cuenta. Se acercó a la puerta con intención de despedirse de ellas, cuando la tía lo tomó decidida y familiarmente del brazo, y lo arrastró a las cocinas.

–Tomasa, dime, ¿qué apetitosos platos has preparado para cenar? A que serían ideales para invitar a nuestro queridísimo señor de Vargas -dijo doña Constanza, sin guardar ningún protocolo con el servicio, protocolo muy estricto entre las distinguidas damas cartageneras, lo que hizo a Diego sonreír de aprecio por la mujer. Al él le horrorizaba tanto estiramiento con el personal cuando algunos eran como hermanos: habían pasado toda la vida juntos, se habían criado en la misma casa.

–Señora, la cena ya está lista y como usted me ordenó es para tres: tenemos arepa de maíz, queso del interior, tamales y guiso de tortuga. De postre mi pinche les está preparando un delicioso dulce a base de piña y miel.

–¿Puede usted jovencito decirle que no a un menú tan rico como ese y preparado por una magnífica cocinera como la nuestra?- dijo insistiéndole, sin escuchar las excusas del joven para irse.

—No, desde luego que no. No me atrevería -terminó contestando educadamente el muchacho.

Los tres subieron al salón principal. Mientras las mujeres se quitaban sus pañolones, dejaban los bolsos y abrían un poco las ventanas para dejar entrar el aire, se escuchaba el tintineo de los cubiertos de plata y el de la loza de los platos mientras se colocaba la mesa con un gran candelabro y un centro de flores delicadas y preciosas.

Diego se sintió tenso; aquella era la primera vez que lo invitaban a cenar. Era evidente que la familiaridad iba en aumento, que le gustaba a la tía, que poco a poco estrechaban la relación. Se alegró de que al menos la joven fuese más distante; no quería encariñarse demasiado con ella, pronto tendría que marcharse. Apenas le quedaban diez días del permiso que le había concedido Lezo y después tendría que volver al regimiento, al fuerte; seguramente lo volverían a enviar fuera con alguna misión con lo cual estaría tiempo sin verlas. Tenía que pensar qué les iba a decir exactamente al despedirse, tenía que sonar creíble, tal vez que como letrado de algún otro cliente necesitaba hacer un viaje, o que había enfermado su padre en el interior, cualquier cosa. Ya lo pensaría llegado el momento.

– Joven, ¿me escucha?

–Sí ¿cómo?... *ah*, perdón, me había distraído -contestó algo aturdido al comprobar que doña Constanza llevaba un rato hablándole sin que él se diera cuenta.

–Me temo que le resultamos muy aburridas a usted, se le ha ido el santo al cielo -dijo la tía divertida.

–Perdonen. No se me ocurre una compañía más grata que la suya, simplemente estaba pensando en unos asuntos que tengo que acometer pronto y que me mantendrán alejado de ustedes un tiempo -decidió soltarlo.

–¿Cómoooo? -preguntó la tía, mientras Carina se quedaba blanca.

–Bueno, sólo estaré fuera un par de semanas, supongo. Luego regresaré.

–Y eso, ¿para cuándo será? ¿Cuándo tiene pensado irse?

–Posiblemente en unos diez o quince días -contestó el joven sin querer precisar más.

La noticia cayó como un jarro de agua fría sobre las mujeres que se habían acostumbrado a su presencia y habían confiado en él ciegamente todo el lío jurídico y patrimonial que tenían que aclarar tras la lectura del testamento del padre.

–¿Ha consultado usted la dirección que le dio Tomasa sobre el posible paradero de Niña Perla?- le preguntó Carina con la voz más ronca de lo normal y los ojos al borde del llanto, detalle que no le pasó desapercibido al joven que sintió una gran emoción.

–No, lo siento, no he tenido tiempo, pero si les parece lo haré mañana o mejor el lunes. Mañana es sábado y supongo que ustedes no querrán perderse el gran mercadillo ¿me equivoco?

–No, desde luego joven. Tampoco queremos agobiarlo. A esa muchacha ya la encontraremos, aunque seguro que nos encuentra ella antes a nosotras. No creo que esté tan sobrada de plata como para despreciar la pequeña fortuna que le ha legado mi hermano. ¿No les parece?

–Eso creo yo.

–A mí me gustaría pedirle algo antes de que se vaya -intervino en ese momento Carina.

Los otros dos la miraron con interés.

–Como habrá podido comprobar, entre los documentos que le he pasado falta uno, la carta de propiedad de la plantación de cacao que mi padre compró hace tres años cerca de Mompox. He mirado por toda la casa -reconoció la joven mirando intensamente a Diego- sin encontrar ni rastro de ese documento. El abogado de mi padre, con el que hablé hace dos días, cuando usted no pudo venir me comentó que esos papeles era posible que los guardase en la caja fuerte que tenía en la hacienda de Mompox. Me gustaría ir allí y comprobarlo personalmente. Necesito el documento para registrarlo oficialmente a mi nombre. No me gustaría llevarme ninguna sorpresa. Esa finca es muy importante para mí, para nosotras -dijo mirando a su tía-. Buena parte del dinero que mi padre obtenía anualmente en sus ingresos proceden de ese cacaotal. Aunque en este momento mi tía y yo tenemos dinero suficiente, después de haber vendido unas propiedades en España, está claro que lo que produzca el cacaotal nos ayudará a vivir. ¿Querría acompañarnos hasta Mompox a buscar ese documento?

–¡Conmigo no cuentes! ¡Te has vuelto loca! ¿Yo a mi edad, por la selva, con los monos y los cocodrilos? ¡Ni lo sueñes! Y tú, estaría muy mal visto que fueras sola, sin carabina, con un joven en edad de merecer. Que vaya solo el señor de Vargas, si no puede ahora por falta de tiempo, cuando regrese.

Diego seguía la conversación entre las mujeres sin rechistar y muy atento. Una ocasión como esa era lo que había pedido al cielo. Poder acceder a la caja fuerte del señor De Ulloa en sus otras propiedades, comprobar de verdad los documentos que faltaban, y quién sabe si encontrar definitivamente la pista sobre su muerte, que él intuía habría en alguna parte. La explicación del robo y homicidio involuntario no lo había convencido y era evidente que a su hija tampoco; si no, no le habría pedido que la ayudara a investigar la causa real de aquel crimen. De ir, estaba claro que preferiría hacerlo solo, libre para investigar lo que fuera menester, para hablar con los esclavos de la plantación, con el capataz.

–*Ejemmmm* -carraspeó para llamar la atención de las dos damas que discutían entre ellas sin pudor ante un extraño-. Creo, señorita De Ulloa, que su tía tiene razón. No sería conveniente para su reputación que hiciera ese viaje sola y sin acompañamiento de una dama.

–Podría llevar a algún sirviente -replicó Carina.

–¡Por Dios Carina, eso no cuenta como carabina! ¿Quieres que toda Cartagena hable de nosotras antes siquiera de habernos conocido? No seas insensata. No irás, y punto -dijo muy seria.

Diego se lamentó de que la vieja dama estuviera tan en lo cierto. ¡Qué pena que toda Cartagena las hubiera ya juzgado antes de conocerlas! No se lo merecían. Eran buena gente y él el culpable de todo. Necesitaba compensarlas por ese daño y aunque desgraciadamente no pudiese dar marcha atrás con lo de los pasquines, al menos podría impedir que la muchacha viajara sola a Mompox; primero por lo peligroso del viaje y segundo por lo inadecuado que sería para su imagen social.

–¡Está bien, lo pensaré! -terminó contestando acalorada Carina-. Sé que no es muy adecuado pero a mí la *sociedad* –dijo- me da igual. Más me dará la espalda si no tengo el bolsillo bien lleno de plata, y usted sabe tía que necesitamos lo que produce esa plantación para mantener en Cartagena un alto nivel de vida. Si quiere codearse con las cotillas esas de las *Damas Pías*, con las que ya ha quedado en alguna ocasión, tendrá que ser manteniendo su status social bien arriba.

–Eso no es propio de damas -siguió discutiendo doña Constanza- y sí, ya he conocido a algunas buenas matronas de la ciudad, miembros de la sociedad de *Damas Pías* y han sido muy amables conmigo. Y tú, aunque estés de luto, nadie te impide que empieces a presentarte en sociedad y a conocer a tus iguales. Es lo adecuado. Lo que no es adecuado es no haber salido de aquí en casi un mes que llevamos. Lo que no es adecuado es que sólo te hayas dejado ver por los juzgados y en compañía de un joven letrado -dijo acalorada-. Tienes que poner fecha a nuestra visita a doña Josefina Pacheco, la esposa de Lezo. Ella será la primera y te lo advierto, antes de una semana lo habremos hecho.

Dicho esto, la mujer se levantó un tanto airada de la mesa dejando de un golpe la servilleta encima del mantel y provocando un remolino de faldas al salir. Diego se puso de pie deprisa tirando la suya que tenía en las rodillas; Carina se despidió de él precipitadamente. Ya se verían al día siguiente.

Sofocada por la discusión Carina tardó unos minutos en retirarse. Apagó de un soplido el candelabro, cerró la ventana que había estado ligeramente abierta y echó un último vistazo a la calle. El exterior estaba negro y la luna brillaba incandescente. Miró las enormes estrellas que refulgían en el cielo y deseó haber sabido cuál de ellas era *Carina*; tendría que preguntárselo a alguien. Algunas antorchas iluminaban las anchas y adoquinadas calles de Santa Catalina y las campanas repicaban dando las diez en las iglesias del centro, incluida la catedral. Sentía desasosiego, notaba como las lágrimas acudían a sus ojos y se llamó tonta. Había sido la misma reacción incontrolada que había tenido un rato antes, cuando él les había informado que estaría un tiempo fuera.

–Señorita, ¿podemos recoger ya? -preguntó una de las sirvientas.

–Desde luego -contestó-. Ya me retiro. Por favor, súbanme una infusión de hojas de tila a mi cuarto.

–En unos minutos se lo subimos, ama.

En ese momento se acercó la cocinera dando órdenes a la joven criada de cómo había que recoger adecuadamente el servicio para no oscurecer la plata ni rayar el fino cristal de las copas... Carina las escuchó sin atender, pero repentinamente sintió la necesidad de hacer algo. Se volvió y con una mirada directa le preguntó sin rodeos a la vieja Tomasa todo lo que sabía de Niña Perla; debía desentrañar el misterio que rodeaba a la mulata heredera de su padre. Seguramente sería su mantenida o algo similar para que la hubiese dejado miles de reales de plata.

–¿Dónde está esa mujer y por qué le ha dejado mi padre tanto dinero? -le preguntó directamente.

–¡No seeé, *señoriiiita*! -contestó con su tono cadencioso la negra, intentando escabullirse.

–No mientas. Sé que serviste muy bien a mi padre, sírveme igual a mí. Responde a mis preguntas.

–*Yoooo*, bueno, ella era *mu* querida de su señor padre. Aunque era un árbol torcido *mija*, pero él amo la quería *ansi*.

–¿Era su amante, su mantenida? ¿Tenían hijos o algo así?

–¡Por Dios, no señorita! Ella era...

–¿Quéeeee? ¿Qué era? -dijo agarrándola de la solapa de la camisa blanca que llevaba.

–Era su hija. La hermana de usted, bueno, su señora hermanastra. -dijo separándose, como si temiera un ataque furibundo de ella, similar a los que a veces sufría su padre o los que tenía la mulata.

–¿¿Cómooooo?? -se limitó a preguntar la otra quedándose pasmada.

–Sí señorita; como *l'oye*. Solo sé eso -dijo recolocándose el mandil y el turbante blanco-. Era su hija y un día cuando tenía unos diez años, la trajo *pa'ca* del palenque en el que había *estao* viviendo con su madre, una mulata libre. La niña se crió en esta casa de *mu* mala forma a mis cortas entendederas; sin ser sirvienta ni ama, sin ser hija reconocida de su padre *ni na de na*. Hacía lo que quería, y el amo -dijo encogiéndose de hombros- le consentía *to*; pero nunca le dio su apellido, lo que a la Niña traía a maltraer. Le tenía a usted un poquitín de resquemor, ¡por pelusa más que *na*! -le reconoció mientras miraba de reojo intentando comprobar su reacción al saber todo aquello-. Su señor padre hablaba de su hija Carina mucho; *que si mi Carina* esto *que si mi Carina* aquello y eso ponía a la mulata negrita de celos. Nosotros la cuidábamos bien, sabe usted; sabíamos que al amo no le gustaba que la regañásemos y nunca lo hicimos y los resultaos fueron esos, un árbol torcido, pero que bien torcidito. Imposible de enderezar, una cría malcriada; una cuarterona desclasada dada a echar las habas, a las artes malignas de su madre la bruja. ¡Bueno! -bajó la voz hasta ser sólo un susurro-. El amo nos prohibió que habláramos de ello con nadie, temía que la Inquisición -dijo persignándose- la encerrase. Ahora no sabemos *ónde* está. La dirección que el otro día le di es a la que mandaba *tos* los meses alguna *mandanga pa* su buela. No sé si la encontrará usted allí o no. Aunque en habiendo plata por medio, seguro que la muy burraca se aparece -y dijo eso santiguándose, como si hablara del mismísimo demonio personificado; como si le temiera.

Carina despidió a la mujer con un gesto de mano, sintiéndose anonadada, y abandonó a su vez el salón. Subió pensativa a su alcoba; ¡la de sorpresas que daba la vida! ¿Cuántas veces había deseado tener una hermana? Había soñado con ello en muchas ocasiones; habría sido maravilloso haber tenido a alguien de su edad con quien compartir su vida; envidiaba a sus compañeras por ello y ahora, resultaba que tenía una hermana, que siempre la había tenido, pero al otro lado del mundo; una auténtica desconocida. Aquello le produjo sentimientos encontrados.

–*Güenaaaas* noches ama -le dijeron dos jóvenes doncellas, que terminaban arriba de recoger, al verla pasar. Ella ni contestó, inmersa en sus pensamientos.

Tendría que reflexionar sobre aquello, sobre lo de tener una hermana, sobre el misterio que rodeaba a esa mujer. Minutos después apareció la joven esclava con su vaso de tisana en el cuarto. Ayudándola a quitarse el corsé, la falda, las enaguas y las mil y una horquillas del peinado, cepilló su cabello cobrizo, ondulado y brillante a la luz de una pequeña vela en el tocador mientras canturreaba. Carina se dejó hacer. Era relajante que le tocaran la cabeza. Sentía los párpados pesados y los ojos se le cerraban de sueño. A medias, observaba la imagen que el espejo pulido y dorado le devolvía.

–Amita, si quiere, termino ya -le dijo en plan dulzón la esclava al verla fatigada.

–No, no, sigue un rato más -contestó en un tono que más parecía un mohín.

Carina fue dando pequeños sorbos a su tisana y en un gesto coqueto, poco frecuente en ella, se puso perfume de enebro en el cuello con un dedo. Tocó el líquido y sintió como le refrescaba allí por donde pasaba. Su mente voló imaginándose con gran placer que la mano que lo extendía era otra, que era Diego quien esparcía la maravillosa esencia por su piel; que era su voz ronca quien le hablaba en susurros y no la chillona de su doncella Macarena. Podría sentirse desnuda ante él sin sentir ni un ápice de vergüenza -reconoció sorprendida- sería la edad o el calor -pensó- mientras intentaba fijar su mirada en el rostro que le devolvía el cristal de su tocador; ya era toda una mujer, dieciocho años. A esa edad su madre ya había parido y algunas de sus amigas también.

En Cartagena había podido comprobar que las lindas muchachitas criollas se casaban jovencísimas. La que había visto en la modista esa misma tarde no tendría más de quince años y ya había sido madre. En un gesto sensual, ajeno a la mirada indiferente de la esclava, se bajó el puritano camisón de hilo y se miró los blancos y nacarados hombros; se imaginó, con una sonrisa en los labios, lo hermosa que estaría cuando *madame* Polland terminara sus nuevos vestidos. Se iba a gastar una pequeña fortuna, pero la ocasión lo merecía. Había decidido cambiar su ropero. Nada de lo que había traído, valía. Eran ropas para el interior árido y seco de España, no para el clima húmedo y sofocante de la costa caribeña.

Diego había acertado en su elección. Había sido él quien le había recomendado a la joven modista francesa cuya fama, Carina había comprobado, era merecida. Cosía como los ángeles y tenía un gusto exquisito para combinar texturas y colores. Estaba deseando poder lucir en público el vestido de tafetán granate con bordados en platino que le estaba confeccionando y que iba perfecto con su cutis y el tono de su pelo. Estaría preciosa, seguro que llamaba la atención de Diego. ¡Dios! ¿Por qué diablos sería tan rematadamente atractivo? ¡Sabía tan poco de él! Tendría que descubrir más cosas: saber de dónde era, qué familia tenía, qué relaciones guardaba con ellos, si siempre se había dedicado a las leyes o había trabajado en alguna otra cosa, cuál era su nivel económico, si tenía novia. Seguro -se dijo en un arrebato doloroso de celos-. Era materialmente imposible que alguien tan atractivo como él no estuviera prometido. ¿Quién sería la afortunada? ¿Y por qué no había hablado nunca de ella? Jamás lo había oído mencionar mujer alguna y eso que seguro serían muchas las que lo habrían rondado, claro que su posición era complicada: blanco pero no demasiado rico y socialmente, muy por debajo de la élite. En realidad estaba muy lejos socialmente de ella, de lo que estaría bien visto en sociedad.

Otro pensamiento le vino de repente a la cabeza, pero este mucho más doloroso. ¿Quién sería la esposa del joven Sanz, del hombre que supuestamente debería haberla esperado para desposarla? Se negó a seguir por esa pendiente. A pesar de que nunca lo hubiese amado, su comportamiento lo había sentido como una bofetada, un golpe bajo a su amor propio. Sólo pensar en el insulto, en la afrenta que para ella había supuesto semejante boda, la hizo llorar. Lágrimas calientes rodaron por sus mejillas.

–Ayyyy, señorita. ¿Le pasa *argo*? ¿Llamo a su *seña* tía? -preguntó preocupada la esclava.

–No, Macarena, no es nada. Sólo ha sido un momentáneo dolor.

Se negó a dedicarle a Antonio Sanz un solo pensamiento más y se alegró de que al menos tal humillación hubiera quedado en familia y no hubiera sido pública. Aquello hubiera sido insufrible. Volvió a Diego. En Cartagena había pocas mujeres socialmente relevantes, de clase alta. Mulatas, esclavas y de todos los colores había a miles. Tantas que las *Damas Pías* llamaban a la ciudad *«Pequeña Gomorra» «Antro de perdición»*, porque los hombres blancos y poderosos se perdían con frecuencia entre los brazos y las largas piernas de las mujeres de color, mucho más sensuales que sus esposas. Esas costumbres disolutas entre los caballeros de Cartagena habían obligado a la Liga de Mujeres a tomar cartas en el asunto hacía dos años, prohibiendo la entrada de caballeros en los bailes que los mulatos, negros y esclavos organizaban en las populares barriadas de Santo Toribio y el arrabal de Getsemaní, al otro lado de la muralla, cruzando el puente de San Sebastián. Oficialmente estaba prohibido, pero como los hombres blancos eran quienes hacían las leyes... hacían también las trampas, y era imposible acercarse a uno de esos bailes semanales y no encontrar a orgullosos y católicos padres de familia con sus blancas pelucas bailando bien agarrados a mulatas de largas y desnudas piernas negras, mientras en las escolleras del puerto se oían los gemidos de los que fornicaban sin vergüenza y sin pudor con las damas antillanas.

–Ya está usted lista y *repeiná*. ¿Desea algo más? -le preguntó la muchacha.

–No, gracias. Puedes retirarte.

Carina se levantó y dejó de fantasear con Diego de Vargas. No debería encapricharse de él; eso sólo le causaría sufrimiento. Era un hombre muy atractivo pero no pertenecía a su clase; sería escandaloso que se casara con él ¡casarse! ¿Pero quién hablaba de casarse? -se dijo a sí misma-. Para eso él tendría primero que haberle prestado atención, haberse enamorado de ella... algo que no había ocurrido. Bien al contrario él siempre parecía frío y distante, igual que ella misma. Claro que ella usaba ese truco como arma para no involucrarse sentimentalmente en algunos asuntos, para mantener las distancias cuando estaba asustada. ¿Haría él lo mismo? ¡*Bahhh*, qué estupidez! -se recriminó- ya encontraría otro hombre, alguien más adecuado que la hiciera feliz.

Con su infantil camisón y el cabello recogido en una redecilla se metió en la cama, dejando la cortina sin cerrar, permitiendo que la luz de la luna llenara de claridad la habitación. Así dormiría más tranquila. Durante las últimas noches había dormido fatal, había tenido extrañas pesadillas, como la de una hermosa joven con un turbante en el cabello paseándose por su alcoba, la había visto caminar flotando por la sala, desprendiendo una extraña luz, como si fuese un ánima. Pensó incluso si no sería el fantasma de Niña Perla, de su hermana, si no estaría muerta. ¡La imagen era tan real que a veces incluso había tenido la sensación de que la mujer fuera de carne y hueso y estuviera allí! Aquello la asustaba. ¿Sería Niña Perla?, ¿le estaría gastando una broma de mal gusto? Pensó en la descripción que hacía un rato había hecho de ella la vieja Tomasa y vio que se ajustaba a su personalidad de ¿árbol torcido? Con dificultades logró dormirse.

Tres horas más tarde, se levantó asustada y con gotas de sudor cayéndole por la cara y el cuello. Había vuelto a tener la misma pesadilla que las noches anteriores. La joven mulata le sonreía desde los pies de su cama, le hablaba en una lengua desconocida, le colocaba lo que parecía el cuerpo de un animalejo muerto a los pies y se reía, con una mezcla de dolor y de odio en sus ojos.

–*¡Zaaas!*- sonó el golpazo que la propia Carina se propinó matando un mosquito de un manotazo. Estaba acribillada de picaduras a pesar de la fina mosquitera que la protegía. Se levantó para refrescarse con el agua de un aguamanil de porcelana blanca y azul que descansaba en un aparador junto al balcón. Al hacerlo tuvo la sensación de que había alguien con ella en la habitación. El vello de los brazos se le erizó y su corazón se puso a latir desacompasadamente. Movió de un tirón la cortina para comprobar que no había nadie detrás y no encontró nada. Echó un vistazo al vestidor y tampoco apreció movimiento. Tal vez -se dijo- la casa estuviese hechizada, la presencia que notaba fuese el cadáver de su padre, su fantasma que habría regresado para hablar con ella, o tal vez Niña Perla estuviera realmente muerta y se acercase a decirle algo. ¡No, no, no, pero qué tonterías! -rechazó tajante aquellos pensamientos. Sería el calor. Seguro. Volvió a su cama y tardó bastante en volver a dormirse. Ya con las primeras luces del día, concilió el sueño, cayó plenamente derrotada en un estado inconsciente.

–*¡Toc toc!* -señorita, su tía manda decir que ya es horita de levantarse.

Con una sensación de terrible pesadez en la cabeza y las piernas, se levantó. Ayudada por Macarena se ajustó el corsé, las enaguas, las polainas, la basquiña, el peto bordado y se peinó. Se veía pálida y ojerosa. Todavía le duraba el enfado con su tía de la noche anterior. Las dos mujeres desayunaron deprisa y en silencio y enseguida se hicieron preparar el carruaje para ir a la catedral. Asistirían a misa de doce. Además de dar gracias a Dios, conocerían al Arzobispo de Cartagena y a los miembros de la aristocracia colonial.

Carina no tenía ganas. Mirándose al espejo decidió que tenía un aspecto lamentable por lo que se colocó un finísimo velo sujeto con unas horquillas al sombrero que harían poco visible su rostro. Así se la vería menos -se rio pensando en las cotillas que se llevarían un chasco-. El coche traqueteó por las calles limpias y llenas de gente. Tras la misa -eso la animó- se acercarían al mercadillo. Además de los muchos puestos que diariamente vendían de todo junto a la bahía de las Ánimas, los sábados eran muchos los indígenas y mestizos que bajaban del interior y vendían productos autóctonos y piezas de artesanía trabajadas en cuero, lana, oro... Había oído hablar a los sirvientes de ese mercado y tenía curiosidad por verlo. La misa duraría poco; intentaría no dar cabezadas mientras el arzobispo leyera su sermón.

Estaba complicado aparcar el carruaje. Silverio, vestido ese día con librea y peluca, intentó esquivar birlochos de todas clases que a esas horas colapsaban las calles adyacentes a la catedral. Algunos viandantes se arrodillaron de golpe al paso de una silla de mano. Carina observó que de ella se bajaba un hombre alto y delgado, con los hábitos arzobispales. Sobresalía en la distancia la mitra con las cintas cayéndole, su báculo y su casulla blanca y verde. Los más próximos le besaron el anillo en señal de respeto y sumisión, mientras él tocaba ligeramente sus cabezas, pasando rápidamente al interior del recinto religioso por una puerta lateral.

–¡Hay que darse prisa Carina, espabila! -le dijo su tía- ¡No ves que ya está el arzobispo! Llegaremos tarde y nos tendremos que contentar con una mala ubicación en la iglesia.

–¿Desde cuándo la preocupa eso? Algún lugar habrá.

–Lo sé, pero quiero que se nos vea bien. Tenemos que darnos a conocer en una ciudad nueva y ésta es la mejor forma. Si hubiera vivido tu padre, ese problema lo hubiéramos tenido resuelto, o si tu prometido hubiera respetado el acuerdo firmado y se hubiera casado contigo.

–Vaya, muchas gracias por recordármelo... ¡Pero si nunca quiso esa boda! ¿Ha cambiado ahora de opinión?

–No es eso, pero hay que reconocer que todo hubiera sido más fácil para nosotras si hubiéramos tenido a alguien esperándonos. Solas tenemos que espabilar. Escúchame -dijo volviéndose muy seria-, sé que esto no te gusta mucho, pero es necesario. Deja de comportarte como una niña. Tienes que entrar con buen pie en la sociedad a la que perteneces, si no, terminarás siendo lo peor que se puede ser: una desclasada, que ni es aceptada por unos ni por otros. Observa bien ahí adentro, mira quién es importante y quién no, estudia qué familias pueden congeniar mejor con nosotras para visitarlas cuanto antes y presentarles nuestros respetos; y si puedes, y te sobra algo de tiempo -dijo riéndose- mira a ver si hay algún muchacho de buena familia con quien te puedas casar cuanto antes. Se te va a pasar el arroz.

Carina dio un fuerte golpe a su tía con el abanico en el brazo y las dos entraron en la iglesia. La misa se desarrolló con normalidad. Carina observó a los asistentes, comprobó quiénes eran unos y otros, vio la ropa de moda que lucían las guapas criollas, lo arreglada que iba toda la gente, el mucho dinero que se presentía en aquellos bancos, lo guapos que eran algunos jóvenes casaderos, siguió a su tía por el pasillo para comulgar. Se arrodilló de vuelta en el banco a rezar y al sentarse de nuevo, comprobó que había un sobre de papel a su lado. Curiosa lo abrió. Lo que vio dentro la dejó lívida. Un dibujo ridículo de su viejo retrato aparecía pintado en blanco y negro junto a unas frases burlonas e hirientes. Demudada, notó cómo todo el mundo la miraba, cómo todos parecían esperar una reacción por su parte. Reprimiendo las lágrimas que pugnaban por invadir sus ojos, sin disimular, salió a toda velocidad de la catedral. No lloraría delante de aquella gentuza; no les daría esa satisfacción.

❧

Capítulo VII

El carruaje cubierto abandonó el edificio de Aduanas en la plaza de la Mar, pasó por delante de la Casa de la Contratación y se dirigió a las inmediaciones de la plaza Mayor; cerca de la Catedral se levantaba el hermoso edificio del Cabildo, sede de la gobernación de Cartagena, en cuyos sótanos estaba emplazado el presidio de la ciudad. El edificio, blanco y amplio, dotado de una doble galería de arcadas abiertas a la calle, había sido comprado el siglo anterior al Santo Oficio para albergar al gobierno de la villa. El céntrico inmueble contaba además con espacios adyacentes para los escribanos, despachos de correos e incluso una sala de audiencias. Allí residía el Corregidor, el hombre que debería haber sido su suegro, pensó Diego al parar su birlocho enfrente.

–Quédate aquí, que no te vea nadie; no tardo -le dijo en tono autoritario De Rieux.

–No pensaba salir. El lugar no me es especialmente grato -le contestó Diego y su amigo hizo un gesto comprensivo con la cabeza.

En aquellas celdas había pasado Diego varios días hasta que se dictó sentencia; desde allí, también, gobernaba el padre de Mariana, un hombre con fama de tunante y vividor, pero con título aristocrático y mucho dinero, lo que le permitía el acceso directo a los principales puestos de la administración cartagenera.

La blanca y radiante Casa del Cabildo mostraba un aspecto elegante pero más austero y solemne que el resto de edificios caribeños mucho más coloridos, repletos de flores y con las voluptuosas palmeras sobresaliendo por encima de los tejados desde el interior de los recoletos y exuberantes patios. No había mucho movimiento a esa hora temprana y menos siendo lunes. Los lunes eran mal día. La tradicional misa dominical se celebraba en ocasiones de madrugada para evitar las horas principales de calor; los lunes nadie madrugaba y se empezaba tarde a trabajar. Además, la cadencia lenta de la vida caribeña, imprimía su sello.

Se entretuvo en el interior del vehículo, ajeno a la vida que despertaba fuera, revisando una carpeta con documentos del fallecido señor De Ulloa. Reconoció que el tipo había sido hábil escondiendo sus trapicheos, que había tenido mucha suerte -demasiada- con todas las inversiones realizadas; eso lo alzaba a la categoría de experto económico -lo que él dudaba- o demostraba que tenía mejores contactos de los que se le suponían. Como oficial de la Armada de S.M. tendría un buen sueldo y una posición aceptable, pero socialmente había sido irrelevante; desde luego nunca había pertenecido a la élite, algo que posiblemente deseara para su hija. De ahí -supuso- el intento de boda con su ayudante. Aun arruinado, Antonio Sanz tenía acceso a determinados privilegios que De Ulloa con todo su dinero no podría comprar.

–¡Cocoooos, cocoooos!- pasó a su lado una niñita esclava vendiendo.

De hecho, a pesar de haber vivido allí más de diez años, él apenas lo recordaba.

–¡Sí, hombre!, tenía el pelo muy canoso y era amigo de Jerónimo Pedraza. ¿No te acuerdas?- le dio pistas Gerardo unos días antes, mientras conversaban de ese mismo asunto.

–No, no lo sitúo mucho. Creo que sé quién me dices pero tengo dudas. Lo que está claro es que no lo he visto en mi casa nunca, ni en la de nadie importante. No lo recuerdo ni de timbas, ni de cacerías y en los bailes de gala hay tanta gente que ahora no caigo.- contestó a su amigo.

-Imagino que el que no tuviera esposa no le debió facilitar mucho las cosas -comentó De Rieux-. Ya sabes cómo es esto; muchos contactos los hacen las mujeres en sus reuniones, en actos benéficos, visitando a los enfermos, en los bailes. Un hombre solo, viudo, sin título...

–Sí, no lo debió tener fácil. Reconozco que las familias son las familias y es difícil para los de fuera acceder a ese círculo. No, no lo debió tener fácil, aunque si pensaba tenerlo mejor casando a su hija con Sanz, es que quería bien poquito a la muchacha. ¿No te parece?

–No sabemos, puede que hubiese otros factores para amañar

ese matrimonio. Sus motivos tendría, aunque no eligió muy bien, la verdad es que no.

–Tuvo suerte la muchacha -comentó Diego-, de buena se libró.

–Eso seguro, aunque posiblemente ella no lo vea igual ahora. Es una gran humillación. A ninguna mujer le gusta sentirse ninguneada, que le quiten el novio poco antes de la boda, si no, piensa cómo te sentiste tú con lo de Mariana. Supongo que para ella es igual.

–¿Crees que le dolió? Me refiero a doler de verdad -preguntó con cierta ansiedad Diego. Yo no lo creo; en el tiempo que llevo con ellas jamás hacen referencia al suceso.

–La procesión irá por dentro. Es un tema demasiado delicado para comentar delante de extraños.

Movió ligeramente la cortinilla del vehículo y esperó ver salir a su amigo. Tenía prisa y no quería demorarse. Primero harían una parada en casa de sus padres; Gerardo les informaba mensualmente y eran de los pocos que sabían dónde estaba, en Nueva Granada a las órdenes de Lezo. Aunque De Rieux nunca ofrecía detalles exactos de su paradero, si les contaba sobre su estado y tranquilizaba a su madre, bastante delicada de salud. Era un amigo de la familia y siempre era recibido con cordialidad.

Desde la sentencia no se había acercado por su casa. Esa mañana podría verla desde fuera, pero no entrar. Tendría que quedarse escondido en el coche mientras Gerardo tomaba un café con su padre, hablaba con su madre un ratito y saludaba a su hermana Olalla. Después De Rieux regresaría al fuerte mientras que él se acercaría al Caño del Ahorcado. Allí estaría Lezo revisando unas defensas; iba a solicitarle unos días más de permiso para viajar con Carina a Mompox; le vendría bien a su investigación, pero estaba por ver si era capaz de convencer a *Patapalo*. Era poco amigo de alargar descansos, aunque tal vez cuando le explicara su plan, no enfureciera; él también deseaba desentrañar la vorágine de acontecimientos que se habían sucedido a la muerte de De Ulloa.

Diego sacó una bolsita de su chaqueta y se detuvo un rato observando su contenido. Instantes después escuchó la puerta del carruaje y vio subir a su amigo.

–A la calle del Tablón -dijo éste al cochero, que desde el pescante esperaba su orden. ¿Qué miras?- le preguntó al mismo tiempo a Diego.

–Mira esto. ¿Qué te parece?- le preguntó el otro ofreciéndole una llave con un pequeño símbolo grabado en la parte superior.

–¿Que qué me parece?... pues una llave y no muy nueva. Y esto es ¿un calamar?

–Exacto. Ya sabes lo que significa el calamar.

–Desde luego. ¿Olvidas que soy tan de Cartagena cómo tú? -le dijo riéndose-. Representa a Calamari, el originario asentamiento indígena de la ciudad.

–Este calamar podríamos interpretarlo como el símbolo del viejo asentamiento indígena que había aquí antes de la conquista y en principio no sería nada raro; muchas casas cartageneras tienen aldabas en forma de calamar, hay un pequeño signo en la iglesia de Getsemaní, pero…

–¿Crees que en esta ocasión la llave guarda algún secreto insondable?

–Me da ese pálpito; tengo la esperanza de que esta llave abra alguna caja fuerte, alguna casa, algún cofre, algo que explique cómo un mero *oficinista* de la Marina -lo que era en realidad don Joaquín de Ulloa- alcanzó una importante fortuna en bienes personales.

–Bien, déjalo ahora. Ya llegamos a casa de tu familia.

–¡Espera! -le dijo Diego. Toma. Dale esto a mi hermana. Quiero que lo tenga.

–Está bien, pero ni te asomes -dijo recogiendo una carta.

Durante un buen rato De Rieux estuvo dentro. Diego apenas si se atrevió a echar un vistazo por la estrecha franja de ventanilla que le permitía ver sin ser visto. No podía arriesgarse a que algún vecino le reconociera. Comprobó que nada había cambiado en el gran palacio de sus padres: el mismo color albero en la fachada combinado con un blanco refulgente que deslumbraba los días de mucho sol, las tejas oscuras, las balconadas de madera corridas abarrotadas de flores, de rosas gigantes con textura de terciopelo, orquídeas delicadas, buganvillas rosas y malvas colgando en grandes matas, con sus ventanales de cuerpo entero hermosamente enrejados, el gran portón principal de piedra, la ancha puerta de carruajes.

Se preguntó qué estaría haciendo la pequeña Olalla, su ojito derecho. La adoraba. La muchacha era vivaracha, alegre, obstinada, físicamente muy parecida a él, con su cabello castaño y sus intensos ojos verdes. Cinco años menor que él, había sido la niña bonita de su padre que la había mimado sin pudor ante las protestas de la mayor, Luisa, una muchacha más adusta y seria, con un rígido sentido de la moral; se había casado hacía tres años con un rico hacendado y tenía dos hijos, por lo que felizmente no vivía ya en la mansión familiar. Diego nunca se había llevado demasiado bien con ella. Olalla por el contrario era bonita, coqueta y tan sensual como la mayoría de las jovencitas criollas que desafiaban al arzobispo con sus finas faldas sin forro y los pies desnudos en sus elegantes y altas chinelas de seda; era divertida, cariñosa, leal y menos rígida en sus principios. Por eso no había tenido problema en perdonar la vida estrafalaria de su hermano, ni había prejuzgado sus conquistas, ni lo había condenado de antemano en el juicio por duelo, algo que él siempre agradecería. Había debutado en sociedad hacía un año causando sensación. Una mujer guapa, rica y perteneciente a una familia tan importante era un manjar para cualquier avispado pretendiente, lo que había molestado a Diego que no había parado de alejarle moscones.

–Conseguirás que no se le acerque nadie. Olalla, yo que usted no volvería al baile del brazo de su hermano -comentaba entre risas Gerardo mientras Diego se limitaba a lanzar miradas amenazadoras a los mozalbetes que ufanos se lanzaban a la conquista de Olalla.

–*¡Arrrrr!* -escuchó parar un carro a su derecha.

Empezaba el ajetreo en la calle; no cesaban de pasar carruajes y hombres a caballo, damas a pie con sus sirvientas camino del mercado, soldados dirigiéndose a sus baluartes. Su proximidad al centro comercial, administrativo y religioso de Cartagena hacía de esa calle una de las zonas residenciales más cotizadas. Su trazado era recto. Los arquitectos españoles que habían diseñado la ciudad, especialmente Juan de Vadillo, habían trazado una villa muy alejada de los pueblos medievales de su patria, con sus calles estrechas, laberínticas y circulares y habían establecido cuadras rectas, como si de un tablero de ajedrez se tratara. En esa calle, una de las primeras que se habitaron, la leyenda contaba que el nombre se lo debían a los tablones que se ponían para que los transeúntes pudieran cruzarla cuando caían las fuertes tormentas tropicales y el suelo se convertía en un lodazal. *Calle del Tablón* era su nombre popular, porque el oficial era el de Nuestra Señora del Valle. Desde sus orígenes habían vivido allí importantes personalidades del reino. Al antiguo caserón del marqués del Portón se mudó la familia De Veranz hacía quince años y allí seguían.

Desde donde estaba aparcado veía una imagen que le era muy familiar, la misma que había desde sus dependencias situadas en el piso superior del edificio: el palacio de la familia Ricardé, el horno de leña de don Severino, la torre de la catedral, la plaza mayor, verdadero corazón de la ciudad. Allí se vivía, se paseaba, se celebraban fiestas, la banda del regimiento ofrecía sus conciertos o se cortejaba a las damas. Algo más lejos y fuera de su vista, estaba la sede del Santo Oficio. La Inquisición había celebrado allí sus primeros autos de fe, y habían juzgado a los primeros esclavos acusados de brujería.

Por el rabillo del ojo vio salir a Gerardo. Observó a su padre en la puerta estrechándole la mano y sintió una terrible nostalgia; deseaba con todas sus fuerzas poder darle un abrazo fuerte y contarle lo que ocurría, defender su imagen y su moral, pero de momento no podía. Estaba en juego mucho más que su honor, estaba en juego el futuro de la ciudad. Tendría que callar. Ya hablaría o al menos eso esperaba. Lo único que temía era que para cuando eso pudiera ser, fuera tarde.

Sabía que tras su juicio la salud de su madre había recaído. Siempre había sido una mujer muy delicada y frágil, aunque a la vez tenaz y resistente. Diego se preguntaba cómo de semejante dama habían salido unos hijos como los suyos. Ninguno se parecía a ella. Celia de Veranz había sido una belleza en su época. Una mujer de reputación impecable, talle imposible, dulzura enorme y maravillosa lealtad y fidelidad a su esposo. Había vivido para su familia y adorado a sus hijos, especialmente a Diego. Él la quería con toda su alma aunque se preguntaba cómo una mujer como ella había podido soportar a un marido como el suyo.

Aparentemente un aristócrata, en realidad un egoísta. El título le había caído por suerte, ya que no le correspondía. Segundo hijo de un vizconde, José de Veranz había nacido en España y estaba destinado a servir en la iglesia, pero se había negado. Su padre lo había echado de casa por incumplir los compromisos familiares y lo había desheredado. Ni corto ni perezoso, el joven se había alistado al ejército, se había ido a las colonias, y no llevaba allí ni un par de años cuando descubrió sus dotes para el comercio. Para vender y comprar cualquier cosa, sin muchos escrúpulos: barcos, armas, esclavos, harina, tabaco, canela, reses... traía y llevaba de todo de un lado al otro del Atlántico. Así se había hecho con una fortuna cuando le llegó la noticia de la muerte no sólo de su padre, sino de su hermano mayor y heredero del título a consecuencia de una epidemia de viruela. Lo heredó todo; decidió quedarse en el nuevo mundo y casarse con la mujer más deseada del momento que aportó también una fortuna en dote y unas relaciones sociales en la colonia que el novio hubiera tardado toda una vida en conseguir.

El señor De Veranz se estableció en Cartagena y medró a la sombra del poder. Sus dotes oratorias, su buena mano jugando al póker, o aguantando el ron, lo convirtieron en un pilar de los salones criollos y le catapultaron a la élite de la que ya nunca se apeó. Desde entonces había cuidado muy bien de que todo marchara sobre ruedas, de que no hubiera escándalos que mancharan su nombre, el honor de su familia o sacaran a relucir un pasado no tan heroico como él quería hacer creer. Por eso, el comportamiento en los últimos dos años de su único hijo y heredero, le había disgustado tanto. Intentó hacerlo sentar cabeza prometiéndolo en matrimonio con la hija del Corregidor creyendo que así se tranquilizaría pero la espiral de escándalos protagonizados por Diego había ido al alza y había terminado provocando un terremoto familiar. La madre intentaba siempre proteger al hijo, excusarlo, pero la tensión había ido *in crescendo*, hasta llegar a su clímax con la condena por aquel duelo incomprensible para todos, y especialmente para su padre que había sufrido una gran decepción con su comportamiento y posterior actitud en el juicio. El día que se dictó sentencia ni siquiera quiso hablar con él. Escuchó impertérrito desde el estrado al juez y cogiendo su bastón y su sombrero, sin mirar siquiera a Diego, salió de la sala sin dirigirle la palabra. Desde entonces no se habían vuelto a ver.

Ahora Diego lo hacía desde lejos, añorando la camaradería con su progenitor de un tiempo no muy lejano. Por un instante pensó que podría salir del coche, entrar rápidamente en su casa, encerrarse con él en su gran biblioteca y explicarle todo... eso pondría fin a muchos sinsabores; su padre era ya un hombre mayor, no le iban bien a su corazón los disgustos que había sufrido por su culpa. Lástima que no pudiera hacerlo -terminó diciéndose a sí mismo, volviendo a la realidad- su padre se metió en la casa, cerró el portón y De Rieux cruzó la calle. Iba a montarse en el coche cuando Diego la observó salir.

–¡Espera! Es Olalla. Viene hacia acá, debe querer decirte algo. -le dijo a su amigo, intentando camuflarse disimuladamente en el interior del vehículo.

–No es ella, no ves que parece una sirvienta -contestó éste al comprobar que una mujer joven, pero vestida sin lujos, cruzaba la vía. Llevaba una falda áspera y una toca en la cabeza, indumentaria habitual de las blancas pobres. Una ropa muy distinta a la que había lucido hacía escasamente un cuarto de hora, ropa de lujo, un hermoso vestido de seda en crudo y amarillo con grandes lazos en el corpiño, volantes de fino encaje en las mangas y un enorme vuelo.

–¡Te digo que es ella! La reconocería entre un millón - volvió a decir Diego.

–¡Gerardo por favor! -lo llamaba Olalla mientras se les acercaba- ¿Podría hacerme un favor? Necesito que le haga llegar esta carta a mi hermano y dígale que estoy deseando volver a verlo, todos lo echamos mucho de menos.

–Pasa -dijo una voz desde adentro mientras abría la portezuela.

Olalla se quedó blanca. Temió haber sufrido alguna visión o más bien sentirla... la voz que acababa escuchar era la de Diego. Con los ojos abiertos como platos y sin atender al Capitán De Rieux, apartó decidida a éste con la mano. De Rieux tuvo que retirarse. Olalla subió al coche y dentro estaba él.

–¡Dios mío, Diego, cuánto tiempo sin verte... Deja que te mire, que vea que estás realmente bien!

–*¡Chiiiiiissss!* ¿Quieres que me descubran y me envíen a presidio?

–No, claro que no. Sólo quiero verte un minuto y me marcharé en silencio. Dime ¿va todo bien?

–Sí, no te preocupes, estoy bien. Cuando todo termine y pueda regresar explicaré lo que ha ocurrido. Ahora -dijo agarrándole las dos manos y besándoselas- vuelve a casa y no llames la atención. Dale un beso a madre de mi parte y un abrazo a padre. Cuídalos; supongo que estarán sufriendo mucho con esta situación. Hazles entender, sin decirles nada, que todo se aclarará pronto ¿de acuerdo?

Olalla lloraba agarrada a su hermano, pero asintió con la cabeza. Besó también sus manos y salió deprisa del carruaje, cerrando de un golpe la portezuela. El coche arrancó.

–¿Estás loco? ¿Crees que esto le ha hecho bien a Olalla? Lo único que conseguirás es ponerla nerviosa; eso la podría delatar y a ti no te conviene en absoluto.

–No me delatará ni consciente ni inconscientemente. Es mucho más lista y más hábil de lo que tú te crees. Detrás de esa cara bonita se esconde una cabeza muy bien amueblada.

–Eso espero -terminó diciendo el amigo.

Instantes después el carruaje dejó a De Rieux en el muelle de Los Pegasos, cerca de la chalupa que lo acercaría al Fuerte San José; Diego giró en dirección contraria, hacia el barrio de Santo Toribio camino al Caño del Ahorcado. Aquella era una zona de difícil acceso, cercana a la Ciénaga de la Virgen y desde hacía semanas el lugar de trabajo de Lezo. Definitivamente éste parecía haberse vuelto loco y estaba haciendo cavar a sus hombres a destajo, reforzar todas las empalizadas y esconder pólvora, preparar trampas. Nadie sabía muy bien con qué fin puesto que no se esperaba ningún ataque, aunque Cartagena siempre podría estar en la agenda de cualquier corsario, advenedizo o país enemigo. El caño era uno de los canales de agua que rodeaban Cartagena y se encontraba en la retaguardia, a espaldas de la villa. Por eso nunca se había tenido demasiado cuidado en su defensa; parecía imposible llegar hasta allí en barco pero Lezo, en un estudio minucioso de todos los accesos, temía que un desembarco en la zona de la Boquilla, situada en la costa, permitiera a sus enemigos, fueran estos quienes fueran, acceder a la ciudad a través de pantanos y manglares en canoas o a pie, y coger por sorpresa a los defensores por la espalda.

Tras una hora caminando Diego llegó a su destino. Vio cómo

entre el lodazal se movía con una soltura inexplicable Lezo. Su pata de palo podía caminar más ligera que la de cualquiera de sus hombres y su único ojo parecía capaz de registrar un plano visual de trescientos sesenta grados. De hecho, fue quien primero lo divisó. Diego lo vio a lo lejos, observó cómo abría su catalejo y miraba en su dirección. Un instante después lo saludaba con la mano haciéndole un gesto, invitándolo a acercarse. Diego avanzó sintiendo el olor profundo a podredumbre que salía de la humeante ciénaga y observando el verdor exuberante de la colina de enfrente, la única de Cartagena, en cuya cima destacaba el blanco edificio del convento de la Popa donde se guardaba y veneraba la imagen de la Virgen de la Candelaria, patrona de la ciudad.

Más allá de los límites de la propia villa, de las zonas protegidas y defendidas por la gruesa muralla aún sin concluir a pesar de haberse iniciado doscientos años antes en tiempos de Felipe II, vivían en chozas de madera, hojas de palma y arcilla, gentes de todos los colores: desde negros puros africanos a mulatos, zambos, pardos, mestizos, cuarterones, quinterones... La sociedad cartagenera era por naturaleza multirracial. Si había algo que sorprendía realmente a los visitantes y a aquellos que la conocían por primera vez era la mezcla de razas y colores, la increíble diversidad de gentes que la habitaban y que se resumían en tres grupos principales: un tercio de blancos, un tercio de negros y un tercio de todos los colores. En el primer tercio se incluía la clase dirigente local, en la segunda estaba la mayor parte de los esclavos y en la tercera estaban desde los pobladores indios nativos a los hijos de éstos con blancos o con negros, a los mulatos, a los negros liberados. Un cartagenero pertenecía socialmente a la clase que indicase el color de su piel, más alta cuanto más blanca. Incluso cuarteronas o quinteronas, con rastro de sangre negra en sus venas si tenían la piel blanca, vivían como blancas, "*blancas de la tierra*" era el nombre poético que se les daba. Ahora, una cosa era la situación social y otra la administrativa. En ésta última se era blanco, negro o mulato, no cabían términos medios y en función de ello se podía o no acceder a determinados trabajos o cargos en la administración. Precisamente la diferencia en ocasiones entre la situación social y administrativa que sufrían muchos generaba múltiples problemas. Los hijos heredaban la condición social de la madre: esclava si ésta lo era, libre si lo era también, independientemente del progenitor. Las condiciones sociales iban variando y los mulatos intentaban ir aclarando su piel, mezclándose con otros igual de blancos que ellos. Lo contrario era un retroceso mal visto entre los suyos.

–¡Vaya, veo que se aburre usted de la vida ociosa y busca acción! - le dijo Lezo, mientras seguía caminando y dando órdenes por doquier al batallón que había trasladado hasta allí.

–Bueno en realidad Excelencia, lo buscaba para otra cosa -Lezo lo miró con su único ojo y su parche, con la ceja puntiaguda en señal de interrogación-. Hay algo que debe saber y necesito de usted un favor.

–Favores ya poquitos; le he dado a usted bastantes días de permiso, ahora toca volver al tajo.

–Lo sé señor, sólo querría explicarle lo que he estado haciendo y pedirle un par de días más para concluir el trabajo que he comenzado.

Viendo la cara de Diego el general aceptó hablar con él. Lo llevó hasta su tienda de campaña, situada en la margen derecha del caño y allí le indicó sentarse en una dura silla de madera.

–Bien, adelante, explíquese -le dijo en tono imperativo-. No tengo toda la mañana.

Diego se levantó y cerró la puerta de lona de la tienda y de pie, sin saber muy bien cómo empezar, con el ojo de águila de Lezo siguiéndolo con sorna desde su asiento se decidió a hablar. Sabía que lo primero que le caería sería una bronca por haber estado todos esos días sin autorización en la ciudad, pero por otro lado seguro que le interesaban sus averiguaciones.

Así fue. Los soldados que trabajaban fuera escucharon los improperios del general; después fue calmándose. Una hora después Diego abandonaba el Caño con la autorización de unos días más de permiso, hasta primeros de marzo. No se había equivocado; Lezo se había sorprendido de la presencia en Cartagena de la hija de De Ulloa, de los documentos que Diego había visto, de la gran fortuna personal que el oficial había logrado reunir en pocos años y que desde luego no había salido del sueldo oficial de la Marina, bastante escaso. Se alarmó ante la idea –insinuada hábilmente por Diego- de que De Ulloa hubiese podido estar vendiendo secretos militares o traficando con armamento al que tenía acceso desde las dependencias de las Bóvedas.

–Vaya usted a Mompox, no se exponga más a la vista en Cartagena, y regrese cuanto antes. Tenemos trabajo -fue todo lo que al final le dijo-. Necesito que vaya a Jamaica pronto.

Diego no quiso pedir más ni tentar a la suerte. Inclinándose con la cabeza y formándose, se despidió.

Carina iba recatadamente vestida. Demasiado -pensó- pero su tía le había insistido. No sabían cómo era la señora de Lezo, doña Josefina Pacheco, y querían causar buena impresión, ser discretas. No llevaban ni dos minutos en el zaguán de la entrada cuando la propia dueña, una mujer de edad madura con una agradable sonrisa, salió a recibirlas. Cariñosa pero sin demasiado empalague, besó con aprecio a Carina y cogiendo del codo a doña Constanza las invitó al saloncito verde, en el piso superior, donde tomaron un rico chocolate con tortas de cazabe y animalitos de almíbar. Carina saboreó los dulces mientras guardaba un respetuoso silencio y se limitó a contestar a la dama educadamente mientras la conversación principal la llevaba su tía. Carina habría deseado vestir algo más ligero, primero por el intenso bochorno que hacía ese día y segundo porque le carcomía la imagen monjil que se había propagado de ella por toda la ciudad en los pasquines maledicentes que habían pegado por las calles a la muerte de su padre. El simple recuerdo de los burlones versos la hacía palidecer, le subía la bilis a la garganta, la ponía frenética.

–Señorita De Ulloa, anime usted a su tía y quédense un rato más. En unos minutos vendrán unas amigas, todas ellas esposas de oficiales de la Marina, estarán encantadas de conocerlas -le dijo amablemente doña Josefina, mientras tomaba con elegancia la taza de chocolate y les sonreía haciéndolas sentir cómodas.

Carina no se atrevió a negarse pero la cita no le resultó apetecible. Era sociable con sus amigos y tenía buen carácter, pero ante los desconocidos sentía pereza. Eso, unido a la vergüenza que le producía el cómo la juzgarían aquellas mujeres después de lo ocurrido, la ponían nerviosa. ¿Pensarían que era una paleta, una joven sin clase que había intentado cazar con malas artes a un aristócrata aunque fuera pobre como una rata? ¿Opinarían mal de su padre? ¿Tan mal como lo hacían los pasquines dando a entender lo oscuro de su fortuna?...

–Sí, desde luego -terminó contestando al ver la mirada suplicante de su tía- aunque no estaremos mucho rato. No quisiéramos molestar.

–Desde luego que no, joven, no es ninguna molestia. Es un honor que me hayan elegido en primer lugar para presentarse socialmente.

La aldaba comenzó a sonar y varios carruajes entraron por el portón. Media docena de damas se reunieron en la misma sala donde ya estaban ellas. Dos bastante ancianas con el pelo blanco y aspecto distinguido, otra más joven y modosa, dos matronas de la misma edad que la dueña. La mayoría fumaba sin parar tabaco lo que provocó un acceso de tos en Carina que miraba asombrada como incluso se metían el ascua en la boca, fumando con el cigarro para dentro.

–¿Quiere usted? Perdone que no le haya ofrecido -dijo una de ellas, la más joven, que se presentó como Amalia de Recarté.

Carina negó con la cabeza mientras se dedicaba a escuchar sus comentarios y a observar sus juegos de baraja, sus bromas y la familiaridad reinante.

–Amalia, querida, ¿qué sabe de su vecino, el joven De Veranz? Se comenta que lo han visto en Cartagena no hace mucho y que el Alguacil ha intensificado la vigilancia en su casa por si intenta verse con sus padres.

–No sé nada. Mi madre me comentó ayer mismo el tema pero hasta ahora doña Celia no ha visto a su hijo y Olallita tampoco -contestó mientras con el cigarro en los labios se descartaba en un tapete.

–Doña Josefina, ¿asistirá al próximo concierto de la banda del regimiento mañana?

–No sé, ya veremos, con este calor dan pocas ganas de salir.

Carina se aburría aunque veía a su tía entretenida. Más sociable, doña Constanza deseaba hacerse un hueco en sociedad y poder salir todos los días, charlar un rato con amigas, tomarse un café o un chocolate, asistir a algún evento o simplemente pasear acompañada. No soportaba sentirse sola y extraña en una ciudad desconocida y no le parecían tan graves los pasquines contra Carina. Los tachaba de anecdóticos y no creía que nadie les hubiera dado mucho crédito. Al menos eso quería creer. Lamentaba aun así que algún desaprensivo se hubiera mofado de Carina sin conocerla, dañando su imagen, que para una jovencita casadera era la mitad de su dote. Una hora después y a un gesto de Carina las mujeres se marcharon. La tía acompañada de una sirvienta se fue caminando hasta casa, tenía ganas de estirar las piernas. Carina cogió el carruaje y se acercó a la modista.

–*Señoguita* De Ulloa *estagá* usted despampanante, ni Elenita López del Sagmiento le *llegagá* a usted a la suela de los zapatos -le dijo sonriéndole *madame* Polland con su marcado dejo francés.

Carina calló. Se preguntó si la modista sabría algo de los pasquines que se reían de ella acusándola de monjil y timorata, más o menos la misma imagen que debía haber ofrecido al llegar con sus vestidos bien cerrados, oscuros y sin un solo lujo visible, cómo se llevaban en España, tan distintos a los de las muchachas criollas. Mirándose en el espejo se vio despampanante. La modista insistió.

–Está usted guapísima. *Pego* yo *haguía* un poco más *proggfundo* el escote. Lo que se tienen que *comeg* los gusanos que lo *disfrguten* los humanos... *n´est pas?*

–¿No cree que sería algo excesivo?... No sé.

–Hágame caso. No se *agueepentigá*. Yo entiendo de esto. Sé que está usted *ahoga* de luto y que no *podrgá* lucir de momento estos *hegmosos* vestidos, *pego* cuando empiece la *prgggóxima temporada* social... *dejagá* a la sociedad con la boca *abiegta* cuando la vean *apagecer* en los bailes. Se lo digo yo.

–Está bien, en caso de que no me gusten como me quedan, siempre habrá manera de arreglarlos. De todas formas desearía poder llevarme ahora algo más fresco. No puedo soportar ni un minuto más esta falda -dijo levantándose la amplia y pesada falda granate que llevaba.

–No me *egstraña*. No sé cómo no sé ha hundido usted en la bahía con semejante peso -dijo la modista riéndose-. *Migue* estas *ligegas* faldas de seda *colog crgudo*, adornadas en gasa y sin *fogo*, hacen *ahoga fugog entrge* las jovencitas. *Puéggese* una.

Carina quedó encantada. No sólo sintió que se quitaba un lastre de encima, también se vio más juvenil. Contenta con sus compras decidió volver a casa. Por el camino recordó que le había dicho a su tía que si podía se acercaría al barrio de Getsemaní, a la dirección donde supuestamente vivían familiares de Niña Perla para intentar contactar con ella; dio orden al cochero y puso rumbo al barrio de los esclavos. Durante un buen rato y con el coche descapotado se ensimismó disfrutando de la belleza de Cartagena. El cielo amenazaba tormenta y se había levantado un fuerte aire, pero el ambiente había refrescado.

Tenía razón su padre en sus cartas cuando decía que aquella era la ciudad más bonita del mundo. Dejaron atrás el barrio de la Merced, la plaza de los Coches y la de los Jagüeyes con sus pozos de agua, y enfilaron hacia la boca del puente. En esa zona se levantaba un puente levadizo sobre el Caño de San Anastasio que unía la ciudad amurallada al arrabal de Getsemaní, ocupado casi exclusivamente por mulatos, y ex esclavos. No había muchos indios; estos vivían mayoritariamente en el interior, muchos aún en las selvas, a las orillas del río Magdalena o en el altiplano.

Era la primera vez que cruzaba ese puente; observó los baluartes defensivo de San Pedro Apóstol y San Juan Bautista, la Torre del Reloj, las bóvedas donde se almacenaban los víveres y los pertrechos y a los soldados en las garitas. Reconoció que las defensas de Cartagena eran impresionantes, la ciudad era un auténtico fortín; habría que estar loco para atacar semejante fortaleza. Aunque era evidente que existía ese riesgo si no, no habría tantos militares allí acantonados. La bahía se veía animada esa mañana con una docena de grandes buques fondeados. El carruaje siguió adentrándose en la plaza del Matadero. El aire estaba saturado de olor a carnaza; riachuelos rojos de sangre corrían por el suelo y los matarifes echaban cubos de agua limpiándolos, mientras las mujeres en los tenderetes cortaban diestras las piezas y los gallinazos revoloteaban en sus jaulas. El olor era desagradable y unido al calor le provocó un vahído.

Un frenazo seco le indicó que habían llegado a su destino. Cerca de una iglesia nueva, la de la Tercera Orden, estaba la calle Larga. La zona era bien distinta al centro; ya no había grandes palacios o edificios nobles construidos en piedra con ricas balconadas de madera, aquí las casuchas eran de barro y hoja de palma; la zona estaba sucia y abandonada. Los niños jugaban descalzos y medio desnudos en los charcos y se veía pobreza por doquier. Una mísera casucha de adobe, palmas y piedras era su destino. Una negra mayor, con un pañuelo blanco en la cabeza y un mandil lleno de manchas la recibió con una gallina cogida del pescuezo. La miró con cara de circunstancias y le preguntó de mala manera qué quería.

–Busco a Niña Perla. Me han dado esta dirección.

–Aquí no vive ninguna Niña Perla. ¡Largo! -dijo sacudiendo a la gallina que se debatía asfixiada entre la vida y la muerte. Carina asustada retrocedió.

–¡Por favor! ¿No sabe dónde podría encontrarla? Sé que ella mandaba aquí dinero, soy Carina de Ulloa. Tengo algo que es suyo, ¡querría devolvérselo!

–¡Fueraaaa! -gritó de nuevo la vieja y Carina, trastabillando, retrocedió.

Vio a su cochero aparcando dos cuadras más abajo donde había menos barro para que no se atascaran los carruajes. Se encaminó hacia allá cuando un intenso aguacero estalló de pronto. Levantándose la falda nueva corrió desorientada a ponerse a cubierto. No era la única, muchos vecinos del barrio hacían lo mismo. En unos minutos las calles parecían ríos y el agua que caía era tan fuerte que incluso le costaba respirar. Tenía la sensación de que terminaría ahogándose ¡en tierra!

Iba a cruzar la calle que arrastraba animales, sillas, frutas caídas de los puestos del mercado, tiestos y tierruza, cuando alguien la sujetó del brazo. Carina levantó la cabeza y se sorprendió al verlo allí. Diego había aparecido como por arte de magia. Cogiéndola en brazos sin aparentemente ninguna dificultad cruzó con ella la calle principal que era un auténtico lodazal, refugiándose en una arcada. Apretándola contra la pared la protegió del agua. Carina se agarró a él como si le fuera la vida; asustada ante semejante espectáculo de la naturaleza. Había vivido otras tormentas en Cartagena pero ninguna como aquella, parecía que el cielo fuera a caer entero sobre sus cabezas.

Diego la abrazó protegiéndola mientras una intensa ráfaga de viento doblaba las palmeras próximas. Tejas, ramas, objetos de todo tipo cruzaban volando a toda velocidad. Con la falda totalmente pegada al cuerpo y chorreando empezó a tiritar. Diego la cubrió con su chaqueta mientras recogía con ternura sus cabellos, echándoselos para atrás. Mirándola intensamente durante un instante, que a ella le pareció eterno, la besó y Carina sintió que se elevaba por los aires, que su corazón giraba vertiginosamente sin parar igual que los torbellinos que los rodeaban. Agarrada a él le devolvió el beso con toda la pasión de la que fue capaz, reviviendo con el calor de su cuerpo, chupando lentamente el agua que caía por sus labios, aspirando su suave aroma, sintiendo la presión de sus fuertes manos en su espalda, oyendo su respirar entrecortado, excitado. Al terminar ambos se miraron asombrados, como si lo que acababa de pasar fuera ¡increíble! Diego comenzó a bajarla al suelo, asustado de su propio arrebato y en ello estaba cuando la tormenta cesó. Así, de repente. Así eran las tormentas tropicales de Cartagena: en un minuto estallaban y al siguiente desaparecían, dejando tras de sí un reguero desastroso de árboles tronchados, tejas desprendidas, animales ahogados y personas accidentadas. Ya en el suelo Carina se desasió de Diego. Limpiándose con la manga el agua de la cara, volvió nerviosa a su coche. Diego la siguió.

–¿Está usted bien?-le preguntó.

–Perfectamente -le contestó ella, con un reflejo de felicidad en la mirada.

–Me alegro. ¿Volvemos a casa? ¿Es aquel su coche?

–Sí, ¿me acompaña?

–Sí, deseo hablar con usted de algo.

Carina aceptó con un gesto y ambos pusieron rumbo a *Santa Catalina*.

Capítulo VIII

Anochecía cuando llegaron a casa. Diego abrió la portezuela sin esperar a Silverio y bajó deprisa del carruaje dando la mano a la mujer para que descendiera por la escalerilla. Ella salió deprisa, nerviosa ante el contacto con su mano y tiritando. Con la ropa calada y despeinada estaba más atractiva que nunca aunque no fuera consciente de ello. Los dos habían permanecido mudos durante el trayecto, sin saber qué decir o cómo interpretar lo ocurrido bajo el aguacero. Ella había intentado calmar su corazón mirando por la ventanilla sin abrir la boca; él, pensativo y concentrado, le había dado la espalda mirando hacia el lado opuesto, preguntándose qué pensaría la recatada y santurrona joven de la tempestad de pasión que había surgido entre los dos hacía unos minutos...

–¡Dios Santo! ¿Están bien? Menos mal que la ha encontrado, estaba muy preocupada -dijo la tía que en ese momento salió a recibirlos nerviosa tras la espera.

–Estamos bien, no se preocupe, no ha sido nada. La encontré sin problemas donde usted me dijo y se la traigo de vuelta a casa, sana y salva.

–Si tía, no se preocupe, estamos bien los dos. Por cierto, ¿cómo fue que me encontró usted allí? -dijo dirigiéndose a Diego.

–Vino a buscarte a casa y le dije que habías ido a buscar a Niña Perla a la dirección que nos dieron en el notario. El señor de Vargas se quedó preocupado...

–Sí -cortó él en seco- es peligroso adentrarse en ese barrio yendo solo y más siendo mujer. Además, ustedes no conocen este clima pero cuando el cielo pinta como esta tarde, lo normal es que diluvie; a veces como hoy, con ráfagas de viento huracanado. No es aconsejable andar por ahí sola.

–Comprendo -contestó Carina-. Muchas gracias por todo. Perdone que no se las haya dado antes; estaba un poco sofocada... por lo ocurrido -dijo sin más, dejando a Diego la impresión de que el comentario iba más por la escena amorosa que por la tormenta.

Sin más preámbulos y empujada por la tía, temerosa de que se enfriara, subió al dormitorio a cambiarse y ponerse algo seco, mientras doña Constanza mandaba a buscar ropa del armario de su difunto hermano para el joven que también rezumaba humedad. Diego le agradeció el gesto pero dijo no necesitar nada.

–No se moleste. Con un fuego donde calentarme y secar esto -dijo tocándose las mangas de su fina camisa de hilo y el brocado de seda de su chaleco- será suficiente.

–Pues no sabría qué decirle joven -le contestó al mirarle detenidamente y observar su cabello chorreando y la ropa deslustrada con los volantes caídos y lánguidos-. Está bien, pase a aquella habitación, quítese la ropa, mandaré a Silverio a que le ayude con todo y dentro de un rato baje usted a cenar. Prepararemos algo que les siente bien y les temple el cuerpo. Después, si no están demasiado cansados podrán hablar de lo que necesiten en la biblioteca y si no, siempre podrán hacerlo mañana, ¿le parece?

–Me parece, muchas gracias -contestó el joven sonriéndole.

Minutos después estaba solo en la que fuera la alcoba y el vestidor del difunto señor De Ulloa. No era la primera vez que entraba allí ni tampoco la primera que tenía oportunidad de rebuscar en los bolsillos de sus caros trajes, revolver en los cajones del aparador de ébano o mirar debajo del mullido colchón. No encontraría nada.

En el rato a solas en el cuarto, delante de la chimenea que crepitaba lentamente, reflexionó sobre lo ocurrido: ninguna conclusión lógica sobre el intenso y sorprendente deseo que se había apoderado de él. Sabía que podía ser un hombre de fuertes instintos y siempre le habían gustado las mujeres, pero jamás había sentido un impulso tan loco como el de esa tarde. Se había comportado de forma totalmente irreflexiva dejándose arrastrar por la necesidad imperiosa de tocarla, besarla. Hubiera podido estar horas abrazado a ella bajo el torrente de agua sintiéndose el hombre más feliz sobre la tierra. ¡Había sido tan increíble! -reconoció eufórico para, poco a poco, ir perdiendo esa sensación y dar paso a otra más ambigua- También sabía que aquel impulso debería quedarse en eso, en algo aislado y sin futuro. Si volvía a aparecer tendría que reprimirlo; no iba a echar a perder sus planes por una calentura.

Primero porque no creía que la muchacha, aunque también se hubiese dejado arrastrar por la pasión, quisiera tener una aventura amorosa con un empleado suyo; así lo veía, como un hombre ajeno a su clase social y por tanto inadecuado para el matrimonio.

–¿O acaso es una pequeña aventurera? No, no lo creo -habló consigo mismo ante el espejo ovalado-. ¿Cómo es realmente? ¿Qué pretende? ¿Qué está pensando ahora mismito? ¿Es una romántica? ¿A quién espera? ¿A un príncipe azul?

Sí, seguramente sería una jovencita romántica a la búsqueda del hombre que la sedujera debidamente pero ese hombre no sería él.

–No interfiera en mi camino. No necesito mujeres apasionadas que me vuelvan loco; cuando quiera un rato de diversión ya sabré dónde encontrarlo -le contestó a su imagen en el espejo.

Y respecto a su futuro... sólo había una mujer en él, Mariana. Ella había sido su prometida y terminaría siendo su esposa aunque fuera lo último que hiciera en su vida. Ya encontraría la forma de deshacerse de Sanz... Era una cuestión de orgullo, de dignidad; se lo había jurado a sí mismo aquel último día en prisión y lo conseguiría. Desbarataría los planes de Sanz y de los que estuvieran tras él -estaba seguro de que no había actuado solo- descubriría la oscura relación con De Ulloa, recuperaría su honor, su prestigio... todo volvería a ser como antes... como siempre debió haber sido.

–¡Pero si nunca amaste a Mariana para qué obsesionarte en recuperarla! -escuchó a la voz de su conciencia.

–Sí la amé -se intentó tranquilizar- aunque a mi manera. Ella nunca me exigió más. Aceptó lo que le di y es la mujer que necesito: guapa, elegante, exquisita, distinguida, rica, tal vez demasiado infantil, pero aportará una gran dote y una posición social tan alta como la mía; me dará hijos fuertes y sanos y no se preocupará por asuntos de poca monta. Como buena criolla conoce a los hombres de estos lares. Sí, es la mujer que me conviene. No dejaré que nadie se entrometa y eche por tierra mis planes, y menos una joven remilgada y forastera como la señorita De Ulloa. ¡Amor! ¿Quién diablos quiere un amor?, ¿quién querría enamorarse? Él no, no lo necesitaba. Sólo era una complicación.

Fue salir a relucir la palabra amor y pensar en De Rieux, en sus esfuerzos por enamorar a la señorita Mendoza, y le pareció ridículo. Recordó las bromas pesadas que le habían gastado los amigos, las risas que se habían echado a su salud. Gerardo se había destapado como un verdadero romántico sorprendiéndolos a todos, especialmente a él que lo consideraba tan escéptico en cuestiones del corazón como él mismo. Se había equivocado; ahora su mejor amigo andaba de cabeza tras una niñata que lo estaba volviendo loco. Él no caería en semejante trampa.

–Señor, su ropa -dijo Silverio que en ese momento le dejaba todo bien doblado en la butaca.

Con la ropa seca y planchada por el servicio, se terminó de recoger el pelo con una cinta en la nuca y se acercó al comedor. Entró al salón bellamente iluminado con hermosos candelabros y velas en las repisas y se sentó. Doña Constanza andaba de acá para allá, ordenando que sirvieran la mesa, mientras Carina, recatadamente vestida con un fino vestido beige y el pelo recogido en un moño con una gran horquilla de oro, asistía silenciosa al encuentro desde la silla de enfrente. Marujita, la pinche, sirvió tortitas de maíz, res hervida y pasta dulce de batata. Diego observó como las mujeres miraban los platos sin saber por dónde atacar. La más joven cogió un poco de salsa de tamarindo con la punta del cubierto y probó; parecía evidente que aquellos manjares criollos no los conocían. En el centro había una gran fuente con yuca y plátano frito y otro con rodajas redondas de mamey amarillo y ganabana.

–Son bayas, son para el postre -comentó divertido Diego al comprender que las mujeres iban a comenzar el menú por el final- ¿Conocían ustedes estos productos? -les preguntó, más que nada por romper el hielo.

–¡Noooo! -contestó riéndose la tía- Cada día probamos algo nuevo; últimamente comer se ha convertido en una aventura. Hemos probado tantas cosas que no sé muy bien cómo se llama la mitad, pero reconozco que en general casi todo está bueno. Sólo la iguana nos dio un poco de reparo ¿verdad?

Carina sonrió y pareció relajarse. Diego observó como el rictus de tensión que se notaba en sus hombros, desaparecía.

–Bueno tía, diga más bien que a usted le dio reparo, a mí me gustó. No está mal. De todas formas lo que más me gusta son las frutas y los dulces. Están exquisitos, ¡son tan suaves y agradables! En España no saben igual; allí las frutas suelen ser más ácidas, con sabores más intensos -dijo riéndose.

Diego comprobó que riéndose estaba muy guapa y que a las españolas les pasaba como a las frutas: eran más intensas, más ácidas que el resto, en una gran dosis producirían un buen cólico. Roto el hielo, la conversación derivó de un tema a otro sin mayor trascendencia. Las damas le narraron su encuentro con la esposa de Lezo y las mujeres de otros marinos, Carina les puso al día sobre sus avances con la modista francesa, Diego se preguntó cuándo podría verla con las exquisitas creaciones de Madame Polland. Minutos después la joven pareció repentinamente ensombrecida... Diego la observó con curiosidad.

–Querría preguntarle algo a usted. Mire -dijo entregándole un fajo de papeles que Diego ni siquiera necesitó leer para saber inmediatamente qué eran, los malditos pasquines-, dígame. ¿Sabía usted algo de esto? -preguntó la muchacha.

–Algo -respondió muy escueto. Iba a callarse cuando la mirada de súplica de Carina esperando más detalles lo obligó a continuar hablando. Sin saber muy bien qué decir, dijo lo primero que se le ocurrió.

-Bueno, algo había oído, pero no debería usted preocuparse. Son unos rumores sin trascendencia. En cuanto la conozcan, nadie se acordará de las estupideces que en ellos se dice.

–¿Usted cree? -le preguntó con emoción la tía, deseando creer en sus palabras.

–Seguro.

–Gracias -le contestó Carina agradecida-. Espero que así sea.

Tras el café dejaron a la tía impartir las órdenes al servicio y pasaron a la biblioteca. Carina se veía cansada pero estaba ansiosa por saber qué querría hablar Diego. Se preguntó si sacaría a relucir el asunto del beso o si le hablaría de su próxima marcha. Pensar en ello le partía el corazón; se estaba encariñando con él... y no era el plan. Sin poder evitar ponerse nerviosa reconoció lo mucho que le gustaba e incluso valoró la posibilidad de que, aun estando muy por debajo socialmente de ella, pudiera plantearse un futuro con él. ¿Por qué no? ¡Los criticarían! ¿Y qué? Le importaba poco lo que pensara aquella gente a la que desconocía y cada vez estaba más de acuerdo con su tía en que, efectivamente, casada les sería más fácil salir adelante en aquella tierra lejana. Si lo hacía con alguien socialmente inferior tampoco sería la primera ni la única en la historia. Casos de esos había habido muchos y si la cosa luego iba bien, la gente se olvidaba. Había observado a Diego y le parecía interesante: nada pretencioso o cursi como había visto que eran muchos criollos; inteligente, trabajador, amable, guapo. No parecía dado al juego, al alcohol o a los escándalos, ¿qué más podía desear? El dinero lo pondría ella. Si él quisiera, podrían intentarlo.

Despacio abrió el picaporte de la biblioteca y entró. Hacía un intenso calor y los cristales lloraban; abrió de par en par el balcón y dejó que la fragancia de las flores inundara la estancia. Una suave brisa movió las cortinas.

–Por favor, siéntese -dijo indicándole un cómodo butacón forrado en raso ocre-. Tome -le ofreció una copa de licor

Diego se sorprendió por el cambio. Hacía unos minutos la había visto taciturna y callada, distante, inaccesible a sus pensamientos. Hubiese querido poder hablar con ella con la verdad por delante, haberla protegido de sus miedos. Entendía que a pesar de la imagen de seguridad en sí misma que quería demostrar ocultaba el miedo a un mundo que le era ajeno por completo. Un mundo al que había llegado pensando que habría gente querida esperándola: un padre anhelado desde hacía años, un novio que seguramente se habría mostrado cariñoso y atento en sus misivas... y ahora estaba sola. Se preguntaría qué iba a hacer de ahí en adelante, cómo iba a enfocar su vida, cómo haría para mantener unos negocios de los que no sabía nada y cuyos ingresos necesitaba para no tener problemas económicos. Eran muchas preguntas y muchas preocupaciones para una cabeza tan joven y bonita. La mayoría de las muchachas de su edad apenas si tenía de qué preocuparse. Pensó en su propia hermana o en Mariana. A lo más que llegaría su preocupación sería a saber qué traje elegirían esa noche para el baile de turno, a alguna riña con sus padres o alguna pelea entre amigas por un galán o una joya. Carina tenía mucho de qué preocuparse y según pasaban los días era más consciente de ello. Su padre lejos de haberle puesto una alfombra roja a los pies, le había dejado una espada de Damocles sobre su cabeza. Se sabía observada, criticada, burlada, no conocía el medio en el que se movía, no tenía a nadie a quien recurrir. Carina había comprendido pronto todo aquello y estaba siendo muy valiente. Muchas y muchos habrían roto a llorar sin parar ante la negra perspectiva que se presentaba.

–*¡Mummmmmm!* -la oyó carraspear, llamando su atención- ... Y bien, señor de Vargas -le dijo con una sonrisa tan deslumbrante que hizo casi levitar a Diego- ¿Qué me quiere contar con tantas prisas?

–Bueno, en realidad quería hablarle de ese viaje a Mompox que usted mencionó el otro día -comenzó esperando convencerla de que ella no lo acompañara-. Estoy de acuerdo con usted en que es importante encontrar todos los documentos, las escrituras de propiedad, los archivos, los registros, debe estar todo en sus manos. Si surgiera algún problema legal, usted debe estar en disposición de poder defender sus derechos y sus propiedades. Yo me inclino a pensar -si no le molesta que se lo diga- que su tía tenía razón cuando le comentó los inconvenientes sociales de que me acompañe en semejante viaje. No estaría bien visto, no sería adecuado.

–Y a usted ¿eso le importaría mucho?

–No, a mí no, pero usted tal vez lo lamente más tarde. Podría ser un tema escandaloso que le trajera problemas. Podría arruinar su reputación.

–Ya veo que piensa usted en todo y dígame, ¿cree realmente que ese problema -dijo enfatizando la palabra - supondría un escándalo mayor que el que ya he sufrido a consecuencia de esos dichosos papeles donde se me insulta sin ningún rubor y tanto a mi padre como a mí se nos llama de todo? ¿No cree que con ese primer escándalo ya da igual que se sume otro más?

Diego deseó que se lo tragara la tierra. Tenía razón; de poco serviría comportarse adecuadamente después del castigo social que para ella supondría la mala imagen, ya imborrable, provocada por los panfletos que en qué maldita hora, se le habían ocurrido a él precisamente. Carina vio su cara y sonrió.

–No se preocupe, ya sé que usted es demasiado buena persona para entender al ser mezquino que escribió esos versos, pero créame si le digo que con mi imagen por los suelos poco hay ya que se pueda hacer por mí en ese sentido. Todos me verán como la pobrecita y estúpida hija de un hombre depravado, que sin éxito matrimonial en las Españas ha venido al nuevo mundo a ver si corrige la situación y pesca a algún desprevenido -de repente estalló en una carcajada y Diego se asombró de la lucidez con que comprendía el problema y del espíritu con que se lo estaba tomando- pero créame, así las cosas, poco puedo hacer para cambiarlas, al menos de momento, y por otro lado estoy obligada a conocer qué propiedades tengo y cómo están. Quiero conocer la plantación de cacao, saber quién está allí al frente como capataz, verificar que los beneficios que da son los que se registran en las partidas, que no hay engaño...

–¿Que su padre no usaba la plantación para blanquear dinero procedente de otros sitios, por ejemplo?

–Exacto -contestó Carina con firmeza, sin avergonzarse de sus miedos-. Veo que usted me entiende.

–Sí, pero si sigue adelante con su idea debe saber a lo que se arriesga al regresar. Habrá maledicencias, cuchicheos. ¡Sabe Dios qué más! y eso podría arruinar más su futuro. Tal vez ahora no le dé mayor importancia, pero más adelante, ¿quién sabe?

–No se preocupe tanto por mi futuro. Yo no lo hago. Antes, lamentablemente, tengo que solucionar mi presente. Además, aunque a alguno le cueste creerlo, no he venido aquí a pescar ningún marido. Si hubiera querido hubiera podido casarme con un buen partido en Badajoz -mintió- y no lo hice. Si alguna vez elijo novio, tendrá que comprender mi situación y seguro que sabrá perdonar mi *excepcional* comportamiento.

–No sé, yo que usted no estaría tan segura, los hombres somos muy estúpidos para esas cosas del honor, especialmente cuando el que está en entredicho es el de nuestras mujeres. De todas formas creo que tiene usted otro escollo que salvar; su tía no parece aprobar este viaje.

–Lo sé. Mi tía está preocupada de que haga alguna locura, quiere que encuentre un buen partido y me case ya -dijo riendo y levantándose-. Porque me teme, me parezco demasiado a ella misma. Sabe usted -dijo mirándolo intensamente, mientras le llenaba la copa de ron, y le encendía el cigarro con una sensualidad que sorprendió a Diego- mi tía es una eficiente gestora de fincas que durante años de viudedad ha llevado las suyas ella sola y lo ha hecho muy bien. Siempre me ha insistido en que los negocios, las tierras y la servidumbre, hay que controlarlo directamente si no queremos tener disgustos. Ella -continuó contándole- era una mujer rica y bien posicionada que se casó por amor -carraspeó mirándole de soslayo- con un hombre socialmente inferior. La criticaron mucho, su padre a punto estuvo de desheredarla, pero se salió con la suya. Luchó por mantener unida a su familia, por casarse con el hombre al que quería, por cuidarme y criarme cuando me quedé sola y ella es quien me educó en realidad. Por eso me parezco; he interiorizado sus ideas, su forma de ver la vida, la misma que ahora cree no esté a mi altura, dice que me merezco algo mejor y sabe, se equivoca. He aprendido de ella a luchar por lo que es mío y no me voy a dejar amedrentar por una sociedad más rancia que la que dejé en España que se escandaliza estúpidamente por unos versos ridículos; no voy a dejar de hacer lo que tengo que hacer por ellos. Así pues prepare el viaje para dos. ¿De acuerdo?

Diego tragó saliva ante semejante perorata. Le sorprendió su carácter decidido; la señoritinga era una mujer realmente valiente, la apreció por ello. Pensó que incluso podrían ser amigos.

–Muy bien, prepárese para dentro de dos días. Haré las gestiones necesarias para el viaje que durará en torno a una semana. Iremos a caballo hasta Turbaco y desde allí, remontando el río Magdalena, subiremos a Mompox. ¿De acuerdo?

–De acuerdo. En dos días pase a recogerme. Lo tendré todo preparado -le contestó con una brillante sonrisa que a él se le clavó en el corazón.

Dándose la mano, como si fueran dos hombres y no un caballero y una dama, cerraron el trato.

Doña Constanza removió el cajón buscando los dichosos pasquines que tanto daño habían hecho a su sobrina. Estaba furiosa, los culpaba de la decisión de Carina de viajar a Mompox. Si su imagen social no se hubiese visto tan deteriorada por esos papeles estaba segura de que habría podido convencerla de lo inadecuado de ese viaje.

–¿La *señoraaaa* necesita mi ayudaaa? -preguntó cadenciosa la criada que retiraba un vaso de agua.

–No, puedes marcharte -contestó la tía sin contemplaciones, concentrada en lo que estaba.

Era innegable -pensó- que entre los jóvenes había una corriente de atracción. Lo había sentido en más de una ocasión en las últimas semanas, lo había percibido en la forma que tenían de mirarse y de lo contrario, de rehuirse. En el trasfondo de sus miradas había mucho más de lo que parecía. Ella no había sido siempre vieja y sabía lo que era el amor, por eso había podido leer en esos ojos y en esos sonrojos de forma clara. Conocía bien a Carina y su atropello al hablar y sus reacciones a veces secas y absurdas le recordaban a las que había tenido tiempo atrás cuando se enamoró del joven Ramón. La diferencia era que entonces había sido casi una niña, el muchacho era de toda confianza de la familia y en ningún momento había estado en juego su prestigio o reputación.

Ahora era diferente. Estaban en juego muchas cosas; la primera, la que más miedo le daba a doña Constanza, era su corazón. A pesar de su imagen un tanto arrogante, en el fondo era una blanda, una sentimental, una romántica. No conocía a los hombres, nunca había tenido mucho contacto con caballeros; a excepción de aquel primer flechazo infantil por Ramón no había nunca sucumbido al amor y ahora, en el peor momento posible, la tía temía fuera a hacerlo. Era la edad. Estaba en la edad de enamorarse, de casarse, de tener hijos, era el reloj de la vida que llegaba, con retraso, pero con una fuerza enorme y Carina tal vez no estuviera preparada para la avalancha de emociones que podría sufrir. Además, aunque Diego le gustara no sabían nada de él. ¿Quién era? ¿De dónde venía?, ¿Cuál era su origen? ¿Qué interés tenía en Carina? ¿Le gustaba tanto como parecía o era un aprovechado, un interesado? Desde luego no era el mejor partido, y de hacer con él ese viaje, podría arruinarle la reputación para siempre.

Al remover unos pañuelitos bordados por las monjas, doña

Constanza reconoció el pequeño fajo de papeles sucios y arrugados. Sentada en la cama, desató la pequeña cuerda y los leyó:

«Dicen que lo vieron entrar
dicen que lo vieron salir
dicen que su promesa rompió
y el golpe mortal... le dio».

«Con sus rosados mofletes y su pelo zanahoria
¡quién le contará ahora que perdió pronto la honra!
que su novio y protector a otra mejor eligió»

«Quien con bellacos se junta
Con pesadillas se levanta
quien con ruines y ambiciosos trata
la mala vida... le mata»

«Carina es el nombre de la monjil heredera
el apellido que mejor la honra es «majadera»
le eligió el novio su padre... un truhán silencioso
que sin saberse ni cómo ni cuándo.. se hizo con bienes... cuantiosos
¿Quién unió a ambos bellacos?
¿Qué hará ahora la monjil despechada?
¿Qué dice la ciudad desvergonzada?
¿Querrá saber qué pasó
y conocer el secreto del crimen que se cometió?
... Y el alguacil... que da carpetazo. ¿Resuelto? seguro que no...»

«Con pelo zanahoria y gordos mofletes
pretende encontrar novio de tronío y en un brete
De padre ambicioso e hija tonta
novio aprovechado y fortuna... redonda»

«Lánguida y santurrona es la dama
depravado y torcido el caballero
truhán y sin escrúpulos el tercero:

padre y suegro, ladrón y pendenciero... ¿Y dicen que lo mató... un ratero?»

> *«Mucho se plática en Cartagena de este turbio asunto de cama*
> *y en realidad todo se reduce a reales y pana*
> *¿Qué será finalmente lo que pasó en el crimen del ...*
> *qué será lo que pase ahora con la mofletuda y gordinflona dama?»*

Arrugó el último papel indignada y haciéndolo una bola lo estrelló contra la pared. ¿Quién diantre se habría atrevido a insultar así a su familia, a su hermano, a Carina? Los papeles eran terribles; dejaban entrever cosas gravísimas; no sólo es que llamaran gordinflona, monjil y estúpida a Carina, es que daban a entender turbios asuntos de dinero, de tratos, de aventuras de cama, de una relación siniestra entre su propio hermano fallecido y Antonio Sanz. Estaba claro que tenía que investigar más el tema, ser inteligente, hablar del asunto con las nuevas conocidas, indagar, encontrar al autor y hacerlo morder el polvo por el tremendo daño que había causado a su familia, sobre todo a Carina, que era por quien realmente lo lamentaba. Su hermano, al fin y al cabo, estaba muerto y aunque hubiera dejado ese reguero de animadversión social contra su familia ya nada podía hacerse al respecto. Pero Carina era otra cosa.

No había sido sincera; al igual que ella pensaba que el daño a su posición social y a su reputación era muy grave y prácticamente se habían arruinado sus posibilidades de establecerse en la élite, casarse con un buen partido o manejarse en primera línea. Ni todo el dinero del mundo podría borrar ese manchón. Carina acababa de llegar y ya se había quedado sin posibilidades reales de hacer una buena boda, encontrar a un rico hacendado o a un hombre bien posicionado socialmente. Nadie querría semejante carga; tendría que conformarse con un hombre de segunda fila y ese -se le iluminó la cara- podría ser Diego de Vargas.

Desde ese punto de vista, como pareja, era envidiable. No se le podía pedir más. Y al muchacho le gustaba Carina, otra cosa es que estuviera dispuesto a dejarse atrapar en semejante situación, que en esos momentos era la comidilla de media Cartagena. De todas formas el que viajara con ella a Mompox no sabía si era o no buena idea. Por una parte sería un empujoncito más para que el muchacho terminara enamorándose de ella, por otro lado aumentaba el escándalo en torno a la muchacha ¿Qué hacer? ¿Prohibirle ir a Mompox, animarla a conquistar a Diego, salir de Cartagena y volver a España? ¿Irse a vivir a Santa Fe de Bogotá o a La Habana? Necesitaría tiempo para evaluarlo. ¡Sólo que no le quedaba ninguno! -pensó angustiada-. El viaje partiría en menos de veinticuatro horas. Con la cabeza dolorida, volvió a atar el fajo de papeles y lo guardó.

–Señora, su mantilla y sus guantes -le ofreció Macarena.

Seguida de la criada salió a la calle. Esa tarde habría reunión y conocería el convento del Padre Claver. El jesuita muerto hacía más de un siglo con fama de santo había cuidado a los enfermos, pobres y esclavos. Les había ofrecido un techo donde si no vivir, sí al menos morir con dignidad. Las *Damas Pías* iban allí una vez por semana a llevar ropa usada, jabones, algo de comida y a servir en el comedor. También catequizaban a los esclavos recién llegados que nunca habían oído la palabra de Jesús; les hablaban de Adán y Eva, de Moisés, Noé, Satanás y les leían la Biblia. Entre acto y acto de caridad, alguna impertinencia.

Había dos señoras de las de lengua viperina y faldas crujientes que no desaprovechaban ninguna oportunidad para lanzarle dardos envenenados. Aunque la bilis la estaba matando, doña Constanza optó por morderse la lengua. De momento no le interesaba discutir con ellas, pero tomó nota. Ya se las pagarían más adelante. De momento resistiría por Carina -se dijo-. Y, furiosa, les dio la espalda.

-¡Comida!- repetían con débiles voces los esclavos, la mayoría de ellos enfermos cuando no moribundos.

Angustiada por el espectáculo deprimente fue sirviendo un cazo más de papas a los más débiles; con sus escuálidas manos suplicaban algo de comida y atención mientras las monjas carmelitas con sus largos hábitos negros pasaban entre los camastros susurrando palabras de consuelo y ánimo. Muchos no llegarían vivos al día siguiente. Un nudo en la garganta la hizo llorar; había algunos con peor suerte que ellas.

Capítulo IX

Recorrieron las seis leguas que separaban Cartagena de Turbaco por la mañana. Habían salido pronto, al amanecer, llevando consigo un arcón con algo de ropa y los utensilios necesarios. Decidieron ir a caballo; la mujer era buena amazona y se viajaba mejor así ya que los baches del camino eran insufribles para soportarlos en un carruaje. Una recua de mulas los acompañaría más despacio por detrás. Al trote dejaron las Ciénagas y se adentraron en la selva por un camino relativamente transitado dado que Turbaco era una especie de sanatorio; eran muchos los blancos que enfermaban sin llegar nunca a aclimatarse a aquella costa del Caribe húmeda, terriblemente calurosa, llena de mosquitos y miasmas putrefactas procedentes de los pantanos. Sufrían de fiebres, vahídos, pérdida de apetito y una buena forma de recuperarse era pasar unos días en aquella pequeña aldea de los indios yurbacos. Situada a buena altura sobre el nivel del mar, en la Sierra de Santa Marta, gozaba de un clima mucho más fresco y sano.

Durante el camino, Carina disfrutó del paisaje descubriendo lugares de belleza salvaje y exótica. La zona de salinas blancas entre el mar y las ciénagas brillaba a lo lejos, se veían poblados de pescadores con las redes secándose al sol, niños correteando descalzos, muchachas lavando en las orillas. Dos pelícanos se lanzaron en picado de forma sorprendente mientras los esclavos que marchaban delante les abrían paso entre la vegetación asfixiante. Durante el trayecto cruzaron un par de ríos poco profundos e hicieron varias paradas para beber agua y tomar algunas frutas.

–¿Cómo va? ¿Está cansada?

Le preguntaba insistentemente Diego, siempre atento a que no le faltara nada. Había ayudado a la joven tirando de las riendas de su caballo, una bonita yegua blanca, para cruzar un vado y una corriente de agua. A lo lejos se veía una gran cascada y el humo de unas chimeneas.

–Estamos llegando. Ya queda poco. Enseguida podrá descansar adecuadamente.

–¡*Uffff!* Eso espero, esto es agotador. ¡Hace tanto calor!

Carina sudaba intensamente; las gotas le resbalaban por la cara mientras el sombrero de paja la protegía de los rayos del sol. Vestía ropa ligera y cómoda: una falda tostada debajo de la cual llevaba unos finos pantalones de igual color y unas botas de montar. Arriba una camisa blanca y una chaquetilla. El pelo lo llevaba recogido en una coleta bien atada con un pañuelo de colores brillantes.

–Miré, refrésquese allí, mójese un poco la cara y el cuello con este paño. Yo voy a llenar las cantimploras en aquel manantial. Enseguida llegaremos y podrá descansar y cenar.

Siguieron un rato más. En un recodo vieron abrirse un pequeño claro; Carina observó fascinada unos pequeños volcanes cuyos cráteres expulsaban un humo oscuro con olor a azufre y al fondo, movimiento de gente. Vio a las mujeres con sus coloridas vestimentas indígenas y a los hombres semidesnudos con sus taparrabos. Había mucho ajetreo, todo el mundo iba de acá para allá, se oían risas de niños y el relinche de caballos. Diego giró su montura hacia la derecha y saludó a un nativo alto y delgado de nariz afilada como la hoja de un machete y unos ojillos pequeños y negros como dos olivas. Los dos hombres se abrazaron.

–Señorita De Ulloa le presentó a un amigo: Juan de Turbaco -volviéndose a éste, olvidándose momentáneamente de la mujer que estaba siendo ayudada a desmontar de su caballo, Diego preguntó al nativo por su mujer-. ¿Rosita ha dado ya a luz?

–Te adelanto que es un varón fuerte y moreno, como su padre -sentenció- mientras soltaba una gran risotada y escupía pulpa de tabaco que le dejaba los dientes amarillentos.

Carina se los vio al reírse, mientras con un gesto el hombre les ofrecía adelantarse indicándoles una choza de barro y techo de palma amarga. Carina lo siguió y moviendo la pardusca tela de la puerta entró. Una mujer bajita con la cara muy redonda los saludó en una lengua nativa que no entendió y Diego le tradujo mientras hacía un gesto de respeto hacia la esposa de su amigo. Rosita les ofreció un modesto refrigerio, un líquido que parecía agua turbia; vencida la primera sensación de repugnancia a Carina le pareció delicioso pero no se atrevió a preguntar qué era. Colgado de una tela había un bebé recién nacido; el parto debía de haberse producido hacía escasos días -pensó la muchacha- dada la dificultad con que andaba la madre, que se mostró servicial con sus invitados. Pronto se despidieron, dormirían en el pueblo.

Llegaron a pie en unos minutos mientras sus esclavos dejaban sus bártulos en la puerta de un edificio de mampostería y teja situado en el centro. El villorrio era pequeño y apenas si tenía una plaza, una iglesia dedicada a la patrona Santa Catalina y un par de calles. La selva llegaba a las puertas de las viviendas y las iguanas corrían por todas partes siendo tan abundantes como los niños. Las numerosas fuentes y manantiales de aguas sulfurosas y curativas habían convertido a la aldea indígena en un lugar de reposo y sanación para los cartageneros propietarios de la mayoría de las casas de piedra, mientras que los indios seguían manteniendo sus construcciones en madera, barro y palma más a las afueras.

–¡¡Diegooooo!! -lo llamó un hombre desde lejos.

Un párroco con una sotana polvorienta se acercó a los recién llegados saludando con un fuerte abrazo al joven. Carina comprobó sorprendida que también conocía a Diego y se preguntó si éste sería de por allí. En el interior de la humilde posada dos jovencitas indígenas de pelo negro y lacio les indicaron dónde refrescarse y descansar y les obsequiaron con una copiosa cena a base de arepas de huevo, carimañolas, pulpa de tomate y tajadas de plátano verde. Carina comió sin rechistar; estaba hambrienta. El ejercicio le había abierto el apetito y durante el trayecto apenas había tomado un par de chirimoyas y una piña.

En un pequeño porche, sentados en unas mecedoras indias, contemplaron distraídos el hermoso espectáculo del crepúsculo, del sol perdiéndose entre las copas de los árboles, de la niebla que empezaba a ascender por el valle y de las azuladas montañas perfilándose como misteriosas siluetas al fondo. La manigua, como gustaban llamar allí a la selva, se veía en todo su esplendor. Se oía nítidamente la corriente del río, el grito de los monos aulladores, el reptar de lagartijas y culebras, el caminar de las iguanas, el continuo zumbido de zancudos y mosquitos. Carina espantaba a manotazos los molestos insectos mientras unas chicharras chillaban sin parar al olor de la carne asada que preparaban cerca.

–¿Qué sonido es ese?, parece que estuvieran cantando -preguntó sorprendida al escuchar extrañas voces procedentes de la selva.

–Son currucutúes -respondió Diego de forma escueta. Al ver su cara de desconocimiento, siguió hablando con voz cansina, soñolienta-. Búhos de la selva.

–*Ahhhh* -dijo Carina-. Nunca había oído hablar de un animal con ese curioso nombre.

–La selva es todo un mundo, un mundo muy complejo. Ya tendrá tiempo de ir conociéndola. Es muy tarde. Debería acostarse. Mañana habrá que madrugar. Saldremos de noche cerrada; hay un trayecto que habrá que hacer a pie.

–Buenas noches -contestó ella levantándose-. Me iré a descansar ya; quiero estar recuperada de la fatiga de hoy. No me gustaría ser una carga para usted mañana.

–Nunca será una carga para nadie, señorita. Descanse. Hoy ha sido un día duro -le contestó amable.

La mujer entró en su cuarto y sintió una bofetada de calor. Las ventanas estaban abiertas pero no había aire. Percibió el olor profundo de la vegetación, de la tierra húmeda, se estiró y bostezó. Una muchacha le ayudó a quitarse las pesadas botas embarradas y en enaguas se tiró sobre el duro colchón. Medio dormida, recordó que su padre había parado en Turbaco en ocasiones, cuando regresaba de Mompox para reponer fuerzas. Tendría qué visitar el lugar, averiguar todo lo que pudiera.

Escuchó las campanadas de la iglesia y comprobó que a pesar del agotamiento no podía dormirse; sería por la excitación del viaje. Daba vueltas en su colchón cuando escuchó risas; Diego estaba con alguien. Asomándose a la ventana, escondida entre los macizos de flores, lo vio charlar animadamente con unos desconocidos mientras preparaban para él una hamaca colgada de unos palos. Se sorprendió de que fuera a dormir fuera teniendo a su disposición un cómodo cuarto y de que conociera a tanta gente en aquel pueblucho, debería enterarse del por qué -bostezó de nuevo- y arrastrándose volvió a tumbarse.

–*Toc, toc.* Señorita, el caballero me manda decir que cuando esté preparada, partirán.

Carina abrió de golpe los ojos sin saber si estaba o no soñando; miró en dirección a la puerta donde una nativa le dejaba trapos y una jofaina con agua encima de la silla; era hora de levantarse, sólo que no podía, le dolía todo el cuerpo. Hacía meses que no cabalgaba y atravesar la selva, en un día sofocante, no era lo mejor para ponerse en forma. Refunfuñando, con los ojos pegados, se levantó, se lavó y se vistió deprisa y corriendo. Bajó en unos minutos, se colocó como pudo la cinta del pelo y el sombrero y se tomó un café bien cargado en la cocina donde la única luz que había, además del ascua del fuego, era un pequeño candil colgado de un clavo. Despidiéndose educadamente de la cocinera salió. Diego la esperaba fumando, recostado en la pared comprobando su brújula, mientras los sirvientes terminaban de cargar el equipaje en las mulas. Era noche cerrada pero al menos soplaba una ligera brisa. El joven sonrió al verla.

–Veo que se le ha hecho corta la noche, espero que por lo menos haya descansado bien.

–Sí, bueno, más o menos -contestó, mientras Diego la ayudaba a montar.

El estrecho camino transcurría por la selva hasta Barranca donde llegarían al dique en el que embarcarían destino Mompox. En algunos tramos desmontaron y fueron caminando; marchaban en silencio mientras la luna refulgía entre las copas de los frondosos y gigantescos árboles; unas extrañas luces azuladas y fosforescentes parecían guiarlos; preguntó con un gesto a Diego.

–Son cucuyos, unas plantas de aquí; nos servirán de guía.

Ella miró con los ojos como platos, extasiada por la belleza de las miles de luces como pequeños puntos azulados que envolvían mágicamente los árboles.

–Los indios y después de ellos muchos mulatos e incluso blancos gustan adornarse con ellas. Hace unas temporadas estuvieron muy de moda y las señoritas como usted las llevaban prendidas en manojitos sobre el cabello o sobre el cuello.

–Nunca había visto nada igual. Aunque el caso -pensó, como si algo profundo se lo recordase- es que tengo la sensación de que en sueños tal vez...

Carina se interrumpió. En ese instante recibió un fuerte empujón de Diego que sacó su machete y lo lanzó a una velocidad de vértigo. Una culebra cayó muerta descabezada a sus pies. Se quedó muda.

–No se asuste; no es nada. En la manigua hay muchas, hay que estar atentos.

Continuaron el camino y ya amaneciendo divisaron un poblado indígena con media docena de chozas.

–A media milla está el dique. Enseguida embarcaremos.

Con las primeras luces del alba llegaron al famoso dique que no era más que un brazo del río Grande de la Magdalena que se desgajaba en la zona de Mompox y buscaba el mar por separado del cauce principal, hasta Barranca y Pasacaballos. Unas grandes embarcaciones fluviales estaban fondeadas; eran canoas gigantes con un techado en el centro cubierto con hojas de palma, donde se ponían a cubierto los pasajeros o las cargas más delicadas. Cientos de pájaros parecían despertar con los primeros rayos de sol y cantaban con fuerza los gallos, cuando el grupo desmontó; ataron sus caballos a unos postes próximos a unas casetas donde Diego se entretuvo negociando con un negro de blanquísimos dientes que reía sin parar. Después de que bebieran los caballos, apareció con un grupo de seis hombres negros, tan altos y fuertes que a Carina se le salían los ojos de las órbitas. Iban prácticamente desnudos, luciendo unos torsos tan duros y morenos y unas piernas y brazos tan musculosos, que una joven dama como ella tragó saliva sin saber dónde mirar. Cohibida, roja de vergüenza, se preguntó dónde irían con semejantes hombres.

–No son esclavos -le especificó Diego divertido al verla tan nerviosa-. Son bogas, los remeros que he contratado para llevar la embarcación corriente arriba. Son muy caros y cobran por día, así es que cuanto antes salgamos mejor. En marcha.

El escaso equipaje del grupo fue cargado; Carina pisó las tablas de madera y le pareció que la embarcación era peligrosa, poco estable, navegaba al ras del agua. La niebla del valle se había levantado cuando más atenta echó un vistazo a alrededor; asombrada preguntó si aquello era un río o el mar.

–Si no se ve la otra orilla... ¿está seguro de que esto es un río?- le preguntó.

–Sí, le aseguro que sí. Aunque podrá comprobar que los ríos de América son muy, muy grandes.

–Una cosa es *grande* y otra esto; estoy desconcertada.

–Pues esto no es nada, sólo es un brazo del cauce principal al que llegaremos pronto.

El barco dejó el improvisado muelle y comenzó a remontar por el río. La selva invadía las orillas donde había animales bebiendo, cocodrilos con las bocas abiertas sin pestañear o revolviéndose ruidosamente dando coletazos; bajaban por las aguas animales muertos y de vez en cuando se cruzaban con otras embarcaciones. No había excesiva corriente.

–*Ahhh*, *ahhh*, *ahhh* -se escuchaba el grito trepidante y continuo de los bogas que les ayudaba a marcar el ritmo. Remaban tan deprisa que sus músculos parecían tener vida propia.

Según avanzaba el día el calor se fue haciendo más sofocante y los mosquitos más numerosos. Los gritos y canturreos de los bogas levantaron un dolor de cabeza a la mujer que sin parar se mojaba las sienes; había bebido más agua que nunca, pero aun así se sentía deshidratada. El día pasó sin que nadie le hiciera caso, aburrida, mirando millas y más millas de selva. Empezó a echarse la tarde cuando desembarcaron en un playón. Los hombres prepararon rápidamente una fogata donde calentaron algo de carne -Carina ni preguntó qué era- y un caldo. Después bebieron café y sacaron las botellas de ron. Diego ordenó a dos hombres que montaran guardia para protegerlos de cualquier amenaza durante la noche. El olor de los humanos tentaba siempre a cocodrilos, serpientes o monos que robaban todo lo que pillaban.

Carina disimuló su temor. Diego se acostó en una hamaca junto a la suya.

–Nunca he dormido en un cacharro como éste. Seguro que me caigo en cuanto cierre los ojos.

–No se preocupe, estás hamacas son seguras. No se caerá -le dijo casi bostezando y Carina le creyó. De inmediato se sintió más segura.

–Gracias. Buenas noches.

–Buenas noches. Descanse. Hasta mañana -contestó el otro mientras apagaba de un soplido la vela.

A la mañana siguiente volvió a ser la última en levantarse. Con el cuerpo dolorido del cansancio puso un pie en tierra. Se miró en un trozo de espejo que guardaba y se vio despeinada, con la ropa arrugada y echa una pena. A paso cansino se acercó al río a lavarse cuando alguien la sujetó con fuerza.

–Ni se le ocurra. ¡Mire! -le dijo Diego.

Carina vio a pocos metros a un cocodrilo metido en el agua, del que solo se apreciaban bien los ojos saltones, esperando abrir sus fauces para tragársela.

–¡Tome!- le dijo, ofreciéndole agua de un cubo con el que la joven se lavó.

El aseo fue rápido y el desayuno más. Los esclavos recogieron el improvisado campamento en un santiamén y se dispusieron a embarcar nuevamente. Ella iba a hacerlo cuando recordó haberse dejado la manta a los pies de un árbol. Se acercó a recogerla cuando profirió un grito de intenso dolor.

–*¡Ahhhhhhh!*

Sintió un terrible picotazo en un hombro. Diego acudió deprisa y comprobó que era una serpiente coral que se había descolgado de un árbol, tirándose sobre la mujer; algo frecuente en la selva.

-Tranquila, por favor, no se mueva. Enseguida le damos el antídoto.

Diego corrió a su macuto; ella, recostada al cuidado de un sirviente, parecía al borde del desmayo. El joven sacó deprisa el pequeño botiquín que siempre llevaba consigo en esos viajes y extrajo un tarro. Le bajó la hombrera de la camisa y con dos dedos le untó el líquido oscuro y maloliente en la picadura. Se sintió enseguida reconfortada aunque la piel le ardía. Diego le masajeó la zona dolorida, le volvió a colocar con delicadeza la blusa y levantándola en brazos la subió al barco, depositándola en el interior, en la parte cubierta, protegida del sol y con varios sirvientes atendiéndola y dándole aire.

–Ahora duerma. No se preocupe, se repondrá. Aunque será algo doloroso.

–¿De verdad?...- preguntó ansiosa, enganchada a sus manos.

–De verdad. Este ungüento es bueno pero se sentirá débil. Le conviene descansar.

Durmió buena parte de la mañana y por la tarde enfebreció. Deseaba llegar a Mompox, a tierra, a un lugar donde poder dormir en una cama y recibir cuidados médicos, pero tendría que soportar aquella situación unos días más, se dijo. Claro que algo bueno tenía haber sido mordida por aquella repugnante bicha: sentir las manos de Diego sobre su piel había sido electrizante. A pesar del dolor en la zona magullada y envenenada había sentido la calidez de sus dedos, su tacto agradable, su voz tranquilizadora; la embriagó su olor a una mezcla de selva, tabaco, ron, y lavanda. Hubiera deseado levantar los brazos y engancharselos al cuello, besarlo como la tarde de la tormenta. Pero no se atrevió. Ni siquiera pudo mirarlo a los ojos. ¡Él también parecía aturdido!

Supuso que estaría preocupado por la picadura, por el engorro que supondría tener que viajar aún varios días por la selva con una mujer febril y enferma, pero el problema era otro; Diego había sentido la misma sensación electrizante al tocarla y aquello lo había descolocado. No quería seducirla, pero ella no parecía preocupada ante tal eventualidad. ¡Y debería estarlo! Así era como deberían comportarse las muchachas inocentes y no ponerle ojos tiernos, enrojecer ante su contacto, suspirar ante el más mínimo roce. Había partido de Cartagena con el firme propósito de no intimar demasiado con ella y no dejaría que sus más bajos instintos tomaran decisiones contrarias a sus propósitos. Reprimirse era siempre difícil pero si la otra persona no está por la labor, ¡más aún! Si Carina tomaba la iniciativa, si se acercaba, si lo provocaba de alguna manera, no respondía de sus actos. Ella le gustaba demasiado. Decidió que algún sirviente le pusiera la pomada la próxima ocasión pero tuvo que descartarlo; no había ninguna mujer y no iba a dejar que sus hombres lo hicieran. No sería correcto.

Así transcurrieron los días sucesivos, con ella postrada en una hamaca dejándose hacer, dormitando la mayor parte de la jornada, sudorosa y febril, con un criado abanicándola y Diego pendiente, dándole de beber, untándole pomada, masajeándole la espalda y el cuero cabelludo, recogiéndole el pelo para que no le molestara. Cada vez que se rozaban, él enardecía; el deseo iba en aumento, la necesidad imperiosa de desnudarla y poseerla, también, pero se mantendría firme. Carina era una joven decente, de buena familia; seducirla sin perspectivas sería sencillamente un crimen. Además la apreciaba; no quería hacerle daño, hacerle creer que podría haber algo serio entre los dos.

La mujer fue reponiéndose poco a poco; estaba ligeramente más delgada y pálida. La fiebre había ido remitiendo, pero aún andaba muy débil. Cinco días después de su partida, el champán, -que así se llamaban aquellas embarcaciones habituales en el cauce fluvial- llegó a su destino. Un carro los acercó hasta una fonda próxima a la Alvarada, la muralla de piedra que servía de freno a las crecidas del río evitando además que cocodrilos y otras alimañas se acercasen a las casas. Esa misma tarde recibió atención médica y la sugerencia de reposar un día más allí antes de continuar las dos leguas que le restaban hasta la hacienda paterna. Más tranquila, esa noche durmió de un tirón por primera vez en muchos días a pesar de que Mompox era un horno. Al clima tropical y selvático había que añadirle la calentura de la sangre envenenada por tantas picaduras, los efluvios de los pantanos que rodeaban la villa y la falta de brisa debido a que la ciudad estaba encajonada en un valle.

A pesar de tantos inconvenientes Mompox era una ciudad grande; principal puerto del Magdalena en la ruta entre Cartagena y Santa Fe de Bogotá, era un lugar clave en el comercio del Virreinato, una ciudad rica, llena de artesanos, pequeñas industrias, plantaciones de cacao y azúcar en sus alrededores y grandes mansiones señoriales. Tenía bellas casas, hermosas plazoletas, numerosas iglesias y conventos, calles rectas y bien diseñadas y muchos negocios. Olía a dinero por varios motivos.

El primero era que los ricos cartageneros guardaban allí su dinero, lejos de la costa para evitar que se lo robaran en cualquier incursión pirata o ataque enemigo como había ocurrido en otras ocasiones. Además su posición estratégica a orillas de un gran río, a medio camino entre las dos urbes más importantes del Virreinato y su acceso al mar a través de un brazo del Magdalena y a la sierra por estrechos pasos de montaña la convertían en un lugar privilegiado para el contrabando. Desde allí se vendía y compraba fuera del control de la Hacienda Pública y de las aduanas con ingleses, holandeses, individuos poco recomendables procedentes de Jamaica, Curazao, Antigua. Se intercambiaba cacao, carne, oro, plata, esmeraldas por armas, pólvora, artículos de lujo, esclavos. Existía un intenso tráfico ilegal conocido por las autoridades pero difícilmente controlable. El grueso del ejército estaba acuartelado en Cartagena para defender el puerto; había numerosos regimientos en las islas luchando por proteger Cuba, San Andrés, Santo Domingo, Florida, Portobello, Río de la Plata, Guayaquil, Veracruz, México, Panamá, Maracaibo. No había tantos efectivos como serían necesarios y el interior estaba menos vigilado por lo que a excepción algunas batidas puntuales, los contrabandistas campaban a sus anchas. Sabedores de la situación, lucraban infringiendo la ley a conciencia. En Mompox se hacían grandes fortunas pero también había más corrupción que en ningún otro lugar del interior.

Poco pudo disfrutar Carina de Mompox, lo único que apreció ya más recuperada fue desde el carruaje que Diego puso a su disposición para llegar a *La Paloma*, la hacienda heredada de su padre dedicada a la plantación de cacao. Desde la ventanilla vio las calles bien empedradas, los edificios de una planta de mampostería con grandes ventanales de cuerpo entero, las fachadas pintadas en hermosos colores, la plaza mayor con la bonita catedral blanca y amarilla dedicada a Santa Bárbara, el bullicio de sus mercados. Dejaron la ciudad y se encaminaron por senderos estrechos. Había muchas plantaciones de azúcar en la zona, se podía aspirar el fuerte olor a melaza que salía de ellas. A media mañana llegaron a un bonito paraje situado en el valle con una cordillera montañosa al fondo; el lugar estaba lleno de espléndidas mimosas, gigantescas ceibas, sauces, acacias y una gran casa pintada de blanco al fondo. Dos grandes magnolios hacían de guardianes a la entrada del sendero arbolado que daba acceso a la puerta principal. A ambos lados había grandes extensiones de tierra trabajada por negros. Los esclavos acababan de hacer un descanso y rezaban el ángelus del mediodía; divisaron a lo lejos a un hombre blanco con sombrero de paja que intuyeron sería el capataz y que se acercaba a ellos seguramente extrañado de que unos desconocidos hubiesen entrado de esa forma en una propiedad privada.

–¡Buenos días!, ¿desean ustedes algo? -preguntó un tanto arisco y altivo.

–Sí -contestó Diego más altivo aún-. La señorita De Ulloa, viene a reconocer su propiedad.

El capataz inmediatamente cambió de cara; se quitó el sombrero, saludó educadamente a la dama y se puso a su entera disposición. Ante la exigencia de Diego de que les abriera la casa, el hombre -que se presentó como Genaro Ramírez- tiró de la cuerda que estaba colgando del pantalón donde prendía varias llaves y se acercó a paso rápido a la casa seguido por los recién llegados. Dos negritos corrieron a ayudarlo mientras entraban al interior.

–Corre, ve a llamar a Manolita - le dijo a otro de los esclavos, un niño de unos doce años de edad.

El muchacho corrió perdiéndose tras una ceiba gigante situada a la derecha y a los pocos minutos regresó con una mujer de piel oscura y tamaño descomunal. Llevaba el cabello tapado por un pañuelo verde enrollado y lucía grandes aros en las orejas. Se movía deprisa pero torpemente y la parte de pierna que se le veía al caminar parecía tan ancha como el tronco de un árbol. Los brazos parecían los de un estibador del puerto. Los labios eran gruesos y los pechos y la barriga, prominentes. Su sonrisa fue total al ver a Carina, a la que saludó con cariño.

–¡Bienvenida a su hogar, señorita! Teníamos muchas ganas de conocerla; su padre nos habló muchas veces de usted. El amo no paraba de decir que no haraganeáramos, que tuviéramos todo bien relimpio y preparado para cuando llegara. Señorita, no sabe lo mucho que sentimos lo ocurrido a su señor padre. Él era bueno con nosotros y cuidaba y protegía esta plantación; espero que usted no la venda y la mantenga. ¡Mire! -dijo señalándole el tronco robusto de la ceiba- mire usted allí. Su señor padre nos mandó colocar una imagen de la Virgencita para que usted pudiera rezar cuando llegara. Quería que no le faltara nada.

–Gracias, muchas gracias, no saben lo agradecida que les estoy por haberse ocupado de la hacienda en mi ausencia, pero ya he llegado. A partir de ahora podrán contarme cualquier problema surgido en estos meses y las necesidades que haya.

–*¡Ayyyyy* señorita! -exclamó la negra que no era esclava sino libre- ¡Dios la bendiga!

La mujerona ofreció algo de beber a los recién llegados, les preparó las habitaciones para que pudieran descansar y mandó a unas jovencitas que asearan la casa y preparasen una rica comida mientras ella atendía a la dueña. Carina decidió echarse un rato en una limpia pero sencilla habitación donde además de la cama con el mosquitero poco más había. Desde la ventana se veían las mimosas exuberantes con sus flores malvas mientras el sol producía sombras entre el ramaje de los árboles. La selva llegaba al pie mismo de la hacienda que le había parecido realmente extensa.

–Cuídela, llega algo débil; sufrió la picadura de una coral y ha viajado con fiebre varios días.

-Sí señor, no se preocupe señor; estaremos muy atentas -contestó la mujer al joven acompañante del ama.

Diego salió a dar una vuelta de reconocimiento acompañado del capataz. A caballo recorrió los campos cultivados y las colinas cubiertas de una espesa vegetación. Al menos un centenar de negros y mulatos trabajaban la tierra canturreando sin parar. Grupos enteros de niños corrían con espantamoscas en las manos espantando a una legión de loros que intentaba devorar los granos de la cosecha y como el método más eficaz para hacerlos huir era el ruido, los más pequeños giraban también una especie de carraca estruendosa mientras otro muchacho mayor aporreaba sin parar un tambor. En un primer vistazo comprobó que la plantación era próspera y que a pesar de la muerte del dueño, el capataz había seguido cuidándola en espera de que llegaran los herederos.

–¿De cuántos árboles dispone la plantación? ¿Han tenido problemas de plagas o de otro tipo? -le preguntó directamente, como si el nuevo amo fuera él.

-Tenemos unos cuatro mil árboles; es una plantación bastante extensa como puede ver. Este año todo ha ido bien, no nos podemos quejar, aunque tuvimos algún problema de riego al principio. De todas formas, yo -si me permite que se lo diga- me he limitado a seguir las instrucciones que el pasado otoño me dejó el amo, pero necesitaba ya nuevas órdenes. Cuando se recoja la cosecha habrá qué ver a quién se la vende y a qué precio; había negociaciones abiertas con un plantador vecino; Don Joaquín quería comprarle un acceso al Brazo para tener salida al embarcadero, al río; eso nos facilitaría mucho el transporte del grano y la comercialización. En fin, ahora tendrá que ser la señorita quien decida el futuro de todo esto -dijo abarcando con las manos las tierras colindantes.

–¿Aquello también pertenece a la propiedad?

–Sí, las colinas que dan acceso a un estrecho paso entre las montañas también son propiedad suya.

–Me gustaría inspeccionarlas mañana -dijo Diego, mientras el capataz lo miraba de reojo, mordiéndose la lengua ante los aires de señorito del abogaducho de Cartagena que acompañaba a la dueña.

Diego tampoco perdía de vista al hombre. Su aspecto de ave rapaz no le generaba demasiada confianza. Temía que durante esos meses sin amo hubiera abusado de los esclavos, del personal de la casa o hubiese trapicheado con las ganancias. Aquel paso en las montañas estaba en medio de la ruta del contrabando. Diego conocía de antes Mompox y sabía cómo se funcionaba allí y ni el señor De Ulloa ni su capataz serían tan tontos como para no saberlo y como para no aprovecharse. Seguramente trapichearían vendiendo o comprando ilegalmente cualquier cosa; estaba por ver qué y en qué cantidades; tendría que averiguarlo.

De regreso a la hacienda se acercó a la casa. Carina, con mejor aspecto, lo esperaba sonriente acompañada de la mujerona negra con la que parecía haber hecho buenas migas.

–¡Dios, qué bien huele!- estaba diciendo en ese instante cerca del puchero y de las brasas.

La mesa estaba servida y el joven sintió apetito. Comieron sancocho, un plato típico de toda la región, un caldo espeso con plátano, yuca, papa, maíz, ñame y trozos de carne, que en esa ocasión parecían gallina, y charlaron en la penumbra fresca del hogar.

–Entonces ¿las tierras van bien? -preguntó Carina- ¿Podría visitarlas hoy mismo?

–Sí, sí, no se preocupe -contestó el hombre-. Esta tarde si está bien podrá visitarlas usted misma. Pero primero coma, descanse un poco más y cuando baje el calor nos acercaremos.

Aquella tarde Carina pudo ver por primera vez en su vida un cacaotal. A su paso los obreros se descubrían la cabeza y con el sombrero en la mano y la cabeza agachada saludaban en señal de respeto a la nueva ama. Al toque de una campana todos comenzaron a recoger los aperos y a montarse en carros que los llevarían hasta unos barracones donde vivían, en la margen septentrional de la propiedad, cerca de una zona pantanosa. El capataz también se despidió educadamente de ellos. El paseo fue largo pero placentero; Carina disfrutó del olor a la tierra, de los brillantes colores de las plantas, de las flores diminutas del cacao: orquídeas blancas y rosas que colgaban de los troncos, escuchó por primera vez su sonido, su latir. Aun así hacía mucho bochorno y nubes vaporosas debido a la condensación se elevaban del suelo; el calor agotó su energía: antes de que oscureciera pidió regresar. En casa, Manolita había mandado preparar una gran tinaja de agua caliente con hierbas aromáticas para su baño.

–¡Ay mi amooooor, ¿cómo cree? Báñese que esto es mano de santo! -le dijo la negra.

Carina sintió un inmenso placer cuando desnuda se metió en la cuba de agua tibia y enjabonada. Olía maravillosamente, corría una ligerísima brisa que se agradecía tras el sopor del día y sintió cómo sus músculos recobraban la elasticidad, la fuerza. Con la cabeza reposada en el borde de madera descansó un rato ajena a todo. La ventana estaba abierta, se oía a los sirvientes hablando, a los perros ladrando, a las chicharras y a los insectos zumbando sin parar. No se dio cuenta de que alguien absolutamente embobado la contemplaba absorto.

Había llenado su jornada de trabajo para no estar tan cerca de ella. Los últimos días habían pasado demasiado tiempo juntos y aquello no le convenía. Se había mantenido alejado por la mañana pero su necesidad de tenerla cerca era tan grande que la tarde le había sabido a poco, tras la cena pensó encerrarse en su cuarto, pero era tan temprano que pero prefirió pasear y fumarse un cigarro antes de intentar conciliar el sueño. Al pasar cerca de la ventana de Carina no pudo evitar echar un vistazo, verla una vez más ese día... encontrándose de golpe con la escena más erótica de su vida.

La mujerona le fue quitando despacio y con delicadeza cada prenda: el peto, la falda, las enaguas, las medias, las ligas, la camisa. Un hermoso y escultural cuerpo nacarado quedó a la vista. Entró en la tinaja de forma sensual y tras emitir un pequeño gemido de placer desapareció entre el vapor y la espuma; su cabeza salió al exterior con los cabellos rojizos chorreando y una amplia sonrisa. Las vio charlar distendidamente mientras la sirvienta le desenredaba el cabello y masajeaba con aceites la cabeza; le frotó con energía los músculos y tras un rato a remojo la sacó y envolvió en una cálida toalla. Fuera del agua la secó, perfumó y acostó ayudándola a meterse entre las suaves sábanas de hilo. De un soplido apagó las decenas de velas que había en la cómoda dejando a oscuras la escena.

–Duerma bien mi amor, mañana estará mejor -le susurró.

–Gracias Manolita, muchas gracias -se despidió somnolienta la joven.

Diego regresó a su cuarto deseándola más que nunca.

Doña Constanza se levantó a media noche sedienta y muerta de calor. El día había sido soporífero y esa noche no corría la más ligera brisa. Llamó a la campanilla para pedir al servicio un vaso de agua pero nadie contestó; cansada de esperar se calzó sus livianas zapatillas caseras y con una palmatoria salió al corredor para bajar a las cocinas. Una débil luz cerca de los fogones y la imagen de dos personas discutiendo dentro acaloradamente, la asustaron. ¿Qué demonios estaba pasando? Con la respiración agitada y escondida descalza en el patio comprobó que una de las figuras, la más pequeña e indefensa, era la de la vieja Tomasa pero ¿y la otra?, también era una mujer pero más joven y fuerte. No la conocía.

Temerosa de que alguien hubiera entrado a robar, recordando el asalto del que había sido objeto su propio hermano retrocedió, regresó a su alcoba y tomó el arma que guardaba en un cajón. La tenía desde sus primeros días allí cuando tras comentarle al señor de Vargas sus temores por el violento suceso acaecido en la vivienda, el joven le ofreció un arma para que la tuvieran siempre a mano por si fuera necesario. Y ahora lo era.

–¡Maldita sea! -blasfemó, mientras por un instante dudó si quedarse en su alcoba a buen recaudo o bajar a ayudar a Tomasa. Pudo más la segunda opción.

Sería vergonzoso amilanarse en su propio hogar, dejar que cualquier extraño las amenazara. Bajó despacio y abrió una portezuela. Se oían gritos dentro; la agresora intentaba que Tomasa le diera algo y ésta se negaba diciendo que esa casa no era suya, que se fuera, que se lo diría a la dueña en cuanto se levantara. La joven agarró a Tomasa del cuello y amenazó con matarla, ésta empujó con toda su fuerza a la más joven y la estampó contra la pared. La desconocida se recuperó y colérica enganchó del cuello a la cocinera que parecía que iba a asfixiarse. La vieja tomó el atizador de la cocina aún caliente de las ascuas e iba a golpearla en la cabeza cuando doña Constanza entró y disparó. La joven cayó al suelo ensangrentada ante la cara de horror de la cocinera y la tez lívida de la dueña.

–¡No sabe lo que ha hecho! -le dijo Tomasa a su ama con la voz en un hilo y el respirar aún agitado de la pelea.

Enfadada, el ama le contestó soberbia:

–¡Sí, sí que lo sé, salvarte la vida! ¿Se puede saber quién era, qué estaba pasando aquí? Al ruido del disparo bajaron varios sirvientes que quedaron también lívidos al ver a la mulata tendida en un charco de sangre en el suelo.

–¡¡Sangre... sangre... sangre...!!.- lloró Macarena mientras Tomasa la mandaba callar.

–¡Rápido! -ordenó la cocinera- ¡Busca toallas, hay que cortarle la hemorragia! ¡Se muere!

-¿Acaso te preocupa esta malnacida que casi te ahoga hace cinco minutos? ¿Es que la conocías?

–Sí señora, la conocemos bien; es Niña Perla su ¿sobrina? -dijo mirándola con un gesto de interrogación- la medio hermana de la señorita Carina.

Doña Constanza se quedó muda. Sentada en una silla dejó que los criados atendieran a la herida mientras ordenaba traer a toda prisa a un médico. ¡Parecía que por fin habían encontrado a esa bruja!

Capítulo X

El doctor Cubero no tardó en llegar aunque en la casa ya habían hervido agua y Tomasa con esmero había lavado la herida y cortado la hemorragia. Niña Perla permanecía inconsciente tumbada sobre unas esteras en el zaguán cuando oyeron al carruaje parar delante del portón principal; una sirvienta corrió con el candil en la mano a abrir al hombre. Un anciano con peluca blanca y pantalón a media pierna con chaleco burdeos y levita a juego, entró; más parecía que fuese a una audiencia que a visitar a un paciente a aquellas horas intempestivas. Arrastrando ligeramente una pierna, se acercó a doña Constanza.

–Dígame qué ha pasado -le pidió a ésta.

La mujer contó lo ocurrido aunque sin entrar en detalles; tampoco era cuestión.

–Llévenla a una cama -ordenó.

Juanín y Silverio la subieron con dificultad hasta un cuarto arriba. La herida pareció volver en sí. Abrió los ojos, intentó balbucear algo, pero cayó de nuevo inconsciente. El doctor mandó a su ayudante que cauterizara unas pinzas para extraer la bala mientras Tomasa le aliviaba el sudor con paños húmedos en la frente. Doña Constanza seguía todo atentamente pero en un segundo plano, pensando en cómo se había complicado la historia justo cuando Carina estaba ausente; se entristecería al saber lo ocurrido, el desgraciado accidente. Sí, así lo consideraba, un accidente; no hubiera ocurrido de haber sabido quién era. Poco a poco se fue relajando al ver que el doctor hablaba tranquilamente con su ayudante.

–La herida no reviste gravedad aunque es un poco escandalosa. La hemorragia se ha cortado bien y la muchacha es joven, sana y fuerte. Se repondrá pronto.

–¡Ayyyy señor, señor! -contestó la tía santiguándose- Gracias doctor, gracias.

–Deben darle estos polvos disueltos en agua tres veces al día, mantener limpio el vendaje y refrescarla; no dejen que suba la fiebre. Volveré mañana. Avísenme si empeora.

Antes del amanecer el doctor abandonaba la casa de las De Ulloa. Nadie había pegado ojo aquella noche en la mansión y todo el mundo andaba alterado de un lado a otro.

–Macarena, llévame un café bien cargado al salón -pidió doña Constanza. Agotada se sentó un rato en la mecedora y cerró los ojos. Una vez recuperada, su curiosidad pudo al cansancio y fue a ver a la herida.

Durante un buen rato la observó en silencio. Era sorprendente que aquella perfecta desconocida fuera ¡familia suya! Su sobrina, tan sobrina como Carina, puesto que ambas eran hijas de su hermano. ¡Qué diferencia! -pensó asombrada- Mientras a una era la primera vez que la veía y hasta hacía poco no había sabido de su existencia, a la otra la había criado. Sí, porque Carina más que una sobrina era la hija que nunca había tenido: la había sostenido el día de su bautismo, le había enseñado a andar, la había educado. El vínculo era tan grande que posiblemente muchas madres e hijas no tuvieran uno igual, en parte porque la vida las había unido, ¡sólo se tenían la una a la otra!

Se sentía orgullosa de Carina, de la educación que le había dado. Había conseguido que fuera una mujer madura, fuerte ante las adversidades, hermosa pero no engreída, valiente, cariñosa, buena, aunque algo terca y soberbia. Y mientras ella había dedicado cada minuto de su vida a cuidar y proteger a esa niña, había habido otra que la había necesitado, tanto o incluso más, y que había estado sola. A tenor de lo que le había contado Tomasa, Niña Perla había crecido sin normas, sin rumbo, entre Getsemaní, los palenques de los pantanos y la casa señorial de su padre. Era una mezcla de *señoritinga* de clase alta, consentida y arrogante, esclava y mulata liberada. No era de extrañar que no hubieran hecho carrera de ella. Pensó en su hermano y le recriminó que hubiera sido tan desapegado con su familia; jamás se había preocupado mucho por su hija legítima, cuanto menos por la otra...

–*Ahhhhh* -se quejó la herida, removiéndose inquieta en la cama. Durante unos instantes abrió los ojos y la miró perdida, sin saber dónde estaba ni con quién. Una punzada de dolor le provocó otro gemido e inmediatamente volvió a cerrar los ojos y a quedar adormilada.

Doña Constanza se levantó, le cambió la venda fría de la frente y trató de que se volviera a tranquilizar; descorrió las cortinas y dejó que la luz radiante de la mañana inundara la habitación. Viéndola a plena luz del día comprobó cómo se parecía ¡a Carina! A pesar de las diferencias el parecido era asombroso; llevaba el pelo corto y ensortijado, oscuro y africano igual que su piel, su nariz era más chata, su boca más grande, pero sus ojos, vistos un instante, ¡le eran conocidos!

Se sentó al borde de la cama pasmada, abanicándose con fuerza. Las dos muchachas tenían ese algo intangible de los hermanos aunque a simple vista sus semejanzas pareciesen nulas. Perla era más corpulenta, más mujer, algunos de sus rasgos le eran del todo ajenos, pero era su sobrina con toda seguridad. Aquel pensamiento la enervó. De repente aquella extraña le importaba ¡y casi la mata! Y para colmo había provocado otro escándalo en torno a su familia. En Cartagena los chismes corrían como la pólvora; antes de que finalizara el día habría mil versiones sobre lo ocurrido aquella madrugada en su casa. ¡A saber lo que irían contando! ¡Lo que añadirían de cosecha propia! ¡Lo que le faltaba a Carina!

–Señora, la ropa de la herida -le dijo una sirvienta entregándole la falda, los zapatos y la camisa rota y deshilachada aunque ya limpia de sangre. Tomasa se había encargado de ello.

Doña Constanza recogió las prendas. Iba a dejarlas encima del respaldo de una butaca cuando algo cayó del bolsillo interior de la falda blanca y con volantes. Un saquito lleno de habas que se desparramaron por el suelo -posiblemente para los ritos profanos de aquellas gentes- y una cola de lagartija envuelta en una telita fina. Llevaba también un muñeco de trapo con los cabellos de cinta roja. Se asustó ¿hacía esa maldita muchacha brujería contra Carina? Sintió un ramalazo de aversión contra ella, deseos de estrangularla, pero esperaría a que despertase; tendría que responderle unas cuantas preguntas.

Carina despertó con energía y muy repuesta; los ungüentos habían hecho efecto, la fiebre había remitido por completo y ella se volvía a sentir feliz y plena. La plantación le parecía espléndida, el viaje había sido algo tortuoso pero bonito, Manolita era un cielo y le gustaba la compañía. Era feliz cuando estaba con él; le gustaba su mirada displicente, sus ojos soñadores, su sonrisa sincera y la manera tan particular que tenía de mirarla, como si quisiera llegar al fondo de su alma. Le gustaría aprovechar esos días en la hacienda, en los que compartirían muchas horas juntos, para conocerlo mejor y avanzar en el propósito que se había hecho: conquistarlo. ¿Lo conseguiría? Una muchachita de unos diez años perteneciente a la plantación apareció en su alcoba con la jofaina de agua y la toalla.

–Ama, ¿puedo hacer algo más por usted? ¿Podría plancharle la ropa o tal vez peinarla o...?

–¡Vale, vale, pequeña! Está bien, ayúdame con el agua y ahora me peinas ¿de acuerdo?

–¡Gracias! es un honor -dijo inclinándose, haciendo una especie de reverencia que provocó una sonrisa de agradecimiento en Carina.

–¿Cómo te llamas? -le preguntó cuando ya se entretenía en peinarla delicada y dulcemente.

–Pipa, señorita, me llaman Pipa.

–Pipa, ¿quieres ser mi doncella mientras esté en la hacienda?

–¡Ah sí, señorita! ¡Gracias! -dijo la niña casi llorando de agradecimiento.

Carina le hizo un gesto con el dedo para que callase y terminase de peinarla; tenía prisa por bajar a desayunar y pasear por la hacienda con Diego. Minutos después, espléndida en comparación a cómo había llegado el día anterior, apareció en las cocinas.

–¡*Ayyy* que ver, mi doña, qué bonita y que bien está usted hoy!- le dijo Manolita juntándose las manos, llevándoselas al corazón y repitiendo sin parar lo mucho que habían rezado todos para que se recuperara.

–¡Ahh señorita! Ayer fuimos todos a rezar a la Virgencita del árbol para pedirle que se nos ponga buena la doñita y la Virgencita nos ha respondido, se ve usted rebién.

–Gracias Manolita. Sírveme un café, y unas tortitas de maíz y algo de dulce si hay. Tengo hambre

–¡Desde luego, hemos preparado muchas cosas! No sabíamos lo que querría.

Carina le sonrió con aprecio y sentada, mirando al patio a través de la ventana, desayunó. Al fondo vio a lo lejos al capataz hablando con alguien y enseguida confirmó que era Diego. Éste iba a caballo y parecía dispuesto a partir hacia algún sitio. Carina salió dirigiéndose deprisa hacia los hombres que la vieron acercarse y esperaron. Diego la miró sorprendido por la recuperación tan fantástica que mostraba; se la veía nuevamente radiante y fresca, como si no hubiera enfermado en el río.

–¿Dónde van ustedes?- les preguntó sofocada por la carrera.

–Vamos a recorrer la plantación, llegaremos hasta los pantanos y a las montañas de allá al fondo, hasta el trecho que se aprecia. No creía que estuviera tan bien como para acompañarnos; el camino será duro...

–Entiendo, me gustaría visitar la hacienda, pero mejor cuando regrese. Si le parece podríamos luego visitar los alrededores. Me encuentro mejor pero no para llegar tan lejos cabalgando; no quisiera enfermar otra vez.

–Eso es lo que había pensado -dijo sonriéndole-. Regresaremos al mediodía. Después por la tarde la llevaré dónde usted desee -le contestó Diego fascinado por su hermosura, por la belleza que desprendía la mata caoba de su pelo cayéndole en cascada por la espalda, por su rostro nacarado y sin nada de maquillaje, fresco y casi infantil. Ella le dedicó una sonrisa tan grande que casi se cae del caballo. El capataz, los sirvientes y Manolita no quitaban ojo a la pareja. Dándose la vuelta y con un *hasta luego*, se despidió de los dos hombres.

–Manolita tienes que ponerme al día, contarme todo de la hacienda.

–Sí señorita, todito lo que sepa se lo cuento ahora mismito.

Entró y se enteró de todo el funcionamiento de la casa y la hacienda cuando estaban fuera los amos, cotilleó y conoció a sus vecinos de las haciendas contiguas, los sirvientes le contaron cosas de su padre, de las visitas que hacía cada vez más frecuentes, de los planes que tenía el señor De Ulloa de ampliar la plantación en varios acres más de tierra, de su batalla legal por conseguir acceso al embarcadero del Brazo del Lobo, un ramal del río que rodeaba Mompox y transformaba de hecho el municipio en una especie de isla entre brazos del Magdalena. Las mujeres vieron llegar a los niños con las cañas de pescar y un cubo lleno de pescados que más tarde asarían a las brasas para comer en un fuego en la chimenea de fuera, mientras las sirvientas más jóvenes preparaban unas mesas de madera hechas con burdos troncos debajo de la ceiba, para almorzar con buena sombra.

–No se imagina cuánta gente quiere conocerla, la expectación que ha levantado -le decía en ese momento la negra mientras desplumaba a un pato.

–¿Por qué, no creo que me esperara nadie fuera de esta hacienda? ¿O sí?

–Bueno, en esta hacienda todo el mundo quería conocerla; el capataz estaba deseando saber con quién tendría que tratar a partir de ahora y los esclavos quieren saber su futuro; qué piensa hacer usted con ellos, si va a mantener la plantación, si la va a vender.

–Y usted, ¿qué cree que debería hacer con todos ellos? -le preguntó con diversión en los ojos.

–Yo ¡Dios me valga señorita! ¿Quién soy yo para darle a usted consejos? Aunque, yo me los quedaría a todos; son buena gente, buenos trabajadores, gente honrada, incluso si me lo permite necesitaríamos comprar algún esclavo más; en realidad esclava -dijo mirándola de reojo.

–¿Y eso por qué, acaso son pocas en la casa? -le preguntó Carina mientras ayudaba a desplumar los pollos y sacaba la lengua a unas niñitas pequeñas que embobadas la miraban desde la casa.

-Bueno, es que Pedrito quiere casarse con una muchacha de la hacienda contigua y, claro, tendría usted que comprarla a ella o darle la libertad a él, que el muchacho reúna el dinero para comprarla él mismo.

–Bien -dijo Carina levantando la cabeza- lo estudiaré. En el caso de los demás déjalos a todos tranquilos, no habrá cambios. Por cierto, ¿Podría quedarme con Pipa, con la niñita?

–Señorita, ¿cómo cree? Pipa es suya. No es que pueda quedársela, es que le pertenece.

–Bien, pues avisa a sus padres o parientes que me la llevaré a Cartagena para que sea mi doncella.

–¡Oh amita, no sabe la alegría que les va a dar! Tienen más de diez hijos, muchas bocas que mantener y usted le ofrece a su hija toda una oportunidad. Gracias -dijo y le besó las manos-. Ya sabíamos que sería un ángel. Nos lo dijo Jarttt, dijo que vendría un ángel -dijo mirándola con lágrimas en los ojos- un *ángel rojo* para ser exactos y que la cuidáramos, que nos necesitaría.

–*¡Yaaaa!* Así es que un *ángel rojo* y ese Jarttt ¿quién es ese singular adivino?

–El chamán de un poblado cercano, de detrás del pantano -dijo indicándole la dirección con su regordeta mano mientras seguía desplumando aves con la otra-. Viene por aquí de vez en cuando y le damos comida, ropa, va con sus palos y sus canturreos y cuando la gente de la plantación lo oye llegar corren a que les lea la suerte; la última vez le preguntaron por su futuro temerosos de que la hija del dueño fallecido quisiera deshacerse de ellos antes de conocerlos. Él les dijo que no temieran, que usted vendría, que sería un ángel, un ángel hermoso y de largos cabellos rojos, pero que estaba en peligro. Que debíamos cuidarla. Por eso mire -dijo señalando la parte trasera de la ceiba- mire lo que hemos puesto aquí. -Se veía una muñeca de trapo con cabellos de hilo rojo rodeada de flores debajo de la virgen, y unas cintas de cuero de donde colgaban huesos, piedrecitas de colores, amuletos indios para su protección. -¡Así ahuyentaremos a los malos espíritus! Ya sabe que las ceibas son sagradas, la madre naturaleza velará por usted. ¡Bueno, qué diantre ya lo ha hecho, sólo hay que ver como llegó ayer y cómo está usted hoy, reluciente y lozana como una chamaquita!

Carina guardó silencio; le pareció precioso el nombre de *«ángel rojo»* y además se sintió impresionada por la muestra de cariño de esa gente que aún desconociéndola la protegía de esa manera; por otro lado comprobó lo que ya había llamado su atención al llegar al nuevo mundo, la mezcla de ideas, creencias y ritos de los habitantes de Nueva Granada: mezclaban devoción a la virgen y otros ritos católicos, con divinidades y creencias africanas o indígenas.

–Bueno, la gente de aquí la llama así: ángel rojo. Si lo oye ya sabe a quién se refieren. Ese es su nombre indio, no puede cambiarlo. Se lo da a usted el gran espíritu, la madrecita tierra que vela por todos.

–Curioso, bonito nombre, muy bonito. Me encanta, me lo quedo -contestó riéndose.

Sabía, porque en alguna ocasión se lo había contado Diego, que el Santo Oficio de Cartagena, en sus doscientos años de vida había tenido mucho trabajo intentando frenar las herejías, pero había fracasado a pesar de los castigos y las detenciones. ¡Tendrían que haber encarcelado y procesado a dos tercios de la población del reino! El Tribunal se mantenía pero hacía la vista gorda y sólo actuaba en casos escandalosos. Se sabía que la brujería, el vudú y algunas prácticas de hechicería tanto indígenas como africanas estaban prohibidas, pero también eran *vox populi* los aquelarres nocturnos de los viernes en Getsemaní. Se decía que había orgías, que se oían los gritos de placer de las esclavas fornicando con el diablo, que muchos blancos se sumaban al desenfreno entre litros de chicha, el aguardiente barato de los indios.

Diego y el capataz atravesaron la plantación a galope. Visitaron las hectáreas cultivadas, desmontaron para saber cómo estaban las simientes, cómo de gordo el grano, Diego lo pesó en la palma de su mano y poco a poco fueron abandonando el valle para adentrarse por un estrecho desfiladero en dirección a las montañas; poco antes de llegar a ellas, en una zona escarpada, cruzaron un riachuelo rápido y de aguas frescas procedentes de la cordillera que comenzaba a entrar en el altiplano, dirección Santa Fe, en plenos Andes. Había multitud de arroyos y a la derecha dejaron una mina abandonada; Diego preguntó por ella.

–Hace veinte años la cerraron, estaba ya agotada. Era de oro, pero no se la pudo exprimir más -contestó encogiéndose de hombros el capataz.

Había multitud de pequeñas minas como esas diseminadas por esa zona rica en oro, incluso cada cierto tiempo llegaban colonos que a lo largo de los riachuelos limpiaban la arena y buscaban pepitas. Los ríos daban oro, pero no mucho, aunque algo siempre se podría sacar.

–En su día llegó a tener casi cien obreros. Hay varios niveles de túneles... pero deben estar cegados... en un temblor de tierra se cayeron los postigos que sujetaban la boca de la entrada -continuó.

–¿Hay contrabandistas por la zona?- preguntó a bocajarro Diego.

–Sí, yo diría que bastantes -fue toda la contestación del otro.

Durante toda la mañana andorrearon por los pasos. Diego comprobó que habían pasado por allí caballos no hacía mucho, había señales recientes de pisadas en la tierra; desde lo alto obtuvo una buena perspectiva con la que hacerse una idea más amplia de la zona. A lo lejos se veía el Magdalena, la ciudad abajo en el valle, la plantación, las haciendas limítrofes, accesos al otro valle que tenían salida al mar. Más al sur había un resguardo, un gran espacio natural que el Virrey, por orden de la Corona, dejaba en manos de los indios; una reserva indígena. Adentrada la mañana regresaron a la hacienda. Le encantó comprobar lo bonita y dicharachera que estaba Carina aquel día ¡parecía otra! No estaba tensa y suspicaz como en Cartagena, sino relajada, casi feliz... le encantó su risa cristalina, el apetito con el que devoró la comida a la sombra del patio, el interés con el que siguió todo lo que le contó sobre sus propiedades, su deseo de conocer *in situ* todo.

–Mañana, si usted me ayuda, podríamos ir los dos juntos. Me encantaría conocer la hacienda entera.

–Si está usted bien estaré encantado; podríamos empezar esta tarde por aquí cerca.

Ella aceptó. Tras la siesta, a pie, Carina cubierta por un quitasol, recorrieron la plantación.

–¡Así es que pueden recogerse hasta cuatro cosechas al año, no creí que fueran tantas!

–Sí, la plantación es buena y el riego importante. Estas tierras dan mucho dinero -dijo agachándose y cogiendo un puñado de tierra color chocolate-. Las plantas de cacao no requieren muchos cuidados, basta con que estén en el sitio adecuado y éste lo está; cerca de ríos, en zonas calientes y húmedas; necesitan mucha agua y atención para que una vez recogida la vaina no se pudran las raíces si sube el caudal y el suelo se encharca.

–Parece que también sabe de esto... -dijo asombrada Carina, mirándolo intensamente, sin ocultar su admiración- Me asombra que sepa de leyes, de costumbres y chismorreos de Cartagena, de viajar por el Magdalena, de indios y nativos, de cacaotales... ¿Sabe usted de todo? ¿Es de por aquí? Permítame la indiscreción, pero como he visto que conocía a gente por el camino...

–Sí, bueno -carraspeó Diego, comprendiendo que su propia eficiencia podría delatarlo- no es que sepa tanto de todo pero me he informado antes de venir. Y por lo demás, efectivamente he realizado este viaje otras veces; mi familia -mintió descaradamente- vive en Santa Fe de Bogotá y he hecho el trayecto por el Magdalena en múltiples ocasiones, por eso conozco a alguna gente del camino.

–Claro, entiendo -contestó Carina.

Aunque el joven sonaba distendido percibió algo raro en su explicación; no sabía muy bien el qué, pero había algo inverosímil, le mentía y se preguntó por qué. ¿Qué ocultaba?

Anochecía cuando regresaron. Diego había hablado mucho más que de costumbre. Se había inventado para Carina una vida nueva: hijo de un buen abogado de Bogotá que había buscado su propia clientela marchándose a la costa, siguiendo a una dama de alta cuna de la que se había enamorado siendo demasiado joven y que le había roto el corazón.

–Los comienzos fueron duros, como habrá podido comprobar los criollos y aristócratas cartageneros son muy clasistas; no es fácil abrirse un hueco en círculos importantes, conseguir una buena cartera de clientes. Lo que tengo lo he logrado a base de mucho trabajo y de alguna que otra humillación. Mi especialización en derecho de fincas me ha obligado también a viajar mucho -le contó él, sin mirarla directamente a los ojos, temeroso de que percibiera la mentira en ellos.

–Me alegro por usted de que al final de tantas penalidades y esfuerzo haya logrado una buena posición, seguro que esta mejorará con los años. Gracias por contármelo, lo honra - contestó sin tampoco mirarlo para que no se diera cuenta de que no se lo había tragado. Era -pensó la joven- una historia con todos los visos de ser real, tenía esa mezcla de cosas corrientes, cosas increíbles y sobresaltos... de los que estaba hecha la vida misma; se la hubiera creído si no fuera porque percibía algo que no encajaba; hubiera sido creíble en otro hombre pero no en él, no coincidía con lo que ella había conocido de su carácter.

Diego por su parte calló; no quería inventar nada más, desbaratar la historia justo cuando ella parecía habérsela creído. Sabedor de que ese instante de intimidad llegaría, que en algún momento Carina querría saber más sobre él, sobre su origen, su pasado, sus negocios. Había inventado con tiempo esa historia, era bastante creíble, aunque ella tenía la mosca detrás de la oreja. ¡Chica lista! -pensó- y aquello sorprendentemente lo llenó de orgullo, algo estúpido cuando precisamente lo que debería de hacer es estar más atento que nunca, no dejar que lo descubriese. Ella por su parte se alegró de su silencio, de que no siguiera mintiéndole. Esa tarde era tan feliz, que no quería estropearla; si para mantener aquel ambiente distendido entre ambos tenía que darle la razón en lo que fuera, se la daría.

Aquella noche cenaron en compañía de unos plantadores vecinos que se acercaron a *La Paloma* a presentarle sus respetos. El ron corrió más de la cuenta y se acostaron tarde. Para la jornada siguiente la servidumbre prepararía una gran fiesta con todo el personal de la plantación; correría la chicha hecha en los alambiques propios de la hacienda, habría música, baile, comida y risas antes de que el ama regresara a Cartagena. Era la manera de darle las gracias a *su ángel* por haberles asegurado su futuro y el de la plantación. Carina no entendía que les costara tanto creerlo cuando los cacaotales se estaban imponiendo en la región dado que producían pingües beneficios con muchos menos costes que las plantaciones de algodón o caña de azúcar; el cacao era menos dañino para los esclavos y sufría menos plagas puesto que era una planta autóctona que estaba mejor adaptada al clima del trópico americano.

El día siguiente pasó deprisa. Carina se animó a montar a caballo y llegar a la mina en un intento de mirar por la boca cegada, prometiéndose investigar si estaba hundida o no y si se podría abrir nuevamente; habló con algunos buscadores de oro que aún quedaban en los alrededores pero ninguno había conocido la mina abierta; sí le contaron dónde se podían encontrar aún pepitas: en los cauces de los riachuelos serranos. Carina llegó exhausta a la cima del desfiladero pero la brisa fresca de las alturas pareció revivirla. De vuelta, ambos descansaron y se prepararon para la fiesta.

Pipa le cepilló y peinó el cabello mientras le insertaba en los bucles del pelo pequeñas florecillas silvestres. Manolita le planchó su hermosa falda verde oscura y su camisa blanca de volantes, la roció con esencia de acacias y vainilla, le colocó alrededor de su fino cuello un cordoncito de cuero del que colgaban pequeños amuletos y piedrecitas de colores, ella se dejaba hacer.

–Mírese ama y dígame que no está rebonita -le dijo la negra al terminar con ella y ponerla delante el espejo ovalado del cuarto.

Anochecía cuando la reina de la fiesta apareció en la explanada trasera de la hacienda junto a la ceiba sagrada. Diego vestía sus finos pantalones tostados de gamuza, sus botas altas, su camisa blanca, el contraste entre su piel bronceada y sus ojos verdes eran tan seductor que a Carina le temblaron las piernas. Le sonrió desde la tarima en la que se subió para hacer una pequeña alocución, mientras el personal y los esclavos la seguían con la mirada desde abajo.

–Quiero agradecerles esta fiesta y la magnífica bienvenida que me han ofrecido. Mi padre hubiera sido muy feliz al saber cómo me han aceptado. Prometo ser una buena dueña, cuidar la plantación y a su gente; cosecharemos gordos granos de cacao, haremos de *La Paloma* la mejor finca de la comarca.

Los aplausos y los vivas arreciaron, los niños vitoreaban y la banda de música aporreó el tambor en señal de aplauso musical. Viendo las ganas de diversión, se despidió con frases cariñosas y dejó que los sones africanos invadieran la noche mientras se servían raciones de res asada en la que el servicio había trabajado todo el día; habían matado, desollado, limpiado y asado la pieza desde la madrugada en unas zanjas hechas en el suelo donde unas brasas habían tostado lentamente la carne. Se fueron sirviendo tazones con ponche, limonada y chicha. La música sonaba, la gente reía y los más animados salieron a bailar. Pronto fue una petición general que lo hiciera la dueña. Carina animada por la chicha, el licor autóctono a base de fermentar maíz, salió y se dejó enseñar por unas esclavas mientras Pipa reía divertida junto a otras niñas de su edad y aplaudía como loca. Llegada la segunda pieza, los trabajadores de la hacienda fueron acercándose a la joven y bailaron un par de pasos con ella. Sólo quedaba Diego y las risas de todos lo llamaban a gritos para que sacara al ama a bailar como Dios manda.

Él se acercó despacio, mirándola sin poder disimular el nudo que tenía en la garganta. También había bebido mucho, lo habían hecho todos. La chicha entraba fácilmente pero las borracheras de chicha eran frecuentes y las autoridades habían tenido que cerrar chicherías muchas veces ante los estragos que el licor producía; se terminaba en peleas generalizadas en medio de la calle, orgías y descontrol total.

-¡Baila muy bien!- le susurró Carina al oído - Parece que les gusta el espectáculo que damos.

–No creo que sea por mí, a cualquiera le encantaría poder contemplarla; está preciosa y huele muy bien -su voz sonó especialmente ronca.

–Sí, ¿verdad? -comentó orgullosa- Es esencia de flor de acacia; lo han preparado para mí en la hacienda -continuó, oliéndose a sí misma los hombros, coincidiendo con Diego que estaba tan cerca, que sus bocas estuvieron a punto de encontrarse.

Según daban vueltas los brazos del joven la estrechaban cada vez un poco más mientras se dejaban arrastrar por la música y las emociones del momento, ajenos a los demás que poco a poco volvieron a las mesas a comer, beber y reír. Ellos siguieron bailando despacio, entrelazando sus manos y sus cuerpos, sin que ninguno intentara separarse, callados, percibiendo los latidos del corazón del otro, su fragancia, el susurro de sus ropas; bailaron sin sentir cansancio.

La fiesta decaía; los asistentes se empezaron a despedir, y el servicio comenzó a recoger todo. Pero para ellos la noche no había terminado: siguieron comentando simplezas en el porche, bebiendo una última copa, alargando el momento de la despedida, quedándose con la sensación de haber empezado algo que necesitaba otro final.

–Gracias, ha sido un baile estupendo -comentó ella dulcemente.

–El mejor baile, diría yo. Gracias por otorgarme el honor de ser su pareja- contestó galantemente el caballero besándole la mano.

–¡¡Señoritaaaa!!- la llamó en ese último momento Manolita rompiendo el hechizo, el instante en el que Carina hubiera deseado ser besada por el hombre-. ¡Ya está lista el agua! Si no viene se enfriará.

–Me llaman, tengo que irme -dijo con pena- hasta mañana.

Sin mirar atrás, con la excitante sensación de que Diego la miraba embobado, entró en la casa.

–Le dejo aquí cerca la campanilla. Si quiere que venga a ayudarla llámeme -le dijo la negra dentro.

–Gracias Manolita pero no hará falta, puedo hacerlo yo sola, vete a acostar, es tarde.

–No señorita, eso no puede ser. Usted llámeme que yo vendré sea la hora que sea. Es mi obligación.

Carina se metió finalmente en la tina, sumergió la cabeza en la espuma, restregó con el guante su piel. Diego sabía que estaría allí; aquel baño se había hecho costumbre desde que llegaran y él se había tenido que obligar a no volver a mirar, a no aumentar el deseo que cada día era mayor, pero aquella noche sus instintos le ganaron la partida. Un pequeño ruido fuera, el rechinar de sus botas sobre unas piedrecitas hizo que Carina volviera la cabeza de repente, y lo vio. Durante unos minutos quedaron paralizados, azorados, pero al reaccionar, ella lejos de asustarse o molestarse por aquel ataque a su intimidad, pareció feliz y extendió su mano y con un susurro lo llamó.

–Venga, acérquese -le dijo con la voz rota, con los ojos brillantes de pasión.

Diego se quedó de piedra, indeciso, dudando qué hacer, debatiéndose entre lo que le dictaba la razón y lo que le pedía el cuerpo. Vio que se levantaba desnuda, con el agua resbalándole por su marmóreo cuerpo, como una diosa pagana irresistiblemente sensual y hermosa y extendía sus brazos hacia él. Diego se acercó deprisa y la besó apasionadamente, incapaz de resistir el fuego que lo quemaba por dentro. Ella comenzó a desabrocharle la camisa, a quitarle el pañuelo que llevaba anudado al cuello, a acariciar con sus manos húmedas su cara, a estirar hacia atrás su cabello oscuro y largo, besándolo con ternura mientras él la estrechaba con todas sus fuerzas besando su esbelto cuello, acariciando su espalda, susurrándole palabras de amor al oído, demostrándole cuánto la deseaba, cuánto la necesitaba.

Diego se sintió inmensamente feliz, se olvidó de todo, de todas las razones por las que había llegado hasta allí, de la red de mentiras que había tejido en su relación, de los morbosos sucesos ocurridos que habían permitido que se conocieran, de todas las falsedades y el daño que le había hecho antes incluso de conocerla, sabiendo que, independientemente de lo que ocurriera en el futuro entre ellos, aquel instante era real, no era una mentira como todo lo demás.

–Ámeme -le suplicó ella al oído, sin prejuicios ni vergüenzas.

Levantándola en sus brazos, enrollándola en la toalla y sin dejar de besarla descubrió con el codo la fina mosquitera y la depositó suavemente en la cama. Durante un rato la contempló como si jamás hubiera visto una mujer desnuda; ante su propio asombro y con pasión le hizo el amor. Entró dentro de ella como si le fuese la vida, como si aquel fuera el final de su camino, como si necesitara limpiar su conciencia de todas las estupideces que había cometido. La amó como nunca había amado a nadie, mientras las chicharras cantaban afuera sin parar y sonaban las cumbias en los palenques donde algunos esclavos continuaban la fiesta por su cuenta.

nos habían permitido que se protegiera de todas las falsedades y el daño que le había hecho antes incluso de conocerla, sabiendo que independientemente de lo que ocurriera en el futuro entre ellos aquel instante crucial no era una mentira como todo lo demás.

—Ámame —le suplicó ella— amado sin prejuicios ni vergüenzas.

Levantándola en sus brazos y enrollándola en la toalla y su forma de besarla, le cubrió con el cuerpo la fina sepultura y la depositó suavemente en la cama. Durante un rato, la contempló como si jamás hubiera visto una mujer desnuda ante su propio asombro y con pasión le hizo el amor. Entró dentro de ella como si le fuese la vida, como si aquel fuera el final de su camino, y por primera vez tuvo lingua su conciencia de todas las estupideces que había cometido. La amó como nunca había amado a nadie, mientras las cucharas se sumaban contra su puerta y sonaban las campanas en los palenques donde algunos esclavos continuaban la fiesta nocturna.

Capítulo XI

–*¡Tiliiiiiin tiliiiiin!* ¿Señorita.... se puede?

Carina abrió los párpados envuelta en el sopor sin saber a ciencia cierta ni dónde estaba ni con quién.

-¿Ya es de día? -preguntó, asombrada de que hubiera salido el sol ya y la luz comenzara a colarse por su ventana-. Pasa, sí deja ahí la jofaina. Ahora me levantaré, en unos minutos. Vete ahora.

Se dio la vuelta, volvió a cerrar los ojos y se estiró a lo ancho en la gran cama mientras oía salir a su doncella. Se sentía inmensamente feliz, relajada, liviana. De repente abrió los ojos, palpó con su mano el lado derecho de su lecho y comprobó que estaba vacío. ¿Vacío? ¡Lo había soñado! ¿Habría soñado su encuentro con Diego o había sido real? Levantó las sábanas y vio con estupor que estaba totalmente desnuda y con el pelo suelto y enredado ¡cuando ella siempre dormía con un fino camisón de hilo blanco y el pelo recogido en una redecilla! Con el pulso latiéndole a mil tocó su cuerpo, sus piernas y notó húmeda su piel; mirándose los muslos comprobó que aquello pegajoso que tenía... era sangre. ¡Había perdido su virginidad hacía unas horas! ¿Y dónde estaba él? ¿La había abandonado? ¿Habría salido por la ventana para que nadie los viera, para no arruinar su reputación? Con semejante barullo en su cabeza no pudo volver a conciliar el sueño a pesar de sentirse muy cansada ¡Había pasado horas haciendo el amor a la luz de la luna! ¡Dios mío! ¿¿¡Pero qué había hecho!?? -pensó nerviosa, levantándose y tropezándose con el lío de sábanas y la mosquitera.

Sin avisar a Pipa, para que no supiera lo sucedido en la alcoba, se limpió ella sola tirando sin querer agua por el suelo, estando a punto de resbalarse. Con una manopla de trapo se restregó bien las manchas oscuras mientras una sensación agridulce invadía su corazón. Su estado era una mezcla de felicidad total y de ansiedad... de miedo ante las consecuencias de lo que acababa de hacer: perder la honra, dejarse mancillar por un hombre sin estar casada ¡¡ni siquiera prometida!! ¿Y él dónde diablos estaría?, ¿qué pensaría ahora de ella? ¿Dejaría de respetarla? ¿La querría? Una vez limpias sus partes íntimas, se recogió el pelo con una cinta, se puso una bata sencilla y arrancó de cuajo la sábana manchada. *La mandaría quemar* -se dijo-. Cinco minutos después aparecía en la puerta Manolita. La mujerona la miró de forma distinta, mitad comprensión, mitad reprobación. *Lo sabe* -pensó Carina resignada. Haciéndose la digna le pidió que mandara a Pipa a peinarla mientras le entregaba sin mirar la sabana delatora.

–Toma, creo que está inservible. ¡Quémala!

–No creo que sea necesario, seguro que se puede lavar -dijo carraspeando la mujer.

Minutos después aparecía su joven doncella que la ayudó a ponerse decente y de inmediato salió a desayunar. ¡No tenía por qué dar ninguna explicación a los sirvientes o esclavos de la casa sobre su comportamiento, ella era la dueña! -se dijo bastante soberbia.

–¿Y el señor De Vargas? ¿Está acostado aún?- preguntó indiferente mientras saboreaba una taza de café y unos huevos de iguana revueltos.

–El señor ha salido muy temprano -contestó el ama de llaves, siguiéndole la corriente.

–¿A dónde? -preguntó casi atragantándose, temiéndose que hubiese salido huyendo al sentirse comprometido con ella por su comportamiento indecente de la noche anterior.

–Ha mandado decir que estará a la hora del almuerzo o como muy tarde antes de la noche. Tenía que ir sin falta a Mompox, al Registro, a comprobar una documentación sobre sus propiedades. Ha dicho que usted lo sabía.

–*Ahhh*, sí, es verdad -recordó de repente más tranquila.

El día anterior le había hablado precisamente de ello, de comprobar en el Registro que los títulos de propiedad de la casa, la finca, el cacaotal y la mina estuvieran en orden. ¡Pero de eso hacía tanto tiempo! Veinticuatro horas y ¡habían pasado tantas cosas desde entonces!

–Muy bien, entonces saldré sola; no iré muy lejos. Mis guantes, mi fusta - pidió-. Que me ensillen el alazán, a *Roco* -dijo refiriéndose a un hermoso caballo rubio que había en sus establos.

Sintiéndose insegura prefirió dejar la casa y salir del dominio escrutador de Manolita. Montar le iría bien, podría pensar a solas qué hacer. Cabalgó por la finca, visitó la plantación, habló con el capataz y se dejó asesorar por él respecto a algunas iniciativas a tomar en el futuro sobre la propiedad. De regreso se sentó un buen rato en el tronco de un gran cocotero mientras dejaba vagar su mirada y su imaginación, ambas exuberantes y lujuriosas aquella mañana primaveral. El riachuelo bajaba con fuerza y los saltos de agua le producían un cosquilleo refrescante en sus oídos; cerca, una pequeña cascada con una poza natural de agua color esmeralda invitaba a remojarse... Recostada suspiró de placer y cerró los ojos moviendo sin parar unas briznas de hierba entre sus dedos. Somnolienta se dejó acariciar por los rayos de sol que matizados llegaban a través del tupido follaje de los árboles. Multitud de pequeños sonidos se mezclaban en su cabeza; percibía con nitidez el olor de las flores, de la tierra húmeda, de la vida que con una fuerza salvaje invadía la selva y aquello la devolvió a la noche. A la sensación que habían provocado las manos de Diego al tocar su cuerpo, a la explosión de sensaciones al notar cómo sus dedos tibios y fuertes recorrían su espalda desnuda y mojada...

–*Ahhhh* -suspiró nuevamente de placer con sólo recordarlo.

Su mente no podía parar, era un bombardeo de imágenes sensuales y excitantes: su mirada adorable mientras la contemplaba desde los setos, el sonido de sus botas al acercarse a la tina de agua, sus suspiros de placer, su camisa desabrochada y húmeda al contacto con ella, la suavidad de la tela cuando lentamente fue secándole cada rincón de su piel, el olor a él que desprendía aquella ropa y que impregnó todo su cuerpo, las respiraciones entrecortadas y jadeantes de los dos, los susurros roncos y vibrantes al oído, el olor a sexo, el tacto varonil de sus músculos, de su cuerpo masculino y poderoso, tan desconocido para ella y tan hermoso que había sentido un torrente de deseo inexplicable y nuevo. Con sólo mirarla era capaz de poseerla.

Afuera se escuchaban las chicharras y más allá risas lejanas, restos de fiesta en los pantanos que poco a poco fueron haciéndose inaudibles. Aquella noche también había olido maravillosamente a flores y la luna parecía envuelta en una luz mágica que iluminaba lo suficiente como para que ambos se distinguieran en la penumbra, pudieran contemplarse extasiados y en silencio, deseando aprehender al otro, a aquel ser hasta entonces desconocido y ahora íntimo. Había notado cómo brillaba su piel morena en contraste con las sábanas blancas de su cama, cómo sus ojos verdes refulgían de vida y su sonrisa era tan grande que no cabía en la habitación; su olor le resultó embriagador y su risa, más...

La había tumbado sobre el lecho y la había ido besando despacio de arriba a abajo: el pelo mojado, la frente, los párpados, la boca, el cuello, el hueco de su clavícula, el pecho. Ella se había dejado acariciar, había seguido su instinto sin ningún conocimiento previo de los avatares del sexo. Él se había reído ante su pasión inocente y alocada y la había guiado, había dirigido sus manos por su espalda y ella le había acariciado con sus largos dedos su columna vertebral, haciéndole estremecer, gemir. Saber que ella también era capaz de hacerlo enloquecer la envalentonó; besó con su lengua caliente y húmeda su cuello y notó cómo su vello se erizaba; oyó sus susurros sin entender sus palabras e inconscientemente abrió sus piernas, dejando que él entrara dentro de su cuerpo, primero despacio y después más rápido, más rápido, más rápido... hasta llegar a un vértigo del que creyó caería muerta. Pero no, ¡aquello era la vida! Había sido capaz de llegar al éxtasis sin saber en realidad cómo se había producido el milagro. Cómo ella, que ni siquiera había dado un beso en la boca a un hombre, había podido entregarse a un desconocido de esa forma, sin preguntar nada, sin llantos, sin falsas vergüenzas, sin infantiles arrumacos. La entrega había sido mutua; estaba segura de que para él también había sido algo increíble; lo había leído en sus ojos, en su asombro ante lo que estaba ocurriendo, en su desconcierto. Después de horas besándose habían caído agotados y luego no lo había vuelto a ver. Su última imagen de él, con los cabellos oscuros sueltos y los ojos cerrados, enganchado a su cuerpo como si temiera perderlo, era sencillamente entrañable, pero ahora no estaba. Tendría que esperar a que volviera para ver su comportamiento una vez apagado el fogonazo de pasión; comprobar que no se arrepentía o si por el contrario se hacía el desentendido. Estaba asustada y sentía un nudo en el estómago. La idea de que pudiera ser su futuro esposo la entusiasmaba. ¡La hacía tan feliz! Lo quería. Se había enamorado de él. En realidad, lo sabía hace tiempo, todas las vueltas que últimamente le había dado a la idea de contraer matrimonio eran un autoengaño. Lo que quería en realidad, y lo sabía con una certeza pasmosa, era a él.

Se levantó al sentir los rugidos de su estómago aunque seguía sin aclararse respecto a qué hacer. Si él no pedía su mano, ¿lo haría ella? ¿Y si no la pedía en matrimonio era porque no la amaba o porque le asustaba la diferencia social entre ambos? Sabía lo cruel que podía ser la gente, los chismorreos que tendría que escuchar y sufrir si accedía a casarse con una mujer de posición más alta y mucho más rica. Entendía que aquello pudiera angustiarlo especialmente si era cierto su relato sobre el enorme trabajo que le había supuesto labrarse una posición, montar su negocio, pero a ella le daba igual. Cualquier futuro sería bueno si lo compartía con él y estaba dispuesta a defender hasta el final su derecho a ser feliz. Se lo haría comprender, lo animaría a dar el paso. ¡Y su tía! Tendría que contárselo; nunca habían tenido secretos y además leía en ella como en un libro abierto. Sería mejor que ella tomara la iniciativa y le hiciera comprender las ventajas que aquel matrimonio supondría a todos los niveles. Ya no volverían a sentirse tan solas. ¿Lo aceptaría?

–Señora la mesa está servida, pero el señor no ha regresado - le dijo Pipa al entrar.

Comió en silencio y sola, intuyendo que Diego retrasaría al máximo la vuelta a casa, nervioso como ella por lo ocurrido. Después de reprimir varios bostezos decidió echarse una siesta esperando que estuviera al levantarse y poder sincerarse con él; no le sobraba el tiempo: regresarían a Cartagena en dos días y necesitaba dejar aclarada su relación con él antes de su partida. Él le había anunciado que saldría de viaje, tendría que ausentarse un tiempo. Lamentablemente no había sido concreto y no había especificado cuánto era ese tiempo: días, semanas, meses... sólo pensarlo la deprimió.

Diego pasó la mañana ocupado pero ni todo el trabajo del mundo podría borrar la huella de la noche pasada con Carina. Aún estaba demasiado fresca en su cabeza, en su piel, en sus ojos: la espuma cayéndole por la espalda, su cuerpo nacarado encima de las sábanas, sus pechos llenos, su dulce olor a acacias y vainilla, su voz turbia llena de deseo, de un deseo tan grande como el suyo. En sus ojos no había habido coquetería femenina ni risitas tontas, ni reproches, ni llantos. Él se jactaba de tener experiencia, pero lo de aquella noche le había roto los esquemas; había sido algo único e irrepetible.

No se había parecido en nada a sus anteriores encuentros. Las cortesanas divertidas y experimentadas sabían jugar con un hombre hasta volverlo loco de deseo, conocían miles de trucos, usaban palabras soeces o alentadoras según fuera el tipo de hombre con quien estuviesen, se maquillaban o vestían para resultar irresistibles. Las damas de clase alta e instintos bajos con las que se había acostado oscilaban entre la actitud distante y altanera de aparentar dejarse conquistar a regañadientes por el caballero -cuando eran ellas quienes los invitaban sin pudor a sus habitaciones- o se mostraban provocadoras, como vulgares fulanas del puerto. Las había habido de todas clases, excepto vírgenes. Y Carina lo era, aunque no lo había parecido. No porque demostrara tener mucha experiencia con los hombres -era evidente que no tenía ninguna- sino por su forma de amar.

Había salido del agua como si fuera Venus, se había entregado dándole todo sin pedirle nada a cambio: ni una fruslería, una bonita joya, nada. Sólo le había pedido más. Y eso había sido ¡devastador! Durante unos instantes sintió pánico de algo desconocido que lo atraía como un imán, como los cantos de sirenas atraen a los marineros hasta hacerlos estrellar contra las rocas. Aquellas emociones eran terrenos pantanosos y desconocidos, y él por experiencia sabía que de esos lugares había que mantenerse lo más lejos posible.

Había esperado que Carina se durmiera para salir corriendo de la habitación. Lo había hecho por la ventana, a escondidas, sintiéndose como un delincuente, intentando que no lo viera el servicio aunque éste tenía mil ojos y sabría lo ocurrido según entrara al cuarto por la mañana. Ni la ventana abierta sería suficiente para ventilar el denso olor saturado de sexo de la alcoba, ni podrían borrarse las claras huellas de una noche de lujuria y pasión, con las sábanas manchadas de sangre y la cara de Carina plena y feliz.

Carina lo amaba, se había enamorado de él. Su corazón latía a mil con sólo pensar en ello; frenó su entusiasmo, no podía dejarse arrastrar por la felicidad que aquella certeza le hacía sentir. ¡Dios sabía que aquel no había sido su objetivo cuando empezó aquel enredo! Sólo había querido acercarse a ella lo suficiente para investigar lo ocurrido en su casa, conocer la verdad sobre la muerte de su padre, que de alguna manera -y lo sabía de una forma visceral más que racional- tenía que ver con todo lo que le había ocurrido posteriormente a él.

–Podrían ser los ingleses, no se obsesione con ello -le había aconsejado Lezo.

–Señor, sé que no es casual todo lo que ha ocurrido; de alguna manera todos esos acontecimientos están unidos por algo: el duelo con aquel tipo en la taberna, la relación de De Ulloa y Sanz, el matrimonio de éste con Mariana. No sé qué hay detrás de esta historia de la que yo he salido claramente perjudicado pero juro que lo descubriré. Y no, no creo que esta vez sean los ingleses -le contestó, sin atreverse a añadir que si había alguien obsesionado con los británicos era Lezo.

–¿Podría tener que ver con su labor en la vigilancia de costas? Mire que algo habrá molestado al contrabando, tal vez haya alguien furioso por ello. ¿O un marido o amante burlado? ¿Algún compañero de tapete mal perdedor?- le había dicho mirándolo de reojo.

–No sé señor, pero algo me dice que todo está relacionado. Lo presiento.

Diego no creía que fuera ningún marido burlado, ningún adversario en el juego. No recordaba ninguna pelea tan grande como para que le enviaran a un sicario a pegarle una estocada o descerrajarle un tiro. Durante días había estado totalmente desorientado, pero la ruptura del compromiso matrimonial de Mariana fue como una luz; su intuición le dijo que ella tenía algo que ver en el asunto. El Corregidor y Mariana eran gente que respetaba la palabra dada. Si esta vez no lo habían hecho, si habían preferido romper con la distinguida familia De Veranz, sería por algo serio. Algo grave debía haber ocurrido de repente, algo inesperado...

Recordó con desagrado al Sanz de sus años jóvenes cuando aún tenía fortuna y se movía en su mismo círculo, luego la ruina de su padre lo había vuelto invisible socialmente. De repente aparecía, igual de arruinado, pero con Mariana. ¿Qué sentido tenía todo aquello? ¿Cómo podía Mariana preferirlo? ¿Se había vuelto loca, la habían obligado, la había hechizado? -se preguntó incapaz de culparla personalmente de lo ocurrido. Aun así, el dolor por aquella traición incomprensible lo golpeó con fuerza.

–Este escándalo no lo beneficiará pero tendrá que resistir. Hasta que no sepamos qué ha ocurrido debe mantenerse en silencio. Ya habrá tiempo de aclarar las cosas, de defender su buen nombre. Ahora es prioritario saber qué ha pasado, quién es el tipo al que ha dado muerte y quién lo manda -le dijo Lezo-. Este ataque podría no deberse a motivos personales, su labor como agente lo pone permanentemente en peligro. Lo primero es descartar que el tipejo fuera un espía. ¿Entendido?

La idea de callar le había resultado difícil de aceptar y sus consecuencias más. Su silencio había aumentado el escándalo, generado rumores, facilitado que se tergiversase lo ocurrido y muchos le señalaran como el auténtico culpable de aquel duelo, incluso de otros escándalos que él no había protagonizado. No había podido defenderse y encima lo habían acusado de chulo por ello. Para colmo Mariana había roto el compromiso aparentemente ofendida por su comportamiento y la Audiencia Real había abierto una investigación que lo había llevado a juicio.

–Alguien lo quiere mal. Seguro que le tienen envidia. La envidia es el primer pecado nacional. ¡Cuídese de él! -le repetía Lezo- Desde luego quien sea no ha tenido empacho en intentar mandarlo al otro barrio aunque sinceramente, no creo que eso tenga nada que ver con la decisión de su ex prometida de casarse con otro.

–Pues yo sí lo creo. Primero un escándalo que me perjudica terriblemente, luego la decisión de Mariana de romper su compromiso.

–Precisamente; tal vez esta ocasión haya colmado el vaso de su paciencia, no haya aguantado más.

–No. Ella no es así. Tiene un carácter dulce y tranquilo. De ella no ha partido la idea de romper el compromiso. Estoy convencido de que ha sido su padre. ¿Pero por qué? El Corregidor fue muy feliz el día que se anunció nuestro compromiso y selló el pacto con la familia De Veranz. Estaba encantado. No cabía en sí de gozo. ¿Qué ha cambiado para que rompa algo que tanto le costó conseguir y que deseaba tanto?

–Bien, aunque hubiera algo raro en esa ruptura no tiene por qué estar relacionada con el duelo, puede que sean sólo imaginaciones suyas. Busque otra explicación más lógica, olvídese de conspiraciones.

Pero Diego no podría olvidar nunca semejante afrenta a su orgullo, a su honor, al de su familia. Aquella ruptura había sido una estocada mortal que no dejaría sin castigo. Deseaba vengarse de todos los que le habían hecho daño.

A pesar de los consejos de su Comandante, de sus amigos, de su familia, necesitaba llegar al final de aquella trama, de aquel misterio. A su furia ante el descubrimiento de los planes de matrimonio de Mariana, le siguió el extraño asesinato de Joaquín de Ulloa, el hombre a cuyo servicio estaba Sanz; le pareció haber encontrado una pista. No tuvo empacho en colarse en la vivienda precintada tras el crimen, revolver entre los objetos personales de la víctima y descubrir el retrato de Carina y la carta donde quedaba claro que Sanz había roto también su compromiso, pactado de antemano con De Ulloa, para desposar a la hija y heredera de éste. Así había empezado todo y ahora no sabía cómo había llegado tan lejos; como en su afán por hacer valer la verdad, desenmascarar a Sanz, restablecer su honor y recuperar a su prometida, había terminado en la cama con Carina.

Su corazón era un tumulto de sensaciones. Su cabeza le recordaba que estaba de servicio; su corazón que podía haber evitado ese viaje a solas con Carina, haber impedido el encuentro amoroso. No era un novato; había leído con anterioridad en sus ojos cuánto le gustaba. El encontronazo en Getsemaní sólo había sido una advertencia; si eso podía ocurrir en medio de la calle ¡a solas podría ocurrir cualquier cosa! Evidentemente no era la muchacha remilgada que había creído en un principio.

Se debatía entre contradicciones. Pensar en ella le enervaba la sangre, lo hacía enloquecer de deseo... pero enseguida se enfriaba recordando su juramento: hacer que Sanz mordiera el polvo, probar que había matado a De Ulloa, conseguir que la Iglesia anulara el matrimonio de Mariana. Los católicos no tenían divorcio, pero la Iglesia siempre podía anular una boda si se daban las circunstancias adecuadas. La primera era ser rico; los pobres no podían pagarse el largo proceso judicial y eclesiástico que había que realizar; segundo, que socialmente no fuera reprobable.

Tenía grabada en la memoria la carta de despedida que en un momento de ira había escrito primero a su padre y luego a Mariana jurándoles a ambos que volvería y recuperaría lo que era suyo aunque fuera lo último que hiciera en esta vida. Aquella especie de venganza era lo que lo había mantenido en pie en los momentos más difíciles. Se había agarrado a esa esperanza como a un clavo ardiendo y ahora sentía que esa tabla de salvación peligraba por la amenaza que suponía Carina. Ni quería enamorarse de ella ni renunciar a sus objetivos y la noche anterior se había comportado como un loco. Cierto que había bebido más de la cuenta, pero eso no era excusa para haberla comprometido y haberse puesto él la soga al cuello. Tenía que frenar en seco, deshacer el entuerto, encontrar una manera de separarse de ella ¡ya!

Por eso había salido huyendo aquella mañana. No quería que lo vieran en su cama, comprometerla más y que ella se hiciera ilusiones. Hasta que se dijeran adiós en Cartagena debía evitarla. Eso era poco más de una semana incluyendo el viaje en el que estarían muy ocupados. Su frialdad la haría comprender que no tenían futuro. Eso la enfadaría pero la obligaría a recapacitar. Su carácter orgulloso no toleraría tal desaire; facilitaría la ruptura. Debía desilusionarla sin hacerle daño; en el fondo la apreciaba, la admiraba, incluso la quería un poco. Sí, un poco -se dijo-. No deseaba hacerla sufrir.

De regreso preparó sus respuestas; con lo que no contaba es con que ella estuviera ausente.

–La señorita ha salido a pasear con el joven *Luissssito* González, el hacendado vecino. El de la finca de al lado, allí, detrás de aquellos árboles -dijo Manolita indicándole con la mano mientras lo miraba por el rabillo del ojo-. La señorita lo ha esperado muuuucho tiempo, se ve que se ha *cansao* -dijo altanera, como si el feo a Carina se lo hubiera hecho a ella misma.

–Ya veo, ya. Yo iré a lavarme y a cambiarme. ¡Avíseme cuando lleguen!

Hora y media después no necesitó que nadie le avisara. Desde su cuarto la escuchó hablar. Caminaba en compañía de un hombre por el sendero trasero de la casa; los oyó reírse y comentar nimiedades. Sin saber por qué, sintió un ramalazo de celos, pero se contuvo. Frenó su impulso de salir y decirle algo, iría en contra del propósito de alejarse cuanto antes de ella. Al contrario -pensó-, debería fingir indiferencia. Ella no debería saber nunca lo mucho que le disgustaba que anduviera con otros. Se mostró de lo más agradable con el caballero, pero cortés y distante con la joven. Carina, sorprendida de su frialdad, la excusó achacándola a que no hacía sino guardar las formas ante extraños.

–¡Jovenciiiitos! -los llamó con su acento cadencioso Manolita- Ya está servida la mesa en el porche, pueden cenar cuando deseen.

–Vamos, siéntense -dijo Carina a sus invitados en tono distinguido, mientras se volvía de espaldas y guiñaba un ojo a la cocinera que le devolvió una sonrisa maternal.

Los tres jóvenes disfrutaron de una buena cena a base de papas, carne asada y piñas dulces y jugosas. Los dos caballeros no pudieron evitar rivalizar, echarse un pulso verbal y convertirse en gallitos de corral ante la dama a la que querían atraer. A ella le satisfizo ver que Diego había olvidado la frialdad inicial y medía sus fuerzas con un potencial rival, en principio tan joven y guapo como él, pero con la diferencia de que era inmensamente más rico y socialmente mucho más considerado. Desatar sus celos podría ser una buena táctica de conquista –pensó.

Terminaban de degustar el postre cuando una tormenta les aguó la sobremesa y los obligó a refugiarse en el interior de la casa.

–¡Dios qué horror! -exclamó Carina, sorprendida siempre ante la fuerza de las tormentas tropicales-. Me temo que esto vaya para largo -dijo después de un buen rato mirando caer el agua tras los cristales.

La noche se echó encima y preocupada porque su invitado tuviera que regresar a su plantación con semejante clima, lo invitó cortésmente a dormir allí, invitación que a todas claras encantó al joven y disgustó a Diego, que no pudo reprimir un gesto de desagrado. Aquella noche terminó en el salón con los tres jugando a la baraja y hablando nimiedades. Carina comprendió que dadas las circunstancias no tendría un minuto a solas para hablar con Diego y se relajó. Éste, cansado y celoso, se despidió dejando que su rival entretuviera a Carina, a la que se veía locuaz y simpática esa noche.

Al día siguiente Luis González insistió en invitarlos a conocer su plantación y Carina no supo cómo negarse. Durante toda la mañana andorreó con él por su propiedad mientras Diego se excusó afirmando que tenía que poner en orden unos papeles antes de regresar a Cartagena al día siguiente. La ausencia de Carina y la marcha de Manolita al mercado de Mompox le ofrecían la ocasión perfecta que andaba buscando desde que llegó y no la iba a desperdiciar: la de registrar tranquilamente la casa de arriba abajo, buscar escondites secretos, introducir la llave del calamar en todas las cerraduras posibles, en definitiva, descubrir algo. Decepcionado, no encontró nada. Después de descubrir la caja fuerte y abrirla vio que lo único que allí se guardaba eran los duplicados de los papeles del Registro que había consultado el día antes en Mompox; la llave no abría nada, ni aparecía ningún tesoro. ¡Estaba harto! Sabía que De Ulloa escondía algo y aquel era el sitio perfecto para hacerlo, ¿pero qué? ¿Y dónde? Se le acababa el tiempo.

Al caer la tarde Carina regresó en un pequeño carro tirado por dos mulas. Había pasado casi toda la jornada con el joven hacendado conociendo a su familia y sus tierras.

–Han sido muy amables, me han invitado a comer una riquísima barbacoa y me han preparado una bebida deliciosa. Me han ofrecido su casa para cuando quiera ir y ya les he dicho que en cuanto regrese, dentro de unos meses, para la cosecha, pasaré a verlos -dijo al llegar, mientras se quitaba los guantes y dejaba el sombrero de paja colgado de una modesta percha de madera.

-Me alegro de que se haya divertido. Espero que descanse bien esta noche porque mañana nos vamos pronto y hay que hacer el equipaje y dejar todo listo.

–Sí -dijo Carina mirándolo directamente a los ojos-. Ya sé que mañana nos marchamos, aunque esperaba que tal vez pudiéramos retrasar en unos días nuestra estancia aquí y…

–No -cortó en seco Diego-. Es imposible. Mañana debemos partir. Como sabe, tengo que abandonar Cartagena y ya tengo el pasaje del barco. El uno de marzo es el tope de tiempo.

–Comprendo -dijo Carina-, debe tratarse de un cliente muy especial para hacer ese largo viaje.

–No, nada especial -contestó el hombre mientras cerraba unos arcones que se llevarían de regreso-, ya le dije que mi trabajo me obliga a viajar y yo a diferencia de otros señoritos -no pudo evitar decirle, tirándole una indirecta respecto al joven plantador al que acababa de conocer- tengo obligaciones. Tengo que trabajar para comer.

–No sea usted tan suspicaz. No voy a retenerlo, nada más lejos de mi intención -siguió-. Sólo me gustaría saber si ha encontrado todo bien legalmente en Mompox.

Diego respiró, por un instante pensó que Carina le iba a preguntar sin ambages por su aventura. Sabía que tenía que darle una respuesta a lo ocurrido pero esperaba que fuera más tarde, cuando hubiera captado y entendido su rechazo, su alejamiento.

–Todo bien. Todo registrado y sólo a la espera de que la Hacienda Pública le entregue el valor de la última cosecha. Esta fue depositada fiduciariamente por el capataz a nombre de su padre, para que lo cobrara usted al llegar y no se lo pudiera acusar de robo.

–Entiendo -contestó decepcionada Carina.

Esperaba que fuera lo suficientemente caballeroso como para sacar el tema de su encuentro amoroso y aclararle la nueva situación entre ambos. Bastante difícil y engorroso le resultaba tratar ese tema como para tener que ser ella, una dama, quien lo sacara a colación. Se sonrojó sólo de pensarlo. Diego, leyéndole el pensamiento, comprendió que tenía que decir algo al respecto.

–*¡Ejmmm*! -dijo llevándose la mano a la boca, como si tosiera-. Respecto a lo de la otra noche, no sé qué decirle. Sé la enorme brecha que existe entre los dos.

–No existe tanta brecha -intervino rápida ella.

–Sí, sí existe y siempre existirá -siguió él en un tono frío-. Sólo soy un criollo sin mucho dinero, ni familia importante, ni relaciones sociales de altura y usted es una mujer rica, de clase alta que seguramente tiene sus objetivos. Deseará encontrar un marido de su posición que le permita vivir en el mundo al que pertenece y...

–No siga. Le digo de antemano que se equivoca -dijo sintiendo en su voz el desaliento-. No pretendo nada de eso. No vine aquí para casarme y si sólo me hubiera movido esa idea me habría quedado en España, no habría atravesado medio mundo. Sólo me casaré si lo creo oportuno y no considero que la brecha entre ambos sea tan grande como usted opina. Lo honra -continuó nerviosa- el que se preocupe de mi reputación, de mi futuro bienestar, de mi posición social, pero déjeme que le diga que hay otras cosas que a mí, personalmente me importan más.

–¿Cómo por ejemplo? -se atrevió a preguntarle, olvidándose de su fingida frialdad, deseoso en el fondo de saber qué pensaba de su tórrido encuentro, que idea se había hecho respecto a su futuro-. Iba a casarse con el joven Sanz cuando llegó. Debió ser muy duro descubrir que el caballero había faltado a su palabra contrayendo matrimonio ¿No la impulsará eso a tomar una decisión precipitada? ¿A demostrarle a todo el mundo su indiferencia casándose deprisa y con cualquiera? -dijo suspicaz, dando a entender que se enganchaba a él como a un clavo ardiendo para limpiar su imagen y no quedar como una mujer ultrajada y abandonada por un novio que había incumplido su promesa. Al mirarla a los ojos y verla herida, se arrepintió inmediatamente de haber hablado así, pero ya era tarde.

Carina enrojeció de vergüenza al escuchar semejante acusación; mirándolo, sorprendida de que alguien a quien ella estaba dispuesta a entregar su amor fuera tan ¡ruin!, le contestó arrogante:

–Eso a usted no le importa. Baste con que le diga que a ese señor Sanz ni lo he conocido, ni interés he tenido en ello -dijo encogiéndose de hombros-. Mi padre pensó que podría ser un buen marido. Me habló de ello en sus cartas, me envió un retrato, el muchacho me escribió atentamente. Les dejé claro que no tomaría una decisión hasta conocerlo en persona. Sólo cuando lo tuviera claro aprobaría semejante compromiso. Puesto que eso no ocurrió, pues nada. ¿Sabe? -dijo volviéndose hacia él-, Cartagena está llena de caballeros interesantes; seguro que el destino me tiene reservado alguno. Respecto a lo de la otra noche, olvidado queda. Sólo espero de usted discreción. No sé cómo pudo ocurrir, pero tenga por seguro que no volverá a repetirse. Eso no significa -dijo incapaz de romper el vínculo de forma total, el dolor la mataría-, que no siga contando con usted como abogado. Estoy plenamente satisfecha de su trabajo y eso no tiene por qué cambiar. La cama es la cama y los negocios son los negocios. ¿Le parece?

–Me parece, comprendo -contestó serio, notando cómo la ira le subía a la garganta.

Había sido él quien había provocado aquella reacción con sus palabras, con su tono canalla y su comportamiento ruin y poco caballeroso, pero creía que se avergonzaría, se callaría, no que le contestaría en ese tono. Sabía que se lo merecía, pero eso no lo hizo sentirse mejor. Además ¡no deseaba seguir siendo su letrado! No tendría tiempo ni ganas, aunque por otra parte -pensó- aún le quedaban cosas por averiguar. Rompería cuando terminara su investigación -se prometió.

–Por cierto -volvió ella a tomar la palabra- guarde esto en la caja fuerte. Me lo ha dado el padre de Luis. Es documentación de la mina que mi padre le compró. Al parecer pertenecía desde hacía generaciones a su familia; lo vendió porque necesitaba liquidez.- dijo con indiferencia marchándose, dándole la espalda. No quería que descubriera las lágrimas que pugnaban por salir de sus ojos, el dolor tan grande que le había causado, la humillación, la vergüenza ¡no lo perdonaría nunca! Se sentía como una estúpida, como una mujer burlada, como una verdadera idiota.

Diego recogió con arrogancia los papeles alejándose de ella. Antes de guardarlos les echó un vistazo. Por un instante se le salieron los ojos de las órbitas, la tapa llevaba un dibujo nítido a pesar de lo vieja que era: un calamar igualito al de la llave. Prefirió concentrarse en aquello, olvidarse de la escena con Carina, de la pena que había sentido en su corazón al decirle adiós. Era lo mejor.

Doña Constanza dio un golpe secó a la portezuela del carruaje.

–¡Vamos, maldita sea! ¿Es que no sabe esquivar ningún atasco? - le dijo malhumorada al cochero.

El hombre se sorprendió; aquellos arranques de mal genio en el ama eran raros, normalmente era amable pero esa tarde debía estar de un humor de perros.

Doña Constanza mandó bajar la capota del coche. Se asaba en aquella ciudad y había días en que la humedad y el calor parecían querer terminar con ella; aquel era uno de ellos. Estaba nerviosa, esperaba ansiosa el regreso de su sobrina, tenía algo importante que contarle; no sólo había encontrado a Niña Perla -que aún seguía postrada recuperándose del disparo- sino que por fin había descubierto al sinvergüenza que había manchado su reputación y la de toda la familia. No le había costado mucho averiguarlo porque prácticamente era del dominio público, aunque ella no lo había sabido hasta ese momento; se lo había dicho finalmente Elvirita Fernández de Lemos, la mejor amiga que había hecho en Cartagena hasta entonces. Era viuda de un marino y llevaba veinte años en esas tierras. De entre la manada de arpías que había conocido inicialmente, doña Elvirita había resultado la menos arrogante, la más tratable; el que estuviera un poco marginada por su inferior condición social había facilitado el acercamiento. Doña Elvirita agradecía la deferencia de doña Constanza y se desvivía por su nueva amiga; se había convertido en su confidente y no había chisme en Cartagena que no le contara inmediatamente. ¡Por fin empezaba a enterarse de lo que se cocía allí! Era terrible sentirse como una extraña y no saber nada sobre lo que ocurría en la ciudad en que una vivía.

–¡Tómese otro rico chocolate! No me lo desprecie -le había dicho esa tarde sentadas ambas en la terraza de una pastelería cerca de la catedral. Habían estado horas hablando de todo y de nada hasta que doña Constanza encontró el valor para preguntarle directamente lo que quería saber.

–¿Sabe usted, si no es indiscreción, quién puede estar detrás de esos vergonzosos pasquines? Entiendo que será difícil, pero tal vez tenga una idea, haya oído algo, sospeche de alguien.

–*Ohhh*, querida, por Dios. ¡¿Cómo no lo voy a saber si lo sabe toda Cartagena?!

–*Ahh...* ¿Sí? ¿Es algo del dominio público? -contestó asombrada doña Constanza.

–¡Pues claro mujer! Fue ese degenerado de Diego de Veranz. Un mozo de muy buena familia. Su madre doña Celia es una *santa* pero él donde va lo persigue el escándalo y ¡se cuenta cada cosa! -dijo acercándosele al oído-. Ahora, si quiere tomar usted represalias por lo de su sobrina sepa que le será difícil. Su padre es uno de los hombres más importante del reino. Los poderosos, ya se sabe, se protegen entre ellos -dijo volviendo a meter la cucharilla en el café-. Sería mejor que su muchacha se olvidase del asunto, diera carpetazo. Ya me entiende. Si me acepta un consejo, que se presente llegado el momento después del luto tal cual es, que se muestre tan inocente y buena como parece y el tiempo terminará por borrar los chismes que hay sobre ella. El tiempo, ya lo sabe usted, todo lo cura. Cuando vean que es una muchacha inocente, aburrida y sin nada que ocultar, se cansarán, dejarán de chismorrear de ella e inventarse tonterías sin fundamento.

– Claro, seguro -contestó la tía sintiendo un arrebato de odio tan grande hacía aquel desconocido que se había permitido el lujo de desprestigiar a Carina sin siquiera conocerla, que había cometido tan gran injusticia que creyó que explotaría. Mientras sonreía a su acompañante y cambiaba de tema, para sus adentros juraba hacerle morder el polvo. Aquel tipo lamentaría el día en que insultó a Carina, el día en que puso en la picota a todos los De Ulloa.

–¡Se lo juro! -dijo besándose los dedos a espaldas de su amiga mientras se despedían.

II
PARTE

II

PARTE

Capítulo XII

Terminaba un día más el doctor Cubero de visitar a la herida, de comprobar su estado.

–¿Cómo lo ve, doctor? - insistió doña Constanza, nerviosa porque la paciente no terminaba de restablecerse y seguía en cama dos semanas después del accidente. Había oído a los criados que cualquier herida allí, por insignificante que fuera, podía ser mortal; enseguida se emponzoñaban debido al calor y la humedad. A Niña Perla la habían cuidado bien pero seguía pálida, ojerosa y febril.

–Tráiganle una infusión de corteza seca de quina -les recetó el doctor-. Y no se preocupe. Va bien, pero recuperarse de un tiro en la espalda lleva su tiempo.

La vieja Tomasa corrió a los fogones a preparar el medicamento a base de quinina. Quería a Niña Perla como a una hija a pesar de los disgustos que le había dado siempre y del carácter desapegado y arisco de la mulata. Durante años se había ocupado de ella, de que fuera limpia, aprendiera el catecismo, asistiera a la iglesia o comiera bien, no podía evitar preocuparse por ella; había intentado reconducir sus malas inclinaciones, su propensión a los ritos de vudú habituales en los palenques, ordenar su vida. Había pedido a Jacinto que la siguiera, conociese dónde iba y con quién, no le había gustado saberlo. Lejos de acercarse con su abuela en Getsemaní prefería visitar a la perdida de su madre en la Ciénaga de la Virgen, un palenque donde vivían negros cimarrones evadidos de la justicia, algunos fugados de presidio y con delitos de sangre a sus espaldas. Poco bueno podía salir de aquellas visitas. Cada vez que desaparecía durante días de la Casa Grande, Tomasa le ponía una velita a la Candelaria pidiéndole que cuidara a su niña.

Julianita, la madre, había sido una bonita esclava a la que don Joaquín había seducido y embarazado abandonándola a su suerte;

no la había echado de casa, simplemente la había sustituido por otras esclavas cada vez más jóvenes y lozanas y después de unos años como favorita la había relegado a los establos. La mujer, altanera y celosa, había intentado agredirlo incluso en una ocasión. *¡Soy una princesa yoruba... no me puede hacer esto!* le había recriminado mientras amenazaba con hacerle vudú, con arruinarlo o enfermarlo. Don Joaquín sencillamente la ignoraba.

Nunca había sido supersticioso y jamás había hecho caso a sus amenazas, hasta que la mujer huyó llevándose a la niña concebida con él, a la pequeña Perla, a la que él tenía gran cariño; trataba a la pequeña mulata como si fuera su única hija, olvidada la que tanto tiempo atrás dejó en España. Aquello fue la gota que colmó el vaso de su paciencia; denunció a su antigua amante por fuga y las autoridades iniciaron su búsqueda y captura. Ella se alejó de la ciudad, de Getsemaní, se adentró en los manglares, se refugió en las aldeas de cimarrones, lugares donde ni los alguaciles ni el ejército se atrevían a entrar; allí se sintió segura, uniéndose en pareja a un esclavo prófugo que medía casi dos metros. En aquel lugar insano vivió unos años Perla hasta que don Joaquín, obcecado en su terquedad, la localizó. Pagó a unos sicarios para que dieran una buena paliza a la madre y recuperaran a la niña para él y así se hizo.

Desde entonces Niña Perla había vivido en la *Casa Grande* -como ella llamaba a la mansión de su padre- alejada del palenque y de su vida anterior hasta que se hizo mayor y empezó, de vez en cuando, a visitar a sus viejos conocidos del pantano. *La mala sangre tira, y tira mucho, sí señor* -repetía la negra Tomasa llorando cada vez que sabía de las andanzas indecentes de Perla.

La madre había aprendido la lección, pero no desaprovechaba la ocasión para acercarse a ver a escondidas a la hija siempre que podía, enseñarle sus ritos, sus costumbres. La niña fue haciéndose mayor sintiéndose como una extraña en la Casa, un lugar en el que vivía socialmente aislada. Tratada como una fina señorita por su padre y los criados, era ignorada por el resto de la gente que no veía en ella más que a una sirvienta a la que muchos creían la mantenida de su propio padre. Aquel trato humillante, el que su progenitor jamás la tratara como hija fuera de las cuatro paredes de la casa, el que no tuviera amigas, ni recibiera gente, ni asistiera a bailes acompañando al amo, la enfurecían.

Y si había algo que la ponía frenética, que la hacía hablar como un estibador y comportarse como una loca eran los ataques de celos que sufría cuando don Joaquín hablaba de Carina, de aquella niña blanca y desconocida para la que se mataba a trabajar y que de hecho era su única hija legal y su heredera, aunque no le hubiese dedicado ni un minuto de su existencia. La niñata mofletuda del medallón que el amo guardaba en el primer cajón de su secreter bajo llave y que en los últimos tiempos pasaba horas mirando, como si con la fuerza de su mente pudiera atravesar el océano. Perla odiaba a aquella desconocida que le había usurpado el lugar que le correspondía en el corazón de su padre y en el de la casa, que era un dechado de virtudes, que vivía en un convento entregada a la virtud y con cuya conducta irreprochable su padre la comparaba siempre, especialmente cuando regresaba después de varios días perdida en los palenques. Entonces don Joaquín la insultaba llamándola *zorra, putón desvergonzado, bruja*. La amenazaba con denunciarla al Santo Oficio si volvía a la aldea de su madre o como en alguna ocasión, llegaba a azotarla con la fusta en un arranque incontrolado de ira.

Niña Perla había dejado de ser una *niña* y odiaba que la llamaran así. Su nombre era sencillamente *Perla*. Tampoco necesitaba la ristra sofisticada de nombres y apellidos de las señoritas aristócratas; Perla a secas, así le gustaba, pero su padre, con desdén, la provocaba llamándola a propósito "*Niña*" y obligaba a hacerlo a la servidumbre de la casa. Las disputas entre padre e hija habían sido permanentes, habían volado cacharros por el patio y las habitaciones y más de una vez la pobre Tomasa había tenido que intervenir para que no terminaran matándose. Les unía una relación de amor-odio demasiado intensa que en algún momento, temía la vieja, podía terminar en tragedia.

Las broncas habían aumentado con las críticas de Perla al joven ayudante de su padre: Antonio Sanz. El muchacho aparentemente discreto y de comportamiento ejemplar era, a espaldas de don Joaquín, un tipo de instintos arrebatados y violentos que trataba con desdén a los criados, humillaba a los esclavos y había intentado forzar a Perla. Para su sorpresa, su padre no le había creído, la había acusado de ser una provocadora, de ir medio en cueros por la casa calentando a los invitados, de haber intentado enredar al *inocente* Antonio. Se había sentido herida en lo más profundo de su corazón al comprender que para todos ellos, y por muy hija del amo que fuera, siempre sería una sirvienta, una mulata desvergonzada dispuesta a abrirse de piernas para cualquier blanco que la quisiera tomar. ¡Cómo lo odiaba! En realidad ¡Cómo los odiaba a todos! Aquel día se juró a si misma que jamás se dejaría tocar por el repugnante Antonio Sanz, que ¡jamás! perdonaría a su padre por tener tan mal concepto de ella, por considerarla poco más que una fulana. ¡Lástima no haberlo sido de verdad! -pensó en ese momento- comprendiendo que eso era algo fácilmente solucionable. Si otras jóvenes se servían de sus encantos para vivir a cuerpo de reinas, ¡qué no podría conseguir ella con aquel cuerpo que Dios le había dado!

Enseguida descubrió que efectivamente había pocas cosas que una muchacha tan bonita como ella, con su sensualidad innata y su sexo arrollador, no pudiera lograr. Divirtiéndose estaba con un rico hacendado cuando supo de la muerte de su padre. Ese día algo se rompió definitivamente en su interior. De repente estaba sola en el mundo. Completamente sola. No pertenecía a ningún lugar, ni al de su madre ni al de su padre; no tenía amigas, ni conocidas, sólo las viejas sirvientas de la Casa que la habían cuidado durante años pero que seguramente, en ausencia del amo, la despreciarían; siempre suspicaz, temía el desprecio de los demás. Toda su hermosura y su preparación no le habían dado la seguridad en sí misma que necesitaba para afrontar la vida; podía ser al mismo tiempo una niña inocente y herida por el desprecio de cualquiera, una vieja resabiada o una prostituta de lujo capaz de provocar el delirio de los hombres que frecuentaba.

Podría vivir en una casa de lujo regalada por cualquiera de sus amantes pero su espíritu rebelde había rechazado tal posibilidad; le gustaba mantener su independencia, no quería ni un piso, ni que la mantuvieran con dinero y joyas. Aceptaba éstas de buen gusto pero nada más. Era ella quién decidiría cuánto durarían sus relaciones y con cuántos andaría al mismo tiempo. En realidad se veía a si misma como una mujer libre y no como una prostituta de lujo. Ella pagaba la ropa que vestía, la casa en que vivía y el carruaje que usaba. Además, con sus artes echando las habas y su habilidad para peinar, maquillar o coser se estaba convirtiendo en una especie de referente de la moda de algunas niñas bien, siempre deseosas de novedades. Así había conseguido colarse en las casas más importantes. Disfrutaba y sentía una sensación de venganza cumplida al compartir a muchas de esas parejas. De día peinaba y asesoraba en sus vestidos a las señoritas y de noche se acostaba con sus prometidos a los que sacaba joyas, dinero, fastuosos trajes, caballos. Con alguno incluso se había dejado ver en el hipódromo o en las peleas de gallos, lugares atestados de hombres donde ninguna mujer decente se dejaría ver. ¡A ella qué más le daba!

Así había transcurrido su vida esos meses; plácidamente, obligándose a sentir indiferencia ante la muerte de don Joaquín y la llegada a la ciudad de la hermana de éste, su propia *tía* carnal y de *su hermanastra.* ¡Cómo la detestaba! tanto, que había sido la primera en desternillarse de risa con los pasquines que empapelaron la ciudad; tanto, cómo para no mostrar interés alguno en su existencia a pesar de saber que había llegado a Cartagena y se alojaba en la mansión de su padre. Sólo había curioseado en alguna ocasión descubriendo que la negra Tomasa seguía al frente, que la tía era una mujer considerada con los sirvientes pero poco más. Se había permitido el lujo, eso sí, de darle una *especial bienvenida* a Carina: durante días había obligado a su doncella Michaela a colarse en la mansión -seguía teniendo las llaves y conocía bien las entradas secundarias- y envuelta en ramas de cocuyos fosforescentes vagar de noche por su cuarto como si fuese un alma en pena. ¡A ver si aquella intrusa reventaba de una pesadilla!

Fue por Michaela que supo que la buscaban, pero decidió hacerse rogar. Aparentemente había desaparecido. No es que pensase renunciar al dinero que le correspondía; es más, pensaba que era poco; debería haber heredado todo lo que su padre tenía en Cartagena, en Nueva Granada, dejando lo que poseía en España a su otra hija. Pero lamentablemente solo era una mulata, una hija ilegítima sin derecho a casi nada, a excepción de aquellos pocos reales que la ley permitiese a su padre regalarle. Legalmente no podría pleitear con Carina en ningún tribunal; lo tendría todo perdido. Ésta era la heredera, la única hija legal y reconocida y por tanto la dueña total de sus bienes ¡maldita fuera! En un arrebato de odio visceral había llegado a hacerle vudú, pero no sabía por qué, le había dado miedo. En realidad -se reprochó- no quería hacerle daño; sólo herirla, que viera su orgullo pisoteado y se sintiera tan mal vista socialmente como ella. Deseaba hacerla sufrir, pero no matarla. Algo en su fuero interno se acongojó sólo con pensarlo, como si en el fondo le uniese a ella un hilo invisible; algo que ni el odio, ni la ausencia, ni la distancia, ni los malentendidos, ni nada pudiese romper. Era su hermana, sangre de su sangre y eso, en su cultura africana, era sagrado. Aquellos sentimientos encontrados le desagradaban, pero no podía evitarlos.

Así andaba cuando se desencadenaron los últimos acontecimientos. No habría podido ser otro que Antonio Sanz el que los provocara. No sabía cómo, pero había localizado su casa. Había ido a buscarla de noche y borracho, con un fajo de dinero en la mano y un collar de esmeraldas tan hermoso que a Perla se le saltaron los ojos de las órbitas.

–¡Tomaaaa! *Desagrrrradecccida*, poooontelo... ¿No es esoooo lo que quierreeessss? ¿No te veeeendeesss por dinerrro? ¿Por joooyasss?... Yo te dareee las mejoooores, tomaaa, ponteeelas...

–Fuera de aquí inmediatamente o llamo al alguacil o mejor, al Corregidor, a su señor suegro. ¿Cree que le gustaría saber que su recién estrenado yerno malgasta, como hizo su padre, el dinero en juergas, borracheras y queridas? El collar, sí es muy bonito, pero entienda, ¡no quiero nada de usted! Lo detesto.

–Toooooma y ponteloo - gritó borracho, subiendo enganchado a la barandilla de la casa.

Perla impidió que se acercara a ella y lo empujó, tirándolo escaleras abajo. Asustada, por un momento creyó haberlo matado.

–¡Michaela! -gritó, llamando a su doncella-. Baja a ver, mira a ver si está muerto o sólo herido.

La negrita corrió escaleras abajo, dio la vuelta al cuerpo del hombre tendido que presentaba una profunda brecha en la cabeza y comprobó que sólo estaba herido. Tenía pulso y respiraba aunque estaba mal. Perla, sin dignarse a mirarlo, entró en la casa, cogió un papel y tinta de su secreter y escribió unas letras. Le dio la misiva a su doncella y la envió a casa de Serafín de Urrianeta.

-¡Corre, dáselo enseguida y vuelve con su respuesta!

La muchachita corrió por las calles ya oscurecidas aunque bellamente iluminadas del barrio de Santo Toribio y en menos de un cuarto de hora llamó al portón de una gran mansión aristocrática. Lo hizo por la puerta trasera, la de los establos. Un joven musculoso y sonriente le abrió la puerta y le hizo unos requiebros pero la muchachita, muy seria, pidió hablar solo con el amo. Minutos después aparecía en las cuadras el mayordomo.

–¿Qué quiere en esta casa? ¡Estas no son horas de molestar al amo que está en la cama!

–Señor es urgente. Me manda la señorita Perla.

–¿Señorita? *¡Ja, ja...!* Eso sí que es bueno ¿Desde cuándo su dueña es una *señorita*? ¡Desvergonzada eso es lo que es, una desvergonzada! ¡Fuera!

–Señor, no me iré de aquí sin hablar con su amo. Si no mi señora ha amenazado con montarle un escándalo.

–¡Está bien, maldita sea! Espere aquí.

Minutos más tarde, en batín y sin su espectacular peluca blanca cayéndole en grandes rizos por la espalda, aparecía pálido y con cara de cansancio Serafín de Urrianeta. Era uno de los múltiples amantes de su dueña, uno de los que más consentida la tenía y de los que cubrían todas sus peticiones por descabelladas que estas fueran.

–Y bien. ¿Qué quiere *doña Perla*? -dijo en tono sarcástico, carraspeando.

La niñita le explicó la situación al oído. El hombre se vistió deprisa y acudió a la llamada de Perla. Minutos después aparecía en su puerta.

–¿Cómo ha sucedido esto? Si matas a este hombre, al yerno del Corregidor, serás carne de cañón. Estarás ajusticiada y muerta en un chasquido -dijo, acompañando sus palabras con un gesto de sus dedos.

–¡Claro!, ¿y qué me aconsejas? ¡¿Que me deje violar por este indeseable?! -gritó medio histérica.

–No, desde luego que no, pero tampoco que lo tires escaleras abajo.

–Se ha caído casi solo. Está borracho como una cuba, ¿por qué diantre no está con su mujercita?

–¡Eso mismo me pregunto yo! Una cosa es que un hombre de mi edad, después de treinta años de matrimonio, eche una canita al aire, y otra que este individuo -se notó el desdén que usaba para referirse al herido al que consideraba basura- se comporte así estando recién casado y además con la muchacha más linda y rica de Cartagena... ¡No está hecha la miel para el borrico! Los Sanz no son precisamente maridos ejemplares -siguió hablando, encogiéndose de hombros, mientras ordenaba a un sirviente que fuera a buscar a su médico personal y un carruaje para llevarse el cuerpo del hombre tendido en el suelo-. Sabes, preciosa, -continuó mientras encendía un gran cigarro- yo conocí a su padre. Era un mujeriego, borracho, maltratador, arruinó a su familia, destrozó la vida de Elenita, su mujer, a la que pegaba palizas e incluso cuentan que en más de una ocasión la encerró con llave en su cuarto impidiéndole durante días salir a la calle y atender a sus hijos y estos criados por criadas y fulanas en la casa. ¡Un desbarajuste! No es de extrañar que el chico haya salido así; es lo que ha visto en su casa.

–Me da igual -le cortó- si ha salido así por su padre o por quien sea. No le voy a consentir ni a él ni a nadie que aparezca en mi casa e intente forzarme. Antes le pego un tiro a él o al que sea.

–Mi niña, no seas tan loca; hay cosas que no se pueden hacer y matar a un señorito como éste es algo que, francamente, no te recomiendo. Y menos después de lo de la semana pasada.

–*¡Yaaa...!* -contestó Perla enjuagándose el sudor de la frente- parece que últimamente me complico la vida.

–Sí, demasiado y mientras esto se soluciona, te pediría que desaparecieras unas semanitas. Estoy convencido -dijo, mientras le acariciaba el trasero con su mano rechoncha y llena de anillos- que este desgraciado, con lo orgulloso que es, volverá a aparecer por aquí a molestarte y además enrabietado; es preferible esperar un tiempo a que se le pase la cólera antes de provocarle más. De momento está en una posición mucho más ventajosa que la tuya. Y de las iras del Corregidor y de su mimada hija no creo que ni yo pueda librarte si algo sale mal. ¿Comprendes? -dijo mirando a Perla que asentía con la cabeza, removiéndose mientras el hombre, entre calada y calada al cigarro, avanzaba en su manoseo, llegándole ya la mano al escote de la muchacha-. Si a esto se le suma el desvarío del jovencísimo Andresito de la Vega, que anda llorando por las esquinas su amor por ti y el encontronazo con el hombretón ese del palenque, pues, sinceramente, deberías desaparecer un mesecito al menos hasta que la cosa se calme. Claro que antes -el viejo rufián ya tenía medio desnuda a la muchacha a la que había subido las faldas, desatado las cintas del corsé y bajado el corpiño, mientras magreaba sus grandes pechos morenos y besaba su cuello largo y esbelto- deberíamos darnos un homenaje.

Perla se dejó hacer. Sabía que ese era el precio que tendría que pagar por el lío en que se acababa de meter. Ahora aquel tipejo no era el ayudante de su padre, era el yerno del Corregidor, alguien importante... y si algo le sucedía, sería un escándalo mayúsculo en el que la parte más débil -es decir ella- terminaría pagando los platos rotos. Era lo suficientemente inteligente como para entender eso, al igual que la necesidad de mantenerse alejada de esa casa, conocida por todos sus *amigos* o su negro favorito. Juriche era un armario dos metros del palenque que la hacía llorar de placer cuando la poseía pero que ni loca se atrevía a considerar como un futuro compañero... ¡sería rebajarse hasta el suelo! A pesar de su insistencia y sus proposiciones, ella no dejaría nunca su vida ociosa actual para irse a vivir al palenque, a la ciénaga, con lo más tirado de Cartagena, parir un hijo tras otro, aguantar borracheras y terminar enfermando de malaria o de fiebres. ¡Ni loca! Lamentablemente, el bruto se creía su salvador y había ido a buscarla a la ciudad para arrastrarla a una vida más digna. Perla había intentado razonar con él, explicarle que estaría siempre dispuesta a compartir un rato de cama pero a nada más; él no lo había entendido. Seguía insistiéndole y hacía una semana, ante sus amenazas de llevársela por la fuerza, tuvieron que atizarle bien en la cabeza con un candelabro.

A punto estuvo su doncella de matarlo y a punto estuvo ella de asesinar a Michaela cuando vio su nueva alfombra llena de sangre; al final lo curaron, el negro volvió a estar consciente y, desolado, se marchó. Eso sí, prometiendo volver.

–¿No me echarás en falta, mi *chiquirritiiiin*?- preguntó engatusadora la muchacha a don Serafín, mientras este terminaba de abrocharse la bragueta, recién terminado su coito.

–Claro que sí, chamaquita. Sólo serán unas semanas. Desaparece unos días, que no te encuentren en los sitios habituales, déjame ver si puedo arreglar el asunto. *¡Ahhhh!* y ni se te ocurra regresar al palenque o a la iglesucha esa a la que asistes, ¡entendido!

–Entendido -contestó entre mimos Perla- abrochándose el vestido, bajándose las faldas, colocándose el turbante blanco y asegurándose el cierre de los aros que llevaba en sus orejas. Mordiéndose los labios rojos como fresas meneó su lengua, incitando nuevamente al hombre. Cuando éste se adelantó para volver a meterle la lengua en la boca, ella graciosamente lo rechazó. Había aprendido bien los juegos de seducción, sabía cómo utilizarlos para salirse con la suya.

–No volveré a la iglesucha como tú la llamas -mintió, habiendo sido esa la primera idea que se le había venido a la cabeza- y no te alarmes tanto, ni soy sacerdotisa vudú, ni nada de nada, de momento -dijo riéndose, pero sus ojos no reían.

Podía aceptar los consejos del hombre, un tipo mayor, importante y en definitiva su protector, pero una cosa eran consejos y otras órdenes. Si deseaba ser sacerdotisa vudú o santera como su madre, lo sería. ¡Haría lo que quisiera! -se dijo soberbia, ajena a las advertencias del hombre que en más de una ocasión le había advertido contra los peligros de semejantes prácticas y a cómo podría terminar en los tribunales del Santo Oficio si no se andaba con cuidado. Cualquiera podría delatarla al temido tribunal religioso, cualquiera que la odiase, que pudiese presentar una prueba. Llevaba poco tiempo en el mercado pero el suficiente para haberse buscado enemigos, haber provocado los celos de otras meretrices más viejas y decrépitas que habían perdido con ella clientes importantes, los celos de algún niñato rico y consentido al que había ignorado, el odio de padres, madres y novias que andaban tras los hijos o prometidos que habían perdido la cabeza con ella.

–Cuídate bien- solía decirle cuando la dejaba en la cama; de igual forma se despidió esa noche.

Era tarde cuando preocupada se vistió y ordenó a un esclavo la llevase a la mansión de su padre a la que no iba desde hacía medio año. ¡Habían pasado tantas cosas desde entonces! Buscaría allí un refugio temporal con Tomasa o, mejor, le pediría las llaves de la hacienda de Mompox y se refugiaría en el cacaotal el tiempo necesario. Dinero no necesitaba, lo que buscaba era un lugar seguro donde esconderse. Fue así como apareció en la Casa y discutió con Tomasa en las cocinas. La vieja se negó a darle las llaves de la plantación de Mompox asegurándole que la señorita Carina estaba allí, pero Perla no le creyó, pensó que la engañaba; en la desesperación de esa noche la empujó contra la pared amenazándola con matarla si no le daba lo que pedía. No tenía ninguna intención de hacerle daño, sólo necesitaba encontrar una solución y aquella ñoña cocinera no hacía más que ponerle excusas. Discutían cuando oyó el disparo. No recordaba más, sólo el intenso dolor que sintió en la espalda y después, envuelta en el sopor, la cara regordeta del médico y la mirada distante y seria de una desconocida: su tía.

Llevaba dos semanas en la Casa Grande encamada, recibiendo atenciones de todo tipo. Tomasa le echaba en cara que se hiciera más enferma de lo que estaba, mientras el médico seguía con sus visitas y las criadas con la cura matinal... Apenas había cruzado unas palabras con doña Constanza -así se llamaba la hermana de su padre- pero sabía que la mujer estaba pendiente de ella aunque manteniendo las distancias. La observaba con interés cuando creía que dormía tal vez buscando en ella rasgos familiares. No podía quejarse del trato recibido aunque, según iba reponiéndose, la tía le parecía más fría y distante, eso le dolió. Su carácter suspicaz y retorcido la hizo desear demorarse más. Cuando a la mañana del décimo día la tía le habló, se sorprendió.

–Y bien, ¿me contará qué pasó para que estuviera en las cocinas molestando a Tomasa y agrediéndola? Si es hija de mi hermano debería saber que ese no es un comportamiento muy correcto ¿Sabía que la estábamos buscando hace tiempo? ¿Que parte de la herencia es suya?

–No, no lo sabía -mintió con una voz más suave de lo habitual, queriendo parecer más modosa-. Sólo buscaba ayuda, necesitaba dinero señora. No quiero vivir en el palenque entre delincuentes. Mi padre me educó de otra manera y por mis medios no tengo para mantenerme, sólo quería ayuda... -lloró haciendo teatro del bueno- Yo....

–Está bien -cortó doña Constanza-, se quedará aquí mientras se recupera del accidente y cuando se reponga iremos al notario, a la Contaduría Real y le entregaremos su dinero. Después, una que vez mi sobrina *-ejemmmm-* Carina regrese, hablaremos de algunas cosas. ¿Entendido?

–Entendido, señora -respondió con humildad, escondiendo el ramalazo de cólera que sintió al oír el tono autoritario y displicente de la dama, como si en vez de con su otra sobrina hablara a una sirvienta. ¡Estúpida! -pensó- mientras decidía quedarse en la casa y molestar todo lo que pudiese. Estaría allí el mes o mes y medio que don Serafín le había pedido que desapareciera. Daría toda la guerra del mundo, molestaría a la señorona y cuando llegara *la otra*, le daría que hacer. Se rió para sus adentros mientras ponía cara de no haber roto un plato. Salía del cuarto doña Constanza cuando volviéndose de repente la miró de forma penetrante.

–Por cierto, la muñeca esa de trapo que llevaba la he tirado. Espero que no signifique lo que creo que significa.

Lo dejó ahí, en una amenaza indefinida, lo que hizo temblar de risa a Perla. ¡Vaya, así es que la vieja era una cotilla que hurgaba sus ropas, husmeaba en sus cosas! Protegiendo a la pelirroja. Desde luego lo iba a necesitar. Valiente mema querer casarse con un desconocido ¡y menudo desconocido! Tendría que aprovechar ese mes en la casa para espabilarla -se dijo muerta de risa- para instruirla. ¿No decía su padre que era una vagabunda sin objetivo alguno en la vida? Pues ya había encontrado uno.

–*¡Jaaaa, jaaaa!* -estalló de repente en una carcajada, saboreando la idea.

Sola en el cuarto se limpió las lágrimas de risa con la sábana. ¡Por Dios que iba a disfrutar de aquella estancia obligatoria! No sólo eso, también iba a hacer una buena obra: enseñarle todos sus conocimientos a su hermanita. Si era verdad que la misma sangre corría por sus venas, no podían ser tan distintas como don Joaquín le había hecho creer; sólo habrían sido las circunstancias, no la materia prima, y eso podría corregirse.

Se levantaba a refrescarse con el agua de la jofaina cuando escuchó la campanilla abajo y las carreras de los sirvientes. Asomándose descubrió el carruaje que entraba por el portón de las cuadras. Un hombretón de piernas largas y musculosas, espaldas anchas, cintura estrecha y cabello largo recogido en una coleta se bajaba en ese momento. De perfil se lo veía muy atractivo y pensó que su cara le resultaba familiar; debía conocerlo. Sujetando la portezuela ayudó a una dama a salir. La mujer tenía hermosos rasgos.- Así que tu eres la chamaquita de don Joaquín -dijo mirándola hipnotizada.

Tenía pechos generosos, buena estatura y unos cabellos asombrosos, rojizos y ondulantes, provocativos y espléndidos. ¡Así es que aquella belleza pelirroja era Carina! ¡Menuda pinta! Desde luego no parecía la mojigata de la que todo el mundo hablaba. Al revés, no tenía duda de que estaban hechas de la misma materia.

–Será divertido instruirte. Verás qué rebueno *hermanita*... ¡Veremos quien termina siendo más escandalosa! - *Aisito* mismo empezamos, aunque qué digo, si tú ya has empezado.

Reconoció divertida que la pelirroja había empezado fuerte. Acababa de llegar y todos se hacían lenguas de ella antes incluso de conocerla: que si era *una gorda con dientes salidos y cuello de toro*, que si *una solterona deseosa de pescar al primer desprevenido*. Mientras peinaba en sus casas a las criollitas ricachonas se había regodeado con los chismorreos: que si su *padre la había sacado del convento para no desperdiciar su herencia teniéndole que buscar él mismo un marido*; que si era *una marimacho enamorada de la monja superiora*... Los chismes no habían parado de engordar, a cada cual más sabroso e inverosímil. Desde que los pasquines habían aparecido, en todas partes se habían reído de ella con desprecio y aquellas carcajadas habían sonado como música celestial en su corazón. Cada insulto a Carina había sido una palmadita para ella y una pequeña venganza contra su padre por el trato discriminatorio que había tenido entre las dos.

Sólo ahora, al contemplarla, comprendía que su reto sería verdaderamente importante. Todo un desafío. No iba a enfrentarse a una niñata bobalicona sino a una mujer de armas tomar y eso sería infinitamente más divertido, más interesante; requeriría de toda su pericia. La partida acababa de comenzar y Perla estaba ansiosa por poner las cartas sobre el tapete.

Diego se presentó a media mañana en el Castillo de San Luis donde le esperaba don Blas. Había llegado muy temprano y con una carga extra en el corazón. Se había despedido de Carina serio, sin que hubiera entre ellos ni un solo gesto de cordialidad. Desde su discusión en la hacienda se habían dicho lo imprescindible y la tensión había ido *in crescendo* con el paso de los días.

Doña Constanza los atendió con cariño a su regreso, les ofreció un espléndido desayuno en el salón principal y los acribilló a preguntas. Diego leyó en su mirada una interrogación al comprobar el distanciamiento entre ambos, pero la mujer no se atrevió a preguntar directamente nada. Terminado el café, se despidió.

–Probablemente no regrese hasta dentro de un mes o dos -dijo sin querer mirar a Carina. No podía.

–¿Tanto hijo mío? ¿Qué haremos sin usted? ¿Sin su guía y consejos profesionales? Es un buen letrado; discreto y prudente, realmente lo echaremos mucho en falta. ¿Verdad Carina?

–Desde luego tía, don Diego es un magnífico abogado. Seguiré su consejo y me acercaré mañana mismo por su despacho en Santo Toribio. Iré a ver a su socio -contestó mirándolo, descubriendo en su rígido semblante una señal de ablandamiento, casi de pena, que la alegró-. De todas formas también contamos con el asesoramiento del licenciado de padre que podrá asesorarnos mientras regresa el señor De Vargas.

Terminadas las cortesías Diego se marchó. Deseaba poder hacerlo desde hacía días, pero llegado el momento sintió que algo se rompía dentro de él; saber que a cada paso se alejaba más y más de Carina le resultó deprimente. No quiso pararse a pensar en ello, prefirió dejarlo para cuando estuviese más tranquilo y pudiera ver las cosas con más claridad. Ahora no era buen momento; estaba todo demasiado reciente, habían sido muchos días conviviendo con ella, de compartir experiencias, de estar muy unidos y a excepción de aquella última semana, el resto de los días habían sido sencillamente maravillosos. Había sido feliz cada mañana al levantarse por el solo hecho de saber que la vería, había disfrutado de cada visita a la plantación, de cada cabalgata, de cada mirada a escondidas tras los árboles viéndola disfrutar del baño. La había amado con pasión, había sido inmensamente feliz con ella entre los brazos y la noche pasada juntos lo perseguiría siempre, la compararía con las que vinieran después, sabiendo que sería muy difícil poder superarla en emociones y placer.

Dejó la chalupa y subió las escaleras de piedra hasta el castillo, un importante baluarte defensivo a la entrada a la bahía, frente al fuerte de San José donde estaría De Rieux y donde -recordó- había conocido a Carina hacía apenas unos meses.

–¡Dios mío, Dieguito, ¿eres tú?! -escuchó al entrar en el recinto.

–Federico... ¿No estabas en La Habana? Te hacía allí hace meses.

–Sí, así ha sido, he estado cuatro meses. Creía que no podías acercarte a Cartagena -le dijo mirándolo con picardía, riéndose.

Federico Solano y Ferrer era un viejo conocido y amigo. Habían compartido actos sociales, cacerías... después se había casado con un criolla preciosa de Bogotá y parecía haber sentado la cabeza.

–Sí, no puedo acercarme a Cartagena -contestó Diego- pero Lezo no considera que este castillo se pueda considerar como *ciudad* -dijo encogiéndose de hombros-. De todas formas no paro aquí -mintió- acabo de regresar de Panamá y volveré a partir en breve.

Los dos hombres charlaron un rato de trivialidades; Diego le preguntó por su familia, por su esposa y su hijo recién nacido, por la vida social en Cartagena esos días, algo aburrida hasta que no empezara la temporada propiamente dicha en otoño.

–Justo para cuando vuelvas, eso le dará un atractivo especial -le dijo entre bromas, sacudiéndole un fuerte manotazo en la espalda, descolocándole incluso el tricornio negro.

Diego cayó en la cuenta de lo poco que le quedaba para terminar su castigo -si es que no le ampliaban la pena en el juicio previsto para octubre, algo que no esperaba- y lo cerca que estaba de regresar a la vida social, aunque realmente tampoco lo había echado tanto de menos. Pronto volvería a ver a Mariana -en esos meses de destierro sólo la había visto una vez- y pondría en marcha su plan de reconquista y la defenestración de las alturas de su maridito. ¡Nada ni nadie iban a frenarlo! Le iba en ello su reputación; al menos lo que quedara de ella. Pronto podría volver a la normalidad, recuperar el pulso de su vida.

Se sintió reconfortado con la idea. Pensar en Mariana, en la escenificación de su regreso social, en los trajes que luciría después de meses con aquellos trapos de notario deslustrado, en lo feliz que haría a sus padres y a Olalla volviendo a casa... eran pensamientos que le daban sosiego. Si se centraba en ellos se olvidaría pronto de Carina, de la fascinación que ejercía sobre él, de las intensas y descontroladas emociones que le provocaba, de la necesidad irracional de poseerla que tenía. Se rió de sí mismo al reconocerse asustado por una mujer.

–¡Dieguito - se dijo en voz baja- no se lo cuentes a nadie! ¡Eso sí que hundiría tu reputación!

¡Cómo se relamerían algunos si lo supieran! Muchos de sus enemigos, rivales a los que habría birlado alguna dama casquivana, mujeres a las que había olvidado por el camino, todos lo habían acusado de no tener corazón, de ser insensible y en cierta manera él mismo había llegado a creerlo. Intentaba, y siempre conseguía, no involucrarse emocionalmente en aquellas relaciones: eran simples aventuras, diversiones sin riesgo, situaciones bajo control, un rato de entretenimiento, nada serio, incluido -tuvo que reconocer- su propio noviazgo. Pero su deseo por Carina era algo desconocido y eso la convertía en un peligro; lo hacía sentirse más vivo y feliz que nunca, pero también ponía todo su mundo patas arriba, lo obligaba a romper con todas sus promesas, a replantearse su futuro. De todas formas ya había tomado una decisión: ella era un tema zanjado. Seguiría con sus planes y la olvidaría. Tal vez al principio le costara, pero el tiempo acabaría por borrarla de su mente y de su corazón.

En su charla con Solano salió otro tema a relucir; supo que la conquista por parte de Gerardo de la guapa Paulina de Mendoza iba fatal; la chica estaba a punto de comprometerse en matrimonio con otro. Le dolió por su amigo pero lo hizo sentirse mejor. Aquello lo reafirmaba en sus ideas sobre lo estúpido que era el amor y lo estúpidos que se volvían los hombres enamorados.

–¡Bienvenido y bienhallado! - escuchó a sus espaldas. La voz estentórea y el ruidito característico de su pata de palo sobre el suelo resultaban inconfundibles.

–Señor, a sus órdenes - contestó a su comandante que salía de su despacho en ese momento rodeado de sus edecanes y con un montón de planos de Cartagena y toda la costa Caribe desplegados.

–Entre. Tenemos mucho de qué hablar -le dijo Lezo.

Dos horas después Diego de Veranz abandonaba el castillo, se despedía de Gerardo en el fuerte y embarcaba en el navío *San Ignacio* destino Jamaica.

Capítulo XIII

Año de Gracia de 1739, marzo. En Cartagena y en aguas del Caribe, Cuba y Tortuga

Doña Constanza esperó a que Carina se recuperase del viaje para poder charlar distendidamente con ella un rato. Anochecía y la cálida brisa de marzo movía las cortinas del salón donde repasaba con la doncella las tareas de la casa cuando la joven entró soñolienta. Besando a su tía en la mejilla ocupó un butacón junto al balcón, desde donde en silencio se entretuvo un rato contemplando la calle.

–Quería hablar contigo. Aunque tal vez sigas cansada; ¿mejor mañana?

–No tía, estoy bien, cuénteme.

–Bueno, durante tu ausencia han pasado cosas, aunque supongo no seré la única que tenga algo que contar -comentó retirándole un mechón del cabello que desordenado le colgaba por la cara-. Me ha parecido verte muy tensa con nuestro joven letrado. ¿Imaginaciones mías?

–No. No se le puede ocultar nada. Pero bueno, empiece usted; yo le contaré más tarde.

–Bien, *ejeemm* -carraspeó-. En primer lugar te diré que junto a tu habitación, en la de invitados, tenemos a alguien -Carina se giró con interés-, a alguien a quien buscábamos hace tiempo: a Niña Perla.

–¡Vaaaaya! La ha encontrado.

–Más bien digamos que nos encontró ella y yo la recibí de forma algo violenta.

–¿Cómo que algo violenta? No entiendo.

–Le disparé un tiro -la tía le hizo un gesto cuando la muchacha soltó una exclamación de incredulidad-. Espera y escucha -dijo contándole todo lo vivido con la mulata hasta ese momento.

–Iré a verla ahora mismo. Si me lo hubiera dicho antes habría ido ya. Y no creo que se esté haciendo la enferma, serán las medicinas que no han hecho efecto. De todas formas no me dolerá echarla si es cierto que practica magia. Y respecto a lo del escándalo -dijo apretándole el brazo- no se preocupe. ¡Qué le vamos a hacer! Si hablan de nosotras ¿cómo evitarlo? Olvidémonos, no será para tanto.

La tía asintió con la cabeza incapaz de decirle la verdad: que en Cartagena se hablaba de ambas, de la escandalosa Niña Perla y de la vida un tanto *singular* de la señorita De Ulloa, de su comportamiento impropio de una dama: "*¡¿A quién se le ocurre viajar ella misma a la plantación teniendo personal y acompañada de un hombre joven?! ¡Jesús, María y José! ¡Estará liada con ese pobretón! ¡Ja, ja!*". Doña Constanza había pillado a varias *Damas Pías* en semejante conversación hacía sólo dos tardes. Al entrar en la parroquia aquellas arpías se habían callado de forma abrupta creyendo que no las había oído, pero llevaba un buen rato escuchando detrás de la puerta. En un ataque de rabia y olvidando los buenos modales, les contestó: "*Si mi sobrina no ha enviado a nadie será porque considera que ese trabajo debe hacerlo ella en persona. No hay ningún hombre en la familia y está obligada a defender sus propiedades... ¿algún problema?*". "*Ninguno, ninguno... ¡Dios nos valga!*", le contestaron.

–¡Déjelo tía! -insistió Carina, sabiendo que estaba realmente preocupada por el asunto.

–¡¡Ya..!! Pero me molesta que hablen mal de nosotras sin conocernos, que se digan barbaridades sin fundamento. ¡Aunque ya te lo advertí! -cambió la dirección de su ataque, mirándola de forma reprobadora- ¡Y por si fuera poco, me vuelvo loca y disparo a esa mujer! Mira lo que te digo; no me gusta, temo que pueda hacerte daño. Debe envidiarte por ser la heredera de su padre ¡Ándate con cuidado! Haz que se vaya de aquí en cuanto sea posible -le pidió.

–De acuerdo. No se preocupe.

–Por lo demás....

–Déjelo, me lo cuenta mañana. Estoy cansada y antes de acostarme quiero visitar a Niña Perla.

Las dos salieron al pasillo y llamaron al cuarto de la enferma.

Dentro se escuchó un "*Adelante*" y ambas entraron. Doña Constanza hizo la presentación oficial:

–Niña Perla...

–Bastará con Perla a secas - cortó la mulata.

–Bien, señorita Perla, le presento a mi sobrina, la dueña de esta casa, Carina de Ulloa. Carina, ésta es la señorita Perla.

Ambas se miraron, buscando cada una en la otra lo que le era conocido, sus semejanzas, los rasgos familiares. Mudas, absortas, la tía las dejó. El sonido de la puerta les devolvió a la realidad.

–Lamento lo ocurrido, espero que se encuentre bien y se reponga pronto - dijo Carina.

–Gracias, yo también lo lamento, seguramente más que usted -le contestó Perla en tono desafiante.

Carina sonrió y abriendo el balcón para ventilar la estancia, la miró con más simpatía.

–Me alegro de que podamos dejar las cortesías para otra ocasión. Dos hermanas no se conocen todos los días y tenemos mucho de qué hablar. Además, no seré hipócrita y fingiré que le tengo en gran estima o me encanta su comportamiento agrediendo al servicio, simplemente no he podido resistir la tentación de conocer a quien lleva sangre de mi sangre, algo bastante humano. Supongo que ya sabrá que la buscábamos para entregarle su parte de la herencia. No me gustaría sumar a los escándalos que me preceden otro por ser tacaña -dijo riéndose.

–También me alegro yo de no tener que fingir. No estaría aquí si su señora tía...

–Perdón, *nuestra* señora tía, también lo es suya, ¿lo olvida?

–Bien, ciertamente, si *nuestra tía* no me hubiera pegado un tiro. Estaba aquí por necesidad, pero le aseguro que me iré en cuanto me haya recuperado y cobre mi herencia. No está en mi ánimo vivir en esta casa a modo de ¿sirvienta? -dijo mirándola con risa en sus profundos y perversos ojos negros- Enseguida me iré con viento fresco y no las molestaré mucho.

–El dinero no será problema; podrá cobrarlo en cuanto quiera. Es más, podemos llamar al notario y que levante el acta de la cesión aquí para que no tenga temor ninguno. Seguro que así se cura antes

-dijo devolviéndole la mirada retadora-. Respecto a lo de vivir aquí nunca se lo habría propuesto. Para nosotras es una perfecta desconocida, ¿quién me dice que no es una estafadora?

–*¡Ja, Jaaaa!* -rompió a reír la mulata - ¡Eso sí que ha sido bueno! *¡Touché!* diría mi queridísimo Andresito. Cierto, podría ser otra, aunque estoy segura de que no ha dudado de mi identidad. Será por esto -dijo sujetándose los grandes pechos- o por esto -dijo estirándose los grandes ojos -rasgos familiares por lo que veo. ¿Sabe? pensé que sería la típica damita gazmoña de boquita pitiminí y modales exquisitos, pero vuestros modales dejan bastante que desear, vuestra boca es sensual y carnosa -dijo queriendo escandalizarla- y vuestra voz, ronca y profunda como la mía, sale de aquí -dijo agarrándose el camisón a la altura del estómago- de lo más profundo. No es ninguna dulce damisela, es altanera y arrogante. Mejor así; no me gustan las lloronas. Nos entenderemos.

–Lo dudo. Aun así, sea bienvenida a mi casa... durante el tiempo que necesite.

–Gracias por su hospitalidad, *hermana* -dijo haciendo un simulacro de reverencia sentada en la cama-. No se arrepentirá ¿y quién sabe?, incluso puede que le cuente historias sobre esta mansión, ¿Sabía que en esta cama fui concebida hace dieciocho años? ¡No, verdad! Claro, seguramente no conocía el perfil ¿adúltero? de padre.

–Lamentablemente no le conocía ni ese, ni ningún otro perfil, aunque eso es algo que podremos remediar. ¿Me equivoco?

–No, desde luego que no -contestó.

En ese momento las interrumpió Tomasa al entrar en el cuarto con las vendas y la cura; mirando a la señorita Carina le suplicó paciencia; el ama le respondió con un gesto tranquilizador. A la vieja cocinera se le iluminó la cara al ver tan restablecida a Perla y para la dueña aquel cariño de la negra por la herida resultó interesante; tal vez la mulata no fuese tan mala como parecía.

A la mañana siguiente Carina se levantó de mejor ánimo. Desde su discusión con Diego había estado decaída y la despedida el día anterior había sido triste; sin embargo había sido en ese preciso momento cuando algo le permitió recobrar la esperanza: la cara del caballero era un poema, se veía tan triste como la suya y eso debía ser por algo. Tal vez su indiferencia fuese una máscara o estuviera preocupado por algo; era muy orgulloso y ese carácter seguramente habría influido en su decisión de alejarse de ella, ya fuera por la diferencia de estatus o porque la mala reputación de Carina le disgustaba.

–¿Me ama? -se preguntó impaciente esa mañana-. Algo me dice que sí, pero no acepta sus sentimientos ¿Por qué? No voy a rendirme -se dijo a sí misma reflejada en el espejo en bata y con el pelo revuelto-. Así es que prepárese para luchar.

–¿Quieres que nos acerquemos a la modista a ver cómo van tus trajes? -la interrumpió su tía entrando en el cuarto sin llamar- Aún quedan las últimas pruebas. Quiero que estés perfecta. Cuando en otoño termine el duelo, y te presentes en sociedad, quiero que dejes a todas esas alcahuetas de piedra. Cuando vean lo hermosa que eres se acallarán los rumores. ¿Quién en su sano juicio se atreverá decir que estabas desesperada por encontrar pretendiente? ¡Más de uno lamentará haberse reído de ti!

–¡Calle tía, por Dios! No hace falta exagerar. Y ya sé que en otoño podré presentarme, lo que no sé es si quiero; no me siento muy ilusionada. Temo que me despellejen viva todas esas arpías.

–No te preocupes por eso, en estos meses que faltan me ocuparé de hacer conocidos para que no te sientas sola; alguna familia habrá que nos acepte. He sabido de dos, los Vigo y los Antúnez, que eran al parecer amigos de tu padre, si tienen hijas de tu edad podrías hacer amistad con ellas.

–Claro, desde luego -contestó poco convencida. Los planes de su tía no la entusiasmaban; la hacían sentir como si pidieran limosna.

–Pero sin escándalos. Hay que intentar no provocar más habladurías de aquí al otoño.

–En eso estoy plenamente de acuerdo -contestó Carina mientras se desenredaba el cabello con su cepillo de mango de plata.

A ella no le convenía ningún escándalo más. Debería ofrecer una imagen digna, parecer la perfecta señorita, no dar que hablar, eso terminaría por convencer a Diego de que podría ser la esposa ideal. Eso haría. No se rendiría sólo porque las cosas hubieran salido mal en Mompox. Existía un vínculo importante entre los dos... y a partir de ahí, podría intentar algo más.

–¡Carina! -la llamó su tía, haciendo un chasquido con los dedos- Vuelve ¡estoy aquí!

–*Ohh*, sí, perdone. Se me había ido el santo al cielo. ¿Decía?

–Nada, que te veo en las nubes. ¿Vas a contarme lo que te ha pasado con el abogado o lo voy a tener que adivinar?

–Nada, sólo creí que le gustaba, que le atraía.

–Y le atraes, no te quepa la menor duda -la interrumpió doña Constanza mientras se apropiaba de un dulce de papaya que Pipa había dejado a su ama en una bandejita de plata encima de la cómoda, junto a un gran tazón de café.

–Digamos que al principio todo fue bien; me trató maravillosamente, estuvo atentísimo, me cuidó, se preocupó de todo, en la hacienda estuvo impecable, incluso en la fiesta que nos dieron. Nos besamos y creí -dijo mirándola con los ojos brillantes- que eso significaba algo para él, pero al día siguiente me trató con frialdad, dándome a entender que entre ambos no podría haber nada debido a la diferencia social y económica. Le dije que no me importaba esa diferencia, pero parece ser que a él sí. O al menos eso me quiso hacer creer. Tal vez lo que le importe sean los chismes que de mi corren por ahí, aunque no lo hacía tan puritano. En fin, el caso es que me he sentido bastante decepcionada.

–Te interesa mucho ese muchacho, ¿no es cierto?- le preguntó con cariño la tía.

–Si. Me gusta mucho, y sé que sería el esposo ideal.

–Tal vez si hablaras de nuevo con él, si fuera más claro sobre los impedimentos que lo separan de ti, podrías valorar mejor su posición y convencerlo. De todas formas si él ha sido tan claro, tal vez tenga algún otro compromiso, una novia -dijo sin mirar a su sobrina, sabiendo que esa idea la disgustaría.

–No lo creo -contestó la joven rápidamente, descartando deprisa tal posibilidad-. No me ha dicho nada de eso, sólo me contó una historia de que abandonó Bogotá siguiendo a una dama de la que se enamoró y le partió el corazón, que francamente me sonó a embuste; de todas formas no me he rendido; espero convencerlo a su regreso. Al menos he conseguido que no renuncie a ser nuestro letrado; eso me dará la oportunidad de seguir viéndolo. Por eso lo de presentarme en sociedad me interesa más bien poco, a no ser que sirva para limpiar mi imagen y mi nombre. No quiero que lamente estar conmigo, que lo vea como un lastre social o económico para él.

–¡No digas tonterías! Si te quiere jamás podrá verte como un lastre. Si te ama esos chismes no le importarán. Respecto a lo de la diferencia social, es cierta; contra eso poco se puede hacer, simplemente admitirla y hacerle entender que eso no le restará dignidad como cabeza de familia, eso para los hombres es importante. No te animaría a su conquista si no me pareciera un joven encantador, digno de ti. Si no creyera que esas diferencias puedan ser superables. En fin, espero mi amor que todo salga bien.

–Bueno, ¡no sé! -dijo Carina riéndose. -¿Qué era esa otra cosa que quería contarme ayer?

–Pues que ya sé quién es el rufián que ha enlodado el nombre de la familia. ¡El de los pasquines, vamos! Se llama Diego de Veranz y es un cabeza de chorlito, cursi y vago; un niño mimado y consentido de Cartagena; una cruz para sus padres que al parecer son gente decente. Un descerebrado que no ha dado más que disgustos a su bondadosa madre, que sólo busca peleas y que ha acabado desterrado por batirse en duelo con un tipejo francés ¡y por una putilla del muelle! ¡Maldito *güevon*! -dijo con un tono sofocado que fue subiendo de nivel a cada frase.

–No entiendo, y ¿qué motivos tendría ese desconocido para insultarme así?

–No sé, pero sé algo más que realmente te sorprenderá. El tipo era el prometido de la hija del Corregidor. ¿Adivinas quién es esa muchacha? -dijo haciendo un gesto afirmativo cuando vio los ojos abiertos de par en par de Carina- ¡Exacto!, la que se casó con tu... con Antonio Sanz. El novio ofendido debió de tomarse el abandono y la ruptura del compromiso como una afrenta personal, como una mancha en su honor y también las tuvo con el joven Antonio; al final hubo un lío y después de eso, y antes de que se celebrara la boda, aparecieron los pasquines. Los papeles más que hacer daño a ti o a tu padre creo que buscaban perjudicar la imagen de Sanz, pero no sé. Habrá que seguir investigando.

–Ya y todo eso se lo han contado sus nuevas amistades. ¿No?

–Efectivamente; poco a poco voy conociendo a más gente, algo que deberías hacer tú, y me voy enterando de cosas; de quién es quién, de qué pie cojea cada uno. No podemos vivir eternamente aisladas. ¡No lo consentiré! ¡No tenemos nada de qué avergonzarnos! Y tú, espabila. Si el digno abogaducho ese no aprecia lo que vales, que le den por saco ¿me oyes?

–La oigo tía, la oigo -contestó Carina-. Bueno, déjelo ya. ¿Nos marchamos? se nos hará tarde y sabe cuánta gente tiene siempre Madame Polland en la tienda. Estoy deseando probarme los trajes, algunos eran preciosos, al menos los diseños. ¡Vamos!, mientras nos acercamos le contaré cómo es la plantación, la gente que he conocido. ¡Dios!, tendría que conocer a Manolita, ¡qué mujer, qué carácter! -siguió riéndose -Y he vuelto a dibujar; de repente me apetecía otra vez. ¡Después de tanto tiempo!

-¡Dios bendito! eso es fantástico. Espero que hayas hecho buenos dibujos de la hacienda y del viaje para que pueda saber cómo son sin tener que ir hasta allí. No estoy para esos trotes.

Las dos mujeres se levantaron, Pipa terminó de aviar a su dueña, de coserle con alfileres el peto, apretar las cuerdas del corsé, colocar el armazón del tontillo para ahuecar la falda en las caderas y peinarla; minutos después iban camino a *Chez Madame Polland.* Durante su charla ninguna sospechó haber sido espiada, pero aquel cuarto, al igual que el salón, tenía un pequeño mirador desde el que Niña Perla había cotilleado durante años las conversaciones de su padre. Ésta regresó de puntillas a su cama y envuelta en las sábanas se rio. Era bueno conocer las debilidades de los demás. ¿Así es que su hermanita bebía los vientos por el hombretón que la había acompañado? Estalló en una carcajada. ¡Qué fácil se lo estaba poniendo!

Se asomó por la borda, sacó su catalejo de latón y miró a lo lejos; el vigía que iba en lo alto acababa de gritar *¡Tierra a la vista!* y el navío bullía de actividad, con gente de un lado para otro. Estaban llegando; desde hacía horas se apreciaban señales: ramas flotando, desperdicios, aves que sobrevolaban las embarcaciones y volvían a sus nidos. Desde Cartagena a Cuba apenas si había cinco días de navegación en un buen navío como el que llevaban. Desembarcaría en Bahía de Miel, cerca de Baracoa, no llegarían a La Habana. Allí lo esperaba su nuevo cambio de personalidad.

–¡Otro! -se dijo a sí mismo en voz baja- ¡Cualquier día no sabré quién soy!

–Señor, me manda el Capitán a decirle que en una hora desembarcará. Ya están avisados en el puerto y mandarán a recogerlo.

–Gracias Teniente -contestó Diego al joven oficial que le llevó el recado.

Preparó su equipaje, se despidió del Capitán y bajó deprisa por la escalerilla hasta el bote que lo llevaría a tierra. El día era caluroso y el cielo estaba encapotado. En el pequeño puerto lo esperaba un discreto carruaje. Era una bahía cerrada, fortificada, sin mucho movimiento, que en más de una ocasión había sido saqueada por piratas. Tenía un buen malecón y defensas; a escasas millas de navegación, Tortuga, Gonave y La Española, la mayor concentración de bandidos del mundo. Eran parajes que daban miedo, pero no era el caso. Conocía Tortuga como la palma de su mano: sus antros, sus vicios, sus costumbres.

–¡Vamos, Perico, a casa! -dijo sonriendo al muchacho cojo que se acercó hasta él ya en tierra. Tenía el pelo revuelto y rizado, los labios gruesos y unos ojos enormes que lo miraron con respeto.

–¡Sí, capitáaan, *ahorita miiiimo*!- le contestó meloso.

Contempló la exuberante y salvaje vegetación de la isla mientras se abanicaba con una tablilla en el coche descubierto. Una milla hacia el interior le esperaba una pequeña plantación de caña de azúcar, *La bodeguita*; legalmente él constaba como propietario del negocio aunque en realidad era una tapadera. Allí sus hombres lo pondrían al día y él se transformaría en *Jean Pierre Junot*, aventurero de origen francés, comerciante de ron y de armas que de vez en cuando se dejaba caer por Tortuga o Jamaica.

Diego hablaba perfectamente francés como cualquier aristócrata de su tiempo, pero además su facilidad para las lenguas le permitía manejarse con otros idiomas como el inglés o el portugués, eso lo convertía en perfecto para aquel trabajo. Eso y su aguda inteligencia, su capacidad de observación, sus acertados análisis de las situaciones más dispares; era lo que le había valido su alta consideración por parte de Lezo. Posiblemente no fuera el hombre más disciplinado del mundo, ni el marino más diestro, pero *"de esos ya tengo"* le decía su comandante. *"Quiero otra cosa: saber qué se cuece al otro lado"*, y para eso había escogido a Diego. Había otros agentes pero ninguno tan próximo a él. Don Blas era muy suspicaz y desconfiaba de los que no eran *suyos*. Dudaba de su lealtad, de su eficacia, de su valía; sus equivocaciones lo enfurecían y poco a poco iba descargándolos de obligaciones mientras ponía a sus peones al frente y Diego era uno de los suyos; el mejor.

El Comandante en jefe de Cartagena confiaba ciegamente en él. Su instinto le dijo nada más conocerle que aquel *rebelde sin causa* era *su hombre*. Había elegido un fruto limpio del cesto y lo había moldeado a su gusto; le había dado la confianza y seguridad en sí mismo que le faltaba, lo había respetado, había aceptado sus extravagancias, sus originales interpretaciones políticas, reído de sus agudas descripciones de la sociedad cartagenera y Diego había respondido. Llevaba años jugándose el pescuezo por él, implicándose cada vez más en situaciones peligrosas. Había pasado de ser un vulgar y consentido oficial criollo a una pieza clave en la estrategia de defensa del Caribe que Lezo había trazado. En ese tiempo había desarrollado sus virtudes, había aprendido que la intuición se tiene, pero también se aprende. Por eso supo visceralmente que aquel tipejo que lo agredió en la tasca aquel día no era un borracho; iba buscándolo a él. ¿Por qué? Temió que fuera un agente enemigo que lo hubiese identificado, alguien que hubiese descubierto su otra identidad y eso pondría en peligro su tapadera. Si en Jamaica o Tortuga supieran que el bullicioso y extravagante Junot era un agente al servicio de España, no viviría para contarlo, se escondiera donde se escondiera. Por eso había tenido que matarlo allí mismo, usando como excusa lo primero que se le había ocurrido: la fulana.

No sentía ningún remordimiento; había sido entrenado para eso. Aunque no era un hombre cruel, a su manera podía ser bastante despiadado. Había aprendido a serlo. No podía ir dejando pistas detrás de él y Lezo lo había instruido bien en qué hacer en caso de dificultades. No le tembló el pulso el día que le asestó una fina estocada al francés y lo único que había sentido -y había herido el alto concepto que tenía de sí mismo- fue que nadie en Cartagena hubiese dudado de que su comportamiento se debiera a su cabeza de chorlito. Verdad era que aquella imagen de petimetre la había mantenido por orden de su comandante, que no quería que nadie sospechase su personalidad real ¡pero que hasta su padre, De Rieux o Mariana le creyeran tan estúpido, le había tocado la moral! Todos lo habían sermoneado como si fuera un jovencito impulsivo y borracho incapaz de controlarse; sólo Lezo, nada más verlo, supo que algo grave había pasado. Lo tranquilizó: había hecho lo correcto. Ahora tendrían que tener más cuidado: podría haber otros que también lo persiguieran o lo hubieran descubierto. Lezo incluso planteó que cambiara de disfraz, dejara el de Junot, pero él se negó: sería difícil a esas alturas hacerse pasar por otra persona en Tortuga o Jamaica donde ya era bien conocido; sería más arriesgado. Lezo terminó por darle la razón.

Y ahora estaba de nuevo allí. No se había ausentado ni cinco meses y estaba de vuelta. Claro que en ese tiempo habían pasado ¡tantas cosas! El carruaje paró en seco en la hacienda. Los campos de caña, las montañas con cimas ocultas por la niebla y la fina lluvia le dieron la bienvenida. Mariquita, el ama de llaves, salió a recibirlo.

–¡Amo, bienvenido! No supimos hasta ayer que venía usted, pero ya le hemos preparado todo a su gusto.

Diego se bañó en una cuba, se quitó el sudor del viaje y descansó colgado en su vieja hamaca en el porche. Hablando con la vieja mulata se enteró de que últimamente había mucho movimiento en la ciudad, en Baracoa.

–Amo, no sabe cómo estaba la bahía la semana pasada, había un montón de barcos.

–¿Eran todos españoles?

–¡Claro! Aunque algún holandés también llegó de Curazao con su carga de esclavos.

Durante la mañana siguiente cabalgó por los campos comprobando cómo iba la cosecha. Llevaría varios toneles de azúcar a Tortuga; había que cuidar hasta el más mínimo detalle la tapadera. Por la tarde se acercó a su goleta Belle, en una zona aislada, oculta en una gran cueva y al cuidado de sus hombres. Tras dos días en la hacienda preparando sus cartas de navegación y sus papeles, decidió continuar viaje; vestido como un auténtico aristócrata francés, con su fina camisa de hilo blanco, sus chorreras y volantes, sus zapatos de fino cuero con hebillas de plata y tacones, sus calzas ajustadas, sus medias grises, su casaca de brocado plateado y azul, con grandes botamangas bordadas a mano, pistola al cinto, el machete colgando entre los pliegues y su llamativo sombrero, Diego se despidió de Mariquita.

–¡Capitán, de nuevo a la aventura!- le gritaron sus hombres, saludándolo con sus pañuelos en la mano desde cubierta, al verlo descender del carruaje apoyado en su elegante bastón de caoba.

Con su extravagante y delicado ropaje, su piel tostada y curtida por el sol y un gesto autoritario, ordenó el embarque. La decena de hombres que lo acompañarían serían los de siempre, su gente; en su ausencia vivían en una pequeña aldea donde se dedicaban a comerciar con ron y ganado; también recibían una paga por el cuidado del barco que en esos meses de descanso era reparado. Los calafateadores arrancaban las conchas de mejillón y las algas pegadas al casco, cuidaban que las vías de agua se taparan, cambiaban los tablones carcomidos, cosían el velamen y reponían los palos rotos. Esa mañana *Belle* lucía espléndida en la pequeña ensenada mecida suavemente por el oleaje; desde lo alto del acantilado se apreciaba su belleza de líneas, era un barco veloz y moderno. No se parecía en nada a los pesados navíos de la Armada, castillos acuáticos, lentos, pesados y torpes, aunque verdaderas fortalezas en caso de ataque y con unas bodegas capaces de transportar miles de lingotes o toneladas de productos, eran barcos pensados para las largas travesías o la guerra, éste para volar por el agua; a Diego le encantaba.

Ya en el alcázar de la embarcación vio como el barullo de marineros aumentaba. Comenzaron a recoger el ancla del fondo del mar; las velas brillaban blancas al sol, se oían los gritos y las risas de los hombres que cantaban sus soeces cantinelas de siempre, ¡eran como niños!

–Rumbo Sur Suroeste - ordenó a su timonel.

–A sus órdenes Capitán. ¿Dirección Tortuga?

–Sí, Toni, a Tortuga - le contestó sin mirarlo, mientras ordenaba a dos muchachos que estibaran bien la carga en la bodega, que repartieran el peso de las pipas de azúcar y los barriles de ron y pólvora que transportaban.

El viento cálido movía su pelo mientras absorto miraba el intenso azul turquesa del mar Caribe. Apoyado en la baranda mirando a barlovento catalejo en mano, rogó que la calma no retrasara el viaje; debían llegar pronto. La corriente era lenta, las velas apenas si se desplegaban y el sol era inmisericorde; la zona que atravesaban aquella mañana era poco profunda y se veía el fondo de arena y los arrecifes; los pequeños islotes parecían pegotes de hierba puestos por una mano caprichosa en medio del océano.

La noche llegó pronto. Cenó solo; le gustaba guardar las distancias. Su fama de estúpido era parte de su disfraz. ¡Cuanto menos supieran de él mejor! Cualquier despiste podría delatarlo y sus hombres, aunque de confianza, podrían venderse como cualquier otro al mejor postor e irse de la lengua. Si no sabían nada, nada podrían contar.

La tripulación tenía permiso para tomarse una jarra de ron aguado al caer la tarde mientras descansaban tras una jornada agotadora. En cubierta, en grupos, alborotaban, reían y contaban sandeces. Solo desde la proa vio anochecer, primero el hermoso crepúsculo de la tarde con sus brochazos rojos y anaranjados, luego el sedoso terciopelo negro de la noche cuajada de estrellas. Conocía el firmamento y supo, nada más mirar, que enfrente estaba *Carina*, la famosa constelación de los Mares del Sur; sintió una terrible punzada de tristeza. ¡Maldita fuera, con lo bien que había llevado el día!

Recostado más tarde en su camarote, dejando que la luz de la luna se colara de lleno por la escotilla, dejó volar su imaginación; sería la última vez que lo hiciera ya que enseguida llegarían a Tortuga y allí no podría permitirse el lujo de recrearse en pensamientos que no fueran los propios del *Capitán Junot*. Cualquier otra cosa lo pondría en peligro, pero aún tenía tiempo; recordó lo hablado con De Rieux antes de partir. Su amigo le había recriminado que hubiese desaparecido tantos días sin dar señales de vida, y más que hubiese estado con Carina en Mompox. ¡Solos!, poniendo en entredicho la reputación de la joven.

En Cartagena había pocas cosas que escaparan al control deslenguado de las viejas chismosas y ya se había empezado a rumorear de ese asunto. *Tu actitud es reprobable*, le había criticado Gerardo enojado y visto desde su óptica tenía razón. Pero él no se arrepentía, jamás se arrepentiría de lo vivido con ella en Mompox.¡¡Había sido tan feliz!! Añoraría siempre esos momentos. ¿Perjudicarían los chismorreos a Carina?, posiblemente -reconoció- ¡¿Pero qué diablos podía hacer él para impedirlo?! Una vez que uno se convertía en diana de las malas lenguas era para siempre. Las voraces cotorras se aburrían y necesitaban permanentemente despellejar a alguien y en eso, como en todo, había objetivos preferentes. Diego había sido uno de ellos durante años. Su fama había sido una carga pesada de llevar; su popularidad lo había colocado en el centro de todas las críticas, habladurías y estupideces de la gente. Cualquiera, aunque no lo conociese de nada, parecía tener derecho a opinar sobre él, sobre su vida, sus amigos y lamentablemente, Carina era ahora otro nuevo objetivo. Tendría difícil romper ese círculo vicioso. Los pasquines la habían hecho pasar del anonimato a la popularidad y ahora, aunque ella no lo supiera aún, era todo un personaje; alguien del que ya cualquiera se sentía con derecho a hablar, del que se opinaba en los salones, el taller de la modista o el mercado.

–Además la pobre tiene más problemas -le contó Gerardo-. Recuerdas que me pediste que estuviera pendiente de su tía; bien, pues al poco apareció la famosa mulata que buscaban, la tal Niña Perla. Hubo un tiroteo en la casa, llamaron al médico a altas horas de la madrugada; al día siguiente ya se hablaba de ello en todas partes. Por si fuera poco te diré que la mujercita esa es una auténtica joya: una prostituta de vida escandalosa que ha provocado la ruina de algunos jóvenes criollos, la reprobación de sus padres. Ahora está herida y viviendo en casa de la señorita De Ulloa, bajo su techo; su presencia dañará aún más la reputación de esa joven. Si en algo te importa -dijo mirándolo, sabedor de que el interés de Diego por la pelirroja iba últimamente mucho más allá de sus obligaciones- deberías hacer algo al respecto.

–Francamente, no se me ocurre qué -contestó frío, aunque en su interior aumentaba la preocupación por los numerosos escándalos que parecían ir cercando a la joven.

El bamboleo de la nave lo arrulló; tras darle al asunto muchas vueltas se durmió. Se levantó temprano y dos horas después atracaban en Tortuga. Desde el momento en que abrió los ojos se impidió a sí mismo pensar en nada que no fuera su trabajo, su nueva personalidad; su vida real tendría que esperar.

–¡¡¡Larguen anclas!!!- escuchó a Toni gritar.

–Bajó hasta el bote que lo dejaría en la playa. La densa y enmarañada vegetación que rodeaba la ensenada demostraba que la selva llegaba a la misma orilla. A escasos metros había una aldeucha con chozas de madera y palma, una taberna y un muelle modesto. Unos negros, fuertes como toros, ayudaron a desembarcar los barriles de azúcar y ron que contenían sus bodegas; unas esclavas les ofrecieron fruta desde sus piraguas por unos centavos.

–¡Ehhh Jim cuánto sin verlo!- gritó el más fuerte de los porteadores, un portento de masa muscular que saludó con la mano al más jovencito de los miembros de la tripulación de Diego. Éste le contestó.

-¡Tobías, veo que no saldrá de aquí nunca! ¿No dijo que se iba para Barbados?

–Es cierto, pero no pudo ser. *¡Ja, ja, ja...!* Pero menos hablar y probemos el producto.

A ello iban cuando la punta de una fina espada detuvo al hombretón.

–Creo Tobías que debería pedirme permiso, ¿no cree?

–Desde luego, Capitán Junot -dijo riéndose el hombre, sabedor de que el jefe estaba de guasa.

–¿Está en Tortuga Lord Benjamin o ha partido ya para Barbados?

–No señor, aún está aquí; estamos todos, aún no hemos partido, no sé, creo que a lo mejor nos vamos la semana que viene. Lord Benjamin sigue en la posada del *Gato Tuerto*.

–Muy bien.

Diego atravesó la embarrada plaza donde olía intensamente a brea, aceites y sal, y quitándose con su fino pañuelo bordado el polvo de su elegante chaqueta, entró en el tugurio. El humo no dejaba ver al fondo, se oían risas de borrachos y olía a miseria y podredumbre, a pescado recalentado y a ron del bueno.

–*Tannn, tannn, tannn*- empezaron a dar golpes en las mesas con sus jarras de barro el medio centenar de hombres que había dentro. -¡Capitán un trago!- gritaron al ver al refinado Junot.

Sabían que siempre les hacía llegar buen género y que una vez más habría burlado el cerco de Cuba y les llevaría ron del mejor. Diego les sonrió, saludó displicente con su emplumado sombrero en una cómica reverencia, y se sentó junto al más borracho de todos. Un tipo rubio, de pelos sucios y lacios, nariz roja como un tomate y piel reseca y pálida: Lord Benjamin, un bribón que aseguraba ser *lord* y haber crecido entre lo mejorcito de Londres. Todos se reían de él por sus aires patéticos de grandeza, aunque le reconocían sus buenas dotes de marinero.

–Veo que no ha salido para Barbados, cuando quiera llegar se le habrán adelantado los demás.

–No lo *cgeooo* -dijo con media lengua- *toggos* estamos igual. *Ahorgaaa* nos *quieguen legalizarrg*.

–¿Ah, sí? Interesante -dijo haciéndose el indiferente, pero muy interesado en saber el por qué.

–Sí, el *gobegrrrnadrrr* de *Jamaiccaar*, los *inglllessess* nos *daraaann pasaportte* si somos buenos *chicosss*... ¡pero a ti no que *eeeres* franchute!

–Ya, ¿y eso por qué? -le preguntó, llenándole la jarra con ron del fuerte.

–Porque *teneeemos* que *noo* sé ¿luchar? ¡Ja, ja! Contra los *españoleees*. ¡Como si eso fuera algo *nniiuevo*! ¡Nos van a perdonar a todos, por nada! ¡Podré volver a Londres, a la vida que me *merezzzcoo! ¡Brindemooos* por ello, Capitán!

Diego en su papel rió bruscamente, chocó con fuerza su jarra con la de Lord Benjamin y lo festejó. Tendría una larga noche por delante para ir sonsacándoles información; al final -pensó- Lezo iba a tener razón.

–Los ingleses, ellos son los que están siempre detrás. No lo dude De Veranz, no lo dude!- le había dicho al marcharse, mientras lo despedía mirándolo fijamente con su único ojo, como un cíclope.

Junot invitó a todos a una ronda más. Después los invitaría a otra, y a otra más, así hasta donde hiciera falta. Los piratas -pensó- eran como niños grandes, auténticas cabezas de chorlito; valientes hasta la locura y estúpidos hasta lo indecible.

–¡Otro brindis Capitán!- pidió *Cath*, lugarteniente de Benjamin, chocando con tal fuerza su vaso con el de Diego que la mitad del líquido salpicó a ambos a la cara. Diego se limpió con su fino pañuelo de hilo para risa de todos los presentes mientras el inglés lo hacía con la manga de su raída casaca, tan mugrienta como él. Diego temió que si se le acercaban todos a brindar terminaría la noche hecho una sopa.

Así eran esos tipos, lo peor de cada casa; lenguaraces y sagaces, astutos e infantiles, derrochadores y tacaños, capaces de aguantar un duro interrogatorio o torturas sin irse de la lengua pero bastaban unas risas, unas buenas tetas de mujer o unas jarras de ron para hacerlos hablar. Aquella noche ya estaban bastante bebidos y la ocasión la pintaban calva. Aprovecharía el momento, tal vez no apareciera otro mejor en días y cuanto antes descubriera lo que tramaban, mejor. Con un gesto de su mano, y aplaudido como el gran señor que aparentaba ser, Junot hizo entrar el barril más grande de ron de su bodega. Todos aplaudieron. ¡Viva Junot! ¡Viva! -gritaron todos entre risas. ¡Mueran los españoles!

–*¡Que mueran!*, *¡Que mueran!* -respondió Junot riendo.

Capítulo XIV

–*¡Allons, mon amour!* Despierta - le susurró al oído la hermosa muchacha que tenía junto a él.

El Capitán Junot bostezó, se estiró lentamente en la gran cama y besó a la chica.

–Lily, preciosa, acércame la ropa - le pidió.

La chica, medio desnuda con una fina camisola transparente que dejaba ver sus encantos, se levantó deprisa, descorrió la mosquitera y le entregó sus ricos ropajes. Sentada en un gran butacón, con las piernas recogidas en el asiento y el pelo moreno y rizado despeinado se veía muy bonita, casi una niña, pensó Diego, quien una vez terminó de acicalarse no olvidó dejar el dinero correspondiente encima de la cómoda.

–¿De verdad que te vas hoy? ¿No puedes quedarte un poquito más?

–No *cherie*, no puedo, pero prometo volver pronto y traerte un *petit cadeaux*.

–¡Dios, otra perla negra!

–*D'accord*, si es lo que deseas, será otra perla negra.

–¡Ohhh, *mon amour!* ¡Qué bueno eres!- dijo colgándose de su cuello, besándolo sin parar, tirando su encopetado sombrero al suelo y derribándolo sobre la cama.

–No preciosa, no podemos continuar, tengo orden de abandonar Jamaica cuanto antes.

–¡Maldita sea! A nosotras también quisieron echarnos pero finalmente desistieron. Madame Yvette es mucha *madame* -se rió la joven-. ¿Entonces no sabes cuándo regresarás? Maldición, se me hará terriblemente aburrido estar sin ti.

–¡Lo dudo! -le contestó riéndose mientras la tomaba con cariño de la barbilla y la daba un casto beso en la mejilla. Un gesto puritano en comparación a la tórrida noche de sexo vivida horas antes.

-¡*Au revoir!*- le dijo el Capitán, mientras le besaba delicadamente la mano tratándola como a una dama.

El hombre bajó por las anchas escaleras de madera del famoso burdel que a esa temprana hora de la mañana apestaba a humo rancio, alcohol y sudor de la noche anterior. Tenía los ojos casi pegados de sueño; apenas había dormido. Había alternado hasta muy tarde quedándose a jugar una última mano de póker en *La femme d'or*, el antro de juego más conocido de Kingston. Llevaba semanas allí, durmiendo poco, fumando mucho, jugándose todas las ganancias del ron y el azúcar vendido, trapicheando con la compra venta de armas y divirtiéndose con *viejos conocidos*.

Uno de ellos era Brian Hood. Se conocían hacía dos años y habían congeniado. El joven británico, un tipo alto, rubio, de largos cabellos rizados y ojos azules, era una persona sensata y bastante formal teniendo en cuenta el mundo en el que se movía. Había hecho negocios con él en varias ocasiones; le había vendido ron y azúcar y le había comprado armas. Las últimas, a las que habían echado un vistazo en un cobertizo destartalado próximo al muelle, habían sorprendido a Diego. Eran lo último de lo último. Lo mejor que podía ofrecer el mercado y además desde hacía unos meses se traficaba con ellas por todo el Caribe. Eso no habría sido sospechoso si no hubiera sido porque procedían de Liverpool. Inglaterra estaba materialmente inundando de armamento la costa del Caribe: les vendía a los piratas, a los renegados de cualquier nacionalidad, a los indígenas -especialmente a los indios darién, enemigos de España- y a los propios criollos corruptos. A eso había que sumarle la promesa hecha a todos los bandidos de Tortuga, Gonave, las Caimán o Jamaica de perdonarles sus *pecadillos* con la justicia si colaboraban con el gobierno y luchaban contra los españoles. Los británicos se preparaban para la guerra nuevamente. En realidad se preguntó si no estarían ya en guerra. La distancia entre las respectivas cortes y sus colonias era tan grande y las noticias tardaban tanto en llegar que no sería la primera vez que mientras unos firmaban la paz en los despachos otros hacían la guerra en el mar y viceversa.

Confirmando sus sospechas, averiguando hasta dónde llegaba

la movilización de hombres, corsarios y esclavos, estudiando el tipo de armamento que manejaban y tratando de llegar al meollo de la cuestión estaba el excéntrico Junot en Kingston, cuando recibió un recado del Gobernador. No querían extranjeros en Jamaica.

-¡Pero si soy francés, no soy una amenaza!- había protestado ruidosamente ante un alguacil.

-Lo siento, son órdenes. Ningún extranjero puede permanecer de momento en la isla.

Se sorprendió por lo inusitado, pero comprendió que el disfraz de francés que antes era perfecto, ya no servía. Los británicos sospechaban también de los galos desde que estos se habían aliado con España. Era así desde que la Corona española había dejado de estar en manos de la Casa de Habsburgo -Carlos II había muerto sin descendencia- y había ido a parar a la de Borbón. Un nieto de Luis XIV reinaba en España después de la guerra de Sucesión, que había enfrentado a todas las potencias europeas de la época por hacerse con una monarquía que era la propietaria de todo un continente allende los mares. Había terminado por imponerse Francia; los galos habían dado por sentado que *Philippe de Bourbon*, duque de Anjou, Rey de España con el nombre de Felipe V, se haría con el control del país y barrería para casa, entregándoles así un enorme imperio. Se equivocaron.

Felipe V era un hombre tranquilo que había llevado una vida discreta con su primera esposa, María Gabriela de Saboya, prima segunda suya, una mujer encantadora. Ambos habían gustado de disfrutar la vida, recrearse en sus palacios o enriquecer culturalmente la corte. Tras la muerte de su esposa, el Rey enfermó de melancolía. Casado en segunda nupcias con otra italiana, el carácter y estilo de ésta no se pareció en nada al de su antecesora. El Rey envejecía, cada vez estaba más enfermo y aislado y sufría terribles depresiones que lo hacían inservible para el trono. Los franceses perdían influencia y los italianos comenzaban a dominar la Corte en Madrid.

El Rey estaría loco, pero como decía Lezo, la reina era la mujer más inteligente y cuerda del mundo. La segunda esposa de Felipe V, Isabel de Farnesio, -Elisabetta Farnesse- era brillante, astuta, conspiradora, todo un carácter; la sangre de los Medicis corría por sus venas y su pasión por el poder también. Enfrentada a los ministros, a los cortesanos, a sus hijastros, recuperó para España sus posesiones italianas: el ducado de Parma, Nápoles y Sicilia. La *parmesana* había llegado a Madrid siendo una inocente joven atiborrada a mantequilla y queso parmesano, pero había terminado por hacerse con las riendas del país. Detestaba las injerencias de París y jamás las tenía en cuenta; ella hacía y deshacía a su antojo. En los últimos años andaba preparando todo para que su hijo Carlos -a sus hijastros los consideraba tan débiles como a su propio marido- pudiera reinar cuanto antes. No es que fuera una madre amantísima; bien al contrario, apenas si dedicaba tiempo a sus hijos; toda su energía la gastaba en intrigar en todos los frentes para asegurarle a su descendencia un brillante porvenir.

Como mujer era práctica y no estaba dispuesta a entrar en guerra ni con Inglaterra ni con nadie si no era totalmente imprescindible; prefería su política de conspiraciones, acuerdos, secretos. Haría lo que fuera para evitar una guerra en el Caribe para la que en ese momento el país no estaba preparado. Desde luego sabía que los ingleses soñaban con poder arrebatarles sus dominios de ultramar, pero su obligación era detenerlos. Los británicos apretaban, pero ella intentaba ganar tiempo, mejorar la fortificación de las colonias, aumentar la información secreta procedente de las cortes europeas y sus posiciones respecto a lo que ocurría en ultramar. Había enviado agentes secretos a todas las cortes y a los mejores marinos de la Armada Española a América. Lezo no estaba en Cartagena por casualidad.

Diego llevaba casi dos meses fuera; el tiempo pasaba volando. Cerca de tres semanas permaneció en Tortuga hasta ver partir a Lord Benjamin y desde entonces había hecho escala en Genove, había reparado una vía de agua en un pequeño islote próximo a Cuba y navegado hasta Jamaica. Kingston estaba igual que siempre. En un principio no notó nada raro. Si había un lugar de perdición era ese. Todo el desecho de presidio de Gran Bretaña y otros países europeos: esclavos huidos, asesinos, ladrones y borrachos del mundo se reunían allí. En Jamaica se había reencontrado con algunos conocidos, había hecho negocios, se había jugado el dinero y había bebido hasta límites insospechados. Pero ahora el tiempo se le acababa y no podía desobedecer la orden del Gobernador de Jamaica.

Elegantemente vestido se acercó al puerto. Un bosque de mástiles flotaba en un mar intensamente azul mientras las palmeras se doblaban a causa del viento. Sus hombres llevaban un rato cargando las bodegas del *Belle* y decidió esperar a que todo estuviera listo tomándose un último trago en la taberna.

–Capitán, listos para partir -dijo Toni, y ambos se dirigieron a paso ligero al bote que los llevaría al *Belle*.

El bote se balanceó por la fuerza de las olas hasta llegar a la goleta. Junot saludó a un conocido agitando su sombrero, sonriendo y haciéndole una graciosa reverencia mientras por lo bajo y aún en francés daba órdenes a su tripulación de partir; quería llegar cuanto antes a Cartagena. Debía poner al día a Lezo y recibir sus órdenes. Una vez en alta mar el temporal fue empeorando. Las voces de los hombres se oían con dificultad. El viento soplaba con tal fuerza que era peligroso estar en cubierta; uno de los mástiles se cayó. No era un huracán -que en esa zona comenzaban a azotar en verano- pero sí una fuerte tormenta tropical; no podía arriesgarse a naufragar. Dos horas después de abandonar Kingston se refugió en un islote próximo a esperar que pasara lo peor. La brisa constante de costado había subido de calibre y amenazaba con volcar la goleta.

Mientras corrían bajo la lluvia, divisaron una cueva próxima al lugar donde se refugiaron. Tras inspeccionar primero que no fuera la guarida de un jaguar, Diego se recostó en la boca de la entrada disfrutando del grandioso espectáculo que ofrecía la naturaleza. No conocía Europa -había desaprovechado esa oportunidad hacía cinco años cuando su padre quiso enviarlo a estudiar a Madrid y él se negó, prefiriendo la vida de tarambana que llevaba en las colonias- pero dudaba de que el viejo continente fuera más hermoso que el nuevo. No podía haber un lugar en el mundo más hermoso que el mar Caribe. Cuanto más navegaba por él, más lo amaba. Amaba el color azul cegador del océano, el poder de sus tormentas, la electricidad que descargaban los rayos, las verdes y húmedas selvas, sus ríos, sus flores exuberantes y de colores radiantes, las palmeras doblándose por el peso de los cocos, las hermosas mulatas meneando sus caderas al andar llevando con gracia los cestos de fruta en sus cabezas, las lindas y caprichosas criollas con sus descocados trajes de seda y tafetán.

Reconoció que añoraba regresar a casa, a Cartagena; es más, añoraba a Carina. No había pensado en ella desde la primera noche en el barco con destino a Tortuga. Se lo había prohibido a sí mismo por seguridad, pero ahora que regresaba a la normalidad la dura disciplina autoimpuesta se relajaba y la imagen de la joven se apoderó de su mente. Apoyado en una piedra, viendo llover torrencialmente mientras las lianas y la vegetación se movían a ráfagas furiosas delante de él, cerró los ojos y se dejó llevar por el ruido y el olor de la lluvia, por las risas de sus hombres que se entretenían en torno a una fogata bebiendo ron y jugándose a los dados un trozo de carne asada. Saber que en unos días podría verla lo excitaba .Tendría que controlarse para no devorarla a besos. ¿Podría seguir jugando el papel de letrado sin más? ¿Lo estaría esperando ella?, ¿cómo lo recibiría?

Conocía bien a las mujeres y la mirada de Carina en la despedida había sido elocuente. Estaba triste pero esperaría. Todas las mujeres de su vida lo habían esperado excepto Mariana. ¿Qué iba a hacer? Sin pruebas no podría denunciar a Sanz ante ningún tribunal ni anular su boda. *¿Acaso deseas que esa boda se anule?* - se preguntó a sí mismo- *Síi, desde luego* -se contestó. Su mente acallaba las preguntas que desde lo más profundo de su corazón lo atosigaban. No quería escucharlas; si lo hacía estaría perdido.

–Capitán, la tormenta ha parado. ¿Seguimos?- le preguntó un hombretón mayor, de pelo canoso y rostro enjuto.

–Sí, nos vamos. Rápido, embarquen.

Diez días después un gran navío de la armada real desembarcaba en el castillo de San Luis, en Bocachica, la entrada principal de Cartagena, y Diego de Veranz iba en él.

–Señor, a sus órdenes -saludó cuadrándose a su comandante.

–¡Hombre, bienvenido! -le dijo al verlo-. ¿Qué tal todo? ¿Noticias del viaje?

–Creo que sí señor, tengo bastante que contarle.

–Bien, pues adelante. No esperemos más. ¡Fermín! -llamó mirando hacia atrás, a la puerta, donde un oficial montaba guardia-

¡Que no nos moleste nadie! -le ordenó.

Durante horas los dos hombres hablaron y reflexionaron sobre todo lo vivido por Diego; éste dejó claro su temor a un ataque inminente de los británicos.

–¿Pero estamos o no en guerra señor? -preguntó algo confundido.

–No, de momento. Lo estaremos cuando se dispare el primer cañonazo -dijo el otro levantándose.

–Los preparativos no engañan; lo único que lamento es no haber podido confirmar cuál es el objetivo, qué ciudad es la destinataria de todo lo que están preparando.

–Puede que no haya una sino varias. Si montan semejante lío querrán conseguir al menos algo, no terminar con las manos vacías; eso es también una posibilidad, aunque yo me inclino a pensar que hay dos candidatas principales: La Habana y Cartagena, o mejor una sola: Cartagena.

–Es verdad que son dos ciudades importantísimas del imperio pero también lo son Portobello, Panamá, Maracaibo, Caracas. ¡Son tantas! ¡Podría ser cualquiera!

–Cualquiera no. Están preparándose para hacerse con el control del comercio en el Caribe. Hasta ahora han vivido de los restos; con Jamaica les salió bien hace cien años. Entraron a saco y se la quedaron. No pudimos defenderla. Ya han visto que con otras islas no les ha ido tan bien: Providencia no consiguen mantenerla, San Andrés... Pero esas islas son *pecata minuta*... No han estado mal mientras los ingleses se sentían inferiores; pero ahora han desarrollado un inmenso poder naval y están en condiciones de desafiarnos de tú a tú. Eso significa que ya no se conformarán con unas islitas. Lo quieren todo. Los entiendo -dijo encogiéndose de hombros-. En su lugar haría lo mismo.

–¿Cuál cree que será entonces su táctica: un solo objetivo o varios ataques al unísono? Si cuentan con los barcos y los hombres necesarios podrían considerar esto último.

–Es muy posible, aunque yo me decanto más por creer que lo que harán será concentrar todo su enorme poderío naval y atacar un solo punto estratégico; minimizar las posibilidades de salir derrotados. Si se dividen, y atacan muchos puntos a la vez, se debilitarán. Pero si en masa atacan un solo punto clave, pueden ganar. ¿Y sabe? -dijo mirándolo con su único ojo - Hay muy pocas ciudades clave. Si yo fuera ellos atacaría Cartagena. Lo tiene todo. Si se la conoce como *La llave*, será por algo, ¿no cree?

–Desde luego. Puede ser Cartagena, pero yo no descartaría La Habana o Portobello. Si estrangulan con ellas el paso por el Caribe y el tráfico entre el Pacífico y el Atlántico, descabezarán el comercio en toda la región.

–Es posible. ¿Ha estado en La Habana a su paso por Cuba? ¿Y en Portobello?

–No. Pero si usted me ordena que vaya, embarcaré hoy mismo. Precisamente por eso he regresado, para obtener sus órdenes, saber a dónde quiere que me dirija. Puedo partir ya.

–No, déjeme que lo piense unos días. Tiene una semana de permiso. Después hablaremos.

–¿Hablará de ello con Eslava? -preguntó de reojo a su superior.

–Desde luego. Con la guarnición que tenemos actualmente aquí será insuficiente si se produce un ataque fuerte. Habrá que movilizar a las milicias civiles, entrenarlas, dotarlas de buenas armas, pólvora. Habrá que pedir un esfuerzo extra a los cartageneros.

–¿Otro? -exclamó Diego- Señor, no hace mucho se les pidió una buena suma de dinero para reforzar las murallas y el año pasado para la compra de pólvora -recordó, oyendo de nuevo a su padre y a otros potentados discutir agriamente del asunto-. Ya entonces muchos protestaron; si se repite otra vez, algunos se negarán.

–Sé que habrá protestas, que pedirán que Madrid ponga los hombres, el dinero, las armas, pero ya hablé de eso con el Ministro, de momento no pueden enviarnos más. Ya recibimos un refuerzo de seiscientos hombres que vinieron con Eslava. Si no nos defendemos nosotros, la ciudad caerá. Además, habrá que hablar con los franceses. Tendrán que decidir finalmente de qué lado están si la guerra estalla.

Diego asintió con la cabeza y tras un rato más de tertulia se despidió. Sus pies volaron sobre la piedra blanca y caliza del castillo. En una chalupa cruzó el estrecho paso y se acercó al fuerte de San José, pero De Rieux no estaba. Un carruaje lo acercó a casa de su amigo y allí pudo cambiarse de atuendo y volver a transformarse en el discreto y eficaz abogado de la señorita De Ulloa. Poco después, Diego de Vargas llamaba al portón de la Gran Casa.

Carina acompañada de Pipa se despidió de Severino Cuesta, el letrado de su padre. Desde que se marchara De Vargas había depositado gran confianza en él. No le resultaba especialmente simpático, le desagradaba su continuo chismorreo, pero era un buen conocedor de la ciudad y se manejaba bien en la Audiencia; había resuelto eficazmente los asuntos que había dejado en sus manos; profesionalmente no tenía pega de él, ¡pero su lengua! Las críticas veladas a Diego de Vargas no habían contribuido precisamente a mejorar en la estima de su nueva clienta.

–Realmente señorita De Ulloa debería tener cuidado; abundan los estafadores y todo el mundo sabe que es la heredera de una importante fortuna. Puede haber alguien deseoso de engañarla, de conocer sus datos personales, el paradero de su dinero, joyas y demás cosas.

Carina lo había mirado levantando una ceja con sus chispeantes ojos negros pero el hombre no se había dado por aludido y había continuado su perorata:

–Lo digo porque llevo muchos años en Cartagena, conozco a todos mis colegas y nunca he oído hablar de ese tal *Diego de Vargas* y por si le interesa saberlo tampoco lo he visto nunca. La vez que le pedí una cita para tratar asuntos pendientes de su padre no se presentó y delegó en un ¿socio?

–Sí -contestó la mujer-, el licenciado Raimundo Portillo es socio suyo y...

–Perdóneme -la interrumpió-, pero a Raimundo Portillo lo conozco hace quince años y nunca le había conocido socio alguno.

–Pero ese día cuando usted se lo expuso en mi presencia él no lo negó, serán socios de hace poco.

–No sé. No quiero que desconfíe de su abogado, pero estese atenta.

–Así lo haré - dijo la dama.

Eso había sido hacía meses y desde entonces el hombrecillo no desaprovechaba ninguna ocasión para tirarle indirectas al respecto, dándole a entender que su abogado era un farsante. Esa mañana cuando salió hacía su oficina no esperaba nada especial. Estaba pendiente de firmar unos documentos y de aprobar las cuentas de la última cosecha, por eso se había sentido tan sorprendida con la noticia que recibió.

–¡Tome! Léalo- le dijo el licenciado con las antiparras en la mano.

Carina abrió el sobre lacrado y leyó. Era desde hacía un mes oficialmente la marquesa de los Llanos. El título venía acompañado de unas tierras cerca de Bogotá, en la zona conocida como Los Llanos, y de una gran suma de dinero. La mujer abrió los ojos de par en par, incrédula de que aquello fuera cierto, temerosa de que se tratara de una equivocación legal.

–No, no está equivocado. Su padre adquirió ese título y todo lo demás poco antes de morir. Usted es su heredera legal y ahora es suyo.

–¿Pero para qué quería mi padre un título nobiliario? ¿Y más tierras tan lejos de Cartagena?

–El título iba unido a las tierras y lo que le interesaba era lo primero. Consideró que le gustaría, la ayudaría a introducirse en sociedad, a encontrar un buen partido para casarse por todo lo alto. Estaba muy preocupado al saber que Antonio Sanz, con quien quería que usted contrajera matrimonio y que aportara el título, hubiese roto su acuerdo y se hubiese prometido a la hija del Corregidor. Era una manera de compensarla.

–Entiendo. Pero esto es una fortuna en dinero.

–Sí, lo es. Su padre trabajó mucho y además del sueldo en la Marina, que como sabrá no era muy alto, adquirió con los años diversas propiedades. Explotó durante dos años una mina de esmeraldas en el interior, la vendió, compró y vendió diversos artículos -dijo sin especificar, mientras se limpiaba el sudor de la frente con un pañuelito ridículo- y poco a poco la fortuna le fue sonriendo. La plantación de cacao de Mompox es muy fructífera; puede dar hasta cuatro cosechas anuales, mucho dinero.

–Sí, eso ya lo he comprobado. Definitivamente estoy sorprendidísima. No esperaba algo así.

–Entiendo, no quise hablarle antes de esto porque creí más prudente esperar.

–¿Entonces ya soy *marquesa*?

–Sí -se limitó a contestar el hombre.

Carina volvió a mirar los papeles en el carruaje no sabiendo si dar saltos de alegría o de pena. Por una parte le encantaba el título nobiliario. Aunque ella nunca lo hubiese adquirido de *motu proprio*, reconoció que su vanidad lo agradecía. También el dinero. No es que carecieran de él, pero echando cuentas había comprobado que gran parte de su fortuna dependía de las cosechas de cacao y eso era inestable. Ese dinero reforzaría su posición económica y social y le ayudaría a invertir en sectores menos caprichosos que la agricultura, cuyas cosechas podrían fácilmente malograrse por causas naturales. Una inundación, una sequía, una adiós cosecha. Por otro lado aquel dinero y aquel título la posicionaban en lo más alto de la pirámide social y eso la alejaba aún más de Diego de Vargas. Hacía meses que no sabía nada de él, ni una carta, ni una palabra de su socio. Su tía le había pedido que lo olvidara; lo había intentado, pero le resultaba imposible. No podía imaginar un futuro sin él; prefería entretenerse planeando qué haría cuando volviera, pero las novedades de esa tarde podrían echar todo por tierra.

El portalón de las cuadras se abrió y Juanín la ayudó a bajarse del carruaje. Dejó a Pipa detrás riéndose tontamente de los requiebros del joven mulato. Levantó la cabeza y vio en la ventana a Perla; aún no se había ido y eso le había costado una discusión con su tía. Doña Constanza quería que la mulata contestona se marchara cuanto antes; era una mala influencia para el servicio, insistía la mujer. Pero Carina lo había ido retrasando. Estaba ya curada de la herida de bala y la habría despedido si no hubiese sido por el arrebato de sinceridad de la mulata. Una tarde, estando Carina a punto de indicarle que su tiempo de estancia en aquella casa había finalizado y que estaba lo suficientemente repuesta para irse, Perla comenzó a llorar y pareció asustada de verdad.

–¡Por favor, no me echen aún! Prometo no ser una carga. Trabajaré como peinadora, pagaré mi sustento, todo pero no me obliguen a abandonar la casa aún.

–¿Por qué? ¿Acaso no tiene donde vivir? ¿Le parece insuficiente el dinero que ha cobrado de la herencia? Con eso podrá buscarse una casa decente en cualquier barrio de esta ciudad y vivir dignamente, sin necesidad de... -se interrumpió de mal humor, sin querer insultarla con los rumores de su mala vida que corrían por la ciudad de boca en boca y que la acusaban de ser prácticamente una perdida.

–No es eso -contestó Perla- es sencillamente que he tenido algunos problemas. Un hombre me ha amenazado de muerte y si vuelvo a mi casa, podría cumplir su amenaza.

–¡Por Dios, no me asuste! ¿Quién es ese individuo? ¿Cómo no ha denunciado ese caso a la autoridad? ¿Es que esta es una ciudad sin ley o qué?

–Lo habría hecho si hubiera podido -mintió aunque en el fondo sabía que era cierto-. Ese hombre es importante, poderoso, está encaprichado hace tiempo conmigo y no parará hasta tenerme. Ha intentado forzarme en varias ocasiones y hasta ahora me he librado, pero la última vez iba muy borracho y lo tiré escaleras abajo; casi lo mato; juró vengarse y temo que lo haga. Por favor, deje que me quede aquí un poco más de tiempo. Prometo que me iré pronto.

–Está bien, pero espero que cumpla su palabra y ese *pronto* sea eso... *pronto*. Es evidente que no puede esconderse de por vida en esta casa. Además, si ese tipo es un loco vengativo podría ponernos en peligro a todos los que aquí vivimos. Creo que lo mejor es que me cuente quién es y yo daré parte a las autoridades de lo que ocurre. Por muy poderoso que sea ese tipejo, a mí me escucharán.

–No sabría qué decirle y no sé si quiere saberlo.

–¡Por supuesto que sí! -contestó airada Carina, que no se había terminado de acostumbrar a la presencia perturbadora de su medio hermana en la casa.

–Bien, el individuo en cuestión es el tipo más odioso de Cartagena: Antonio Sanz. ¿Le suena? -dijo observando atentamente la expresión de incredulidad en la cara de la otra- y ya intentó aprovecharse de mí cuando vivía en esta casa y era ayudante de padre. ¿Sabe? -continuó hablando mientras se servía un poco de agua en un vaso de cristal- se lo conté al *amo* y no me creyó. Me acusó de ser una envidiosa, de querer indisponerle con su ayudante y futuro yerno. Yo me enfadé muchísimo. Luego padre fue quien lo odió, cuando se supo que rompía su promesa de matrimonio contigo, así es que ahí lo tiene ahora: casado con la mujer más pretendida de Cartagena y emborrachándose de noche para ir a buscarme. Está obsesionado conmigo y eso lo convierte en alguien peligroso.

–No entiendo, ¿pero qué clase de hombre es ese canalla de Sanz?

–Usted mismo lo ha dicho, un canalla, un *hiputa*.

Y así la presencia de Perla en la casa, con una de sus doncellas personales, Michaela incluida, se había hecho habitual. Pero doña Constanza temía a la mulata y le ponía velitas a la Virgen siempre que iban a la iglesia para que se fuera cuanto antes y las dejara tranquilas. Ese mediodía Carina la vio sonreír con picardía desde lo alto de la ventana y se preguntó qué estaría tramando. Minutos después lo supo.

–Carina, hija -le decía en ese momento su tía muy sofocada- ¡Cuánto has tardado! hay alguien esperando en la biblioteca. El señor de Vargas ha regresado.

A Carina le dio un vuelco el corazón. El momento que tanto había esperado estaba allí y ¡ella con esa pinta! Con el maquillaje desvaído y el traje más corrientucho de su guardarropa. Sin querer hacerlo esperar más, abrió la puerta y lo vio de espaldas sentado en el gran butacón que había sido del amo, mirando por la ventana al patio. La mesa principal estaba llena de papeles. Seguramente había echado un vistazo a los últimos documentos recibidos por Carina de sus letrados; estaría poniéndose al día en sus funciones laborales.

–*Ejemmm* -carraspeó-. Buenos días. Cuánto tiempo sin verlo.

–Buenos días -dijo girándose deprisa en el butacón y levantándose cortésmente-. Veo que está igual de hermosa que siempre. Lamento haber tardado tanto en regresar de Bogotá, pero como ve ya estoy poniéndome al día.

–Sí, veo que no desaprovecha ni un momento y que mi tía le ha dejado toda la documentación. Por cierto, debería sumar esta -y Carina echó encima de la mesa el título de marquesa, la propiedad en los Llanos y el dinero.

Diego miró asombrado todo y levantando una ceja y mirándola fijamente se inclinó en una reverencia.

–¡Muy gracioso!

–No, es lo suyo. A partir de ahora debería tratarla de ¿Excelencia?

–No será necesario -contestó Carina, que tuvo tiempo de ver como el hombre intentaba ocultar algo debajo de todos los papeles. Supo que era su carpeta de dibujos y se ruborizó. Entre aquellos dibujos y pinturas había algunos ¡de él! Hechos de memoria, puesto que los realizó una vez que él se fue. También había imágenes y acuarelas de la plantación, del río Magdalena, de Mompox, Cartagena, Manolita, Pipa jugando debajo de la ceiba sagrada, algunos antiguos que aún conservaba de su vida en España, pero al menos tres o cuatro de él. No había necesitado que posara para ella; guardaba en su memoria cada línea de su rostro, sus expresiones. Seguramente estaría entretenido echándoles un vistazo, por eso no la había oído entrar.

Durante un buen rato charlaron tranquilamente, olvidada la tensión de Mompox y la agria despedida de hacía dos meses, contentos de verse de nuevo; felices. Doña Constanza invitó a Diego a cenar y éste aceptó encantado. Degustó los maravillosos platos criollos que tanto había echado de menos y conoció a Perla. La mulata era una belleza y pedía a gritos guerra. Cada gesto, su sonrisa, sus blancos dientes, su escote pronunciado pedían un revolcón. Se sintió violento con ella; sus insinuaciones eran descaradas y molestaron a las otras dos mujeres. Comprendió que la joven buscaba provocar a Carina, desatar sus celos. Aquello le desagradó. Se preguntó por qué seguían aguantándola si ya estaba restablecida o por qué ella no se había marchado si seguramente viviría mejor a su aire. Tenía razón De Rieux; acoger bajo su techo a la tal Perla dañaría la reputación de la señorita De Ulloa, generaría habladurías.

Desde ese día visitó a las damas con frecuencia, disfrutó de su hospitalidad, almorzó y cenó con ellas, trató sus asuntos, desbloqueó varias cuentas de Carina en la ciudad y sólo lamentó no poder aceptar la invitación a pasear en coche descubierto por el centro. Carina deseaba dejarse ver con él - a pesar de que no fuera precisamente un tipo socialmente destacable- y borrar la imagen de solterona que había de ella en Cartagena. Nada le hubiese gustado más que corresponderla, pero seguía desterrado y no podía dejarse ver. Así pasó el tiempo con ellas en la casa, aumentando su fama de trabajador incansable, atendiendo sus caprichos o sugerencias, escuchando sus conversaciones, sufriendo las indirectas de la tía...

–¿No lo cree así señor de Vargas? ¿No opina que será la sensación este otoño cuando comience la temporada social y pueda presentarse? El luto ya habrá terminado para entonces y...

–Desde luego -la interrumpió-, estoy seguro de que causará sensación -respondió sin mentir.

Sabía que a esas alturas debía haber auténtico interés en conocerla, saber cómo era, verla al natural, comprobar si se parecía a su caricatura, descubrir qué había de cierto en tantas habladurías y chismes. Sería la sensación; faltaba ver por qué razón. Podría conseguir hacer olvidar todas las críticas si sabía ganarse a las voces más reputadas o aumentar la bola del escándalo.

–Carina, cariño, hay correspondencia -dijo otra mañana bien alto para que de Vargas escuchara.

Éste levantó la cabeza interesado y la tía aprovechó para dejarle un frasco de rica limonada y comentar, como quien no quiere la cosa, que su queridísima niña había entablado correspondencia con un joven vecino de su hacienda en Mompox, *Luis no sé qué*. Diego recordó al joven hacendado y desestimó los celos. Aunque era guapo, elegante y rico, el muchacho parecía preferir a los adonis antes que a las señoritas. Sonriendo ante los intentos incansables de la mujer, halagó el buen gusto de Carina a la hora de elegir amistades y la mujer furiosa se dio la vuelta airada; no parecía capaz de provocar los celos del caballero aunque seguiría insistiendo mientras pudiera. Lo intentó en otras ocasiones y de mil maneras hablando de los apuestos caballeros que su sobrina conocería en los bailes o agradeciendo lo atento que había estado tal muchacho con ellas al acercarse el día anterior a la iglesia a saludarlas.... Diego le seguía la corriente.

Aprovechaba la tía para hacer estos comentarios cuando Carina estaba ausente; sabía que ésta los desaprobaría. Y después de intentarlo de múltiples maneras sin lograrlo, vio cómo conseguía encelar al joven de la forma más inesperada. Una de las mañana, estando

Carina en el almuerzo, Tomasa le llevó unas cartas. Correspondencia desde España. A Carina se le iluminó la cara.

–Es de Lucía -se limitó a decir, mientras abría precipitadamente el sobre y desplegaba el papel.

La cara fue cambiándole de color y expresión. Su tía asustada le preguntó qué ocurría y Carina contestó:

–Ha fallecido la joven esposa de Ramón, el hermano de Lucía. ¡Pobre Ramón! -comentó afligida la joven.

–Sí, sí, pobre -contestó la tía que siguió comiendo tan panchapero era de esperar. ¡Esa mujer tan refinada y frágil! Mejor hubiera hecho en casarse contigo; algo que ahora sí se podría hacer.

–¡Tía, por Dios! ¿Cómo se le ocurre semejante estupidez? Ramón estará hundido por la pena.

–Eso es verdad -contestó doña Constanza suspirando- pero se le pasará y necesitará una mujer fuerte para llevar su casa, educar a su retoño. Él siempre te adoró y tú lo amabas, ¿por qué no darse una segunda oportunidad? La vida te la pone en bandeja. Le escribiré mañana mismo.

–Tía, espero que sea -y se calló al notar como Diego las escuchaba atentamente. Iba a decir que esperaba de ella discreción y que no le lanzara la idea de pedirla en matrimonio. Carina conocía a su tía y sabía de lo qué era capaz.

La conversación, que hasta ese momento había corrido ajena a la presencia de Diego con las mujeres hablando sin tapujos delante de él, le disgustó profundamente. En su interior supo que había aparecido un rival, esta vez de verdad. Aunque de momento el desconocido estuviera a miles de millas, sintió celos.

Intentó averiguar más sobre el joven viudo pero poco logró. Carina rehuía el tema y la tía se mostraba nerviosa. Tampoco pudo seguir investigando en la casa buscando unas pruebas que ni siquiera sabía si existían, al sentirse él mismo vigilado por la mulata. La tarde antes de despedirse de las mujeres, Perla le sonrió pérfidamente y en un apartado, en la oscuridad del cuarto superior, lo metió para dentro y lo besó entre risas. Diego intentó quitársela de encima y ella se separó burlona.

–No me engaña, sé quién es y lo que hace aquí.

–Lo dudo.

–¿Cree? *¡Ja, ja!* ¿Qué apuesta a que no me equivoco ni esto? -dijo juntando sus dedos-. Y si va con el cuento de que lo acoso les contaré todo. ¡No puede imaginar cómo lo odian! -siguió amenazándolo. Aunque no había podido confirmar sus sospechas, la mujer estaba convencida de que el discreto letrado era el mismísimo Diego de Veranz.

–¿A mí? -preguntó haciéndose el desentendido, no reconociendo que la mulata andaba bien encaminada- Está equivocada, no he notado nada de eso. Son sumamente atentas conmigo y estoy plenamente convencido de que la familia De Ulloa me tiene en gran aprecio; debe confundirme con alguien.

–Graciosillo...

Diego calló. Recordó las palabras soeces fuera de lugar que doña Constanza había usado el primer día para insultar al descerebrado de *Diego de Veranz*, al autor de los pasquines contra Carina. Entonces supo nada más llegar que habían descubierto al culpable público de su deshonra; sabía que lo descubrirían tarde o temprano y aunque creyó que no le afectaría, lo hizo. Temía la reacción de las dos mujeres cuando se enterasen también de qué él era ese descerebrado. Sobre todo temía el odio de Carina... no podría soportarlo. Llegado el momento tendría que darles una buena explicación, pero esperaba poder hacerlo a su manera, no presionado por las circunstancias, chantajeado por aquella zorra.

–*¡Jaaa, ja!* Está lívido -siguió ronroneando la mulata- mi guapísimo hombretón -se apretó contra él, metiendo su rodilla entre sus piernas, rozando sensualmente sus partes íntimas.

Separándose bruscamente de ella, se limpió asqueado con la manga de su casaca el beso y le dedicó una mirada despiadada de advertencia. No sabía si lo había reconocido o simplemente se estaba tirado un farol, pero no permitiría que le descubriese ante las De Ulloa y menos que lo arrastrase a su lecho. Era una mujer astuta y desvergonzada que sólo buscaba hacer daño a su hermana. Diego no cedería. Sólo el beso lo había hecho sentir como un miserable, como un traidor. ¿Y Lily? -recordó- eso era algo muy distinto; sus desfogues en alta mar con la joven prostituta de Kingston no tenían nada que ver con Carina, con lo que sentía por ella; no era algo real. Horas después y tras amenazar a la mulata se preparó para partir. Abajo en el patio lo esperaba su modesto carruaje.

–¿De verdad que tiene que volver a marcharse?- le preguntó doña Constanza consternada.

–Sí, aunque espero que esta vez mi ausencia sea más breve -contestó sonriéndole-. Volveré cuanto antes.

Mirando a Carina, más hermosa que nunca esa noche con su vestido de tafetán malva y el largo tirabuzón rojizo cayéndole por el cuello, luchó contra el deseo de besarla, abrazarla, decirle algo bonito, darle esperanzas. Se contuvo, no debía... no podía. Se impuso la sensatez. Desde el carruaje se despidió de ella con la mano, sin ser consciente de que no prestaba atención a nadie más. Todos lo miraban a él, pero él sólo tenía ojos para ella. Carina, sin esperar a que el vehículo atravesara el portón de su casa, se volvió en un torbellino de faldas. Corriendo, abandonó el patio llorando; no quería que él la viera.

Capítulo XV

El capataz la esperaba en el embarcadero. La señorita De Ulloa regresaba a Mompox sólo cinco meses después su primera visita. La habían llamado a causa de las torrenciales lluvias caídas en la zona en primavera y la inundación sufrida a finales de mayo. Todos los hombres del cacaotal, esclavos y libres, llevaban semanas trabajando sin descanso para impedir que se perdiera la cosecha y se arruinaran las plantas que habían necesitado años para dar buenos frutos. La proximidad de los cacaotales a los ríos los hacía vulnerables a las crecidas, y ese año el Magdalena se había desbordado. Las súplicas de su tía no fueron suficientes para retener a la joven que, deseosa de conocer los daños y hacer frente cuanto antes a la situación, había partido para la hacienda acompañada por varios esclavos y un ingeniero.

No pensaba que el viaje se le fuera a hacer tan duro, pero cada paso del camino le recordó a Diego. Aún estaban demasiado frescas en su memoria las sensaciones de aquel trayecto que había disfrutado y sufrido en su compañía, la pesadez de la caminata inicial, la noche que durmieron en Turbaco, la mordedura de la víbora. El método que utilizó para conjurar aquellos fantasmas fue no parar, agotarse. Sus hombres le enseñaron a utilizar el machete, a matar víboras, a diferenciar los sonidos de la selva e incluso a enfrentar un cocodrilo si se daba el caso; otra actividad en la que se entretenía era en revisar y tener bien ordenado el material sanitario; llevaba distintos ungüentos para hacer frente a las emergencias que pudieran surgir e incluso Niña Perla había colaborado ofreciéndole una bonita cajita metálica donde guardaba una apestosa pomada gris que aseguraba era *mano de santo*; la usaba ella en las ciénagas y repelía a los animales. A Carina no le cupo duda; aquel olor repelería a un muerto. Al arribar al puerto fluvial de Mompox la esperaba Genaro Ramírez.

–Señora -dijo educadamente el capataz bajando la cabeza en señal de saludo y respeto a su ama, sosteniendo el sombrero de paja deshilachado en la mano.

–Señor Ramírez, he venido lo antes posible. Le presento a Juan Ángel Terreros, es un ingeniero que nos ayudará a mantener la plantación. Si no le importa, nos acercaremos a la casa, saludaré al personal y haremos un pequeño descanso; en un rato visitaremos la zona afectada.

–Como usted ordene, señora -contestó el capataz que saludó también al acompañante de la dueña.

Juan Ángel Terreros era un cincuentón de pelo canoso, tipo fino, nariz aguileña y ojos vivos. Había sido amigo de su padre y ante la necesidad había recurrido a él. Era entendido, poco petulante y muy agradable. Había aceptado acompañarla y estaba deseoso de poner manos a la obra.

–¡Señoritaaaaa! -gritó entusiasmada la gorda Manolita. La mujer corrió con sus grandes piernas y su culo prominente hasta su ama. Recogió todo lo que llevaba, para luego abrazar a Pipa que regresaba al hogar después de llevar meses como doncella de la dueña en Cartagena.

Carina dejó a Pipa con su familia, con todos los criados de la casa alrededor de la muchachita que no paraba de contar sus aventuras y ya dentro, le ofreció un refresco al ingeniero.

–Veo que Pipa es muy querida aquí, he de suponer que era antes su hogar.

–Sí, no se equivoca. Aquí vivía con su familia hasta que me la llevé. Es un encanto; viva, inteligente, atenta, no me arrepiento -dijo, mientras se quitaba los guantes y dejaba el sombrero encima de la tosca mesa de la cocina donde olía a comida criolla.

–*¡Ummm!* ¡Qué bien huele! Algún día debería aprender a cocinar estos manjares -dijo sonriendo a su invitado que también parecía disfrutar del intenso aroma que salía del puchero puesto al fuego.

Durante un buen rato los recién llegados descansaron en sus habitaciones, se refrescaron y almorzaron y por la tarde el capataz los recogió para visitar la zona inundada.

-Hemos limpiado la parte más alta, hemos abierto canales y reconducido el agua camino del Brazo del Lobo, pero el intenso calor y el duro trabajo provocaron la enfermedad de varios de mis hombres y tuvimos que frenar el ritmo. Como ven -dijo secándose las gotas de sudor que le caían de los mechones espesos de pelo negro recogido bajo el sombrero- la humedad es insufrible.

Carina asintió. Si la otra vez ya había tenido en Mompox la sensación de diluirse, de desintegrarse a causa del intenso calor y la humedad, ahora era peor. Tábanos, mosquitos e insectos de todo tipo merodeaban las zonas anegadas y no tenían piedad de nadie. El fino velo con el que se tapaba el rostro era insuficiente para frenar su ataque y llevaba ya la cara llena de picotazos; le ardía la piel y tenía sensación de fiebre. A punto estuvo de pedir ayuda pero consideró necesario reconocer primero el estado del cacaotal y decidir qué hacer sin tener que volver. El ingeniero charlaba delante con el capataz mientras un esclavo abanicaba a la pálida dama que caminaba más despacio. Los dos hombres se agachaban a coger puñados de barro, miraban con atención el estado de las hojas de los árboles e incluso un trabajador con una pala desenterró buena parte de la raíz de un ejemplar de tamaño mediano.

–No está muy mal, aunque hay que actuar cuanto antes si no se apulgararán las raíces. Los cacaotales -dijo mirando hacia atrás, a la dueña- son resistentes e incluso aguantan años abandonados, pero hay que tener cuidado, evitar el exceso de agua, impedir que aparezca *la mancha*, una plaga que pica sus hojas, especialmente los cogollos, y termina estropeándolos, volviendo raquíticos los árboles. De todas formas... -dijo tras un rato andando sin parar- mañana visitaré los ejemplares situados a más altura; se han librado antes del agua pero posiblemente sus raíces estén muy largas. Habrá que extraerlos y replantarlos en alguna otra zona.

A Carina le tembló el cuerpo sólo de escuchar semejante esfuerzo. El sudor le resbalaba por el cuello y las piernas, tenía la incómoda sensación de que pequeñas gotitas se le amontonaban en el labio superior formando un bigote brillante. Se limpió y siguió a los hombres. Según avanzaban hacia la zona más encharcada tuvo que taparse la nariz con un pañuelo; el olor del agua estancada era insoportable. El suelo embarrado y el zumbido de los insectos la mareaban.

–Podemos regresar si se encuentra mal -dijo el ingeniero al ver su cara desencajada.

–No, no será necesario -contestó ella haciéndose la valiente; en ese instante, a punto de sufrir un desmayo, fue recogida casi del suelo por el hombre que de una gran zancada la alcanzó.

–¡Rápido! -pidió a un esclavo- Tráiganos aquella mula. Volvemos a casa.

Ya en su cama, Pipa le enfrió la frente con paños húmedos y un esclavo la abanicó; aspiró unos polvos para evitar otra lipotimia, se tomó un caldito caliente y más tranquila se durmió.

Al anochecer de ese primer día descubrió por casualidad algo terrible. Se levantó repuesta tras un sueño reparador y viéndose sola en la estancia salió. Escuchó llantos y lamentos y se asustó; preocupada dio la vuelta a la casa y en el patio trasero, junto a la ceiba sagrada donde aún colgaba su muñeco de pelos rojos, Manolita y otras mujeres mayores atendían a la chavalería. Habría diez o doce niños y todos lloraban rabiosos; sorprendida se acercó y lo que vio y olió casi la tira al suelo.

Todos sufrían heridas en diversas partes del cuerpo. El niño al que atendían en ese instante y que gritaba a todo pulmón mientras lo curaban tenía las dos piernas cubiertas de pus. El líquido amarillo le chorreaba desde la zona superior de los muslos hasta los pies, tenía arañazos y cortes supurando por todas partes. El olor que desprendía la infección era muy fuerte.

–¡Dios Santo!, ¿cómo se ha hecho eso este chico? ¿Los demás también están así? ¿Pero qué ha ocurrido, han enfermado todos de golpe? -preguntó con los ojos abiertos de par en par por la sorpresa y la nariz tapada con la palma de la mano.

–No ama, tranquilícese, son sólo pus y humores, picaduras de mosquitos. Están acribillaos, se rascan y con este aire malsano del agua estancada todo se *reviene* deprisa, tantito que en unos días, unos arañazos se han convertido en esto -dijo Manolita levantando en ese momento la pierna del chaval al que curaban y que seguía llorando sin parar-. Los curamos todos los días y están mejor. Les hemos dado un buen ungüento y también don Luis, el vecino que usted conoció, nos trajo quina. Es *mu* difícil de conseguir -dijo la mujer.

–¡Ese caballero es una bendición! Cuando supo que nuestros chamaquitos estaban como los suyos -uno se le murió hace unos días- nos trajo *midicinas de las buenas*. Señorita, debería acercarse y ser *agradecía* -le dijo otra de las viejas.

–Desde luego; estén tranquilas, así lo haré -respondió Carina preocupada por lo que veía y por la posibilidad de que apareciese una epidemia de cólera en la zona dadas las condiciones-¿Puedo ayudar? -preguntó.

–No creo que el amita esté *pa* estos menesteres... ¡pero si insiste! Estos chamaquitos son de su propiedad.

–Comprendo -contestó, mientras se sentaba a su lado sin querer importunar, observando lo que hacían y colaborando con dos niñitas que cortaban finas tiras de tela de una sábana limpia y hervida donde untaban la pomada con las que después tapaban las heridas de los pequeños. Enfrente, en la cocina exterior, había un fuego encendido y una gran olla donde un esclavo removía con un palo las sábanas cortadas en el agua hirviendo.

–¿Saben si se ha declarado alguna epidemia por la zona?- les preguntó mientras ayudaba.

–De momento no, pero hay mucho miedo señorita. Desde el cuartel disparan cada media hora un cañonazo y las autoridades han puesto bandos para que todos los hacendados limpien y draguen bien las plantaciones. Hay varias cuadrillas de gente trabajando, retirando el lodo en la ciudad y en otras partes.

–Esa es la gente que vimos al llegar -se dijo pensativa la muchacha- Habrá que estar muy atentos. Cualquier caso de vómitos, calambres, espasmos o fiebres me lo comunican de forma urgente y aíslan a esa persona en el cobertizo de detrás. ¿Entendido?- les ordenó.

–Sí, ama. Aunque de momento con la pólvora en el ambiente seguro que se limpia el aire y no muere nadie. ¡Diosito, diosito... no sea usted pájaro de mal agüero! -dijo una vieja santiguándose.

Carina no deseaba que la tomaran por gafe pero tampoco podía desentenderse de esa amenaza.

La cura fue infernal; aquellas eran las heridas más desagradables que había visto en su vida. Los intensos picores que sufría por los picotazos de mosquito de esa tarde la tentaban a rascarse, pero las consecuencias las tenía delante; no se atrevió. De noche cerrada regresaron el capataz y el ingeniero de la finca y los tres cenaron juntos.

–Bien, ¿cómo ha encontrado usted el cacaotal?- le preguntó ya más tranquila a los postres.

–Mentiría si le digo que perfecto. Hay zonas bastante dañadas donde habrá que drenar, secar y reponer la tierra que ha sido arrastrada por la corriente torrencial de las lluvias dejando parte de las raíces al aire. Me he permitido dar instrucciones -dijo mirándola, pidiendo que autorizara su decisión- para mañana iniciar las labores de desecación de la balsa de agua formada cerca de la ermita y en unos días, si todo va bien, la plantación comenzará a recuperarse. Pero me gustaría estudiar, sí a usted no le importa, algunas pequeñas obras de mejora que pueden hacerse para impedir que la próxima crecida del Magdalena vuelva a empantanar la hacienda.

–Desde luego, haga usted lo que considere oportuno. Tiene mi total autorización -contestó la dama.

Al día siguiente Carina se acercó en el carro tirado por dos mulas hasta la hacienda vecina donde vivía Luis González del Prado. No fue necesario llegar a la casa porque antes fue divisada por el joven que cortésmente se acercó a caballo a darle la bienvenida.

–¡No sabe cuánto me alegro de verla por aquí de nuevo! -dijo al llegar - Sabía por su capataz que estaba informada de la terrible inundación que sufrimos, pero francamente no creí que una señorita de ciudad se atreviera a venir sola hasta aquí con el camino tan empantanado que hay desde Turbaco hasta este puerto.

–¿Sí? Pues ya ve; va a resultar -dijo riéndose mientras se bajaba del carro- que no debo ser tan fina como usted cree; que me tiene en excesiva consideración; y sí, aquí estoy. No podía delegar en nadie una tarea que es responsabilidad mía; tenía que saber cómo iba la plantación y la cosecha... cómo estaba mi gente. Pipa -dijo señalando con su abanico a la chica- estaba muy nerviosa temiendo que su familia se encontrase mal.

Los dos jóvenes hablaron distendidamente por el camino y fueron recibidos por la madre del muchacho que los atendió con cariño, les preparó un zumo de papaya y les ofreció unas grandes tajadas de plátano verde que Carina comió con gusto.

–¿Y su esposo no está aquí?

–¡Uyyy hija, mi marido no para en la hacienda; está todo el día de un sitio a otro! Ahora lleva un mes en Bogotá.

Carina y Luis hablaron largo y tendido de la situación en la región, de las lluvias caídas, de los problemas cotidianos del valle. El caballero preguntó a la muchacha por el estado de salud de sus esclavos y criados a los que había llevado quina; Carina se lo agradeció y así perdieron la noción del tiempo. No sólo esa tarde, sino todas las tardes.

Cada mañana, habituada ya al calor, recorría con el ingeniero la plantación y se hacía cargo de sus peticiones; por las tardes recibía encantada la visita de Luis con quien montaba a caballo, se acercaba a Mompox o recorría la comarca. Se sentía a gusto con él; se sentía libre. Él escuchaba pacientemente sus problemas en la hacienda, sus cuitas de la ciudad o sus desavenencias con su tía; le contaba lo que nunca habría contado a nadie excepto a Lucía. Desde que dejara Badajoz no había tenido amigas con quien reírse, llorar, hablar de sus penas; no había conocido a nadie y curiosamente, había sido con un hombre con quien había logrado ese punto de intimidad y amistad tan difícil de hallar. No había tensión sexual entre ellos y eso facilitaba el entendimiento; el caballero no era ni amanerado ni afeminado, bien al contrario parecía un galán, pero en la proximidad descubrió que su inclinación sexual no era la habitual. Tampoco es que le hubiese confesado abiertamente su homosexualidad, pero se desprendía de sus gestos. Ella no se atrevió a preguntarle, ¡qué incorrección hubiera sido! Simplemente lo había aceptado con naturalidad.

A Luis, un joven de educación y modales exquisitos, le gustaban las artes y disfrutaba cuando Carina interpretaba algún tema al piano o pintaba a carboncillo hermosos paisajes y escenas. Con ella visitó el mercadillo de Mompox, dio largos paseos por una zona fluvial de gran belleza selvática y se presentó ante numerosos conocidos; ella aprendió a llevar un negocio, a discutir de precios con asentadores, a manejarse con un machete y a diferenciar platos criollos. Incluso por las noches tenía tiempo de hablar con Manolita, visitar a los niños enfermos o charlar con los habitantes de la plantación. Una mañana conoció al indio que colgaba sus amuletos en la ceiba. Jarttt resultó ser un tipo excéntrico y encantador que la fascinó. La atendió con suma cortesía y el hombre, en un gesto de respeto y aprecio, le regaló otro muñeco relleno de hierbas, telas y flores, con los cabellos rojos brillantes y dos diminutas piedras negras por ojos.

–Usted el ángel. Llévelo *haijjj usteddd siemmmpre* -le dijo en el trabalenguas que usaba para hablar mitad lengua indígena, mitad español-. *Protegerrr* mujer. Carina se colgó el pequeño amuleto de una larga cadena que llevaba al cuello y se despidió cortésmente del indio.

–¿Se marchará finalmente la semana próxima?- le preguntó una tarde el joven.

–*¡Uffff!* debería, pero ¡Cartagena es tan aburrida! Creo que me quedaré un poco más, hasta el mes que viene; así podré presenciar cómo se recoge el cacao. Estoy deseándolo - le contestó.

–Su tía la matará pero yo se lo agradezco. ¡La vida será tan aburrida sin usted!

–Me halaga y mi tía ¡estará frenética con el asunto de mi presentación en sociedad! Y eso que aún quedan un par de meses; se enfadará un poco pero se le pasará; y yo, aquí me tiene, deseando cosechar las mazorcas de cacao, ver cómo hacen el tueste o preparan la chicha las mujeres. Me han hablado mucho de la fiesta de la cosecha y deseo vivir una.

Decidió finalmente retrasar su regreso. Aquellos días, tal vez por ser los últimos antes de partir, los vivió intensamente; eran jornadas agotadoras que la hacían sentirse feliz. Tuvo tiempo de ver parir a una de las yeguas de su establo, terminar la obra de ampliación del gallinero o drenar varios cuadrantes del cacaotal; aprendió que la enfermedad que había sufrido su plantación también atacaba a los cafetales, que el cacao no admitía el abono orgánico porque se descomponían sus raíces y siguió el tratamiento puesto por el ingeniero que ordenó clavar largas barras de hierro en los árboles.

-¡Por Dios!, señor Terreros, ¿qué diablos está usted haciendo a mis plantas?- le preguntó un día.

-Es un tratamiento similar al de las vides cuando sufren la plaga de la filoxera. He estudiado que se puede aplicar también al cacao y vamos a ver el resultado.

La volvía loca con sus análisis de suelos, cenizas, granos, semillas; pasaba el día entero recorriendo la plantación; estableciendo zonas de *«descanso»* para que los cultivos no agotaran la tierra; construyendo pequeñas presas para desviar el agua o fijando con cal las raíces de algunas zonas de aluvión donde la faja de tierra era muy escasa.

Fue un aprendizaje hermoso para Carina, unos días felices. Aquel era un lugar donde no se sentía ni observada, ni criticada y sí querida. Las gentes del campo no se volvían al verla pasar, no chismorreaban descaradamente delante de sus narices, no le dedicaban sonrisas malévolas. Allí no la consideraban fea, solterona, o escandalosa; no le reprochaban que tuviese bajo su techo a una furcia por hermana, ni dudaban del origen de la fortuna de su padre. ¡Al contrario! La trataban como a una gran dama, le ofrecían su amistad, le abrían las puertas de sus casas y la consideraban una mujer joven y emprendedora preocupada por su gente; siempre atenta a lo que le requiriera cualquier vecino del condado. Podía perderse por los caminos pintando a cualquier hora del día, divertirse con los niños de la hacienda, regatear en los mercados. Escuchaba los consejos de las mujeres y aprendía de ellas a cocinar. Incluso había conseguido adaptarse al calor y a los insectos, a predecir cuándo estallarían las tormentas; a ser, en definitiva, una más.

Los domingos estaba invitada a almorzar en la hacienda de los González. Ante la ausencia aún del padre, se reunían doña Amalia la madre, sus dos hermanas mayores doña Isabel y doña Paquita, Luis, un anciano tío del joven, don Eugenio, el cura párroco Fray Julián de la ermita vecina, el ingeniero de Carina y algún que otro ganadero de la región. Por deferencia a ella no asistía el hacendado vecino que había estado en tratos con su padre para venderle un embarcadero y se había negado a seguir negociando con ella. Luis había pedido a su madre que mientras estuviera la joven allí no lo invitara, y así lo había hecho doña Amalia.

–Olvídese de él querida -le dijo un día a Carina-. Es más terco que una mula y seguramente terminará aceptando el trato que le ha ofrecido. Si su padre le ofreció otro mejor está por verse, eso es lo que él dice, pero no le crea, es un tunante. Seguro que quiere estafarla con el precio. Espere, tenga paciencia, es viejo y no tiene hijos... terminará por vendérselo.

Uno de los temas de conversación era el movimiento observado en las dos últimas semanas de ricos potentados de Cartagena llenaban bancos y casas de prestamistas en Mompox.

–Eso es porque va a haber guerra -sentenció la madre de Luis una tarde mientras tomaban un café-. Señorita De Ulloa, ¿usted no ha oído nada en Cartagena?

–Bueno, sé que la cosa está revuelta; se comenta que es posible que de nuevo estalle la guerra con Inglaterra. En la catedral, antes de venir, hicieron plegarias para pedir por la paz; asistí con mi tía.

–Pues de poco van a servir, la guerra parece segura, aunque deberíamos estar curados de espanto. ¿Qué otra cosa saben hacer esos malnacidos? ¡Ese atajo de piratas! Ahora quieren más zonas libres de comercio y no admiten que registremos sus cargas. ¡Pero si todos sabemos que no comercian, que hacen contrabando!- contestó el cura, muy puesto en política, mientras no paraba de comer a dos carrillos el dulce de guayaba que acababan de servir-. Les aseguro -continuó- que no pararán hasta que destruyan este reino. ¡Acuérdense de Drake! -siguió, recordando la destrucción que hacía casi doscientos años había llevado a cabo Francis Drake de la ciudad cuando aún estaba en sus albores, los disparos sobre la recién estrenada catedral o el saqueo al que sometió a la villa.

–Eso sí que es una gran verdad. ¡Deberíamos matarlos a todos de una puñetera vez! ¿Quieren guerra?, pues démosles bien *pa'l pelo* -siguió don Eugenio, muy sobrado de fuerzas, mientras vaciaba de un solo trago su copita de aguardiente.

–*¡Ejemmmm!*- carraspeó doña Amalia, y fue como una contraseña conocida por todos, que rápido provocó un cambio de conversación.

Doña Amalia era buena anfitriona y gustosa de las tertulias, pero cuando un tema no era de su interés o amenazaba alterar los ánimos, carraspeaba y daba carpetazo. Sin dar tiempo a que nadie hablara más del asunto y ajena a la conversación que un poco más lejos su hijo mantenía con el ingeniero, invitó a la muchacha a cenar al día siguiente; quería presentarle a alguien especial, un invitado de honor amigo de su marido desde hacía años, un francés apellidado Couderc que comerciaba con su familia.

Las hermanas de doña Amelia gustaban de charlar con ella, le preguntaban por su señora tía, por su vida en España, por su opinión de Nueva Granada. Eran dos mujeres algo cotorras pero agradables y Carina las atendía educadamente. La anfitriona se levantó a dar órdenes al servicio mientras el saloncito se iba despejando y los invitados se despedían.

Un día después el invitado llegaba a la hacienda en compañía del amo. Olivier Couderc era un tipo alto, delgado, fuerte, al que a pesar de su edad -unos cuarentaitantos le calculó Carina- se lo notaba ágil y musculoso; la fina camisa de hilo blanco con chorreras no podía ocultar del todo el poderoso tórax y los brazos de alguien que más parecía un pirata -pensó- que un caballero. No usaba peluca y su cabello castaño y lacio lo llevaba recogido en una tensa coleta en la nuca. Su piel estaba curtida, sus ojos eran intensamente azules y su sonrisa cautivadora y segura de sí misma. Con acento extranjero besó a la joven la mano cortésmente, la aduló por su belleza y habló de trivialidades durante toda la cena. Así supo que había conocido a su padre e incluso había hecho algunos negocios con él, aunque no le detalló cuáles. A pesar de que sus modales eran exquisitos, no pudo evitar sentir su masculinidad amenazadora, su mirada penetrante que le recordó otros ojos apasionados, los de Diego. Una fuerte corriente de atracción se produjo entre ambos, tan fuerte que se asustó; no estaba acostumbrada a que los hombres la miraran así, con tanto descaro. ¡Y eso que iba aún de luto!, vestida con un triste traje y la mantilla cubriéndole la cabeza. En la hacienda había podido relajar el estricto protocolo y abandonar el color negro, usar marrones o azules oscuros, pero todos ellos eran colores apagados que no favorecían en nada su cutis ni su belleza.

Menos cortés estuvo el padre de Luis, don Santiago. Físicamente era parecido al hijo: fino, elegante, de tez morena y pelo oscuro, pero su mirada era mucho menos gentil. La presencia de una jovencita en su casa no le interesaba en absoluto y había otros asuntos que le preocupaban más que su comodidad o sus mejoras en su hacienda. Parecía preocupado por los rumores de guerra, comentaba con otros hacendados el desabastecimiento que empezarían a sufrir al no llegar la mercancía estipulada desde Jamaica y el aumento de vigilancia ordenada por el Virrey en todo el condado para frenar el descarado contrabando que desde Mompox se extendía como un cáncer por todo el interior.

En los días sucesivos Carina habló con el francés un par de veces más, ratificando su primera impresión; con don Santiago tuvo aún menos contacto y sólo mantenía sus charlas con Luis.

–¿Y el letrado de la primera vez, cómo no ha venido contigo en esta ocasión? - le preguntó una tarde su amigo.

–Bueno -dijo titubeante Carina, tomada por sorpresa por lo directo de la pregunta y la mirada inquisitiva del caballero-. No ha podido acompañarme, está muy ocupado. Tiene otros clientes.

–Ya -dijo riéndose el joven mientras se movía y la muchacha lo regañaba. Llevaba varios días pintándolo-. Si lo que pretende es hacerme vudú, lo va a conseguir. Tiene tantos retratos míos y de estas tierras que no habría problema. Por cierto, que antes de que se vaya me encantaría que me regalara un retrato suyo. ¿Tiene alguno?

–Sí, desde luego -dijo Carina, abriendo su gran carpeta azul donde guardaba multitud de dibujos.- ¡Dios, no lo encuentro. No sé que habré hecho con él, pero prometo regalarle uno!

Según aumentaba la confianza entre ambos, el joven pudo comprobar los intensos sentimientos que el abogaducho provocaba en la mujer; sin comentarle su desagrado, también él se sinceró; le habló de lo poco que le gustaba el francés, de las difíciles relaciones que mantenía con su padre, de la preocupación reinante en la ciudad, del miedo a una guerra inminente.

–Si tiene dinero en Cartagena, joyas, le convendría trasladarlo cuanto antes aquí. Guardarlo en Mompox; incluso me atrevería a preguntarle por qué no se viene aquí a vivir. Al menos mientras pasa el peligro y terminan los rumores de ataques.

–Me encantaría vivir aquí, pero no me será posible. Mi tía no está en condiciones de viajar. Ya tiene unos años, sufre reuma, en fin, se ha negado. Pero ya sabe que nada me gustaría más que abandonar esa odiosa ciudad. Por cierto -dijo mirándolo fijamente- usted que conoce bien a los gentileshombres del reino, ¿no sabrá quién es un tal *Diego de Veranz*?

–Me han hablado bastante de él, chismorreos más que nada, pero no sé mucho más. Como estudié primero en Bogotá -le explicó- y después en España, no he coincidido en Cartagena mucho. Ahora es cuando más voy por allí, desde que he relevado a mi padre en algunos negocios. Si quisiera la próxima vez podría visitarla, conocer a su tía y a esa medio hermana suya. ¿Le parece?

–¡De verdad! ¿Haría eso por mí?- preguntó entusiasmada Carina deseando poder contar con un amigo de verdad allí.

–De verdad. Lo prometo -contestó el caballero-. Además así le presentaré a mi hermana mayor, Clara. Vive en la ciudad con su marido y sus tres hijos. Su esposo trabaja en el Tribunal de Cuentas.

–Desconocía que tuviera una hermana.

–Sí, bueno, nos vemos poco. Ella es mucho mayor, diez años. Yo tardé en llegar -se rió.

Agosto terminaba y la plantación bullía de actividad. La recogida de la segunda cosecha del año no fue mala a pesar de los estragos sufridos por la inundación, y Carina pudo vivir por primera vez el trasiego de carros, el embalaje del grano, el envío de los sacos al puerto de Mompox desde donde se llevarían al Mercado del Cacao de Cartagena. Fue una intensa semana que terminó con una gran fiesta a la luz de los candiles en el patio trasero de la casa, una fiesta a la que asistieron todos los trabajadores de la hacienda, los criados, los hombres libres y los esclavos, los niños y algunos vecinos, entre ellos Luis, que no se despegó de la anfitriona en toda la noche.

Carina estaba exultante, orgullosa de su gente, del logro de haber sacado adelante una cosecha que parecía condenada de antemano a perderse y del buen dinero que recibiría por ello. Ese mes el cacao se pagaría a precio de oro debido a la escasez reinante, primero de víveres en general en toda la costa y segundo de cacao en particular debido a las inundaciones de cientos de plantaciones a orillas del Magdalena. La suya sería una de las pocas cosechas que darían beneficios y prometió a su gente invertir el dinero en mejoras, en el arreglo de los barracones del pantano donde malvivían los esclavos, en adquirir quina y en rellenar bien las despensas y los graneros para el invierno. Después se brindó con grandes tazones de chicha que había ayudado a preparar durante la semana. Había aprendido a moler el maíz, a ir añadiéndole la panela y a hacer bolas que envolvían en hojas de plátano; luego habían dejado que todo ello fermentara en ollas de barro y a los tres días lo limpiaron con agua clara y lo colaron. Aquella noche correría a discreción la chicha aromatizada con pequeñas ramitas de hierbabuena; poco tardó el personal en ir borracho y a medianoche tuvo que poner fin a la juerga antes de que empezaran las peleas.

Tres meses después de su llegada, pasado el verano, decidió regresar a Cartagena. Su tía debía estar impacientándose y ella deseaba saber si había vuelto ya su letrado: lo necesitaba. A finales de octubre estaba anunciado el juicio de ratificación de pena del tal De Veranz y ese desgraciado se iba a llevar una sorpresa. Cuando creyese que la Audiencia le declararía absuelto y preparase su regreso a la vida social, ella le pararía los pies. Había preparado con el licenciado Cuesta una denuncia ante los oidores reales por infamias y calumnias contra ella y contra su padre por los pasquines; creía tener la suficiente documentación como para convencer a los jueces de que De Veranz era culpable. Sabía que sería difícil que reabrieran el caso y que sus pruebas eran algo endebles, pero aun así se sentía moralmente obligada a defender su nombre y el de su familia; no necesitaba que nadie defendiera su honor, lo haría ella misma a su manera. No podía retarlo a un duelo ni atravesarlo de un espadazo, pero sí destruir la poca reputación que le quedase; ponerlo en la picota social, igual que había hecho él con ella. Para ello necesitaba sentirse bien asesorada; necesitaba a Diego de Vargas a su lado en los tribunales.

Esperaba llegar antes del anochecer a puerto. Volvía a La Habana después de dos meses en alta mar, de un lado a otro del Caribe, hablando con las autoridades militares de las principales ciudades coloniales, entregando los manuscritos que le había dado Lezo a su partida y todo eran malas noticias. Los últimos quince días los había pasado en Jamaica, donde había sabido que los puertos británicos como Kingston o Port Royal seguían cerrados al atraque de barcos extranjeros, que miles de negros macheteros estaban siendo reclutados por el Almirante Vernon y el gobernador, que los navíos de transporte que tenían que haber llevado al continente los kilos estipulados de alimentos: carnes, harinas o salazones, fijados en el último acuerdo de paz entre españoles y británicos no habían salido, que las noticias que llegaban de Cartagena y Portobello eran de problemas de desabastecimiento y que Lezo había tenido que exigir a Santa Fe y a Quito que comenzaran a enviar convoyes de alimentos con destino a las ciudades costeras -lo que tardaría meses dado el inicio del lluvioso otoño en las zonas selváticas y del frío en las andinas- Tardarían tanto como si viniesen desde España. También se había pedido ayuda urgente a la metrópoli reclamando navíos de guerra, armamento, hombres, comida ¡de todo! y no era el único; lo respaldaban los gobernadores de Tierra Firme, Cuba o el Virreinato de Nueva España.

–"*Florida en peligro. Movilización de miles de colonos angloamericanos a las órdenes de Lawrence Washington. Riesgo de ataque inminente al presidio de San Agustín y la plaza fuerte de Matanza*" -decía el escrito en clave que hacía dos días había recibido del comandante de la Plaza de Portobello, Francisco Martínez de la Vega.

El escrito era sin duda auténtico y llevaba el sello secreto del castillo de la Gloria, donde él mismo había estado hacía días. Le confirmaban que quedaba definitivamente suspendida la celebración de la famosa Feria Anual de Portobello; que el oro y la plata regresaban a la ciudad de Panamá y de ahí al puerto de Guayaquil, a Quito y atravesando los Andes, a Cartagena pero por tierra, por un camino más largo y penoso, pero más seguro.

Camino de La Habana había sabido del nerviosismo que reinaba en Santiago, de la huida a pie por Sierra Maestra de un contingente de soldados que había creído, al ver acercarse varios navíos, que eran buques enemigos cuando eran refuerzos propios que iban a atracar en bahía Guantánamo con el fin de proteger la isla antillana. Esperaba que Francisco Guémez, Gobernador de La Habana, hubiese preparado el material urgente que le reclamaban Lezo y Espínola -éste último comandante de la Armada de Barlovento- dada la escasez reinante en Nueva Granada. Pedían a Cuba jarcias, víveres y pólvora; seguramente no podrían, todos estaban en idéntica situación de precariedad.

Poniendo a buen seguro los documentos que portaba, bajó a su camarote, comenzó a guardar sus pertenencias en su pequeño bolso de viaje y se preparó para desembarcar. Miró una vez más el hermoso retrato a carboncillo que le había robado a Carina; no había podido evitar tomarlo de entre sus dibujos aun sabiendo que se daría cuenta. En aquellos días de incertidumbre y preocupación era un bálsamo, un clavo ardiendo al que agarrarse; los pocos minutos al día que se sentía plenamente feliz era cuando a solas se dedicaba a contemplarlo; el resto sólo eran dificultades. No era ningún cobarde pero la cosa pintaba fea; la guerra era imparable y los británicos estaban armando una enorme flota con la tonta excusa de un agravio hecho a un contrabandista de medio pelo llamado Robert Jenkins al que hacía ¡ocho años! el Capitán de un barco español, Julio León Fandiño, le había cortado una oreja como castigo por hacer contrabando en aguas españolas; apresando su barco Rebecca se había burlado de él castigándole públicamente y amenazando con hacer a su Rey lo mismo "si lo mismo hiciera". Instigado por los torys, Jenkins había contado su aventura en el Parlamento inglés, presentando como prueba su oreja guardada en un bote de formol. La historia, utilizada por la oposición parlamentaria del Premier inglés Walpole que era partidario de la paz, había terminado por convertirse en *«casus belli»*.

Por el tratado de Utrech, España e Inglaterra habían firmado tiempo atrás unos acuerdos. España se había visto obligada a ceder Menorca y Gibraltar a los británicos; estos además habían obtenido el llamado *permiso de asiento* que les permitía vender esclavos en las colonias españolas durante treinta años y la concesión de un *navío de permiso* que permitía un negocio directo entre la América hispana e Inglaterra: pero sólo lo que se pudiese transportar en ese barco, que era de 500 toneladas de capacidad. Esta decisión, aunque no de gran valor económico, rompía el monopolio comercial que durante siglos había tenido España sobre sus colonias, a las que no les permitía comerciar con nadie que no fuera ella misma. Esa limitación comercial provocaba situaciones difíciles de desabastecimiento y animaba al contrabando a los extranjeros que saltándose la ley, lejos de los puertos principales y los controles de aduanas, en bahías perdidas o desembocaduras poco frecuentadas, traficaban con todo: armas, esclavos, artículos de lujo, alimentos, haciendo que este negocio cada vez engordara más y estuviera totalmente fuera del control de las autoridades.

El permiso a Inglaterra para que empezara a comerciar con las colonias americanas españolas provocó continuos roces entre ambos países. A cambio de las concesiones a Inglaterra, España tenía autorización para interceptar cualquier navío británico que navegara por sus aguas y verificar su carga, lo que se dio en llamar *derecho de visita*. Debido al enorme contrabando eran continuos los barcos británicos que veían confiscadas sus cargas por las autoridades españolas. Para los ingleses esto era inaceptable y acusaban a los españoles de robarles. Los españoles acusaban a los ingleses de contrabando y piratería. Los abordajes de barcos de uno y otro país eran continuos.

Cuando en medio del furor patriótico por el insulto al contrabandista Jenkins, los británicos conocieron el dato de que ellos habían capturado sólo 231 buques españoles por los 331 que los españoles les habían abordado a ellos, saltó el escándalo. La recién nacida prensa londinense, mayoritariamente tory, apoyó la guerra. Walpole se vio solo y cedió ordenando el envío de tropas al Caribe. El insulto a Jenkins se había convertido en *un insulto al pueblo inglés*, y la guerra era un hecho. Walpole pensó que la presión haría retroceder a España pero ésta no lo hizo. Las negociaciones y los últimos intentos de paz en los que habían trabajado los diplomáticos a principios del año 1739 estallaron por los aires cuando España suprimió los derechos existentes. Se ordenó retener todos los barcos ingleses que estuvieran atracados en puertos españoles tanto en la metrópolis como en las colonias y días más tarde, ese verano -a mediados de agosto- ambos países retiraron a sus embajadores en Madrid y Londres. La declaración de guerra se esperaba en cualquier momento pero no llegaba. Parecía una guerra de nervios; el enfrentamiento era un hecho pero de momento no se había disparado ni una sola bala, ni se había dado orden de ataque alguno. Entraban en otoño y la situación seguía igual.

Sabía que las noticias de una enorme flota inglesa con cientos de barcos y miles de hombres no era esta vez una *mentira de guerra*, de las muchas que a veces se barajaban para asustar al contrario.

Desgraciadamente los datos que recibía estaban contrastados y eran ciertos. Ningún puerto español estaba preparado para hacer frente a tal contingencia y aquello echaba además por tierra los planes de Lezo de dar primero, de atacar Jamaica, recuperarla para España y quitarle a Inglaterra su principal base de operaciones en esas aguas; con la inminente llegada de los buques procedentes de Pourmoth, eso sería inviable.

El sonido del agua al lanzar el ancla por la borda lo alertó de que habían llegado. Varios grumetes recogían veloces las jarcias del suelo mientras unos marineros por encima de su cabeza, subidos a los cabos, descendían deprisa a cubierta. Subió al bote que lo acercaría al muelle. La bahía era hermosa y pintoresca; protegida por fortalezas se veía menos exuberante y salvaje que otros puertos caribeños; las palmeras se doblaban por la brisa y al oeste se apreciaban aldeas de pequeñas y bajas casas de colores. La ciudad permanecía semioculta entre un bosque de mástiles y velas de todo tipo; era el puerto con más tráfico de América y contaba con varios astilleros que trabajaban a destajo en la fabricación de grandes navíos de guerra y buques comerciales. El castillo de los Santos Reyes, o del Morro, como se lo conocía, estaba bien pertrechado especialmente esos días en que se había intensificado la vigilancia y podía divisarse a los soldados que hacían guardia. Hacia el sur destacaban el fortín de la Punta, las murallas y algunos de los edificios principales.

La vida de la ciudad portuaria seguía tan intensa como siempre. Los carruajes iban y venían por la avenida paralela al muelle; mulatos y negros de todas las tonalidades de piel andaban de un sitio para otro comprando, vendiendo, cargando carros con enormes pilones de cajas de azúcar, botellas de ron, panela y cocos, transportando toneles que descargaban de los barcos, vendiendo pescado recién sacado del mar, frutas de brillantes colores. Niños descalzos se bañaban en las playas y los arrabales del Horcón, la Guadalupe o la Salud bullían ajenos a los tambores de guerra. Olía a salazones y a tasajo, a brea y a alquitrán. Ya en tierra, un carruaje lo esperaba.

–Capitán, lo espera el Gobernador -le dijo un joven oficial mientras le abría la portezuela del coche.

Diego subió quitándose el tricornio. Sentado en el lado izquierdo contempló el paisaje; dejó la zona portuaria y se adentró por las estrechas y polvorientas calles sin adoquinar que se embarraban por completo los días de lluvia; el vehículo dejó a mano derecha el bonito paseo de la Alameda dirigiéndose hacia el centro, hacia la plaza mayor y el palacio del Gobernador en medio de un gran gentío que iba y venía con carros, mulas y caballos. El edificio señorial brillaba a la luz intensa del mediodía. Diego descendió y unos oficiales se cuadraron ante él llevándolo deprisa al salón principal. Importantes hombres del reino lo esperaban deseosos de oír buenas noticias, algo sencillamente imposible.

Capítulo XVI

–¡Deja que Juanín recoja la bolsa! ¡Vamos, cuéntame lo que has hecho, aunque debería matarte por haber tardado tanto!- le dijo su tía cariñosa nada más regresar Carina a Cartagena.

–¡*Uff!* No sabría por dónde empezar. ¡Tía, tiene que intentarlo, tiene que venir conmigo a la hacienda la próxima vez, de verdad que no es tan peligroso! Un poco incómodo el viaje pero le compensará el sacrificio; tiene que conocer todo aquello. ¡¡Me encanta!! Es un sitio fantástico -dijo mientras subía hacia la planta principal de la casa como si fuera un torbellino.

Era el mediodía y al entrar vio servida la mesa del salón para el almuerzo. Había tres platos.

–¿Espera a alguien?- preguntó curiosa.

–*Ahhh*, no. ¿Lo dices por los tres platos? Es por Niña Perla.

–¿O sea que has pasado de considerarla una intrusa a sentarla en tu mesa? -le preguntó divertida.

La tía, incómoda, no contestó volviéndose hacia Michaela para que sirviera la mesa en media hora.

–Bueno -dijo finalmente, dignándose a contestar-. Digamos que me dejaste muy sola y comprenderás que no iba a estar meses sin tener nadie con quien hablar, así es que le pedí que almorzara algún día conmigo: los domingos, luego otro día más, y otro así hasta aquí. Ahora es una más de la casa. ¿Te molesta? Si es así, le diré que desde hoy hará sus comidas en la cocina con Tomasa.

–No, claro que no me molesta. ¿Por cierto, qué tal se ha portado esa tarambana?

–Bueno, tan tarambana como tú -le contestó agria-. Se ha chismorreado sobre tu ausencia.

–Parece lo habitual. ¡Qué cruuuuz! -dijo irritada- Será mejor no hacer mucho caso a la gente.

–No dijiste antes de irte que no querías escándalos, ¿acaso has cambiado de opinión?

–Noooo, pero tampoco estoy por la labor de no poder moverme de casa sin tener que consultar la opinión de la *buena sociedad*. Tengo que atender mis negocios y mi plantación.

–Recuerda que dentro de dos meses serás presentada socialmente. Habrá terminado el periodo de luto y podrás empezar a asistir a cafés, cenas, al baile. He conocido a los Antúnez y son una familia muy agradable. He estado en varias ocasiones en su casa tomando chocolate con doña Emilia y francamente, parecen muy buena gente. Su marido don Nicolás ya está retirado; trabajó con tu padre en la Marina unos años. Tienen tres hijas, las dos mayores casadas pero la pequeña, Angelina, es de tu edad; parece maja. Tienes que conocerla.

–Veo que no ha perdido el tiempo.

–¡Alguien tiene que hacerlo! ¿Acaso quieres que llegue noviembre, asistir a tu primera cita social y no conocer a nadie? ¿Sabes lo qué sería eso? ¿Lo sola que te sentirías? ¿El ridículo que haríamos las dos? Hay que preparar todo bien para que tu presentación sea como Dios manda; algo bonito que puedas recordar siempre. Que sepan todos lo que vales. Pero te lo advierto: no seas tan soberbia en creer que puedes ir a tu aire; eso no es posible aquí ni en ningún sitio. ¡No te engañes!

–En Mompox sí- cortó Carina la perorata de su tía.

–¡En Mompox, en Mompox! -contestó burlándose- En Mompox será como en todos lados, aunque tú no te has enterado. Pero bueno, oigo a Perla que regresa, ve cambiándote; te esperaremos en el salón. Luego me cuentas con tranquilidad lo que has hecho.

–¿Trabaja Perla?

–¡Te diré! Parece que trabaja más que nadie, mañana y tarde; peina, elabora sofisticados tocados con plumas de aves tropicales y flores, trapichea con broches y pendientes indígenas que compra no sé dónde y vende a precio de oro a las criollas. Le he dicho que busque las más bonitas para ti y vaya preparando todo para que asombres en tu debut. Dice que lo tiene todo pensado. Veremos.

Sonaban las campanas de la catedral cuando las tres se sentaron a almorzar. Carina se sorprendió de la intimidad que había entre su tía y Perla, como si se conocieran de toda la vida. Doña Constanza podría ser terca y quisquillosa, pero era una buena mujer y no era de extrañar que la mulata le hubiera tomado cariño; otra cosa era la joven. Se preguntó si seguiría allí porque se había encariñado con doña Constanza, por miedo a Sanz o por algún otro inconfesable motivo, la miró de forma escrutadora mientras hablaba; semejante compañera le vendría bien a su tía que también era una parlanchina nata. Doña Constanza no perdía detalle de la conversación riéndose de algunos comentarios crueles de Perla sobre la rechoncha y bigotuda señora Crespo o de los corsés especiales que se hacía traer de Europa Mirandita de la Cruz. Parecía saberlo todo de todo el mundo: hablaba con soltura de moda, de tendencias, de aventuras extramatrimoniales, de los vicios inconfesables de algunos de los hombres más reputados de la ciudad, de la fuga de una monja de clausura de un convento de clarisas, de la detención en las playas del Manzanillo de dos tipos raros esa misma mañana... Volviéndose hacia Carina intentó hacerla partícipe en la conversación.

–Señorita Carina -dijo utilizando el *señorita* marcando distancias, hasta que la otra no le diera pie a tomar más confianza-, cuéntenos algo de la hacienda. ¿Cómo sigue Manolita?

–Claro -se dio cuenta Carina en ese momento- conocerás el cacaotal. ¿Fuiste allí con padre? Cuéntame, ¿por qué lo compró? ¿Cómo surgió la oportunidad?

Perla se sorprendió del trato familiar y sonrió agradecida. Reconoció que conocía la hacienda, que había estado varias veces, la primera cuando su padre compró la finca; conocía a bastantes vecinos, a algunos amigos y a algunos enemigos -aquello le interesó a su interlocutora que apuntó mentalmente hablar más en profundidad del tema en otra ocasión-. En aquel ambiente distendido le preguntó a su hermana cuándo se quitaría el luto, sería difícil experimentar con ella sus buenas dotes de diseñadora si no se quitaba aquellos trajes espantosos.

–Por cierto -siguió su perorata- hoy he conocido a *la crème de la crème*, a la mismísima Olalla de Veranz. ¡Guapísima! Desea que le diseñe un tocado indígena acorde al traje de sedalina rosa palo que acaba de adquirir en *madame* Dupont.

Carina escuchó con gran interés y la mulata, dándose cuenta, siguió provocando su curiosidad.

–La muchacha tiene multitud de pretendientes, al menos eso dicen. Después de Mariana de Arjona, la hija del Corregidor que ahora es la esposa de...

–Sigue, ya sé de quién es esposa esa muchacha -la cortó impaciente- Vamos, desembucha.

–¡*Ohh* por Dios... como la oigan hablar así en una cena de gala les da algo! Si me permite un consejo yo que usted intentaría no parecer tan directa, tan brusca -dijo con una chispa de risa en los ojos-. A los antillanos les gustan las dulces damiselas, las jovencitas delicadas y sensibles, saldrían huyendo.

–Bien, tendré en cuenta el consejo, sigue -dijo impaciente Carina, reconociendo que el carácter caribeño era menos brusco que el de los peninsulares.

–Bien, como le contaba era la primera vez que iba a su casa ¡Dios, qué palacio! Si éste parece grande no quiero decirles como es el de los De Veranz. La señorita Olalla tiene un cuarto para ella sola impresionante, lleno de hermosos muebles franceses, tapizado en seda lila con alfombras importadas de París, ramos de flores por todas partes, un increíble espejo de marco dorado tan alto como el techo... ¡Y un ropero que quita el hipo! Dicen que tontea con un joven también muy fino como ella, de la familia de los Roca de Sensolis, no sé, seguramente ustedes no lo conocerán todavía...

–¡Por Dios, al grano!- le dijo esta vez doña Constanza

–Bueno, pues esa señorita por cuyas invitaciones suspira medio Cartagena me ha preguntado por usted. Así, sin venir a cuento, mientras decoraba para ella el sombrero de plumas que me había pedido, me ha dicho *¿Y esa señorita De Ulloa con la que al parecer vive es tan...* -no sabía qué decir, se ha puesto hasta colorada- *poco agraciada cómo en los carteles?* Le he dicho que no y que el güevon que los hiciera se los iba a comer. Se ha reído un rato dicen que fue su hermano el que los pegó. Me ha preguntado si se presentará en sociedad cuando termine el luto; le he dicho que probablemente, que causará sensación y me ha contestado que de eso estaba segura; que todo Cartagena arde en deseos de conocerla; quieren saber qué hay de cierto en vuestro mito. Así con esa palabra *"mito"*, que usted es una leyenda y algunos creen que imaginaria, que no existe, que es irreal. ¡Como nadie la conoce! Se ha quejado de que no se deja ver y ha seguido chismorreando mientras le prendía los alfileres; se sabe que ha estado en *Chez Madame Polland*; se preguntan cómo irá vestida a su presentación, si es cierto que se deja cortejar por un joven atractivo aunque de baja posición como se rumorea...

–¡Basta! -la frenó Carina mareada por el torrente de palabras, muchas sin orden ni concierto.

–¿Basta? si no he terminado. Queda lo mejor.

–Bien pues dilo ya y cambiemos de tema. Me vuelves loca.

–Lo mejor es que estando allí ha llegado la rancia de su hermana, una señoritinga bastante más mayor y más fea -dicen que no se habla con su hermano, el que le hizo la pifia- y luego la madre, una señora guapísima que parece que fuera a desmayarse de tan pálida y frágil como aparenta y sin reparar mucho en mí, las tres han comenzado a hablar acaloradamente del bala perdida de Diego de Veranz. Han recibido la carta de citación en la Audiencia para solicitar el perdón y poner fin al destierro, pero al parecer no saben bien cómo le harán llegar a él la noticia; no deben tener contacto. Al final la madre ha dejado claro que el padre se ocuparía de todo, buscaría al Capitán De Rieux, un amigo de De Veranz, y él se lo notificaría...

–Nosotras conocemos a ese hombre, fue el que nos recibió al llegar a Cartagena.

–Ya lo sé. Me acuerdo bien, fue muy amable -dijo Carina interrumpiendo a su tía.

–Por cierto. ¿Has pensado qué vas a hacer respecto a si presentar o no la denuncia ante la Audiencia contra De Veranz? ¿Has vuelto a hablar con el licenciado Cuesta?

–No, lo último que supe fue lo que hablamos antes de marcharme a Mompox. Iré a verlo en unos días y estudiaré las posibilidades reales de presentar o no denuncia. Si hay una mínima oportunidad de que me escuchen, lo haré. Si gano, pediré una fuerte indemnización. Ese cabrón se va a enterar.

–Así se habla -le dijo la mulata mientras se relamía con unos dulces.

Carina habló dos días después con el licenciado.

–Hay alguna posibilidad, pero será difícil. Los De Veranz son una familia de gran prestigio en Cartagena y el joven es el ojo derecho de Lezo; sería más fácil conseguir de ellos una indemnización económica que una revisión de condena o el aumento de pena por parte de la Audiencia. Es posible que la escuchen, pero dudo que pueda ganar.

El hombre le presentó los estudios de escritura que había hecho un perito calígrafo sobre el tipo de letra, el trazo de los pasquines y los comparó con unos documentos públicos escritos por De Veranz.

–El perito asegura que el autor es el mismo pero estas pruebas aún no son determinantes aquí, no hay antecedentes. Tal vez en Madrid haya habido casos, pero aquí, esto va lento. Puede intentarlo, ver qué pasa. Judicialmente no conseguirá mucho, pero a nivel de honor...

Carina tendría la posibilidad de explicarse en el juicio, de darse a conocer, y eso la beneficiaria. Todo el mundo podría comprobar que no era el hazmerreír que pregonaba ese canalla...

–Claro que esto también tiene sus inconvenientes... -siguió el letrado con las antiparras caídas sobre la gruesa nariz- Si usted ya es, digamos, *popular*, lo será aún más. En estos momentos, por las circunstancias que sean y en las que ahora no voy a entrar, usted es la diana favorita de los chismosos y con esto lo será más. La Audiencia se llenará, habrá que restringir la entrada de público, el juicio será una locura.

–¡Por Dios santo, no creo que sea para tanto! -dijo ella asombrada.

–¿Qué no? Ya lo fue cuando se juzgó a De Veranz, y si ahora también aparece usted... No sé, puede terminar siendo Troya. Si no desea dar un espectáculo, dé marcha atrás, deje correr el asunto, se olvidarán de usted pronto, ¡no hay mal que cien años dure como se suele decir! Si por el contrario opta por seguir adelante, le reconoceré valor, aunque no mucha sesera. Estoy seguro de que su padre no hubiera querido verla a usted en semejante situación ¡y nada más llegar! Ir a los tribunales le creará enemigos, la enfrentará a una de las familias más importantes de Nueva Granada. ¡No sabe cómo es esa gente! No la perdonarán, la crucificarán, le cerrarán muchas puertas, impedirán que se pueda mover en el círculo social que le corresponde. ¡No se imagina lo que serían capaces de hacer muchas dignas señoras de Cartagena por conseguir una invitación a tomar el chocolate con doña Celia o porque sus hijas pudieran codearse con la señorita Olalla! Si usted se enfrenta a esa familia públicamente, muchos ni la saludarán por la calle.

–Está bien, lo pensaré. Pero no les tengo miedo. Sólo quiero poder mirar cara a cara a ese descerebrado que ha destruido mi reputación sin motivo alguno y exigirle una explicación. No me pida que me quede de brazos cruzados. Si no puedo hacer por ahora nada, no lo haré; pero si puedo hacer algo, delo por hecho -y tras saludar fríamente al licenciado, recogió sus guantes y se marchó.

Los días pasaban deprisa y la ciudad parecía más bulliciosa que nunca. Del brazo de su tía acompañaba a ésta a alguna chocolatería o en coche descubierto se dedicaba a conocer mejor la ciudad, a saborear el aroma de sus puestos de comida en la calle, a presenciar las peleas de gallos improvisadas en medio de las aceras, a disfrutar de los paseos por la muralla donde soplaba un poco más de brisa los días calurosos, a visitar a conocidos de su padre y a ampliar poco a poco sus relaciones. Si a su llegada habían conocido a doña Josefina Pacheco la esposa de Lezo y a otras esposas de militares, ahora era a familias criollas y a aristócratas de poco rango.

Fue presentarse con el título adquirido por su padre, el de *marquesa de los Llanos*, y algo empezó a cambiar. Era injusto pero la vida era así -se dijo-. Ya había tomado una decisión: iría a juicio. No iba a amilanarse; lucharía con todas las armas a su alcance para que nadie, ni siquiera los poderosos De Veranz, pudieran arrinconarla cuando en noviembre se presentara. Durante días visitó a los Orellana, a los Vera de Castrejón, a los Ruíz de Pitarch, a los Cosi, a muchas familias de rango medio que poco a poco abrían su abanico de posibilidades sociales. Aún no había tenido oportunidad de conocer a las familias más importantes, aquellas con las que por título y fortuna le correspondería codearse, pero era tenaz y seguiría intentándolo. Sería cuestión de tiempo. No estaba dispuesta a dejarse pisotear por nadie pero tampoco quería liar escándalos absurdos; sólo quería que la vieran tal como era: una joven normal, con los mismos temores, sueños y anhelos que las demás.

El veinte de octubre a las nueve de la mañana, puntual como un reloj, Carina hizo su aparición en la puerta de la Audiencia. Modosamente vestida, conservando el luto, lucía un fino velo negro desdibujando su rostro, manteniendo el misterio sobre su aspecto. Bajó del carruaje con aire decidido. Había gente en la calle esperando ver llegar a los dos contrincantes. Se antojaba histórica la batalla que ese día se iba a librar y muchos ociosos no querían perdérsela. Ansiosa, esperando poder ver por primera vez al famoso Capitán De Veranz, enfrentarlo cara a cara, llegó acompañada del licenciado Cuesta. Había sido inútil esperar a que apareciera su letrado el señor De Vargas; desde primavera no sabían nada de él. Sólo pensarlo la deprimía. Había rogado a la virgencita que apareciera; confiaba en él mucho más que en Cuesta, pero no había sido posible.

–¡¡¡Señorita De Ulloa, quítese el velo, queremos verla, déjenos ver el pelo panocha!!!- le gritaron unas mujeres zarrapastrosas a la entrada. Carina las miró desdeñosa y pasó de largo.

Con la mirada al frente, sin detenerse a mirar a nadie, armándose de valor, entró por el portón principal donde dos oficiales montaban guardia y la gente se amontonaba gritando en uno de los laterales. Se preguntó si todo el mundo estaría en su contra. A excepción de su tía, del licenciado Cuesta y posiblemente -tan poco lo tenía muy claro- de Perla, no habría nadie más de su parte. Eso temía. Sabía que desde que se hizo pública su denuncia se hablaba de ella en todas partes; incluso el personal de su casa chismorreaba a sus espaldas. Niña Perla la consideraba poco menos que una loca.

Había desconocido hasta esa misma mañana si tendría su apoyo, pero finalmente había bajado bien temprano a acompañarla al desayuno y a ofrecerle su ayuda; le aconsejó la manera de vestirse para la ocasión: seria y discreta, pero a la vez elegante; guardando el luto, de negro, pero con algún detalle que insinuara la belleza que se ocultaba detrás, que incitara a todos a querer descubrirla, a prestarle atención. Le bajó un poco el escote para que se percibiera a través del velo negro sus prominentes pechos; le estrechó un poco más las cintas del corsé para estilizar su figura, le maquilló el rostro aumentando la palidez con polvos de arroz, realzó su aspecto. Tenía que parecer una princesa pálida y frágil y no la mujer fuerte y desafiante que en realidad era. Sería bueno que los testigos tuvieran piedad de ella. Por último le dio un frasquito de vidrio con un sustancia pegajosa de olor indefinido que aseguraba le despejaría la cabeza en caso de sentirse angustiada o nerviosa.

Carina sabía que habría chismosos esperando su llegada, pero no que fueran a ser tantos. Cuando entró en la sala del tribunal los bancos también estaban a rebosar. En el lado derecho se sentó con su abogado y en el izquierdo un letrado esperaba solo; De Veranz no había llegado. Durante un cuarto de hora esperaron todos en silencio pero el inculpado seguía sin llegar. Se molestó, le pareció una falta de respeto más de ese malcriado y se preguntó por qué el juez no comenzaba. El Oidor real también estaba visiblemente enfadado, lo que interpretó como un punto a su favor. El público se impacientaba y tras un buen rato, el juez ordenó suspender la vista hasta el día siguiente por motivos de ausencia. La gente se fue silbándole, aporreando los bancos y pidiendo a gritos justicia con la señorita De Ulloa. Carina se sorprendió: no esperaba ese apoyo a su causa; entendió que posiblemente habrían acudido con el fin de divertirse a su costa pero la arrogancia de De Veranz, saltándose la ley, no acudiendo a declarar, los había irritado e inesperadamente se habían puesto ahora de su parte.

Era tanto el bullicio fuera que esperó en una salita a que se desalojaran los juzgados. Ya sola, acompañada por su tía y el licenciado salió a la calle. Nada más hacerlo un criado con librea granate se acercó a ella y le entregó una nota. Carina la abrió comprobando que era letra y papel de mujer. Olía a un fino perfume de lujo. Leyó. Olalla de Veranz le suplicaba poder hablar con ella unos minutos. Levantó la cabeza y vio a una linda joven en la ventana de un carruaje de categoría situado enfrente. Su tía trató de impedir que fuera -todavía quedaban muchos curiosos en los alrededores- pero se desasió de su brazo, cruzó decidida la calle y entró en el rico interior del coche revestido de seda azul tornasolada. La señorita De Veranz estaba sola. Durante unos instantes ambas se miraron fijamente.

–Lamento haberla importunado de esta manera, pero no se me

ocurrió otra cosa.

–No se preocupe -contestó seria Carina-, no es nada. Dígame.

–Le robo estos minutos sólo para pedirle compasión. Mi hermano y mi familia han sufrido mucho con lo que ocurrió. No puede imaginar lo frágil de salud que está mi madre desde entonces y mi padre tampoco es el mismo. No sé si fue o no mi hermano quien hizo esos pasquines -dijo mirándola, creyendo ver una gran belleza tras el sutil velo- pero es posible. Sería una locura de la que se habrá arrepentido; seguro que no quiso insultarlos; supongo que estaría furioso contra su ex prometida. Verá -quiso aclararle algo que Carina ya conocía- fue un deshonor para todos, especialmente para él y ya sabe como son los hombres con eso del honor. En fin, no sé por qué no ha asistido hoy al juicio, pero me comprometo a que en cuanto pueda le pida disculpas en persona. No hemos sabido prácticamente nada de él en este año, pero si no se ha presentado habrá sido por una buena causa no por falta de respeto ni a usted ni al tribunal. Diego no es lo que parece, pueden decir de él muchas cosas pero es mucho más respetuoso con la ley de lo que se cree y es todo un caballero. Nunca hubiera permitido que esperara en balde. Sólo le pido que no haga leña del árbol caído, que no incite al tribunal a que le amplíe la condena de destierro. A cambio, ¡pídame lo que quiera! ¿Quiere dinero? ¿Necesita algo? Dígame y yo se lo conseguiré, pero por favor -dijo casi llorando- no siga adelante con su denuncia.

–Por favor, no llore -contestó Carina entregándole un pañuelo-. La entiendo y no sabe cómo lamento que su madre esté delicada y su familia sufriendo con todo esto. ¿Pero han pensado en lo que esto ha supuesto para mi familia?, ¿para mi tía y para mí? Dos extrañas recién llegadas que no sólo sufren una terrible pérdida personal sino que además se ven insultadas públicamente, convertidas en el hazmerreír de la gente. Sólo queríamos empezar una nueva vida -dijo quebrándosele la voz- y sin motivo alguno nos hemos encontrado con éste descrédito. ¿Entiende lo que me pide? ¿Ha leído esto? -dijo con los ojos vidriosos y dándole con ímpetu uno de los papeles sucios y rotos que había recogido de la calle- ¿Lo ha leído? ¿Ha visto la sarta de mentiras que aquí se dice de mi padre y de mí? No sé -continuó algo más tranquila- no puedo prometerle nada. No es mi intención hacer leña del árbol caído, pero necesito restablecer el honor de mi familia. No me ensañaré con su hermano si es lo que teme, pero el tribunal tendrá que encontrar alguna forma de recompensarme por el perjuicio sufrido.

Olalla de Veranz recuperó un poco la esperanza; temía encontrarse a una víbora vengativa y al menos la señorita De Ulloa parecía sensata. Se despidió de ella en silencio haciendo un gesto afirmativo con la cabeza en señal de comprensión; las dos se miraron un largo minuto en la puerta cuando Carina se disponía a bajar.

–Entiendo, gracias -fue todo lo que dijo la señorita De Veranz.

Carina le ofreció su mano; la muchacha la estrechó con una mirada de aprecio.

Al día siguiente se repitió el espectáculo del público que de forma aún más masiva se concentró a las puertas de la Audiencia esperando a los protagonistas. El plantón de Diego de Veranz al alto tribunal de Cartagena y a la señorita De Ulloa fue el chisme de la jornada y eran muchos los curiosos que aquella mañana acudieron a comprobar si se repetiría o esta vez el hijo pródigo aparecería. El Alguacil mayor acudió para ordenar a sus hombres que mantuvieran el orden y acordonaran una zona para que no se formaran ni aglomeraciones ni peleas. Carina llegó puntual pero en esta ocasión en vez de increparla, la mayoría del público la vitoreó y aplaudió. Dentro comprobó perpleja que no sólo no estaba el acusado, sino que esta vez tampoco había acudido su letrado. ¡Intolerable! -pensó- Furiosa se disponía a solicitar que el juicio comenzara a pesar de las ausencias, cuando un oficial de la Armada entró portando un sobre de la máxima autoridad militar de la ciudad y de Nueva Granada, don Blas de Lezo, para su Señoría.

El magistrado ordenó al oidor real que leyera el escrito. Lezo pedía que el juicio se retrasarse sine die, indefinidamente, hasta que el Capitán De Veranz regresara de una importante misión al servicio de la Corona. No se decía más en la carta, pero viniendo de quien lo hacía, nadie rechistó. Carina sintió una mezcla de alivió y consternación.

–Señorita, lo lamento, pero el juicio tendrá que ser aplazado -dijo el juez dando un mazazo.

El público se levantó y lo mismo hicieron Carina y su letrado.

–Olvídese por el momento; cuando se retome la vista le avisaré -le dijo éste al oído.

Carina aceptó el consejo. Cuando se retomara, ya vería lo que hacía. Tal vez para entonces hubiera regresado Vargas y pudiera pedirle su opinión...

–¿Nos vamos?- le dijo su tía arrastrándola del brazo y las dos mujeres abandonaron la Audiencia en medio de las miradas curiosas del público.

2 de diciembre 1739. Portobello. Tierra Firme

–*Toc toc toc*- llamaron insistentemente a la puerta.

Diego se incorporó sobre la cama comprobando que seguía siendo noche cerrada. Se preguntó alarmado qué pasaría para que lo fueran a buscar a su casa a horas tan intempestivas. Mientras se ponía de forma apresurada el uniforme fuera sus hombres hablaban con alguien desconocido. Salió de su cuarto y vio a dos soldados con caras muy serias que se cuadraron ante él.

–Señor, estos oficiales vienen a buscarlo. Tienen orden del Comandante para que se presente lo antes posible en el castillo de la Gloria. Hay novedades.

–¡Novedades!, ¿qué novedades? ¡Por Dios, no me alarmen más!

–Tenemos orden de no decir nada más. El Comandante le contará el resto -respondió uno de ellos.

Don Francisco Martínez era el Comandante de la plaza de Portobello. Diego llevaba dos semanas en la ciudad a sus órdenes; había llegado custodiando una información y el material que le habían proporcionado en Cuba y aún seguía allí. En principio su estancia iba a ser breve, pero habían requerido su ayuda y no había podido negarse. Pensaba irse al día siguiente. Sus hombres habían terminado esa misma tarde de preparar la goleta que los llevaría de regreso a Cartagena. En la ensenada de *La Caldera* habían aprovechado el parón para carenar el barco, reparar dos vías de agua y dejar todo listo para hacerse a la mar a media mañana;

Diego estaba ansioso por irse: un retraso de horas podía ser vital. Si eran atacados podían quedar atrapados en Tierra Firme y eso no era nada hipotético. Desde hacía días los ojeadores habían divisado a la avanzadilla de la flota inglesa que se acercaba en aquella dirección. Desconocían si la guerra se había declarado formalmente pero mucho se temían en Portobello que aquella plaza pudiera ser la primera en descubrirlo; de ahí la tensión, los requerimientos de ayuda de Martínez y las prisas de Diego.

A caballo atravesó las pocas calles que separaban el barrio de Triana del castillo de la Gloria, el principal fuerte defensivo de la bahía, donde se reunía el Consejo de Guerra que encabezaba Martínez. Entregó las riendas de su caballo a un soldado y subió las escaleras de dos en dos. El baluarte era una mole impresionante fabricada a base de piedra de coral; debido a que las tierras de la zona eran pantanosas y poco resistentes, los españoles habían tenido que extraer kilos de coral del mar para poder levantar castillos en Tierra Firme. El trabajo había sido arduo pero había valido la pena porque el coral era mucho más resistente que la piedra y podía absorber balas de cañón de gran calibre. También habían utilizado una mezcla de arcilla roja con cal que al secarse era tan dura que parecía casi indestructible.

En la resistencia de sus fuertes y castillos, en la vigilancia de sus costas y en alguna otra estrategia se habían centrado las autoridades de Portobello esos meses, ante la imposibilidad de recibir más refuerzos. Tampoco podrían contar con la población para defender Portobello; estaba aterrorizada. Los estragos de los bucaneros y piratas en Tierra Firme durante siglos, desde Drake a Morgan, habían sido continuos. Hacía setenta años Morgan había tomado el castillo de Triana y lo había volado con todos los hombres adentro; después había mandado destruir los fuertes, se había llevado los cañones, las armas y grandes cantidades de seda, lino, telas, mercancías lujosas; un botín valorado en más de 300.000 pesos. La destrucción fue total y Portobello no volvió a ser la de antes. Desde entonces la poca población que había era insuficiente para defenderla; contaban con una guarnición de unos 400 soldados cuando había ferias y ricos botines, pero se reducía a la mitad el resto del año.

Llovía. En Portobello llovía siempre. El clima tropical era insufrible y a pesar de ser de madrugada hacía calor. Diego entró en el salón circular y comprobó que estaban todos los mandos de la ciudad.

–Siéntese -le dijo el Comandante-. Vernon ha llegado.

–¡¿Yaaaa?! -preguntó ansioso- ¿Dónde se encuentran exactamente y cuántos son?

–Cuántos son exactamente no lo sabemos, pero cerca de tres mil; llevan seis barcos. Los hemos avistado esta madrugada. Los guardacostas que están anclados con medio centenar de hombres frente al Castillo de Todo Fierro los han visto llegar. Estaban el *Santa Rosa*, el *Santa Bárbara*, el *San Pedro* y un paquebote. Han divisado varios navíos enemigos merodeando la costa. Hemos enviado un refuerzo de cien hombres a cada fuerte pero será insuficiente; las fuerzas del enemigo nos superan uno a diez.

–Comandante, temo decirle que lo único que podemos hacer es resistir, pero cuanto más resistamos, peor será. Más se destruirá. No han llegado los refuerzos solicitados, la mitad de la guarnición está fuera acompañando los tesoros que han dado la vuelta dirección Cartagena por tierra; no tenemos ni mosquetes ni pólvora suficiente y las balas de cañón que tan amablemente nos ha traído el Capitán De Veranz por sí solas no detendrán a los ingleses. -contestó el Capitán de navío Francisco Garganta.

–Lo sé -dijo el Comandante-. Capitán Meléndez, voy a salir acompañado por De Veranz a dar una última batida por todos los fuertes y puntos de resistencia de la bahía. Queda usted al mando del castillo.

–Señor -intervino otro oficial bajito con la cara desencajada-, debería editar un bando para que los vecinos no abandonen la ciudad a su suerte. Deben quedarse y ayudar a resistir, no huir como están haciendo. No hace ni dos horas que se divisó al enemigo y muchos ya han tomado el petate camino de Panamá; eso es traición, se los podría colgar por ello. Deberíamos hacerles entender que no se repetirá la destrucción total de Morgan; los que vienen no son piratas, son oficiales de la armada británica.

-*¡Ja, ja, ja...!* ¡Eso sí que ha estado bien! ¿Hay alguna diferencia? -dijo fríamente el Capitán Soler, también asistente al Consejo- No me haga usted reír -dijo dirigiéndose al oficial que acababa de hablar- la diferencia entre unos y otros es ninguna. Todos son ingleses, todos son unos malditos piratas y todos capaces de arrasar la ciudad con la gente adentro. ¡No debemos rendirnos. Debemos luchar hasta morir, no rendirnos jamás!

–Ya veremos, ya veremos; esto no es el fin del mundo -intervino Martínez intentando tranquilizar los ánimos exaltados-. Veamos primero cómo plantean su ataque, qué intenciones tienen y si podemos o no plantearnos una rendición o tenemos que hacer una defensa heróica; lo sabremos en unas horas; Señores, en marcha -les dijo a sus oficiales.

Diego abandonó el castillo en compañía del Comandante y de varios oficiales.

–Capitán -le dijo el Comandante- puede marcharse cuando quiera, aunque temo no poder prestarle los hombres que le prometí para que lo acompañasen de regreso a Cartagena. De todas formas, como podrá comprender, no podrá seguir la ruta marítima habitual, lo interceptarían inmediatamente. Sólo caben dos opciones; atravesar la selva y buscar algún puerto próximo más al sur -algo francamente complicado- o hacer el mismo camino que el tesoro, atravesar el istmo por el Camino Real, por Cruces y Chagres, llegar a Panamá y de allí a Guayaquil, a Quito. Es el camino más seguro pero evidentemente tardaría un mínimo de tres meses en llegar a Cartagena. Usted decide.

–Iré por el más corto; si tengo que atravesar media selva, lo haré.

–Como usted decida.

La mañana se fue abriendo y el día era como tantos otros en el invierno ecuatorial. Hacía calor pero llovía, el cielo tenía un color gris plomizo que se mezclaba con el agua verde esmeralda del mar y de la lujuriosa vegetación que espléndida llegaba hasta la misma orilla. Se veía movimiento en los fuertes de la bahía, en el de Todo Fierro, el de San Jerónimo y el castillo de la Gloria. Nada más amanecer empezaron a escucharse los primeros disparos. Los barcos británicos comenzaron a disparar contra el castillo de Todo Fierro y las noticias que recibió el comandante no fueron halagüeñas. Varios soldados habían huido y el condestable estaba ya a punto de rendirse y acababan de comenzar. El fuerte cayó antes de mediodía y los hombres se dispersaron concentrándose en los alrededores de la Bovedilla.

Mientras seguían mandando refuerzos a la Gloria se seguía aguantando el fuego de mortero. Los intercambios de disparos eran continuos; a media tarde Martínez ordenó al Capitán de navío José de Campuzano que reforzara aun más la Gloria y transportase en barco pólvora hasta allí junto a su tropa de desembarco. Diego recibió la orden de marcharse: no podía caer preso en manos británicas. Regresó a su vivienda a recoger sus pertenencias desanimado; la diferencia enorme de medios condenaban a Portobello; el Comandante anunciaría la rendición al finalizar el día, mejor así que destruir la ciudad. Desde las barriadas periféricas se veía a gente huyendo, soldados que desertaban y ladrones saqueando las casas que quedaban vacías. Sintió una profunda pena mientras recogía el petate y junto a sus hombres se unía a aquella espantá general, desalentado por el desastre y sabiendo que tendría que atravesar millas y millas de caminos selváticos hasta llegar al próximo puerto marítimo, hasta algún pequeño enclave de la costa de Tierra Firme.

Se echó la noche cerrada en Portobello y cesó el ruido de las armas. En el castillo de la Gloria, ya bastante dañado y con decenas de heridos por los suelos, Diego se acercó a despedirse del comandante y a conocer la última hora. Quería llevarse para Lezo la información más precisa posible.

–Hemos pedido la rendición. El Capitán Francisco de Medina los esperará mañana de madrugada a la entrada al puerto para entregarle a Vernon el manifiesto y negociar las capitulaciones. No creo que los ingleses vengan con la idea de quedarse, más bien con la de neutralizar este puerto de cara a otro ataque más importante. Yo que usted Capitán -dijo mirándolo emocionado- correría a encontrarme con Lezo. ¡Ojalá ustedes tengan más suerte!

Diego se despidió con un nudo en la garganta, sabedor del desastre que había sido aquella primera batalla que había neutralizado un puerto tan importante para las colonias españolas como era Portobello, en apenas unas horas. La causa evidente era la enorme diferencia de pertrechos, armas y hombres... el problema -reconoció- era que esa situación se repetiría en cualquier otra ciudad caribeña: Cartagena, Santa Marta, Riohacha, La Habana, ninguna estaba mucho mejor.

Tendría que regresar como pudiera. Tenía que avisar a Lezo; Cartagena podía ser la siguiente. De hecho -se dijo- llevaba meses de retraso. Ni siquiera había podido acudir al juicio oral en la Audiencia; esperaba que Lezo se hubiera encargado del asunto tal y como le había pedido al partir. Apartó esos pensamientos de la cabeza: nada podía hacer al respecto ahora; tenía que concentrarse en el aquí y el ahora: en la supervivencia pura y dura.

Salieron a caballo dirección Suroeste. Durante días y noches anduvieron en silencio; soportaron la inmisericorde lluvia, el calor, los mosquitos, la humedad, la selva opresiva. Abrieron camino a machetazos mientras les saltaban encima monos cariblancos, víboras, mosquitos; no podían permitirse el lujo de quejarse, andaban con el único pensamiento de resistir; a cada paso se les caían a cachos las suelas de las botas podridas de barro y agua. Los pies eran un amasijo de heridas infectadas, los brazos los llevaban llenos de arañazos y las fiebres aparecieron pronto. El camino era una pura ciénaga y Diego creyó que no llegarían jamás a su destino. Cuatro semanas después lo hacían.

Capítulo XVII

–*¡Ahhhhhh!...* ¡Agua!... -gimió, revolviéndose sudoroso entre las sábanas.

Olalla le acercó con cariño el vaso a los labios y le dio de beber un trago. Diego seguía semi inconsciente; hacía ya cinco días que había regresado a su hogar y aún no habían podido hablar con él. Su hermana ni siquiera estaba segura de que los hubiera reconocido: deliraba, dormía, de vez en cuando abría los ojos y con una mirada turbia y febril intentaba fijarlos en ella, sonreía débilmente, se volvía a dormir... Comprobó que apenas tenía fiebre, pero aun así le cambió las vendas húmedas de la frente. En unos minutos entraría el doctor a supervisar su estado. Escuchó abrirse despacio el picaporte de la alcoba y al levantar la cara vio que era su madre con los ojos llorosos; estaba así desde que recogieran a Diego enfermo en el castillo de San Luis. Había llegado días antes pero Lezo, al ver el estado alarmante que presentaba, ordenó llamar al cirujano de campaña para que lo estabilizara; veinticuatro horas después avisaban a su familia.

–¿Qué le ha pasado? ¿Cómo viene así? ¿De dónde?- preguntó alarmado el padre, el único familiar a quien se permitió la entrada en el recinto militar.

–Cumplía una misión fuera -se limitó a decir el Almirante que le recibió en persona-. Llegó ayer en un pequeño paquebote junto a cinco de sus hombres, tres tan enfermos como él. Todos han pasado una exhaustiva revisión por parte del cirujano; tranquilícese, no ha contraído ninguna enfermedad contagiosa. En cuanto el licenciado ha comprobado que ninguno trae consigo ni peste, ni malaria, ni vómito negro les hemos avisado. Su hijo está muy débil; ha caminado durante días por la selva sin más ayuda que su machete. Lléveselo cuanto antes y rece para que mejore.

-Desde luego, Almirante -contestó más tranquilo don José de Veranz, que insistió en dar las gracias personalmente al cirujano por los cuidados a su hijo y en conocer su opinión sobre el estado de Diego.

Varios lacayos cargaron el cuerpo del joven inconsciente y demacrado en un carruaje, le taparon con una fina manta y pusieron rumbo al Palacio De Veranz donde doña Celia llevaba todo el día arrodillada en el pequeño oratorio familiar pidiendo por su hijo a la virgencita del Pilar, de la que era devota. Había encendido velas de todos los colores, quemado incienso, orado de forma compulsiva acompañada por su hija, mucho más entera y más serena que ella. Tan pálida como el enfermo, la madre se había abrazado a él al verlo entrar en brazos de uno de los esclavos más fuertes de la casa. Desde entonces no había dejado de llorar; desde entonces Diego no había vuelto en sí.

El padre poco explicó a las mujeres porque poco le había contado el Almirante. Lezo se había guardado la mayor parte de la información que era confidencial. Él sí sabía al detalle lo ocurrido. Los dos hombres que habían llegado en mejores condiciones y conscientes lo habían puesto en antecedentes sobre las peripecias vividas: la toma de Portobello por los británicos, la rendición de la plaza en un día, la caminata por la selva hasta un poblado indígena donde habían conseguido unas balsas de madera con las que navegar próximos a la costa sin llamar la atención hasta abandonar Tierra Firme y entrar en Nueva Granada; después habían logrado embarcar en un pequeño paquebote comercial que hacía la ruta a Riohacha y Cartagena. Habían llegado agotados y enfermos, al borde del fallecimiento. Los atendieron de urgencia, aislándolos en una sala donde el cirujano los estudió cuidadosamente. Las epidemias eran endémicas en la región y se extendían como la pólvora dejando tras de sí un rastro de cadáveres que en más de una ocasión habían diezmado poblaciones enteras en sólo unas semanas y si había precisamente un lugar maldito en el Caribe era Portobello. Su clima era tan insalubre que a la ciudad la llamaban *"la tumba de los españoles"*.

–¿Cómo está? ¿Ha vuelto en sí? ¿Ha dicho algo? -preguntó doña Celia.

–No, madre -contestó la joven, cansada de que le hiciera la misma pregunta cada cinco minutos-. Lo único que ha hecho es abrir un poco los ojos y pedir agua, nada más. Sigue inconsciente, no se entera de nada y no creo que nos haya reconocido. Balbucea cosas ininteligibles, mezcla órdenes a sus soldados con vulgaridades y habla de no sé qué secretos que le tiene que contar a *Patapalo*... -terminó sin hablarle de las extrañas palabras de amor que le había parecido escuchar sin saber quién sería la destinataria; mejor no ponerla más nerviosa.

Doña Celia sacó su frasco de sales y aspirándolas se sentó agotada en el gran butacón de la sala junto al balcón que permanecía entornado y con los postigos cerrados permitiendo que entrara sólo una tenue luz. Haces dorados envolvían el cuarto y se respiraba la suave brisa marina que ese día soplaba del Este; el murmullo fuera de la gente en la calle se confundía dentro con el susurro de sus faldas, o el leve aleteo de sus abanicos de seda. Olalla daba aire a su hermano y sujetaba su mano con firmeza, dándole ánimos, haciéndole saber que estaba allí para cuidarlo, que nada malo le pasaría.

–¡Jesús, María y José, no puedo creer que este extraño sea mi muchacho! -repetía doña Celia mientras lloriqueaba y se secaba las lágrimas incesantes que inundaban sus hermosos ojos verdes.

–Madre, déjelo ya. Enfermará también usted si sigue así. Diego se recuperará; es muy fuerte y lo que sufre no es mortal, sólo necesita un poco de tiempo, cuidados. Verá -le dijo con cariño, acariciándole sus cabellos canosos- como en unas semanas le tiene por aquí andorreando.

-¡Dios te oiga hija, Dios te oiga! -contestó levantándose y sentándose junto a la cama del joven.

Diego estaba irreconocible: tan delgado que daba miedo; los huesos le sobresalían de las costillas, tenía los ojos hundidos, la piel reseca y pálida por la calentura, su hermoso pelo rapado, heridas por todas partes, una fina cicatriz en la mejilla derecha, picaduras y moretones, heridas infectadas que supuraban pus y sus pronunciados y marcados músculos, flácidos. Le colgaban pellejos y las rodillas eran un nudo de huesos descarnados. Viéndolo así daba una terrible pena. No quedaba en él ni rastro del orgulloso y apuesto hombre que había partido hacia el destierro; parecía un desconocido. La llamada de la cocinera obligó a doña Celia a bajar al piso inferior. Olalla se sentó en la mecedora cerca de él, mirándolo fijamente, intentando transmitirle su energía, su fe en aquellos momentos difíciles.

En la casa reinaba el silencio; primero por la presencia del enfermo y segundo porque no habían recibido ninguna visita esos días a excepción de la de su amigo De Rieux. Nadie sabía que Diego estaba en Cartagena y aunque el Almirante les había asegurado que podrían llevárselo sin tener de qué preocuparse, su padre lo había puesto en conocimiento del Virrey y del juez; al patriarca le pareció más cortés y además se evitaría que pudieran tomar represalias contra él si se enteraban por terceras personas de su presencia en la casa familiar. El juez había agradecido a don José el gesto y le había prometido discreción hasta que Diego estuviera en condiciones de asistir a la Audiencia. Dos días después la familia recibía un comunicado en donde se les explicaba que el Virrey concedería el perdón definitivo al joven si por su parte la familia conseguía que la señorita De Ulloa retirase la denuncia. El caso que la mujer planteaba era distinto pero estaba unido en el mismo sumario y habría que resolverlo al mismo tiempo. Aquello no significaba que la joven no pudiera seguir exigiendo una recompensa por los daños morales sufridos, pero la resolución del juicio sería más fácil. Diego y su familia podrían pagarle una bonita suma de dinero para compensarla o, si quería más, siempre podrían publicar un escrito de perdón o tener algún gesto que la resarciera moralmente de los prejuicios sufridos como la publicación de una excusa en la gaceta de la ciudad. Eran métodos usados en alguna otra ocasión entre caballeros, aunque ciertamente nunca siendo una dama la denunciante.

Los padres de Diego desconocían que Olalla se hubiese entrevistado con la bruja de De Ulloa. La madre no quería ni oír hablar de ella y por lo bajo no paraba de repetir que si Diego se había reído de ella, por algo sería. Doña Celia no era muy objetiva en lo que a su hijo se refería; él siempre tenía razón y sus motivos habría tenido para hacer lo que había hecho. Ahora aquella víbora querría medrar, hacerse más rica o más popular gracias a él...

–Querido -dijo doña Celia volviéndose hacia su esposo-, tendrás que volver a hablar con Lezo o con Eslava. Deben perdonar ya a Diego. Ya ha cumplido su pena. ¡Que se olviden de que vayamos a tratar con esa escoria! Nadie de esta familia lo hará -dijo soberbia.

Olalla respiró profunda y lentamente; no debía perder los nervios con su madre pero la enfurecía que no la escuchara: durante los últimos días había intentado hacerla comprender que la señorita De Ulloa no se merecía las críticas despiadadas de los pasquines, pero a la vista estaba que había tenido poco éxito. Tampoco era mucho mejor la opinión que don José tenía de la joven; su padre era un hombre a la antigua y el que una dama fuera tan independiente, se atreviera a denunciar a una familia de las de toda la vida, viajara sola sin dueña o llevara personalmente sus negocios, no la elevaban a la categoría de joven modélica. La imagen de Carina de Ulloa estaba tan distorsionada que parecía imposible diferenciar lo real de lo imaginario. Tendría mucho trabajo por delante para convencer a sus padres de que lo que más le interesaba a Diego, en su estado y en sus circunstancias, era no tener que volver a sentarse en un banquillo y eso pasaba, forzosamente, por ofrecerle una buena suma de dinero a la señorita De Ulloa en compensación y pedir perdón públicamente. Pero todo eso ya lo hablarían cuando Diego mejorara. Él sería la única persona a la que escucharían.

–Señorita -le dijo al bajar a cenar una de las criadas- ¿podemos tirar este bolso? Está inservible -dijo tomándolo con dos dedos. Se lo habían dado al entregarles a Diego en el castillo y dentro parecía sólo llevar algo de ropa.

–Sí, tírenlo, ¿han sacado todo lo de dentro?

–Sí. Las camisas y el pantalón que el señor traía eran harapos. Los hemos quemado. Y la carpeta con papeles se la dimos a su señora madre para que se la guardara.

–Bien. Pues entonces tiren esto también -les dijo devolviéndoles el bolso piojoso con un gesto de asco.

Media hora después llegaban De Rieux y el doctor Canales, médico de la familia desde hacía años. De Rieux subió unos instantes a visitar a su amigo, que seguía sin reconocerlo, y después dejó al médico trabajar reuniéndose con Olalla en el salón. Ambos se tomaron un ponche y hablaron un rato. La cara del joven era un poema: a la preocupación por el estado de su amigo se unía el fracaso en su pretensión de casarse con una joven y guapa criolla; Paulina de Mendoza se había finalmente decantado por otro pretendiente. Olalla le servía esos días de paño de lágrimas; era como una hermana para él.

Durante las siguientes semanas la joven se desvivió por su hermano. Poco a poco éste mejoraba: sus carrillos descarnados empezaban a llenarse, su cuerpo a ganar peso, no hablaba aún pero ya las reconocía y las miraba con cariño. La infección había sido controlada gracias a la quina que una familia como la suya podía conseguir sin problemas.

Nadie sabía en teoría del regreso del hijo pródigo pero extraoficialmente la noticia había corrido como la pólvora; el chisme era demasiado sabroso para pasar inadvertido: la criada de la señora tal que había oído a la señora cual aseguraba que el joven había vuelto de incógnito, que había resultado herido de bala en otro duelo; otros cotilleos lo situaban borracho y sujeto por soldados; los más audaces incluso afirmaban que Lezo, furioso, lo había obligado a regresar de donde diablos estuviese por su comportamiento disipado. Todo eran habladurías de la peor calaña, bolas de nieve, patrañas que crecían sin parar y añadían detalles más escabrosos a las versiones ya de por sí bastante fantasiosas que por ahí circulaban. Por si fuera poco habían aparecido pintadas en fachadas y paredes con versillos burlones sobre la pugna entre el conquistador más famoso de Cartagena y la virgen más popular de la ciudad. Se hacían apuestas sobre quien ganaría el juicio que había quedado retrasado pero no suspendido; se hablaba de ello en los ricos salones de la aristocracia, en los mercados y en los palenques. Cada cual aportaba su granito de arena a la controversia. Sus protagonistas volvían a ser la comidilla de la villa.

A ello contribuía en lo posible Niña Perla con su lengua viperina; le encantaba soltar chismes a discreción de una casa a otra: en las residencias señoriales, en las chozas de Getsemaní, en el puerto. El guapísimo Diego de Veranz era atendido por su familia, no levantaba cabeza desde que lo abandonó su prometida, seguía enfermo de amor por doña Mariana, Carina de Ulloa había jurado venganza, doña Celia había prometido recompensa a todos los que testificaran a favor de su hijo. El culebrón tenía en vilo a la ciudad y Perla disfrutaba sin sentir el más mínimo reparo en enredar a base de mentiras la vida de su hermana. Es más, aquello la hacía sentirse importante; muchas criollas requerían con cualquier excusa sus servicios profesionales con tal de poder cotillear con ella, sonsacarle historias sobre la señorita De Ulloa, con quien sabían vivía en Santa Catalina; eran historias sin base verídica alguna que demostraban lo rápido que algunos chismes se expandían por la villa mientras otros apenas tenían vida.

La mulata había comprobado como los bulos que soltaba sobre el depravado Antonio Sanz o la sosa de su esposa, a pesar de su relevancia social, no generaban pasiones. Servían para distraer algún café o animar alguna tertulia pero poco más. Perla se preguntaba cómo le creían algunos de los disparates que soltaba por su boca, cómo mujeres hechas y derechas podían creer al atractivo Diego de Veranz capaz de enamorarse de *la singracia* de la Arjona y se relamía esperando el momento en que Carina descubriera quién era el perverso caballero que la había ultrajado, cuando se diera cuenta de que era el mismo hombre por el que suspiraba. Estaba segura -aunque no al cien por cien- de que el letrado que había ayudado a las señoras era el mismo joven, aunque la rotunda negativa del caballero cuando se lo insinuó y el que no la conociera personalmente de antes, la habían hecho dudar. Aun así sería cuestión de poco tiempo descubrir si estaba equivocada o no. Si lo era, ¿a qué diablos estaría jugando ese hombre? ¿Qué buscaría de Carina? ¿Cómo reaccionaría ella al saberlo todo? Perla se frotaba las manos; aquello sí que iba a ser una bomba.

Su capacidad para generar polémicas y dar que hablar parecía inagotable. Se había creado popularmente una rivalidad sin base alguna entre los dos que amenazaba terminar a mamporro limpio cualquier día. Habían aparecido defensores y detractores de cada uno a mansalva y las discusiones en cafés, tertulias y mercadillos habían llegado incluso a derivar en peleas; más sorprendente era el listado de caballeros aparecido -confeccionado en un famoso club- en el que algunos de los más reputados cartageneros se habían inscrito para defender el honor de la pobre huérfana insultada vilmente por De Veranz; estaba claro que la conformaban aquellos que lo odiaban, que se habían visto perjudicados por sus conquistas, que envidiaban su éxito, su apostura, la admiración de Lezo o la inmensa fortuna que tenía. También había otra lista -esta menos pública- de jovencitas y madres decididas a hacer sentar la cabeza al tarambana de De Veranz.

Olalla no había creído nunca que hubiera sido el amor de Diego por Mariana el que hubiese provocado aquella catarata de sucesos que habían desembocado en la situación actual. No lo creía porque conocía bien a su hermano y no tenía ninguna base para ello. La relación de Diego con su novia había sido poco apasionada, más parecida a un compromiso por interés que por amor. Habían sido atentos el uno con el otro. Ella era poco expresiva y a pesar de ser quien era, se había mantenido siempre en un segundo plano, dejándole a él todo el protagonismo. Él había disfrutado de su soltería a cuerpo de rey, se había divertido con los amigos, había salido de parranda, de taberna en taberna sin preocuparse de su reputación de calavera que había ido en aumento. A su novia no parecía preocuparle su mala fama, y a él menos.

Sin embargo a pesar de aquella extendida imagen sobre la personalidad del joven heredero De Veranz su hermana había creído ver en él en más de una ocasión a un hombre diferente; era de las pocas que intuía que existía otro Diego más sensible, más preocupado por temas como la política o la guerra, alguien bien distinto al vividor que todos creían conocer, aunque él se ocupase de mantener ese lado bien oculto. El que sólo ella creyese adivinar esa doble personalidad la enfurecía. Los demás, incluidos sus padres, sólo veían al joven manirroto ocupado en dilapidar su fortuna y divertirse. Su madre le insistía en que se casara cuanto antes y dejara de dar que hablar, su padre en que participara en sus contubernios políticos y se hiciera un hombre; él se desentendía de todo.

Precisamente porque sabía todo aquello era por lo que Olalla no podía entender su comportamiento en los últimos meses, su empecinamiento en que Mariana volviera con él, su obstinación en romper el matrimonio de su ex prometida con Sanz. ¿Por qué diablos no la mandaba al infierno y rehacía su vida? Había sido muy afortunado pudiéndose deshacer de una mujer que realmente nunca lo haría feliz y sin embargo, parecía un perro apaleado. Las cartas que había enviado a su familia, a Mariana y al Corregidor jurando que volvería y recuperaría lo que era suyo se habían hecho públicas y a ella, lejos de parecerle que servían para recomponer su honor mancillado, le habían resultado sencillamente patéticas; le dolía en el alma que hiciera así el ridículo. Había rogado a la Virgen que se olvidara de esa estúpida, de las promesas públicas hechas en un arrebato de furia, y encontrara una mujer que lo hiciera feliz. Aquella mujer, ahora lo sabía, existía; la cuestión estaba en descubrir quién era.

Había oído su nombre en susurros mezclados con cientos de cosas más: la selva, frases en francés, risas estúpidas, conversaciones de armas, de esclavos, de ron, palabras soeces, jugadas de póker, ruegos a sus hombres para que resistieran. Luego suspiraba y hablaba de Mompox, de una mujer cuyo nombre era indescifrable; un susurro tan tenue y suave que le ponía los pelos de punta, para volver a hablar de regresar a casa y casarse con Mariana. Aquello era lo que más le sorprendía: finalmente si no por amor sí por cabezonería, aquel parecía seguir siendo su objetivo. Seguía con la misma idea entre ceja y ceja de cuando se marchó y, sin embargo, percibía en él un cambio sutil; el amor vibraba en su voz cuando hablaba de aquella mujer desconocida a la que sólo decía cosas íntimas y maravillosas en un tono tan bajo, ronco y emocionado que hasta la misma Olalla se excitaba. ¿Quién sería? ¿Por qué si amaba a aquella mujer pensaba casarse con otra, con Mariana?

Y mientras Diego se iba recuperando, ella libraba otra batalla: convencer a sus padres de que su estrategia con Carina de Ulloa sería mejor que el enfrentamiento abierto con ella. No porque no pudieran machacarla en un tribunal, sino porque cuanto menos escándalo los rodease en esos momentos mejor. Su madre se rindió pronto. Su padre fue un poco más duro de roer.

–¡No podemos permitir que una advenediza nos denuncie como si fuéramos vulgares canallas!

–Padre, piénselo bien y si es por el honor de Diego pidámosle a Lezo que interceda.

Así se decidió y el cabeza de familia fue el encargado de solicitar esa ayuda. Preferirían haber esperado a que el joven se recuperara, pero los bulos alcanzaban ya tal nivel que perjudicaban gravemente su reputación; eso era inadmisible. Lezo les dio la razón.

–Pueden estar tranquilos. Yo cambiaré la percepción que hay de su hijo; vaya con Dios -le contestó el Almirante, reacio en un primer momento a entrar en detalles.

–¿Haría eso por nosotros?, ¿por él? Gracias Almirante, gracias infinitas.

–Su hijo es un héroe -reconoció finalmente, ablandado por la pesadumbre del gentilhombre.

El padre quedó agradecido, asombrado con una interrogación en su mirada. No esperaba tanto.

–Jamás admitiría cerca de mí a un garulo o a un borracho; el Capitán no llegó desde luego bebido, ni se batió en ningún duelo, ha ayudado a esta ciudad más de lo que esta ciudad se merece. Lleva meses viajando por todo el Caribe a mis órdenes; ha prestado su apoyo a la guarnición de Portobello durante el ataque británico y ha regresado a casa salvaguardando importantes documentos, atravesando selvas y ciénagas. Yo haré que se anule el juicio contra él y se le reconozca su valor.

-¡No sabe Excelencia cómo se lo agradecería mi familia! -contestó finalmente don José con lágrimas en los ojos-. ¡Gracias, gracias infinitas!

El viejo necesitaba creer con todo su corazón que su único hijo y heredero, el muchacho en el que había depositado toda su fe y el futuro de la familia, no era el descarriado que aparentaba ser. Había necesitado creer que debajo de su apariencia frívola se escondía alguien más inteligente y ahora se alegraba de que alguien como Lezo confirmara sus sospechas. Pero si saberlo para él era importante, no menos lo era que lo supieran todos. ¡Ya estaba bien de tanto chismorreo y descrédito! Agradecido se despidió sin preguntarle cuándo haría pública aquella información; confiaba en que fuera pronto.

Llevaba un mes en Cartagena, finalizaba febrero, cuando Diego empezó a mejorar visiblemente. Recuperó el habla; comenzó a levantarse y a andar; sus heridas cicatrizaban; su masa muscular incipiente volvía a notársele; el cabello rapado al cero crecía dándole un aire a la moda. Hablaba poco de lo vivido en aquellos largos meses de destierro y sus padres tampoco le preguntaban demasiado por temor a lastimarlo hurgando en viejas heridas; les bastaba con verlo mejorar día a día. Paseaba del brazo de su hermana por el jardín trasero de la casa los días soleados; ella le leía en voz alta o le tocaba canciones al piano por las noches dejándolo a solas con De Rieux cuando éste lo visitaba; Diego se limitaba a escuchar más que a hablar. A menudo se lo veía ensimismado, con la mente muy lejos de allí. En sueños todavía repetía las pesadillas de su odisea por la selva, pero aquellas imágenes cada vez se mezclaban más con las desgarradoras palabras de amor que dirigía a la misteriosa dama que Olalla se había prometido descubrir.

En la cama parecía aún débil y delirante, pero despierto, su mirada era dura y decidida. Su hermana había intentado saber en más de una ocasión qué haría respecto a Mariana, pero él callaba o la cortaba en seco; no deseaba hablar de aquel asunto aunque le había dado a entender que seguiría con sus planes. Ella no se atrevía aún a preguntarle por la mujer de sus sueños pero esperaba que una vez recuperado físicamente estuviera de mejor humor y fuera más accesible. De momento la realidad era que no se había olvidado del berrinche por el abandono de su antigua prometida. ¡Era tan tozudo! y lamentablemente parecía anclado en la idea de que recuperar a Mariana de Arjona era sinónimo de recomponer su desprestigiada posición social. Tendría que emplearse a fondo para demostrarle que se equivocaba, pero ahora no era buen momento; estaba aún demasiado enfermo para contradecirlo y enfurecerlo. Ya habría tiempo.

Una mañana, Diego dejó una carta sobre la bandeja de plata del saloncito verde. Olalla, curiosa, no pudo dejar de fijarse a quién iba dirigida la misiva; sorprendida leyó el nombre: Carina de Ulloa. Le pareció el momento idóneo para sacar el tema del juicio.

–Diego, no quiero pecar de curiosa...

–¡Pues lo eres querida, y mucho! -le dijo, mientras ella se acercaba a su mesa de desayuno.

–Quiero hablarte de algo. Recordarás que tenías un juicio pendiente, el de ratificación de pena al que no te presentaste al estar fuera, por motivos que supongo serían buenos. Lezo envió un escrito al juez para suspender sine die la vista hasta que regresaras; puesto que ya estás aquí, lo suyo sería que se retomara el asunto y se terminara de una vez por todas con esa pesadilla.

–Creí -dijo mirándola mientras removía despacio el café y saboreaba un sabroso plato de huevos de iguana- que ese asunto estaba finiquitado.

–Pues no es así del todo. El Virrey te ha otorgado el perdón pero falta algo por resolver, digamos que algo se complicó.

–¿Cómo que se complicó? ¡Dios santo! ¿Es que no va a terminar nunca este lío?

–Verás, sorprendentemente la señorita De Ulloa -dijo mirándolo de refilón, viendo como daba un respingo-, a la que al parecer dedicaste unos versillos libres poco galantes, decidió interponer una demanda contra ti por mancillar su honor, y el tribunal aceptó sus pruebas.

–¿Qué pruebas? -preguntó sorprendido, mucho más interesado en el asunto. Había sido oír nombrar a Carina y sus ojos habían pasado del tedio a la ¿emoción? La señal no le pasó desapercibida a Olalla que se extrañó de ello. Últimamente parecía que hubiese pocas cosas que le devolviesen su pasión por la vida; parecía desinflado.

–Unas pruebas mediante calígrafo. Aquí no se usan en los juicios, pero al parecer en Madrid sí y ella y su letrado desean que sirvan de base legal a su denuncia. Supongo que pedirán una fuerte recompensa económica por el perjuicio sufrido y algún gesto por tu parte pidiéndole perdón públicamente.

–¡Vaya, vaya, con la señorita De Ulloa! ¿Qué te parece? ¿Va a resultar que no es la mosquita muerta que creíamos? ¿Verdad? -dijo malhumorado-. Bien, veremos. Supongo que…

–Diego -lo interrumpió- lo mejor sería que no volvieras a la sala de juicios. Si cuando te juzgaron ya parecía un teatro a rebosar de chismosos, ¡imagínate cómo se puso cuando apareció la denunciante! Se han hecho partidos: unos a favor de ella y otros tuyos; todo lo que os rodea es un escándalo. Eso te perjudica; el populacho no se tomó muy bien el que dieras plantón a la damisela y al alto tribunal y, para ser sincera, creo que los oidores y el juez tampoco. Lo ideal sería dar carpetazo cuanto antes a este asunto; pedirle en privado que retire la denuncia, evitar juicios públicos que perjudiquen más tu imagen y compensarla con dinero o lo que pida, ¿no crees?- dijo deseosa de poder convencerlo.

–Es posible. Sí, tendré que pedirle perdón, sería lo justo. Y respecto al dinero, si es lo único que le interesa -dijo herido en su amor propio- habrá que preguntarle cuánto quiere.

Así quedó el asunto, no se habló más en la mesa; Diego parecía reacio a ello. No comprendía su hermana la puñalada de dolor que había sentido al conocer el comportamiento de Carina. Entendía que la mujer buscase justicia. ¡Pero no ahora! No cuando él planeaba pedirle perdón de verdad, decirle quién era, hablarle de todo lo sucedido, sincerarse, abrirle su corazón y despedirse debidamente de ella. Cuando ella supiese quién era él realmente, cerraría cualquier posibilidad de acercamiento entre ambos, y eso en el fondo era lo que pretendía. Su relación con ella le provocaba sensaciones sin control, necesidades desesperadas y él no era así. Volver a casa, a su vida de siempre, lo hacían desear -o al menos eso quería creer- que todo fuera como antes. Por eso había escrito aquella carta para Carina. La firmaba Diego de Vargas pidiéndole una entrevista para despedirse como abogado suyo y desearle lo mejor. Si tenía que decirle adiós esperaba poder hacerlo de la mejor manera posible. Lo vivido con ella sería siempre imborrable; lo guardaría en lo más profundo de su corazón. Para él, ella sería siempre única.

Diego se levantó para acompañar a su padre a la Audiencia a firmar unos papeles cuando Olalla, tocando la campanilla de plata de la mesa, llamó al servicio para que recogieran todo. Volvió de nuevo a levantar el sobre lacrado del platillo y vio en él la firma de su hermano *D de V.* Allí de pie, junto a la cómoda de caoba y el gran espejo dorado de su madre, tuvo una idea.

Envió una misiva ella misma a Carina de Ulloa invitándola a su casa a tomar un chocolate con canela el jueves. Se mantenía informada de sus movimientos y sabía que sus intentos por introducirse en sociedad no tenían mucho éxito; a pesar de su flamante nuevo título de marquesa y de su fortuna, eran pocas las familias importantes que le habían abierto sus puertas, así es que había tenido que conformarse con familias de rango menor. La señorita De Ulloa no era estúpida, sabría aprovechar lo que aquella invitación supondría socialmente para ella; un reconocimiento de la familia De Veranz le abriría las puertas de la nobleza, le permitiría codearse con la gente que por status le correspondía. Sorprendería a Diego con la muchacha en su casa; así, él podría comprobar varias cosas: que era mucho más guapa al natural, más encantadora y viva de lo que la gente presumía y lo suficientemente sensata como para lograr la paz y terminar con un asunto judicial que nunca debería haber comenzado. Temía que la arrogancia de su hermano le hiciera retractarse en el último momento de su decisión. Seguramente la plata no sería el escollo principal puesto que había heredado una gran fortuna, pero estaba segura de que la reposición de su honor requeriría mucha más paciencia. Le había parecido una mujer agradable pero orgullosa; agradecería cualquier gesto que la ayudara a salir de la marginación social en la que había quedado atrapada.

Dos días después, a las cinco de la tarde, llamaban a la puerta del Palacio De Veranz las dos inusuales invitadas. Carina de Ulloa y su tía viajaban en la hermosa calesa que entraba en ese momento por el portalón principal. Un lacayo con librea y pelo ensortijado les abrió la portezuela y otro las ayudó a apearse. Carina bajó primero quedando maravillada del hermoso patio del palacio colonial. Dos gigantescos magnolios, varias acacias y unos sauces sombreaban el recinto en cuyo centro resaltaba un estanque cubierto de flores que rebosaba agua; grandes macizos de flores inundaban de color el lugar y al fondo destacaba un gran pajarero de madera de cedro lleno de exóticas aves que revoloteaban agitadas. Esperaban en la puerta las anfitrionas: Olalla y su madre. Ésta había hecho de tripas corazón y escuchando a su hija había aceptado invitar a las recién llegadas a su mansión. Al ver acercarse a la más joven, doña Celia quedó sorprendida... Carina llevaba el rostro descubierto, sin el velo negro tras el que se había escondido durante meses con la excusa del luto, y aunque vestía de forma sencilla resultaba una mujer increíblemente hermosa.

Ataviada con un modelo de saya francés en seda *chiné* color berenjena abierto por delante y bordado con fina pasamanería en hilo de plata, dejaba ver al caminar la falda interior en tonos más claros y las finas y altas chinelas de tacón de carrete. Las mangas ajustadas iban pegadas al brazo hasta el codo, de donde sobresalía el doble volante de encaje de *Alençon*. Al cuello sólo una cinta de terciopelo de la que colgaba una piedra de ágata del mismo tono que el traje; el cabello, sin empolvar, iba peinado hacia atrás en un moño alto y recogido con cintas plateadas a la altura de la nuca. Se había colocado un lunar postizo frente a la sien derecha y el abanico de nácar colgaba de su muñeca. Se acercó seria y educada a saludar a sus anfitrionas mientras detrás otro criado ayudaba a descender a la tía, vestida también discretamente con una bata de color gris perla y peluca blanca.

–¡Bienvenidas a nuestro hogar!- dijo en voz alta Olalla mientras su madre asentía por lo bajo.

–Es un gran honor para nosotras -contestaron las recién llegadas.

–¡Por favor, acompáñennos!

Subieron unas anchas escaleras de piedra blanca y acabaron en una terraza volada sobre el patio donde habían servido una bonita mesa con mantel de hilo, vajilla de loza, cubertería de plata y platos llenos de dulces. Una gran tetera humeante desprendía un maravilloso olor a chocolate mientras varios esclavos refrescaban a las damas con grandes abanicos de pluma y hojas de palma. Abajo las aves cotorreaban y piaban mientras una ligera brisa movía suavemente las ramas de los árboles y un denso olor a magnolias subía hasta el balcón.

La tarde pasó deprisa. La conexión entre las mujeres resultó más fácil de lo previsto y enseguida entablaron divertidas conversaciones las jóvenes y sosegadas charlas las mayores. Terminando la merienda Carina quiso ser agradecida con sus anfitrionas.

–No saben cómo les agradezco el gesto que han tenido conmigo y con mi tía. Sabrán que nuestro luto ha terminado y francamente -dijo sincerándose mientras miraba sin pestañear a doña Celia- para dos recién llegadas a las colonias resulta complicado abrirse un hueco en sociedad, sobre todo en nuestro caso... -dijo desafiante- ...con todo lo ocurrido. Su invitación es muy importante para nosotras, se lo agradecemos de todo corazón.

–Bien, no me lo agradezcan más, esperemos que pronto se pueda olvidar todo lo ocurrido. Ha sido terriblemente desagradable para todos -contestó fríamente doña Celia sin querer entrar en pormenores.

–Estoy convencida de que ahora que nos conocemos todo se aclarará pronto. Les aseguro que nunca fue intención de mi hermano herirlas a ustedes; han sido daños, colaterales, inesperados. -carraspeó Olalla queriendo restar gravedad a lo ocurrido.

–Es posible, pero las consecuencias han sido nefastas- contestó Carina mientras saboreaba un delicioso dulce de coco.

–Lo que le comenté el día de la Audiencia lo mantengo -siguió Olalla-. Si es dinero lo que exige -dijo mirándola de reojo mientras le ofrecía el lavamanos- no habrá problema, ponga usted misma la cantidad y se la daremos. Respecto a lo demás, mi hermano le pedirá pronto disculpas.

–Se lo agradezco, sus palabras son un bálsamo para mí. Lo del dinero dejémoslo correr; no necesito más del que tengo y ambas sabemos que lo que necesita mi familia es otra cosa: una reparación moral y social -doña Celia dio un respingo enojada al oír aquello pero guardó un prudencial silencio dejando el peso de la conversación a su hija-. Sólo le pido algo pequeño, un gesto como el que han tenido ustedes esta tarde y todo quedará olvidado. Espero que los chismes terminen ya.

–Eso será más difícil, créanme. Mi hermano lleva sufriéndolos años sin que nadie tenga compasión de él. Una vez se vuelve uno del dominio público, es complicado que respeten su privacidad.

–Bueno, al menos tendremos que intentarlo.

Dos esclavos encendieron con antorchas las luces abajo; aquella parecía la señal para despedirse. Carina hizo amago de levantarse, no quería resultar pesada en su primer día como invitada. Hacía un buen rato que su sentido de la cortesía le decía que era hora de irse y si no lo habían hecho ya era porque su tía seguía hablando sin parar con doña Celia y la señorita De Veranz parecía esperar nerviosa algo. Al primer intento de Carina de levantarse le había apretado el brazo, indicándole con una sonrisa pero firmemente que permaneciera sentada; Carina no se atrevió a moverse temiendo resultar descortés con aquella familia tan encopetada. Un rato después vio con alivio cómo se levantaban las anfitrionas; fue entonces cuando escucharon risas y roncas voces masculinas tras la puerta. Carina se puso tensa temiendo una encerrona: ¡el descerebrado de Diego de Veranz podía aparecer allí mismo! Las cuatro miraron ansiosas el picaporte que en ese momento giraba hacia abajo; dos hombres jóvenes entraban en la estancia ya oscura. A Carina se le paró el corazón. Los identificó perfectamente: el más bajo era De Rieux. El segundo, Diego de Vargas ¿o no era *de Vargas*? Oía sin entender la voz de Olalla presentando a sus invitadas a los dos caballeros: *Gerardo de Rieux* y *Diego de Veranz*...

El saludo amable de la señorita De Veranz a los hombres, los besos cariñosos de éstos a doña Celia, el tono distendido, el ambiente familiar, se convirtió en miradas de piedra cuando ya adaptados sus ojos a la oscuridad del cuarto los recién llegados comprobaron quiénes eran realmente las otras mujeres que había en la salita. Diego se quedó blanco mientras restallaba el sonido de un plato de loza al caer sobre el suelo y romperse en mil pedazos. Doña Constanza abanicándose se sentó en el hermoso sofá de seda floreado mientras Carina lo miraba con tal intensidad que Diego creyó lo fulminaría.

Durante unos instantes se hizo el silencio en la estancia. Gerardo apartó a la madre con una tonta excusa arrastrándola hacia la ventana mientras Olalla contemplaba la escena sin comprender nada. Nadie parecía escucharla: doña Constanza terriblemente sofocada bebía agua recostada en su asiento y los jóvenes se miraban fijamente, ajenos a los demás. Acababa de presentarlos y suponía que se saludarían cortésmente, comentarían algo sobre la sorpresa de conocerse finalmente allí, su hermano galantemente acompañaría a las damas al patio para despedirlas, se rompería el hielo. Aquello era lo que Olalla había creído que ocurriría. ¡Pero no pasaba nada! Sólo permanecían allí quietos, uno delante de otro, de pie, mudos, absortos. Las manos de Carina temblaban y Diego estaba tan pálido que parecía un muerto; la joven apenas controlaba que no se le cayera también su taza sobre la elegante alfombra francesa mientras su pecho se notaba agitado y su voz quebradiza.

-¡¡*Ummm, ummm!!*- carraspeó Olalla para romper la tensión.

Volviendo a la realidad Carina dejó despacio la taza sobre la mesita de madera y saludó a los caballeros con un gesto serio y duro. Olalla comprobó que su tono amable de la tarde había desaparecido; en ella había rabia, dolor y tristeza. Diego apenas si dijo una palabra, sólo acertó a ofrecer su brazo a la dama para invitarla a salir hasta el patio donde les aguardaba el carruaje. Tía y sobrina se montaron en el coche deprisa y sin mirar atrás. Diego escuchó la voz de Carina al ordenar a su cochero que arrancara. Desde la ventanilla los dos cruzaron sus miradas. Diego recordó apesadumbrado la última vez que lo hicieron: también había sido en otro patio, sólo que entonces había sido él quien partía. Maldijo el encontronazo, la falta de tacto, la detestable manía de su hermana de meterse donde no la llamaban, la mala pasada que le había jugado el destino, ¡maldita fuera! Había planeado explicarle la verdad a Carina a su manera, a su debido tiempo... no así. ¡Qué desastre! No querría volver a verlo nunca más. Aquella idea debería hacerlo feliz, beneficiaba sus planes de distanciarse de ella, pero al verla partir sintió que el mundo se le caía a los pies.

–Paca, ve sirviendo la cena. Para cinco; el Capitán De Rieux nos acompañará -ordenó doña Celia a su sirvienta. La mujer abandonó el grupo y se dirigió a las cocinas.

Los tres jóvenes subieron al salón en silencio. Ninguno dijo nada; cada uno parecía concentrado en sus propios pensamientos. Gerardo de Rieux había podido comprobar lo que ya intuía: su amigo se había enamorado de Carina de Ulloa; Olalla asomada al balcón permaneció con la vista perdida al frente, recomponiendo lo sucedido, estudiando la situación, dándose cuenta de que algo importante se le había escapado delante de sus narices. Diego furioso se sirvió un vaso de ron y encendió un cigarro repantigado en un cómodo sillón. Olalla intentó hablar con él, explicarle por qué había invitado a la molesta señorita De Ulloa; comprendía que estuviese furioso por haberle ocultado que esa mujer, causante de muchos de sus problemas, estaría en su casa. Pero necesitaba explicarle por qué lo había hecho, sus motivos. Lástima que su presentimiento de que en cuanto la conociese terminarían las hostilidades y él apreciaría lo encantadora que era la joven y ésta a su vez lo educado y cortés que era él no se hubiese cumplido. Le había fallado su intuición.

–¡Perdóname! Sólo quería... -la mujer se calló al ver el gesto en la cara de Diego.

En silencio el joven abandonó el cuarto. De Rieux, incómodo con la situación, se dedicó a comentar trivialidades, a esquivar nervioso las preguntas de la chica, sus miradas inquisitivas, rogando que su amigo regresara o sus padres aparecieran. Aquella noche la cena resultó más silenciosa de lo habitual; sólo don José parecía dicharachero y contento, los demás se limitaron a comentar obviedades. Ninguno encontró el valor para contarle al cabeza de familia la visita que aquella tarde habían recibido; a él no le gustaría saberlo, se pondría colérico. La señorita De Ulloa no era precisamente fruto de su devoción. Antes de medianoche De Rieux abandonaba el Palacio De Veranz y Olalla se iba a la cama con la terrible sensación de haber metido la pata.

Capítulo XVIII

Le dio un buen trago a la petaca y limpiándose la boca con el encaje de la manga de la camisa se sentó desplomado en el butacón de piel. La luz empezaba a desaparecer y al fondo el crepúsculo teñía de rosa el cielo aborregado y nuboso de Cartagena. Una fuerte brisa golpeaba los postigos de madera y levantaba las cortinas de la biblioteca. Diego manoseaba libros, levantaba polvo al sacarlos de sus estanterías, escribía rasgando con dificultad sobre el papel y andaba como un león enjaulado a grandes zancadas por la habitación tirando papeles a medio escribir a la papelera. No había salido de aquel cuarto en todo el día ni ganas tenía de hacerlo; no quería hablar con nadie ni contestar preguntas indiscretas; necesitaba ordenar su mente. El problema -se justificaba- era que aún estaba demasiado débil para pensar con claridad... aunque el ron tampoco ayudaba. Escuchó llamar a la puerta que mantenía cerrada a cal y canto.

–Márchate Olalla, ya te he dicho antes que no tengo nada que hablar contigo. ¡Déjame en paz!- contestó de malos modos creyendo que era su hermana.

Su negativa tajante a contestar sus preguntas capciosas no hacía mella en el entusiasmo de la muchacha por saber si Diego conocía de antes a la señorita De Ulloa o averiguar si en ese tiempo lejos de casa había encontrado a *alguien*. Estaba claro que las mujeres tenían un sexto sentido para esas cosas y Olalla sospechaba algo; sería cuestión de tiempo que se enterara de todo, pero él no se lo pondría fácil contestando voluntariamente a sus interrogatorios y menos medio borracho como iba ya.

–*Toc, toc* -volvieron a llamar- Soy Gerardo -dijo una voz masculina al otro lado de la puerta

Diego maldijo por lo bajo; no deseaba visitas pero tampoco podía ser descortés o grosero con su mejor amigo. De Rieux lo había visitado todos y cada uno de los días desde que había llegado enfermo a Cartagena, había aceptado hacerle los favores que le había pedido e incluso había llevado en varias ocasiones cartas a Carina que la joven había rechazado de plano. Hacía diez días de su encontronazo y no la había vuelto a ver. Aún no tenía permiso médico para andorrear por la ciudad y el doctor Canales no se había dejado intimidar por sus presiones. Diego había recurrido finalmente a Gerardo para ponerse en contacto con ella, pero su plan no había tenido éxito. Carina no atendía a razones.

Las cartas eran un galimatías que ponían en evidencia sus sentimientos contradictorios; no se sentía muy orgulloso de ellas pero era incapaz de enfocar el tema desde otra perspectiva: le pedía perdón, pero no se arrepentía de nada; lamentaba el encontronazo... pero estaba feliz de volverla a ver; odiaba el enredo que había organizado con los pasquines, pero les agradecía el haberla podido conocer. De poco le había servido devanarse los sesos con sus explicaciones porque ni ella ni su tía habían aceptado las cartas y las habían devuelto sin leer. Diego había pensado escaparse, acercarse a su casa para hablar personalmente con ella y dar la cara, pero la enfermedad se lo había impedido. Sus criados tendrían orden de no dejarlo entrar, ella no lo recibiría por las buenas y él no estaba físicamente para escalar tejados o hacer locuras; tendría que esperar, sólo que la paciencia no era su fuerte. Contaba los días para poder salir, para ir a verla pero según pasaba el tiempo su deseo de pedirle perdón iba esfumándose e iba apareciendo en su lugar una furia incontrolable por el desdén con que la mujer lo trataba, un desdén al que no estaba acostumbrado.

–*Tocc toc.* Diego ¿me escuchas?

–Sí, sí, ya voy -contestó finalmente levantándose perezosamente a correr el cerrojo.

Gerardo lo observó al entrar. Caminaba encogido y tenía la mirada enrojecida; olía a alcohol y su aspecto era bastante lamentable. Llevaba la camisa por fuera, sucia y sudada, un olor desagradable que se mezclaba con el del tabaco de la estancia y el del humo. Aún tenía los pómulos fuertemente marcados por la delgadez y la falta de peso le proporcionaba, junto a la cicatriz y el pelo rapado, un aspecto distinto, más duro, más intimidante.

–No bebas más -le pidió- no te hará bien, aún estás convaleciente. Si tanta prisa tienes por poder salir de esta casa lo más prudente sería que dejaras de beber y cumplieras todos los preceptos que te ha ordenado el matasanos. Deberías salir al patio y que te diera un poco el aire. Te vendría bien.

–Ya he salido esta mañana al jardín con Olalla un rato. No tengo más ganas.

–He venido a traerte algo que doña Constanza me ha hecho llegar, al parecer es tuyo.

Sacó una bonita tetera de plata que Diego le había regalado comprándosela en el mercado uno de los primeros días en que se conocieron cuando se mudaron a la Gran Casa. ¡Hacía tanto de aquello! y sin embargo el instante estaba fresco en su cabeza. Podía recordar la cara de asombro de Carina ante los puestos del mercado en algunos de los cuales se vendían frutos y productos tropicales totalmente desconocidos para ella. ¡Le resultó tan atractiva con su rostro oculto con aquel velo de seda negro! Se entretenía mirando absorta cualquier cosa: a los indios tejiendo bonitos chales con hilos de colores, a los niños descalzos que vendían dulces por la calle, a los mulatos preparando en sus puestos callejeros zumos de papaya o piña, los puestos de caramañolas o tamales, o las numerosas chocolaterías que había en cada esquina y que estaban a reventar de gente.

–¡Diego, vuelve! -le pidió con un chasquido de dedos su amigo.

Diego se sobresaltó ligeramente y recogió la tetera dejándola encima de la mesa. Sin invitar a su amigo volvió a abrir su petaca y le pegó otro trago.

–Lamento que la señorita De Ulloa se haya tomado tan mal el asunto. Seguro que en cuanto recapacite y entienda mejor lo que ha pasado te perdonará y se olvidará de todo -dijo para animarlo, mirándolo de reojo, sabiendo que mentía y que su amigo lo sabía. La señorita De Ulloa tenía poca pinta de ser de las que olvidan una afrenta.

–Bien, si la señorita -dijo con sorna- no acepta unas disculpas, peor para ella- comentó soberbio en un tono arrogante que bien sabía su acompañante sólo era una manera de disimular su dolor.

–Si quieres mi opinión, creo que está así de enfadada porque te ama, porque le importas.

–No sigas por ahí Gerardo, esas elucubraciones no nos conducirían a nada.

–No veo por qué. Si la amas y ella a ti ¿qué les impide estar juntos? ¡No sabes la envidia que me das y la suerte que tienes, cabrón! -dijo de forma distendida para animarlo.

–¿Suerte? *¡Ja, ja, ja!* Eso sí que es bueno.

–Sí, suerte, aunque no quieras verlo. Estoy seguro de que ella siente algo por ti y a ti la joven te gusta. ¡Reconócelo! Ahora está ofendida y con razón. Pero a una mujer enamorada se le olvidan pronto las ofensas si su amado sabe cómo reconquistarla y...

–¡Vaya, habló el experto! -lo interrumpió el otro en tono burlón lo que hirió a su amigo, que dudó entre marcharse ofendido o seguir. Optó por lo segundo. Tenía que decirle algo a Diego y lo haría.

–Estoy seguro de que te perdonará en cuanto le des la oportunidad de hacerlo. Si la tratas bien, te corresponderá, pero en estas cosas hay que tener mano izquierda, darle tiempo.

–Pues no tendrá de mi parte ni una cosa ni la otra. No la amo -dijo negando la evidencia- ni ella creo que realmente me ame a mí. Por si lo has olvidado, me odia. Así se lo ha hecho saber a todo el mundo y aunque ha aceptado el pago de una buena suma de dinero por retirar su denuncia y ha insistido en la publicación de un excusado público, es evidente que mis disculpas, las que he escrito en todas esas cartas que no se ha dignado a leer, no le interesan en absoluto. ¡Pues bien! ¡Si es lo que quiere es lo que tendrá! ¡Que se quede con el maldito dinero y con la cartucha esa del periódico, tanto me da!

–Si es así, toma las cartas -contestó De Rieux sacándose varias de ellas atadas con un lacillo azul y dejándolas encima de la mesa.

–No quiero volver a verlas, quémalas -le dijo devolviéndoselas a su interlocutor, como si el solo tacto de aquel papel le ardiese en las manos.

Gerardo recogió de nuevo las cartas prometiéndose guardarlas en su casa hasta que Diego cambiase de opinión o Carina deseara leerlas.

–*Toc, toc* -volvieron a llamar a la puerta.

–*¿Síiiiii?* -contestó, harto de tantas interrupciones- ¿Qué quieren ahora?

–Nada, sólo que me veas -respondió al otro lado de la puerta su hermana.

Abrió el picaporte con cara de resignación; parecía imposible que lo dejaran estar solo el tiempo necesario para lamerse sus heridas. Olalla entró como un torbellino. Hermosa como una princesa, con su jubón estrecho de brocado crudo estampado con florecillas amarillas y lilas; la falda ahuecada por los panniers, lucía un inmenso vuelo. Las mangas estrechas dejaban ver unos brazos finos y bien torneados y el color amarillo pastel le sentaba de maravilla a su cutis. Llevaba un hermoso collar de diamantes al cuello y a juego unos bonitos pendientes. El pelo a la moda iba empolvado y lucía un diminuto lunar sobre el labio superior. Diego admiró a su hermana; era una mujer muy bonita. Gerardo de Rieux pensó exactamente igual.

–Veo que estás preparada para ir a algún baile.

–Esta noche en Casa de los Gálvez; una cena de gala. Doña Mariquita cumple años y ha querido celebrarlo por todo lo alto. Estará todo Cartagena, e incluso se rumorea...

–Me alegro -la interrumpió Diego sin mostrar interés-. Que te diviertas.

-Cuando vuelva te contaré. Estoy deseando que te recuperes y puedas acompañarme como antes. El año pasado te perdiste toda la temporada y éste vas por el mismo camino. Gerardo, ¿irá usted a la cena?

–No, no puedo. Esta noche estoy de guardia en el fuerte.

–¡*Ohhh* qué lástima! -dijo con un encantador mohín- ¡Entonces, *au revoir* caballeros! -se despidió con la mano y una gran sonrisa; dándose media vuelta dejó solos nuevamente a los amigos.

–¿Otra vez de guardia en el fuerte? ¿Es que pasa algo? ¿Me estás ocultando algo?

–¡Nooooo! -le contestó su amigo, mientras daba una patada a unos papeles tirados por el suelo, borradores de cartas que durante toda la tarde Diego había intentado escribir.

Gerardo se agachó a recogerlos y observó en el fondo de la basura los restos de otra botella de ron vacía. Decididamente Diego bebía cada vez más. Unas voces fuera hicieron salir de la biblioteca al joven unos instantes, momento que su amigo aprovechó para revolver entre sus papeles y ver qué diablos hacía allí todo el día encerrado. Aparte de las cartas sin terminar a Carina, poco más. Un libro de ¿poemas?, un estudio sobre el cacao y ya lo iba a dejar todo cuando observó la punta de un papel estropeado y medio destruido saliendo del cajón principal. Gerardo abrió despacio y lo observó. Era un maravilloso retrato a carboncillo de Carina, un dibujo manchado, roto, y amarillento que seguramente habría viajado con él durante meses y al que debía mirar sin cesar atendiendo a lo manoseado que estaba. De Rieux lamentó la estupidez de su colega. Sabía en carne propia lo duro que podía ser el desamor, lo que dolían las penas del corazón. El rechazo de Paulina de Mendoza lo había hecho polvo, pero al menos él lo había intentado; peor era no intentarlo, buscarse excusas tontas para no tener que luchar. ¡Qué pena que Diego desaprovechara aquella ocasión para ser feliz, que siguiera prisionero de sus estúpidas promesas de honor hechas hacía más de un año y además incumplibles!

–¿Traes lo que te pedí ayer? -le preguntó a sus espaldas al regresar al cuarto.

–No, no he encontrado lo que me pediste pero si aceptas un consejo, olvídate de eso. Olvídate de Antonio Sanz, es un pobre diablo. No fuerces un duelo o un enfrentamiento que te perjudique. Si es infiel a su esposa, se juega su dinero o anda con putas y gente poco recomendable, ¿a ti qué? Ya lo terminará por descubrir ella y si no quiere darse por aludida, ¿quién eres tú para descubrírselo? Es muy poco caballeroso decirle a una esposa con quién se acuesta su marido ¿no te parece? Es mejor dejar que se hunda él solo. Tenía muchas ínfulas cuando se casó con Mariana pero va a terminar tan mal como el páter. Es igual de borracho y jugador; lo pueden los bajos instintos. -comentó- Deja que la vida le dé la lección que necesita. No se la des tú, que nadie pueda acusarte de ruin, de mal perdedor.

–Lo haré, pero si puedo ayudar en algo en su caída -dijo encogiéndose de hombros- también lo haré. Me lo prometí a mí mismo. ¿Viste a Mariana? ¿Cómo está?

–Bueno -dijo el otro haciéndose el remolón, el tema no le gustaba- está como siempre pero con veinte kilos más; embarazadísima. Por eso te digo que te olvides de la historia. Ningún tribunal anularía un matrimonio consumado como ese, además, ¿para qué querrías tú a Mariana de Arjona? Fíjate lo que te digo: al día siguiente de conseguirla, llorarías por los rincones. Eso sí, bien satisfecho tu honor público.

–Eso es cosa mía -lo cortó groseramente Diego mientras le daba otro buen trago a la petaca de ron- Sabes que he tomado una decisión y no voy a cambiar de idea.

–Pues tendrás que hacerlo a no ser que quieras terminar otra vez en el destierro o en la cárcel. Piénsatelo. ¡No entiendo esa cabezonería tuya que raya en la estupidez! Si tu padre supiera lo que pretendes, te encerraba aquí bajo siete llaves.

La conversación iba subiendo de tono y en algunos instantes amenazó con terminar mal. Diego consideraba una intromisión intolerable en su vida que Gerardo le diera semejantes consejos y Gerardo no podía soportar la estupidez de Diego, ver cómo arruinaba su vida enredado en una historia antigua y sin futuro. Diego sacó un vasito de un cajón e intentando limar asperezas le ofreció ron a Gerardo. Éste, sin decir nada, se lo bebió de un trago. Luego charlaron de temas intrascendentes, de amigos de antaño, de compañeros que habían regresado de otros destinos en La Habana o Quito. De Rieux abrió el balcón y dejó que entrara una corriente de aire que casi le vuela el sombrero. Iba uniformado y en media hora saldría para el fuerte, allí de pie disfrutó ver caer la noche sobre Cartagena. Las luces de los faroles titilaban, los carruajes pasaban por la calle embarrada por la tormenta de la mañana y el aire olía a primavera, a petunias y orquídeas. Los magnolios del patio estaban inmensos y las flores aparecían preciosas y embriagadoras. Gerardo tomó una al salir y se marchó.

Diego se quedó enfurruscado y cada vez más borracho, se asomó al balcón. Vio marcharse a su familia camino de la cena de los Gálvez, pasar calesas y carruajes de todo tipo, a un grupo de mulatos cantando canciones de amor a unas muchachitas de color que reían sus requiebros, a la gorda de la esquina recogiendo su puesto de frutas y a varios oficiales de vuelta a casa. Perdió la noción del tiempo y cansado se volvió a recostar en el butacón del cuarto. Dormido sobre la mesa de cedro de la biblioteca oyó sonar más fuerte que nunca las campanas de la catedral, tan fuerte que creyó le reventarían los tímpanos y la sesera. Abrió los ojos de par en par y observó que aún era de noche. Extrañado se acercó a la ventana que seguía abierta; lloviznaba y amanecía, ¿a qué venía tan pronto ese escándalo? ¿Tocaban el *ángelus* con antelación? ¿O no era el *ángelus*?

–¡Señorito, señorito!- escuchó gritar fuera a su criado Moncho.

–¿Qué pasa? ¿Qué es ese escándalo? ¿Cuántas malditas campanas están tocando juntas? -maldijo tapándose los oídos, cerrando los balcones y tropezándose con la botella de ron vacía tirada por el suelo.

–Los ingleses están aquí.

–¿Qué? -preguntó con la cara lívida, despertándose de un golpe

–Si señoriíto, los han visto llegar hace una hora. Barcos ingleses. Quieren tomar Cartagena como ya hicieron con Portobello.

–Rápido, ayúdame -le dijo a su criado.

Éste le ayudó a ponerse el uniforme, a lavarse, a afeitarse y le preparó un café bien cargado. Toda la casa iba levantándose: criados, esclavos y la familia que se había acostado bien tarde después del baile, había un revuelo tremendo. Su madre llorando intentó impedirle que se marchara; igual hizo Olalla sin éxito. Su padre se limitó a desearle buen día, buena suerte. Una hora después, sin permiso médico, salió camino del castillo de San Luis; allí se incorporaría a su regimiento.

Carina se empolvó la nariz, se pintó y enceró los labios, abrochó despacio los pendientes de esmeraldas y dejó que Niña Perla terminase el tocado; se vio radiante en el espejo. Necesitaba estarlo: quería impresionar a todo el mundo. Desde su merienda en casa de los De Veranz había empezado a recibir invitaciones de gente importante y por fin, un mes y medio después, había sido invitada a casa de Mariquita Gálvez, toda una institución. La temporada social se había visto interrumpida unas semanas por el ataque sorpresa que seis barcos británicos habían perpetrado contra Cartagena; felizmente la respuesta desde sus fuertes había sido determinante y en apenas unos días el enemigo se había retirado sin lograr ningún objetivo y los cartageneros se habían echado a la calle con más ganas de fiesta que nunca. Las criollas volvían a sus modistas a encargar más y más vestidos nuevos y la ciudad bullía de animación ajena al peligro que aún se cernía sobre sus cabezas. En los fuertes los hombres seguían atentos al movimiento de los ingleses que parecían indecisos a la hora de abandonar aguas de Nueva Granada y regresar a su base en Jamaica. La alerta seguía y los regimientos estaban preparados para hacer frente a un nuevo incidente si se producía. Pero aquello eran asuntos que los caballeros comentaban en sus clubes o reuniones, entre puro y puro, pero no en presencia de las damas que se malhumoraban cuando los escuchaban. ¡Eran tan aburridos!

–¿Te gusta así? -le preguntó Perla a su hermanastra.

Carina se miró en el espejo; estaba irreconocible. Perla había cumplido su palabra; había prometido transformarla en la sensación de la temporada y a Dios que lo iba a conseguir. Michaela terminaba de sujetar el peto a su elegante vestido de brocado de seda blanco con rayas y motivos florales en tonos verdes y violetas, mangas pagoda con doble volante y falda a juego. El traje llevaba ribetes guarnecidos de una cinta conocida como *punto de España* que en ese momento causaba furor en la metrópoli y en las colonias. Los altos zapatos de tacón estilo Luis XV forrados con la misma tela del traje llevaban una gran hebilla de plata en el empeine y estilizaban su figura; la nueva peluca empolvada le daba un aire más sofisticado.

–*¡Ahhhhhh!*- protestó Carina al pincharse con uno de los alfileres..

–Señorita -le dijo- no seas impaciente; terminaré enseguida.

Carina nerviosa abría y cerraba la tapa de la pequeña cajita de marfil en la que guardaba sus lunares postizos de seda mientras intentaba no ahogarse. El corpiño era tan estrecho que las varillas de ballena se le clavaban en sus propias costillas, pero a cambio de tal sacrificio su talle lucía como el de una avispa y el pecho quedaba realzado de forma atractiva, tan seductor que parecía estar fuera por completo a excepción de sus rosados pezones. La falda era amplia y ligera y las medias de seda ¡tan finas que sentía como si llevara las piernas desnudas! Sólo el liguero de encaje blanco apretaba la fina piel de su muslo; resultaba una sensación increíblemente placentera.

–Señorita, siéntese y terminaré de empolvarla -dijo la doncella.

Carina se sentó en el butacón mientras observaba a Perla manejar diestramente plumas, hojas, flores secas y lazos de terciopelo y raso en el mismo tono que el vestido. En unos minutos, con soltura, fue enlazando unas piezas con otras y sujetándoselas al pelo con grandes horquillas. Los tocados sofisticados y originales eran *lo más* en aquellas fiestas; no llevarlos era como ir desnuda, le había dicho Niña Perla acostumbrada a preparárselos a las criollas más sofisticadas y ricas de la ciudad. Carina no iba a ser menos.

Minutos después terminaba su arreglo; con el vaporizador se perfumó delicadamente y despidiéndose con agradecimiento de Perla fue a buscar a su tía. Su primer baile importante ¡estaba tan nerviosa! Perla había prometido esperarla despierta para comentar el resultado. Estaba segura de que arrasaría. Aquella noche conquistaría el corazón de más de un cartagenero *¡Al diablo con el resto!* le había dicho su tía, y ella había asentido con la cabeza. Necesitaba blindar su corazón después de tantos golpes recibidos en los últimos años.

Durante semanas había vagado deprimida por la casa recordando la decepción y el sofoco sufrido tras comprobar que su amado abogado, el hombre al que llevaba meses esperando, al que pretendía ofrecer su mano y su fortuna era un canalla; el peor de los canallas. Era el ser ruin que había hundido su reputación, el petimetre que debido a un estúpido duelo por una puta había sido desterrado. ¿Cómo podía ser eso verdad? ¿Cómo podía ser ese Diego, *su Diego?* -se había preguntado incesantemente- Se sentía como una ilusa. ¡Lo odiaba con toda su alma! Se había negado a hablar de aquel asunto con nadie. ¡Se sentía tan avergonzada de haberse dejado engañar!, que ni siquiera había comentado con su tía lo ocurrido aquella tarde en el Palacio De Veranz.

A Perla la había sorprendido no el descubrimiento ¡estaba segura de que no se equivocaba con aquel abogaducho farsante! sino sus propios sentimientos. Creyó que disfrutaría aquella pequeña victoria sobre su hermanastra y sin embargo había terminado sintiendo aquel desaire como si fuera algo personal. Evidentemente cada vez estaba más unida a ella y eso la estaba ablandando. Aquellos días había deseado de veras animar a Carina, demostrarle lo hermosa que era, hacerla olvidar el mal trago. Lo peor era que estaba convencida de que, de los cientos de motivos que tenía para odiar al caballero, el que más pesaba era el rumor de que el joven seguía enamorado de su antigua prometida, un rumor que ella malignamente había contribuido a difundir. ¡Maldita fuera!

En algunos momentos incluso había sentido piedad por ella, por la mujer que le había robado el amor de su padre y su dinero. Pero después de tantos años odiándola le resultaba difícil cambiar aquellos sentimientos; aun así era consciente de que Carina no era la culpable de sus males, de que no había hecho nada para ser lo que era. A quien debería de odiar era a la sociedad racista que la había condenado por ser bastarda y mulata. Pero aún sabiendo que estaba siendo injusta, le resultaba más fácil vengarse de una persona que hacerlo de todas.

–Nos vamos -le indicó desde abajo doña Constanza despidiéndose con el pañuelo en la mano desde el carruaje. La mulata las despidió con una inclinación de cabeza y regresó al cuarto a recoger los restos del tocado que habían quedado esparcidos por la cama.

Sentada en la butaca que hacía unos minutos había dejado vacía su hermana se echó perfume; luego destapó el polvero. El polvo de arroz le dio un tono blancuzco a su piel morena: parecía una extraña; cogió uno de los elegantes vestidos y se lo puso por encima mientras bailaba dando vueltas por el cuarto soñando con lo que podría haber sido su vida si hubiese sido blanca, si hubiese sido la dueña de aquel palacio, la heredera de su padre. Alejó aquellos pensamientos que tanto daño le hacían y se sentó. Sacó de la faltriquera de su falda una pequeña petaca con chicha y le dio un buen trago. ¡Al diablo con los blancos! -dijo no queriendo continuar envenenando su alma con sueños imposibles- ¿Acaso le iba tan mal? ¿No tenía más de lo que había esperado? ¿No había encontrado por fin una familia? Además, nadie estaba libre de penas y humillaciones; Carina era un buen ejemplo. Tanto como había heredado, tan hermosa como era, tan rica... y ahí estaba, hecha polvo.

Perla sabía que tenía el corazón partido y el amor propio hecho un guiñapo. Por lo que le había sonsacado a la tía, llovía sobre mojado. Primero había sufrido el desengaño de un primer amor infantil; aquellas primeras penas del corazón habían sido más duraderas de lo que doña Constanza había previsto y eran las culpables, en parte, de que la muchacha se hubiera decidido a viajar a las colonias e incluso de que aceptara conocer al hombre que su padre le proponía como marido, Antonio Sanz. Aquello -aunque Carina no lo hubiera querido reconocer- había sido otra decepción; el panorama que se había encontrado al llegar a Cartagena había sido duro de digerir y precisamente la persona que más la había ayudado entonces era la que le había dado la puñalada definitiva y por la espalda. Perla se alegró de no haberse enamorado nunca. A los hombres era mejor no entregarles el corazón. Ella los disfrutaba, les sacaba el dinero, se aprovechaba de todo lo que le pudiesen proporcionar, pero amor, lo que se dice amor, no lo había sentido por ninguno ni quería sentirlo. Era demasiado esclavo.

Carina era muy atractiva pero como había podido comprobar Perla, ella no lo sabía. No había visto el reflejo de tanta seducción transformarse en admiración a ojos de los hombres, que siempre eran la medida más fidedigna de la valía de una mujer, al menos en aquella sociedad. Y si los hombres la consideraban una virgen marchita, terminaría sintiéndose así. En un momento de debilidad en vez de contribuir a su inseguridad la había animado a que dejara que todos conocieran su valía y Carina había aceptado el desafío; estaba dispuesta a jugar sus cartas. Era valiente, habría que ver si lo conseguía.

El carruaje llegó a su hora al casón familiar de Mariquita Gálvez. Los lacayos con librea ayudaban a los invitados a descender mientras los cocheros aparcaban los vehículos. Carina bajó delante de su tía y muy estirada, con la mirada desafiante, se recogió la falda elegantemente y subió los escalones de la entrada. En el patio lucían cientos de farolillos de colores y se olía el perfume de los magnolios y las rosas. Había risas, susurros, sonidos de pisadas resonando en los guijarros del suelo, ruidos de abanicos y la música de fondo. Un cuarteto de cuerda interpretaba un tema suave como correspondía a esa hora previa a la cena, a la llegada de los invitados. Las dos se acercaron a saludar a la anfitriona y a su esposo. La mujer tenía la cara larga y la nariz puntiaguda; no era precisamente una belleza pero parecía inteligente y agradable. El marido medía diez centímetros menos que ella y lucía una gran peluca empolvada. Besándole la mano, sus ojos de viejo verde quedaron absortos en el escote de Carina; su esposa le dio un codazo en las costillas.

–Bienvenidas a mi casa. Es un placer conocerlas -dijo la augusta dama.

–Gracias a usted por su invitación. Es un honor -contestaron las recién llegadas.

Carina sintió cientos de ojos aguijoneándola. Había sido nombrada y en ese momento sabía que todo el mundo la miraba, chismorreaba descaradamente sobre ella, sobre su traje, su escote o su peinado. Se volvió desafiante y saludó cortésmente a la generalidad del público; algunos, avergonzados al ser pillados infraganti, se dieron media vuelta y continuaron con su ocupación: comer de las bandejas de las mesas, beber vino helado en sus copas de cristal o fumar y charlar. Mientras bajaba las escaleras sintió pánico, ¿qué haría si no la saludaban, si no la aceptaban en ningún corrillo? Esa angustia duró poco; al bajar el último escalón ya había dos hombres jóvenes esperándola. La noche fue un éxito.

Los caballeros la miraban embobados al descubrir una belleza tan original como la suya; las pelirrojas no abundaban en el Caribe. Puede que hubiera criollas más sensuales pero ella resultaba diferente; en cierta forma despampanante. Cierto que no era una jovencita, ya tenía veinte años, pero era igualmente interesante y muchos se preguntaron cómo el estúpido De Veranz había podido falsear tanto la verdad pintando a una monja mofletuda y panocha cuando la realidad les descubría una beldad inteligente y sofisticada.

Las mujeres se mostraron más reacias a darle la bienvenida, pero primero la hermana de Luis y después la propia Olalla de Veranz rompieron el hielo; luego todo fue sobre ruedas. Carina agradeció el gesto nuevamente a la señorita De Veranz; aunque las cosas con su hermano estuvieran definitivamente acabadas, ella no tenía la culpa. Su encerrona llevaba buena intención pero desconocía su relación con Diego, había comprobado el desconcierto en su mirada aquella tarde; posiblemente no hubiera llegado aún al fondo de la cuestión pero no tardaría mucho en hacerlo; era lo suficientemente inteligente y decidida para averiguar lo ocurrido. Además, entre ambas se había generado una extraña corriente de aprecio y simpatía. Carina admiraba su determinación, que no fuera sólo una cara bonita, que le hubiese dado una oportunidad. Por su parte parecía que Olalla estuviera fascinada por la expectación que ella suscitaba, por su independencia, por el misterio que la envolvía.

Aquella noche fue un éxito rotundo; Carina triunfó. La sociedad cartagenera que tanto se le había resistido terminó por rendirse a sus encantos que por otro lado eran muchos: era marquesa, era rica, era guapa, sofisticada y con clase. De repente, los bulos y mentiras sobre su desesperación por cazar marido desaparecieron, dando lugar a otros bien distintos. Sólo un mes después de su presentación por todo lo alto y de cinco bailes más de lo que se hablaba era de quién sería el afortunado que la cazaría a ella. Los hombres la invitaban a bailar, le regalaban gardenias, le declaraban su amor, le escribían cartitas y poemas y la convertían en su musa. Niña Perla había tenido razón: Cartagena se rendiría a sus pies con poco que jugara bien sus cartas. Le había salido multitud de pretendientes, algunos muy interesantes, pero de momento no pensaba casarse con nadie; no estaba tan loca. Ahora tocaba dejar en ridículo a Diego de Veranz. El disgusto aún la escocía; no iba a olvidar sin más su traición.

Todavía no había coincidido con él en ningún sitio porque no se había recuperado de su regreso de Portobello; finalmente se había enterado de dónde había estado; lo habían descubierto Carina y toda la ciudad gracias a Lezo. El Almirante lo había llamado públicamente *héroe* y todos ardían en deseos de conocer más detalles sobre sus aventuras en alta mar; querían ver regresar con todos los honores al hijo pródigo y seguir disfrutando de la gran cantidad de escándalos que solía provocar. Además, tenía mucho morbo verle coincidir con la mujer a la que había ultrajado públicamente y a la que también públicamente se había visto obligado a pedir perdón.

En el último mes había cambiado la percepción pública que existía de ambos pero la historia de su rivalidad no se había calmado. La aparición explosiva de Carina sólo había servido para realzar su leyenda, que al igual que la de Diego mezclaba multitud de datos verdaderos con otros falsos. Seguía habiendo partidarios de ambos; los unos detestaban a los otros y seguían las apuestas sobre quién ganaría definitivamente una batalla que todos entendían aún se estaba por dirimir. Desconocían lo que estaría tramando Diego de Veranz, si aceptaría sin más como habían quedado las cosas, mientras ella afirmaba no querer saber nada más de él; no le guardaba resentimiento, pero tampoco le interesaba su vida en absoluto... Sin embargo, en cuanto aparecía un nuevo chisme sobre el joven, siempre había alguien dispuesto a correr a contárselo a ella.

El primer encontronazo entre ambos ocurrió a mediados de mayo después de que el fin de semana anterior los ingleses intentaran de nuevo entrar en la inexpugnable bahía de Cartagena sin resultados. Diego había regresado socialmente esa noche envuelto en el aura de su fama; su mito de *joven escandaloso* reconvertido en *héroe sacrificado* tenía muchos adeptos, especialmente entre las damas, que seguían considerándolo el hombre más atractivo del reino. Las mujeres se le pegaron nada más pasar al salón. Ni la buena educación era suficiente para separarlas y permitir que sus maridos e hijos saludaran debidamente al héroe. Muchos lo felicitaron por sus trabajos -de los que sólo se sabía una mínima parte- y otros por su regreso y el perdón del Virrey. Nadie le nombró a De Ulloa pero todos eran conscientes de que ella estaba allí y que ambos lo sabían. Se hicieron los desentendidos toda la noche, cada uno rodeado de su séquito: ella de hombres y él de mujeres, aparentemente desconectados y sin saber nada del otro, pero en realidad tenían el alma en vilo, el corazón desbordándoseles de la emoción de saber que estaban tan cerca. Carina sólo se atrevía a mirar de reojo de vez en cuando, cuando creía que nadie la veía.

–Señorita De Ulloa, no sabe usted lo bien que hace en no acercarse a ese engreído. ¿Cómo tendría la osadía de insultarla? Hizo muy bien en sacarle el dinero que pudo y el perdón público -le decía esa noche uno de sus más fieles seguidores, el jovencísimo Cosme Banegas, un oficial también de la Armada.

La noche pasó en un suspiro. Carina bailó con un rosario de buenos partidos ajena a la presencia de Diego, quien cuando las damas lo dejaban hablaba en los corrillos con compañeros de la Armada, con antiguas amistades; de vez en cuando oía su voz ronca y profunda o escuchaba su risa, que le parecía forzada mientras hablaba idioteces con las jovencitas criollas que lo devoraban con los ojos. Sólo una persona en la sala parecía sospechar algo; Olalla de Veranz. Había llegado como acompañante de su hermano al baile pero se había retirado a un oscuro rincón con la excusa de una jaqueca. Aquella era la oportunidad perfecta de observar a su hermano, de ver su reacción junto a De Ulloa, de comprobar qué pasaba entre ambos, de descubrir si alguna otra mujer en la sala ocupaba su atención, de saber si estaba allí la mujer de los susurros, el amor oculto de Diego. Aunque no le quitó ojo durante horas no vio que prestara atención a ninguna muchacha en especial, sólo percibió la tensión que existía con la señorita De Ulloa, una tensión que a veces parecía algo más.

Las semanas pasaron divertidas. Carina disfrutaba en los bailes luciendo el hermoso vestuario que se había hecho confeccionar y Perla se esmeraba en sus tocados; cada día ponía el listón más alto. No había fiesta en la que no estuviera invitada y todo el mundo se desvivía por tratar bien a la sensación del momento. Especialmente señaladas eran las fiestas en las que coincidía con Diego. A diferencia de aquel primer baile en el que ni se hablaron, en los siguientes sí lo hicieron pero para tirarse puyas inteligentes, para llevarse la contraria sobre asuntos de cualquier calaña: la guerra, la moda, la sopa de tiburón, la forma de cortar los puros o la belleza del papel pintado de una sala... cualquier asunto era bueno para que ambos mostraran su rivalidad. Ellos lo hacían de forma inconsciente, deseosos de poder hablarse, de poder estar juntos, pero al mismo tiempo sin poder resistir el resquemor que los invadía... Para los demás, aquello formaba parte de su rivalidad. Sus enfrentamientos eran la diversión de todos. Luego quedaban otros momentos en los que él hacía la corte a las jovencitas criollas más hermosas mientras ella se dejaba cortejar por los más ricos e importantes hombres del reino.

Entre las principales ausencias de la temporada estaba la de Mariana de Arjona, recientemente dada a luz, y cuyo parto se había complicado estando a punto de matarla. Ella y su esposo hacía tiempo que no aparecían en público y algunos empezaban a hacer apuestas sobre cuándo regresarían socialmente y cómo sería su encuentro con los que deberían haber sido sus respectivos, los despechados y rechazados. Estaban deseosos de comprobar si era o no cierto que Diego seguía enamorado de Mariana, si su esposo sentiría celos o la cara de éste cuando descubriera a la mujer que había dejado pasar.

Diego y Carina seguían ajenos a esas cábalas. No habían tenido ni un momento para estar a solas pero Diego no había parado de buscarlo. Lo encontró una noche cuando ella subió al tocador después de deshacerse de los hombres que la rodeaban. Mucho mejor de salud trepó hasta el balcón abierto del primer piso y esperó a que entrara agazapado en un rincón mientras ella retocaba su peinado, pulverizaba perfume sobre su cuello y apretaba la bola de polvos que llevaba en la mano. Con el lápiz de plomo se retocaba la línea fina de las cejas cuando Diego salió de entre las sombras.

–Está muy cambiada, se la ve preciosa esta noche -le dijo a su espalda en un tono grave.

Carina se volvió asombrada dudando entre contestarle groseramente o callarse. Sus ojos lo fulminaban de encono pero su corazón latía tan locamente que él lo percibió a través de la distancia; aquello lo envalentonó. Sin mediar palabra se le acercó y besándola la apretó fuertemente contra él. Su mano podía abarcar la estrecha cintura de la mujer, sus dedos rebuscaron suavemente entre los pliegues del vestido y se enredaron con las cintas del corsé Diego sintió la terrible tentación de deshacer el atado y liberar su cuerpo de aquel suplicio de ballenas, cintas, enaguas y alfileres, ella nerviosa retiró su mano e hizo el intento de separarse de él pero le faltó determinación. Él sonrió por lo bajo, feliz de su victoria. Acercándola nuevamente la besó en el cuello, le lamió despacio los lóbulos de sus orejas, acarició con su mano libre el pecho que le sobresalía del corsé y se movía alterado y gimió de placer. Ella sintió cómo la vida regresaba a sus venas. Apretada contra su cuerpo, con las mejillas encendidas y los ojos brillantes de excitación se vio reflejada en el cálido espejo del cuarto y deseó con toda su alma poder echar el cerrojo y entregarse totalmente a su compañero; él la miraba con tanta pasión que a Carina le temblaban las piernas y no deseaba sino poder cerrar los ojos, olvidarse de dónde y con quién estaba y dejarse amar. Se hubiera dejado seducir si no hubiera sido por la voz aguda y algo petulante del joven Cosme que acudía a buscarla. No la dejaba sola ni un instante, resultaba irritante.

–¡Señorita De Ulloa! Está ahí, no sea juguetona que la he visto subir. Soy yo, su más ardiente admirador. El baile va a empezar, la esperaré -dijo el muchacho a pesar de que nadie contestó desde dentro.

–¡Vaya, parece que su paladín viene a buscarla! Corra, no lo haga esperar -dijo en voz baja Diego, molesto con la interrupción pero con una sonrisa engreída y odiosa, repleta de satisfacción consigo mismo por el logro de haberla reconquistado en un segundo y con un solo beso.

Carina, sintiéndose como una estúpida por su tono desagradable, lo abofeteó. El remolino de faldas y el intenso olor a perfume dio paso al vacío. Se escuchó el golpe seco de la puerta al cerrarse y la risa de Carina fuera hablando con el jovencito enamorado. Diego se quedó unos instantes solo en el cuarto flotando entre la maravillosa sensación de haber podido volver a tocarla, a besarla y el indescriptible dolor no de la cachetada que apenas había sentido, sino del rencor que reflejaban sus ojos. Dándole un trago a su petaca se colocó la peluca, las chorreras de la camisa y descendió nuevamente por el balcón, descolgándose por la conducción del agua que aterrizaba en la parte trasera de la casa. Al escuchar a unos enamorados perdidos en la oscuridad del jardín sonrió y se escondió unos minutos tras unos setos; instantes después entraba en el salón de baile como si nada hubiese ocurrido. Y en realidad, se dijo a sí mismo, así había sido. Aquel beso sólo había sido un momento de debilidad. No volvería a ocurrir. Ella lo odiaba y él tenía otros planes. ¿O no?

Capítulo XIX

El tintineo de los cubiertos acompañaba las risas y el buen ambiente en la mesa. Luis González encendió un cigarro y rió con la última ocurrencia de doña Constanza; Carina sonreía encantada de que el caballero hubiese cumplido su promesa y se hubiese acercado a visitarlas en uno de sus viajes de negocios. Llevaba menos de una semana en la ciudad y ya había almorzado tres días en casa de las De Ulloa. La tía había comprobado encantada lo buenmozo que era, su saber estar, su excelente trato. Él se desvivía por gustarles. Entre los obsequios ofrecidos les llevó ricos tarros de miel de sus panales y un saquito con pepitas de oro de uno de los riachuelos que atravesaban sus fincas. Doña Constanza agradeció el regalo y le preguntó por su familia, por sus negocios y por Mompox, quería saber si era tan maravilloso como lo pintaba Carina.

Luis reía encantado mientras alababa las manos de la cocinera por el riquísimo plato de arroz con tortuga que había preparado mientras las criadas servían los postres y el café.

–Veo que Niña Perla no está con ustedes, me hubiera gustado conocerla. ¿Acaso ha dejado ya la casa? -preguntó sin más, mientras la tía hablaba sin parar de los problemas de abastecimiento que habían sufrido en el mercado por culpa de los malditos ingleses y el favor que les había hecho doña Gilda, una amiga que habían conocido en la cena de gala de los Pardo, otra familia acaudalada de Cartagena. Carina se limitaba a escuchar y a reírse. Con sus manos huesudas y llenas de anillos la tía hizo sonar la campanilla de plata de encima de la mesa y llamó al servicio.

–Amarilis -dijo nombrando a una chiquilla- recoge esto ¿ha llegado ya Niña Perla?

–No señora, aún no ha llegado -contestó la jovencita mientras con soltura recogía los platos sucios y los cubiertos.

–Lamento que no la hayáis podido conocer aún -dijo la tía encogiéndose de hombros- Nos informó que estaría dos o tres días en Getsemaní con su abuela, quería ir a verla; al parecer la vieja está enferma pero aún no ha regresado. No tardará mucho.

Luis González de Prado vestía con colores claros como era costumbre en aquellas calurosas tierras. Llevaba un conjunto de casaca, chupa y calzón de tafetán de seda color rosa palo con pequeños motivos verdes; un traje sencillo y elegante. Había dejado la peluca en una silla y para comer lucía la cabeza al descubierto dejando ver su pelo oscuro y corto. Sus rasgos eran finos, sus ojos negros, sus labios delgados y todo su porte elegante. Sacó su reloj del bolsillo del chaleco y al ver la hora se despidió de sus anfitrionas.

–¿Quisieran que viniese mañana a buscarlas? Podríamos dar un paseo por la ciudad -les preguntó.

La tía asintió encantada. Le gustaba pasearse en calesa por el centro de la ciudad, dejarse ver... ¡bastante tiempo habían estado escondidas! -decía cuando Carina la acusaba de ser una exhibicionista y mentalmente comparaba esos modales con los del caradura del letrado. ¡Con razón no quería pasear por el centro, para que no lo reconocieran! Ella que lo había apreciado tanto, que había hecho lo imposible porque espabilara para ganarse el corazón de Carinita, para que obtuviera su mano a pesar de que social y económicamente distaba entre ellos un mundo. El muy desgraciado ¡el cabrón! bien debía haberse reído de sus indirectas y sus planes. ¡Que se fuera al diablo! Además el muy fresco había hecho comentarios impertinentes de otros caballeros como Luis González. ¡Pura envidia! ¿Cómo podía atreverse a considerar a ese galán poco hombre? Imposible -pensó la tía- viendo su apostura, escuchando su voz grave y varonil, viéndole comportarse. Tampoco es que ella tuviese mucha experiencia con esa clase de hombres pero por lo que había oído solían ser bastante llamativos, gustaban de lucir muchos rasos y lazos, llevaban pendientes y algunos se pintaban más que las mujeres, desde luego no era el caso. Podría ser un buen partido -se dijo- aunque sabía que el joven tendría competencia. La mitad de los hombres de Cartagena pretendía esos días a Carina, pero ella haría campaña por él. Esperaba que su sobrina se decidiera pronto y encontrara un buen muchacho con el que formar una familia. Ese joven podría ser don Luis.

–¡Qué joven tan formal, tan encantador! -comentó la tía una vez el muchacho se hubo marchado.

–Sí, ciertamente lo es, pero si está pensando -le advirtió con una mirada socarrona- en otra cosa que vaya más allá de una simple amistad entre ambos ya le digo que será imposible.

–¿Eso crees? -preguntó curiosa la tía mientras hacía intención de subirse a dormir la siesta.

–No haga cálculos que no se cumplirán. Déjelo estar.

–¿Dejarlo estar? ¿Sabes querida cuántos años tienes? Te lo diré: camino de veintiuno, casi una solterona. Y ahora no será por falta de candidatos, sino por indecisión tuya. No voy a permitir que pierdas el tiempo lamentándote por lo que no pudo ser. La vida es demasiado corta ¡si te diré yo! -dijo haciendo un sonoro gesto con la mano- ¡Cómo para que la pierdas llorando por un canalla que no te merece! Olvídate de ese tipo. No es buena gente, ya lo has visto. Cásate con un buen hombre y después Dios dirá. No quiero irme de este mundo y dejarte sola.

–Ni se va a ir de este mundo -al menos por ahora- ni me voy a quedar sola. No diga tonterías.

–No son tonterías. El tiempo pasa deprisa y la belleza es flor de un día. Aprovecha ahora que estás en la cúspide para encontrar un buen hombre, casarte y tener hijos, tu propia familia. Yo soy vieja, pronto habré pasado a mejor vida y tú te verás completamente sola en esta ciudad extraña.

–No es tan extraña. Ya llevamos tiempo aquí y conocemos gente -contestó por lo bajo Carina pero sin insistir en un tema de conversación que siempre ponía nerviosa a su tía.

La mujer se dio media vuelta haciendo crujir sus faldas y subió a la alcoba. Carina se quedó un rato ordenando al servicio algunas tareas y leyendo. Las palabras de su tía no hicieron mella en ella esa tarde. Estaba feliz. A excepción del pequeño dolor que aún anidaba en su corazón por la traición de Diego, todo lo demás parecía salirle a pedir de boca; al éxito social se le había sumado la buena fortuna económica: sus tierras no paraban de dar cosechas y recoger beneficios; además, tenía montones de pretendientes, jóvenes de buenas familias que se desvivían por cumplir cada uno de sus deseos. A eso se había sumado la llegada a Cartagena de un gran amigo como Luis González con el que se sentía maravillosamente bien; y por si eso fuera poco, pronto volvería a ver a su mejor amiga, a Lucía. En ese mismo instante viajaba camino de Nueva Granada. Llegaría acompañando a su hermano Ramón, viudo reciente, para cuidar de su sobrino un niñito que había quedado huérfano nada más nacer. La noticia la había puesto un poco nerviosa. ¡Volver a ver a Ramón! ¡Volver a contar con la cercanía y el cariño de Lucía! Ramón, que también era militar, viajaba destinado al cuerpo de oficiales del Virrey Eslava. También éste había caído bien a Carina. Lo había conocido hacía quince días en un baile de gala oficial y la principal autoridad de la colonia se había mostrado encantador con ella.

–Es usted mucho más encantadora de lo que me habían contado -le dijo galante mientras le hacía una pequeña reverencia.

Carina le contestó con simpatía, mientras observaba el atuendo del Virrey. Lucía una larga peluca blanca estilo Luis XV, un levitón largo de seda anaranjada con bordados dorados, una corbata blanca y entremangas de encaje, medias azules hasta la rodilla y los muslos cubiertos por un calzón corto de la misma tela que la chaqueta. Los zapatos negros con hebillas de oro eran altos y se apoyaba sobre un fino bastón. Era un hombre alto y voluminoso, con la cara alargada, la nariz fina y prominente y doble papada. Tenía el acento navarro propio de su tierra y la piel muy blanca, resaltándole de natural los colorados carrillos. La cena de gala había tenido lugar en la Casa del Gobernador organizada por el propio Eslava y a ella habían asistido todos aquellos que eran *alguien* en la ciudad.

Carina observó como el Virrey hablaba animadamente con los oidores reales José de Malo y José de Quintana, dos de los fiscales que habían estado presentes en su juicio contra Diego. Cerca estaba un grupo de monjes del hospital San Juan de Dios y dos enviados de Santa Fe de Bogotá. Había preocupación en esa ciudad por una epidemia de peste que se había detectado. Asistían desde luego el resto de cargos públicos del reino: alguaciles, el Capitán general, el Procurador General, los rectores de los principales colegios, los priores y guardianes, los encomenderos, los caballeros y notables de la villa, el Corregidor, y desde luego la máxima autoridad militar de Nueva Granada y por extensión de todo el Caribe, Blas de Lezo.

Contrastaba la elegancia -eso sí, un poco anticuada y rancia- del Virrey, con el aspecto austero de Lezo, del que lo que más se veía era su pata de palo incordiando por todas partes. Carina no lo había conocido hasta ese momento. El hombre había estado sumamente ocupado impidiendo a los ingleses entrar en Cartagena como para asistir a fiestas y bailes. Llevaba uniforme militar y tapaba su ojo tuerto con un parche. La peluca le caía como un santo y tres pistolas mientras hablaba sin parar y se manejaba a gusto con el único brazo disponible. Causaba una extraña impresión verlo. Tuerto, manco y cojo era impresionante a primera vista. Carina no podía dejar de mirarlo. Era como si sus ojos desobedecieran sus órdenes mentales y siguieran sin pestañear el movimiento de su pata de palo sobre el parqué o la mirada intuida del ojo sin vida. De repente se volvió y mirándola fijo con el ojo bueno, la saludó cortésmente con una gentil inclinación de cabeza. Carina sintió cómo le subían los colores a la cara de la vergüenza.

Tras terminar de recoger todo y leer su correspondencia, Carina se recostó un poco en la mecedora del saloncito y durmió un par de horas. Ya tarde, serían las seis, cuando su tía pasó como un torbellino abriendo las ventanas y los postigos dejando que entrara la luz de la calle. Carina bostezó.

–¿Ha regresado Perla? -preguntó a su tía.

–Llegó hace una hora, dice que de visitar a su abuela, ¡a saber! Te está esperando para vestirte.

Carina subió a su cuarto. Sobre la repisa de mármol de su hermosa cómoda, en una bandejita de plata, Perla había echado un mantón de piedrecitas de colores, plumas pequeñas, caracolas de la playa que servirían para hacer el tocado de esa noche. Dos horas después entraba en casa de los Mendoza; la fiesta era para celebrar el compromiso oficial de su hija Paulina -la misma a la que sin éxito había pretendido Gerardo de Rieux- con el joven oficial Alejandro Pinares.

Las salas de la mansión estaban a rebosar de gente cuando las

De Ulloa llegaron. Las luces de las velas de los numerosos candelabros titilaban y daban un aspecto cálido a las estancias donde la música se mezclaba con el gentío. Aquel día sería especial: asistiría Mariana de Arjona repuesta ya del parto y su esposo, *el innombrable*, según doña Constanza. Su tía se hacía cruces de las historias que se contaban sobre ese tipo, un individuo al que Carina sólo creía haber visto en alguna ocasión y de lejos. A ella no le extrañaban esas maledicencias porque Perla la tenía al tanto y sabía que era un depravado, un alcohólico, un individuo violento, agresivo e irascible ¡y pensar que podría estar casada con él! Sintió un escalofrío. Desde luego aquella noche se hablaría de sus escándalos y de algo más: a esas horas muchos estarían disfrutando del morbo que supondría verlos a los cuatro juntos, saber cómo reaccionarían. ¿Qué sentiría Diego? ¿Estaría tan ansioso por ver a Mariana de Arjona como las malas lenguas pregonaban? Sólo pensar en ello le partía el corazón. Pero no sabía si el dolor que atenazaba su corazón eran celos o la pena de tener que reconocer que después de todo ella, como una idiota, seguía amándolo. ¡Sería imbécil!

La cena fue un ligero bufet, servido de pie, donde los comensales rellenaban sus platos sirviéndose ellos mismos de las enormes bandejas de comida preparadas en el salón grande. Carina se sirvió un poco de yuca y res hervida y, rodeada de sus incondicionales, se divirtió intentando parecer lo más normal posible, sabiendo que los otros estaban allí, pero sin verlos. Aquella noche contaba además con el respaldo y la compañía de Luis y de su hermana Clara, por lo que no se sentiría sola. Pronto terminó la cena y comenzó el baile. Los más jóvenes estaban deseosos de que así fuera.

–Estese tranquila, verá cómo esta noche pasa pronto, -intentó tranquilizarla González mientras la alejaba del fuego. Había podido ver al matrimonio Sanz-Arjona en la sala rosa y se había ido llevando a Carina hacia otro lado. A él también le disgustaban tantos chismorreos.

–Y a mi tía, ¿la ha visto? Llevo toda la noche sin saber de ella.

–Sí, no se preocupe, está jugando una manito de cartas con varias damas. Le aseguro que no se arruinará en la partida. Ya ha ganado dos veces y por lo que he visto hoy tiene suerte en el tapete.

–¿Sabe si traerán hoy la ruleta?

–No sé, es posible. A las autoridades no les gusta mucho. Ha habido muchos fraudes pero a la gente le encanta y a los Mendoza les gustará que sus invitados se diviertan por todo lo alto.

–No he visto a Gerardo de Rieux; aunque lo suyo con la muchacha no saliera bien seguramente estará invitado a la fiesta. Era amigo del hermano mayor de la señorita Mendoza por lo que tengo entendido.

–Eso he oído, pero es entendible que no asista. Claro que él tiene más sesera que su amigo -dijo mirando a Carina directamente a los ojos-. Por ahí anda; he visto a su letrado en la misma sala que a su antigua prometida. Parece que busca lío.

Carina tragó saliva, sintiendo un puñal en sus entrañas con ese comentario en apariencia inofensivo.

–Ahora la dejo en manos de sus admiradores pero luego necesito hablar un momento con usted… tengo algo que proponerle -le dijo mientras le sonreía con aprecio.

Carina se soltó de su mano y en la pista de baile danzó con algunos pretendientes varias piezas de corte. Durante unos minutos pudo ver a Diego que tranquilamente la miraba desde un rincón. Estaba solo y llevaba una copa en la mano. Cuando volvió a mirar de reojo hacia esa esquina había desaparecido. Se preguntó si estaría haciendo comparaciones entre ella y *la otra*. Entonces sintió una tremenda curiosidad por conocer a la *beldad* que al parecer le había robado el corazón a Diego. Necesitaba comprobarlo ella misma. Decidida se acercó a la sala contigua dónde sabía estaban los demás.

Efectivamente su tía estaba teniendo una buena tarde. La vio metida en faena, descartándose naipes sin parar, sumando fichas y colocando monedas delante de ella. Se la oía reír; estaba en su salsa. Doña Constanza era una mujer muy sociable y le encantaban aquellas reuniones. A la mesa había seis jugadores, cuatro damas y dos caballeros. Uno de los viejos miraba a la tía sin cesar más atento a sus necesidades que al juego. A Carina le divirtieron aquellas atenciones; no veía a su tía en el papel de enamorada a su edad, pero todo podía ser. No sería el primer caso. Doña Constanza se veía guapa a su edad aunque el polvo se le hubiese metido en las arrugas de la cara y el maquillaje fuera excesivo. Su sonrisa la rejuvenecía.

Carina intentó mirar de reojo en la dirección donde estaba el matrimonio Sanz, pero no fue necesario. Una de las brujas más maledicentes de Cartagena, doña Aurelia, la arrastró de la manga en dirección al joven matrimonio para presentárselo. Carina sintió cómo se hacía el silencio en la sala, cómo todo el mundo llevaba horas esperando aquel encuentro, cómo hasta los más discretos dejaban las cartas sobre los tapetes, las copas sobre las mesas y las charlas para mirar en su dirección. Se sintió la diana de todas las miradas y los nervios la obligaron a sobreponerse al instante de pánico. Levantó la cabeza, y se acercó contoneándose ligeramente hacia ellos. Sabía que estaba preciosa, lo sabía porque lo había visto y porque todos sus admiradores se lo habían repetido esa noche hasta la saciedad. Su ajustado corpiño verde claro bordado en seda de colores resaltaba el tono blanco nacarado de su cutis. Además esa tarde había prescindido de la peluca y lucía un sofisticado peinado de varios pisos con su pelo natural. El caoba destacaba entre las docenas de cabezas blancas de la sala.

–Queridos jóvenes, me gustaría presentarles a la sensación de la temporada. Estoy segura de que habrán oído hablar de ella -carraspeó sarcástica- y de su éxito social -dijo mirándolos con un brillo divertido en sus perversos ojillos negros que denotaban lo mucho que estaba disfrutando del momento-. Doña Mariana, le presento a Carina de Ulloa. Señorita De Ulloa, doña Mariana de Arjona.

Ambas mujeres se dieron un beso al aire, acercando sus caras y sus tocados, pero sin rozarse. Durante unos instantes ambas se miraron, como midiendo sus fuerzas. Mariana de Arjona era una guapa rubia escultural y contundente. Los kilos de más del embarazo le habían redondeado las formas pero mantenía la estrecha cintura, los hermosos hombros blancos y los pechos abundantes amenazando explotar el corsé. Era de rasgos finos y regulares, de labios carnosos y rojos, nariz recta y pequeña, pómulos bonitos y ojos azules y dulces. Parecía una niña atrapada en un cuerpo de mujer -pensó al verla-. Era una mezcla sensual, y para muchos hombres irresistible, de mente infantil y cuerpo arrollador. No parecía tener muchas luces y viéndola de cerca fue incapaz de sentirla como una amenaza.

–Encantada. Mi esposo y yo hemos oído hablar mucho de usted. Será estupendo para la vida social cartagenera contar con caras nuevas, sobre todo sin son tan hermosas como la suya -le dijo a la recién presentada con una amable sonrisa y un tono dulce y agudo.

Carina se inclinó y le agradeció respetuosamente sus palabras devolviéndole el cumplido.

–Soy yo quien ha oído mucho hablar de usted y todo para bien. Es usted afortunada. Me alegro de verla restablecida del parto y espero pronto conocer a vuestro retoño.

La Arjona rió agradecida, sin malicia y Carina no pudo dejar de sentir un poco de pena por ella, por la mala suerte que había tenido cayendo en manos del sinvergüenza de Antonio Sanz, y en ese instante le estuvo profundamente agradecida. Si no hubiera sido por Mariana seguramente ahora la señora Sanz sería ella misma, sería ella quien sufriera las humillaciones de un marido borracho y calculador. Además al verla, al oírla, sus celos desaparecieron. No era posible que Diego la amase; él era complicado, vital, enérgico, y ella jamás podría comprenderlo. Diego no podía amarla.

–Señorita De Ulloa -cortó sus pensamientos doña Aurelia que seguía con las presentaciones-, le decía que este joven -dijo señalándole con su abanico- es don Antonio Sanz, seguramente lo conocerá ya.

Carina escuchó risitas detrás, a sus espaldas. Haciendo caso omiso de ellas se adelantó hacia el hombre y le entregó la mano. Él se la besó cortésmente. Lo miró a los ojos; quería comprobar si era el tipo que todo el mundo le había pintado o sólo era mala fama. El caballero vestía elegantemente una chupa confeccionada en gross de Nápoles de seda color oro con cuello a la caja y mangas largas, pantalón a juego y medias blancas impolutas. Los altos zapatos lucían grandes tacones y hebillas doradas y llevaba peluca. Tenía la tez muy pálida, tanto que a Carina le pareció enfermizo. Los labios pintados ligeramente con carmín eran tan delgados como una línea y lucía una mota en la mejilla. Todo el parecía grisáceo excepto los ojos, que le resultaron inquietantes. Sintió que había en él algo amenazador y se preguntó cómo su padre pudo haber pensado en casarla con aquel ser repelente. Habló y Carina perdió el hilo de sus pensamientos.

–Me alegro de conocerla, había oído hablar de usted -carraspeó comprendiendo la estupidez de su afirmación-. Como sabrá, conocía de antiguo a su padre. Él habría sido muy feliz de saberla aquí sana y salva, ¡lástima! -dijo, y más que mostrar pena parecía estar tapándose la boca de un bostezo.

Llevaba multitud de anillos en sus dedos y sus piernas se veían finas y poco musculosas. Era elegante hasta la afectación; le resultó repugnante. Carina se preguntó qué armas habría utilizado para conquistar a la Arjona siendo ella la joven con más pretendientes de Cartagena y teniendo como novio a Diego. ¿Cómo alguien en su sano juicio podía haber hecho tal cambio? ¿Acaso era idiota? o ¿la habría chantajeado con algo? Estaba claro que todos en la ciudad debían opinar lo mismo; parecía algo evidente. ¿Estaría Diego viendo la escena? Seguro, no se la perdería por nada del mundo. ¿Qué sentiría al verlos juntos?, ¿las estaría comparando? ¿Habría captado la mirada obscena de Sanz fija en su escote? Sus ojos eran perversos; su mirada de deseo le pareció nauseabunda, sintió como si una mano helada la tocara. Le contestó sin entusiasmo y sin ocultar su desagrado se marchó. La gente se quedó con la boca abierta mientras ella, en un remolino, se dio la vuelta pillándolos a todos mirándola sin pudor.

Después de aquello, la noche perdió su interés. Carina supo que todos los insultos y maledicencias imputados a Sanz tenían visos de ser verdad. Repelía. Daba igual cuánta seda llevase, sus ojos espantaban porque eran, desgraciadamente para él, transparentes; mostraban al mundo un alma turbia, rencorosa. Incluso le había dado miedo; había provocado en ella un temor vago. ¿Sería verdad que había estado implicado en la muerte de su padre? Perla y Tomasa aseguraban que sí, pero los tribunales no habían logrado probar nada. Había intentado averiguar en aquellos meses todo lo relativo a la vida de su padre, investigar qué enemigos tenía, quién podría estar interesado en su muerte. Perla estaba obsesionada con inculpar a Sanz y a su entorno, repetía refiriéndose a un grupo de delincuentes de poca monta que hacían negocios turbios con su padre; contrabando. Aquello no la había hecho sentirse muy orgullosa de su progenitor aunque se obligó a no juzgarlo antes de conocer con exactitud todo lo ocurrido.

En medio del jolgorio y la música sintió una oleada de tristeza, hubiera deseado tener cerca a alguien querido, a alguien que borrara la lamentable impresión que le había producido ese tipo. ¡Ojalá hubiera tenido los brazos de Diego para consolarla! Lamentablemente no podría ser. A sí es que *a falta de pan* -se dijo- y decidió reunirse con Luis González.

–Veo que ha sido valiente dejando que esa vieja bruja de doña Aurelia la llevara a rastras a conocer *al matrimonio feliz.* ¿Qué le han parecido?- le preguntó mientras aspiraba un poco de rapé.

–Él, profundamente desagradable, ella tonta. Tonta y guapa; pero desde mi perspectiva femenina más de lo primero que de lo segundo.

–Un análisis rápido y certero -comentó mientras estornudaba-. Así los veo yo también y mi perspectiva es masculina -dijo mirándola con una chispa de risa en sus ojos negros- Esa mujer es una cabeza de chorlito. Tiene un cuerpo de una cortesana curtida en mil batallas y la mente de mi sobrina de diez años. Una mezcla explosiva, sí señor; la mujer perfecta para la mayoría de caballeros del reino. ¡Y digo mayoría! No a todos nos gustan así las mujeres.

Aquel "*nos*" llamó la atención de Carina. ¿Desde cuándo le gustaban a él las mujeres?...

–Tome, refrésquese; cualquiera necesitaría recuperarse de un encuentro tan desagradable.

Le ofreció un sorbete de tamarindo y la animó a salir al jardín; caminaron por los senderos de guijarros encontrándose con jóvenes que disfrutaban de los primeros goces del amor. La noche olía intensamente a flores y corría una ligera brisa. Carina se sintió renacer.

–¿Mejor? -le preguntó Luis al cabo de un rato caminando en silencio.

–Mucho mejor; se lo agradezco. La única pega es que mis admiradores habrán quedado desolados. He visto al pobre Cosme casi llorando -se rió mientras se recogía unos mechones del pelo.

–Carina... -la interrumpió nervioso- si la he traído aquí es por algo que supongo ya sospechará.

Ella lo miró sin entender nada y lo animó a continuar.

–Sé que es la mujer ideal: guapa, cariñosa, con sentido común, con las cuentas saneadas -dijo riéndose- en fin, no quería esperar más a hacerle una proposición como Dios manda. ¿Quiere casarse conmigo?

Carina casi se ahoga del susto. ¿Casarse? ¿Con él? ¿Con un homosexual declarado? ¿Se había vuelto loco de remate? ¿Por qué hacía una cosa como esa?

–No lo entiendo. Creí que las mujeres no éramos su principal tentación.

–Pues ya ve que se equivoca; puede que las mujeres, así en general no, pero usted sí y...

–Por favor, no siga, ya sabe cual será mi respuesta -dijo nerviosa interrumpiéndolo-... mi respuesta será no. Porque usted no me ama y yo tampoco lo amo. No, porque tiene inclinaciones que harían insostenible este matrimonio, lo convertirían en una farsa, en el hazmerreír de muchos. No, porque no hay nada, nada que pueda hacer que esto salga bien. ¿Acaso me equivoco? -le contestó muy seria.

–Se equivoca. Déjeme que le explique mi postura... -señaló mientras la agarraba al vuelo, antes de que huyera de nuevo hacia la casa- Podemos ser el matrimonio perfecto: tenemos buena sintonía, amamos las mismas cosas, disfrutamos juntos, adoro oírla cantar y reír, le tengo y le tendría siempre en infinita consideración, podríamos vivir la mitad del año en Mompox y la otra mitad en Cartagena. Disfrutaríamos tanto en el cacaotal como en estos bailes de gala. Y respecto a mis inclinaciones, son diversas -mintió- Puede gustarme un hombre o una mujer, y usted es esa mujer. Me encantaría tener una familia, hijos tan inteligentes como usted, hijas tan hermosas como su madre y además... -dijo mirándola a los ojos- precisamente mis inclinaciones podrían hacernos libres, cada uno podría tener sus amistades, por supuesto en secreto, y disfrutarlas. ¿Qué me dice?

–Que no. ¿Se ha vuelto loco? ¿Qué razones tendría yo para cometer semejante locura? Soy joven, guapa, rica, dispongo de buenos pretendientes, no tendría sentido casarme con alguien con inclinaciones poco claras. Lo siento, además no lo amo.

–El amor, ese grandísimo sentimiento, esa farsa. ¿Qué amor? ¿El qué sintió por ese apuesto joven en España? ¿Acaso lo va a esperar?

–Pues tal vez -cortó enfadada Carina por el tono displicente del caballero-, ese jovencito, como lo ha llamado, está en estos momentos viajando hacia acá. Ha sido destinado al cuerpo de oficiales del Virrey.

–¡Vaya, qué callado se lo tenía!

–No, para nada; es que no me ha dado pie ni tiempo a contárselo, pero aquí está. Ya lo ve.

–De todas formas, los amores que fueron, fueron. Rara vez soportan la tiranía del tiempo. Todos cambiamos y él también habrá cambiado. Es posible que ahora ni le guste... -Carina callaba mientras el hombre subía el tono cada vez más acalorado. No creo que vuelva con ese hombre -en sus ojos había desaparecido cualquier rastro de amabilidad- y tampoco creo que esté la cosa para volver ¿con su letrado? Sería un escándalo ¿no cree? Si se supiera que el archienemigo de la popular señorita De Ulloa fue durante meses su hombre de confianza y ¿su amante?

–¿Cómo se atreve? ¿Me está chantajeando? ¿Me está dando a entender que si no acepto su propuesta eso podría salir a la opinión pública? -cortó sofocada.

–No, desde luego que no; no me interprete mal, sólo quiero señalarle los inconvenientes de...

–No me señale nada. No vuelva a acercarse a mí. ¿Entendido? No sé qué le ha pasado. ¿Lo presiona su familia? ¿Su padre quiere un heredero? No sé por qué hace esto, pero desde hoy manténgase bien lejos de mi vista. -le contestó furiosa.

–¡Vaya, qué altiva! No se mostraba tan superior hace unos meses.

–*¡Zaaasssss!* -Carina le soltó una cachetada-. Si sigue por esa línea aténgase a las consecuencias.

Se marchó deprisa sabiendo que alguien habría visto la escena y sería la comidilla al día siguiente... pero no lo había podido evitar. Le hervía la sangre; se sentía ultrajada y dolida. ¿Cómo había podido confiar en ese ser mezquino? Y ella creyéndolo un amigo. ¿A qué diablos venía semejante proposición? ¿Lo habría animado alguien a hacerla o ese había sido su objetivo desde el mismo día que la conoció, conseguir una heredera, una mujer rica? Estaba segura de que era homosexual, que no sentía ninguna inclinación por ella, lo único que podría buscar con semejante alianza era ser más rico de lo que ya era, unificar sus plantaciones, recuperar la parte que un día fue de su familia -la mina y varios acres de terreno habían sido durante generaciones de los González ¿Querría recuperar el control sobre los pasos de montaña? Diego le había asegurado en su primer reconocimiento que aquellos eran pasos de contrabando. Con los pies doloridos, la cabeza ardiéndole y los ojos al borde del llanto entró en el salón y, ajena a las miradas curiosas, buscó a su tía. Poco después ambas abandonaban la fiesta.

Perla las vio llegar; le sorprendió que lo hicieran tan pronto. La mulata se había retrasado en sus quehaceres y había terminado muy tarde de lavarse en la cuba. No venía de Getsemaní sino de su casa. Necesitaba saber cómo estaban las cosas, tantear si podría regresar a ella, dejar de seguir viviendo de prestada con las De Ulloa. Reanudar su vida. Lo primero había sido llamar a su benefactor. Su doncella Michaela había ido a notificárselo y poco después el hombre había aparecido. Ni tiempo de cerrar la puerta había tenido la criada cuando el gordo potentado ya se había quitado la casaca, tiró la peluca encima del sofisticado canapé tapizado en seda dorada y se desabrochó la bragueta camino de la cama de su putita, como le gustaba llamarla. Encontró a la mujer extendiéndose un oloroso aceite por sus desnudas piernas, con la camisola abierta, los grandes pechos saliéndosele y la ropa interior a la vista. Fue más de lo que pudo soportar. Sin dejarla terminar la tumbó en el lecho y la penetró con fuerza mientras gotas de sudor le resbalaban por la cara. Cuando terminó el hombre abrió su puño.

–¡Toma, desagradecida!- le dijo, mientras depositaba en la palma de su mano unos zarcillos de oro bellamente labrados.

–¿Desagradecida? -contestó ella con un mohín-¿Acaso desearías no regalarme nada? Creía que querías verme.

–¿En falta? Estaba loco por montarte -reconoció el hombre sin tapujos-. ¿Sabes cuánto tiempo llevas en casa de esa remilgada?

–¡Ja, remilgada, me río yo de las remilgadas! Esa hermanita mía da que hablar más que yo. ¡Ya la habrá visto en los bailes! Conociéndote seguro que no le habrás quitado ojo, que te habrá crecido la entrepierna -dijo entre risas agarrándolo de los volantes del cuello-. Espero no tener que ponerme celosa. Además, no sé por qué tienes tanta prisa en que vuelva cuando fuiste tú quien me animó a desaparecer.

–Un tiempo -dijo el hombre mientras llamaba a la campanilla pidiendo un refrigerio- pero no tanto. Llevo meses que no como bien ni duermo... pensando cuándo regresarías.

–Lo dudo -dijo la mulata dándole una palmada en la prominente barriga-. Veo que te sigues cuidando tan bien como siempre. Por cierto ¿qué sabes de Sanz? Por lo que me llega sigue igual.

–En su línea; tiene deudas de juego y ya le han dado un aviso. Por el bien de Marianita, que es como una hija, lo mejor que podía pasar es que le partieran el cuello. Él se evitará la humillación de verse reducido a la nada y ella podrá presumir de ser la viuda más guapa de Cartagena. Hasta podría retomar su relación con De Veranz, bueno, eso es lo que por ahí se anda diciendo; ya veremos. Dame -dijo a la criada que en esos momentos le acercaba una bandeja repleta de frutas frescas y una jarra de ron.

–¿Crees que si regreso a esta casa podría volver a tener problemas con él?

–No lo sé, es posible. Sólo puedo ayudarte montando guardia. Dejar aquí día y noche a alguno de mis hombres, pero podría ser escandaloso. No estamos sobrados de efectivos y Lezo ha ordenado que todos practiquen día y noche, que participen en las labores de mantenimiento. Ya los habrás visto, están por todos sitios: arreglando zonas mal conservadas, agrandando fosos, abriendo pozos y carreteras. ¿Yo qué sé? ¡Sabes cómo es ese cabrón! Cree que regresarán los ingleses. ¿Y qué si vuelven? Se irán, como han hecho dos veces este mismo año. Pero, en fin. El Virrey no quiere enfrentamientos y lo deja hacer y Lezo no deja quieto a nadie. Si descubre que pongo hombres a tu servicio es capaz de mandarme ejecutar.

–Bien, entonces, esperaré un poco más. Espero poder volver a mi casa pronto.

–Mi nenita, por Dios no me digas eso; estoy seguro de que pronto podrás volver -le dijo en tono meloso mientras le chorreaba el zumo de la fruta por la barbilla y con sus manos regordetas volvía a desabrochar las cintas del corpiño de la mulata, magreándole sus firmes pechos, chupándole los pezones, saboreándoselos, mordiéndolos.

–¡Basta! me mancharás -dijo ella retirándole de un empujón, dándole un manotazo.

Él soltó una risotada.

Hacía un día soporífero; el calor y la humedad eran tan densos que se podían cortar de un sablazo. Diego ascendió de dos en dos las escalerillas del castillo de San Luis. Su bote acababa de llegar. Se incorporaba ese día y tenía pendiente una entrevista con Lezo.

–¡Hombre, al final te incorporas hoy! ¿No es un poco pronto? -le dijo De Rieux al encontrarlo en los pasillos tras salir él de la sala de oficiales hacia la que se dirigía Diego.

–Es como mejor estoy, trabajando. Me alegro de poder volver -respondió este.

–Podrías haber esperado a resolver cosas que tienes por ahí pendientes -comentó dándole una palmada en la espalda en plan cómplice.

–No tengo nada pendiente -contestó sabiendo que se refería al encuentro largamente postergado con la señorita De Ulloa; desde hacía tiempo se proponía verla para justificar su conducta, acallar su mala conciencia, pero nunca encontraba el momento adecuado- Lezo quiere que regrese. Por cierto, ¿qué tal andas?, hace una semana que no te veía.

–Hemos estado muy ocupados y eso que tenía ganas de verte, que me contaras qué tal el otro día. Al parecer hubo una presentación muy especial; reapareció Mariana. ¿Qué tal la viste después de dar a luz? ¿No te parece más una matrona que una delicada doncella? ¿No seguirás en tus trece?

–La vi bien, está más mujer, pero igual de guapa. Sigue pareciéndome un crimen que su padre autorizara su boda con Sanz; es un tipo deleznable.

–Deleznable suena fuerte. Eres poco objetivo.

–No, te aseguro que no había nadie en la cena que no lo detestara. Por cierto, tampoco te perdiste mucho cuando la Mendoza te rechazó, no vale tanto. Y el novio es bien poca cosa; tan joven y atolondrado como ella. Por cierto, no estaba Felipe.

–Lo sé, su hermano sigue en La Habana. Y lo de Paulina tanto me da, ya encontraré a mi media naranja; no pierdo la esperanza. Sigue, ¿qué tal esa presentación de De Ulloa al matrimonio?

–Imagínate, todos pendientes. Mariana fue encantadora. No oí lo que le decía pero se notaba que estaba siendo amable y dulce, como es ella. ¡Pero él! Tenía una cara, parecía un muerto. He visto moribundos con mejor aspecto. ¡Valiente *hiputa*, no paró de mirar el escote de Carina! ¡Le hubiera metido allí mismo mano si hubiera podido! Te juro que si llega a acercarse más, le parto la cara, menos mal que sólo estuvo con él unos minutos.

–¡Yaaaa! -dijo el otro sonriéndose; Diego se delataba fácilmente- Bueno, ya te lo dije, no es necesario que hagas nada para arruinar su reputación, él solito lo hace todos los días. Persigue mujerzuelas, hay incluso quien lo acusa de haber matado a una en un burdel el mes pasado de una paliza, bebe más de la cuenta y lo que le faltaba, pierde al juego. Acumula deudas y más deudas y no puede acceder a la fortuna de Mariana porque está bajo control del Corregidor. Si creyó que por casarse con ella accedería a su dinero, se ha debido llevar una gran decepción.

–Pero esa fortuna debería ser suya al haberse casado con Mariana; en eso lleva razón -dijo Diego.

–Ya, pero no ha conseguido tocar ni un real. El Corregidor lo ha impedido; no sé cómo, pero lo ha hecho. Están totalmente enfrentados. Dicen que hace unos meses le dieron una paliza por no pagar a tiempo una deuda. No sé cuánto hay de cierto en esos rumores pero va a terminar mal.

–¡Valiente estúpido! Teniéndolo todo ahora, ¿habrá gente idiota?

–Así está -dijo con un gesto de la mano- de idiotas que no ven lo que tiene delante de sus narices, claro que supongo que eso no nos pasará a nosotros ¿no?

–Gracioso.

–¡De Veranz, pase! -interrumpió la conversación la potente voz de Lezo.

Diego entró en la sala de oficiales. Fuera había mucho ajetreo; una parte del muro exterior había sufrido daños en la última incursión inglesa y había soldados trabajando en reponer piedras y tapar grietas. Ya dentro, Lezo, en un gesto característico suyo, se lio a desplegar mapas, poner figuritas por encima y hablar a media voz ignorando a quien estuviera con él. Diego lo observaba de pie.

–¿Qué le parece este movimiento? -preguntó después de un buen rato ensimismado con sus cosas.

–¿Cuál señor, a qué se refiere?

–A este movimiento -dijo marcando con pequeños tacos de madera una enorme flota enemiga.

–Me parece que son muchos, muchísimos, señor.

–Y usted piensa que teniendo tantos, el enemigo se ha rendido.

–No sé qué pensar señor, les dimos su merecido. Puede que hayan desistido.

–Me decepciona. ¡Nadie que tenga una flota así se rendiría sin haber presentado batalla y no la han presentado aún! Veo que todos ustedes se están relajando en exceso. La batalla que esperábamos aún no ha tenido lugar. Lo que ha habido hasta ahora sólo han sido movimientos de aproximación, tanteos. Vernon deseaba ver con sus propios ojos la bahía, estudiarla y preparar el asalto definitivo. Lo estará planeando ahora con sus hombres. Estarán mirando este mismo mapa, preguntándose por dónde entrar, por dónde darnos el golpe mortal, cómo superar estas barreras -dijo señalando con el puntero una zona de costa-. Podemos sufrir un ataque en cualquier momento; tenemos que estar preparados para cualquier contingencia.

–¿Acaso quiere que vuelva a embarcar? ¿Desea que vaya a algún sitio? ¿Ha pensado en mí para alguna misión?

–No. Estoy seguro de que ellos no irán a ningún sitio, vendrán aquí. Lo necesito a usted aquí, lo necesito con los ojos bien abiertos.

–¿Entonces, qué quiere que haga exactamente? ¿Va a asignarme a alguno de los buques de defensa?

–No, ya habrá tiempo de hacerlo; lo que quiero es que busque a alguien.

–¿A quién?

–A aquel o aquellos a los que Vernon ha debido infiltrar entre nosotros.

–Espías, ¿aquí? ¿En Cartagena?

–Desde luego. Estoy seguro de que tiene a gente aquí trabajando para él. ¿Pero a quiénes? No necesariamente tienen por qué ser extranjeros. Pueden ser españoles traidores, contrabandistas, extranjeros, ¿no se hace usted pasar por francés en Jamaica? Pues ellos pueden haber intentado algo similar. Busque quién puede estar sirviendo de agente a los británicos; ponga a funcionar sus instintos; estudie a los sospechosos; necesitamos cubrir todos nuestros flancos, impedir la aparición de grietas y no sólo las de estos muros. ¿Ha entendido, oficial?

–Sí, señor.

–Pues en marcha.

Capítulo XX

El muelle estaba a rebosar de gente. Un grupo de marinos desembarcaba en chalupas; niños y esclavos nadaban entre las barcazas buscando algo que llevarse a la boca; mozos y grumetes descargaban toneles de las panzas de los buques mercantes; grupos de comerciantes esperaban como buitres la llegada del mejor género mientras regresaban las barcazas de los pescadores de bajura después de una noche de captura. En las inmediaciones había putas, haraganes, militares, numerosas gaviotas y pelícanos a la búsqueda de restos de comida. El sol caía en picado y el cielo amenazaba tormenta.

Carina paseaba inquieta tapándose la nariz con un pañuelo de encaje intentando esquivar el desagradable olor a podrido que procedía del mercado situado a sus espaldas. Desde el mismo llegaban con claridad las voces de los vendedores ofreciendo su género, el cacareo de las aves en sus jaulas y el humo de los puestos donde se asaban papas, langostas o cualquier otro pescado; había un trajín de mil demonios. Regueros oscuros de sangre procedentes del matadero próximo corrían por el suelo e iban a parar al mar. La joven no pudo reprimir un gesto de asco y levantándose sus elegantes faldas para no mancharse se acercó hasta el lugar de atraque de las grandes embarcaciones de pasajeros en el muelle viejo.

Acompañada por su tía llevaba horas esperando que bajaran a tierra los pasajeros de la fragata *María Auxiliadora* en la que viajaban Lucía Gálvez, su hermano Ramón y el hijo de éste. Sólo nombrar a su antiguo amor la hacía sentir mariposas en el estómago. ¿Cómo estaría?, ¿habría cambiado tanto como le había augurado Luis? ¿Cómo sería su hijo, se parecería al querubín rubio de hermosos bucles dorados y sonrisa de ángel que había sido en su niñez Ramón Gálvez o se parecería a su madre, la joven y desconocida madrileña con la que se casó? Sumida en sus pensamientos no paraba de darle vueltas a su quitasol; su tía la detuvo de un manotazo.

–¡Vale, ya! ¡Me estás poniendo nerviosa! Deja de dar vueltas al quitasol, da mala suerte -dijo, mientras levantaba sus antiparras e intentaba divisar si el buque en cuestión aparecía o no en el horizonte.

Sabían, porque habían recibido aviso la tarde anterior, que el *María Auxiliadora* había llegado al fuerte de San José el día antes. Al igual que ellas, sus pasajeros tendrían que pasar por los necesarios controles de seguridad para entrar en la ciudad. Después de dos horas de espera vieron aparecer el navío; avanzó despacio hacia ellos y en pocos minutos quedó anclado a unos metros del muelle; el pasaje empezó a subir a las pequeñas chalupas en la que serían trasladados a tierra por grupos; en uno de los primeros iba la familia Gálvez. Carina no pudo esperar y corrió loca de alegría a abrazarse a Lucía en cuanto la vio bajarse del pequeño bote de remos. Las dos permanecieron abrazadas al borde mismo del agua un buen rato, riendo y llorando, asombrándose de los cambios sufridos en sólo un par de años y felicitándose de la buena estrella que las había vuelto a reunir. Doña Constanza sonreía feliz mientras saludaba a Ramón que cortésmente besó su mano enguantada y le presentó al niño rubio y de ojos azules que lo acompañaba.

–Doña Constanza, le presento a mi hijo Tomás. Tomás, ¿cómo te han educado para que saludes a una dama?

El pequeño hizo una graciosa reverencia a dama y ésta, encantada, le dio un fuerte abrazo.

–¡Dios mío, es igualito que usted de joven! ¡Cuánto lo echará de menos doña Juana! Pero cuénteme cómo ha terminado aquí, ¡qué casualidad, ¿no?! -dijo no sin cierta malicia.

En ese instante Carina y Lucía se separaron conscientes de que habían olvidado al resto. Lucía corrió a abrazarse a doña Constanza, a la que consideraba una segunda madre. Carina por contra no supo qué hacer cortada ante la presencia del oficial al que ni siquiera se atrevía a mirar abiertamente. Sólo de saberle tan cerca, su corazón latía como loco. En ese instante Ramón se le acercó con la misma sonrisa soñadora y dulce de siempre y cogiendo su mano la besó.

–Me alegro de volver a verla. Está -si me permite decírselo - más bonita que nunca.

Sólo eran palabras pero a ella la hicieron feliz. Con un ligero rubor en sus mejillas, pero más tranquila, se atrevió finalmente a mirarlo a la cara. Su pelo había perdido un poco de brillo, tenía algunas canas y pequeñas arrugas en la cara pero en general los cambios no le habían sentado mal; incluso lo habían mejorado -si es que ello era posible- al darle un aspecto más masculino, menos aniñado que antaño. Carina comprobó divertida cómo algunas mujeres próximas lo miraban sin pestañear. Seguía siendo un adonis; tan guapo que hacía daño a la vista como el sol al refulgir, y haciendo gala de la misma sencillez y elegancia natural que de costumbre y de la misma amabilidad.

–Yo también lo veo muy bien. Se ve que el uniforme lo favorece -dijo casi sin resuello- aunque a quien estoy deseando conocer -dijo cambiando de tema, retirando la mirada de sus ojos que la quemaban- es a este guapísimo chiquitín.

–Le presento a mi hijo Tomás.

El muchacho volvió a hacer su apresurada reverencia ante Carina y cansado del viaje, casi al borde del llanto, corrió a esconderse tras las faldas de su tía Lucía.

El grupo anduvo unos minutos por el muelle mientras doña Constanza ordenaba a sus esclavos que cargaran los baúles y los bultos de los recién llegados en un carro mientras ellos montaban en un gran carruaje que los trasladaría hasta la Casa De Ulloa.

–He pensado -dijo la tía, mientras se acomodaba en el interior del carruaje en el que iban un poco apretados - que en estos días, mientras buscan casa en Cartagena se podrían quedar en nuestro hogar. Es grande, hay espacio para todos.

–No creo que sea muy oportuno; no estaría bien visto que una dama soltera albergara en su casa a semejante compañía, a un viudo con un hijo, a un conocido. En fin, no querría provocar un escándalo nada más llegar. Podremos acomodarnos en alguna fonda hasta que encontremos vivienda. Seguramente en unos días el Virrey nos dirá dónde mudarnos.

–¡Por favor -intervino su hermana que seguía tomada de la

mano de Carina- di que sí, mientras nos dan casa, deja que vivamos unos días con Carina y su tía!

–No, lo siento. Sería molestar a nuestras amistades, ponerlas en un compromiso.

–No digan eso, saben que no sería un compromiso para nosotras. Su familia es como si fuera la nuestra -contestó la tía mientras acariciaba la cabeza del chiquitín que seguía semiescondido entre las faldas de Lucía que lo tranquilizaba acariciándole la espalda.

Gálvez necesitó toda su capacidad persuasiva para convencerlas de que aquella no era buena idea. Tras llegar a su casa, les prepararon una rica comida que sirvió Amarilis en la planta principal.

–¿Y Niña Perla ha llegado? -preguntó la dama una vez sentada a la mesa y sin dejar contestar a la sirvienta siguió hablando de lo divino y de lo humano; preguntó por la salud de todos los parientes y conocidos de Badajoz; de las novedades y curiosidades que encontrarían en su nueva vida en las colonias, tomaron café y el caballero una copa de ponche. Dejándolas en la sobremesa se despidió de ellas y de su hijo y acudió a presentarse a su superior, al Virrey. Las mujeres acostaron al pequeño un rato y la más anciana aprovechó para dormir una siestecita. Las jóvenes, felices por el reencuentro, estuvieron toda la tarde hablando en el salón con los postigos echados y en penumbra.

–¿Qué tal te has adaptado a vivir aquí, en un sitio tan lejano? Yo, no sé, me da algo de reparo, me dio mucha pena abandonar España, a madre y a nuestros conocidos, pero no podía abandonar a Ramón en estos difíciles momentos, ni al pequeñín. ¡Lo quiero tanto! Prácticamente lo he criado yo. Su madre enfermó tras el parto y ya no se recuperó. De todas formas, mentiría si no dijera que también influyó el que estuvieris aquí para decidirme.

–¡*Ohhh*, no sabes lo feliz que me hace volver a verte! Me ha costado algo adaptarme.

–Sí, ya sé, lo leí en tus cartas, lo del hombre ese con el que quería casarte tu padre y ya se había casado con otra y tu padre, llegas aquí y está muerto. ¡No sabes cómo sufrimos por ti! -dijo tomándola de las manos -Madre fue a la ermita a poner unas velitas para que la Virgen te protegiera.

–Y Fernando ¿qué hace? Me contaste que también había ingresado en el ejército. Tu madre estará contenta.

–Bueno, ya sabes cómo es Fernando, un tarambana. Ramón consiguió un buen puesto para él. Lo han destinado a Cádiz -dijo refiriéndose a su otro hermano.

Lucía se levantó y abriendo la tapa del piano empezó a tocar una vieja y querida melodía familiar; Carina lloró al recordar su infancia, todo lo que había dejado atrás. Hasta entonces se había negado a sentir añoranza; se había obligado a mirar hacia delante, a ser consecuente con su decisión de cambiar de vida, pero en aquel momento la invadió la nostalgia. Durante unos minutos las dos callaron. Fue un instante mágico interrumpido por la presencia de Amarilis que subió una bandeja con humeantes tazas de chocolate. Ellas volvieron al presente.

Carina se secó las lágrimas y apartó aquellos tristes pensamientos; al olor embriagador del cacao recuperó su habitual energía y comenzó a contarle a su amiga todo lo ocurrido desde que desembarcara en Cartagena; le habló de Sanz, de su padre, de Diego, de su plantación, de Niña Perla, de su éxito tardío después de algunos escándalos. Lucía seguía embobada el relato, como si aquello fuese una novela, no la vida misma.

Era tarde cuando doña Constanza, levantada de su siesta, propuso un paseo en carruaje descubierto con el niño. Los cuatro disfrutaron de lo lindo la ciudad, del ambiente que reinaba en las calles, en los mercados...; pararon en el del cacao, donde Carina se acercó a comprobar la venta de su producción a su asentador dejando atónita a Lucía, que desconocía en ella aquella faceta. El niño miraba con ojos asombrados el movimiento de barcos en el puerto, la lonja de pescado, el trasiego de negros y mulatos, de gentes de todas partes del mundo afincadas en aquella ciudad, una de las más prosperas del Caribe y de toda América. Anocheciendo regresaron a su hogar encontrando una misiva de Ramón donde les pedía excusas por no poder cenar con ellas; lo haría con el Virrey. Pedía a Lucía que durmiera esa noche allí; él lo haría en Casa del Gobernador y al día siguiente se reunirían.

–¡*Uff*, qué cansancio! -dijo con los ojos rojos de sueño Lucía.

–El día ha sido maravilloso, aunque agotador. ¿Nos acostamos?- le preguntó a Carina tras la cena y cuando ésta llevaba un buen rato de pie asomada al balcón, viendo el trasiego de gentes por la calle.

Fue decirlo y el cielo estalló en un gran aguacero. Las muchachas corrieron a cerrar los postigos que golpeaban con fuerza amenazando romperse en mil pedazos, y mojadas y despeinadas se echaron a reír. Sin más, sencillamente de pura felicidad. Corrieron por los pasillos de la planta superior como hacían por los del convento de niñas y entraron, en un remolino de faldas, a su cuarto. Dormirían una vez más juntas, como tantas veces habían hecho a lo largo de sus vidas. Se pusieron sus cómodos camisones blancos de hilo, se peinaron la una a la otra sin necesidad de llamar al servicio, se rociaron con los perfumes más frescos y se tumbaron en las húmedas sábanas blancas.

–Dime, ¿qué tal está Ramón de su viudez?- se atrevió por fin a preguntar Carina. No quería parecer cotilla ni dar la sensación de seguir enamorada de él, pero no pudo evitarlo.

A pesar de la oscuridad vio el brillo en los ojos de Lucía que en ese momento se volvió hacia ella apoyando su codo en la almohada y mirándola fijamente.

–Sí, eso, ¿cómo está Ramón? ¿Cómo lo has visto tú que lo conoces, te parece recuperado?

–Bueno ¡no sabría qué decir! Yo lo he visto bien, estupendo si te soy sincera, como siempre; con algunas canas, algunas arrugas, pero tan atractivo y encantador como siempre.

–Tras la muerte de su esposa pasó unos meses muy malos. Me fui a vivir con él; lo habían destinado un año antes a Zaragoza y estaba allí sin nadie que lo ayudase con el niño recién nacido. Al principio fue todo realmente triste y gris. Estaba hundido, de un humor pésimo. Fue un duro golpe enviudar tan joven pero creo que la vida activa en el ejército y el niño lo han hecho recuperarse. Y si te soy sincera, el cambio de destino, saber que vendría aquí, más... -se calló de forma abrupta, como si de repente se hubiera dado cuenta que no debía seguir hablando.

–Me alegro por él, por todos ustedes -comentó acariciándola tiernamente-. Estoy segura de que un cambio de aires le sentará bien; la vida en las colonias es muy animada y él está en una posición envidiable, cerca del Virrey. Eso le abrirá muchas puertas, le facilitará integrarse socialmente, porque aquí la gente es muy suya. Pero bueno, con su aspecto tendrá a todas las criollas a sus pies en dos días.

–*¡Ja, ja, ja...!* -rió animada la amiga, sin decirle que le bastaría con que fuera ella quien siguiera rendida a sus pies. La idea de juntarlos le parecía maravillosa; llevaba tiempo soñando con ella, desde que supo que viajarían a las colonias y se reencontrarían.

–Bueno, dejemos la cháchara ¿te parece? Mañana seguimos; ya habrá tiempo.

Poco después Carina escuchó el lento y rítmico respirar de Lucía profundamente dormida. Agobiada por la humedad y el calor se levanto descalza y abrió de nuevo las hojas del balcón asomándose a la calle, dejando que la llovizna, que aún continuaba cayendo, mojara su cara. Entonces la vio acercarse a pie. Parecía ebria, daba tumbos y se apoyó en una pared desconchada en el recodo más próximo al portalón, cayendo instantes después de rodillas al suelo. Era Perla. Se preguntó de dónde diablos vendría.

Tenía que llegar; a gatas logró acercarse a la puerta. El día había sido duro. Niña Perla iba descalza con el fino vestido de algodón rasgado y manchado, la pintura de los ojos corrida y un intenso dolor en el vientre. Tenía la mirada vidriosa y el pulso acelerado; desde el balcón de la casa parecía borracha. Andaba a trompicones incapaz de seguir en línea recta, parecía mareada. No necesitó llamar a la puerta cuando Tomasa, que parecía intuirla a tres millas a la redonda, la hizo entrar entre lamentos.

–¡Si la ven así, todo el mundo sabrá que viene de donde viene! -le dijo furiosa, arrastrándola hacia el interior, mirando suspicaz fuera para comprobar que nadie las veía a esas horas y en esas lamentables condiciones -¿Quiere que la arreste el Santo Oficio? ¿Que le den de latigazos?

–Hoy no.... *estaaag* nochee no, Tomasittaaa -dijo interrumpiéndola con la lengua estropajosa y las pupilas dilatadas- hoy nooo, mañana, mañanaaaa me *regallñas.*

La vieja cocinera la ayudó a lavarse, le quitó el torcido y sucio pañuelo que llevaba enrollado en el pelo y la acostó. Fue al tumbarla cuando comprobó los moretones que llevaba por todo el cuerpo. Tenía arañazos en el cuello, un ojo amoratado y sangre seca en piernas y manos. Alarmada le quitó el resto de la ropa y la tapó. Mandó a Amarilis preparar una tisana con láudano y se la obligó a beber. Sabía que esa noche, como tantas otras, no estaría en condiciones de responder qué había estado haciendo, pero saltaba a la vista que no le valdría la excusa de visitar a su abuela. Santiguándose compulsivamente, mientras seguía lavando el polvo y las heridas con una fina gasa en una palangana de agua templada, rezaba una mezcla de Ave María y oración yoruba pidiendo a sus dioses que la cuidaran.

–¿¡Señor, señor, qué le han hecho a mi niña!?- se preguntaba por lo bajo en un lamento mientras dudaba si llamar o no a doña Constanza o a la señorita Carina para pedirles un médico. Si lo hacía, Perla tendría que dar muchas explicaciones.

Llorando la arrulló maquinalmente entre sus brazos como había hecho tantas veces y la durmió con una vieja y ancestral nana. Mientras la veía relajarse y caer inconsciente se preguntó si vendría de los bailes prohibidos que muchos viernes se celebraban en oscuros callejones de Getsemaní, en la zona pegada a la ciénaga, a espaldas del matadero. De esas fiestas tribales se hablaba mucho pero se conocía poco. Todo estaba cubierto por una capa de secretismo y tabú a pesar de haber habido desde hacía siglos procesos inquisitoriales y famosos exorcismos... Era un mundo rodeado de especulaciones, de misterio. Había quien decía que todo eran bulos, leyendas consustanciales a una ciudad como esa donde la población negra y extranjera era casi el setenta por ciento. Como mayor puerto esclavista de América había recibido a miles de africanos que se aferraban a sus creencias religiosas como única tabla de salvación en aquel mundo desconocido, y aquello se unía al increíble mundo mágico de los indios y a las antiguas tradiciones de brujería de España.

¡Eso era imposible porque de ser cierto las autoridades habrían actuado de inmediato impidiendo ese desmadre contrario a la Santa Madre Iglesia! -señalaban los más escépticos e incrédulos. Claro que otros creían que existir el desmadre existía, y que si nadie lo veía era porque nadie que no fuera invitado salía de allí con vida.

Las autoridades las permitían, unas veces porque hacían la vista gorda -de castigar a los herejes tendrían que hacerlo con más de la mitad de la población, algo poco rentable y sensato- otras porque muchas de esas autoridades eran las primeras en disfrutar del alcohol hasta caer sin sentido, de fornicar en aquel desenfreno, de drogarse y asistir a rituales prohibidos. Durante años había habido rumores de las juergas que se corrían -decían las malas lenguas- el Deán de la catedral, algunos miembros del Santo Oficio, militares de alta graduación o los mayores hacendados y gentileshombres del reino. Se contaban atrocidades: sacrificios, niños muertos a los que chupaban la sangre para recuperar la juventud, orgías de sexo donde terminaban revueltos un centenar de invitados, drogas y alcoholes a discreción, sesiones de espiritismo, rezos entre gritos histéricos a deidades desconocidas, brujas echando las habas y los huesos para leer la buena suerte, negras vendiendo todo tipo de amuletos y potingues con los que enamorar o matar a alguien, cuerpos sin vida desenterrados para preparar conjuros...

La vieja Tomasa sí creía en esas historias; formaban parte de su educación, de sus tradiciones y temía por su niña. Una comadre le había hablado de ella, de lo que por ahí se andaba diciendo, de encuentros prohibidos en las playas del Manzanillo y Getsemaní, de los ritos, prácticas y dioses nuevos venidos hacía poco de Cuba, *Santería* lo llamaban. Hacía meses que corría el rumor de una batida ordenada por el Corregidor en la que habían detenido a cerca de un centenar de negros, mulatos y a algún blanco de poca monta, a nadie importante... Una operación cara a la galería. Muchos acusaban a las autoridades de ineptitud, de ser incapaces de terminar con esa lacra, y es que Cartagena tenía una larga tradición de brujería difícil de erradicar. Ni siquiera la presencia en la ciudad de un Tribunal de la Santa Inquisición había logrado frenar esas prácticas; cada vez era más frecuente ver, al igual que en otras ciudades caribeñas, a mujeres por las calles sacando el dinero a los incautos, vendiéndoles drogas, brebajes, conjuros y pócimas; muchas de aquellas hierbas estaban prohibidas y muchos ricos hacendados las cultivaban y lucraban con su venta.

Dejaba en ese momento descansar la cabeza de Perla en la almohada y se levantaba de la cama cuando escuchó el picaporte de la puerta. Carina apareció en el umbral.

–¿Qué diablos pasa? ¿Por qué estás haciendo tanto ruido, subiendo y bajando? ¿Está bien Perla? La he visto llegar... ¿borracha?

La joven se acercó a la cama con la palmatoria en la mano y se quedó muda al ver la cara hinchada de la mulata. El ojo morado que apenas se notaba al llegar tenía ahora un color oscuro y púrpura y apenas dejaba ver las pestañas del ojo desaparecido entre la piel macerada.

–¿Oh, Dios, qué ha pasado? ¿La han herido? ¿La han atacado? Contéstame -dijo la joven perdiendo los nervios mientras agarraba a la vieja sirvienta.

–No lo sé señorita, de verdad. ¡Por Dios le juro que no sé qué ha pasado! Cuando llegó venía así; estaba medio inconsciente y yo me he limitado a subirla, limpiarla y entonces he comprobado que estaba herida. Alguien la ha golpeado -dijo levantando de un golpe la sábana y mostrando a Carina el cuerpo magullado de su hermanastra-. Es más, -continuó la vieja- temo que alguien la haya violado. Mire -y le mostró los muslos ensangrentados y las heridas en su pubis.

Carina calló asustada. Era más que probable que la vieja tuviera razón. Reponiéndose y sin querer armar escándalo, especialmente aquel día que tenían invitados, ordenó llamar al médico. El galeno apareció una hora más tarde y después de mirarla, tuvo que confirmar la agresión sexual sufrida por la muchacha. Alguien la había violado y había intentado introducirle algún objeto punzante en sus partes, cortándola en los muslos y las ingles; de ahí la sangre. También la había golpeado sin piedad. La muchacha también parecía drogada. Las pupilas dilatadas en los ojos así lo confirmaban.

–Posiblemente hubiera tomado antes algún tipo de droga. Supongo que peyol que es fácil de conseguir o tal vez coca. No sé si lo tomó ella antes libremente o la obligaron a tomárselo para después agredirla... deberían ustedes dar parte a la autoridad -dijo el doctor mirando a Carina.

Esta asintió con la cabeza pero sin decir nada. No quería comprometerse a nada hasta que no supiera por boca de Perla qué había sucedido, en qué parte ella misma era responsable del lío. Tal vez estuviera metida en algo ilegal y con la denuncia sólo consiguiera ponerla más en peligro. Carina despidió al médico después de pagarle unas monedas y salió hasta el portalón para acompañarlo. El galeno aprovechó para hacerle un comentario a solas.

–Debería hablar usted muy seriamente con esa muchacha -dijo mirándola con el semblante muy serio-. Quien la ha violado la conocía y deseaba hacerle daño, tal vez incluso matarla; si no lo ha conseguido ahora tal vez vuelva a intentarlo. Esa clase de individuos son unos canallas, podría ponerlas a todas ustedes en peligro. Hágame usted caso y denuncie la agresión al alguacil.

Carina cerró el portalón con el alma en vilo y realmente preocupada. Casi no pegó ojo en toda la noche y a la mañana siguiente se alegró de que Lucía, el niño y su tía dejaran pronto la casa para ir a recoger las llaves de su nueva vivienda. Carina encontró una excusa para no acompañarlas y dedicar toda la mañana al cuidado de Perla. En cuanto ésta recobró la conciencia y abrió el ojo sano, la interrogó sin tregua, sin dejarle un minuto para pensar en respuestas falsas.

–¿Qué ha pasado? ¿Quién te ha hecho todo esto?- le preguntó directamente, sin andarse con rodeos.

Perla comprendió que habían comprobado el alcance del desastre y se vio obligada a hablar, al menos hasta donde pudiera.

–Anoche, cuando regresaba de Getsemaní…

–¡No me mientas, no me vayas a decir que venías de casa de tu abuela o tu madre que eso no se lo cree nadie! Si no quieres contarme toda la verdad, peor para ti. Denunciaré el caso a las autoridades, pediré que abran una investigación y tú -dijo mirándola con furia- abandonarás esta casa. No permitiré que nos pongas a todos en peligro. Así que, si no quieres que eso suceda, habla.

–Está bien ¡maldita sea! -refunfuñó la otra sintiéndose atrapada-Ayer, como todos los viernes por la noche, asistimos a nuestra reunión.

–¿Qué reunión? ¿De qué estás hablando? ¿Me estás diciendo que asistes a aquelarres y orgías?

–No sea tan exagerada hermanita. No son orgías, sólo reuniones nuestras... -mintió.

–¿De quiénes? -interrumpió Carina perdiendo la paciencia.

–De nosotros los negros y mulatos de Getsemaní -dijo la otra mirándola desafiante con su único ojo sano- y no le contaré nada más si sigue interrumpiéndome sin parar.

–¡Sigue!- le ordenó su hermana.

–Bueno, nos gusta reunirnos, cantamos canciones, bebemos ron o chicha, oramos a nuestros dioses y...

–¡Más vale que lo de *orar a nuestros dioses* no lo digas por ahí, te podría juzgar el Santo Oficio, ¿te has vuelto loca?!

–Está bien -siguió estirándose perezosamente en la cama, como si no tuviera el cuerpo molido a golpes y no hubiera sufrido una terrible agresión hacía sólo unas horas- nos divertimos, escuchamos las palabras de la negra Juanele, tomamos algo de droga, sólo un poco... -hizo un gesto con la mano- y después bailamos y si nos apetece, pues disfrutamos un poquito. Yo terminé cuando siempre y él debió haberme seguido porque estaba esperándome en un callejón oscuro.

–¿Quién es él, a quién te refieres?

–A Antonio Sanz; estaba completamente ebrio. Llevaba una botella de alcohol en la mano y decía estupideces y obscenidades. Debió seguirme porque sabía dónde esperarme. Tal vez me había visto salir de esta casa a la mañana, me había tenido localizada todo el día. Después esperó el único momento de la noche en que me quedé sola; otras veces tengo acompañante, pero anoche no. Se me abalanzó, intentó besarme con su aliento asqueroso a alcohol y yo lo rechacé; le di primero una patada en las espinillas y después le clavé el estilete que guardo en la faltriquera. Lo herí, salí corriendo pero tropecé, me llevó a rastras a una zona oscura y me violó, me pegó. Yo grité pero nadie me oyó y después, con el casco de la botella de vidrio -su voz jadeó recordando el miedo y el dolor que sintió- intentó introducírmela en mis partes, pero me revolví, chillé con todas mis fuerzas y dos conocidos, dos hombres de color del palenque, acudieron en mi auxilio; salí corriendo y allí lo dejé. Lo estaban moliendo a palos; espero que lo hayan matado. ¡Lo odio con todo mi corazón y sé que no me dejará en paz hasta que no desaparezca! Está obsesionado; creí que después de todo este tiempo se habría olvidado de mí, pero no, tenía que volver. -terminó llorando.

–¿Crees entonces que Antonio Sanz podría estar muerto, que los hombres del palenque pueden haberlo matado?

–Es más que posible. Desde luego la paliza que le estaban dando era de las buenas.

–Yo también desprecio a ese tipo, pero si está muerto tendremos problemas. Si alguien te vio puede pensar que tú lo mataste o alguien que estuviera contigo. ¡Es el yerno del Corregidor! Abrirían una investigación, tendrías que explicar de dónde venías, por qué andabas sola y drogada por la calle. ¿Es que no te das cuenta? -dijo medio histérica sacudiéndola con fuerza de los hombros.

Perla volvió a llorar. Las lágrimas que no habían querido salir la noche anterior aparecieron de golpe. Carina, sintiéndose culpable por su arrebato de cólera cuando Perla acababa de sufrir una agresión tan terrible, se abrazó a ella.

–¡No llores por favor, no quería asustarte! Sólo no perder de vista la situación. Esperemos a ver qué pasa, si Antonio Sanz aparece vivo o muerto y luego veremos qué hacer, ¿te parece?

La mulata contestó afirmativamente con un leve gesto de cabeza mientras, agotada, se volvía a tumbar en la cama.

–Si no pasa nada, hablaré con las autoridades; ese hombre no puede seguir agrediéndote sin pagar por ello. Y si está muerto tendremos que ocultar que lo viste por última vez, que tuviste ese encontronazo, que venías de la orgía esa. Podrías terminar pagando los platos rotos, siendo la cabeza de turco de toda su depravación. Si es así, tendrás que esconderte un tiempo en el palenque.

Carina hablaba para ella sola. El láudano que Tomasa le había dado a beber a Perla, junto al cansancio y el malestar, la hicieron volver a caer en un sueño profundo pero poco reparador.

La aparición hacía cuatro días del cuerpo sin vida de Antonio Sanz en un callejón maloliente del barrio de Getsemaní era la comidilla de toda la ciudad. Todo el mundo se hacía lenguas de lo ocurrido, de cómo habían encontrado su cuerpo destrozado por una paliza y la cara irreconocible. Lo habían mutilado, le habían cortado el pene. Aun así, el forense lo había identificado. Su viuda se había negado a verlo en la morgue teniendo que ser el Corregidor quien identificara los restos mortales de su yerno. Sin dar tiempo al duelo público y sin seguir la tradición de exponer al muerto durante días en la casa familiar para que vecinos y conocidos acudieran a dar el pésame, Arjona había ordenado celebrar inmediatamente las exequias fúnebres y el entierro. La asistencia de la familia De Veranz había dado de qué hablar. Aunque las familias se conocían hacía años, las atenciones de Diego con la viuda habían vuelto a desatar los chismorreos. Para muchos aquel acercamiento no era más que el preludio de una relación que pronto retomarían.

Diego desplegó las hojas de la gaceta. Sentado en su biblioteca se sentía furioso por los comentarios que se habían disparado en la ciudad. Todo el mundo comentaba su encuentro en la catedral durante la misa de funeral con Mariana; la gente hacía cábalas de cuándo retomarían su relación, de cuándo volvería a pretender a la viuda. Aquello lo hacía sentirse como un tipo manipulador e insensible.

–No le des más vueltas al asunto, déjalo correr, aunque te advierto que no puedes culpar a nadie por pensar que te interesa Mariana. Juraste recuperarla cuando te desterraron y luego no lo has negado. ¿Me equivoco?- le contestó De Rieux que lo acompañaba en la habitación contigua, cuyas puertas corredizas estaban abiertas de par en par.

De Rieux jugaba al billar mientras veía encolerizarse a su amigo.

–Eso es injusto -dijo Diego mientras llenaba su copa de ponche-. Que me interese Mariana es una cosa, que vaya a volver a pretenderla, otra, y que juzguen mis palabras de condolencia como una oportunidad ruin de acercarme a ella, otra bien distinta.

-No creo que nadie lo vea como algo ruin, eso son imaginaciones tuyas. Simplemente han dado por hecho que desaparecido el principal obstáculo entre Mariana y tú la relación volvería al punto donde se quedó. A ella es lo mejor que le podría suceder y todos creen que es lo que tú buscas. Acuérdate que fuiste tú quien se encargó en su día de pregonarlo bien alto; lo considerabas una cuestión de honor. Ni siquiera te frenó saber que ya era una mujer casada y has aprovechado luego cualquier ocasión para criticar a su esposo, en fin.

–¿Pero bueno, tú de qué lado estás? Creí que estabas de mi parte.

–Claro que estoy de tu parte, pero eso no significa que no puedas escuchar la verdad. Si pretendes que te diga lo víboras que son esas cotorras, lo digo, pero reconoce que gran parte de la culpa de que todos crean que Mariana guardará el luto obligatorio y después se casará contigo, la tienes tú -dijo apuntándolo con el taco- Si no es así como van a suceder las cosas -dijo levantándose de encima de la mesa de billar donde acababa de hacer una carambola- deberías aclararlas. No por la gente, que puede pensar lo que quiera, sino por ti, por Mariana y por terceras personas que pudieran verse afectadas.

–Si lo dices por la señorita De Ulloa -replicó el otro con una cínica sonrisa en los labios- no tienes de qué preocuparte. Ya habrás comprobado que no le intereso en absoluto; sólo hay que ver cómo se pasea del brazo de ese tipo tan amigo suyo el que acaba de llegar.

–Sí, los he visto, los ha visto todo el mundo. Él parece estar muy pendiente de ella, está claro que le gusta y por lo que sabemos, ella estuvo enamorada de él hace años. No deberías dejarle el campo libre -dijo acercándose-. Tienes que actuar ya o la perderás.

–Te he dicho que no me interesa esa señorita y si tan interesada está en ese oficial, con su pan se lo coma.

–Francamente no te entiendo. Estás enamorado de una mujer ¿y no haces nada por retenerla, por impedir que un adversario te la quite delante de tus narices? Te muestras orgulloso y estirado cuando sabes que ella tiene todos los motivos del mundo para odiarte. La engañaste de mala manera, no fuiste leal con ella y actúas así. ¡Después de jurar conquistar a una mujer que te dejó plantado, que rompió un compromiso de años! O yo me estoy volviendo loco, o deberías comportarte al revés. Diego se bebió de un trago el ponche y haciendo caso omiso a las palabras de su amigo salió dando un portazo.

–Huir, taparte los oídos no resolverá nada -le dijo De Rieux al verlo marcharse.

El otro no volvió al cuarto y subió deprisa la escalera principal. De Rieux se maldijo a sí mismo por no haber tenido más mano izquierda. Diego estaba sufriendo; había notado sus celos en el último baile donde coincidieron con la señorita De Ulloa y Ramón Gálvez. De Rieux recordó también lo atractiva que le había resultado la hermana de éste, Lucía, y el éxito que el oficial recién llegado había cosechado entre la alta sociedad. Se disponía a marcharse cuando en un torbellino de faldas entró la señorita De Veranz.

–¿Qué diablos le pasa a mi hermano? Acaba de ordenar ensillar su caballo y se marcha dejándote aquí. ¿Han discutido ustedes dos?- preguntó Olalla intrigada.

–Más o menos -contestó el otro hastiado.

–¿Podría saber la causa?

–Me temo que no. Si su hermano se la cuenta, bien, pero no seré yo quien lo haga. Lo siento.

De Rieux recogió su sombrero y salió de la sala. Ya en la puerta lo entretuvo la madre de Diego; doña Celia le pedía colaboración para una rifa benéfica y su asistencia al baile de cumpleaños que quería organizar el mes próximo; don José cumpliría sesenta años y eso había que celebrarlo.

Olalla permaneció unos minutos más en la biblioteca. Abrió las ventanas para ventilar el denso humo del tabaco; recogió unos papeles; colocó unos libros en sus estanterías; echó un vistazo por encima pero no vio nada interesante. Al ir a guardar el frasco de licor se agachó a abrir el cajón inferior de la mesa de cedro encontrando un papel amarillento. Sin poder resistir la curiosidad tiró de él. Lo que vio no le sorprendió: era el dibujo a carboncillo de Carina; era la confirmación de algo que intuía hacía tiempo: que la mujer que le había robado el corazón a su hermano era la señorita De Ulloa. Sin pensárselo dos veces ocultó el dibujo debajo de su chal y salió a buscar a De Rieux, que aún seguía en el zaguán hablando con su madre.

–Gerardo, por favor ¿podría venir un momento a la biblioteca? necesito consultarle algo.

De Rieux la miró suspicaz, pero no pudo negarse a su petición, menos delante de su madre.

–Por supuesto. ¿Qué desea? -le preguntó, acercándose hacia el estudio.

Olalla sin guardar las formalidades lo tomó del brazo y lo hizo entrar en la biblioteca echando el cerrojo. El caballero la miró sorprendido. El contacto entre jóvenes de distintos sexos no era habitual. Olalla ni siquiera se preocupó en dar explicaciones. Sentándolo en el asiento de cuero le enseñó el papel con el dibujo de Carina que hasta ese momento mantenía escondido. De Rieux lo miró y giró la cabeza a otro lado.

–¿Este es el asunto por el que mi hermano y usted han discutido esta tarde? -le preguntó.

–Podría decirse que es uno de los asuntos. Sí.

–Hace tiempo que sé que mi hermano está enamorado de una mujer. Al principio no tenía ni idea de quién podría ser, pero sí sabía que no era de Mariana. Cuando conocí a la señorita De Ulloa -siguió comentando en voz baja mientras daba vueltas por la habitación sin mirar a su acompañante- me pareció agradable, muy bonita, lamenté que las circunstancias la obligaran a odiar a Diego. Después me pareció extraña su relación, había algo intangible entre ellos. Lo vi en los bailes, los observé cómo se ignoraban sin perderse de vista, cómo sus ojos refulgían al hablarse aunque sólo fuera para discutir, intuí que entre ellos había algo, pero no pude confirmarlo, hasta hoy.

–Sí, es verdad -terminó reconociendo Gerardo-, Diego está enamorado de la señorita De Ulloa pero hay un problema: se niega a reconocerlo. La historia es muy larga y no es a mí a quien corresponde contarla, pero digamos que pasó algo importante entre ellos.

–¿Pero dígame - lo interrumpió Olalla suplicándole- ella también lo quiere? ¿Si es así, por qué anda por ahí con ese donjuán llegado de España? ¿Por qué no se olvida de sus pretendientes y le da una oportunidad a mi hermano? Diego es bueno, seguro que la haría feliz.

–Bueno, las cosas entre enamorados nunca son fáciles. En mi opinión ella también está enamorada de Diego, pero su hermano no ha estado a la altura de las circunstancias -dijo encogiéndose de hombros- ella se enfadó y ese donjuán, como usted lo llama, es un amigo de toda la vida del que, al parecer, hace años estuvo enamorada. Esta misma tarde le he dicho a Diego que si la ama no puede permitir que esa relación vaya a más, tiene que actuar. Ese oficial es guapo, joven, comparte con ella toda una vida de recuerdos, tiene un niño pequeño que criar y la mira con ojos de cordero degollado. Si Diego no hace algo pronto la perderá.

–¿Y cómo es posible que Diego no se dé cuenta de ello? ¿Qué diantre le ocurre?

–No sé. A veces todos nos comportamos de forma incomprensible. Ahora además está trastornado con todos los comentarios sobre su pretendido interés por Mariana. Le molestan esos chismes cuando antes aprovechaba cualquier ocasión para dejar claro a quien quisiera oírle que reconquistaría a su ex novia. Ahora le molestan porque sabe que no prosperarán; que finalmente no hará nada para reconquistar a Mariana porque no la quiere, porque su corazón tiene otra dueña y aunque el honor y sus juramentos lo obliguen a ir en una dirección, su corazón ha marcado ya otro rumbo y ahora mismo se siente atrapado en esa disyuntiva. Supongo que finalmente ganará el corazón, pero podría ser demasiado tarde si la señorita De Ulloa se compromete con ese tipo antes de que Diego reaccione.

–¡Pero hay que hacer algo! ¡Tiene que ayudarme! -dijo Olalla, mientras servía un nuevo vaso de ron y le suplicaba le contara todo lo que sabía de la historia-. Juro que no diré nada a nadie. Mi hermano nunca lo sabrá; no podré ayudarlo si no sé a qué me enfrento.

–¡Está bieeeen! -dijo en tono cansino el joven, incapaz de resistirse a las peticiones de la muchacha.

Olalla conoció toda la historia, al menos hasta donde Gerardo conocía a su vez, de la relación entre ambos.

–No puedo creer que Diego le haya hecho eso a la señorita De Ulloa, es para matarlo; no me extraña que ella se busque otros pretendientes.

–No le diga nada. Si sabe que le he contado todo, me mata. Actúe como si yo no le hubiera contado nada.

-Se lo juro, puede confiar en mí... -repitió la joven- ¡Gracias!... Encontraré la manera de hacer entrar en razón a mi hermano, algo se me ocurrirá.

–De eso estoy seguro -dijo Gerardo sonriendo.

Olalla despidió a De Rieux con la sensación de que el tiempo apremiaba. Tenía que impedir que Diego cometiese la mayor estupidez de su vida dejando escapar a Carina de Ulloa.

Capítulo XXI

–Pueden estar seguros de que en cuanto sepa algo de esa mulata -dijo imprimiendo un tono despectivo al término- se lo haré saber a ustedes y a su Ilustrísima -terminó haciendo una ligera inclinación de cabeza en dirección al agente de la ley que acompañaba a fray Anselmo.

–Estoy seguro, hija, de que cumplirá con su deber con la ley y con la Santa Madre Iglesia -contestó el religioso dirigiéndose hacia la salida mientras unos esclavos lo abanicaban. Sus largos y pesados hábitos no eran la vestimenta más adecuada para aquellos climas tropicales, y su cara regordeta goteaba sudor.

Carina rezaba para que se marcharan. Su corazón casi se para al verlos entrar y ahora no deseaba otra cosa que se alejaran de allí. Esperaron unos minutos a que Amarilis recogiese el refrescante cuenco de guayabas que les habían ofrecido y siguieron conversando de trivialidades mientras hacían tiempo hasta que los soldados que registraban la casa terminasen su labor. Intentaba ocultar su nerviosismo aparentando seguridad y desparpajo mientras los atendía, pero los minutos se le hacían eternos esperando ver salir a los enviados por el Tribunal de la Inquisición de Cartagena. Buscaban a Niña Perla. Había testigos que la habían identificado como la mujer que estaba con Antonio Sanz en las proximidades de Getsemaní el día de autos.

Aunque había opiniones para todos los gustos sobre quién o quiénes podrían haber asesinado al yerno del Corregidor, las principales sospechas recaían sobre dos cimarrones del palenque de San Basilio, a quienes habían visto enfrentándose a Sanz. Se decía que lo habían mutilado en un ritual profano; el *Santo Oficio* se había puesto en marcha con toda su pompa de forma inmediata.

El Tribunal no era especialmente activo en Cartagena. Había tenido sus años más duros el siglo anterior, al igual que en Europa, pero se había ido suavizando y ahora apenas mandaba unos latigazos a cimarrones huidos, metía en el calabozo a algún chamán, o encerraba a alguna pobre bruja. Los propios religiosos que lo componían no ocultaban que se dejaban tratar el reuma o las enfermedades con polvos indios o remedios africanos. El rasero con que se medían las herejías en el nuevo mundo era más llevadero que en la Madre Patria, pero aun así el simple nombre de *Santo Oficio* provocaba escalofríos.

–Bien, vayámonos, y ya sabe si esa mulata aparece hágale entender que tiene que declarar. Es por su propio bien, si no podría acusársela de fuga, de ser la autora de un crimen -dijo Fray Anselmo.

Su mirada y tono de voz eran toda una advertencia. El religioso ofreció su mano enguantada para que Carina, como sierva de la Santa Madre Iglesia, se la besara. La joven rozó con los labios su grueso anillo de oro e inclinándose en una reverencia sintió la bendición sobre su cabeza. Ya de pie les indicó el camino de salida. Al cerrarse el portalón sintió cómo le temblaban las piernas y necesitó sentarse precipitadamente en un banco del jardín. ¿Dónde diantre se habrían escondido Niña Perla y Tomasa? Definitivamente -pensó- aquella mujer tenía un sexto sentido. Amarilis corrió a ofrecerle agua a su señora que estaba blanca, mientras la casa retomaba el pulso. Carina bebió y mojando un pañuelo se limpió el sudor frío. Se alegró inmensamente de que no hubieran pillado en casa ni a su tía, ni a Lucía, ni al niño.

–*Grrrrrr*- escuchó el ruido de unos goznes que daban acceso a un estrecho y casi invisible pasadizo situado tras las letrinas. Perla y Tomasa reaparecían una vez pasado el peligro.

–Vamos- dijo la mujer mayor que sujetaba a la más joven aún herida y débil tras la paliza recibida. Carina lamentaba ver en semejante estado a su hermanastra pero sintió que tenía que ser sincera.

–Siéntate- le ordenó a Perla mientras con un gesto de la mano llamaba a Amarilis para que trajera un vaso de agua a la enferma e invitaba a que se marchara la cocinera. -Supongo que comprendes en el lío en que te has metido, en realidad en el que nos has metido. -dijo mirándola- Yo puedo mentir una o cien veces, pero con seguridad van a mantener vigilada esta casa y van a esperar cualquier renuncio, cualquier equivocación, para pillarte.

–¿Es que acaso me acusan a mí de ser la asesina? ¡Yo, que fui quien recibió la paliza de ese desgraciado! ¿Yo soy encima quien se tiene que esconder? -lloró de rabia la mulata.

–Ya sé que es injusto, pero es lo que hay. No te acusan de ser la asesina de momento. Pero no me fío. Que de todas las investigaciones posibles y son muchas se hayan decantado por la de los cimarrones del palenque significa que esa es la respuesta que más les conviene; es más cómodo buscar entre los cimarrones que entre los señoritos. Supongo que hasta para ti es evidente. Si te pillan te forzarán a un duro interrogatorio. ¡Sabe Dios qué podría suceder! Torturan a la gente hasta conseguir que declaren lo que quieren; podrías terminar delatando a tus amigos o incluso autoinculpándote -dijo mirándola a los ojos, tomándola de las manos- No lo permitiré. Tienes que irte de aquí. Te sacaremos a escondidas y regresarás al palenque; escóndete allí un tiempo. Esperaremos a que todo se aclare, a que encuentren un culpable y se olviden de ti; entonces podrás regresar. Mientras, yo diré que no has dado señales de vida... no sé, lo que se me ocurra. ¿Me escuchas?

–Sí, de acuerdo- se limitó a decir la otra mientras se levantaba torpemente cerrando los ojos por el intenso dolor que algunas de las heridas aún le producían; era una sensación desgarradora.

–Vístete ahora mismo, prepáralo todo. Antes de que termine el día te habremos sacado de aquí. Juanín irá a avisar a los tuyos al palenque para que estén preparados y sepan a qué atenerse.

Una hora más tarde regresaba de misa doña Constanza. Carina la puso al corriente de los acontecimientos y la mujer, consternada, aprobó la decisión de su sobrina; entre ambas prepararon durante la mañana la forma de sacar a Perla de la casa. Tras el almuerzo, a la hora más calurosa del día, y oculta entre ropajes, Carina sacó por fin a su hermana de la mansión. Tal y como había sospechado, pocos metros más allá del portalón, recibió el alto de un alguacil que con tontas excusas pidió registrar el vehículo.

–Haga lo que tenga que hacer, pero deprisa. Esto es un ultraje, hablaré de ello con el Virrey- dijo ofendida mientras el joven que inspeccionaba el coche tartamudeaba y enrojecía de vergüenza.

–Señora perdone, son órdenes.

–Muy bien, pues cúmplalas, pero deprisita.

El muchacho, casi un niño, se limitó a echar un vistazo rápido y la dejó partir. Un rato más tarde Carina dejaba a la mulata en el punto del camino donde Juanín había alertado a los miembros del palenque y a su madre que lo harían. Carina pudo marcharse tranquila al ver cómo inmediatamente después de dejarla en una zona tupida y espesa de selva, dos hombres altos y fornidos la recogían; los dos antiguos esclavos hicieron a la joven aristócrata un saludo con la cabeza en señal de agradecimiento. Ésta, llorando, dio orden al cochero de regresar a Cartagena, pero en vez de dirigirse a su casa lo hizo a casa de Lucía.

–Tómate algo, estás temblando. Realmente estoy impresionada por todo lo ocurrido. Es francamente horrible -dijo Lucía Gálvez mientras ofrecía a su amiga un café espumoso y cargado.

La casa que habían recibido del Virrey era hermosa pero mucho menos lujosa que la de Carina. Además faltaban muebles y todos aquellos objetos personales que dan ese toque individual y único a una vivienda, que transforman una casa vulgar en un hogar. Lucía ya había comenzado a desembalar objetos, había colocado sus baúles, unas cortinas, una hermosa mantelería bordada por ella misma en el convento y unos recargados candelabros de plata que Carina supuso serían de la esposa fallecida de Ramón.

–Como ves aún queda mucho por colocar. Podrías ayudarme esta tarde a desembalar la vajilla. ¿A saber cómo habrá llegado? Puede que la mitad de los cacharros se hayan roto pero Ramón se negó a dejarlos en Badajoz. Por cierto, ¿sigues pintando? Podrías hacerme algunos hermosos dibujos de Cartagena, o de lo que quieras, para decorar estas paredes vacías. Les pondría unos maravillosos marcos y así me sentiría como en casa. Incluso podrías hacer alguno de Badajoz, del convento. Recuerdo que no tenías problema para pintar de memoria aunque no estuvieras viendo el original, ¿qué me dices?

–No hay problema. Tengo muchos dibujos de Cartagena y en especial de la plantación, de Mompox. Si quieres verlos, cuando te acerques a casa, te los enseño y eliges los que quieras.

–Estupendo -contestó su amiga-. ¿Te quedas a cenar con nosotros? Podríamos avisar a a tu tía y que venga esta noche. Sería fantástico. Ramón lleva toda la semana sin verte, estará deseándolo- dijo carraspeando.

Carina se hizo la tonta; prefería no verlo. Se habían visto con demasiada frecuencia desde su llegada; habían asistido juntos a bailes y galas, habían dado de qué hablar. Algunos ya especulaban sobre cuándo se comprometerían, aunque tendría competencia -pensó divertida-. Había criollas locas por echarle el lazo. Con su saber estar, encanto y atractivo Ramón había conquistado a la alta sociedad.

También Lucía había cosechado un gran éxito. Estaba más rellenita y guapa que hacía unos años; se la veía menos tímida y más desenvuelta, y su dulce belleza rubia y sonrosada había causado grata impresión en muchos jóvenes, incluido De Rieux. No le habían pasado desapercibidas sus miradas; el caballero se había acercado amablemente para que le presentara a su amiga, había hablado con ellas un buen rato y se había mostrado solícito con Lucía cada noche.

A quien no se la había podido presentar era a Diego; ni siquiera se había acercado a saludarlas aunque hubiera sido por mera cortesía. Lo odiaba cuando se comportaba así, con aquella frialdad. ¿Se debería a los celos? ¿Estaría celoso de Ramón? Algo en su corazón le decía que sí, pero por otro lado los rumores sobre su futuro compromiso con Mariana de Arjona eran incesantes. ¿Estaría deseando casarse con su antigua prometida? Aquel pensamiento la enervó. Lamentablemente aquella suposición era pública y todo el mundo la daba por hecho; en esas circunstancias, ¿qué se suponía que debía hacer ella? Mendigarle unas palabras, una sonrisa, su amistad. Le hubiera gustado ver en él un gesto que desmintiese los rumores sobre la Arjona, que le demostrase que sentía por ella algo especial, pero después de semanas no había sido así. Al contrario, cada vez lo sentía más distante y frío con ella, ¡que se fuera al diablo! No lo necesitaba y menos ahora que estaba Ramón.

La velada transcurrió tranquila; colocaron la vajilla, al menos las piezas que llegaron intactas; hicieron bajar de la azotea una gran mesa de Manila; colocaron los libros de Ramón en las estanterías, guardaron los paños bordados por Lucía; tocaron música, charlaron, rieron y ordenaron subir la cena. Con todo listo esperaron a doña Constanza y a Ramón. La cena fue agradable, distendida y entre todos consiguieron tranquilizar a Carina.

–Me disgusta profundamente verla así -le dijo Ramón en un momento, mirándola a los ojos, como si la quisiera atravesar-. Sé que ha llegado a apreciar a esa muchacha, a su medio hermana -siguió- pero no debería complicarse más en este asunto. Déjelo en mis manos. Yo haré lo imposible para que esa mujer no tenga problemas y usted no se mezcle, podría salir mal parada.

–Gracias, es muy amable, pero me es imposible mantenerme al margen. Niña Perla es, bueno, ¿qué sé yo lo que es? -dijo en un arrebato de enfado- Es una mujer difícil, pero no hay derecho a que después de lo que ha sufrido a manos de ese depravado, termine siendo ella la juzgada.

-Está bien, tranquilícese -dijo poniendo su mano derecha encima de las de Carina, que reposaban en ese momento en el mantel-. Todo irá bien.

Carina sintió como un chispazo al contacto con su piel. Los colores le subieron a la cara; más cuando vio cómo las otras mujeres, con tontas excusas de ir a acostar al pequeño, se levantaron de la mesa dejando sola a la pareja. Carina se puso más nerviosa incluso que durante el registro de su casa. Sabía lo que aquella mano encima de las suyas significaba. Ramón Gálvez había decidido cortejarla, ¡el sueño de su vida! Al menos hasta no hacía mucho, pero ahora era algo irrealizable. Carina lo sintió con una claridad y certeza total. Sí, había estado muy enamorada de Ramón Gálvez durante años, toda su niñez, toda su adolescencia. Hubiera dado cualquier cosa por que la hubiese mirado una sola vez con los ojos con los que ahora la miraba, por sentirlo tan cerca o con su mano encima de las suyas, pero eso había sido antes, antes de conocer a Diego. El amor de juventud había pasado. El amor de la niña no era el mismo que el de la mujer. Tenía razón Luis. No se podía volver atrás, aquel que antes la había hecho suspirar, ahora no significaba nada. ¡¿Por qué?! ¿Por qué la vida era tan caprichosa?

Ramón seguía hablándole dulcemente. Viendo que ella se azoraba y tomando la reacción como algo lógico en una doncella, decidió mantener un poco más las distancias. Se levantó, se preparó una copa de brandy y sacó otros temas. Ya habría tiempo para conquistarla poco a poco.

La noche terminó tarde después de que Carina y Lucía interpretaran varios temas a cuatro manos en el piano familiar y de que se tomaran varias copas de ponche la tía y Ramón. El niño hacía horas que había sido acostado y la ciudad aún conservaba algún movimiento cuando en carruaje, Carina y doña Constanza volvieron a casa.

–Ha sido una noche estupenda, ¿no crees? -dijo la tía- Deberíamos repetirla más a menudo. Si Ramón tiene guardias podríamos visitarlo o hacer como hoy, esperarlo. Él, como habrás podido comprobar, estará encantado. Creo cariño, que ha llegado tu momento -dijo riéndose con una mirada maliciosa-. Espero muy pronto ir de boda.

Carina escuchó las risitas tontas de la tía que llevaba unas copas de más y calló. Sus palabras venían a sumarse al desasosiego que la invadía hacía semanas. Ver de nuevo a Ramón, ver cómo todos apostaban por una boda que ella no tenía claro que pudiera celebrarse, ¡ya no estaba enamorada de él! Pero su hijito había despertado en ella sus deseos de maternidad.

De repente sentía que quería ser madre, tener niños tan preciosos como ese, adorarlos, educarlos. ¿Qué esperaba? Tenía razón su tía, ¡el tiempo pasaba tan deprisa! Y para ello tendría que casarse. ¿Pero con quién? No sería con Luis; seguía viéndolo en las fiestas porque no quería que su distanciamiento diera lugar a chismorreos, pero desde el incidente le resultaba desagradable. Tampoco podría ser con Diego: no la quería. Ella sí lo amaba, con toda su alma, pero desgraciadamente aquello no era suficiente. Él había logrado su sueño; Mariana de Arjona volvía a estar libre, ¿cómo podía preferirla antes que a ella? Había otros pretendientes, muchachos encantadores como Cosme, pero no la convencían; Ramón se había presentado y si hubiera quedado en su corazón un mínimo resto del gran amor que en su momento le tuvo, hubiera sido la respuesta; el problema era que no quedaba nada en su corazón. Eso lo complicaba todo. Si debía elegir a un hombre bueno y sensato con quien comenzar una nueva vida él parecía el hombre perfecto, pero su corazón se negaba a aceptarlo.

–Señorita -dijo Amarilis entrando en su cuarto mientras Pipa desvestía a su ama y la peinaba frente al espejo-, esta mañana ha llegado esto -dijo dejándole un sobre lacrado encima de la cómoda.

Carina lo abrió. Era de Mompox, de su capataz, y le exponía algunos problemas en la finca. Requerían allí su presencia. No daba demasiadas explicaciones. Dobló el papel y se acostó. Inquieta y removiéndose entre las sábanas decidió que se acercaría a Mompox; le vendría bien el cambio, se tomaría un tiempo para pensar, para decidir. Ramón Gálvez se le iba a declarar en cualquier momento y necesitaba tener claro qué le iba a contestar. Si lo rechazaba podría perder la mejor oportunidad de encontrar un magnífico padre para sus futuros hijos: si lo aceptaba, estaba diciéndole definitivamente adiós al amor. ¿Podía renunciar a Diego? ¿Cómo iba a mirar a Ramón, a jurarle amor y lealtad, cuando amaba a otro? Pero si Diego no la quería, ¿debía quedarse soltera y renunciar a tener una vida? A Ramón lo conocía de siempre, sería como estar en casa. No habría desagradables sorpresas. Haría las maletas; necesitaba aclararse. Con esa idea en mente se durmió.

El intenso humo del salón dónde los hombres fumaban sin parar y echaban partidas de naipes o billar dificultaba la visión. Diego había intentado mostrarse esa tarde más amable y distendido que en otras ocasiones. El desasosiego y malestar que sentía en su fuero interno no podían ser excusa -se recriminó a sí mismo- para que no cumpliera con sus obligaciones; llevaba semanas intentando cumplir las órdenes de Lezo: descubrir quién podría ser el topo o los topos que sus enemigos habrían infiltrado en Cartagena. Estaba de acuerdo en que los ingleses tendrían seguramente uno o varios agentes allí; quiénes podrían ser, y qué buscaban con exactitud, era lo que tenía que descubrir.

–De Veranz, cuanto sin verlo - lo saludó en ese momento el teniente Ángel del Toro. Unos años mayor que él, durante un tiempo habían mantenido una estrecha amistad.

–Teniente del Toro, veo que ha regresado a Cartagena. ¿Es definitivo?

–Sí, me han trasladado desde La Habana -contestó el otro.

Durante un rato hablaron de la guerra, de los últimos ataques sufridos por los ingleses, de los objetivos del Almirante Vernon. Diego se preguntó si ese hombre que tenía delante, y que durante un tiempo fue amigo suyo, podría ser el topo que buscaba. Lo desechó mentalmente, no daba el tipo.

Siguió buscando con la mirada, hablando con unos y otros, riendo simplezas del juego, tirándose puyas con viejos amigos, bebiendo ron y observando a los más borrachos para comprobar si alguno se iba de la lengua. Llevaba así días y no había presentido nada especial. También había observado a las mujeres. Podría ser el topo, ¿femenino? Era poco probable, pero no descartable al cien por cien. Muchos de esos matrimonios de conveniencia eran pura fachada. De puertas para dentro cada parte vivía su vida, ella con su amante de turno y él igual. Quién sabe si quien buscaba estaba detrás de la primera línea de fuego; si se acostaba con alguna vetusta dama a la que luego sonsacara información de su marido o sus conocidos. Diego había decidido no descartar a nadie: hombre o mujer, siervo o señor, rico o pobre de sus investigaciones. Quien intentase informarse sobre lo que se movía en Cartagena tendría que acercarse al corazón de la ciudad, al meollo social donde se tomaban las decisiones. Estaba claro que *aquel* era el círculo lógico en dónde espiar otra cosa era desde donde, desde qué perspectiva: escuchando en las cocinas, revolviendo en la basura, emborrachando a viejas damas lascivas, compartiendo camaradería con viejos soldados, seduciendo a tontas damiselas.

La madrugada se echó encima. Damas y caballeros volvieron a reunirse en el gran salón de los Sansegundo, anfitriones de la velada, y el baile comenzó. Diego aguantó un rato. Entre copa y copa, y atenciones pródigas a hermosas criollas, se maldijo por no haber podido ver a Carina. Aunque no hablara con ella desde hacía un tiempo, sólo verla a distancia le devolvía la vida. En ocasiones acudía a los saraos con el único propósito real de verla, de estar cerca de ella, de oír, aunque no fuera dirigiéndose a él, su voz grave y sensual. Pensaba en ella y su corazón se encogía. Tenía que hacer algo; se estaba comportando como un cobarde, o lo que era casi peor, como un estúpido.

La noche pasó volando. Olalla de Veranz disfrutaba como una loca con el cortejo que una semana sí y otra también la perseguía.

Pasado el súbito esplendor de la señorita De Ulloa, las aguas volvían a su cauce y ella volvía a ser la reina de la fiesta. Le gustaba jugar, poner ojos tiernos a los guapos mozalbetes, hacer listas de baile, reír y divertirse, pero realmente no estaba enamorada y para ella aquello era sólo un juego. Su principal objetivo esos días, más que decidirse por alguno de sus apuestos pretendientes, era encontrar la forma de hablar con Diego y hacerle ver su comportamiento estúpido. El no ver a Carina de Ulloa en las dos últimas fiestas la había alarmado. Preguntó por ella pero nadie sabía la causa de su ausencia; sólo el señor González, en un tono bastante distante, le comentó que posiblemente hubiera viajado a Mompox. Había aparecido una plaga en las plantaciones y la habrían llamado de la hacienda.

Terminado el baile, los hermanos, que habían acudido acompañándose mutuamente y en esa ocasión sin sus padres, subieron a su carruaje. Olalla acomodó su encopetado vestido. Era una bata, una *robe française*, un vestido de estrecho talle y enorme y ahuecada falda inflada con panniers. El peto delantero iba sujeto con alfileres de plata al talle y adornado con *échelles*, lazos en escala que caían desde el pecho hasta la cintura; desde el cuello por detrás le caían dos grandes pliegues hasta el suelo. El tejido era un brocado de seda color azul metalizado con detalles en plata y enormes encajes en las mangas a la altura del codo. En la cabeza llevaba una hermosa peluca blanca y su rostro, a pesar de la juventud, lucía muy empolvado y con un hermoso lunar en forma de media luna en el pómulo izquierdo. Olalla sacó su abanicó de plumón y se dio algo de aire inquieta. La noche era bochornosa y a pesar del movimiento del carruaje se sentía sofocada por el calor del salón, el movimiento y las danzas.

–Te he visto muy observador esta noche -dijo como sin intención alguna a su hermano, que silencioso se limitaba a mirar la calle desde el carruaje.

–¿Lo dices por algo en especial o por decir?- le contestó sin querer seguirle la corriente.

–No, lo digo porque te he observado un rato y daba la sensación de que buscabas a alguien con la mirada. Parecías muy concentrado en no sé qué -dijo mientras seguía abanicándose y moviéndose los mechones de cabello blanco que se le habían descolgado del refinado peinado.

–Al parecer vas a ser tú la observadora -contestó mirándola fijamente, preguntándose si había sido tan poco sutil esa noche como para que su hermana lo pillara inmerso en sus investigaciones.

–Lo digo porque tal vez andabas buscando a alguien en especial. ¿Tal vez a una mujer de cabellos caobas y ojos negros?

Diego respiró tranquilo. Olalla no sospechaba su investigación. Aun así le lanzó una mirada de advertencia para que no entrara en esos temas que él prefería mantener a distancia, pero ella no se dejó intimidar. Esa noche estaba decidida a hablar del asunto y por Dios que lo haría; puede que no encontrase mejor ocasión.

–Parece ser que ha abandonado Cartagena para atender no sé qué problema en una finca de cacao que tiene en Mompox. Tal vez tú sepas algo de ello -Olalla comprobó el chispazo de interés en los ojos de Diego y sonrió para su interior-. Quién sabe, ¿tal vez fuera a ella a quien buscabas con tanta insistencia esta noche y la anterior? Si tanto te apetece verla, debieras acercarte a Mompox. Por cierto, padre tiene dicho que alguien debería ir allí a poner a buen recaudo parte del dinero de la familia.

Diego no pudo evitar sonreírse. ¡Diabólica muchacha! -pensó- No se le escapaba una.

–Te diré -dijo la otra viendo que su hermano estaba de buen humor esa noche- que incluso no me importaría acompañarte; me gusta Mompox, aunque lamentablemente vamos poco por allí. ¿Quién sabe?, como soy amiga de la señorita De Ulloa podría mediar entre ustedes dos.

–¡Déjalo ya Olalla! Con tus tontos comentarios no vas a ningún sitio -la reprendió el joven.

–¿Tú crees? Pues yo diría que si no fueras tan estúpido, me dejarías ahora mismo en casa y sin cambiarte, saldrías volando para Mompox.

–¡Vale! - insistió él, intentando que la mujer no siguiera. -No sabes lo que dices.

–Escucha -dijo ella sacando un papel doblado de su faltriquera- escucha esto: *"No sé cómo darte las gracias por confiar en mí. Siempre he sabido que tienes ese sexto sentido que te permite llegar al fondo de las cosas sin saber muy bien cómo. Posiblemente seas la que menos datos objetivos tenga para perdonarme, la que menos pueda entender lo sucedido y sin embargo sabes que soy inocente. Sabes que hay algo que me impide hablar, defenderme como yo hubiera querido. Entiendo la actitud de decepción de todos los demás con respecto a mí. Me están juzgando con los datos que tienen encima de la mesa. Sólo tú has sido capaz de traspasar esa barrera y llegar al fondo. Ahora, queridísima hermanita, no puedo explicarte la verdad. No me pertenece y no estoy autorizado a hacerlo, pero lo haré en cuanto me sea posible, a ti antes que a nadie. Gracias por tu confianza, por no sentirte decepcionada con tu estúpido hermano. Sabes bien que no soy el tipejo decadente y descerebrado que estos días en el juicio han querido pintar, pero las circunstancias han venido así y ahora me son adversas. En cuanto pueda, regresaré y defenderé lo que es mío, lo primero mi honor. Nunca dudes de tu hermano. Soy un luchador y jamás me rendiré. Lo que aparentemente ha sucedido es una pura patraña y si me voy triste, no es menos verdad que al menos me queda el consuelo de saber que hay alguien que de verdad confía en mí y me conoce, y ese alguien eres tú, para mí la persona más querida del mundo. Volveré sano y salvo pronto. Ayuda a nuestros padres; sé que no entienden lo ocurrido. Se su luz y su esperanza. Dales ánimos, no les dejes caer en la tristeza y en la melancolía. Doce meses pasan pronto. Cuando menos lo esperes estaré de regreso. Adiós".*

Olalla plegó la carta y observó el rostro crispado y emocionado de Diego.

–Supongo que recuerdas estas palabras. No hace tanto que las escribiste. Como has podido escuchar en mi lectura, y citándote: "*eres un luchador*" y "*confías en mí*" es por ello que te digo, aquí y ahora, algo que no sé por qué te niegas a reconocer: estás enamorado de Carina de Ulloa, no haces nada para conquistarla y si sigues así la perderás. ¡No! -dijo - no me interrumpas. Escucha lo que te digo y después no me digas nada, simplemente haz lo que consideres oportuno: no desaproveches esta ocasión de ser feliz. Si la quieres, ve a buscarla y díselo. No necesitas restituir tu honor, Lezo ya lo ha hecho por ti. Con sólo unos pequeños comentarios te ha convertido en un misterioso héroe, no sufras por tu honor y preocúpate de las cosas de verdad. Ve a por ella.

Diego no habló. Se limitó a guardar silencio sin mirar a su hermana pero absorto en lo que acababa de escuchar, mirando al infinito, a las ajetreadas calles nocturnas de Cartagena, relajándose con el traqueteo del ruido de los cascos de los caballos sobre el pavimento.

–No me es posible abandonar en este momento Cartagena -le contestó en un susurro sin mirarla a la cara-. Pero no echo en saco roto tus palabras.

El carruaje paró en seco. Los dos hermanos se bajaron en el patio interior del Palacio De Veranz. Dos esclavos ayudaron a la mujer a descender con su aparatoso y voluminoso vestido por las estrechas escalerillas del vehículo mientras Diego le daba la mano. Besándola en una mejilla se despidió de ella. Olalla tuvo la sensación de haber dado en el clavo. ¡Ojala Diego no se demorase mucho!

Plantación de Mompox. Agosto de 1740

El calor y humedad de Mompox la sorprendieron. Siempre lo hacía. En cada visita había necesitado un par de días para recuperarse del bochorno espantoso de la plantación. Pipa y Manolita se esmeraban en cuidarla mientras ella reposaba en una mecedora en el porche de la casa. Un jovencísimo mulatito la abanicaba mientras se reía sin fundamento y Carina se refrescaba tomando una limonada con hierbabuena. En la parte trasera se escuchaban las voces de las mujeres y las risas de los niños, olía las brasas encendidas en el hoyo que esa misma tarde los hombres habían cavado y donde en ese instante asaban pollos, iguanas y papas enganchados a unos palos. El crepitar de las llamas sonaba fuerte y se mezclaba con el humo intenso que salía de la parte trasera de la vivienda, junto a la ceiba.

Durante toda la mañana había visitado la parte de la plantación afectada por la plaga con el capataz. Acompañada de varios peones y de Genaro Ramírez había podido comprobar el estado en que se encontraban casi un centenar de árboles situados cerca del paso de montaña.

–¡¿Y dicen que esto lo han hecho unos avispones?! -preguntó extrañada mientras los operarios le mostraban el feo aspecto de las plantas afectadas-. ¿Cómo se llama esta enfermedad?

–*Mal del machete*- contestó el hombre sin más detalle. -Lo hacen unos abejones y un hongo. ¡Mire! -dijo mostrándole un árbol destruido. -Podemos perder árboles enteros si no la frenamos. Ya hemos perdido casi un centenar pero si se extiende, y lo hace rápidamente, podríamos perder media plantación en un mes. Esta enfermedad es altamente destructiva, por eso se lo he avisado. No quería que desconociera esta situación. Espero sus órdenes.

–Haga lo posible y lo imposible para que el contagio no se extienda. Si hay que talar o quemar los árboles dañados, háganlo cuanto antes como han estado haciendo hasta que he llegado -dijo entre toses.

Al fondo, un grupo de esclavos con hachas cortaba árboles enfermos y quemaba ramas en una gran hoguera situada cerca del canal que enlazaba la plantación con un brazo del río Magdalena.

–Como verá -dijo enseñándole un trozo de rama podrida- el hongo lesiona el tronco y las ramas.

–¿Y cómo podremos saber cuántos árboles pueden estar afectados antes de cortarlos?

–Los síntomas son claros. Empiezan a marchitarse las hojas, a tomar este color amarillento -dijo enseñándole varias hojas de un mismo árbol afectado-. En cuatro semanas el árbol se habrá secado.

–¿Pero cómo ha podido pasar esto?... -preguntó desolada- En la última cosecha todo fue bien... ¿acaso no se ha protegido suficientemente el semillero y el cuidado de la plantación?

–El cuidado ha sido el de siempre pero el hongo puede penetrar a través de alguna herida de un árbol... y después se extiende fácilmente; se contagia mediante las herramientas. He mandado hervir todos los instrumentos de poda, los machetes, las sierras.

–¿Han retirado ya todos los árboles enfermos de la zona próxima al pantano?

–Se retiraron la semana pasada y se quemaron. En cuanto dejemos un tiempo recuperarse y airearse la tierra volveremos a plantar. Pero toda esta zona estará perdida como área de producción al menos cinco años.

–Comprendo -dijo Carina, que echaba cuentas de las pérdidas que iba a sufrir. De momento no eran excesivas, apenas un diez por ciento, pero si la enfermedad seguía extendiéndose...

La mujer se alejó del principal foco de la enfermedad y visitó otras partes de la plantación. La cosecha estaba muy avanzada. Las grandes vainas amarillas colgaban maduras, preparadas para la recolección. Un grupo de mujeres con coloridos pañuelos en las cabezas y grandes cestos de mimbre había comenzado a recoger los frutos y en unas casetas con cobertizo de hoja de palma los abría a golpe de machete, comprobando el estado del interior, separando la cáscara de los gruesos y marrones granos que se adherían a la vaina mediante un ancho cordón blanco situado en el centro de la pieza... Todo ello estaba envuelto en una pulpa blanca, cremosa y de buen sabor que las esclavas retiraban con cucharones que daban a los niños, que lo celebraban con saltos y gritos de alegría.

Dos muchachitas de la edad de Pipa bromeaban mientras recogían las matas de flores de cacao que en grandes racimos colgaban de los troncos y ramas. Carina contemplaba asombrada la belleza de las pequeñas orquídeas rosas y blancas que crecían a cientos en un mismo árbol. Los cacaos eran plantas perennes y siempre tenían hojas y flores. Los grandes cestos rebosaban de flores y las muchachas cantaban mientras se las colocaban adornando sus cabezas o escotes. A las mujeres de la plantación les encantaban aquellas flores que usaban para todo, como adornos o incluso de condimentos en sus comidas, añadiéndolos a muchos de los platos que cocinaban.

Durante los días siguientes trabajó sin descanso en el cacaotal sin permitirse ni un solo momento de distracción, pero aquel sábado no pudo seguir obviando las cartas de doña Amelia invitándola a almorzar. La madre de Luis desconocía el distanciamiento con su hijo y seguía tratándola como hasta entonces. Le era un poco violento aceptar sus reclamos, pero por otro lado no deseaba enfadar ni a doña Amelia, ni a la gente de Mompox que tan bien se habían portado siempre con ella. Doña Amelia no tenía culpa alguna de que su hijo le hubiera hecho una proposición estúpida. Acompañada por Pipa se decidió a visitar a sus vecinos.

–¡Dichosos los ojos que la ven, ha pasado casi un año desde que se marchara!- la saludó la anfitriona, que salió al porche en cuanto vio aparecer el carro de Carina.

Las dos mujeres se besaron en las mejillas mientras salían a recibirla doña Isabel y doña Paquita. Hubo besos, sonrisas y unos tragos de cerveza tibia con especias antes de comer. Olía maravillosamente bien en la casa y la servidumbre no paraba de colocar hermosos ramos de flores en la mesa principal, donde en unas horas se sentarían todos los invitados. El ambiente fue cálido y agradable como siempre. Doña Amelia le preguntó por su familia, por los problemas en su plantación, por si veía a sus hijos Luis y Clara en Cartagena, por el movimiento en la ciudad portuaria. Poco a poco fueron llegando todos los invitados: don Eugenio, el tío cascarrabias de Luis, llegó cojo teniendo que ser desmontado del carro por varios esclavos; fray Julián llegó acompañado por otro religioso, fray Benito, perteneciente a su misma parroquia; el matrimonio de Vicente y Marisa Solís, unos ancianos agradables y encantadores que vivían al otro lado del paso montañoso se sumaron aquel día al almuerzo, y por último llegaron don Santiago y su amigo el francés, *monsieur* Courdec.

Como todos los veranos, durante la temporada de cosechas, el galo visitaba las haciendas y comerciaba con los colonos. Llevaba semanas en Mompox y debía sentirse atrozmente aburrido porque se mostró muy sorprendido y agradecido de verla. Carina comprobó que seguía teniendo el mismo aspecto pirata y atractivo y continuaba mirándola con el mismo descaro de otras ocasiones. Sentado frente a ella intentaba conversar, obligándola a prestarle atención a pesar de lo nerviosa que la ponía. La jornada fue agradable, los mayores se marcharon pronto, pero doña Amelia se las apañó para retener a Carina más tiempo mientras jugaban las últimas partidas de cartas. Iba a marcharse la joven cuando empezó a llover torrencialmente. Sus anfitriones intentaron convencerla de que pernoctase allí.

–Podrá marcharse mañana a primera hora- le dijo don Santiago-. Será más seguro.

Carina agradeció el ofrecimiento pero decidió salir en cuanto hubiera escampado.

–No se fíe que puede comenzar a llover a ríos otra vez en menos que canta un gallo, además los caminos estarán embarrados y a veces se abren y aparecen corrientes nuevas. Lleve mucho, cuidado -le dijo doña Amelia mientras le daba un beso en la mejilla despidiéndola en el porche.

–No se preocupe doña Amelia -comentó a su espalda con leve acento extranjero Mr. Courdec-. Yo acompañaré a la señorita De Ulloa. Me aseguraré que llega sana y salva a su hacienda.

–No es necesario, no deseo molestar.

–No es molestia, es lo menos que puedo hacer por usted y por la seguridad de los invitados de mis anfitriones -la interrumpió Courdec con una mirada chispeante y divertida en sus ojos.

Carina había dado un respingo al oírle, pero no se atrevió a seguir rechazando sus atenciones. Además, en cierto modo le agradecía el detalle, porque ciertamente daba respeto caminar sola de noche por aquellos solitarios parajes.

El camino estaba mucho peor de lo que había imaginado. El carro se atascaba continuamente en el barrizal y era dificultoso hacerlo marchar. Olivier Courdec terminó por subirla a su montura y acercarla a la hacienda mientras Pipa gobernaba el vehículo que, más ligero de peso, se deslizaba mejor por el sendero. La lluvia volvía a caer con fuerza; un relámpago iluminó el cielo y el caballo se encabritó. Aunque el hombre sujetó con fuerza las bridas, Carina, sentada detrás a su grupa, perdió el equilibrio y cayó de espaldas.

–Ahhhhggg- gritó la joven al sentir el duro impacto contra el suelo.

El hombre desmontó deprisa para ayudarla a levantarse, para comprobar que estaba bien, pero la mujer se había torcido el tobillo y no podía sujetarse en pie. Chorreando, ya bien entrada la noche, los tres llegaron a la hacienda en medio de las escandalosas lágrimas de Pipa y los quejidos de Carina.

–Acuéstala y ponle cataplasmas de aceite de linaza para bajar la inflamación- ordenó al ama.

Durante días Carina tuvo que guardar reposo en casa sin poder andar, con la pierna en alto, mientras curaba la torcedura que le dolía como un demonio y le había dejado el tobillo como una bota. Courdec la visitaba cada tarde y ella agradecía encantada sus atenciones. Todos los días le regalaba ramos de flores, la ponía al día de lo ocurrido en el condado, cumplía fielmente sus peticiones o le acercaba los mensajes de vecinos y amistades. A finales de semana incluso se atrevió a montarla en su caballo y con él a pie, llevando las riendas, acercarla para que supervisara personalmente los trabajos en el cacaotal y los semilleros.

Los días transcurrían despacio mientras iba aceptando la evidente atracción que sentía por Olivier Courdec. Decidió disfrutar del momento, no darle más vueltas a lo que había dejado en Cartagena. Aún estaría en Mompox un mes; ya habría tiempo de decidir qué hacer respecto a Ramón Gálvez y lo demás.

–Me merezco una distracción. ¡Qué demonios! Soy joven. ¿Qué hay de malo en ello?

Courdec se convirtió esos días en un fijo en la hacienda. Había sabido ganarse con su simpatía a Pipa y a Manolita, a las que también engatusaba con dulces y flores; la gorda cocinera a su vez le preparaba maravillosos platos criollos que el hombre devoraba mientras charlaba animadamente con la dueña. La primera noche de septiembre, días antes de la fiesta de la cosecha, Carina aceptó asistir como invitada de honor a la boda de unos peones de su finca, dos jóvenes que hacía poco habían conseguido comprar su libertad. Ese día corrió la chicha a discreción, hubo cantos, danzas africanas y diversión. Carina se adornó como las mujeres nativas con hermosos collares y diademas de orquídeas rosas recogidas de los árboles y disfrutó como una más del jolgorio. El alcohol y la noche la envolvieron, le permitieron olvidar sus problemas. Notó como Courdec sin disimular la miraba apasionadamente y eso la excitó, la hizo sentirse bien, viva, deseada, querida. Rió, bebió, danzó como loca y exhausta, se dejó sujetar por los brazos del francés, que atento la sostuvo en varias ocasiones.

Con un terrible dolor de cabeza a causa del exceso de alcohol de la noche anterior abrió los ojos a la mañana siguiente. Las pestañas se negaban a despegarse mientras la brisa le removía el cabello. Sintió frío y al cobijarse entre sus sábanas notó algo raro. Asombrada, aunque aún poco lúcida, comprobó primero que estaba totalmente desnuda en su cama, después al moverse en la penumbra del amanecer notó un cuerpo a su lado. Asustada chilló y se levantó de un salto arrastrando una prenda con la que tapar su desnudo cuerpo. Con los ojos abiertos de par en par comprobó que el hombre que dormía plácidamente a su lado, también totalmente desnudo, era Olivier Courdec.

–¿Qué, qué, qué hace aquí? -dijo tartamudeando, nerviosa- ¿Cómo se atreve?- le gritó mientras intentaba mover su pesado cuerpo, echarlo de su cama a empujones.

–¿Que qué hago aquí? Por Dios Carina, ¿acaso ha olvidado lo ocurrido anoche?

–¿Qué? ¿Qué ocurrió anoche?

–Que nos casamos. Vuelva aquí -dijo dando una palmada al tibio lecho- yo la haré recordar lo que vivimos anoche; repetiremos nuestra inolvidable noche de bodas; no me creo que haya olvidado por completo lo que pasó, es una pequeña mentirosa.

Carina lo miró con los ojos muy abiertos, muda; intentó repetir en alto sus palabras: ¡Casada, boda!, pero no pudo creerlas, su corazón se negaba a creerlas. Con los ojos inundados de lágrimas, sintiéndose perpleja y angustiada, corrió envuelta en las sábanas y salió al pasillo. Histérica llamó a Manolita, a Pipa a la vieja Petra. ¿Cómo habían podido dejarla cometer semejante locura? Mientras el servicio acudía medio dormido a sus escandalosos reclamos, una fuerte carcajada estalló en la alcoba.

—¡Váyase al infierno maldito gabacho!- le respondió colérica desde el exterior de la casa.

Las risas de Courdec volvieron a escucharse más fuerte todavía.

III
PARTE

Capítulo XXII

Septiembre de 1740. Castillo de San Luis. Bahía de Cartagena

Llovía intensamente sobre Cartagena aquel atardecer. El Capitán Diego de Veranz observaba desde la sala de armas del castillo de San Luis cómo la luz decrecía. El mar estaba revuelto; el sonido de las olas al chocar contra las piedras de la fortaleza militar era bronco y una fuerte espuma subía y bajaba estrellándose contra los escalones del embarcadero salpicándolo todo. Era una tormenta tropical; no duraban mucho pero eran muy destructivas. Frente a ellos, en la isla de Barú, se apreciaba el movimiento de luces en el interior del fuerte San José y la batería de Abanicos. Más cerca, dos manchas oscuras y grandes se balanceaban; eran los navíos *Galicia* -nave capitana de la Armada española en Cartagena- y *Conquistador*, anclados junto a dos balandros llegados esa misma mañana. De uno de ellos había visto bajar a un tipo que mantenía una reunión a puerta cerrada con Lezo desde hacía horas. Con ellos estaban otros altos mandos de las colonias: el coronel Carlos Desnaux, ingeniero militar y comandante en jefe de San Luis, Melchor de Navarrete, mariscal de campo y Gobernador de la ciudad, Lorenzo de Alderete, Francisco de Garay, comandante del fuerte San José...

A las diez de la noche la tormenta pareció arreciar. De Veranz, apostado en la ventana de su despacho, vio salir al desconocido; se preguntó si sería un agente secreto. Al hilo de aquel pensamiento volvió a sentarse en la dura e incómoda silla de cuero y abalanzándose hacia delante, releyó el informe que llevaba todo el día redactando. La pluma sonó chirriante al tachar un nombre, mientras a su lado en diagonal escribía otro: Obdulio Pérez del Álamo. Ese era uno de los diez que Diego había apuntado y que a partir del día siguiente sería sometido a una intensa y secreta vigilancia. También estaban en la lista los nombres del esclavo Fulgencio de la mansión de los Mendoza, el de la esposa del comandante Rodríguez de Asís, o el del viejo oficial Rafael Padilla, todos ellos habían levantado sus sospechas.

En ese momento un fuerte golpe de viento cerró estrepitosamente unas puertas y el sonido retumbó por toda la planta superior del castillo. Era ya noche bien cerrada cuando el cielo comenzó a despejarse, y aunque aún llovía, lo hacía suavemente, sin la furia de las horas previas. Brillaban las estrellas y las nubes se movían a gran velocidad camino del océano. En el patio interior se seguía haciendo la guardia mientras en un cuarto contiguo varios marineros y artilleros jugaban con alboroto a los naipes.

–¡Cabronazo -decía uno de ellos en ese momento- devuélveme el dinero! ¡Démelo o le arranco los ojos! -el soldado sacó su pistolón del cinto y se lo puso bien cerca de la cara a un compañero mientras los demás se levantaban para frenarlo. El bigote le llegaba casi de oreja a oreja y le faltaba la mitad de los dientes; el escorbuto campaba a sus anchas entre la marinería.

–*Ehh*, *ehhh*, que esto es un juego, Salgado. No pierda las formas y si no sabe perder, no juegue -le contestaron los demás separándolo, empujándolo fuera del grupo.

Diego, que estaba en la sala contigua les pidió que se tranquilizaran

–¡Si se aburren lávense! ¡Preparen el relevo!- les ordenó sin contemplaciones mientras los hombres reían a carcajadas y seguían echando cartas sobre un tapete piojoso.

Siguió observándolos desde la puerta. Algunos llevaban días encerrados y las tormentas volvían loco a cualquiera. Seguramente habrían bebido más aguardiente del estipulado en su cuota diaria y apestaban a alcohol y a sudor. Las casacas colgaban arrugadas y húmedas de roñosos clavos en la pared mientras los fulares blancos que llevaban anudados al cuello mostraban restregones oscuros de polvo y suciedad.

–Lezo acaba de terminar, si los ve en este estado la cosa tendrá consecuencias -dijo.

No fue necesario añadir nada más; los reclutas comenzaron a recoger con desgano. Con lo quisquilloso que era Lezo y las estrictas órdenes que había implantado desde su llegada, era capaz de ordenar a deshoras una retreta para pillarlos *in fraganti* y ver en qué estado tenían no sólo el uniforme, sino sus armas, y si las tenían todas. Dos de los hombres juraron en arameo mientras un tercero limpiaba con el pañuelo del cuello el arma que se colgó al cinto. Diego tuvo que reconocer que la estricta disciplina impuesta por Lezo surgía efecto.

Antes de pedir refuerzos a España, *Patapalo* necesitaba recuperar a la tropa de esa guarnición que parecía perdida para la causa. El clima tropical, la paga miserable, el abandono en que muchos de aquellos veteranos habían caído habían hecho perder las buenas costumbres. Lezo odiaba el desorden, la indisciplina y la suciedad. Era lo peor que podría darse en la tropa y era lo que se había encontrado al llegar; una situación desoladora: una tropa desmoralizada de vagabundos y guarros.

La corrupción y la miseria campaban a sus anchas. Se reutilizaban uniformes agujereados de compañeros muertos en combate o la ropa abandonada por los desertores; se abusaba y estafaba a los nuevos reclutas, se entregaba a la tropa material defectuoso, se escatimaban las pagas y las raciones. Muchos marinos estaban alcoholizados, sufrían de gonorrea y demás enfermedades de transmisión sexual, de escorbuto, la mayoría vivían amancebados con sus amantes mulatas dilapidando el poco dinero que recibían en el juego y la mala vida. Cuando el nuevo comandante en jefe preguntó a los veteranos por esa falta de disciplina la respuesta fue sencilla: las pagas llegaban tarde, mal y nunca; tardaban años en poder reponer el armamento: el clima húmedo y corrosivo estropeaba los fusiles, las pistolas, los cañones, las espadas y el que más o el que menos se buscaba la vida como podía. Si necesitaban vender las casacas del uniforme para comer, las vendían; luego intentaban recuperarlas jugándoselas a los dados o robándolas si era menester ya que no podían presentarse en los fuertes sin sus uniformes. El nivel de vida era ínfimo; muchos llevaban años separados de sus familias y la única diversión se la proporcionaban las prostitutas y los bodegueros.

–¡No voy a permitir que esto continúe así! Si hay que exigir a la Secretaría de Marina que adelante los pagos así se hará, pero no quiero ver a nadie sucio, sin el uniforme y sin el armamento correspondiente. ¿Está entendido?- les dijo con muy malas pulgas al llegar.

Los veteranos no le informaron que hacía años que los comandantes de la plaza habían pedido a Madrid más dinero y medios para sus guarniciones en Ultramar y estos nunca eran suficientes; nunca se conseguía cambiar nada. Claro que los veteranos no conocían aún a Lezo. Sabían que gozaba de autoridad y amistades en las altas esferas, pero estaba por ver que le sirvieran para lograr algo más que sus antecesores.

Y es que hacía mucho tiempo que la metrópoli se miraba el ombligo, estaba demasiado preocupada por ella misma como para atender las demandas de las colonias. La Guerra de Sucesión por la corona en España había supuesto años de abandono de las tropas en Ultramar. Lezo pudo comprobar incluso como algunos aún usaban uniformes en desuso desde hacía años. Desde la llegada de los Borbones, muy amantes de los uniformes, se había decidido cambiar la tradicional vestimenta militar española de influencia flamenca por otra más moderna y adaptada a los tiempos que corrían. Uniformes elaborados con tejidos mucho más cómodos para esas regiones calurosas del trópico; se habían cambiado los gruesos y toscos paños para el frío europeo por el lino y el algodón en el Caribe. Los distintos regimientos de cada Virreinato o Capitanía General se distinguían por los colores de los uniformes, las botonaduras, los galones o las escarapelas de los sombreros. Mientras la Infantería vestía de color crudo, la Marina mantenía el uniforme general compuesto de una camisa blanca de hilo con encajes, una chupa o chaleco carmesí con botones dorados y la casaca y el calzón azul marino. Las vueltas de las mangas y las solapas eran rojas ribeteadas con galones dorados y botones color oro. Todo ello iba complementado con la corbata blanca, las medias blancas de seda, la peluca empolvada y recogida con un discreto lazo negro detrás y el sombrero -bicornio o tricornio según el rango- negro, con una escarapela roja y el filo dorado.

–¡Mire, Capitán -dijeron dos de los reclutas más jóvenes-, mire allí!

Diego observó cómo algunos soldados del batallón del fuerte

San José, que debían estar tan aburridos como ellos después de estar todo el día encerrados a causa de la tormenta, les hacían señales de luz. De vez en cuando el aire acercaba hasta ellos el sonido de risas y charlas al otro lado de la ensenada, sonidos sueltos que desaparecían con el más ligero cambio de dirección del viento. Durante un buen rato, reclutas de uno y otro lado de la bahía de Bocachica se entretuvieron haciéndose mutuamente señales con los faroles, tocando bocinas y cantando viejas y soeces canciones marineras. Era tarde cuando De Veranz pudo por fin entrar al despacho de Lezo y hablar con él, entregarle la lista de sospechosos y ponerlo al día en cuanto a sus averiguaciones que lamentablemente, eran más bien escasas.

–Está bien -dijo en ese momento un Lezo cansado- esta gente será vigilada intensamente en los próximos días. Siga, si no son estos, serán otros parecidos y hay prisa.

–Señor, si no es indiscreción. ¿Han empeorado las cosas? -preguntó mirándolo. La escasa luz del cuarto no podía disimular sus ojeras, el cansancio y el aspecto de preocupación del viejo lobo de mar.

–Sí, Capitán, han empeorado y van a empeorar más. Lawrence Washington ha reclutado casi cuatro mil virginianos durante este verano. Partieron hace unos días de Williamsburg dirección.

–¿Florida? -interrumpió Diego.

–No, Jamaica, parece que piensan reunirse con alguien. ¿Adivina usted con quién?

–Me lo imagino. Pero, ¿no podemos hacer algo antes para impedirlo?

–¿Cómo? ¿Sabe cuántos hombres han partido de Virginia? Cuatro mil, nosotros aquí tenemos los mismos y no sabemos si vamos a recibir más. Estamos a la espera de que lleguen más barcos y hombres desde España, pero de momento cuatro mil hombres y seis grandes navíos de guerra es todo lo que tenemos, con eso tendremos que resistir.

–Bueno, en caso de que vengan aquí, supongo- contestó Diego.

–Sí, es posible que se dirijan hacia otros frentes, pero el principal no tengo dudas de que será este. Los ingleses están luchando por consolidar su poder en el Caribe. Poco a poco han ido haciéndose con islas: Jamaica, Trinidad, las islas Caimán, la costa de los

Mosquitos. Quieren convertir el Caribe en un mar inglés y van a echar toda la carne en el asador.

–Había oído que había negociaciones, que se iba a firmar un acuerdo y que incluso España estaba dispuesta a mostrarse flexible y pagarles una alta suma de dinero como compensación por algunos registros en sus barcos, no sé.

–Si, algo de eso se habló en la reunión del Pardo, pero Walpole al final ha optado por la guerra y menuda es ella -dijo soplando, refiriéndose a la reina española-. Al parecer -continuó diciendo mientras daba vueltas a su tricornio- es menos costosa la guerra que pagarles el dinero que piden, así es que será la guerra sí o sí.

–¿Pues cuánto dinero han pedido? -preguntó el joven asombrado.

–95.000 libras esterlinas. De todas formas hace meses que se retiraron los embajadores mutuos. Y después de lo fácil que lo tuvieron en Portobello, están convencidos de que quitarnos el Caribe será cosa de coser y cantar.

–Si los datos que van llegando se confirman -admitió el más joven-, su superioridad numérica y material será aplastante; no es de extrañar que se envalentonen.

–No, no es de extrañar, por eso tenemos que estar más espabilados que nunca. Desde luego Vernon parece confirmado al frente de la expedición. Es lógico, ya conoce esta bahía. Los dos ataques previos no fueron más que tomas de contacto. Bueno ese es un problema, pero hay más. No sólo hay una flota dispuesta a atacar Cartagena, también se han divisado varios navíos camino de Tierra de Fuego; quieren atacar nuestras posesiones también desde la retaguardia, desde el Pacífico. No sabemos si el objetivo es Chile, Perú, pero ya han salido tras ellos. El Comodoro Anson y el *Septrention* marchan al frente; hay que impedirles que lo logren. En fin, haremos lo que podamos; sólo nos cabe esperar que Dios esté de nuestro lado. Retírese -dijo con la voz afónica tras unos minutos de silencio.

Diego no quiso insistir. La percepción que había en la ciudad no era de guerra inminente, pero los datos que como un goteo continuo llegaban hasta la Capitanía General así lo confirmaban. Desechó tan tristes y graves pensamientos y viendo que había dejado de llover decidió regresar a casa, no quedarse a pernoctar una noche más en el duro y austero catre del castillo. Durante el regreso a Cartagena dejó que el aire de la noche y el frescor tras la lluvia despejaran sus abotagados sentidos y le infundieran una agradable sensación de paz. En el cielo refulgían las estrellas con más fuerza que nunca; observó la constelación de Carina y su corazón se estremeció. Contaba los días para que regresara de Mompox. En cuanto volviera, iría a verla. Tenía que decirle la verdad, la pura verdad: la quería. Tendrían que solventar los problemas surgidos entre ellos de alguna forma; olvidarse del daño estúpido que se habían causado y comenzar de nuevo. Saber que el galán rubio que últimamente la acompañaba a todas partes se había quedado en Cartagena le daba cierta tranquilidad. Mientras su contrincante estuviera lejos de ella no habría peligro. De todas formas no perdería más tiempo.

–¡Ancla al agua!- gritó el marinero de turno desde la popa.

Diego descendió corriendo la pasarela del barco y voló camino al hogar.

El grupo se abría paso por la selva a machetazos. Perla y otras tres mujeres acompañaban al grueso de hombres -cinco negros y dos mulatos- que esa mañana habían abandonado el palenque para acercarse hasta una aldea próxima. Allí harían trueque, cambiarían sus hachas, lanzas, cuencos tallados en madera o pepitas de oro por carne, sogas de pita, algunas semillas y útiles metálicos.

El palenque ya no era un lugar maldito desde que hacía unos años el obispo de Cartagena mediara ante la Corona por los esclavos fugados que vivían como salvajes en aquel lugar recóndito, escondido en la selva y protegido por empalizadas, fosos y púas envenenadas. Desde entonces sus habitantes habían comenzado a relacionarse con las pequeñas aldeas vecinas, a bajar a los pueblos y mercados a comerciar, pero muchos de ellos aún temían salir de su zona y siempre que lo hacían tomaban importantes medidas de seguridad.

A más de treinta millas de Cartagena, en las montañas, habían encontrado refugio durante siglos los esclavos que se fugaban de sus amos buscando la libertad. Las autoridades los habían perseguido con saña, con perros y tropas, y muchos habían muerto destrozados por las fieras o ahorcados en las plazas de los pueblos como escarmiento público. Una vez capturados, la mayoría eran castigados duramente a latigazos, se les cortaban las orejas, se los castraba y se los enviaba de vuelta con sus dueños; pero el miedo a los castigos y a la muerte no había sido suficiente impedimento para que muchos siguieran intentándolo.

Hacía más de cien años que uno de ellos, al que llamaban el rey Biohó, había logrado mantener unido a un grupo grande de esclavos haciéndose fuerte en las montañas; tan fuerte como para atreverse a bajar a los poblados a robar y a matar, a liberar a otros esclavos que seguían en las minas o haciendas, rescatándolos de sus opresores. Miles de ellos consiguieron formar una especie de república independiente; sintiéndose fuertes se pavoneaban delante de los soldados coloniales; desconocedores de la región en la que los negros utilizaban tácticas guerrilleras para sobrevivir, los soldados eran incapaces de capturarlos y los enfrentamientos duraban años.

El Palenque de la Matuna había logrado forzar una negociación con las autoridades coloniales que tuvieron que acatar las órdenes de España y perdonar a aquellos esclavos a cambio de su lealtad: no se unirían a extranjeros enemigos o indios rebeldes y no admitirían a más esclavos fugados. Biohó tuvo unos años espléndidos pero terminó ahorcado y su poblado, destruido. Con el tiempo su palenque renació de las cenizas y se convirtió en el de San Basilio. Al igual que sucedió con el primero, miles de esclavos fugados se hicieron fuertes allí y las autoridades necesitaron años de luchas y cientos de víctimas para intentar controlar la situación. Finalmente, religiosos y predicadores tuvieron que mediar en aquella sangría; el propio obispo de Cartagena intervino y consiguió el perdón real para los cimarrones a cambio de paz, lealtad y tierras en las que trabajar; de esa forma, aquellos rebeldes que tantos quebraderos de cabeza provocaban, tendrían una forma decente y honrada de ganarse la vida y abandonarían los robos y saqueos de pueblos.

A aquel lugar, al que aún no se atrevían a acercarse los soldados si no era en columnas y bien armados, se había trasladado hacía más de un mes Perla. Su madre vivía allí en una estrecha y maloliente choza de madera y hojas de palma con varios críos más de padres desconocidos. En los palenques se habían mantenido formas de convivencia social procedentes de África y se practicaba la poligamia masculina y femenina sin sonrojo. El linaje se establecía por línea materna y ese era precisamente el que todos los niños del palenque aprendían desde pequeños. De esa forma sabían cuál era su origen -de qué tribu africana procedían-, cuáles eran sus costumbres o a qué amo blanco pertenecían... Esto era importante porque los grupos se organizaban según la procedencia, la etnia y la propiedad blanca que hubieran tenido antes de fugarse. Si los atacaban los soldados del gobernador tenían órdenes de echarse al monte y resistir hasta que pudieran reagruparse; si los capturaban se intentaba que los grupos no quedaran separados al pertenecer la mayoría al mismo dueño. A los negros procedentes de África, algunos de tribus enemigas acérrimas, se les fueron uniendo con el tiempo mulatos libres e indios. El mestizaje era de todos los colores y el amor, libre.

Juliana -nombre español de la madre de Perla que prefería el suyo original de *Birmah*- había acogido a su hija como otras veces: sin alharacas pero sin problema. Perla había tenido que volver al agujero del que había salido hacía tantos años cuando su padre se la llevó a la ciudad, a un lugar rodeado de ciénagas, peligroso, donde la supervivencia era el pan de cada día y dónde la muerte se podía encontrar a la vuelta de cualquier esquina. Había vuelto en alguna ocasión y había disfrutado del amor libre que se respiraba allí, especialmente con algunos de los mozos más fuertes y guapos, pero aquel no era su mundo. No lo era, como tampoco lo era la Casa Grande. Hacía mucho tiempo que Perla sabía que no pertenecía a ningún lugar, algo que la llenaba de una profunda tristeza y desasosiego.

–Toma, guarda esto bien- le dijo el apuesto negro con el que compartía el lecho desde su llegada.

Perla recogió un puñado de semillas y las guardó en un pequeño bolsito de cuero que llevaba colgado al cuello. Otras mujeres lo guardaron en el pelo como habían hecho siempre, como se había hecho durante los tiempos de clandestinidad cuando tenían que bajar a robar semillas a los campos y las guardaban disimuladamente dónde podían.

Durante toda la mañana en la pequeña aldea compraron y vendieron de todo, rieron y bebieron en la chichería y regresaron caminando entre la densa vegetación selvática de montaña hasta el palenque. Aquella noche Perla asistiría a una ceremonia religiosa. La vieja *Píldora* invocaría con rituales africanos a Yemenyá, una deidad de culto yoruba. Se harían peticiones, conjuros; habría danzas rituales, oráculos...

–¡Ohhh amada Yemenyá... no nos abandones! -dijo al comenzar el ritual entre un intenso humo la vieja sacerdotisa negra invocando a la deidad conocida como *la madre de toda criatura viviente*. Algunos hombres portaban peces en sus manos que echaron al fuego ya que Yemenyá tenía la figura de un pez y también de Virgen. En el sincretismo de culturas reinante en las colonias, los africanos, que tenían prohibido el culto a sus dioses, trasladaron todas las virtudes y poderes de éstos a imágenes cristianas conocidas para no levantar sospechas ni ser denunciados al Tribunal del Santo Oficio. Una imagen cristiana de la Virgen de Regla, con sus hábitos y su hermosa capa de terciopelo azul con brillantes bordados, presidía junto a la sacerdotisa el acto. Yemenyá era la madre magnífica, única, maravillosa, incapaz de abandonar a sus hijos en las dificultades, pero también la luchadora implacable que impedía que nada les faltara. De ella habían nacido el resto de orishas o deidades y a ella acudían sus hijos queridos en múltiples ocasiones

–¡Madre que todo lo sabe, denos su conocimiento!- dijo la vieja sacerdotisa que llevaba sobre el rizado y apelmazado pelo negro un trozo del manto de terciopelo azul de la Virgen y numerosos colgantes al cuello. Lucía el cuerpo casi desnudo dejando ver sus raquíticas y pellejudas piernas, sus caídos pechos y su ancianidad. Pasó con agilidad dentro de una choza y se sentó en una estera. Colocaron varias velas encendidas a su alrededor y los participantes pasaron de uno en uno.

–¡Siéntese! -le dijo la vieja a Perla-. ¿Qué pide a la gran madre? ¿Qué quiere de ella?

–Salud y poder regresar a la ciudad, quiero saber cómo irá el embarazo -dijo tocándose el abultado vientre.

La vieja la miró con los ojos enrojecidos del humo y la droga que había tomado en grandes cantidades al inicio de la ceremonia y le dedicó una extraña y desdentada sonrisa.

–Irá, de momento.

Carina abrió la pesada puerta y entró en el oscuro recinto sagrado. La iglesia de Santa Bárbara en Mompox era la principal y a ella pertenecían las parroquias menores de la ciudad. Una religiosa acompañaba a una docena de niñas mulatas que cantaban bonitas canciones tradicionales; estaban preparando la misa del domingo en la que los asistentes darían gracias a Dios por la última cosecha. La monja, hermana de la Caridad a tenor de su aparatosa cofia blanca de puntas alzadas, vestía completamente de blanco y llevaba colgando de la cintura un rosario y un crucifijo. Tocaba un pequeño órgano situado en una capilla lateral e indicaba a las muchachas los tonos con un rítmico movimiento de manos. Sin hacer ruido Carina se arrodilló en la parte menos visible, aprovechando la oscuridad del interior dónde apenas si entraba luz por las alargadas cristaleras de colores. Ardían numerosas velas y cirios ante la imagen de la Virgen y silbaba el aire por entre los huecos de madera, golpeando puertas interiores, contraventanas y moviendo incluso tenuemente la campana de la torre.

–¿Desea algo, hija?- le preguntó en ese momento a Carina otra monja que se había acercado silenciosamente por detrás sobresaltándola.

Carina dio un respingo y negó con la cabeza.

–Sólo orar madre, aunque -dijo cambiando de opinión- tal vez sepa si ha regresado ya de su viaje por los palenques fray Julián; me dijeron que posiblemente llegara hoy.

–Lo desconozco hija, pero si espera unos minutos iré a comprobarlo- le contestó la anciana.

Carina se lo agradeció mientras siguió arrodillada. Sacó el rosario de su madre que siempre llevaba consigo y rezó. El sonido monocorde de su voz recitando de memoria el padre nuestro y el *ave maría* se mezcló con las canciones infantiles llevando algo de sosiego a su alma. Cerrando los ojos reprodujo la conversación que apenas unas horas antes acababa de tener con un letrado de Mompox, Pablo del Valle, un desconocido hasta ese mismo día; se había visto obligada a recurrir a él ante la necesidad de consultar la validez legal de su supuesto matrimonio.

–Siento decirle, que por lo que usted cuenta, el matrimonio es válido, pero antes de confirmárselo definitivamente habría primero que comprobar la firma en el Registro religioso y civil de Mompox; la alianza tiene que haber quedado registrada legalmente. También le aclaro -dijo el letrado, un hombre muy alto y delgado que no paraba de retorcerse el bigote mientras la miraba fijamente- que si aparecen las firmas estampadas tanto de los contrayentes como de los testigos, será difícil de anular, sobre todo si como usted indica el matrimonio ha sido consumado y ...

–Perdone -lo interrumpió nerviosa Carina- he dicho que él asegura que el matrimonio ha sido consumado dando a entender que yo estaba tan borracha que lo habría olvidado, pero yo le aseguro -explicó a trompicones- que no recuerdo nada: ni el matrimonio, ni la consumación, ni nada de nada. Creo que ese hombre, el que dice ser mi marido, es un farsante que quiere aprovecharse de una muchacha huérfana y rica y...

–No siga por favor -la interrumpió el abogado que ya había oído esas mismas disculpas en la primera exposición-. Lo primero, antes de nada, es comprobar el Registro. Tiene que ver a ese sacerdote y hablar con él. Si quiere puedo hacerlo yo o mandar a alguien. Si no, puede hacerlo personalmente y con las conclusiones que saque venir a verme. Estaré esperándola.

Carina decidió comprobarlo ella misma. Desde el día de autos tenía la sensación de que existía un complot contra ella que incluía a todo el mundo: a los letrados y curas de Mompox, a los criados de su hacienda, hasta a su doncella personal. Era como si todos hubiesen participado en hacer realidad un matrimonio de locos. Desde ese día no había encontrado la paz y lo peor era que se sentía culpable por no poder recordar nada. Se había devanado los sesos intentando retroceder a aquellas horas y había llegado a preguntarse si no la habrían drogado. Había bebido mucho alcohol pero no tanto como para terminar inconsciente, ¿y si ese hombre las había drogado a ella y a los suyos? ¿Pero para qué? ¿Iba a lograr salirse con la suya?

–¡Manolitaaaaaa! -ordenó a su sirvienta esa mañana- ¡Dime que lo que asegura Courdec no es posible! ¡Dímelo! -le rogó llorando histérica mientras seguía desnuda envuelta en las sábanas.

La negra cocinera miró a su dueña sin comprender nada, sin poderle confirmar si era o no verdad lo que el francés aseguraba.

–Sólo recuerdo haberla visto bailar muy agarradita a él-comentó casi sin atreverse a mirarla ante la furia desatada de la joven que acaba de estampar un tosco jarrón contra el suelo-. No sé nada más mi ama. Lo siento señora.

Carina recorrió todas las habitaciones de la casa buscando a Pipa que estaba ausente, a la vieja Petra, la comadre de Manolita que la ayudaba en las labores de la casa, al herrero. Habló uno con uno con todo el personal, pero nadie sabía nada. Todos estaban resacosos, agotados de la fiesta, ausentes, sólo Courdec parecía lúcido y sin jaqueca. Con una sonrisa de oreja a oreja se vistió, pidió el desayuno en el salón y desplegando unas hojas informativas de hacía semanas se entretuvo leyendo mientras disfrutaba de unas tajadas de plátano frito, unos huevos revueltos y un chocolate caliente. Los improperios de Carina no sirvieron para nada. El hombre se levantó de la mesa educadamente y sonrió satisfecho; acercándose a ella le dio un puritano beso en la frente -que la mujer rechazó bruscamente- y se marchó.

–No me espere en unos días, tengo cosas que hacer. Después prepárese para regresar a Cartagena. Tengo interés en que me presente en sociedad. Sé que es una mujer muy conocida, con muchas e importantes amistades en la gran ciudad y espero, ahora que soy su esposo, poder aprovecharme de ello, en el mejor sentido de la palabra, desde luego -dijo mientras recogía su sombrero de una percha-. Adiós, querida.

Carina, Manolita, Petra y el resto de criados lo vieron marchar estupefactos. Los sirvientes incapaces de decir nada al que desde ahora era su nuevo dueño; Carina incapaz de articular palabra, de creer que aquella pesadilla fuese cierta.

Desde entonces habían pasado cuatro días y Olivier Courdec no había regresado a la plantación. Carina desesperada había cabalgado como alma que lleva al diablo aquella misma mañana hasta

Mompox, al banco a retirar buena parte de la fortuna. Estaba convencida de que el francés sólo se había casado con ella -si es que tal cosa era cierta- por dinero. Después había ido a visitar al licenciado y finalmente a la iglesia, a buscar al cura. Fray Julián era el único sacerdote que había estado en la hacienda el día de la boda. Si alguien los había casado, tenía que ser él. Si eso había sido así, esperaba que hubiese estado menos borracho que el resto de la concurrencia y la ayudase a recordar lo sucedido: la boda, la firma en el registro... ¿Cómo había sido capaz de casarla viéndola totalmente borracha? -se preguntó intranquila- ¿Acaso no se había dado cuenta? ¿Habría ido él tan borracho como los demás? Y en ese caso, ¿qué validez podría tener ese matrimonio?

–Desde el momento en que una mujer se casa, su marido pasa a ser el dueño de sus propiedades y el que toma las decisiones familiares -le había dicho el letrado-. La ley estará del lado de su esposo. Ningún juez en su sano juicio fallaría a favor de una mujer que reconoce haber estado tan borracha como para no recordar ni su boda ni su noche de bodas -le comentó sarcástico, mirándola por encima de sus antiparras.

–No lo recuerdo -lo interrumpió soberbia Carina, molesta por el tono- porque tal vez no se produjeran. De eso se trata; de que tal vez todo sea una farsa.

En ese momento se preguntó si aquel hombre no trabajaría para Courdec. Desechó esa idea, era rocambolesca. ¿Se estaba volviendo paranoica? ¿Cómo diantre iba a saber Courdec que acudiría a ese y no a cualquier otro abogado de la ciudad? No, sus sospechas se debían a que estaba empezando a volverse loca.

–¡Hija!, ¿me escucha?- le dijo en ese momento la monja que llevaba unos instantes hablándole sin que se percatara de ello.- Hija, tenía razón; fray Julián ha regresado. Ha llegado hace un rato y se está refrescando, si no le importa esperar puede hacerlo aquí, en breve saldrá a atenderla.

–Gracias madre -contestó Carina besando las manos a la monja que con ternura acarició su pelo.

–No llore joven. Lo que sea, seguro que fray Julián la ayuda a solucionarlo.

Cerca de una hora después apareció el sacerdote con su sotana negra y el cuello blanco; lo vio acercarse por el pasillo principal hasta ella.

–Señorita De Ulloa, me ha dicho la hermana María que me esperaba, ¿en qué puedo servirle?

–Seguro que lo intuye -dijo mirándolo fijamente-. Quiero saber qué paso con el señor Courdec el otro día, el sábado pasado en la plantación, ¿recuerda? Monsieur Courdec asegura que hubo otro matrimonio: el nuestro, ¿es eso cierto?

El hombre retiró la mirada un instante; girando el cuello dirigió sus ojos hacia atrás donde las niñas recogían los instrumentos musicales y abandonaban ruidosamente la capilla. Parecía un gesto de simple curiosidad pero a Carina le dio mala espina; parecía que el religioso no aguantase su mirada directa, sus preguntas. Súbitamente el hombre se volvió hacia ella.

–Sí, perdone, miraba a la hermana María que está saliendo con aquel grupo y con la que aún tengo que tratar unos asuntos. Sí, me decía, su boda, la felicito, no había tenido tiempo. Ya sabe que una vez al mes me acerco por las aldeas para impartir los sagrados sacramentos, oficiar misas y atender a las almas descarriadas de esos esclavos.

–¿Fue usted quien me casó?- preguntó Carina bruscamente, cortando la cháchara del cura.

–Sí, desde luego- contestó el hombre con tranquilidad.

–¿Está seguro? ¿No habrá bebido, y perdone que sea así de franca, tanto como los demás?

–¡Desde luego que no, joven! -contestó enfadado- Estaba perfectamente y usted -recalcó con una sonrisa que disgustó a Carina- accedió a aquella boda entre risas y alharacas. Le pregunté dos veces si quería casarse con el señor Courdec, a quien por cierto muchos aprecian aquí, y contestó que sí, con claridad y nitidez. Si me acompaña -dijo dirigiéndose hacia la Sacristía- le enseñaré el libro de firmas, el Registro.

Carina no podía dejar de mirar su firma estampada con nitidez en el libro mientras el sacerdote la observaba.

–Perdone. Puede mirar el tiempo que estime oportuno, pero

excúseme. La hermana María solicita mi presencia afuera. Vuelvo en un momento.

Carina se sentó desinflada en la silla de esparto y madera que había junto a la ventana. Observó cómo fray Julián salía al exterior donde lloviznaba ligeramente y se reunía con las dos monjas. Bajó la cabeza y volvió a mirar el libro. Todo aquello le parecía falso, una pesadilla de la que pronto despertaría. Pero no, ahí estaba aquella firma en tinta negra para recordarle que su boda era real.

¡Zaaaass!

Cerró el pesado libro y lo dejó en la mesa entre los papeles de fray Julián; al verlo entretenido fuera conversando con las hermanas decidió calmar su curiosidad y echar un vistazo por todo el Registro; tendría tiempo suficiente. Revolvió con tacto los papeles sin ver nada que llamara su atención. ¿Por qué tendría la sensación de que ese cura, al igual que Courdec, mentía? Abrió despacio un cajón lateral y miró dentro: había unos sobres con el lacre roto, un tubo de lacre, arenilla para secar la tinta, unas plumas algo rotas, papeles que parecían facturas, varias llaves colgando de una cuerda, un pequeño crucifijo, dos velas gordas sin estrenar, una biblia. Movió la biblia hacia un lado para mirar detrás. Agachada notó que había otra llave suelta. Palpó bien al fondo y la tomó. Asombrada la contempló en la palma de su mano. Era la tercera vez que veía una llave igual en pocos días; una gran llave con un calamar repujado en la parte superior.

La había visto por primera vez en su casa hacía escasos días, poco antes de viajar a Mompox, cuando una igual cayó al suelo desde un cajoncito pequeño y oculto del aparador al golpearse contra él el hijo de Ramón. Lucía se había agachado a recogerla y le había preguntado por ella. Carina la había mirado atentamente sin saber de qué era. Preguntó a su tía y a varios sirvientes que tampoco supieron decirle a ciencia cierta qué abría aquella llave; finalmente la había dejado olvidada sobre la chimenea decorativa que jamás se encendía en aquellas calurosas tierras y que su padre había mandado construir siguiendo las costumbres de su tierra cuando compró la Casa Grande.

Más curiosa había sido la segunda ocasión. El mismo día en que el señor Courdec le comunicó su boda y se marchó con destino desconocido, las dos maletas que el hombre consignaba en la fonda *El rey tuerto* de Mompox habían llegado cargadas en un carro a la hacienda. Courdec había ordenado trasladar sus pertenencias, hasta entonces guardadas en su alojamiento en la ciudad, hasta su nueva residencia. Carina había pateado las maletas con rabia y una de ellas se había reventado; varios objetos rodaron por el suelo: papeles, libros, ropa, unos tirantes, un bolso y unas llaves. Estas sobresalían de un estrecho bolsillo y habían caído al suelo. Carina las recogió para guardarlas de nuevo en su sitio cuando vio que una de ellas tenía un aspecto raro: llevaba un calamar grabado en la parte superior; era igualita a la que dos semanas antes había encontrado en su casa. Entonces aquello le había parecido pura coincidencia. Ahora no. ¿Qué diablos significarían aquellas llaves? ¿Qué abrirían? ¿Por qué todo el mundo las tenía? Los pasos del sacerdote acercándose a la puerta la obligaron a cerrar el cajón.

–Padre -dijo volviéndose deprisa, sintiendo que la cara le ardía- debo marcharme. Le agradezco que me haya atendido. Siento haberlo molestado.

–No ha sido molestia hija; si desea comprobar cualquier otra cosa, aquí estaré.

Salió al exterior con un nudo en el estómago, presintiendo con más claridad que nunca que algo raro había sucedido en torno a su extraña boda. Su instinto le decía que todo era mentira, que aquel cura mentía, que Courdec mentía. Nerviosa montó en su yegua y cabalgó hasta la hacienda. Tardaría poco más de una hora en llegar y aunque anochecía y lloviznaba necesitaba sentir el aire golpeando su cara, despejando sus sentidos.

–Señorita -le dijo en ese momento la hermana María- lloverá más, debería tomar un carruaje.

–No gracias, iré bien- respondió Carina despidiéndose de la hermana que regresaba hacia la iglesia.

Cabalgó como alma que lleva el diablo disfrutando de aquella sensación de libertad, del aire azotándole el pelo, con los músculos en tensión, ajena a las miradas de algunos peones que abandonaban las faenas en el campo y regresaban a sus malolientes chozas a orillas del canal. Su mente era un torbellino preguntándose cómo iba a volver a Cartagena, cómo iba a explicarle a su tía lo ocurrido, cómo encajarían la noticia Lucía o Ramón. Sintió unas terribles ganas de llorar al pensar cómo la odiaría Diego. Aquello sí que era el final, su final. A menos que sucediera un milagro, cualquier esperanza de que lo suyo con Diego de Veranz pudiera solucionarse quedaba hecha añicos. Además -reconoció- aunque el milagro ocurriese, el orgulloso De Veranz no le perdonaría esa humillación pública, no después de lo sufrido previamente con Mariana de Arjona. Lágrimas rodaron por su cara; percibió su sabor salado y se le nublaron los ojos estando a punto de accidentarse. Tiró de las riendas y frenó la velocidad del caballo. Debía sosegarse antes de llegar a la hacienda; no quería que nadie la viese en semejante estado. ¡Ya encontraría una solución! -se dijo dándose ánimos.

–*¡Sooooo caballito!* -susurró a su bestia, dándole una palmada en el lomo.

Quería llegar a casa. La tormenta arreciaba; el agua que al principio había sido agradable ahora le resultaba molesta. Se dirigió hacia un claro y desde allí divisó el paso de montaña y a oscuras el sendero que se dirigía hacia la mina abandonada. Ya estaba llegando, ya estaba cerca de la hacienda. Para entonces la tormenta le había arrancado con fuerza el sombrero y su caballo relinchaba asustado por las descargas eléctricas que estallaban en el cielo. Con la cara cubierta de agua y los ojos medio cerrados intentaba orientarse y no caerse del caballo, asombrada, observó luces a lo lejos. Varios hombres parecían dirigirse ¿a la mina? El mismo viento llevaba sus voces nítidamente hasta ella. Oculta tras unas rocas escuchó el ruido de sus caballos. Efectivamente iban a su mina, ¿pero a qué? -se preguntó inquieta. Debería seguirlos, pero la tromba de agua le hizo desestimar la idea. Se acercaría al día siguiente, comprobaría a qué habían ido allí, si habían entrado finalmente en la mina, si habían forzado el candado y la puerta. Entonces le vino la idea a la cabeza. ¿Y si la llave del calamar abría aquella mina? Y si era así ¿todo el mundo tendría una? ¡Qué idiotez! -se respondió. Su padre no permitiría que gente extraña entrara en sus propiedades como Pedro por su casa, ¿o sí?

–Vamos caballito, vamos- tiró de las riendas y obligó a su montura a girar en dirección a casa. Diez minutos después llegaba empapada.

Capítulo XXIII

Pipa la ayudó a quitarse las ropas mojadas. Se puso un cómodo camisón de hilo blanco y una ligera bata por encima y se soltó el cabello para que se le secara cuanto antes; entre las manos se calentó con un tazón de chocolate caliente y cremoso. Repuesta de la cabalgada y el susto echó el cerrojo a la puerta y ordenó de forma categórica que nadie la molestara. También pidió que vigilaran la entrada a la hacienda por si Courdec aparecía de repente.

–Quiero saber si se acerca a esta casa antes de que llegue aquí. ¿Entendido?

–¡Sí, señoritaaaa! -contestaron Pipa y Manolita arrastrando su lento deje caribeño. No se atrevían a llamarla señora Courdec; lo habían hecho una vez y Carina frenética les había ordenado que no volvieran a hacerlo nunca más.

–¡Tienes que estar por aquí, vamos! - se dijo a sí misma en un susurro mientras volvía a abrir la maleta de Courdec que había reventado a patadas días antes.

Observó el buen trabajo que habían hecho las diestras manos de Filomeno, el sirviente de la hacienda al que había encargado que la arreglara después de su ataque furibundo y al que hacía escasos minutos había ordenado se la devolviera. Necesitaba encontrar la llave del calamar, comprobar que no era parecida sino igual a la que había visto esa tarde en la Sacristía. Tras un rato sacando cosas con cuidado, hurgando en pequeños bolsillos y palpando los bultos, la encontró. Sopesándola y mirándola atentamente llegó a la conclusión de que era idéntica. La aplastó en un trozo de masa que había tomado de la cocina para sacar más tarde una copia exacta y así devolvérsela al francés antes de que notara su ausencia.

–¡Veremos si mañana puedo probarla!- dijo guardándosela en la faltriquera. Podría acercarse a primera hora a la mina y comprobar si la llave abría o no aquella puerta. Pero para eso necesitaría la original, porque no tendría tiempo de hacer la copia antes. La copia la utilizaría más tarde para compararla con la de la Sacristía, eso si antes no regresaba su marido.

Envolvió el trozo de masa en un papel de estraza fino de color marrón y se lo guardó. Siguió revolviendo con cuidado las pertenencias del hombre: ojeó sus pantalones, chalecos, chaquetas, su ropa interior. Era de buena calidad pero no de lujo. Distaba mucho de la que llevaría un marqués, título que ahora ostentaría al casarse con ella. Sacó todo y lo depositó en el mismo orden en que lo extraía de la dura y ajada maleta para después guardarlo de igual forma y que Courdec no sospechara que había fisgoneado en sus cosas. Metió la mano hasta el fondo, palpó el forro de lona y descubrió que había algo en uno de los laterales. Buscó por todas partes hasta que encontró el hueco por donde meter la mano y sacarlo. Despacio, a la luz de la palmatoria que había dejado sobre la mesilla de noche, extrajo unas cartas. Eran dos e iban en sobres no muy antiguos. Con curiosidad les echó un vistazo. Sorprendida comprobó que ambas habían sido dirigidas a Jamaica desde Virginia, desde Williamsburg. El nombre del destinatario era Tom Parker y estaban escritas en algo que desde luego no era francés.

Había estudiado francés en el convento como todas las jovencitas de su clase pero aquellas letrajas no eran francesas; eso era evidente. Supuso que serían inglés u holandés. ¡Qué sabía ella! Eran indescifrables. La primera carta tenía tres hojas por ambas caras pero solo pudo descifrar alguna palabra suelta sin sentido. La otra llevaba dentro varias hojas sueltas y parecían facturas... una de ellas iba firmada. El nombre era el de Tom Parker y la firma le resultó conocida. Tuvo un instante de lucidez: era la firma que había visto en la Sacristía, la misma que se suponía era de Olivier Courdec. En realidad más que una firma era un garabato, un trazo rápido e ilegible. Se preguntó si Courdec le habría robado la firma a alguien, si se estaría haciendo pasar por otra persona o si utilizaba diferentes nombres para moverse por la región. Aquello no le gustó y aumentó su alarma respecto al extraño proceder del hombre.

–Necesito saber qué dicen estas cartas, necesito saberlo- se repitió agitada mientras se levantaba de la silla y abría el cerrojo de la puerta.

–¡Pipa, tráeme papel, busca en el despacho de mi padre!- le ordenó. -¿Alguna novedad?

–No señorita -le contestó su doncella.

Minutos después la muchacha regresaba a la habitación de su ama.

–*Toc, toc* -llamó y enseguida le abrió Carina la puerta-. Siento decirle que no he encontrado papel vegetal. No hay.

–Está bien, ya es tarde para buscar en ningún otro sitio. Seguramente habrá en casa, pero es igual, mañana por la mañana, el primero de los hombres que baje al pueblo, que lo suba. ¿Entendido?

–Si señorita, desde luego señorita -dijo agachándose, con los bordes de la falda recogidos e inclinando su cabeza en señal de respeto a su dueña que últimamente estaba de un humor de perros.

–¡Maldita sea! -Carina soltó el improperio por lo bajo al cerrar de forma brusca la puerta.

No podría calcarlas, y copiarlas era demasiado trabajoso. Estaba muy cansada. Decidió acostarse, tendría que estar bien despierta al día siguiente. Agotada recogió todo siguiendo el orden inverso a su extracción y lo colocó tal como estaba en la maleta, incluidas las cartas. Al día siguiente tendría que volver a sacarlo todo. Eso si Courdec seguía ausente, si no sería imposible. ¡Demonios! -pensó- ¡Debía hacer la copia cuanto antes! Seguro que encontraba pistas de quién era Courdec realmente. Tenía que saber con quién se había casado y por qué.

¿Qué pretendía el francés con aquella boda?, la tenía intrigada. Conseguir algunos contactos comerciales provechosos no parecía razón suficiente. Y el dinero podría haberlo obtenido con métodos más honorables; era un hombre guapo y apuesto, a poco que se lo hubiese propuesto podría haber conseguido de buen grado la mano de cualquier señorita bien de Cartagena, incluida ella misma -pensó con ironía- Sin necesidad de engañar a nadie. Ahora todo había cambiado y por más vueltas que daba a lo ocurrido le seguía resultando incomprensible; algo se le escapaba ¿pero qué? Necesitaba averiguarlo. Tal vez la respuesta estuviese en la mina abandonada, o tal vez no. Sin avanzar un milímetro en sus deliberaciones, se durmió agotada.

Amanecía con niebla según pudo comprobar asomada a la ventana de su cuarto. Pipa la ayudó a vestirse con un cómodo traje de montar y le preparó el desayuno. Carina se acercó a los establos, montó a su yegua *Linda* y acompañada por dos siervos cabalgó hasta la mina por caminos embarrados y escurridizos. Metros antes de llegar al acceso comprobó que había pisadas de hombres y caballos; no lo había soñado. Hacia allá se habían dirigido aquellos tipos a caballo que había visto moverse en la distancia. De noche y lloviendo apenas pudo apreciar qué clase de hombres eran, pero no serían rateros o cimarrones si montaban buenos equinos. La lógica inducía a pensar que serían caballeros, hacendados, seguramente conocidos suyos, puede que incluso sus mismos vecinos, la gente con la que almorzaba o asistía a misa. Mientras el sirviente más joven, un esclavo llamado Paquito, sostenía el candil para iluminarle la entrada, el otro ató los caballos en un árbol cercano. Carina sacó de su faltriquera la llave que había robado a su marido e intentó abrir aquella puerta cochambrosa. Sus pies se hundían en el suelo embarrado, la llave no corría bien en la cerradura y a pesar de sus esfuerzos y empujones no pudo mover la puerta. Decepcionada sacó la llave y ganas le dieron de tirarla a un charco en un arrebato de furia.

–¿Me permite, señorita?- le dijo en ese momento el muchacho-. Mi padre es el cerrajero de la hacienda, conozco bien el trabajo -dijo sonriéndole, mostrándole sus lustrosos y grandes dientes blancos.

Carina se lo agradeció nerviosa con un gesto de cabeza y le entregó la llave.

–¡Bonita llave, sí señor! -comentó al ver el grabado del calamar- Recuerdo -siguió mientras maniobraba en la cerradura- que mi padre me contó que habían hecho varias copias como esta hace unos años. Sí señor, muy bonita. Fantástico, ¡ya abre!

Carina respiró aliviada al comprobar que su instinto no le había fallado: la llave abría la puerta que había sospechado que abriría. Delante de la boca oscura se preguntó qué sentido tenía que esa llave la tuvieran otras personas como el propio Courdec o el cura.

Además, si era cierto lo que el muchacho contaba, su propio cerrajero habría hecho más copias por orden de su padre.

–Quédate aquí vigilando que la puerta no se cierre y estate atento a que salgamos sin problema. Si dentro de tres horas no hemos regresado, corre a la hacienda a pedir ayuda. ¿Entendido?

–Sí señorita- contestó el otro hombre.

La mujer escuchó el chirriar de los goznes roñosos al abrirse y se ahogó al respirar el olor a cerrado y húmedo del interior. Hacía calor y no se veía nada; era una sensación claustrofóbica. El muchacho caminaba delante balanceando la lámpara; Carina se preguntó temerosa si no se perderían. Anduvieron sin parar encajonados entre paredes; el interior era un largo y oscuro túnel.

–La mina termina en una cueva que tiene salida al río....

–Ya -contestó algo cansada Carina-, ¿pero cómo es de larga? No se ve nada.

–Bastante, bastante.

Un buen rato después llegaban a un rellano. Allí terminaba la mina y comenzaba la cueva. Había una zona más amplia con piedras en círculo; seguramente los misteriosos caballeros se habrían sentado allí porque había restos de una fogata.

–Estuvieron aquí, se debieron secar al calor de una buena hoguera. Las cenizas aún están tibias- dijo el chico. Carina asintió.

El aspecto de la cueva, aunque mal iluminada, era espectacular. A diferencia del túnel, la cavidad era inmensamente alta; desde el techo caían enormes picachos de piedra de fantásticas formas que a la luz amarillenta y débil de la lamparilla parecían tener vida propia. El suelo estaba muy resbaladizo y se oía cerca el sonido tintineante de un pequeño manantial subterráneo.

–¡Por aquí señorita! -le dijo el joven sirviente tras bajar por unas rocas de difícil acceso. Cambiándose la lámpara de mano, ayudó a la mujer.

Al fondo se veía entrar luz natural. Ama, aunque parezca cercano el final está muy lejos, tardaríamos mucho en llegar. Yago se preocupará y acudirá a la hacienda a buscar ayuda si no damos la vuelta ya.

–Tienes razón- contestó la dueña que a pesar de asentir con la cabeza continuó andando en dirección a la luz, como si fuera una polilla.

–¡Señoritaaaa....! -la volvió a llamar el chiquillo con el farol colgando desde una rampa.

Iba a darse la vuelta cuando observó movimiento a lo lejos. Desde el exterior entraron unos hombres. No entendía de qué hablaban pero sí pudo escuchar con claridad sus risas. Cargaban con algo muy pesado, toneles o sacos. Contrabando -pensó Carina-. ¿Estarían sus vecinos utilizando su mina para esconder a la Hacienda Real toneladas de productos, librándose así de pagar impuestos y vendiendo a precio de oro a extranjeros? Era muy probable. Las colonias tenían prohibido comerciar con otros países que no fueran España o en su caso, con algunos comerciantes o barcos extranjeros autorizados por la Corona. Dudaba que ese fuera el caso.

–¡Señorita, es muy peligroso seguir!- susurró el muchacho, ocultándose para impedir que los contrabandistas los localizaran y capturaran.

–Es cierto, demos la vuelta; oculta la luz con la mano y haz el menor ruido posible. Volveremos mañana si podemos, si no, otro día. Tenemos que averiguar qué se traen esos tipos entre manos.

El camino de regreso a oscuras por la gruta y los túneles fue agotador y peligroso. Carina resbaló y se rasgó la falda lastimándose una rodilla. Pero aquel dolor físico, aquellas magulladuras y cortes que se vendó con una tira del vestido, no eran nada en comparación con el desasosiego que sentía. No es que no se imaginara algo así, pero una cosa era imaginarlo y otra verlo con sus propios ojos. Aquello la ponía a ella y a su familia en una posición delicadísima. El contrabando estaba prohibido y era castigado por la ley. Normalmente se hacía la vista gorda dada la corrupción reinante; los mismos aristócratas y gentileshombres que ocupaban las audiencias judiciales y puestos relevantes en la administración eran los que se dedicaban al contrabando, así es que era bastante lógico que hicieran la vista gorda con sus colegas. Pero eso -pensó- era en condiciones normales, ahora estaban en guerra con Inglaterra, y ese mismo contrabando era considerado alta traición. Podían colgarla, condenarla a muerte por ello. Sólo imaginarlo la hizo sentir asfixiada y a punto estuvo de desmayarse.

–Señorita, no desfallezca que ya llegamos- dijo muy apurado

el muchachito al verla tan pálida-. Si quiere, si se encuentra mal, podemos parar; puedo salir a buscar ayuda. ¿Le parece?

–No, no será necesario, puedo seguir un poco más- contestó con hilo de voz la mujer.

A paso más lento los dos fueron cubriendo los últimos metros hasta la salida. Respirar aire y sentir la brisa en su cara la hicieron reanimarse; ayudada por el otro esclavo montó en su yegua y regresó a la hacienda. Durante buena parte de la tarde Carina durmió y descansó; al anochecer se encerró en su cuarto. Pipa le había dejado el papel vegetal encima de la cómoda y quería copiar las cartas. No llevaría ni una hora afanada en la tarea cuando su doncella aporreó con fuerza su puerta.

–¡Señorita, señorita, que es él! ¡El señor regresa!

A Carina se le paró el corazón. Deprisa se levantó de la mesa tirando el tintero y manchando de tinta negra el papel que acaba de escribir por los bordes. Recogiéndolo y soplándolo, en un intento desesperado de que se secara rápido y no se estropeara, abrió a su doncella.

–¡Vamos ayúdame, hay que meter todo esto aquí y en orden! ¡Haz como yo te indique!

Pipa se agachó, y en cuclillas, empezó a meter uno a uno los objetos en la maleta cómo le indicaba su señora mientras ésta seguía soplando. Otra sirvienta limpiaba con un trapo la tinta derramada, mientras fuera se escuchaba el relinchar del caballo de Courdec que en ese momento desmontaba y entregaba las riendas de su animal a algún esclavo para que lo metiese en las cuadras. Carina lo vio a la luz del farol de la puerta mientras hablaba con Manolita; se limpiaba el polvo de la ropa, sonriendo, distendido. Parecía contento. Se preguntó de dónde diantre vendría. Lo miraba fijamente cuando, como si le hubiera leído el pensamiento, giró rápidamente la cabeza en dirección a su ventana y la vio. Se llevó la mano al tricornio y con un gesto elegante, la saludó sonriente. Un instante después entraba en la casa.

–La veo tan hermosa como siempre. ¡Es un honor poder disfrutar de la compañía de una bonita dama después de un día tan duro! -dijo sin añadir más, sin entrar en detalles de por qué había sido dura la jornada o de cuántas millas había cabalgado.

–Lo veo muy galante esta noche -contestó en tono cínico ella. Desde luego más que cuando se marchó ¿Qué desea para cenar? -le preguntó para ordenar que sirvieran la cena.

–Me conformaré con poco -contestó amablemente sonriendo a la muchacha de color que en ese momento colocaba sobre el mantel unas mazorcas de maíz asadas, un trozo de res y un cuenco con una sopa espesa y llena de verduras. -Estoy muy cansado; cenaré ligero, pero antes que me preparen la tinaja de agua; me bañaré primero.

–Puedes dejar eso ahora fuera, mañana lo colocaremos- decía en ese instante Carina a una esclava.

–No, no, mañana nos espera otro largo viaje. Prepare todo lo que necesite nos vamos a Cartagena.

–¡Yaaaaaa...! ¿Tan pronto?

–Sí, cuanto antes mejor. ¿No? -preguntó divertido mientras salía de la estancia quitándose la pesada levita y dándosela a una esclava que la recogió al vuelo.

Carina comenzó a temblar sin querer. Odiaba estar tan nerviosa, pero temía lo que el hombre podría reclamar de ella: que la llamara al lecho. ¡No estaba preparada para ello! Desde la noche de bodas no lo había vuelto a ver y si entonces hubo algo, no lo recordaba; ahora ni le apetecía, ni lo deseaba. La gruesa cocinera viéndola apurada intentó rebajar la tensión, hacerla reír, que olvidase sus miedos.

–Hay *madresita*. ¡Si yo le contara! ha estado la *Panocha*, la comadre de aquí al lado.

La cháchara de la negra siguió un buen rato; el hombre no dio señales de vida mientras el servicio lo ayudaba con el baño. Manolita se atrevió a tomar la mano de su dueña que en ese instante permanecía silenciosa, sentada a la débil luz del candil en la cocina, y animarla.

–No lo piense más, parece un buen hombre; seguro que todo sale bien ¡ya verá! Y además, es buenmozo, la hará más... -se calló sin saber bien qué decir- Más mujer.

–No necesito ser más mujer. ¡Ya soy una mujer! Y este matrimonio no es lo que quería.

–¿No es lo que quería? ¡Como si alguien tuviese alguna vez lo que quiere! La vida suele hacernos muchas jugarretas: nos ofrece lo que no queremos, nos quita lo que amamos y aun así, debería recordar siempre que es afortunada: tiene salud, belleza, dinero, una hacienda, posición, es muchísimo más de lo que tiene la mayoría y si no, sólo tiene que mirar ahí fuera -le dijo señalándole la ventana-. No sea tan exigente y disfrute de lo que Dios le ha dado; no parece un mal hombre.

Carina sintió un nudo en el estómago al oír aquella perorata. Odiaba tener que reconocer que era verdad, que era patético que ella, la señora marquesa de los Llanos, se quejase. Afuera había gente sin nada; vagabundos sin un techo dónde cobijarse; ancianos solitarios, gente enferma, esclavos, y ella lloraba porque aquel hombre no era el de sus sueños. *¡Valiente mentecata!* le habría dicho su tía, pero era la verdad. Su corazón estaba hecho trizas. Necesitaba llorar, despedirse de Diego, soltar amarras con un mundo que ya no volvería a ser el de antes. Sus pensamientos se vieron interrumpidos por el regreso de Courdec; limpio y con mucho mejor aspecto, se sentó a la mesa donde cenó deprisa y de forma frugal. Al final, sin mediar palabra, le dio la mano y la llevó a la habitación. Iba a besarla cuando ella se separó bruscamente pegándose a la pared.

–Es absurdo que se resista, es mi esposa; tengo mis derechos, podría obligarla.

–Lo sé -contestó Carina sabiendo que estaba en lo cierto, intentando ganar tiempo-, sé que podría obligarme pero también sé que es usted un caballero y me dará el tiempo que necesite; no le pediré mucho. Por favor deje que me haga a la idea de todo esto.

–Está bien -contestó el hombre tirándose de golpe en el mullido colchón- pero no mucho. ¿Entendido? y le advierto: si no quiere que la toque más vale que se busque otra cama. Yo de aquí no me voy -dijo riéndose.

Carina, furiosa por su falta de caballerosidad, le tiró un espejo de mano a la cabeza, golpe que el otro esquivó tapándose velozmente con una almohada.

¡Tómatelo ya!- le ordenó con muy malas pulgas mientras con una criatura a la cintura se agachaba para darle el cuenco lleno de un apestoso potingue color morado que se movía de forma gelatinosa.

–No puedo, de verdad que no puedo- dijo Perla dando arcadas.

El niño del regazo, el hermanastro de Perla, lloraba mientras su madre se lo colocaba más arriba para que no se le escurriera.

–¿Deseas ponerte bien? ¿Quieres recuperarte? ¡Pues tómatelo!

Con un gesto brusco la mujer, delgada y flexible a pesar de la edad, le puso el cuenco en la boca y la obligó a beber.

Una fuerte arcada la hizo vomitar. Perla se retorcía de dolor en aquella húmeda y apestosa choza del palenque. Le caían gotas de sudor frío y repentinos y punzantes pinchazos le atravesaban el abultado vientre. La cosa no iba bien, lo había presentido desde el principio. Debería haber abortado entonces pero no quiso y ahora era tarde. La vieja comadre se había negado a darle las hierbas abortivas insistiendo en que ahora podrían matarla a ella y al niño. Perla estaba aterrada. Siempre había pensado que la preñez era algo natural. Las mujeres parían sin parar en el palenque. Había parturientas que traían a sus hijos al mundo de pie y en unos minutos, sin mayores dificultades. Pocas habían muerto en el intento. La suya era una raza de mujeres fuertes, fértiles, no cómo las delicadas mujeres blancas que morían como chinches en los partos. Pero ahora su mitad blanca parecía haberse impuesto en ese embarazo inesperado.

–¡Escúchame! Parece que se te ha reblandecido la sesera. Esto no es la ciudad; aquí no tenemos matasanos ni medicinas; si quieres sobrevivir tendrás que hacer lo que la vieja comadre te mande ¿entiendes?

–*Síiiii*, ¡vale ya, márchate!- dijo la joven retirándola de un empujón, vertiendo de un manotazo el cuenco con el brebaje y echándose a llorar.

Su madre enfadada estuvo a punto de abofetearla, pero conteniéndose prefirió sencillamente irse. Salía de la choza cuando entraba el hombretón que vivía con Perla desde la llegada de ésta al palenque. Perla se había sorprendido de que aquel tipo la hubiese elegido a ella en semejantes condiciones. Sorprendentemente se había mostrado tierno, considerado, la había cuidado con mimo y jamás la había forzado sexualmente, dejando que tomara la iniciativa cuando estaba en condiciones y las náuseas y dolores se lo permitían. Su bondad había obligado a Perla a ser más considerada y atenta con él de lo que nunca había sido con ningún otro hombre, e intentaba entregársele con frecuencia a pesar de no encontrarse bien.

–¡Ahí te la dejo! Tal vez a ti te escuche más que a mí. Si no se toma eso -dijo indicando el cuenco- puede morir, el tripón se ha complicado y esta no es la ciudad. Aquí no hay *na de na*.

La mujer se fue con el niño gritando y llorando en su cadera mientras el hombre se sentaba en la estera junto a Perla, acariciándole la cabeza, recogiendo el cuenco y dulcemente, pero con una fuerza avasalladora, obligándola a tomarlo. Perla sintió que se atragantaba mientras el asqueroso líquido le abrasaba las entrañas, pero el hombre no cedió.

–Vamos, tienes que tomártelo.

–Lo sé, pero no puedo, de verdad que no. Me moriré antes si lo hago.

–Está bien, pues entonces prepárate. Si no puedes tomarte estos brebajes iremos a Cartagena. Allí hay médicos. Buscaremos uno que podamos pagar.

–No, no es posible.

—Mira -le dijo enseñándole un pequeño saquito con pepitas del oro sacadas del bateo en el río la semana anterior- he trabajado duro y he conseguido esto -dijo echando las pepitas sobre su mano- Podremos encontrar a algún médico que te atienda.

-No, no es por el oro. Es que de momento no puedo regresar a Cartagena; no hasta que mi hermana me avise de que no hay peligro. Sólo volveré cuando ella me lo permita, se lo prometí.

–¿Crees que todavía te busca el Santo Oficio? Pero si ya han juzgado y castigado a dos hombres por la muerte de ese *hijo puta*...

–Calla -dijo ella interrumpiéndolo, poniendo su mano en su boca, callándolo-. Déjalo, seguro que si lo intento un poco más podré beberme ese líquido asqueroso. Olvídate de Cartagena.

El hombre calló, se tumbó a su lado, y tapándola la adormeció con un sonido profundo, rítmico, embriagador, mientras su mano fuerte, callosa, llena de cicatrices en la que sobresalían sus pelados nudillos y sus uñas increíblemente blancas, acariciaban su espalda, produciéndole una increíble sensación de paz y bienestar. Aquel hombre -se dijo- era su hombre. La amaba y la entendía. Sí, tendría que plantearse qué hacer respecto a él cuando regresase a Cartagena; podrían incluso casarse como Dios manda; tenía dinero de sobra. No lo sabía nadie en el palenque, ni siquiera su madre, pero ella tenía más dinero que todo el poblado junto; retiraría al hombre del duro trabajo en las minas. Sí, seguramente haría eso. Se durmió profundamente.

El hombre, conocido en el palenque como Yarko, se levantó sigiloso, salió, ordenó a una muchachita que cuidara de Perla en su ausencia y de noche cerrada partió hacia Cartagena. Si la montaña no iba a Mahoma habría que hacer ir a Mahoma a la montaña. Iría a buscar a un médico. Lo llevaría al palenque a punta de navaja si hacía falta, si se negaba. Y no iría a por un médico cualquiera. Perla se merecía al mejor y sabía que durante semanas el doctor Cubero, uno de los más reputados, se había encargado de ella. Se colaría en su casa, le solicitaría educadamente su colaboración y si se negaba, se lo llevaría a la fuerza; lo secuestraría.

Sus botas negras resonaron con fuerza sobre los tablones de madera de la cubierta del Galicia. Saludó con la cabeza a varios oficiales que había en el alcázar y bajó deprisa los escalones hasta el camarote de Blas de Lezo. El día era soleado y brillante, igual que el ánimo -pensó Diego- mientras saboreaba las últimas noticias recibidas. No todo estaba perdido, los habían escuchado en Madrid. Una gran escuadra había partido del Ferrol hacía un mes y se dirigía hacia allí con miles de hombres de refuerzo, víveres, armas, pólvora y todo lo necesario para aguantar un año en el mar. ¡Era un milagro!

–Pase, pase, lo estábamos esperando -le dijo Lezo que en ese momento estaba acompañado por otros oficiales a los cuales Diego conocía. Entre ellos estaban el propio Gerardo y Desnaux.- Quiero hacerlos partícipes de las buenas noticias que hemos recibido por partida doble en los últimos días. ¡Siéntense y abran bien los oídos!

–¡O sea, es verdad que viene Torres!

–Efectivamente, una escuadra comandada por el Almirante Torres con trece navíos de guerra además de varios barcos más de avituallamiento, víveres, medicinas, armas y dinero viaja en estos momentos camino de Cartagena. Según esta carta -dijo mostrando el despacho que hacía dos días había recibido por valija diplomática- la fecha de salida prevista era el 31 de julio. Ya están de camino.

–Además -intervino Desnaux- se ha fletado otra escuadra al mando del Almirante Pizarro que salió de Santander en las mismas fechas y se encargará de perseguir al comodoro Anson; hay que impedir el ataque a las colonias del Pacífico. Pizarro se unirá a la Escuadra del Sur para perseguir a Anson hasta donde haga falta y el tiempo que haga falta. La primera escuadra hará parada en Puerto Rico y la segunda se dirigirá directamente hacia Río de la Plata y de ahí a Cabo de Hornos.

–¡Vaya! -comentó asombrado Espínola- Al fin nos han escuchado ¡Temíamos que nadie viniera a socorrernos! Que desde Madrid pretendiesen que nos las apañásemos solos y por Dios que contamos con hombres valientes, pero si me lo permite señor, no se les puede pedir más.

–Lo sé -contestó Lezo que ese día se veía radiante, con una sonrisa de oreja a oreja-, pero hay más y aquí -dijo señalando otro papel en su mano- hay un poco de todo: una de cal y otra de arena. Los franceses nos escriben desde Santo Domingo; están dispuestos a unírsenos; parece que las conversaciones entre Madrid y París van por buen camino y se nos podrían sumar en breve dos escuadras francesas al mando del marqués de d'Antain. Éste ya ha salido de Brest con doce naves y pronto se le unirá Rochelar con otras ocho que han partido desde Tolon. Al igual que la escuadra de Torres, están de camino.

–Eso es una noticia magnífica, señor. Si sumamos todas nuestras naves estaríamos hablando de una treintena. Igualaríamos a las británicas, podríamos hacerles frente.

–No sólo eso. Si esas escuadras llegan bien, si lo hacen deprisa podríamos plantearnos no esperar a que nos ataquen los ingleses sino atacar nosotros primero. Vernon lleva días patrullando cabo Tiburón; a día de hoy sólo cuenta con una decena de barcos en Jamaica. Podríamos capturarlos a todos -dijo relamiéndose, mientras miraba con su catalejo por una de las escotillas del barco. El ligero viento le movía la peluca; durante unos instantes pareció ausente.

Los demás comentaban las noticias en voz baja, sintiendo una tranquilidad, una satisfacción como no sentían hacía muchos meses: desde el ataque a Portobello, incluso desde antes. El humo de los cigarros y el entrechocar de las copas cargaron pronto el ambiente. Lezo se volvió y antes de dejarlos marchar les volvió a pedir que se sentaran.

–Bien, unos minutos nada más. Veo que las buenas noticias les han bloqueado el cerebro. Les acabo de decir que no sólo hay buenas noticias, otras no son tan buenas.

–Bien señor... somos todo oídos- señaló en ese momento otro oficial.

–Capitán Molinero, no dude que se lo contaré. *¡¡Hummmm!!* -carraspeó- Lamento anunciarles que se ha detectado una epidemia de fiebre amarilla en Cartagena -por favor no me interrumpan-; estas epidemias son cíclicas en las colonias. Ya ha muerto medio centenar de hombres en los campos de cultivo próximos al palenque de San Enrique, Eslava está con ello. Si el mal se extiende no será necesario que nos ataquen los ingleses, moriremos antes -sentándose de nuevo le dio un largo trago a la botella-. Además, en relación a las escuadras que vienen a ayudarnos sabrán, si son buenos marinos, que las fechas para el viaje son pésimas. Si no surgen incidentes llegarán al Caribe en septiembre... En otoño es cuando más huracanes se producen; podrían naufragar. Así es que recen a Dios, a la Virgen, pongan las velas que haga falta y esperemos que los barcos lleguen a puerto sanos y salvos. Eso es todo.

Gerardo y Diego se quedaron un rato más charlando en la cubierta con el Capitán Molinero y el Teniente Megía. Eran dos oficiales jóvenes con los que habían hecho buenas migas. Los cuatro abandonaron finalmente la nave y regresaron a puerto. En Cartagena atardecía; una multitud de negros cargaba y descargaba en el mercado que empezaba a cerrar sus tenderetes; numerosos carruajes atravesaban las calles atestadas y las damas se retiraban a sus casas seguidas por sus sirvientas con cestos de esparto repletos de artículos recién adquiridos. Las jovencitas acompañadas por sus dueñas disfrutaban de sus chocolates en las terrazas de los cafés mientras las tascas y chicherías del muelle rebosaban humo, alcohol, ruido y risotadas de los más borrachos. Los cuatro caballeros entraron en la taberna *El mono loco*. Pidieron ron y se olvidaron del temor a huracanes, epidemias y enemigos. Las cosas marchaban. Poco antes del anochecer Gerardo y Diego abandonaron a sus compañeros e iniciaron a pie el camino a casa.

–No puedo creer en nuestra buena estrella. Ya me veo en Jamaica. ¡Dios, qué ganas tengo de que todo empiece, me mata esta inacción!- dijo Gerardo. Sorprendido levantó la ceja al comprobar cómo la nueva dueña de su corazón, la señorita Lucía Gálvez, pasaba en coche descubierto acompañada por la tía de Carina y un joven oficial.

–¿Aquel es su hermano o veo mal? -preguntó con cierta ansiedad.

–¿Es que no lo ves? ¡Es su hermano! -le contestó Diego con una risotada.

En ese instante doña Constanza los saludó con un gesto de cabeza; sus acompañantes miraron en la misma dirección. A Lucía se le iluminó la cara al ver a su pretendiente; su hermano hizo un gesto severo en señal de reconocimiento pero nada más. El coche pasó sin detenerse y se perdió entre la multitud. Diego se preguntó cuándo diablos regresaría Carina, en qué estaría tan ocupada para llevar semanas en Mompox.

–¡Simpático! ¿No crees? -comentó Diego refiriéndose a Gálvez.

–Con lo agradable que todo el mundo dice que es y ya has visto, no debemos gustarle demasiado.

–Pues no sé qué le habremos hecho -siguió comentando De Veranz.

–¿Estás seguro? -preguntó su amigo con una sonrisa maliciosa- ¿No andarás por ahí averiguando cosas sobre él?

–¿¡Yo!? ¡Desde luego que no! ¡Dios me libre! Sería una osadía por mi parte -mintió sin un atisbo de rubor mientras evitaba la mirada recelosa de su acompañante.

Sabía que el rumor se había corrido entre cierta parte de la oficialidad y detestaba que hubiese sido así. ¡Qué mierda de espías tenían que eran incapaces de seguir a un hombre sin que todo el mundo se diera cuenta! Había dudado durante varios días si hacerlo o no, pero al final había incluido su nombre en la lista de elementos sospechosos que Lezo le había pedido que elaborara.

La cara de sorpresa del Almirante al ver aquel nombre había sido evidente; Diego se explicó:

–Lo sé, no ha dado que hablar y es un hombre de Eslava. Pero usted me dijo que metiera no sólo a los que pudieran tener un comportamiento sospechoso, también a los que reunieran una serie de condiciones que los hicieran potencialmente muy peligrosos y éste lo es -dijo sin temblarle la voz-. No pertenece a la Armada, pocos aquí lo conocen y es la mano derecha de Eslava. No puede estar más cerca del poder, más cerca del mando. Seguramente será un soldado honrado al servicio de España, pero en caso de que no fuera así, sería un desastre total. No perdemos nada por comprobar que todo marcha como es debido, que es quien dice ser, que no hay peligro.

–Está bien -le contestó Lezo con suspicacia-. Confío en usted Capitán, no me decepcione.

–No lo haré señor -contestó con una aparente seguridad que no sentía. Temía que Lezo sospechase que había incluido a Gálvez por motivos personales.

Lo peor era que a veces, incluso él mismo, lo sentía así; detestaba a aquel figurín rubio de facciones delicadas y modales exquisitos. Eso no lo negaba, pero jamás sería tan ruin como para espiar a un adversario amoroso; había ordenado investigarlo por motivos de seguridad. Sería un deshonor lo contrario.

–Te has quedado muy callado. Por cierto ¿qué sabes de la señorita De Ulloa? Ahí iba su tía pero de ella no sabemos nada hace tiempo.

–Estoy esperando que regrese. Tenemos mucho de qué hablar.

–Me alegro de que te hayas decidido. ¡Ya era hora! Ojalá tengas suerte.

–Ojalá -contestó escuetamente; no quiso seguir hablando de ella, hacerlo lo ponía nervioso.

Llegaron a la plaza de la Cruz. Las niñeras regresaban a casa del paseo vespertino y las chimeneas comenzaban a escupir el humo de las cenas que esclavos y sirvientes preparaban a esas horas en las cocinas; olía a fritangas, a sancocho, a papas y a dulces. Las hermosas balconadas de madera de las casas señoriales aparecían cubiertas de brillantes y coloridas buganvillas. Las flores colgaban en racimos y se mezclaban con las matas de hierbabuena y menta. Entre las casas más hermosas, destacaba la de Carina. Las exuberantes orquídeas malvas de su ventana llamaron su atención. Apreció movimiento en el interior de la casa, vio a la vieja cocinera preparando arriba el comedor y sintió nostalgia, unas terribles ganas de volver allí. No lo había hecho desde el día en que como Diego de Vargas se había despedido con excusas y mentiras de Carina y ahora necesitaba volver cómo lo que era, como Diego de Veranz ... y proponerle algo: una boda.

–¡Vamos o se te saldrán los ojos de la cara! -dijo sonriéndose su amigo que tiró de la manga de su chaqueta mientras dejaban atrás esa calle y se dirigían hacia la plaza mayor.

Diego le dedicó un último pensamiento a Carina. Pidió a Dios que regresase pronto.

No sabía cuán cerca estaba de ella. Sólo unos minutos antes un carruaje había entrado por el portón de las cuadras con dos viajeros dentro: la dueña de la casa y un desconocido. El servicio atónito miraba sin pestañear al hombre al que su señorita acababa de presentar:

–Aquí su nuevo dueño. El señor Olivier Courdec, mi esposo.

Entre los presentes no estaba doña Constanza, que no había regresado aún del paseo.

–Mejor -pensó Carina- así tendré algo más de tiempo para prepararla. No quiero que le dé un infarto.

Poco más tarde regresaba la dama. La enorme sonrisa que espontáneamente se formó en sus labios al verla en lo alto de la escalera se le congeló en el rostro al notar lívida a su sobrina. Algo iba mal.

Capítulo XXIV

Sintió cómo el pulso le latía a mil por hora. Habían llegado. El ruido era infernal y a esa hora de la noche, decenas de carruajes se agolpaban a las puertas de la residencia oficial del Gobernador, sede del Virrey desde la llegada de Eslava a Nueva Granada. Las antorchas iluminaban la entrada y el resplandor de las lámparas y candelabros del interior se reflejaban en la calle a través de las balconadas abiertas por donde se escapaba a borbotones la música, las risas y el parloteo.

–Señora, bienvenida- le dijo un lacayo vestido con librea inclinándose en una majestuosa reverencia; Carina le dio la mano y el hombre la ayudó a bajar por la diminuta escalerilla del coche.

Muy estirada, sintiendo cientos de ojos clavados en ella, cruzó la alfombra y entró en palacio del brazo de su marido. Courdec, ajeno a la curiosidad malsana de la gente, vestía elegantemente y parecía un pavo real de tan hinchado y orgulloso que se veía. Sonriendo le guiñó un ojo; aquel gesto desenfadado no engañó a Carina. Sabía que, por muy de buen humor que estuviera, no admitiría bromas con su presentación en sociedad; llevaba semanas preparándose para ese momento y quería que fuera perfecto. También tenía claro que el hombre encantador que la acompañaba podía convertirse fácilmente en un tipo desalmado si se lo contradecía. No era una cobarde pero le tenía miedo; sus fríos ojos azules, su hablar suave, no podían ocultar a la fiera que llevaba dentro. Consciente de ello resolvió no contradecirlo de momento. Esperaría a ver cómo se desarrollaban los acontecimientos, a encontrar la forma de librarse de él.

Carina atravesó aquel pasillo sin ser consciente de su aspecto radiante, de los aplausos que levantaba entre buena parte de la plebe que se agolpaba a las puertas del palacio; querían ver a los mandamases de la ciudad con sus galas y a las damas con sus sofisticados peinados, sus impresionantes vestidos y sus ricas joyas.

Vestida de forma espectacular y mostrándose distante trató de disimular los nervios. Era consciente de que su matrimonio había levantado un río de especulaciones y murmuraciones en la ciudad y era la comidilla de todos otra vez. Hubiera deseado esconderse hasta decidir qué hacer, pero no había tenido otra opción que asistir a esa cena. Desde que se supo lo de su boda había recibido multitud de invitaciones pero Courdec las había rechazado todas menos esta. Se había mostrado inflexible.

–No lo entiendo. Si tanto desea que lo conozcan en Cartagena, cuanto antes mejor -le había dicho el primer día intrigada por su comportamiento.

Él se mostró tajante.

–No me presentaré de cualquier manera. Será cuando tenga que ser.

La ocasión había llegado esa noche, una cita especial que aglutinaría a lo más granado, no de Cartagena, sino de todo el reino de Nueva Granada. Aunque Eslava debería haberse establecido en la capital Bogotá siguiendo la tradición, el temor a un ataque británico que nunca terminaba de llegar lo había obligado a seguir en la costa. Cartagena era por tanto ese día el centro social de una buena parte de las colonias americanas y bullía de animación. Aquel era el momento que tanto había esperado Courdec para darse a conocer como nuevo marqués de los Llanos. El lujo impregnaba la cita social. Las encopetadas damas hacían crujir los satenes, rasos y sedas de sus trajes; chisporroteaban las velas que iluminaban la estancia principal y el Virrey saludaba a sus invitados.

La ciudad era una fiesta y reinaba el optimismo. Aún no había llegado la escuadra del Almirante Torres pero se sabía que había logrado sortear el huracán que había barrido el Caribe hacía unas semanas; había atracado, algo tocada eso sí, en Puerto Rico. El gobernador de dicha colonia, don Matías de Abadía, había escrito a Eslava informándole de la llegada de tan esperados refuerzos militares y de la necesidad de hacer escala unas semanas para reponer víveres, leña y poder reparar los barcos dañados por la tormenta; además -le decía en su escrito- daría tiempo a que se reagruparan todos los navíos; algunos se habían perdido en el mar y aún no habían dado señales de vida.

La gala que el Virrey había organizado era una manera de elevar la moral de la tropa. En los últimos meses habían contabilizado decenas de deserciones en los regimientos de milicias y la llamada *peste del vómito negro* había provocado pánico entre la población. Las autoridades insistían en que la epidemia estaba controlada, pero aún quedaban focos. Las víctimas habían sido en su gran mayoría esclavos y cimarrones, pero también había caído algún soldado; durante semanas se habían establecido medidas espartanas para evitar el contagio y la ciudad se había vuelto apagada y triste. La noticia de que la enfermedad remitía y que Torres venía a reponer con miles de hombres, armas, medicinas y pertrechos el diezmado cuerpo de la Armada real en las colonias fue saludada con euforia. Había corrido como la pólvora y la ciudad quería recibirlos por todo lo alto. A esa felicidad general se había sumado el día anterior la noticia de que el Gobernador de Santo Domingo, el marqués de Lorenage, había comunicado oficialmente a Eslava que Francia se uniría a la expedición armada contra Jamaica y los ingleses. Para celebrar todo aquello se había organizado la gala. Entre los asistentes de esa noche estaría una delegación francesa a la que tratarían con todos los honores, como correspondía a tan poderoso aliado en tiempos difíciles.

–*Monsieur* Desnos, *monsieur* Galaud, es un placer poder conocerlos -les dijo Olivier Courdec.

El francés se entretuvo hablando con sus paisanos a quienes presentó a su esposa. Ésta, sabiéndose observada por muchos de sus conocidos y amigos, temía levantar la cabeza y no saber qué decirles, cómo explicarles su precipitada y extraña boda. Había optado por parecer la perfecta recién casada y la sonrisa de su tía respaldaba esa pantomima; doña Constanza no era buena actriz, pero realmente se sentía feliz. Su primera reacción había sido de sorpresa, pero después había aceptado todo con naturalidad. Sonrió al recordar aquel primer momento. Dejando que el hombre disfrutara de los manjares que Tomasa había preparado para la cena, las dos hablaron en voz baja en el pasillo, fuera del alcance de la vista de Courdec.

–¡No puedo creer que hayas hecho algo así! ¿Te has casado sin decírmelo, sin que yo asista?- gritó al borde del llanto mientras Carina intentaba explicarle lo sucedido.

–Tía por favor, escúcheme, es todo rarísimo. Le juro que no supe que me había casado hasta el día después. Yo, yo, yo -titubeó- ¡creo que no estoy casada, que es un farsante! *¡Chissss!*- dijo poniéndose el dedo índice en los labios al ver los ojos abiertos de par en par de su interlocutora- No diga nada; cuando pueda, cuando estemos a solas, le explicaré todo.

En días sucesivos le habló de lo ocurrido en Mompox, pero su tía no entendió nada. Al revés: fue Courdec quien, utilizando su batería de encantos, se ganó su confianza convirtiéndola en su aliada.

–No sé si matarte o felicitarte. Ha sido una elección bastante sorprendente, pero me gusta -dijo encogiéndose de hombros-. Es encantador, educado, con clase. ¡Y qué diablos! parece de lo más sugerente -continuó guiñándola un ojo-. Hubiera preferido que te casaras con Ramón, con alguien conocido y no con un extranjero. Pero si has elegido a este otro, bienvenido sea; por mí no se romperá la paz familiar -le dijo a la tercera tarde de su llegada-. Ahora lo que espero es que te comportes como lo que eres, una mujer casada; que cesen los escándalos -a tu marido no le gustarán- y sientes la cabeza. Ya es hora de que vayas pensando en tener descendencia -dijo dándole un golpecito en la barriga.

Carina se quedó perpleja pero decidió guardar silencio. Era mejor que doña Constanza no entendiera lo ocurrido. Cuanto menos supiera mejor. El que tratara a Courdec como *su sobrino* confería al *matrimonio* un aspecto de *normalidad* que a ella le venía bien. Quería que Courdec se relajara, no estuviera tan pendiente de ella, tan encima. Esa sería la única forma de que pudiera moverse con la libertad que necesitaba: tenía que consultar todo con su abogado en Cartagena, terminar de copiar las cartas ocultas aún en la maleta y llevarlas a traducir al mercado de los escribanos; cerca del puerto siempre había copistas que traducían cartas comerciales y personales.

–Querida, se la ve espléndida esta noche. ¡Debe ser el amor!- escuchó Carina a su espalda.

Girándose bruscamente se dio de bruces con la vizcondesa de La Salle. La vieja le desagradaba; pertenecía al grupo de beatonas viudas que su tía conoció al llegar que se reunían a hacer caridad en el convento del padre Claver. Eran las primeras que la habían despellejado e incluso la habían considerado poco menos que una ramera tras su éxito. Con una antigualla de traje de baile y una copa llena de ponche, la vieja la miró con sus ojos de cuervo intentado ser presentada a su marido. A punto estuvo de mandarla al diablo pero Courdec, anticipándose a sus intenciones, la sujetó del codo y la obligó a comportarse. El francés habló un rato con la vieja de nimiedades ante la mirada furiosa de Carina.

En ese momento vio llegar a Lucía Gálvez. Sorprendida comprobó que lo hacía acompañada del matrimonio del Prado. El marido era un oficial compañero de Ramón. Carina sintió un nudo en la garganta; no había vuelto a hablar con ella desde su llegada. Aquella tarde habían discutido acaloradamente. La dulce Lucía se había portado como una trastornada y antes de que pudiera explicarle lo ocurrido, la había tratado con un desdén fuera de lugar. Consideraba insólito que hubiese tonteado con su hermano, dándole esperanzas, para dejarlo luego en la estacada convirtiéndolo en el hazmerreír de la ciudad.

–¡No digas eso por favor, déjame que te explique!- le suplicó Carina en el zaguán del patio.

–Explicarme qué. ¿Te has casado sí o no? Dilo, sincérate- le contestó la otra.

–Sí -se limitó a contestar Carina indignada con el comportamiento de Lucía, con el hecho de que no le diese ninguna posibilidad de explicarse.

Lucía podía sentirse ultrajada y engañada, pero ella no lo estaba menos. Parecía que todos se negaran a escucharla, que fueran incapaces de ver más allá de sus narices, de comprender que algo raro pasaba. ¿Cómo podía ser? ¿Cómo podían creerla capaz de comportarse como una caprichosa insufrible de casarse con un extraño sin avisar, por las buenas?

–Vete, si es lo que quieres. No ha estado en mi ánimo generar unas expectativas falsas ni en ti ni en tu hermano; lamento lo ocurrido. Tal vez más adelante podamos hablar de ello, ahora no lo creo.

–Yo tampoco -contestó Lucía recogiendo airada su sombrero del perchero y marchándose de malos modos de la casa de la que hasta entonces había sido su mejor amiga. La pena de Ramón y sus propias esperanzas frustradas la habían puesto de un humor de perros.

Por Lucía supo que Ramón había abandonado esa misma mañana su puesto en el castillo de Barajas; había partido hacia Bogotá como jefe del operativo enviado por el Virrey para adquirir víveres. La llegada inminente de la escuadra de Torres, con miles de hombres a los que habría que alimentar, hacía necesario el transporte hasta Cartagena de una ingente cantidad de víveres que resultaban más fáciles de conseguir en el interior que en la selva que rodeaba la costa. Ramón se había ofrecido voluntario. Le vendría bien aquel viaje, lo alejaría de Cartagena un tiempo.

–Será lo mejor -dijo fríamente Lucía al marcharse; a Carina también le pareció. Preferiría no verlo durante un tiempo, dejar que se enfriara el disgusto; si no, podrían decirse cosas muy desagradables tal y como había ocurrido con Lucía y no quería llegar a eso. Lamentaría perder para siempre su amistad.

–¿Quiere algo de beber? ¿Le traigo una copa de ponche? -le preguntó cortésmente Courdec.

Carina negó con la cabeza y sus pensamientos volvieron al salón. Aún no había aparecido la familia De Veranz. Pensar que podría encontrarse esa noche con Diego la hacía estremecer. ¿Qué le habría parecido su boda? ¿Lo habría sorprendido? ¿Le resultaría sospechosa? ¿Le dolería tanto como a ella?

Se sentía más sola que nunca. Justo en el momento en que necesitaba afrontar aquel terrible engaño, aquel enredo... no tenía nadie con quien hablar, nadie que la aconsejara. El buen juicio de Ramón, el aliento y la comprensión de Lucía o de su tía, no podía recurrir a ellos aunque algo en su interior la animaba a hablar con Diego esa noche. Él había sido su letrado, conocía sus secretos, los secretos financieros de su padre, entendería mejor que nadie lo que estaba ocurriendo en la mina e incluso podría saber quiénes eran aquellos hombres que estaban utilizando sus propiedades impunemente para violar la ley, poniéndola a ella en una difícil situación ante la justicia si los descubrían. No sabía a quién recurrir y Diego era la mejor opción. No podía andarse ahora con remilgos; se estaba jugando mucho: su libertad, sus bienes, su vida. Aunque le resultase violento tendría que acercarse a él. ¿Pero querría él escucharla? Tendrían que verse a solas, explicarle lo sucedido, hablarle de sus sospechas, del temor a que el contrabando estuviera destinado a los ingleses que merodeaban por la zona, sus sospechas de que Courdec no fuera quien decía ser.

–Querida, ¿nos sentamos?- le preguntó en ese momento su esposo tomándola delicadamente del brazo como si fuera el más galante de los caballeros. Llevándola hasta su asiento en la larga mesa de gala, Carina quedó situada entre el viejo barón de Pons y el Almirante Espínola.

Durante la cena habló distendidamente con sus vecinos. Atenta a la entrada, vio llegar finalmente a Diego y a su hermana, a los que un lacayo ubicaba al otro extremo del salón. Lo siguió con la mirada intentando ver qué hacía, dónde se ubicaba. Tenía que lograr una cita con él esa noche, pero entre su nerviosismo y la mirada astuta de Courdec, no se atrevió ni a moverse de la silla. Ya a los postres vio cómo Diego se levantaba y se dirigía a un pasillo situado a mano derecha de la cabecera de la mesa. Dejó pasar unos minutos y con la excusa de ir a la *toilette*, se levantó. Anduvo con tranquilidad hasta perderse en la negrura de la noche por las galerías exteriores. Entonces corrió intentando no perder de vista a Diego. Creía saber dónde se dirigía pero no estaba segura. Fue a cruzar un patio cuando escuchó voces que la obligaron a esconderse. Aquella zona no era adecuada para las damas; sería complicado explicar qué hacía allí; sólo serviría para aumentar su mala reputación.

Respirando agitadamente se colocó detrás de unos arcos. No veía bien quiénes eran los que estaban fuera, pero una de las voces le pareció la de Diego. Respiró aliviada; al menos lo había encontrado; ahora sólo tendría que esperar a que volviera a estar solo para abordarlo.

–Gracias -contestó otro hombre a Diego cuando éste le ofreció fuego para encender un gran puro que saboreó con deleite. Se veía el rojo brillante del ascua del cigarro en la noche.

Carina no oía bien pero captaba de vez en cuando alguna frase, alguna risotada, algún comentario. Con la oreja pegada intentó concentrarse en la conversación de Diego.

–Bonito teatro, sí señor, el de su Excelencia digo, *Patapalo* se lo agradecerá.

–Bueno, los ingleses tendrán que aceptar que estamos felices, encantados con nosotros mismos, tirando la casa por la ventana.

¿Quién dice dificultades? ¿Quién dice miedo?- se rió Diego, dando a entender que la fiesta era una pantomima para levantar la moral de los cartageneros, un mensaje a sus enemigos de que estaban *como Dios*, que no tenían problemas.

–¿Está en el San Carlos? -preguntó el desconocido.

–No, no. Sigo en San Luis, aunque posiblemente me destinen al Galicia.

–¿Cuándo llegará Torres?

–No hay fecha, cuando puedan. Los daños sufridos por el huracán han sido graves, mucho mayores de los que se han dicho; dos naves han desaparecido. Pueden haber caído en manos de Vernon o de Cartheart. Ese cabrón está ya plenamente instalado al sur de Santo Domingo.

–¡Malditos franchutes! -dijo el otro - ¿Por qué diablos no los echan de allí? Motivos tienen.

–Sí. Yo, la verdad, no les veo luchando codo a codo con nosotros. Me da la impresión de que nadan y guardan la ropa. A España le dicen una cosa y vete a saber qué le habrán dicho a Inglaterra, no me fío de ellos ni esto -dijo haciendo un gesto con los dedos.

La charla parecía no terminar nunca y Carina se impacientó. Si tardaba más Courdec saldría a buscarla. Precisamente eran esos detalles los que la preocupaban. Sabía que no era una cuestión de celos, sino algo distinto. Quería tenerla bajo estricto control y no parecerlo; no porque pensara que trataría de verse con otro hombre sino porque podía irse de la lengua. Eso era, al menos, lo que sentía en lo más profundo de su corazón. Era sólo una corazonada. ¡Pero pondría sus manos en el fuego por ello!

Los dos hombres del patio se separaron; el desconocido regresó hacia el salón por una puerta lateral y Diego. ¿Dónde iba? Carina lo siguió. Entró en un túnel de piedra débilmente iluminado.

–¡Demonios! -despotricó entre dientes al oír el ruido de sus finos tacones de carrete sobre el suelo.

Caminaba deprisa con la falda levantada y el respirar agitado cuando sintió que una mano de hierro la enganchaba con tal fuerza que la arrastró hacia el interior de un estrecho cuarto en el que apenas se veía nada. Carina sintió un irrefrenable deseo de gritar, de patear a su captor, de golpearlo con toda su alma en la entrepierna, pero de repente notó que era él. Mirándolo fijamente, a una pulgada de su cara, cerró los ojos y respiró profundamente aliviada. Echó la cabeza hacia atrás y se dejó sujetar por sus brazos. El hombre fue a incorporarla cuando sus bocas se rozaron. Ella rodeó su cuello con sus manos y lo besó. Fue un beso apasionado que se cortó abruptamente cuando él la separó sin contemplaciones.

–¿Qué diablos crees que estás haciendo? ¿Por qué me sigues? -preguntó furioso -¡Márchate!

–Por favor, te pido por favor -dijo olvidándose de los estirados tratamientos de cortesía, juntando las manos en señal de oración, respirando agitada, sabiendo que en su enojo él ya la estaba tuteando-. Necesito hablarte.

–Yo no deseo escucharte. No creo que tengas nada importante que decirme, a no ser que vengas a presentarme a tu ¿esposo? ¡Lárgate de aquí!- le dijo con muy malas formas y con una gran violencia contenida- ¡Fuera!- dijo empujándola fuera del cuarto, devolviéndola al pasillo.

Carina se agarró con todas sus fuerzas a la solapa de su elegante casaca.

–Déjame hablar, déjame explicarme, necesito hablar contigo, tengo algo importante que decirte.

–No quiero escucharte; quiero que salgas definitivamente de mi vida, olvidarte, ¿entiendes? Vuelve al salón, si no darás que hablar y con los escándalos que ya has protagonizado, estás bien servida. A no ser que quieras batir mi propio récord -diciendo esto, la volvió a empujar fuera.

Carina salió despedida de nuevo al pasillo mientras veía impotente como Diego cerraba la puerta del cuartucho. Iba a aporrearla cuando notó que alguien se acercaba, reconoció la silueta: era Courdec. Estaba claro; aquello lo confirmaba: era su prisionera, la tenía vigilada ¿Por qué?

–Veo que, ¿se ha perdido? No me extraña ¡es tan enorme este palacio! Vamos querida -dijo dándole su brazo para que ella se tomara de él-. Volvamos a la mesa. Nuestros amigos deben estar preguntándose dónde diablos estamos. ¿No le parece?

–Desde luego -contestó ella, temiendo que le preguntara cómo se había desviado tanto de la *toilette* femenina para acabar en los cuartos privados del palacio, en los cuartuchos y garitos donde se hacía guardia.

La amabilidad de Courdec no la engañó. La llevó medio a rastras hasta que entraron de nuevo al salón bellamente iluminado. La gente se había levantado ya de las mesas y el servicio retiraba lo que estorbaba para dejar limpia la pista de baile. Courdec la dejó sola en una silla y sin mirarla, se alejó. Sintió unas terribles ganas de llorar: por aquella humillación de su marido y porque necesitaba explicarle todo a Diego, ponerlo sobre aviso. Pero él la odiaba. ¡Con qué desprecio la había tratado!

Sus ojos llorosos siguieron sin interés a las jovencitas criollas danzar, reír a las viejas cacatúas y hablar a los hombres mientras su esposo seguía charlando sin parar con unos y otros. ¿Para qué diablos la quería si hablaba con las piedras? ¿A quién le iba a presentar si se había presentado solo a todo el mundo? Claro... que no estaría invitado si ella no fuera su esposa. Aquello era lo único que parecía importarle. Además, su trato hacia ella durante el baile empezaba a provocar murmuraciones. Estaba segura de que muchas conocidas estarían divirtiéndose de lo lindo viendo como la trataba aquel extranjero, a ella, a la reina de la fiesta, a una de las mujeres más deseadas de la ciudad. ¡Al infierno todos! -se dijo- ahora no podía hurgar en aquella herida, tenía prioridades más urgentes de las que ocuparse; tenía que entrevistarse con Diego sí o sí. Si no lo conseguía de una forma tendría que hacerlo de otra. Viendo a su hermana Olalla en una mesa de naipes, cerca de su tía, decidió actuar.

–Vaya, veo que hoy tiene suerte, señorita De Veranz -comentó de forma intrascendente mientras disimulaba, haciendo cómo que animaba a su tía colocándose detrás de la vieja dama.

–Sí. Espero que dure -contestó seca la joven.

Carina dio un respingo; se preguntó por qué estaba tan enfadada Olalla de Veranz. Entendía a Lucía; se había hecho muchas ilusiones respecto a su relación con Ramón, pero ¿Olalla? ¿Sabría algo que ella desconocía? ¿Qué había dicho Diego? ¿Que deseaba olvidarse cuanto antes de ella? -un terremoto de sensaciones la embargó en ese momento; recordó con nitidez las palabras de Diego y cómo le había hablado, olvidando las formas de cortesía y sintió un rayo de esperanza en su corazón. Tal vez él la quisiera. Si era así, si él la amara -sólo pensarlo la conmovía profundamente- no perdería esa oportunidad; la defendería con uñas y dientes. Tenía que verlo.

Reuniendo todo su ánimo y valor se volvió a meter en el grupo de Olalla indiferente a su frialdad: habló y habló por los codos con todas las damas del tapete y cuando el grupo se levantó finalmente, se acercó a la joven. Cogiéndola descaradamente del brazo y riéndose, como si entre ellas reinase una gran amistad, le habló con claridad mientras movía su abanico inocentemente.

–Por favor sígame la corriente. Estoy en peligro, estamos en peligro -se corrigió-. Dígale a su hermano que necesitó hablar con él cuanto antes. Tengo algo importante que decirle. Mañana asistiré a la catedral con mi tía a misa de ocho. ¿Podría ser?

No dejó contestar a Olalla de Veranz. Se separó de ella entregándosela a un guapo oficial mientras notaba fijos los ojos de Courdec, Diego, De Rieux, su tía o Lucía. Acercándose decidida a su esposo, lo reclamó para bailar. No estaba dispuesta a jugar el papel de esposa abandonada. Daría en los morros a todas aquellas viejas envidiosas, incluso fomentaría, un poquito más, los celos de Diego. No estaría mal que sufriera un poco, igual que ella había sufrido en otras ocasiones. Sonriendo a su esposo se agarró a él para bailar. Mientras se dejaba llevar por la pista al ritmo de la música miró en dirección a Diego. Él la miraba sin pestañear con unos ojos inescrutables.

–No sufras, mi amor -le dijo en un susurro a su esposo al oído dirigiendo sus ojos a Diego, intentando que él leyera en sus labios.

–No sufro, querida, y espero que usted tampoco -dijo riéndose Courdec dirigiéndole una mirada que era toda una advertencia; como si supiese lo que estaba tramando.

Carina lo odió en ese instante; manteniendo su mirada cínica y retadora, le atravesó los pies con sus finos tacones de marfil.

–¡*Ohhh!* Lo siento querido, no sabe como lo lamento. ¡Qué torpeza la mía! -y lo dejó en la pista central.

El hombre sonrió al tendido y calló; la hubiera estrangulado allí mismo.

Olivier Courdec atravesó la puerta del tugurio. El humo, el escándalo, el olor avinagrado del recinto era insufrible, pero no parecía que sus escasas condiciones higiénicas fueran motivo suficiente para que la clientela amontonada en las mesas y habitaciones del piso superior abandonara el lugar. Las fulanas se paseaban prácticamente desnudas por el garito mientras la marinería se les echaba encima, las manoseaban y les magreaban el culo y los pechos. Ellas retiraban a los brutos a manotazos mientras terminaban de servir la chicha o el ron en las mesas.

–¡Tino! -llamó al posadero, un hombre gordo, medio calvo y sin dientes- Subo donde siempre.

El posadero asintió con la cabeza y le entregó una llave roñosa. A grandes zancadas Courdec subió hasta el piso superior donde estaban las habitaciones en las que las mujerzuelas se acostaban con sus clientes. Entró a la segunda del pasillo. Dentro esperaba una dulce veinteañera que se le acercó sensual y cariñosa. Desabrochándole la casaca y el chaleco, quitándole el sombrero y la peluca, la mujer acarició su pecho desnudo y lo besó. Sin más preámbulos la desnudó deprisa y la penetró en un acto salvaje y rápido. Una vez satisfecho, la mandó salir. La jovencita abrió el picaporte de la desvencijada puerta mientras contaba las monedas que el hombre le había entregado. Terminaba de cerrar cuando Courdec, inquieto, abrió la puerta semioculta que daba a la habitación contigua. Un hombre bajito y enclenque, muy moreno de piel y con un fino bigote, lo esperaba sentado pacientemente en una cama destartalada y deshecha.

–¡Señor, lo esperaba hace un buen rato!- dijo dirigiéndose a Courdec.

–Sí, digamos que me he retrasado sin querer. Ha sido inevitable. Bien, tome -dijo entregándole un documento sellado-. Haga lo de siempre. No salga desde Cartagena, diríjase hacia Mompox, allí hay menos vigilancia y entréguesela a quien ya sabe. ¿Entendido?

–Sí, señor.

El desconocido recogió su sombrero y, despidiéndose de Courdec, se marchó. Éste decidió esperar un rato, guardar las distancias. Si alguien capturaba a su correo no quería que los relacionaran. Angelito Méndez era un pescador de Mompox al que hacía años habían reclutado para la causa, para su causa. Los había servido siempre bien y a cambio le habían pagado un buen dinero. Los había hecho de correo, había transportado armas, los había puesto en contacto con otros iguales en Cartagena. No había nada que el dinero no pudiera comprar, especialmente cuando buena parte de la gente tenía serias necesidades por cubrir. Cuando el hambre acucia no se mira de dónde viene la plata. Olivier Courdec o Tom Parker, lo sabía bien. Llevaba años dedicándose a ello: a corromper lo incorruptible.

Había dejado hacía quince años su Virginia natal y su pequeña hacienda dedicada al cultivo del tabaco para buscarse una vida. Su familia, emparentada con los famosos Parker de Virginia pero perteneciente a una rama empobrecida, se había visto afectada por la caída de los precios hacía dos décadas. Su padre se había entrampado pidiendo prestamos al señor del condado que luego se los había reclamado con pingües beneficios. Su propia familia los había arruinado.

Tom había tenido que dejar de trabajar la tierra junto a su padre y sus hermanos. Era el tercero de una gran familia y necesitaban dinero. Se había puesto a trabajar en los grandes navíos que cargaban la materia prima con destino a Inglaterra. Había navegado a lo largo del río James, había visto cómo el contrabando estaba a la orden del día, todos los grandes plantadores negociaban a escondidas con parte de su producción, escondiéndosela a la hacienda inglesa y obteniendo pingües beneficios.

Así consiguió hacer fortuna: trabajando al margen de la ley, moviéndose en los sucios callejones de Williamsburg, pagando manos traidoras, cerrando bocas. Podría haberse retirado a vivir la buena vida después de haber saldado la deuda de su familia, pero había descubierto que aquella vida de aventuras y desarraigo era su destino. Amaba el riesgo, el no saber qué haría de un día para otro, la aventura por la aventura. Se había enrolado en el ejército, había servido a las órdenes de Lawrence Washington, formado parte de las milicias, también se había empapado de las nuevas ideas revolucionarias que hablaban de libertad e independencia. La sociedad aún no estaba preparada para aquellas ideas tan poco tradicionales, pero tarde o temprano Virginia sería libre, igual que lo sería el resto de América. Libre de las grandes potencias europeas que la explotaban a su antojo, que sólo pensaban en lo que necesitaban extraer de ella y no en lo que ella necesitaba recibir. Parker amaba América en su totalidad. Había sido uno de los fundadores de la logia masónica fundada en Williamsburg y uno de los primeros en poner manos a la obra. Había que exportar aquellas ideas, ir sembrando, al mismo tiempo que aumentaba su fortuna.

Había llegado a Nueva Granada hacía siete años. Pronto encontró al tipo de gente que buscaba: criollos ricos, cultos, capaces de comprender en todo su significado la palabra libertad, gente aún no preparada para independizarse de sus países de origen, pero en cuyo espíritu empezaba a arraigar la semilla de la discordia, el deseo de libertad, de independencia. Por algo había que empezar.

Extender la rebelión por toda América, ese era su sueño, aunque era consciente de que no sería fácil; faltaba aún tiempo para poder cumplirlo pero había empezado con buen pie. Se había acercado a aquella gente de la forma más fácil: haciéndoles ver lo rentable que les sería la colaboración mutua. Los había ayudado a dar salida a sus productos, a su contrabando, pagándoles buenas comisiones, haciéndolos más ricos de lo que ya eran. Eso lo había colocado en una gran posición de influencia sobre ellos. Era lo que necesitaba: dinero e influencia. Y en eso había estado, hasta hacía escasamente un año. Entonces había sido llamado a Virginia por Washington. Lo necesitaban. Habría guerra contra España. Inglaterra quería apoderarse de todo el Caribe. Convertir ese mar infestado de ladrones en *su mar*; quitárselo a España; la eterna lucha.

–La patria nos necesita. Necesita de nuestra colaboración. El próximo mes comenzaré a organizar las milicias que se unirán al Almirante Vernon en Jamaica y espero poder contar con su inestimable ayuda -le había dicho mirándolo fijamente.

–Creía que la patria era algo más- contestó riéndose.- Aunque sabe que siempre me tendrá a su entera disposición. Si hay que ayudar aquí estoy. Lo único que espero es que me indique cómo hacerlo de la mejor manera posible. Si desea que me aliste, lo haré.

–No, ya tenemos miles de jóvenes alistados. Necesitamos algo distinto de usted. Está muy introducido en Nueva Granada; sabemos de sus contactos con plantadores y hacendados de Mompox, Santa Marta, Riohacha y Túrbaco. Necesitamos que espíe para nosotros; que nos suministre información de forma periódica para conocer el estado de ánimo de la población, la situación económica, las dificultades, sus debilidades. Necesitará estar en Cartagena; todas las decisiones de gobierno se tomarán en Cartagena, tendrá que ir allí, introducirse en sociedad; cuanto más alto, mejor, más fidedigna y veraz será la información que obtenga. ¿Se ve capaz?

–Desde luego, señor. Puedo seguir utilizando mi *alias* francés, acercarme a Cartagena y ver cómo introducirme. En cuanto me establezca, comenzaré a mandarle información.

–No, no podemos esperar tanto; empiece ya. En cuanto llegue. Cualquier información que nos mande, por nimia que le parezca, puede sernos valiosa: desde el desasosiego entre la población, a la forma de ver el conflicto del pueblo, todo nos sirve. Empezará en cuanto llegue. Cuando encuentre la manera de introducirse socialmente en Cartagena, háganoslo saber.

–De acuerdo, señor- había contestado Parker.

Tres semanas después había comenzado a enviar información secreta a Virginia. La hacía llegar a través de Jamaica y el mismo conducto, utilizado en sentido inverso, servía para recibir las órdenes oportunas de Washington. Había funcionado todo bien, nadie había sospechado nada raro; no había necesitado cambiar el nombre falso de Olivier Courdec por otro y eso era una ventaja. Había escogido un nombre francés porque en las últimas décadas un francés reinaba en España y eso había suavizado el trato a los galos en las colonias españolas. Se les habían abierto muchas puertas que seguían cerradas a cualquier anglosajón. Inglaterra seguía siendo, y cada día más, el enemigo público número uno y por tanto, nadie procedente de ese país o sus colonias era bien recibido en la América hispana. Tenían prohibido entrar y si los pillaban, podían detenerlos. Eso hacía que muchos anglosajones que pululaban por esas regiones se hicieran pasar por franceses, portugueses, holandeses o germanos... Cualquier cosa antes que reconocer su procedencia. Él, que lo sabía, había optado por un nombre francés para moverse con mayor facilidad; hasta entonces le había ido bien, no se podía quejar. Pero sus intentos de colarse entre la alta sociedad cartagenera habían resultado infructuosos. Aquella era una sociedad extremadamente cerrada. Tan clasista que no admitía a tipos desconocidos o con apellidos de menos de cinco palabras. Había sido incapaz de obtener alguna invitación a cualquiera de las fiestas o eventos organizados por las familias importantes.

Una y otra vez se había estrellado contra ese muro hasta descubrir a Carina. Ella había sido la llave que le había permitido acceder a un mundo vedado hasta entonces para él. Había sido divertido seducirla, acercarse a ella, ponerle la trampa. El que fuera una mujer inteligente y hermosa lo había hecho más interesante. Sabía que ella sospechaba, que no perdía paso de todo lo que hacía. Tendría que andarse con cuidado para que su propia mujer no lo descubriera, pero ¡qué diablos! Se sentía muy afortunado.

A sus cuarenta años no se le había pasado por la cabeza enamorarse. Aquello era cosa de adolescentes; aún recordaba la hiel del amor en sus labios al pensar en la hermosa hija del plantador vecino de su hacienda familiar. Harriet Bond había sido una muchacha bonita y dulce con la que se había dado sus primeros besos, la primera a la que había hecho románticas proposiciones. La primera y la única -se corrigió-. Aquel amor se desvaneció con la ruina de su familia. Los Bond no lo aceptaron como yerno y la muchacha, resignada, se negó a volver a verlo. Desde entonces había tenido muchas mujeres... y ninguna. Hasta ahora. Conocía todos los burdeles de Kingston, Williamsburg, Port Royal, Mompox, La Habana, Portobello, había decidido disfrutar de sus cuerpos, pero no entregarles nunca más su alma. Lo había cumplido. Hasta ahora. Carina había resultado una sorpresa maravillosa e increíble. Le gustaba, la deseaba, la admiraba. Admiraba su valor, su arrojo, su maravillosa sonrisa, su hermoso cuerpo, su sensual cabello pelirrojo. No se había enamorado aún, pero sentía que pisaba terreno pantanoso. Lo que haría con ella cuando la guerra terminase, lo vería. Por ahora sólo podía limitarse a conservarla, a no perderla, a intentar ir poco a poco conquistándola.

Sabía que ella no se había creído ni una sola palabra sobre la boda; había tratado de investigar lo ocurrido y se había topado contra un muro que le impedía seguir, pero de una manera u otra terminaría sabiendo lo ocurrido, siempre se terminaba por saber la verdad, sólo era cuestión de tiempo. Esperaba que para entonces su corazón le perteneciese a él y no al atractivo marino con el que la había visto hablando hacía un par de noches en el Palacio del Gobernador. Se rió de sí mismo; era evidente que esa información se le habría escapado de no estar tan interesado en ella. No había pasado nada, simplemente había visto el ligero rubor de su cara, el brillo de sus ojos, el ansia en su mirada, su rapidez y su desfachatez para mentir al salir pitando de la mesa para ir a buscarlo. El tipo no había aceptado hablar con ella. ¿Estaría enfadado por su boda? ¿Qué clase de relación habrían tenido? Tendría que informarse al respecto. Esperaba encontrarse esa misma noche con Luis González. Él había sido amigo personal de la dama... seguramente podría contarle muchas cosas de ella.

En todo eso pensaba cuando, aspirando un poco de rapé, decidió echar un último vistazo al salón desde su oculta posición en el piso superior del tugurio. Se reía divertido observando los intentos de acercamiento de un cojo borracho a una bonita muchacha cuando lo vio. Aquel era el marino al que Carina había ido buscando, al que había seguido por los pasillos. Aquel era Diego de Veranz. ¿Qué estaría haciendo allí? ¿Desde cuándo llevaría en la taberna? ¿Lo habría visto entrar o habría llegado después?

–*Toc, toc* -llamaron en ese momento a la puerta.

–Adelante -ordenó de mal humor Courdec- mientras una sirvienta despechugada le acercaba la botella de ron que él mismo había pedido hacía un rato y había olvidado-. ¡Déjala ahí y vete! -le dijo sin contemplaciones.

La puerta se cerró de un portazo que hizo retumbar un cuadro mugriento en la pared.

–¿Qué hace aquí, es casualidad o viene buscando algo? -preguntó en voz baja mientras observaba a Diego abajo bebiendo como un cosaco. Una jovencita con los pechos al aire se le había sentado en las rodillas y él le lamía un pezón mientras con la otra mano sujetaba la botella. Parecía estar acompañado de alguien, de otro joven marino. Courdec siguió observando. Una hora después y tras una pelea, el acompañante sacó a Diego fuera de la taberna del puerto con un buen moretón en el ojo y una herida en la mandíbula. El francés abandonó entonces el garito no sin antes preguntar al posadero si conocía a esos dos tipos de antes.

–Es posible, no sé, por aquí vienen muchos marineros señor. Creo que sí -dijo el hombre.

–¿Lo conoces tú de antes?- le preguntó entonces a la jovencita que se había sentado en sus rodillas mientras le entregaba unas monedas para ayudarla a recordar.

–Sí señor, viene algunas veces, ¿cómo podría una mujer olvidarse de él? ¡¡Es tan guapo!! Sí, alguna vez ha estado aquí.- contestó la mujer mirando ansiosa el dinero recibido y contándolo como una usurera.

Courdec le agradeció con una inclinación de cabeza y se fue; se marchó de la taberna con una punzante sensación de inquietud. Podía ser casualidad o no. Tal vez aquel hombre lo hubiese descubierto, lo hubiese seguido. Si era así, tendría que matarlo. Aquello no era un juego. Podía ser una cuestión de vida o muerte para él mismo o para sus paisanos de Virginia; aquello era la guerra, no una comedia de enredos. Rehaciéndose el lazo de su coleta, sacudiéndose el polvo de su elegante casaca color tabaco, aspiró un poco más de rapé y se acomodó en su carruaje. Carina lo esperaba para cenar. Necesitaba recuperar la calma. Tenía que pensar con tranquilidad qué iba a hacer respecto a ese joven oficial; no deseaba mezclar lo personal con lo profesional. Su repentino conato de celos no debía interponerse en la decisión final que tomara respecto a él. Con su bastón dio un golpe al techo del coche. Un chasquido del látigo de su cochero hizo arrancar el vehículo. Media hora después llegaba a casa.

Capítulo XXV

30 de noviembre de 1740. Cárcel de Cartagena. Casa del Cabildo

No resultaba fácil moverse por la ciudad; más de siete mil hombres habían llegado a principios de semana con la escuadra de Torres en diez grandes navíos de guerra comandados por la nave capitana, *Nueva España*. Calles, cuarteles y hospitales habían colapsado. Desde que las tropas de refuerzo habían fondeado en *Playa Grande*, la ciudad era un caos y él no había dispuesto de un solo momento libre.

–Maldito cochero. ¿No puedes ir más rápido?- gritó con pocos modales al lacayo que desde el pescante intentaba conducir el vehículo por entre una riada de gente que a esas horas del día circulaba por las principales calles del centro.

A su lado, De Rieux ojeaba una gaceta en silencio. Tomándose con más filosofía el atasco, se limitó a levantar la cabeza y echar un vistazo fuera, dejando que su compañero siguiera despotricando. Diego hacía días que no disimulaba su alterado estado de ánimo; la inminente guerra y la boda sorprendente de Carina tenían la culpa. Además ese día debía regresar a un lugar que le revolvía el estómago, del que guardaba muy malos recuerdos: los sótanos del Cabildo, la cárcel principal de la ciudad. En las mismas celdas húmedas en las que él había estado detenido ahora esperaba preso un hombre al que él mismo había ordenado seguir; había levantado sus sospechas la noche que acudió a la taberna de Tino. Conocía el tugurio de otras ocasiones y se había extrañado al ver entrar allí al *flamante marido* de Carina, a monsieur Courdec.

Instintivamente había aborrecido de forma visceral a aquel tipo nada más conocerlo. Se obligó a no verlo como sospechoso; se convenció de que lo suyo eran sólo celos. Cuando pensaba en él y recordaba cómo había deslizado su mano de forma provocadora por la espalda de Carina, cómo había bailado con ella de forma posesiva o cómo había rozado con su barbilla su mejilla, se le hinchaba la vena del cuello. Lo detestaba, sí, pero además no podía evitar desconfiar profundamente de él. Tal vez fuera su aspecto, o su mirada felina y fría; algo en él le recordaba a él mismo, a sus estratagemas y disfraces cuando se presentaba en la Habana, Tortuga o Jamaica como el *Capitán Junot*. Era fácil tirar de apellido francés para camuflar la verdadera identidad en territorio enemigo; le pareció un agente de manual; la clase de tipo que andaban buscando y por eso precisamente al principio lo desechó: demasiado evidente. Los británicos intentarían introducir a alguien menos llamativo; repasó mentalmente su fisonomía: los marcados músculos que amenazaban saltar las costuras de su elegante camisa evidenciaban que no era un mero comerciante. La piel curtida, la mirada astuta. Todas las alarmas se habían encendido al verlo.

–Ese tipo al que vas a interrogar. ¿Es el que buscabas?- le preguntó De Rieux.

–Sí, el que te comenté que vi salir de la taberna. Venía de estar con Courdec. El material que le han incautado es suficiente para mandarlo a la horca. Espero que colabore por las buenas -lo dejó ahí.

–Lo de ese tipo no sé, pero recuerda que monsieur Courdec es ahora *el marqués de los Llanos*, un aristócrata con un título español y mucho dinero; tendrás que probar bien que es un espía. No te precipites -comentó mientras pasaba otra hoja más de la gaceta.

–No lo haré y si lo dices -comentó desafiante- por lo de Ramón Gálvez, esta es otra historia.

–Eso espero, si no, quedarás como un maníaco. Perseguir a los admiradores de la mujer que uno ama no está demasiado bien visto; recuerda el patinazo con Gálvez.

–¡No es igual! -se justificó-. Entonces me movió la seguridad -eso lo sabes bien- y ahora igual; la diferencia es que esta vez creo que he dado en el clavo. ¡Sé que he dado en el clavo!

–Si fuera así -continuó De Rieux mirándolo- la señorita De Ulloa podría estar en peligro.

–Sí, podría -repitió queriendo parecer desinteresado pero sintiendo un pálpito en el corazón-. Pero no creo que Courdec tenga en principio nada contra su esposa. La necesita -dijo para tranquilizarse-. Sólo si lo descubriese podría estar en serios apuros. *Ohhh*, ¡demonios! Tengo que hablar con ella cuanto antes, advertirle.

–Pues no pensaste así el día del baile; no le diste ninguna posibilidad de explicarse; estará enfadada; ahora será ella la que no quiera verte.

–Lo sé; me comporté como un estúpido y en lo que a ella concierne no es ninguna novedad. ¡Estaba furioso!, lo reconozco. Hubiera podido matarla mientras se paseaba del brazo de ese hombre ¿Cómo ha podido hacerme esto? -se lamentó finalmente.

No quería seguir pensando en ella. ¡¡Ahora no!! Le producía un dolor lacerante y devastador. Lo ocurrido tenía que tener una explicación, pero ahora no podía pensar en ello; necesitaba concentrarse en otra cosa más urgente: el peligro real que Courdec representaba. Echándose una mano a la barbilla recordó lo ocurrido en aquella apestosa taberna...

Habría sido el destino cuando desde la acera contraria y acompañado por un joven grumete a su servicio distinguió entre la multitud a Courdec; el instinto lo animó a seguirlo, a ver dónde iba, con quién se reunía, a comprobar si sólo buscaba sexo con damas de baja estofa en aquel burdel de mala muerte o algo más. Durante un buen rato, tanto él como el grumete Pedrito Larranche lo perdieron de vista pero finalmente lo localizaron en la planta alta. Supo que le había reconocido; notó su mirada fija desde lo alto; debía haber estado observando la pelea que abajo había estallado repentinamente entre borrachos y en la que él y su grumete se vieron inmersos. Había sido mala suerte que los descubriese pero al mismo tiempo su conducta confirmaba sus peores temores: Courdec no se comportaba como un marido cualquiera. Desde aquel día lo había incluido en la lista de *sospechosos* y aquello había dado sus frutos; habían detenido a un hombre, un pescador de Mompox que hacía dos meses había llegado a Cartagena. Ese era el tipo que aguardaba su interrogatorio en los sótanos de la cárcel. Esperaba que los brutos que la dirigían no hubiesen hecho estragos en él antes de que pudiera hablar; había métodos más persuasivos con los prisioneros que el puro latigazo, pero otros no pensaban igual.

–¡Adelanta por allí! Si esperamos a que pase el último carro no saldremos de aquí nunca- terminó diciéndole de nuevo al cochero desde su ventanilla, impaciente y nervioso, incapaz de esperar el paso de la decena de carros con enfermos que en ese momento atravesaban las calles embarradas camino de los hospitales. Eran hombres de Torres. Con la escuadra habían llegado casi mil enfermos y habían muerto en alta mar centenares de marinos entre huracanes y enfermedades típicas del mar.

–No te impacientes, no ganarás nada poniendo nervioso al cochero; tu prisionero no escapará -comentó De Rieux.

Éste pensaba dejar a su amigo en el centro y continuar hacia Getsemaní. En aquella ocasión no colaboraría con él en tareas de contravigilancia, Lezo lo había enviado a Intendencia. En una gran explanada cerca de la calle Larga habían instalado grandes hornos en los que cocerían toneladas de pan, bizcochos y galletas; prepararían alimentos para que la escuadra de Torres pudiera hacerse de nuevo a la mar, durante meses, sin necesidad de tener que atracar en ningún puerto. Así lo había decidido la primera Junta celebrada a la llegada de Torres, al día siguiente de su desembarco, en una reunión celebrada en el Palacio del Gobernador. Diego había estado presente como asistente personal de Lezo. *Patapalo* todavía estaba furioso.

–Lamento comunicarles la pérdida de dos naves, *Fuerte* y *Andalucía*... -dijo el recién llegado sin haberse quitado aún sus guantes ni su tricornio, nada más terminar los saludos protocolares - pero aún no he perdido la esperanza de encontrarlas. Si no han caído en manos británicas o se han hundido, harán lo imposible por llegar a alguno de nuestros puertos. El huracán fue terrible -Torres hizo una pausa, carraspeó, bebió un trago de agua, se secó el sudor de la frente y se atusó el bigote de forma automática-. Esa ha sido la causa de que nos hayamos retrasado. Llegamos a Puerto Rico de milagro, con los barcos muy tocados; tuvimos que acometer una reparación en profundidad, los buzos tuvieron que supervisar todos los cascos; hubo que reponer velas y jarcias; también buena parte de los víveres que debido a las roturas del casco se pudrieron en las bodegas, cambiar la leña estropeada... Le estoy profundamente agradecido al Gobernador de Puerto Rico por la ayuda que nos ha prestado; a cambio, le he dejado unos toneles de pólvora, armas y cerca de cuatrocientos hombres para defender la isla -terminó el Almirante de explicar a los prohombres de Cartagena.

Torres los conocía a todos ellos -o a casi todos- y tanto Lezo como Eslava y Espínola lo conocían de sobra a él. Eran viejos lobos de mar con muchos años de servicio en la Armada y habían coincidido en más de una ocasión en distintas campañas militares.

–¿El Almirante Pizarro hará también escala aquí de camino a Río de la Plata?- preguntó Lezo refiriéndose a uno de sus mejores amigos.

Torres se estiró en un gesto coqueto el bigote puntiagudo y se acomodó en un butacón forrado de terciopelo rojo a mano derecha del Virrey.

–No, Pizarro tiene órdenes de no entretenerse -so pena de causa mayor- y seguir hasta Montevideo y Buenos Aires. Espera doblar cabo de Hornos en un mes y seguir por el Pacífico tras la escuadra de Anson. Tome, Excelencia -dijo Torres entregándole a Eslava las órdenes de la Secretaría de la Marina que traía desde Madrid. En un gesto ampuloso le tendió el pergamino lacrado.

–Vaya, vaya... -comentó en voz baja éste mientras ojeaba las órdenes del Almirantazgo- *«Al frente de la operación global en todo el Caribe estará...* -leyó mirando cínicamente al cojo que tenía enfrente- *...el Almirante Rodrigo de Torres y Morales. Las tropas de tierra quedarían a las órdenes del Virrey Sebastián Eslava y la Comisión de galeones y la defensa de Cartagena en manos del Almirante Blas de Lezo. En caso de cualquier imprevisto... Torres estaría encargado de tomar las decisiones».*

–¡No puede ser! ¡Léalo bien! debe estar equivocado- gritó malhumorado Lezo dando un bastonazo en la mesa-. ¡Léalo otra vez, Excelencia!

Diego, de pie tras el asiento de Lezo, no perdía paso de lo que sucedía. Maldijo a los ministros y al Almirantazgo. Aquello era una ofensa al trabajo bien hecho de Lezo, y *Patapalo* se lo estaba tomando francamente mal. Temió que la excelente noticia de la llegada de refuerzos se pudiera volver en su contra, abrir una guerra entre mandos...

–Ya lo ha oído -repitió con desdén Eslava volviendo a leer el pergamino que tenía desplegado en sus manos, dejándolo después suavemente sobre la mesa de caoba de la sala-. No hay ningún error. Son órdenes de Madrid... *¡Ejemmmm!* -carraspeó- Parece... -dijo dirigiéndose a Lezo, cuya cara roja de furia estaba a punto de estallar - que le han rebajado la pena. Se quejaba de que no podría con todo y en Madrid lo han debido escuchar.

–No se ofenda Almirante -dijo Lezo soberbio, haciendo caso omiso de las palabras venenosas de Eslava que se regodeaba con aquella decisión por la que el hasta ahora jefe militar de Cartagena perdía parte de su poder y autoridad- pero no creo que esté en mejores condiciones que yo para decidir sobre las operaciones a realizar en el Caribe en caso de un ataque británico. Mi experiencia en esta zona debería tenerse en más alta estima. Supongo -dijo tomando de forma arrebatada la carta firmada por Zenón de Somadevilla, marqués de la Ensenada, Lugarteniente General del Almirantazgo, hombre de confianza de S.M. Felipe V, Secretario de Estado, Notario del Reino, Caballero del Toisón de oro, de la orden de Malta y otros innumerables cargos...-que el marqués habrá estampado su firma y llevará el sello real como corresponde.

–Desde luego -contestó Torres acercándole el legajo.

Con diez años menos, el Almirantazgo había considerado que Rodrigo de Torres estaba en mejores condiciones físicas que Lezo para afrontar no ya la defensa de Cartagena, sino el ataque a Jamaica.

–De todas formas nadie le restará autoridad aquí -dijo Torres indicando al grupo- y antes de tomar cualquier decisión, me honraría poder consultar con usted. Si el marqués de la Ensenada y el Rey han tomado esta decisión es porque consideran vital la defensa de esta ciudad -le dijo de forma diplomática, intentando que las aguas turbulentas volvieran a su cauce y no reventaran la celebración de aquella primera Junta- Sus Majestades lo tienen en la más alta estima; su Excelencia el Secretario de Marina también y yo jamás osaría suplantarlo. Esto simplemente es un reparto de tareas y a usted le ha tocado la más difícil: defender Cartagena y a mí, atacar a Jamaica. Nos repartiremos la campaña; es mucho para una persona sola. Si todo sale bien, y se nos unen las escuadras francesas, pronto podríamos partir hacia Kingston.

–Supongo que necesitará reponer más víveres, reparar mejor los barcos. Se le pueden unir varios de los que tenemos aquí- contestó más tranquilo Lezo.

–Desde luego, aunque al menos tendrían que quedarse aquí cinco navíos para defender la bahía. He ordenado al Gobernador de La Habana que los astilleros trabajen a toda máquina; hay dos navíos más a punto de hacerse a la mar y cinco para reparar; otros dos o tres más, procedentes de Veracruz, se nos sumarán en un mes. Lo más importante sería hacernos a la mar cuanto antes. No debemos diezmar sus reservas de víveres ni arriesgarnos a quedar atrapados en caso de bloqueo. Los ingleses no suman actualmente más de treinta barcos y si se nos unen los franceses estaríamos en tablas. Podríamos llevar a cabo una operación sorpresa, detener a la escuadra que ya ha partido de Inglaterra al mando de Chalenger-Ogle. No podemos permitir que se reúnan todos en Jamaica, entonces nos superarán en número y pertrechos. La rapidez en esta campaña será vital.- terminó.

–Respecto a los víveres, no lo voy a engañar -carraspeó Eslava-. Hemos hecho un gran esfuerzo en traer por el Magdalena todo tipo de harinas, legumbres, cereales y carnes. Hemos puesto en marcha los hornos para cocer el pan y los bizcochos que necesitará para hacerse a la mar; las carnes en salazón son escasas pero hemos conseguido más: esperamos varias partidas que llegarán desde Panamá y Guayaquil; dos barcos procedentes de España, que navegan bajo bandera holandesa y francesa, llegarán en breve con más suministros. Lo peor son las medicinas. Ha traído muchos enfermos; no tenemos suficientes para hacer frente a una situación como la actual. Recuerde que habíamos agotado nuestras existencias en frenar el vómito negro hace dos meses y la epidemia aún colea.

–Los hospitales están llenos, no hay un solo camastro disponible. Hemos hecho un llamamiento a la ciudadanía para que preste su ayuda y nos permita usar sus viviendas y patios como improvisados hospitales; trasladaremos allí a los heridos accidentados, no a los infecciosos. Estos estarán en hospitales bajo estricto control médico; hay que mantener a raya la epidemia como sea -continuó Espínola.

–Los cartageneros son buena gente; siempre que se les pide

ayuda, responden. Sin ir más lejos contamos con más de mil voluntarios en las milicias: hombres blancos, pardos y de color que unirán sus fuerzas a las nuestras; pondrán a nuestra disposición sus mosquetes, su plata y sus caballos. Sus mujeres no nos dejarán en la estacada. Estoy firmemente convencido de que aceptarán alojar en sus casas a los enfermos a pesar del miedo evidente al contagio que existe -continuó Alderete.

–Esta mañana hemos trasladado enfermos a unas cinco viviendas particulares. La gente está respondiendo sin problemas -interrumpió el Corregidor-. Lo que habría que hacer es detener a más gandules y ponerlos al servicio de la ciudad. Esta mañana se han llevado a todos de los calabozos.

–He ordenado -continuó Eslava- que todos contribuyan en las labores de limpieza y desinfección de los hospitales, que arreglen el puente de Getsemaní y desbrocen los caminos hacia Mompox y Santa Marta por si hubiera que utilizarlos urgentemente. Dios no lo quiera -dijo dando a entender que esas serían las salidas de emergencia en caso de derrota; algo en lo que en ese momento no querían pensar.

Serían las dos de la madrugada cuando levantaron la sesión y abandonaron la sala. Llovía intensamente sobre Cartagena y no se veía ni una sola estrella en el cielo negro y opaco. Diego no pudo regresar una noche más -y ya iban nueve- a su casa. Agotado, acompañó al Almirante al castillo de San Luis; allí se tumbó en su camastro, fumándose una pipa, mientras un joven grumete le sacaba las altas botas y le preparaba un caldo caliente.

–Puede marcharse -le dijo minutos después, entregándole la escudilla donde había cenado- descanse, usted también debe estar agotado.

–Gracias señor, sí señor -contestó el muchacho que llevaba un tiempo con él a su servicio.

–*¡Soooooo!* -Se oyó la voz del cochero, el rechinar de los cascos de los caballos sobre la arena y el ruido de arneses al frenar.

–¡Suerte!, y no pierdas la paciencia. Te veo a la hora del almuerzo en tu casa. Recuerda que tu madre nos invitó hace ya varios días y no pudimos ir.

Diego hizo un gesto afirmativo con la cabeza. A pasos largos atravesó la plaza y entró en el Cabildo. Dos soldados montaban guardia en la puerta mientras una familia gimoteaba en un rincón pidiendo a uno de los carceleros que los dejaran entrar para visitar a un muchachito que llevaba dos semanas detenido. Eran muchos los familiares que se acercaban a llevar mantas, ropa y comida a los presos. Abajo en los húmedos sótanos hacía mucho frío; era una temperatura que contrastaba sobremanera con la existente en el exterior y provocaba fácilmente enfermedades pulmonares.

–¡Vaya, lo que ven mis ojos: al Capitán De Veranz! ¿Cuánto tiempo sin verlo?- dijo con una sonrisa cínica el gordo carcelero que había estado al frente del pasillo en el que durante días Diego estuvo encerrado. Devolviéndole la sonrisa, Diego se inclinó con guasa.

–Ya ve; aquí estoy de nuevo. Creo que hay algo aquí que me pertenece, un reo.

–Si está aquí no le pertenece, pertenece al Cabildo. Usted sólo puede interrogarlo.

–Bien, no voy a discutir eso con usted. Quiero verlo inmediatamente.

–Desde luego. Sígame- dijo el grasiento carcelero.

Diego bajó por una estrecha escalera de piedra hasta los profundos sótanos que, iluminados por teas, rebosaban olor a orín, sudor, enfermedad y muerte. Sabía que al fondo estaba la sala de torturas de donde procedían los gritos de los que recibían los castigos más salvajes. Sus gemidos eran agudos cuchillos que penetraban hasta el alma y podían volver loco a un hombre. Caminó por el pasillo central dejando a ambos lados las estrechas y oscuras celdas con los presos y pronto se detuvo delante de una de ellas. El carcelero extrajo la pesada llave de hierro y abrió. Al fondo del reducto, atado a la pared con una cadena de hierro, cabizbajo, con el pelo enmarañado y la espalda llena de heridas y restos de sangre seca a consecuencia de los latigazos recibidos, estaba el hombre al que había ido a buscar: Ángel Méndez.

–Cierre la puerta. ¡Márchese! Esto es cosa mía -ordenó Diego al carcelero.

Acercándole con la punta del pie la sucia escudilla con la vomitiva comida, se aproximó y levantó su cabeza. El hombre tenía un ojo morado y se encontraba mal. Diego pidió agua y un carcelero se la trajo. Dándosela al hombre, éste pareció reanimarse.

–¿Qué quiere? ¡Váyase al infierno! -contestó lanzando un escupitajo de sangre al suelo.

–Al infierno seguramente irá usted, pero hay muchas formas de llegar: torturado, ahorcado, descuartizado, de usted depende el cómo y el cuándo. Si colabora con nosotros...

–¿Con quiénes? ¿Quiénes son ustedes? -interrumpió a Diego con más interés.

–Somos la Armada. Si colabora, repito, podrá salvar la vida. El escrito que llevaba es un acto de traición; aunque encriptado ha sido descifrado y es un mensaje, con datos sobre nuestras defensas, dirigido a los británicos. Supongo que sabrá muy bien para quién trabajaba y habrá cobrado una buena plata por ello. Le propongo algo: seguir haciendo lo mismo pero trabajando para nosotros; ofrecer datos falsos a los ingleses, confundirlos sin levantar sospechas. Sabemos que trabaja para Courdec y le proponemos continuar. No queremos levantar sus sospechas; lo que queremos es tenerlo controlado a él y a la información que envía a Jamaica; que lo que le haga llegar a Vernon sea falso. En una palabra: desinformación.

–Si tan seguros están ustedes de que el señor Courdec es un agente enemigo ¿por qué no lo matan?- dijo el otro limpiándose la sangre del labio partido con el sucio borde de su camisa desarrapada.

–Porque pondrían a otro y volveríamos a tardar tiempo en encontrarlo, cuando ahora ya sabemos quién es, qué conductos utiliza, qué correos -dijo Diego-. Lo que les ofrezco es esto o la muerte. La peor de las muertes posibles. ¡Piénselo! Mañana volveré a visitarlo.

Se marchó sin dar oportunidad de decir nada a aquel tipo que, tirado en el suelo, intentó llamarlo sin éxito, tropezando con sus cadenas y cayendo pesadamente sobre la paja nauseabunda. Fue salir él y entrar el carcelero que lo sacudió con el dorso de su mano con toda su fuerza, empotrándolo contra la pared. Diego escuchó el gemido del hombre y esperó que aquellos golpes fueran suficiente motivo para que cambiara de bando y trabajara para ellos. Además de engañar a los ingleses necesitaba saberlo todo sobre Courdec. Tenía que saber a quién se enfrentaba, quién tenía a Carina, cómo de peligroso era aquel hombre. Andando a paso ligero llegó pronto a casa.

Olalla se sentía culpable por no haberle dicho a su hermano lo que Carina le había pedido: que acudiera al día siguiente del baile a la catedral. Aquella noche le había dado muchas vueltas al asunto y había resuelto guardar silencio. Aunque su hermano aparentase indiferencia, ella sabía que estaba destrozado. Amaba a esa mujer y si acudía a la catedral, podría suceder cualquier cosa, no era buen momento. La De Ulloa era ahora una mujer casada; ya no era el partido adecuado para él. Cuanto menos se vieran, mejor.

Tampoco había creído que Carina estuviera realmente en peligro. Le había parecido una vulgar treta para obligar a Diego a visitarla; querría explicarse, tal vez enredarlo en sus redes amorosas, convertirlo en su amante. No sería ni la primera ni la última mujer recién casada que se comportaba así: una vez logrado el marido más adecuado se volcaba en conseguir el amante deseado. No lo permitiría. Debía evitar que se vieran; si no coincidían mucho, Diego podría olvidarla y rehacer pronto su vida con otra muchacha.

–Te veo muy callada para lo que tú eres -le dijo sonriendo Diego a su hermana.

–Bueno, estoy algo cansada. Esta mañana he estado con madre en el hospital de San Cristóbal. Hemos estado ayudando al cirujano. Han publicado un bando pidiendo la ayuda de todas las damas de Cartagena en los hospitales, también necesitan espacio en las casas para recibir enfermos. Los hospitales están llenos.

–Lo sé, hay bastante preocupación al respecto. ¿Así es que has estado en el hospital? ¿No habrás visto por casualidad a la señorita De Ulloa?- preguntó sin mirarla a la cara.

–No -respondió algo nerviosa Olalla. Y te recuerdo que ya no es una señorita; ahora es una mujer casada: *madame* Courdec. No deberías interesarte tanto por ella.

–No lo hago -dijo Diego sonriéndole- o tal vez sí, no sé. Pero no te preocupes, no voy a volverme loco, ni a pedirle que se fugue conmigo y abandone a su estúpido maridito. Descuida.

–Estúpido no sé si será, pero atractivo, mucho -contestó la muchacha.

–¿Atractivo? ¿Estás ciega? ¡Es vulgar!

–Cierto, muy vulgar y muy atractivo. Las mujeres se lo comían con los ojos en el baile. Ya no serás el único al que devoren con la mirada, alégrate; te darán un respiro.

–¿Crees que Carina lo encontrará atractivo?- preguntó de repente, de forma espontánea, sin pararse a pensar en lo que su pregunta significaba... en lo mucho que decía de él, de sus temores.

–Supongo que sí, o no se habría casado con él. ¡Hombre! -exclamó interrumpiendo la conversación- ¡Queridísimo De Rieux lo estábamos esperando! Madre ha preparado un riquísimo caldo de carne y Francisquita lleva toda la mañana haciendo los dulces de guayaba que tanto le gustan -dijo Olalla saliendo a recibir a su invitado.

El almuerzo transcurrió entretenido; las mujeres contaron su experiencia en el hospital; el viejo De Veranz habló del trasiego en el Palacio del Gobernador dónde había estado por la mañana; los dos oficiales pusieron al día a los demás sobre las desavenencias entre Lezo, Eslava y el tercero en discordia: Torres. Después los jóvenes se reunieron en la biblioteca a tomar un licor de maíz y charlar distendidos. Diego abandonó la sala para hablar con su padre que le había requerido en las habitaciones superiores cuando Olalla decidió sincerarse con De Rieux. Necesitaba abrir su corazón a alguien, consultar su decisión.

–¡No puedo creer que le haya ocultado semejante cosa a su hermano! Se pondrá furioso. En mi opinión debería sincerarse con él y decirle todo lo que la señorita De Ulloa le contó. Diego está muy preocupado por ella, sospecha que su esposo no es trigo limpio.

–¡Bobadas! Diego sospecharía y odiaría a cualquiera que osara mirarla. Es evidente que está enamorado de ella y acudiría en su búsqueda sin más, poniéndose en peligro. No me parece que el señor Courdec sea de los que aguanten sin más una deshonra. ¡No quiero que Diego se ponga en peligro! Lo mejor sería que se olvidase de ella cuanto antes y que...

–¿Hablaban de mí, o me lo ha parecido? -interrumpió de repente Diego.

Olalla se quedó muda, con la palabra en la boca. No esperaba que su hermano regresase tan pronto.

–Creo que tu hermana tiene algo que decirte -dijo forzando la situación De Rieux, obligando a la joven a hablar, a contarlo todo.

–Bien… Tengo algo que decirte, espero que no te enfades conmigo porque debería habértelo dicho antes.

A trompicones la mujer fue contando lo sucedido. Diego palideció. Sin querer discutir con ella se mostró hosco.

–¿Cómo te has atrevido a tomar por mi semejante decisión? ¿Quién te crees que eres para decidir si debo o no ver a Carina? ¡No sabes lo que has hecho! -dijo agarrándola con fuerza de la manga del fino vestido de tafetán y arrastrándola al pasillo- ¡Vámonos! -le ordenó en tono tajante- Me acompañarás. Llamarás a la puerta de su nueva casa y le recordarás que habían quedado a tomar café ¡Invéntate lo que sea! Yo te acompañaré. Si está su marido aprovecharé para conocerlo mejor, recoger nuevas impresiones. ¡Busca la manera en que yo pueda hablar con ella! Si no es posible que yo entre, merienda con ella e invítala mañana a esta casa para que yo pueda hablar tranquilamente de lo que sucede. Si se muestra ofendida, dile que le suplico ¡me oyes bien!, le suplico que venga.

–Ahora no es buen momento para ir hasta su casa -protestó la muchacha-. Me han dicho que se ha mudado hace dos días. A nadie en su sano juicio se le ocurriría invitar a alguien a tomar café en una casa hecha un caos en plena mudanza. Su marido sospechará algo raro.

–Me da igual. ¡Hazlo!- la cortó- ¡Ahora!

De Rieux contemplaba la escena intranquilo.

–Creo que tu hermana tiene razón. Sería algo precipitado. Sólo hace unos días que abandonó la Casa Grande para mudarse a ese palacete en el puerto. Courdec debía estar como loco por tener casa propia, especialmente una que contase con tan excelentes vistas -dijo sonriéndole, recordándole el motivo evidente por el que el francés seguramente habría abandonado la hermosa Casa De Ulloa para trasladarse a otra más pequeña y en el puerto, un lugar peligroso en caso de ataque. Desde allí, y con un buen catalejo, monsieur Courdec tendría información de primera mano.

Diego miró a su amigo tranquilizándose un poco, rebajando la tensión.

–Es posible que tengan razón. Me quedaré en el carruaje para que el marido no sospeche nada raro, pero tú -dijo mirando a su hermana- irás a su casa y te auto invitarás. Si ves la situación difícil, limítate a entregarle una invitación para merendar aquí mañana. ¡Sal! -le ordenó empujándola con suavidad fuera.

Durante media hora el carruaje atravesó el centro de la ciudad que a aquella hora, tras la comida del mediodía, estaba menos abarrotado. Enseguida divisaron la casa rosa en la que ahora residían los Courdec.

–¡*Toc, toc!*- Olalla se sintió ridícula llamando a la puerta a esas horas. Además, ¿cuándo se había visto que una dama de su categoría fuera en persona a entregar las invitaciones? ¡Para eso estaba el servicio! ¡Dios, qué despropósito! -suspiró.

–¿Sí? ¿Quién es? ¿Qué quiere usted?- le respondió un negro alto y delgado que en ese momento le abrió la puerta- Señora, usted dirá -dijo en tono meloso el sirviente.

–Soy Olalla de Veranz, amiga de la señora Courdec. ¿Podría verla? Venía a entregarle una invitación a tomar café mañana a las cinco. ¿Podría avisarle?

–Lo siento. La señora no está -contestó el lacayo de forma escueta. -¿Quiere ver al señor?

–No. No hace falta ya me iba.

–¿Quién es Amancio?- preguntó en ese momento alguien desde dentro. Su acento extranjero no dejaba dudas sobre su identidad. Era Courdec. En ese momento el dueño de la casa abrió el portalón y echó un vistazo fuera. Sus ojos fueron directos a Olalla. La miró descaradamente, con una sonrisa atrevida que a la joven disgustó. Tal vez tuviera razón Diego y ese hombre fuera mucho más peligroso de lo que ella había supuesto en un principio.

–¿Quiere algo? Me ha parecido entender que busca a mi esposa. Lamento decirle que no está. Está de viaje.

–¿De viaje? Es raro, no me había dicho nada y eso que hablé con ella en el baile.

–¡Pues ya ve! Carina tiene mala memoria. Se le debió olvidar.

Lo siento, pero no está.

–¿Y sabe cuándo regresará?

–No, sinceramente no.

–Bien, muchas gracias -contestó nerviosa-. Adiós. Dígale que he estado. Que me avise cuando regrese.

–Muy bien. Se lo haré saber. -contestó Courdec sin mirarla, atento al carruaje de afuera, intentando descubrir quién estaría en el interior. Percibió un ligero movimiento de la cortinilla y supuso que sería De Veranz; el mismo tipo del que, según González, había estado enamorada Carina no hacía mucho. Andaría husmeando, buscándola. Con una mirada peligrosa saludó al oculto pasajero, seguro de que le observaba a su vez. Con la sonrisa prendida en los labios y una mirada fría como el hielo, cerró con fuerza el portón.

Olalla avanzó deprisa con las faldas recogidas por entre el barro de la calle y subió al carruaje.

–No está. Dice que no está. Al menos eso afirma. No me ha dicho dónde ha ido, sólo que está de viaje y no sabe cuándo regresará. ¡Ohhh Dios, Diego! ¿Crees que la habrá hecho algo? ¿La habrá secuestrado?

–¡Calla ya! Deja de decir sandeces -la interrumpió incapaz de escuchar lo que la joven iba a decir, que Courdec la podría haber matado. No convenía perder los nervios. Respiró profundamente, se tumbó en el sillón de terciopelo del carruaje y guardó silencio. Olalla no se atrevía a hablar.

–Lo siento -se animó a decir tras unos minutos de angustioso silencio entre ambos-. Seguro que aparece pronto. Su marido no habrá querido decirnos nada pero tal vez su tía sepa algo o la señorita Gálvez, podríamos acercarnos. ¿Te parece?

Diego contestó con una ligera afirmación de cabeza. El coche arrancó y se adentró por las estrechas callejuelas hasta llegar a la Casa Grande. Esta vez Diego también bajó. Sabía que doña Constanza le guardaba rencor por haberlas engañado... Le daba igual; no estaba dispuesto a perder tiempo. ¡Necesitaba encontrar a Carina ya! No creía que Courdec la hubiese asesinado o la tuviese retenida a la fuerza, pero era un hombre realmente peligroso. No podía arriesgarse a que le pasara algo. Debía encontrarla cuanto antes.

Juanín abrió la puerta y no pudo disimular una radiante sonrisa al ver a Diego. Éste le devolvió el saludo, pensando en cómo hablar con él más tarde para sonsacarle todo lo ocurrido desde la aparición de Courdec. Pero primero escucharía a doña Constanza. Ésta se quedó pálida al verlo llegar junto a su hermana y no disimuló su contrariedad. Diego no se dio por enterado.

–¡Vaya, es toda una sorpresa! Señorita De Veranz -dijo amablemente a su hermana- estoy encantada de volverla a ver. Respecto a usted -dijo con un tono desabrido- no necesita de mi guía, conoce de sobra la casa.

–Desde luego -contestó Diego siguiendo a ambas mujeres hasta el salón de la primera planta.

Un rato después Amarilis servía un rico chocolate a los invitados mientras la tía no paraba de hablar. Diego, interrumpiéndola de forma poco elegante, le preguntó por Carina.

–Vaya, me sorprende que se interese ahora por mi sobrina. Según tengo entendido lo citó antes de irse y no se presentó en el lugar indicado. -dijo sin ocultar su contrariedad.

–No pude -cortó Diego cuando Olalla se le iba adelantar echándose la culpa por no haber dado a su hermano el recado - pero eso no es excusa para que no pueda verla ahora. Ella tenía algo importante que decirme y yo tengo algo importante que decirle a ella.

–Tal vez eso *tan importante* que tenía que decirle ya no venga a cuento -dijo la tía fríamente, refiriéndose a que tal vez la buscase ahora para declararle su amor.

–No se preocupe -contestó Diego-. No será nada indecoroso, sólo necesito hablar con ella de algo relativo a su seguridad; le aseguro que es muy importante; si no, no estaría aquí.

–Está bien, le diré que lo vea en cuanto regrese.

–¿Dónde está? ¿Ha viajado de nuevo a Mompox?

–No, ha ido a recoger a Perla al palenque de San Basilio. Su hermanastra está preñada y bastante mal. Cuando nos informaron de ello, Carina se asustó. Hace unos días decidió ir a buscarla y traerla de vuelta a casa. Teme que la epidemia se extienda y con lo débil que está, y las condiciones infrahumanas del palenque, no sobreviva al parto. Ha ido personalmente a por ella, aunque tanto su esposo como yo le recomendamos que no lo hiciera. ¡Pero como es así! -dijo furiosa- Tan, tan tozuda. ¡Debería haber vuelto ya!

–Comprendo -respondió Diego, aliviado al saber que estaba en paradero conocido, que Courdec no le había hecho daño, al menos de momento-. Dígale en cuanto regrese que tenemos que hablar. Es cuestión de vida o muerte. Por favor, se lo suplico.

–Desde luego. No se preocupe. Así lo haré -contestó la mujer sin hacerle mucho caso.

Tras un rato más de charla intrascendente, los hermanos De Veranz se marcharon. Doña Constanza se tranquilizó. Al día siguiente Diego ordenó la vigilancia de ambas viviendas. Toda precaución sería poca.

Capítulo XXVI

Llegaba bien entrada la noche a Cartagena con Perla tumbada en su regazo verdaderamente mal, vomitando sin parar. Michaela, que había acompañado a Carina hasta el palenque, ayudaba en el traslado de su dueña a la ciudad; la esclava no había parado durante todo el viaje de limpiar la ropa manchada de Perla y de verter por la ventana el maloliente contenido de la bacinilla.

–*¡Amiiita!* -gimoteó la esclava- Límpiese un poco.

Volviéndole la barbilla con la mano la limpió suavemente con un trapo. Perla le dio un manotazo. No quería que nadie la tocara. Estaba febril y asustada. Se sujetó la gran tripa con las manos y se miró la punta de los pies en un intento por ocultar un espasmo de dolor.

–¿Te encuentras bien?, ¿Quieres que paremos? ¡Cochero! ¡Pare! -gritó Carina al ver la cara pálida y desencajada de Perla. Ésta se abalanzó de nuevo hacia delante, y dando una gran arcada volvió a llenar la palangana de vómitos. Carina la sujetó por la espalda para que no se cayera mientras Michaela le limpiaba la boca y le colocaba la fina manta de vicuña que llevaba por encima para mantener el calor. Los días eran bochornosos en la selva pero las noches eran húmedas y desapacibles.

–Señora -dijo Michaela- sería mejor parar. Cerca hay una aldea, podrían darnos cobijo esta noche; la señorita Perla está *mu* mal -dijo medio lloriqueando, más asustada que la propia afectada.

–No -respondió tajante Carina-. Si empeora esta noche ¿qué haremos aquí? Cuanto antes lleguemos a Cartagena, mejor; mandaremos inmediatamente recado al doctor Cubero para que venga a casa y le mande lo que sea; algo habrá para estos vómitos. Vamos Perla, túmbate aquí. Reposa la cabeza en estas ropas. Sube los pies; déjalos encima del asiento de enfrente, intenta descansar.

–No puedo, de verdad -dijo abatida a causa del agotamiento.

En las últimas semanas los remedios de la hechicera no sólo no le habían calmado los dolores sino que le habían provocado más; al menos eso gritaba en los ratos en que aún tenía fuerzas. Los dos últimos días se había negado a tomarlos.

Finalmente, con el traqueteo lento del coche, Perla se durmió. También lo hizo Michaela después de un buen rato llorando; la muchacha había ido recogiendo la ropa sucia y metiéndola arrebuñada en un saquito de arpillera que había guardado en el baulillo que llevaban a los pies. No se cruzaron con nadie en el camino; la oscuridad era total y los ruidos desconocidos proliferaban. El cochero y su ayudante marchaban atentos al sendero invadido de vegetación. En el silencio de la noche se confundían los gritos de los micos y de las alimañas desconocidas, con los silbidos de las bichas, el golpeteo de las colas de los caimanes en las orillas del Magdalena e incluso algún rugido de jaguar... Carina llevaba el alma en vilo.

Esperaba que Perla resistiera el viaje a pesar de las advertencias de su madre. ¡Qué impresión conocerla! Era mucho más joven de lo que había supuesto y aún conservaba rasgos de la gran belleza que debió haber sido. Aquella mujer era la que había vivido y compartido el lecho con su padre durante años mientras ella aprendía a hablar y a caminar a miles de millas, en España, de la mano de su tía y con su madre enferma. Debería haberla odiado pero no pudo. En realidad sólo había sentido curiosidad; era una extraña y no sentía que la uniera nada a ella, excepto Perla; con ésta era distinto. A pesar de las diferencias, era su hermana, sangre de su sangre y ahora la necesitaba.

–¿Queda mucho? ¡Dios! ¿Quieres matarme?- le preguntó a Carina al despertarse- ¿Falta mucho? ¿Estamos llegando?

–Sí, estate tranquila. Llegaremos pronto; la tía está avisada para que llame al matasanos. Además, tu -no supo cómo llamarle- tu compañero habrá llegado ya a Cartagena y notificado dónde estamos -dijo refiriéndose a Yarko, que se había obstinado en seguirlas y en no dejar sola a Perla ni un momento. A Carina le había gustado inmediatamente el hombre y por lo bajo le había dado la enhorabuena a Perla.

–Este sí que vale la pena, ¡a ver si lo conservas un tiempo! -le dijo para animarla.

Perla le había sonreído débilmente, había soltado algunos improperios y la había llamado ramera por querer robarle a su nuevo amigo. Carina, conocedora del vocabulario que se gastaba su hermana, no se lo había reprochado. En esos días habían congeniado y por eso consideraba un despropósito que el joven insistiera en seguir el carruaje a pie tras ellas. Aunque fueran despacio, el camino era muy largo; millas y millas por la selva, pero el hombre había insistido y ella no había sido capaz de convencerlo de lo contrario... Aquello la violentaba; no había parado de mirar por la ventanilla haciéndole señas para que se montara, pero él no se había inmutado. Al final terminó dándose por vencida, segura de que lo que no habían conseguido sus argumentos lo conseguiría el agotamiento; se había equivocado; lejos de cansarse, marchaba más ligero y rápido que el carruaje y a esas horas debería estar llegando a la Casa Grande.

Llegaban ya a la ciudad cuando el vehículo se quedó atrapado en el barro.

–Señora, tendrán que bajarse, si no será imposible sacar el coche del lodo.

–Está bien Pacheco, bajaremos si no hay más remedio. ¡Vamos Perla! -dijo moviéndola, despertándola- hay que bajar. Michaela, ayúdame -ordenó a la negra.

Ésta bajó y recogió con sus fuertes brazos a Perla, a la que desde arriba empujó Carina. Despacio la sentó en el tocón de árbol cercano; ella, despeinada, con la cara manchada de barro y los bordes de su vestido negros de fango, se arremangó para dirigir la operación para desatascar el carruaje. Poco después lo conseguían con Carina agotada, Perla medio desvanecida y los hombres alterados por el enorme esfuerzo realizado. De nuevo dentro, rezó para que nada más ocurriese. Se arrebujó en un rincón, compartió la manta de vicuña, recostó la cabeza en una esquina y dejó que el aire tibio de la noche sosegase su espíritu; con fuerza, agarró la mano de Perla.

Ésta era un puro gemido. Cada bache, cada golpe en el coche, Perla lloriqueaba y ella se sobresaltaba haciendo fuerza con sus pies en el suelo del vehículo, como si así pudiese mantener más estable el carro. Durante un rato el silencio la acunó, sintió que el cansancio la vencía; se adormiló, aunque aquella tranquilidad fuera sólo aparente; su mente no podría descansar hasta que no llegaran a casa.

Las risas de los hombres fuera en el pescante le devolvieron la tranquilidad y la reconfortaron. Su tía y Courdec tenían razón cuando le habían desaconsejado aquel viaje. Hubiese sido mejor que alguien la hubiese acompañado. El problema era que ese alguien no podía ser ni su marido, ni nadie conocido. No, porque además de recoger a Perla, tenía otros planes; primero había vuelto a Mompox que no quedaba lejos y eso la había retrasado una semana. Courdec y doña Constanza se estarían preguntando dónde diablos estaría. Se excusaría diciendo que había tenido que esperar a que Perla pudiese viajar. La coartada era buena pero Courdec no era tonto, le haría múltiples preguntas. Según se acercaban a casa, y a pesar del agotamiento, repasaba mentalmente todo para que su marido no la descubrirse. A su tía sería fácil engañarla, a Courdec no.

Había sido una temeridad hacer aquello pero no se arrepentía. Había llegado a su hacienda de noche; al día siguiente había recorrido con sus esclavos la mina; había comprobado que eran toneles de cacao y armas lo que escondían allí e incluso había recuperado los papeles que el estúpido letrado de Mompox le había preparado. Su abogado en Cartagena los necesitaba y había tenido que ir a por ellos personalmente. No podía mandar a nadie, porque nadie debería conocerlos; aquellos documentos eran datos del registro sacados a escondidas de la parroquia de Mompox que estaba convencida demostrarían que las firmas estampadas en el acta matrimonial eran falsificaciones. La excusa de ir a buscar a Perla le había venido bien para solucionar todos esos temas. No es que de otro modo la hubiese abandonado en el palenque - se justificaba- pero se felicitaba de que Perla estuviese allí y tener la coartada perfecta para desaparecer unos días. A su lado Perla gimió nuevamente. Carina le apretó sus manos transmitiéndole fuerza y le pidió un último esfuerzo.

–Enseguida estarás tumbada en la cama con tía Constanza preparándote la medicina; duerme. Seguro que tu hombre te estará esperando.

Perla le sonrió con verdadero cariño, agradeciéndole en lo

más profundo de su corazón que la cuidara y protegiera en esos momentos tan duros.

–¿Tendré que ver al matasanos? ¿Querrá verme? Puede que se niegue después de lo ocurrido.

–Claro que te verá, no tendrá en cuenta lo que sucedió. Al fin y al cabo no fue culpa tuya.

Carina recordó cómo habían sabido del estado de Perla. El doctor estaba atendiendo a su tía de una pulmonía cuando, nervioso, les contó su aventura en el palenque.

–Un hombre gigante, no sé, así de alto -dijo levantando la mano por encima de su cabeza- me salió del portal y me puso un machete en el cuello; pensé que venía a agenciarse algo; pero no señora, me obligó a montar en un carro y me tuvo toda la noche en danza. Me dije, éste te va a matar, pero llegando al palenque me explicó lo que ocurría. Me habló de Perla, de que necesitaba atención médica, de que podía morir en el embarazo. En fin, que más tranquilo llegué a San Basilio y la atendí. No tenía el vómito negro ni una enfermedad grave, era sólo que la cosa no iba bien. Le recomendé cuidados en la ciudad pero se negó asegurando que no podía venir hasta que usted -recalcó refiriéndose a Carina- la autorizase a regresar.

Carina se sintió terriblemente mal al oír aquello. Con todo lo ocurrido se había olvidado de Perla. Sabía que estaba embarazada y en el palenque, pero desconocía que se encontrase mal. Sintió remordimientos; como si los problemas de Perla fueran culpa suya. Decidió de inmediato mandarla a buscar. Mejor -pensó- podría ir ella... así podría también librarse unos días de Courdec, desaparecer de aquella casa nueva a la que Courdec la había arrastrado.

Recordaba aún el susto que se había llevado el primer día que había dormido allí. Su marido había insistido en aquello de el casado casa quiere y la había obligado a trasladarse a otra mansión cercana al puerto. Doña Constanza no había entendido el cambio y se lo había tomado francamente mal; como si la abandonasen a ella también. Courdec había utilizado todas sus artes para convencerla, pero en aquella ocasión no habían dado resultado. Sólo llevaba una noche en su nuevo hogar cuando presintió que no estaba sola; que la vigilaban. No había pillado a nadie pero tenía la impresión de que ojos extraños la observaban. Los notaba como finas agujas clavándosele. Había vuelto la cabeza bruscamente en varias ocasiones creyendo que pillaría a alguien in fraganti pero no había sido así, aunque sabía que no se equivocaba. El servicio había sido elegido por Courdec y seguramente cumpliría sus órdenes. No podía fiarse de ninguno de ellos. Tenía claro que ese era uno de los motivos por los que Courdec se había mudado de vivienda, para tener a sus hombres vigilándola, para no depender de personal extraño.

Por ese motivo tomó precauciones presintiendo que algún hombre de Courdec podría seguirla cuando se marchase a recoger a Perla... Lo planeó todo para despistarlos; paró en la Casa Grande a ver a su tía; entró a despedirse, diez minutos después salía a pie por un estrecho callejón que daba a un portalón cercano. Allí la esperaba otro vehículo con el que se marchó. Si alguien la hubiese seguido, tal y como presentía, aún estaría esperándola frente al portalón principal de la Casa Grande mientras ella llevaría horas de camino. Había explicado a su tía qué contestar en caso de que Courdec le preguntase algo: le diría que la había convencido para llevarse un carro menos ostentoso para un camino tan poco adecuado; así no sólo llamaría menos la atención de ladrones, también sería más robusto para aguantar los baches, las tormentas o el cruce de pequeños arroyos. Courdec, lo creyera o no, tendría que tragárselo. Lo peor sería luego al volver. La asediaría a preguntas. Ella, lógicamente, tendría que hacerse la tonta. Es más, intentaría verlo lo menos posible. Excusándose en el mal estado de Perla le rogaría le permitiese quedarse con ésta y su tía en la Casa Grande de momento hasta que su hermana saliera de peligro.

El ajetreo de otros coches la distrajo de sus pensamientos. Mirando por la ventanilla vio las titilantes luces de la calle principal; el ajetreo de marinos y prostitutas del puerto a esas altas horas de la madrugada; una pelea escandalosa en el muelle; se santiguó: habían llegado a Cartagena. Lo sentía como un milagro. El camino había sido mucho más solitario de lo que esperaba y en caso de haberse topado con salteadores habrían estado indefensas. Serían las tres de la madrugada cuando el carruaje entraba en el patio de la Casa Grande por la puerta trasera. Doña Constanza, con el alma en vilo, salió a recibirlas con el pelo cubierto por el fino gorrito blanco de dormir y el camisón. Rápidamente ordenó ir a buscar al doctor; y abrazó con lágrimas en los ojos a sus sobrinas.

Yarko subió a Perla en brazos a la planta superior y la depositó con mimo en la cama.

Carina, agotada, dejó a su hermana en manos de su tía y pidió a su doncella que le preparase un baño. Se sentía sucia, desmoralizada, con unas terribles ganas de llorar. Le angustiaba el estado de Perla, la pérdida de Diego, temía su próximo encuentro con Courdec... Sumergiéndose hasta el cuello, metió la cabeza bajo el agua, dejándose envolver por el suave aroma a jazmín y la laxitud que provocaba en ella el calor intenso del cuarto; cuando su tía entró la encontró con el torso fuera y Pipa enjabonándole el cabello. Mientras la muchacha canturreaba retirándole los restos de polvo y barro, ella seguía ausente, con el agua tibia cayéndole por el rostro, por el cuello. Al oír el suspiro impaciente de doña Constanza de pie junto a ella se limitó a abrir pesadamente los ojos.

–Diego de Veranz vino a verte, necesita hablar contigo.

–¡Que se vaya al infierno! -dijo en voz baja, recordando aún el plantón en la catedral.

–Insistió en que era cuestión de vida o muerte, que vendría a verte en cuanto regresaras. No sé, lo vi muy decidido, tanto como para presentarse aquí con su hermana.

–Está bien, intentaré verlo, veré qué quiere -contestó Carina con la nuca apoyada en el borde de la bañera.

Doña Constanza salió del cuarto, donde el vaho flotaba como una densa niebla, y dejó sola a Carina. Ésta se volvió a sumergir con una sonrisa en los labios; dejó que el agua limpiara cada centímetro de su piel y masajeara sus doloridos músculos. Percibió como poco a poco recuperaba el valor, la energía. Había sido escuchar que Diego la buscaba y había regresado el optimismo; las lágrimas que durante días se había negado a derramar cayeron a raudales. Minutos más tarde su doncella la ayudaba a secarse y ponerse el camisón; con los ojos rojos y la nariz moqueante se fue a dormir. ¡Ya pensaría mañana qué hacer con Courdec! Lo importante ahora era Diego. Él quería verla, tal vez no estuviera todo perdido.

–*¡Ahhhh!... touché* -dijo Diego mientras con su florete practicaba esgrima en la sala de ejercicios de su palacio. Con la rodilla en el suelo, y el brazo estirado hacia delante, notaba el sudor resbalarle por el cuello, la energía fluir por todo su cuerpo, los músculos en tensión.

–*Allez, allez...* -le repitió con una sonrisa en los labios su viejo profesor.

Orgulloso del nivel que había alcanzado su alumno, uno de los más brillantes tiradores de Cartagena, presumía que sus enseñanzas le hubieran salvado la vida en más de una ocasión. Desde hacía años practicaba con él esa disciplina a medio camino entre deporte de caballeros y manual de supervivencia. Manejar diestramente la espada era vital para un oficial del ejército y para un duelista, y él era ambas cosas. Había protagonizado algunos duelos famosos en la ciudad; de uno de los últimos, del que le había valido un destierro, guardaba una cicatriz en la mano.

Jacinto de Gante, su maestro, era un magnífico tirador. Le había enseñado todo desde que Diego era un niño: su padre lo había obligado a tomar clases y lo que había comenzado como una obligación infantil había terminado convirtiéndose en una pasión. Siempre que podía lo practicaba, aunque en los últimos tiempos lo había descuidado mucho. Aquella mañana ensayaba algunos tiros y estrategias con maese de Gante mientras su ayuda de cámara les servía un refrescante zumo de papaya en la mesita de piedra del sombreado patio. Desde la gran arcada vio llegar a uno de sus hombres que desde hacía días vigilaban la Gran Casa; el corazón le dio un vuelco: había noticias de Carina, sólo esperaba que fueran buenas. Secándose el sudor con una toalla impoluta y dejando en el suelo el arma ligera y flexible, se desabrochó el peto y salió a paso rápido al exterior mientras *maese* Jacinto charlaba con un aprendiz que lo había acompañado aquella mañana.

–¿Sí? ¿Ha llegado la señorita De Ulloa a la casa?- preguntó directamente al tipo que había montado guardia aquella noche.

–Eso creemos señor.

–¿Cómo que creen? ¿La han visto llegar o no? -preguntó a punto de perder la paciencia.

–Creemos porque anoche hubo movimiento, vimos luces encendidas en la planta de arriba a altas horas de la madrugada, oímos caballos resoplando en el callejón que da al portón lateral, el que usa el servicio, vimos llegar a un matasanos. Juanín nos ha dicho esta mañana que la señorita llegó anoche con su hermana y una esclava; que la dama está bien, aunque cansada. Ha pasado allí la noche y esta mañana aún no se había levantado. Juanín solicita hablar con usted cuanto antes.

–Bien, si Juanín dice que ha llegado es que ha llegado. ¿Quién va a saberlo mejor que él? Váyase ahora a descansar hasta que le toque de nuevo su turno. ¿Se ha quedado allí Ferrándiz?

–Sí, señor, cómo usted ordenó.

–Bien, descanse ahora. Puede marcharse- dijo dándose la vuelta.

Llamó a su ayuda de cámara para que le preparase la ropa. Se puso la camisa de hilo con encaje, los pantalones, su ajustada casaca y salió. Sabedor de que Courdec también vigilaba la casa -sus hombres lo habían advertido de ello- se preguntó cuánto tardaría en llevarse a su esposa. Pero el que Carina no hubiese volado junto a su marido después de tantos días fuera demostraba que no lo echaba mucho de menos. Aquello lo alegró inmensamente. Ella no amaba al francés, no podía amarlo, todo era una mentira. ¿Pero qué diablos habría pasado? ¿Por qué no la había escuchado el día del baile? Atravesó la ciudad y a media mañana entró en un viejo cafetín de la zona portuaria cercano a los puestos de escribientes. Quitándose el elegante tricornio y dejando la fusta en el mostrador, se sentó a esperar mientras saboreaba un café espumoso y denso. Al instante entró Juanín que lo había citado allí.

–Bien joven, acompáñame.

–*¡¿Yoooo?!*, no, noooo señor -dijo el negro con su sombrero de paja en la mano mirando al aristócrata-. Jamás me atrevería a confraternizar con el amo.

–Siéntate te he dicho: no des la nota- lo cortó sin miramientos.

Juanín se sentó mirando nervioso a un lado y otro del cafetín. Echando un vistazo rápido observó que no había nadie adentro. Más tranquilo, empezó a saborear chicha con limón.

–Bien, ¿qué tenías que decirme con tanta prisa?, supongo que será cierto que ella ha vuelto.

–Si amo, la dueña está en casa desde ayer de *madrugá* que llegó con la mulata; Niña Perla está mal. Pipa dice que no sabe si las palmará.

–¿Tan mal está? Las mulatas suelen ser mujeres de constitución fuerte -lo interrumpió Diego-... ¿La señorita Carina también lo cree?

–*Posss* no sé. Pipa dice que la señorita lloró anoche mucho cuando la bañó. Tenía unas ojeras terribles y ha *llegao agotá*. Le dijo que hoy ni muerta la despertara. Debía estar *mu cansa*.

–Ya, y ¿qué instrucciones le dio exactamente a Pipa?

–Esto -dijo enseñándole unos legajos-, dijo que viniera al mercado a que se lo tradujeran. Lo quería para hoy mismo, pagaría lo que fuera. La plata no sería problema.

–Veamos -dijo Diego tomando los papeles - están en inglés. ¿Qué son estos papeles? ¿De dónde los ha sacado la señorita?

–No sé señor, sólo sé que le dijo a Pipa que los escondiera bien escondiditos, que podían jugarse la vida las dos. Pipa dice que se lo ha robado al mario, al franchute. ¡Como es extranjero!, pero si usted dice que esto es inglés, no sé -dijo encogiéndose de hombros y dando un largo trago.

–Déjamelo -dijo Diego, y atentamente comenzó a leerlo.

Dominaba el inglés y aquello no había duda de que lo era. Carina debía haberlo calcado de un original y había letras que bailaban, que no se entendían, pero pudo descifrar en líneas generales lo que decía. Era una carta de un hombre a su madre en Virginia, concretamente en Williamsburg. El escrito no parecía tener mucho interés: le decía que estaba bien, le prometía que regresaría antes de Navidad, le preguntaba por la enfermedad de una hermana menor, se congratulaba con el anuncio de boda de un amigo... nada fuera de lo común. Aun así decidió quedársela, echarle un vistazo más en profundidad por si guardaba algún secreto que él no fuera capaz de captar de momento.

–El traductor ¿ha entregado ya la traducción?

–No señor, dice que no *tié* tiempo que lo hará mañana. El amita se va a enfadar pero bien.

–Bueno, eso lo resolveremos luego. ¿Ha ido el marido a buscarla ya?

–No señor, es más, Pipa… bueno -dijo mirándole de refilón-

no sé si debería decírselo porque sería como traicionar a mi chamaquita.

–Déjate de sandeces, esto es muy importante ¿qué dice tu Pipa?

–Dice que el amita odia al francés, que está como presa, que no la autoriza a hablar nada, que tiene miedo y que en los últimos meses, desde que el francés se presentó como marido, la señorita no hace más que cosas raras. Incluso negó haberse *casao* con él y las obligó a ella y al resto del personal de la hacienda de Mompox a que la siguieran llamando señorita De Ulloa y no *madame* Courdec. Me contó que en la hacienda la intentaron calmar sin éxito, que la señorita a puntito estuvo de clavarle un cuchillo al *mario*. ¡Oh señor! Algo *mu* raro ha *pasao*, pero nadie habla *na* de ello. La señorita lo ha *prohibio*.

–Entiendo -se limitó a decir Diego; nervioso, pero a la vez feliz con todo lo que oía. Carina no se había enamorado de Courdec, algo la había obligado a presentarse en Cartagena como su mujer.

–Toma -dijo dándole unas monedillas- cumple tus obligaciones. Mañana quiero verte aquí de nuevo a esta misma hora -dijo mirando el reloj de bolsillo que en ese momento se sacó del elegante chaleco de satén. Vuelve a casa, te echarán de menos si te retrasas mucho. Estate atento. Si *monsieur* Courdec obliga a la señorita a salir o se la lleva, avísame. ¿Entendido?

–Sí, señor -contestó el sirviente, que enseguida se levantó y se marchó.

Diego saboreó el último trago de café y también decidió marcharse, tenía cosas que hacer. Lezo le había ordenado elaborar un informe sobre el estado en que se encontraban los barcos que habían llegado con Torres. Unos estaban carenándose, otros pintándose, reponiendo piezas o cargando sus bodegas para hacerse de nuevo a la mar. Torres había metido prisa; el Almirante esperaba ansioso la respuesta del marqués d'Antain indicándole en qué punto del Caribe encontrarse. Necesitaban establecer un puerto base en el que reunirse y decidir el cómo y el cuándo de su ataque a Jamaica. El tiempo apremiaba; Chalenger-Ogle se acercaba y los franceses seguían sin responder. Además una de sus escuadras, la que había salido de Tolón, no había aparecido y en Santo Domingo temían lo peor. En Cartagena muchos apostaban a que finalmente los franchutes los dejarían en la estacada.

Antes de acercarse a la playa donde estaban las embarcaciones se dio una vuelta por los talleres del muelle; comprobó que el cordaje, los betunes, las telas y las maderas para reponer los bauprés y palos rotos eran los adecuados. Unas costureras repasaban las telas de las velas, zurcían los rotos y sustituían los trozos en peor estado. El betún, que se usaba para impermeabilizar los barcos y prolongar su vida, se apilaba en cajones al fondo. Un grupo de grumetes trabajaba a destajo comprobando el estado de metros y metros del cordaje.

–¿Todo bien?- preguntó Diego a uno de ellos acercándosele.

–Sí Capitán, hasta ahora todo bien -contestó este.

Tras comprobar que en los talleres se trabajaba a buen ritmo Diego se acercó al navío Europa, el más cercano al Canal del Dique; este canal artificial había sido excavado hacía siglos para permitir el tránsito entre el mar y el río Magdalena por embarcaciones de gran calado. Aprovechando caños y ciénagas se había habilitado una zona para fondear los navíos que iban llegando. En unas dársenas improvisadas habían atracado siete de los barcos de guerra, varios mercantes más, dos fragatas y un pequeño bergantín. Todos los barcos necesitaban carenar tras la ruta a América y muchos de aquellos navíos, con lustros de servicio a sus espaldas, más aún. En la playa aparecían tumbados de lado, con su quilla y su casco a la vista para que los marineros pudieran reparar los desperfectos. Tratar la zona viva de un barco, la que permanece dentro del agua en contacto con algas y animales que quedan incrustados y perforan las maderas, siempre era complicado y requería de especialistas. En esos días, los que había en Cartagena no daban abasto. Fermín Ullate era uno de ellos. Viejo conocido de Diego, saludó a éste con la mano desde lejos.

–Vaya Fermín. ¿Cómo marcha la cosa? -le preguntó Diego al acercarse.

–Lenta Capitán; algunos de estos barcos debían llevar años sin carenarse. Mire -dijo enseñándole una montonera negra de algas, conchas, mejillones y moluscos de todo tipo arrancados esa misma mañana-. Con esto es imposible que el barco avanzase con rapidez. Y esto es sólo lo del lado derecho, ahora nos queda el otro. Nos va a llevar días.

Diego observó el barco volcado sobre la fina arena, vaciado de carga. Era la propia tripulación la que raspaba los bajos y sellaba las juntas con brea. Fermín Ullate voceaba a los jóvenes para que aligeraran; quería aprovechar la marea de esa noche para devolver el barco a la mar y arrastrarlo a la playa volcándolo del otro costado para reparar el día siguiente. Los calafateadores limpiaban y rellenaban las grietas para evitar que éstas aumentasen en alta mar e hicieran peligrar la nave; otros daban el toque final lijando y pintando.

Paseándose por la playa se acercó hasta la nave *Castilla*. Al igual que la anterior tenía gran cantidad de moluscos pegados al casco. Los grumetes raspaban sudorosos mientras bebían sin parar agua mezclada con ron. Hacía un sol de justicia y apenas corría una gota de aire; se secó la frente con un pañuelo y deseó poder terminar cuanto antes aquel reconocimiento. A pesar de todo -reconoció con el corazón ligero- aquel era un buen día. Estaba ansioso por terminar y dedicarse a sus asuntos personales. Esa misma tarde, si todo iba bien, volvería a verla. ¡Hacía tanto! La última vez había sido en el Palacio del Gobernador. Aquel instante en que la tuvo entre sus brazos, el recuerdo le hizo hervir la sangre. Le hubiera gustado poseerla allí mismo y sin embargo la había alejado de él; creyó entonces que era lo mejor. Ahora el momento de declararle todo su amor se acercaba. Ni mil Courdecs podrían detenerlo.

A media tarde regresó a casa a adecentarse. Olía a sudor y a ron. Tras refrescarse con abundante agua, vestirse y perfumarse, esperó la llegada del soldado que había mandado vigilar la Casa De Ulloa. Antes de aparecer por allí quería estar bien informado; cuántas menos sorpresas mejor. Desde la ventana de su cuarto vio llegar al muchacho que en ese momento se aproximaba al portón del Palacio De Veranz.

–¿Cómo ha ido el día? ¿Novedades? ¿Sigue allí la señorita Carina?

–Sí, no ha salido en todo el día de la vivienda. Hemos estado atentos por si aparecía su esposo pero no lo ha hecho. Aunque ha mandado a un esclavo a la Casa Grande. También ha llegado el doctor que ha estado un buen rato dentro; las criadas han salido al mercado y más asombroso, más de cinco carros llenos de enfermos han sido trasladados esta mañana a la Casa Rosa, a la de *monsieur* Courdec.

–¿Enfermos? ¡¿Qué diablos estará tramando ese hombre?! -dijo en voz baja para él mismo- ¿De qué hospital procedían? ¿Cuántos pueden ser? ¿De infección o accidentados?

–Deben ser unos diez o doce, del San Lázaro; suponemos que no serán de vómito negro; la mayoría de los particulares que han acogido en sus casas enfermos por herida o accidente no quieren infecciosos. Hay mucho miedo a la epidemia. Por cierto Capitán, el doctor ha salido fuera hablando con doña Constanza; ésta le estaba preguntando por el Capitán De Rieux, al parecer estaba ayer convaleciente.

–No sabía nada -contestó Diego recordando que estaba bien la última vez que lo vio. Aquella noticia lo inquietó. Cuando terminara de hablar con Carina se acercaría a su casa a verlo. Así sabría de primera mano qué le sucedía.

–Bien, buen servicio. Descanse y mañana regrese a su puesto.

El joven se cuadró ante su superior y se marchó deprisa. Diego montó en su yegua favorita y atravesó como un rayo la ciudad. Dos cuadras antes de llegar a la Casa Grande, cerca del Palacio de Justicia, ató su caballo. Se acercó a pie hasta la vivienda de Carina, pero se introdujo por pequeños y poco transitados callejones. Si Courdec tenía vigilancia, sería mejor evitar que lo vieran entrar. Comprendiendo que a esas alturas el francés ya conocería la entrada lateral del servicio, decidió ser más audaz y saltar desde unas ventanas próximas, directamente a la planta superior.

A excepción de las calles principales, que eran anchas y con una calzada amplia donde cabían varios carruajes, las demás eran estrechas, con casas que se daban unas a otras sombra en los días de más calor y evitaban el paso de la luz abrasadora por las ventanas y balconadas. Cubiertas de pequeños tejadillos, llenas de flores, muchas daban a patios interiores ocultos a la vista de los transeúntes. Desde una de estas saltó a la vivienda de Carina, introduciéndose por el balcón entreabierto que daba al salón principal y que en ese momento estaba vacío.

Repuesto del salto, respiró y escuchó atentamente. Oyó a distancia la voz de Carina dando órdenes a su doncella de que preparase sancocho y leche para Perla. Luego la escuchó caminar a paso rápido hacia sus habitaciones. La siguió a escondidas; divisó desde la balaustrada superior a su tía que abajo en el patio se entretenía hablando con la cocinera y a Juanín; este, tan espabilado como siempre, lo divisó; sonriéndole, alejó hacia las cocinas a Pipa para que no le descubriesen las mujeres, gesto que Diego agradeció desde arriba con un ligero movimiento de cabeza. Tras esperar unos minutos oculto en un entrante de escalera terminó por salir, acercarse al cuarto de Carina y abrir sigilosamente el picaporte.

La mujer estaba cambiándose de ropa y llevaba el corsé al descubierto. Sus pechos henchidos, plenos y abundantes estaban prácticamente fuera, los pezones rosados se veían resaltados por la blancura de nácar de su piel; sus brazos desnudos lucían firmes y bonitos, su cabello le caía en cascada por la espalda tras haberse quitado casi todas las horquillas que sujetaban su elaborado peinado. La falda estaba tirada por el suelo y las enaguas de fina seda con puntillas se movían pegadas a su cuerpo; las blancas medias de seda que en ese momento empezaba a desenrollar, estilizaban sus piernas. Se quedó mudo, sin resuello, con el corazón latiéndole a mil por hora, a punto de reventar de deseo. Todo lo que iba a decirle pasó en ese instante a un segundo plano.

Acercándose a ella, jadeó; sin dirigirle una sola palabra la apretó contra él y la besó desesperadamente. Carina acogió sorprendida y maravillada la lluvia de besos que Diego le ofrecía; agarrándose a él con fuerza, sin despegar sus labios de su boca, le quitó apresuradamente la fina chaquetilla de brocado que llevaba y la tiró sobre la cama. El cayó sobre el lecho; ella se dirigió hacia la puerta y cerró deprisa con el cerrojo mientras Diego la observaba sonriente sentado sobre las sábanas.

–Ven, ven aquí -dijo palmeando la cama- siéntate conmigo, tenemos mucho de qué hablar.

Se acercó a él con la mirada radiante pero poniéndole un dedo sobre los labios, le impidió decir nada. Besándolo con dulzura le soltó el nudo de la corbata y le acarició el pelo ondulado y castaño, echándoselo hacia atrás, despejó su rostro; sentándose en sus piernas notó como sus fuertes brazos rodeaban su cintura y la calidez de su boca besaba su cuello; Carina se sintió inmensamente feliz, muda contempló ensimismada la belleza de sus intensos ojos verdes, la pasión que refulgía en ellos y acarició con sus dedos la línea de sus labios carnosos, de su mandíbula.

Diego sonrió; tomándole su mano se la besó, desabrochó con manos expertas las cintas del corsé y dejó que sus pechos se liberaran; saboreó sus pezones mientras sus manos apretaban los senos llenos y suaves. Terminó de desatar el lazo de las ligas y de bajarle las medias; durante un buen rato se entretuvo acariciando sus piernas, sintiendo cómo sus gemidos se hacían más frecuentes, más fuertes. Agarrada a él frenéticamente, Carina se limitaba a suspirar de placer, a dejarse llevar. Creyó que moriría de felicidad mientras le retiraba los elegantes pololos y la dejaba desnuda. La acarició con más pasión, apretando las yemas de sus dedos contra su fina piel de porcelana, tirando de su pelo hacia atrás, rozando con su lengua el hueco de su garganta; notó como ella se entregaba, cómo se excitaba, cómo se movía en un vaivén frenético pidiendo más, necesitando más.

–Paremos mi amor, aquí no, tenemos que hablar -se limitó a decirle a ella.

Aquella habitación, aquella casa, con su tía al lado, su hermana enferma al otro, el servicio pululando por los pasillos, no era el sitio más adecuado para un encuentro amoroso de tal calibre, pero Diego no se pudo resistir. Sencillamente se entregó y él la penetró. Entró en ella con tal fuerza que temió romperla; sintió que la vida explotaba en mil pedazos, que el deseo era terriblemente doloroso, que su ansia de ella era inagotable; hicieron el amor, ajenos al ajetreo de la casa. Acostados uno al lado del otro, suspirando, sin hablar, exhaustos, una vez terminaron estuvieron un buen rato juntos en silencio, tomados de la mano, mirándose, disfrutando del momento. De repente Diego la notó tensa. Angustiada; iba a preguntarle por la causa cuando ella se levantó de la cama de un salto.

–¡Vamos vístete! -dijo tirándole la ropa- Sal por esa ventana. Es Courdec, luego te veo -le imploró.

–¡Pero tenemos que hablar de muchas cosas!

–Ahora no, luego, en cuanto pueda. Ahora sal -dijo mientras se vestía y arreglaba el peinado.

Diego maldijo no poder atravesar a Courdec con su espada en ese mismo instante. Si la tocaba lo haría -se prometió a sí mismo-. Despotricando por lo bajo, medio desnudo, tropezándose con las botas y los pantalones, no tuvo tiempo de saltar fuera y se quedó ocultó entre las cortinas de la balconada. Por nada del mundo dejaría sola a Carina con aquel degenerado. Un segundo después, el francés entraba en la habitación. Diego tragó saliva. Esperaba poder contener su ira.

Capítulo XXVII

–¡Aaaaay señoritoooo, Dios se lo pagueeee!- dijo con salero la negra sirvienta del Capitán De Rieux.

–No me cuesta nada traérselo -contestó Diego mientras le entregaba un saquito repleto de ramitas y hojas de mangle rojo, un remedio muy común usado en el trópico.

–¿Gerardo está arriba? ¿Sigue en cama?- preguntó a la mujer mientras la seguía.

–Sí señorito; se acostó hace un rato, aún está débil pero esta mañana se levantó -dijo volviéndose con el pequeño farol en la mano- y luego se tomó un puchero de papas y una torta de cazabe. Hoy viene muy tarde señorito -dijo mientras contoneaba su ancha cadera al subir las escaleras.

–¡Tarde no, tardísimo! -le contestó el hombre a su espalda.

–El Capitán lo esperaba estos días atrás.

–Imagino; le prometí que vendría y lo mantendría informado de todo lo que ocurriese en el fuerte, pero me ha sido imposible. Llevo días acuartelado en San Luis.

–Pase -dijo la mujer abriendo e iluminando la oscura habitación donde sólo lucía tenuemente una pequeña vela. De Rieux estaba en la cama con las antiparras caídas y un libro desbaratado entre las sábanas.

–Si está dormido no lo despiertes. Volveré mañana.

–No, no. El Capitán no me lo perdonaría. Precisamente esta tarde me ordenó que le despertase si venía. Además, es temprano, sólo son las siete y media -dijo mientras abría las contraventanas, dejando ver el cielo crepuscular teñido de malva y rosa.

La mujer movió al hombre que refunfuñó entre sueños. Éste abrió los ojos y se incorporó en la cama.

–Malenita, tráenos un caldo y ron. Supongo que habrás estado muy ocupado -dijo volviéndose hacia Diego- *¡Ahhhhh!* ¡Qué asco! -escupió al beber un trago del medicamento, limpiándose la boca con la manga de la fina camisa de dormir.

–Te veo mejor que el otro día. Incluso parece que has engordado. Francamente, me dejaste preocupado el lunes; parecías un cadáver.

–Estoy mejor pero aún tardaré semanas en poder volver al fuerte. ¡Maldita sea! precisamente ahora.

–No desesperes -comentó Diego repantigado en el butacón forrado de terciopelo azul mientras terminaba de abrir la balconada con la punta del pie-. No eres el único que ha enfermado. Se ha declarado un nuevo brote de vómito negro. No muy fuerte, pero ha muerto Mudarra. ¿Lo recuerdas de la Boquilla?, pues ese. Eslava ha impuesto un férreo control para evitar contagios y Lezo nos ha tenido casi en cuarentena -comentó con un dejo cansado en la voz y grandes ojeras.

–No tenía idea -contestó, creyendo ver en su amigo señales de preocupación y no sólo a causa de la guerra.

Diego continuó la charla mientras Malenita subía la bebida en una fina bandeja de madera, dejando un tazón humeante con la infusión de corteza de mangle al enfermo y una botella de ron a su acompañante.

–El señorito ha traído el mangle ahora mismito, es muy importante que se lo beba cuanto antes- le ordenó más que le pidió a su amo antes de marcharse.

Gerardo puso cara de circunstancias pero se lo tomó.

–¿Cómo es que estás ahora en los manglares? -preguntó el enfermo al dar el primer sorbo.

–He acompañado a Desnaux esta mañana por la zona del Caño del Ahorcado y la ciénaga de la Tasca... estamos supervisando las nuevas trincheras y trampas. Si a Vernon se le ocurre acercarse por la retaguardia, no vivirá para contarlo -dijo mientras un gran trueno retumbaba en el cielo.

–¡Vernon! ¿Atacar? No entiendo. ¿No estábamos en qué éramos nosotros los que íbamos a atacarlos a ellos? Me cago en diez -despotricó-. ¡Maldita sea! Quería participar en el ataque a Jamaica y esta jodida fiebre me lo va a impedir. Aunque estoy mejor, tal vez me dé tiempo. ¿Qué opinas?

–Podría ser -contestó Diego levantándose, ayudándolo a ponerse de pie. Gerardo quería caminar, asomarse al balcón, sentir las primeras gotas de lluvia, despejar su cabeza-. Torres partirá en unos días al encuentro de la escuadra francesa, han fijado el punto de encuentro en Santa Marta. Se reunirán allí, organizarán el ataque a Jamaica y en caso de ataque sorpresa a Cartagena saldrían desde la retaguardia, cortándoles el aprovisionamiento, las comunicaciones. Eslava está convencido de que los aniquilaremos.

–¡Qué optimista! Yo no estaría tan seguro. ¿Has visto los últimos modelos de fragata que usan? ¡Son magníficos!, veloces, manejables, mejores que los nuestros; como no espabilemos, tarde o temprano nos derrotarán. ¿Qué dice *Patapalo*?

–No les hace ni caso. Ni Eslava ni Torres le merecen mucho respeto como estrategas. Ahora se ha obsesionado con el cerro de la Popa. Está reforzando las defensas pero Eslava se ha negado a darle más hombres; dice que ya tiene bastantes. El cojo se ha puesto hecho un basilisco, ya lo conoces.

–¡*Ummmm!* Qué bien huelen -dijo Gerardo aspirando las hermosas rosas del balcón-. Realmente hay movimiento; Cartagena no parece muy asustada con la posibilidad de una guerra.

–Bueno, espérate a que vean las orejas al lobo -dijo riéndose Diego asomado a la barandilla- Por cierto, te veo muy risueño. ¿Algo que deba conocer? -preguntó a su amigo.

–No, nada, aunque ¿qué hora tienes? -le preguntó- *aaah*, ya veo, las ocho. A esa hora suele acudir a misa la señorita Lucía Gálvez; ha venido dos veces a verme esta semana y espero que hoy también lo haga -contestó mirándolo con una sonrisa cómplice, alzando la ceja derecha.

–¡Canalla!, que calladito te lo tenías. Así es que usando el truco de hacerse el enfermo para conseguir atención de las damas -dijo en broma-. Por cierto, ¿la fina señorita Gálvez viene sola, sin carabina a verte? ¡No lo puedo creer! ¿Lo permite el estirado de su hermano? -preguntó sorprendido Diego.

–No. ¿Cómo crees? Viene acompañada de doña Constanza. Dice que es como si fuera su madre. *La doña* nos deja ratos a solas; con excusas se baja con las sirvientas: *"Hay que poner en orden la casa... con el amo enfermo y ninguna señora, pues ya se sabe...*" -la imitó riéndose. Una ráfaga de aire hizo que la lluvia mojara su cara, despejando las pocas décimas de fiebre que aún tenía.

–Deberías meterte dentro. Si recaes, no me lo perdonaré.

–No, de verdad, me encuentro bien -dijo mojándose con los ojos cerrados en el balcón.

Diego no insistió pero le echó por encima una ruana de vicuña; se alegraba de verlo tan animado, tan recuperado. La disentería no era ninguna tontería; era una enfermedad habitual en los trópicos, frecuente en la Marina y muy temida. Muchos hombres morían antes de llegar a su destino; mataba más que la guerra y aunque había remedios, algunas variantes eran muy resistentes y causaban estragos. El mangle rojo era un antídoto eficaz pero resultaba complicado de obtener. Crecía en zonas de difícil acceso, en los manglares. Cartagena estaba rodeada de esos bosques prehistóricos de hojas, lianas y raíces sumergidas. Conformaban un verdadero laberinto vegetal y acuático lleno de animales salvajes, negros cimarrones prófugos de la justicia o arenas movedizas. Eran una importante protección natural para la ciudad, pero peligrosos para los desconocidos que se internaban allí.

–Me alegro de que te vaya tan bien -dijo Diego tras unos minutos pensativo, dándole un cariñoso golpecito en la espalda-. Desde luego me gusta más la señorita Gálvez que aquella otra, la Mendoza.

–Bueno, Paulina de Mendoza me gustaba mucho, pero eligió a otro. ¡Con su pan se lo coma! -comentó con un cierto regusto amargo aún en su corazón- Ahora no voy a pensar en lo que pudo ser y no fue. Me interesa mucho la señorita Gálvez, a ella parece que yo también, la doña nos ayuda y el hermano, bueno, hasta ahora no ha dicho ni blanco ni negro, no sé. Supongo que no se opondrá ya que deja a su hermana venir a verme, entiendo esto como un permiso. Cuando me recupere le pediré oficialmente permiso para cortejarla y a ella le propondré matrimonio. ¿Qué opinas? -le preguntó de repente.

–Bien, me parece bien si es lo que quieres y no hay impedimentos -dijo encogiéndose de hombros-. La verdad es que me das envidia; eres muy afortunado. ¡Ojalá yo tuviera las cosas tan fáciles!

–¿Sigues mortificándote con ese incomprensible matrimonio de la señorita De Ulloa? ¿Crees que merece la pena seguir en ello? Al fin y al cabo, lo entendamos o no, esa mujer es ahora una dama casada.

–Bueno, ahí es dónde está el *quid* de la cuestión. Yo no diría que eso esté tan claro.

–Bien, explícame qué pasa. Sé por doña Constanza que fuiste a su casa a preguntar por ella pero estaba de viaje. La doña nos contó que la embarazada está mucho mejor, que ya anda, pasea por la casa y espera pronto poder salir a la calle. Habló mucho de Niña Perla, pero ni una palabra de Carina.

–No querrá incomodar a la señorita Gálvez; al parecer ésta esperaba contar pronto con su amiga como cuñada y se sintió muy defraudada con el matrimonio apresurado de Carina.

–Algo he oído, pero me da la impresión de que el enfado durará poco; la tía está mediando, limando diferencias entre ambas.

–No sé, puede ser. Me alegraría especialmente por Carina, creo que necesita amigas ahora.

–Y tú, ¿has conseguido finalmente verla?- le preguntó mirándolo de refilón.

–Sí, ¡pero no!

–No te entiendo.

–La he visto. ¡¡Vaya que sí!! Y ha sido maravilloso -dijo en voz baja, con los ojos brillantes de felicidad-. El reencuentro fue más dulce de lo esperado; ella me quiere, yo le importo de veras.

–¿Entonces a qué viene esa cara de perro apaleado? ¿A qué viene casarse con otro?

–Viene a que todo es muy complicado. Aún no he podido hablar con tranquilidad para que se sincere conmigo, para que me diga qué ha pasado. Iba a hacerlo cuando nos interrumpió su marido.

–Vaya -dijo el otro-. Suena feo. ¿Pasó algo? Recuerda que otro duelo y... -hizo un gesto con el dedo índice recorriendo el cuello.

–No, no hubo duelo, ni riña, no llegó a verme. Carina me sacó de su cuarto cuando lo escuchó fuera. ¡Como si yo fuera un vulgar *gigoló*! -dijo entre las risas de su amigo- Tuve que esconderme entre las cortinas, frenando mis ganas de estrangularlo. Dudo que estén casados de verdad; Courdec la tiene vigilada y yo también; averiguaré qué sucede.

–Diego, si nos atenemos a los hechos, ella es una *mujer casada* que te ha dado con la puerta en las narices. ¿Cómo has llegado tú solito a esas conclusiones? ¿En qué te basas para creer que el matrimonio puede ser un montaje? ¿Por qué iba a fingir la señorita De Ulloa un matrimonio inexistente? ¿Por qué no te ha explicado ya lo que sucede si tanto te quiere? De verdad que no entiendo a esa mujer y a ti tampoco. Pídele que te lo explique todo y deja de fantasear, no es sano.

–Lo sé. De veras que no quiero hacerme falsas ilusiones, pero lo que te digo es cierto. Sólo espero el momento de aclararlo, pero su marido la sacó de la casa esa misma noche y ya no pude hablar con ella. Me dejó unas líneas escritas de forma arrebatada asegurándome que se pondría en contacto conmigo pero ya han pasado días. Iré a casa, veré si me ha mandado recado. Si no es así tendré que pedirte un favor: que entregues a doña Constanza una carta para ella. No quiero acercarme por la Casa Grande; Courdec seguramente la tendrá bien vigilada.

–Como quieras, pero primero comprueba que no te ha avisado. ¡Mira! -exclamó De Rieux cambiándole el gesto- Aquel carruaje es el de la señorita Gálvez. ¿La ves? Está cruzando la calle.

–Sí, sí, la veo. Bueno, te dejo ahora que tienes compañía. Si puedo, vendré mañana a verte.

Al entrar al palacio y ver las guirnaldas colgando en las paredes y oler el intenso perfume de las naranjas con clavo tomó conciencia de que estaban a unos días de Navidad. Su madre y Olalla llevarían días adornando la casa, preparando las conservas y los dulces, visitando las iglesias, llevando alimentos a las parroquias. El pequeño altar que había en todos los palacios coloniales tenía el pesebre puesto. Era una nueva costumbre importada de Italia que consistía en colocar en algún lugar destacado de la casa imágenes de la Sagrada Familia: la Virgen, San José y el niño.

También habían sacado las mantelerías bordadas, colocado gruesos cirios encendidos rodeados de hiedra y adornos por mesas, ventanas y repisas. Eran días de gran actividad social, especialmente para las señoras; vestidas con sus mejores galas, asistían a actos benéficos, a conventos a llevar huevos y manjares, a visitar a las amigas y compartir con ellas un café, un ponche o un chocolate con rosquillas, cocadas de coco, maní o ajonjolí o los mazapanes de España, unos dulces de origen árabe hechos a base de almendras y azúcar y aromatizados con vainilla, café o licores.

Como no podía ser de otra forma, la casa estaba llena de señoras. El corazón le dio un vuelco. ¡Tal vez estuviera ella! Con ese único pensamiento se acercó hasta *la sala de nácar* de su madre y entró. Era tal el murmullo que no notaron su llegada. Una jovencita con trenzas rubias tocaba un villancico en el piano mientras las damas de más edad jugaban a los naipes sobre un tapete lleno de moneditas. En una de esas mesas estaba su madre junto a la esposa del gobernador y doña Marujita Bermúdez, cuñada del marqués de Saltogrande. En la zona próxima a la balconada las más jóvenes hacían corro. Olalla enseñaba sus postales navideñas a unas desconocidas y las hermanas Martínez del Campo parecían escribir una lista que debía ser muy divertida, a tenor de las risas que levantaba entre las demás.

El barullo cesó de repente al verlo. Diego se quitó el sombrero y saludando con una elegante inclinación, se acercó a besar a su madre. Echó deprisa un vistazo y comprobó que Carina no estaba. Despidiéndose de las mujeres, subió a sus dependencias. Arriba, su ayuda de cámara negó tener carta alguna para él mientras lo ayudaba a quitarse el uniforme, las botas y la peluca. Le preparó un baño caliente y humeante y le dejó el último boletín de la ciudad sobre la cama.

Diego se metió en la bañera; cerró los ojos y se preguntó cómo haría para verse con Carina. No llevaría ni diez minutos cuando escuchó un ligero movimiento que lo hizo estremecer. De pie en el agua, inclinándose sobre el arcón de madera donde había dejado el arma, la tomó. La habitación estaba oscura, apenas si titilaban cuatro o cinco pequeñas velas junto a la repisa de la ventana, quien entrara no distinguiría bien en el interior, le costaría saber quién había dentro. Tenía el gatillo apretado y los dientes bien cerrados cuando oyó cómo alguien entraba sigilosamente y cerraba.

–¿Quién va? Conteste o disparo -dijo tenso, en un *trist* de apretar el gatillo.

–¡Por Dios Diego, no seas loco! Soy yo, Olalla -contestó ésta asustada.

–¡Eres estúpida! ¿Cómo se te ocurre entrar así, a escondidas como si fueras un ladrón? ¿No puedes llamar y decir qué quieres? -dijo volviéndose a meter en la bañera.

–No, no puedo. No quiero que nadie sepa lo que te traigo algo. ¡Toma! - dijo al tenderle una carta.

Diego supuso que sería de Carina. Secándose deprisa las manos, rompió el sello de lacre.

–Puedes irte, Olalla. Te aseguro que no voy a leer en voz alta esta carta, es muy personal.

–Bien -contestó carraspeando la joven- pero si me necesitas para algo, llámame, estoy abajo.

–No te preocupes, así lo haré.

Junto a las velas leyó a grandes rasgos lo que decía el escrito, que tampoco era muy extenso. Carina no podía explicarle en pocas líneas todo lo que había ocurrido y por qué, pero a él le bastó saber que el matrimonio era una farsa; incluso, temía que aquel hombre fuera un agente al servicio de los británicos.

Explicaba en qué basaba sus temores y parecía tenerlo muy claro. También decía saberse espiada por su esposo y lamentaba que los enfermos trasladados al patio de su casa sólo tuvieran por misión mantenerla a ella ocupada en sus cuidados y facilitar información a su marido. "*He observado* -decía la carta- *cómo por las noches les ofrece amigablemente licor o cigarros con la excusa de darles conversación, hacerles más llevadera la recuperación o paliar sus dolores y así de paso hablar con ellos de todo: de qué fuerte proceden, qué enfermedades han contraído, cómo han resultado heridos, qué medicación han recibido en el hospital, si reciben o no sus pagas del ejército, si les sisan en las raciones de comida o de chicha mensuales, quiénes son sus jefes inmediatos, en qué batallón sirven, a quién respetan más a Lezo o a Eslava, qué opinan de la escuadra de Torres, qué darían por participar en la campaña contra Jamaica...*". Diego levantó preocupado la mirada del escrito. Evidentemente controlar al correo, al que hacía semanas habían soltado de presidio, era importante. La información que obtuviera Courdec podría ser muy buena, pero lo importante era que la que le llegara a Vernon no lo fuera tanto. Era eso o detener ya a Courdec. Diego había pensado hasta ahora que era mejor controlarlo en la distancia, pero cada vez le preocupaba más no solo la seguridad de Carina sino el acceso insospechado de Courdec a información confidencial y la posibilidad de que utilizara otros correos que no fueran Ángel Méndez, aunque sus hombres le habían insistido en que sólo se fiaba de éste.

Para Carina no había duda de que su marido era un agente enemigo y para Diego tampoco. Terminaba diciéndole que le explicaría todo cuando se vieran y le ofrecía una cita. El veintidós de diciembre asistiría con su tía, Perla, Lucía y otras mujeres a la tradicional procesión al cerro de la Popa. Irían a llevar flores a la Virgen de la Candelaria, patrona de la ciudad, guirnaldas, dulces para los religiosos del convento y asistirían a la misa cantada, previa a la de Nochebuena. Ese día habría ajetreo; las cartageneras acudirían a adornar la iglesia y prepararlo todo para los días festivos, pero sin compañía masculina. Ese día esperaba poder deshacerse de Courdec y le pedía que él hiciera lo imposible por verse con ella allí: podría disfrazarse de monje o de soldado. En las inmediaciones había dos batallones trabajando esos días.

Diego dobló el papel; quedaban tres días para verse con Carina si Lezo no lo reclamaba con urgencia en el fuerte. Por otro lado tenía claro que el que Courdec no acudiera a la Popa no significaba que no lo hiciera alguno de sus hombres, y si veían hablar a Carina con alguien, sospecharían. No, el encuentro tendría que ser dentro; en la parte privada del convento donde estaban las celdas y salas de oración. Él conocía el recinto y al prior por motivos militares.

El cerro de la Popa permitía unas vistas espléndidas de toda la costa Caribe próxima a Cartagena; a un lado se divisaba la bahía, Bocachica a lo lejos, Tierra Bomba, la isla de Barú, y al otro lado los manglares, las ciénagas, la Boquilla, el castillo de San Felipe de Barajas. Aquel cerro era un punto clave en la defensa de Cartagena. Aquel pensamiento lo llevó a reconocer que sería raro que Courdec no aprovechara la visita de su mujer y se colara allí con cualquier excusa para echar un vistazo a las defensas preparadas en las últimas semanas. Aunque tradicionalmente era un lugar de culto al que se podía ir sin más, hacía meses que el pasò había sido restringido y era zona militarizada. Lezo había prohibido terminantemente el paso y sólo se le permitía, y con vigilancia, a aquellos que vivían en las pequeñas haciendas, pesquerías y estancias en la falda de la montaña. Les habían expedido un documento sellado en el Cabildo que les daba acceso directo a sus viviendas, aunque en caso de pillarlos merodeando cerca de las trincheras y fosos serían detenidos inmediatamente. Ningún extranjero había tenido acceso a la zona y era fácil imaginar cuánto desearía Courdec poder echar un vistazo. Habría -pensó- que extremar las medidas de seguridad durante las Navidades. Demasiada gente por allí.

El convento era de la orden de San Agustín y estaba al frente de el fray Nicolás de Rojas; inicialmente había sido una tosca ermita de madera pero con los años se convirtió en un bello edificio de piedra. Había mucha devoción popular en Cartagena por ese convento y por la imagen de la Virgen de la Candelaria, patrona de la ciudad, que se guardaba en su interior. Las romerías y peregrinajes a aquella remota colina eran numerosas, por lo que pronto se levantó una hospedería para atender a esa gente. Estaba en una imponente montaña, la única de la zona, y los marinos que fundaron la ciudad la llamaron *Popa* por su parecido a la popa de un barco.

El hermoso convento colonial y el cerro de la Popa estaban íntimamente ligados al origen de la propia ciudad. Aquel escarpado cerro cubierto de exuberante vegetación había sido un lugar de culto de las tribus indígenas y pronto lo fue de muchos negros esclavos fugados. En lo alto de aquel risco, en una especie de círculo adoratorio hecho con piedras, indios y negros habían cantado y adorado a sus dioses, encendido fogatas, danzado al ritmo trepidante de los tambores. Hacían ceremonias diabólicas para los católicos que desde abajo divisaban las luces chispeantes; entonces se santiguaban creyendo que el diablo en persona visitaba la zona y que las figuras humanas, que a veces se veían desde la ciudad envueltas en extrañas luces, eran fantasmas vagando con el alma en pena.

Aquel orden de cosas duró hasta que un buen día, un sacerdote pobre procedente de una misión en el desierto llamado fray Alonso de la Cruz, se presentó ante las autoridades religiosas de Cartagena. Juró haber recibido una orden de la Virgen de levantar en aquella zona de ídolos paganos un templo cristiano. Las autoridades dejaron en sus manos un puñado de soldados y voluntarios que subieron las escarpadas laderas y tiraron por el barranco las imágenes paganas -una de ellas tenía la forma de un macho cabrío y representaba a un dios negro llamado Buziraco-. Así pusieron los cimientos de lo que sería aquel templo dedicado a la Virgen de la Candelaria, una virgen negra muy querida en esas tierras. Construir el templo fue una proeza realizada contra la adversidad: huracanes, vendavales, hundimientos, de todo hubo; los indígenas y esclavos lo consideraban un castigo de sus dioses a los profanos que les habían expulsado de su lugar sagrado. En 1601 se terminó la construcción. Desde entonces, el obispo afirmaba haber terminado con la herejía en la montaña sagrada, aunque muchos seguían viendo a los indios orar a sus dioses y mascar tabaco -que usaban con poderes adivinatorios- y a los negros cantar sus danzas tribales que habían dado lugar a las populares cumbias de Nueva Granada.

Los días pasaron deprisa; Diego acompañó a su madre y hermana a varios actos sociales mientras uno de sus hombres de confianza se hacía con un traje de monje agustino con el que poder entrar al convento sin llamar a atención. Fue la misma mañana del veintidós cuando hablando con Olalla comprendió que sería más adecuado disfrazarse de sirvienta mulata y poder estar cerca de Carina en todo momento. Pasó varias horas en su habitación maquillándose y liándose trapos en la cintura, otros en la espalda simulando una pequeña joroba. Cuando salió de su cuarto la propia Olalla quedó deslumbrada.

–De verdad que si no supiera quién eres no lo descubriría, estás genial. Ahora limítate a viajar con nosotras en el carro y a estar calladito. Andaremos sólo los últimos doscientos metros. Ve detrás con Petrita y Juanola. Cuando vea a Carina me acercaré a ella; entablaré conversación, entraremos juntas a la iglesia y allí ya lo dejo en tus manos- dijo guiñándole un ojo.

–Gracias hermana, te debo una.

–Me debes unas cuantas, pero descuida, ya me las cobraré.

Diego soltó una carcajada que liberó parte de la tensión que sentía. Arremangándose las faldas y faldones, simulando una joroba que rebajara su altura excesivamente llamativa para una mujer, con el pelo tapado por un pañuelo atado al cuello y el rostro bien pintando, daba el pego.

El camino fue avanzando; desde el interior del carro apenas divisaba nada y sólo tras un rato, cansado de tener las piernas encogidas entre tantas cajas como había preparado su madre, estiró el cuello y vio que llegaban a la cima. Bajó del carro y andando torpemente, simulando ser una vieja, se colocó detrás de Olalla. Subieron despacio la escarpada recta final por la que más de un carromato se había despeñado tiempos ha (incluso carros funerarios con los ataúdes) y se toparon con una barahúnda de mujeres de todas las edades y condiciones cargadas de cestos, ramos, dulces y ofrendas; todas intentaban entrar por la puerta principal mientras fuera muchas disfrutaban de las hermosas vistas que permitía el día despejado.

Diego agudizó la vista intentando descubrir a Carina y a su familia sin lograrlo. Iba a entrar a la iglesia cuando notó que Olalla paraba en seco. Ella acababa de descender de un carromato y estaba ayudando a su tía mientras la señorita Gálvez ayudaba a Niña Perla, muy torpe a causa de su avanzado embarazo. Sintió cómo su corazón se aceleraba, hubiera deseado correr y abrazarla, pero en lugar de ello se ocultó impidiendo que su cara se viera con nitidez; dejaría que Olalla explicara a Carina dónde estaba.

Se verían en unas celdas desocupadas. Ya tenía las llaves, se las había dado fray Nicolás el día anterior; el prior no le había puesto ningún reparo suponiendo que la petición era por un motivo de seguridad. Desde la distancia, Diego observó las reacciones de Carina: la mirada rápida y de confirmación que le dirigió, el brazo que le dio a su tía. Todas ellas entraron con las cabezas cubiertas por mantillas y pañoletas sobre los hombros. Él pasó discretamente tras Olalla y se arrodilló en unos bancos del fondo; desde allí se hizo una composición de lugar; vio quién había y dónde. Las mujeres se concentraban junto a las imágenes sagradas, arreglaban centros florales o depositaban ofrendas. El coro del convento preparaba unas sillas para la misa que empezaría en un rato y el prior andorreaba por los pasillos acompañado por algunos monjes, dando instrucciones, llevando y trayendo cosas, comprobando que el órgano estuviera bien afinado.

Carina hablaba con conocidas y se mantenía ajena a su presencia. Una vez que comprobó que nadie al servicio de Courdec la vigilaba, se levantó y simulando una cojera se acercó al altar, confundiéndose con la gente. Desde allí, disimuladamente, traspasó una pequeña puerta situada en un lateral que daba acceso a un largo pasillo que conducía a la hospedería y a las celdas. Abrió una tras otra las verjas metálicas que impedían el acceso a esa zona privada con su llave maestra, asegurándose que Carina, a distancia, lo seguía. La celda asignada estaba en un recodo, en una zona poco visible. Abrió la puerta que chirrió desagradablemente, y un segundo después ambos estaban dentro. Diego abrazó a Carina y ésta se tranquilizó.

Apenas entraba luz por la pequeña apertura en el muro de la celda. Aquel era un lugar espartano con un camastro en un lateral pegado a la pared, una caja cuadrada de madera por mesilla y una palmatoria vieja con una vela derretida y casi consumida. Diego tumbó a Carina sobre la cama y acarició su cuello, su cara, besó sus párpados y susurró en sus oídos hermosas palabras de amor.

–¡Para, por Dios, esto es un sacrilegio!- dijo Carina incorporándose, frenando a Diego que había comenzado a quitarle la mantilla y a desabrocharle el corsé... -Para, aquí no.

–¿Qué más da dónde? -susurró el hombre.

–No. Aquí no -insistió ella recolocándose la mantilla y el peto. Decidida, separó al joven con la mano y le impidió avanzar-. Este sitio me impone respeto, no puedo estar bien aquí. Además es incomodísimo, frío, lúgubre. Dejémoslo para otra ocasión.

–¿Otra ocasión? ¿Cuándo? -preguntó irritado-. Bien, bueno, tal vez tengas razón -lo reconsideró tras echar un nuevo vistazo al lugar-. Será mejor; esto deprime a cualquiera, además, tenemos que hablar, hay muchas cosas que deseo saber.

Carina asintió con la cabeza, se volvió a acercar a él, y se recostó sobre su pecho.

–No sé qué pasó, tienes que creerme -comenzó angustiada-. Yo te odiaba. Estaba celosa y dolida por tu interés en la Arjona. Creí sinceramente que te ibas a casar con ella. ¡Sólo quería olvidarte! Viajar a Mompox me pareció buena idea -siguió.

Después le habló de los problemas en la hacienda por la plaga, la ayuda que le prestó Courdec, cómo fueron poco a poco intimando, la fiesta nupcial a la que acudieron, el insólito lecho que encontró por la mañana, el anuncio de Courdec de que se habían casado, su sorpresa -Es imposible que nos casásemos, lo sabe mi corazón, pero desgraciadamente no hay testigos que contradigan a Courdec y...

–¿Comprobaste en el Registro las firmas del matrimonio?- la interrumpió Diego.

–Sí, y esa es otra. No confío en ese cura. Mira -dijo sacando de su faltriquera la llave del calamar- ¿Ves esto? Pues es algo raro.

–¿De dónde has sacado esta llave? ¿Has descubierto qué abre? -preguntó intrigado.

Carina le explicó el secreto de las llaves con el calamar: abrían la puerta de acceso a la mina abandonada que unos desconocidos usaban para hacer contrabando. Ella misma lo había comprobado.

–No deberías haber bajado allí, es muy peligroso. ¡Podría haber pasado cualquier cosa! Esa gente no se anda con tonterías -dijo sintiendo que el miedo atenazaba su corazón- *¡Ahhhhhh!* -suspiró- Tengo que decirte algo -decidió sincerarse-. Yo también descubrí varias llaves de esas en la Casa Grande mientras fui tu letrado -ella lo miró asombrada-. No me mires así. Al principio -trató de explicarse- cuando me ofrecí a trabajar para ti, no lo hice porque hubiese caído rendido a tus pies en un día, sino porque presentía que algunas de mis desgracias: el duelo, el destierro, me conducirían hasta tu padre y hasta Sanz. Creía y sigo creyendo que ninguno era trigo limpio.

–Opino igual -tuvo que sincerarse ella.

–Me alegra saberlo, así podré hablarte sin tapujos. Creo saber qué ocurrió si no al cien por cien, sí en gran medida. Tu información puede terminar de completar la que a mí me falta.

–Está bien, sigue, yo aportaré todo lo que sé.

–Tanto Sanz como tu padre estaban metidos en negocios sucios y eso, posiblemente, les costó la vida a ambos. Pero empecemos por el principio. Antes de que Lezo me incorporara a su grupo de estrechos colaboradores participé en una gran operación contra el contrabando en la costa. Fue una de las primeras órdenes que el Almirante dio al llegar e inmediatamente se puso en marcha comandada por el coronel Bustamante. Fue una acción rápida y brillante que duró sólo unos meses; terminó con unos cuantos gentilhombres en la cárcel, varias goletas incautadas y la ruina de más de uno. Deberíamos haber continuado, haber llegado hasta el final. Desde luego sospechábamos que los verdaderos culpables serían los propietarios de las haciendas y minas de la zona que lucraban ilegalmente facilitándoles el acceso a la costa, pero hubo que parar el operativo. -dijo encogiéndose de hombros- Una nueva crisis con Inglaterra obligó a Lezo a enviar a Bustamante a Cuba y a mí, bueno, digamos que terminé en Jamaica. Aquello se olvidó; cada uno se centró en su nueva labor, pero luego recordé lo que Lezo nos dijo aquel primer día, que aquello podría traer consecuencias imprevisibles, y así parece ser que sucedió.

–Si lo dices por lo del destierro, creí que se había debido a una pelea por una zorra....

–Eso pensaron todos -la interrumpió Diego- pero no fue así.

–*¡Yaaaaa!*- comentó ella incrédula.

–Déjame que te cuente. Es verdad, y supongo que habrás oído por ahí, que no me defendí de aquella acusación; dejé que todo el mundo creyera que la pelea fue fruto del alcohol y las bajas pasiones, de la estupidez de un señorito malcriado. La realidad es que no me defendí porque creí que el supuesto francés era un agente extranjero que me había descubierto. Lezo también lo creyó y antes de hablar ante un tribunal, decidimos que primero habría que investigar lo ocurrido. Después supimos que aquel hombre era un vulgar delincuente. Pero puesto que vino a por mí, supusimos que sería por algún asunto relacionado con el trabajo que había desarrollado en Jamaica; no caímos en que podría ser por otro motivo.

–Por el contrabando.

–Sí, por el contrabando y algo más. Aquello pareció un ajuste de cuentas y en cierto modo lo fue. Es lo que más tiempo me llevó entender. Como bien sabes, aunque estaba desterrado no estuve lejos. Seguí investigando y descubrí que, efectivamente, quien me atacó era un vulgar mercenario pagado por Sanz. ¿Por qué? Esa era la pregunta. ¿Qué diablos le había hecho yo a ese hombre? ¡Si era yo quien debería haberlo matado por robarme a mi prometida! No me cuadraba nada pero más tarde comprendí el motivo: rencor, odio, envidia. Sanz me odiaba hacía años sin yo saberlo, tal vez le recordase lo que su vida pudo haber sido si su padre no hubiera dilapidado su fortuna. Me odiaba, deseaba arrebatarme todo lo que la vida le había arrebatado a él y encontró la forma de hacerlo.

–¿Crees que mi padre lo conocía realmente?

–Supongo que al principio no, pero después de romper su compromiso contigo terminó conociéndolo. El caso es que investigué sus cuentas; eran excesivamente abultadas para un trabajador a sueldo de tu padre. Tu padre también había amasado una fortuna enorme: había trapicheado, se había hecho con una mina en el interior, así logró algo de plata en metálico y cuando González apareció, le vino de perlas.

–¿Te refieres al padre de Luis?- preguntó ella. -Es un hombre rico; no entiendo por qué le vendió a mi padre parte de sus tierras, incluida la mina y la salida secreta al mar que tanto necesitaría.

–La vendió porque una de las goletas que apresamos con material de contrabando era suya. Aquello le ocasionó un grave revés económico y lo obligó a pagar sus deudas vendiendo parte de sus propiedades.

Carina comprendió entonces con claridad el motivo por el que Luis la había pedido en matrimonio a pesar de su condición homosexual. Seguramente su padre lo habría presionado para conseguir por otros medios lo que no había conseguido en vida de don Joaquín.

–Entonces -siguió Diego- decidió vender pero no a alguien conocido que pudiera husmear en sus negocios, sino a vuestro padre; lo tendría fichado al moverse en su mismo mundillo, aunque a mucha menor escala. Pensaría que apretándolo luego un poco, podría comprarle las tierras. Tendría tiempo de margen si tu padre seguía viviendo en Cartagena; González y los demás podrían seguir utilizando la mina como tapadera sin que el nuevo dueño lo supiera hasta que reuniera el dinero para recomprársela.

–Pero debió descubrirlos.

–Supongo, tu padre debió resultar más ambicioso de lo previsto. Tuvo que descubrir la mina, la tapadera; aquello obligaría a González y a los demás a dejarlo entrar en el negocio. Así es como pudo invertir tanto dinero en el cacaotal, comprar el título de marqués, mantener la Casa Grande, en fin, vivir muy por encima de sus posibilidades. Algo impensable con su raquítico sueldo en la Armada.

–Ahora entiendo por qué se hicieron tantas copias de esa misteriosa llave. Todos lucraban con esa salida al mar. Pero si eran aliados ¿qué motivos tendrían después para matarlo?

–No lo sé, pero no creo que lo mataran ellos, y cuando digo ellos me refiero al grupito de hacendados de Mompox comandados por González.

–¿Courdec puede estar implicado?

–Supongo que Courdec sería el enlace para vender la mercancía fuera de nuestras fronteras. Tal vez tu padre pidiera cada vez más por dejarlos usar su mina, o no compartiera con ellos todas sus andanzas, o supusiera algún riesgo.

–Mientras ustedes estaban afuera el contrabando debió reanudarse con fuerza -comentó ella.

–Desde luego, había que recuperar el tiempo y las ganancias perdidas. Así es que debieron echarse a temblar cuando, una vez se tranquilizó la situación con Inglaterra, se empezó a barajar de nuevo la idea de proseguir con la operación limpieza y se rumoreó que yo sería quien la acometiese. Tal vez quisieran quitarme de en medio antes de que la operación se reiniciara. A través de tu padre habrían conocido a Sanz, un tipejo sin escrúpulos. Tal vez él mismo se les ofreció; así mataría dos pájaros de un tiro: ganar dinero y deshacerse de mí; me haría pagar por el rencor acumulado de años e incluso me quitaría a Mariana. Es evidente que el padre de ella, el Excelentísimo Corregidor, estaba metido en esto hasta el cuello. Sanz pudo ponerles como condición para deshacerse de mí que le entregaran la mano de Mariana o ellos se la ofrecieron antes si sabían de su interés. Fuera como fuese aquello se debió llevar a cabo a espaldas de tu padre. Cuando Sanz rompió el compromiso contigo se debió liar una buena.

–Eso es cierto. Perla me lo contó. Mi padre le gritó que no pararía hasta descubrirlo.

–Supongo que lo iba a lograr, y Sanz decidió no correr riesgos y matarlo.

–¿Pero cómo es posible? ¿Cómo pudo comportarse así mi padre? -preguntó llorando.

–Por dinero, por ambición. No llores, no tienes la culpa. Nadie es culpable de lo que hacen sus padres o sus hijos, no puedes culparte de ello.

–¡Un delincuente, mi propio padre! Incluso, temo algo más. Temo que vendieran mucho más que cacao o reses, temo que vendieran información. A esa gente debe unirla algo más que el dinero. Mira esto -dijo sollozando dando a Diego los papeles que él ya conocía.

–Conozco esos papeles -contestó Diego mirándola- sé que los hiciste traducir en el mercado. No vi nada raro en ellos. Sólo es una carta personal de un hijo a su madre en Virginia, no sé por qué la llevaría Courdec consigo, pero parece inofensiva.

–Ya, es posible si no fuera por la firma: Tom Parker. Creo que esa es la verdadera identidad de Courdec; ni es francés, ni es comerciante, es un agente de las colonias británicas, de Virginia, y Parker debe ser su identidad real. Las cartas llevan la misma firma que Courdec estampó en el Registro de Mompox. Puedes comprobarlo -dijo enseñándole la hoja que había arrancado de la Sacristía de la iglesia.

Diego miró atentamente las firmas y tuvo que dar la razón a Carina.

–No puedes quedarte con ese hombre en esa casa, tienes que irte de allí inmediatamente. ¿Habría alguna posibilidad de que te quedaras un tiempo con tu tía? ¿Lo consentiría él? ¿Te ha importunado? ¿Ha tratado de aprovecharse de ti con la excusa de ser tu marido?- le volvió a preguntar nervioso, girando su barbilla hacia su cara.

–No, no. Al principio lo intentó pero como me negué en redondo, prefirió no complicarse la vida. Supongo que lo volverá a intentar en cuanto pueda, pero ahora está muy ocupado. Tiene cosas más importantes de las que hacerse cargo que de su supuesta mujer. Sé que le gusto, pero por ahora prefiere no tener escándalos y no perder las ventajas que mi título le confiere. Respecto a lo de abandonar la casa, lo veo difícil. Se lo he pedido en varias ocasiones y se ha negado. Si me voy, será enfrentándome a él abiertamente.

–Entiendo, tal vez haya llegado ese momento y tengas que irte por las malas.

–No, aún no. Si me voy, volver a la Casa Grande no sería seguro y tú tampoco podrías estar pendiente de mí. Tienes que estar en el fuerte -dijo levantándose, separándose de él-. Tampoco puedo desaparecer de Cartagena, no podría cuidar de Perla ni de mi tía, y me necesitan. Por el momento será mejor quedarme donde estoy pero viendo cómo contactar contigo en caso de emergencia.

–Está bien, te quedarás allí siempre y cuando él no intente forzarte. Vigílalo y si algo se tuerce corre a mi casa, habla con Olalla, ella siempre sabrá dónde estoy. Últimamente ha sido en el castillo de San Luis, pero cambio con frecuencia, sería difícil localizarme. Si surgen problemas, corre a mi casa o a la de De Rieux y si no, vete a Mompox ¿de acuerdo? ¡Cuídate, te amo!- dijo con la voz en un hilo rozando su mejilla, tomándola de la cintura, acercándola de nuevo a él.

–De acuerdo -contestó ella riendo y llorando al mismo tiempo-. Haré lo que dices. Tenemos que marcharnos. ¿Cuándo podré volver a verte?

–No lo sé, no lo sé -dijo abrazándola, besándola apasionadamente.

Minutos después salieron por separado mezclándose con la gente que a esas horas, al comienzo de la misa, ocupaba el recinto religioso. Diego abandonó la iglesia con el corazón encogido. Carina estaba en peligro. Ni por lo más remoto permitirá que siguiera bajo el techo de aquel hombre. Había llegado la hora de deshacerse de Courdec, Parker o como diablos se llamara, pero había preferido no decírselo. Cuanto menos supiera de todo aquello, mejor. ¿Qué ganaría con preocuparla?

Capítulo XXVIII

–Recojan y hiervan todas las vendas -ordenó Carina al servicio.

Por esa tarde habían terminado las curas. No habían sido muchas, pero resultaba una tarea agotadora física y mentalmente. Cuidar de esos muchachos era su contribución a la causa; había sido idea de su marido que había respondido solidariamente al requerimiento hecho por el Virrey. Las epidemias de disentería, vómito negro y los heridos llegados con Torres habían desbordado los hospitales y lo habitual en esos casos era echar mano de casas particulares. En tiempos de guerra todo el mundo estaba obligado moralmente a colaborar.

Frente a la treintena de heridos que habían acogido inicialmente sólo quedaban cinco o seis. El resto o había muerto, o había sanado; otra media docena habían cogido el petate y se habían marchado a Santa Marta con Torres sin estar plenamente recuperados. Preferían estar en el mar; los hospitales eran un foco de infección donde unos se contagiaban a otros; se pegaban los piojos o se desmoralizaban. Nadie que pudiera mantenerse en pie permanecía allí mucho tiempo esperando la llegada de los matasanos con sus sangrías, amputaciones o purgantes; escuchando el delirio de los moribundos o soportando el hedor de la sangre corrompida, los vómitos y la gangrena.

Tío Jacinto, un negro entrado en años personal de confianza de Courdec, ordenó a dos esclavos que limpiaran y desinfectaran bien el material de curas. Yelena, una joven mulata, portaba cubos de madera con agua que echaba sobre la terraza del patio mientras otra mujerona restregaba con fuerza. Carina se sentía exhausta pero satisfecha. Trabajar intensamente y cuidar a aquellos muchachos, algunos casi unos niños, le reportaba bienestar; la ayudaba a mantenerse activa, a no desmoronarse ante el nerviosismo de que era presa en los dos últimos meses; desde su reconciliación con Diego. Se mezclaba la felicidad de saber que él la amaba, la esperanza de un futuro juntos y el miedo a que cualquier imprevisto rompiera ese maravilloso espejismo. Temía no poder deshacerse de su marido, que la guerra estallara de verdad, temía perderlo todo cuando estaba en un *tris* de alcanzar todos sus sueños...

–Señorita, ya estoy de vuelta. Su señora tía me ha dado esto para usted -le dijo en ese instante Pipa que acababa de regresar de la Casa Grande.

Todas las tardes Carina la enviaba para recabar noticias de última hora sobre la recta final del embarazo de Perla. Según la nota que desplegaba en ese momento, todo iba bien. La joven suspiró mientras se recogía los mechones de pelo que se le salían del moño y se los volvía a colocar sujetándoselos con unas largas y bonitas horquillas.

–¿Le preparo el baño señorita?- le preguntó Pipa a su ama.

–Sí, en unos diez minutos. Subiré en cuanto termine aquí.

Carina recogió unos papeles de su escritorio, situado junto al ventanal de la planta baja que daba al patio, y guardó en un armario cerrado con llave unas medicinas que esa mañana había conseguido en el hospital general. Al día siguiente esperaba la visita del doctor Fabrizzio, un italiano que llevaba toda la vida ejerciendo la profesión en la costa y ayudaba en las visitas a domicilio desde la llegada de Torres. Se había encargado de pasar revista a los enfermos que los Courdec habían recogido en su hogar desde el primer día y de suministrarles lo necesario para los tratamientos. Carina quería tenerlo todo listo porque don Piero Fabrizzio era bastante madrugador y solía llegar a primera hora.

–¡Señoraaaa!- suplicó un muchacho rubito y con cara de ángel en ese momento al verla salir nuevamente- no puedo más, por favor ¿podrían darme más láudano?- pidió lloriqueando mientras se retorcía en la camilla. Le habían tenido que amputar una pierna gangrenada. Era el último herido que había llegado a la casa el día de Año Nuevo y aún no había superado psicológicamente el golpe.

Carina se acercó y acarició su cabeza sintiendo unas terribles ganas de acompañarlo en su llanto; haciendo de tripas corazón, le sonrió y lo ayudó a incorporarse en el lecho.

–No hace falta que tome más láudano sargento Valdés, ya sabe que no es posible tomar tantas dosis, pero esto lo ayudará- dijo obligándolo a beber un oscuro brebaje que el joven intentó rechazar sin éxito. Al lado había otro muchacho, no mucho mayor, dormido profundamente. Carina sonrió tristemente: era un milagro que hubiese sobrevivido. El joven Luis Repoll había llegado con la primera remesa realmente grave a causa de una herida de mosquete en el estómago y las hábiles manos del cirujano le habían salvado la vida. Ella no había dado ni dos reales por él, pero allí estaba, recuperado y con ganas de reincorporarse a su batallón. En peor estado se hallaban dos jóvenes algo más mayores, uno de veintiséis años y otro de veintinueve, que dormían febriles en un lugar apartado, bien protegidos. Uno tenía una fea herida en la cabeza y apenas había recuperado la consciencia desde el accidente. El otro había sufrido complicaciones por una amputación y su vida corría serio peligro. El quinto y último de los jóvenes que atendían era un mulato del tercer batallón que presentaba un costurón de un palmo de largo en la espalda.

Recogiéndose las faldas, subió fatigada las escaleras hasta su cuarto; allí se deshizo de la cofia blanca y del mandil, lanzó al aire los toscos zapatos y se masajeó los pies doloridos ¡estaba tan cansada! Deseaba sumergirse en el agua, deshacerse del hedor a muerte y sangre, del sudor pegajoso y disfrutar de unos momentos ajenos a la cruda realidad. Podría dejar volar la imaginación y soñar que estaba en brazos de Diego. Su marido seguía sin aparecer. Se había marchado hacía veinte días sin dar explicaciones -lo habitual en él- y no había regresado. Temía verlo entrar por la puerta cada mañana y cada noche agradecía al destino que no hubiera sido así; pero ese orden de cosas, tarde o temprano, cambiaría ¿o no? Esa era su secreta esperanza. Courdec desaparecía con frecuencia, pero igual que se iba por las buenas, aparecía de repente cuando menos se le esperaba. La única diferencia respecto a ocasiones anteriores era lo incertidumbre de tío Jacinto. El viejo sirviente era el único al que tenía informado de sus idas y venidas, excepto en aquella ocasión en que parecía igualmente desorientado.

Ella había aprovechado su ausencia para husmear en su cuarto. Cuanto más supiera de él, quién era y qué quería, más fácil le resultaría deshacerse de su marido; al menos así lo creía. Courdec había salido una mañana hacía tres semanas como tantas otras veces, con su pequeña y vieja maleta, llevándose lo imprescindible: un par de pantalones, unas botas, algo de ropa interior, dos camisas nada más. Lo necesario para cinco o seis días de viaje, no para un mes; tal vez se le hubiera complicado la cosa, o lo hubieran detenido y estuviera en la cárcel -pensó metida en la bañera- o no pensara regresar. Esa idea la hacía feliz. Le pedía a la virgencita que Courdec no volviera, que Diego y ella fueran capaces de encontrar el modo de anular aquel extraño matrimonio; estaba dispuesta a hacer lo que fuera.

–*Toc toc*- llamaron despacio a la puerta de su cuarto.

–Adelante. ¿Qué quieres ahora Pipa?, no te he llamado. ¿Qué haces aquí?

–Perdón señora, es que tiene visita.

–¿A estas horas?... -preguntó extrañada- ¿Quién es? ¿Qué quiere nadie a estas horas?

–Es la señorita De Veranz, me ha dicho que era importante que la viese. Está esperando abajo.

–¿La señorita De Veranz? ¿Sola o viene con alguien? Está bien, dame la ropa -dijo sin darle tiempo a responder a la muchacha-. Esa no, aquella. No voy a ponerme otra vez la ropa sucia.

Se vistió deprisa y bajó al salón. La casa estaba patas arriba como consecuencia del trasiego de enfermos, doctores y sirvientes. Al entrar vio a Olalla de Veranz asomada a la ventana, observando cómo dos criadas daban de cenar a los heridos, los cambiaban de postura para evitar que se les ulcerase la espalda y los abanicaban despacio, retirándoles los molestos mosquitos que no les permitían conciliar el sueño.

–Señorita De Veranz -dijo sintiendo un ligero temor en su corazón- espero que su visita no se deba a nada malo. ¿Ha ocurrido algo? ¿Le ha ocurrido algo a su hermano? -no pudo evitar preguntar angustiada.

–No, no, tranquilícese -contestó con aprecio Olalla- simplemente venía a traerle esta carta. Tal vez no sea muy urgente, pero es que hacía dos semanas que Diego, como usted sabrá, no venía por la ciudad. Siguen en el fuerte, Lezo no les da ni un permiso; la cosa debe estar que arde. Diego quería que leyera esta carta cuanto antes y aunque hubiera podido traérsela mañana, he pensado que no era muy tarde, aunque tal vez debería habérselo anunciado antes; lamento haberla obligado a salir del baño.

–No se preocupe, ciertamente aún es temprano pero desde que estoy sola para cuidar a estos muchachos -dijo indicando con la mano el patio- termino agotada.

Carina ordenó al servicio que les prepararan algo y sentándose cerca de la luz de unos candelabros desplegó la carta.

–Perdóneme -dijo mirando con un gesto cómplice a la señorita De Veranz- pero entienda que estoy ansiosa por saber qué dicen estas letras. Siéntese, en un segundo podrá disfrutar de un riquísimo chocolate. Nuestra cocinera lo hace realmente muy rico.

–Gracias -contestó la otra mientras observaba cómo Carina leía ansiosa las letras de su hermano.

"He sabido que tu esposo lleva casi un mes fuera -decía el escrito- y que estás sola en tu casa. Creo que deberías dejar esa vivienda, trasladarte con tu tía y estar cerca de ésta y de tu hermana ante el inminente parto que va a producirse. Si no puedes dejar a esos jóvenes soldados en otro sitio, llévatelos contigo a la Casa Grande y olvídate de Courdec. No creo que regrese, seguramente habrá huido. -Carina dio un respingo. En el fondo deseaba leer eso, que Courdec no volvería, pero algo le decía que aquella gran noticia ocultaba otra menos feliz, la proximidad de un ataque- *Lamento tener que decirte que las cosas no van bien, nada bien. Seguramente habrás oído algo porque ya es vox populi. Los franceses han abandonado el Caribe y han regresado a Europa. Han dejado solo a Torres y a su escuadra en Santa Marta y no habrá, definitivamente, ataque a Jamaica. Los gabachos tienen órdenes de regresar; d'Antain estaba realmente furioso. Había comprometido su prestigio en esta operación que ahora no va a poder desarrollarse. La muerte del emperador de Austria ha cambiado todos los planes. No puedo contarte ahora todo lo que ha ocurrido y las variables que aquí se manejan, pero digamos que ninguna es demasiado esperanzadora. Los franceses están concentrando todas sus fuerzas en Europa, donde va a haber guerra por la sucesión en el imperio austríaco. España también está enviando tropas y barcos, así es que los que iban a venir de refuerzo no llegarán y los que había tendrán que partir. La escuadra del Almirante inglés Chalenger ha llegado al Caribe y los británicos cuentan con una fuerza descomunal. Torres está nervioso porque hay rumores de*

que el verdadero objetivo no es Cartagena sino La Habana y está pensando irse para allá. Lezo ha puesto el grito en el cielo. Si eso ocurre estaremos vendidos. Te cuento todo esto no para que te pongas nerviosa sino para que te prepares. No quiero que te quedes en Cartagena; es realmente muy peligroso. Organiza un viaje a Mompox. No esperes a que se produzca el ataque porque entonces se colapsarán las salidas; no habrá carros suficientes para todos los que querrán irse; en Cartagena no estás segura. Sal ahora que puedes con tranquilidad y olvídate de Courdec... hazme caso. Cuídate, no permitas que te pase algo, no lo podría soportar. Te amo". - terminaba la carta. Carina la había leído a toda velocidad, sin resuello, asustada, era como una oscura premonición.

Levantando la cabeza comprobó que llevaba un rato leyendo sin prestarle ninguna atención a su invitada. Olalla de Veranz llevaba ya media taza de chocolate con pastas y la miraba sin decir nada.

–¿Conoce el contenido de esta carta?- le preguntó Carina sin rodeos.

–No. No sé qué dice, aunque puedo imaginarlo.

–¿Se la ha dado hoy su hermano? ¿Lo ha visto personalmente? ¿Le ha dicho por qué no ha venido a verme?

–No me ha dicho nada. Sólo lo he visto esta mañana unos minutos al levantarme. Pensaba hablar con él más tarde; preguntarle qué tal después de tantos días en el fuerte; creí que se quedaría de permiso como en otras ocasiones y he salido con mi madre al mercado. Cuando regresamos se había ido. Había recibido una orden de volver de forma urgente al castillo. Lezo tiene a todos sus hombres en alerta y en guardia. Ha pedido a mi padre que toda la familia salga de la ciudad; que nos vayamos al interior, a Mompox o a Bogotá, pero mi padre está muy mayor; demasiado torpe para un viaje tan largo. Aunque no ha dicho nada, ni mi madre ni él tienen pensado moverse de aquí. Me han pedido que me vaya yo, que me reúna con mi hermana en Mompox. Pero lo que está claro -dijo levantándose- es que no me iré sin ellos y sin usted. Diego me ha pedido que la cuide.

Carina se echó a reír.

–¿Que me cuide? ¡Si es más joven que yo!- le contestó.

–¡Ya! Pero conozco mucho mejor esta ciudad, tengo más contactos, en fin, Diego cree que me necesitará. Respecto a la carta de Diego, sin querer ser chismosa, supongo que también la pone a usted en antecedentes y le ruega que se marche, por eso se la he traído enseguida; por si tiene que tomar decisiones importantes con escaso tiempo.

–Efectivamente, me pide que me vaya, pero no puedo. No creo que pueda. Mi tía aún no se ha recuperado de la enfermedad pulmonar... tuvo una recaída hace un mes y lo ha pasado muy mal. Ahora está mejorando pero no está en condiciones de aguantar un viaje a Mompox; y de Perla ¿qué decir? -dijo encogiéndose de hombros- el embarazo ha sido un infierno; estamos todos esperando que el parto sea cuanto antes y rezando para que todo venga bien; poniéndole velas a la Virgen. Todo se ha complicado y el doctor teme por la vida tanto de ella como del niño. No puede viajar, no hasta que no dé a luz y se recupere. Si hay un ataque a Cartagena tendremos que resistir aquí como tantos otros.

–Comprendo -dijo nerviosa Olalla- la entiendo muy bien, pero a Diego no le gustará nada oír eso. Esta mañana lo he visto muy sofocado. Cuando sepa que ni su familia ni usted tienen en consideración su consejo de abandonar Cartagena se pondrá furioso.

–Ya me imagino. ¿Sabe usted si sigue en San Luis? ¿Podría visitarlo allí, acercarme aunque sólo fuera para hablar con él unos minutos?

–Sigue allí, pero dudo que la dejen acercarse hasta él. La zona es inaccesible para personal no militar. ¡Ni siquiera mi padre pudo verlo la semana pasada! Usted no siendo su esposa no podrá verlo. No lo creo, aunque siempre se puede intentar -dijo mirándola.

–Gracias, lo intentaré -dijo Carina levantándose. En ese momento su invitada recogía los guantes, la fina mantilla y el bolsito, y se preparaba para salir. Volviéndose le dijo.

–Por favor, si cambia de opinión hágamelo saber. Se lo agradecería muchísimo y Diego también.

–No se preocupe. Estará informada de todos mis movimientos. Diego sabrá en todo momento dónde estoy y con quién.

Olalla de Veranz inclinó la cabeza en un gesto de agradecimiento y se marchó. Carina regresó a su cuarto y durante un buen rato dejó que Pipa le cepillara el pelo. Luego echó un vistazo desde su ventana al lugar donde los heridos dormían antes de acostarse. Tío Jacinto andorreaba con el candil por el patio dando de beber a uno de ellos y recogiendo la palangana con las sanguijuelas de otro. Serían cerca de las diez cuando Carina se acostó.

Apoyada en la almohada releyó la carta y tuvo las mismas sensaciones negativas. La dobló. Sopló la vela de la palmatoria de su mesilla y se deslizó entre las sábanas. Agotada pero sin poder conciliar el sueño se preguntó qué sabría Diego de Courdec; por qué estaría tan seguro de que no regresaría. ¿Lo habrían detenido? ¿Sabría dónde estaba? ¡Diego!, ¡Dios, cómo lo echaba de menos! Tenía tantas ganas de verlo, de abrazarlo, de besarlo, recordó la última vez que estuvieron juntos hacía ya quince días; desde entonces no se habían visto aunque mantenían el contacto mediante escritos y recados, pero no era igual. Reconoció que tenía razón al pedirles que se fueran pero ella no podría hacerlo; era demasiado arriesgado. Además, el ataque podría ser otra falsa alarma como el del año anterior. Por supuesto cabía la posibilidad de que esta vez fuera la definitiva; ese caso tendría que ver qué hacían. Sintió que el corazón se le encogía, tendría que advertir a Lucía aunque mucho se temía que tampoco abandonaría Cartagena dejando a su hermano y a De Rieux. ¡Qué angustia! Con lágrimas en los ojos se removió inquieta en el colchón. Intentó tranquilizarse, pensar en cosas agradables, no seguir con aquellos negros pensamientos; respiró profundamente; poco a poco recuperó la tranquilidad y finalmente se durmió.

Cartagena de Indias. 13 de marzo de 1741

La catedral estaba abarrotada aunque eran las dos de la madrugada. Las mujeres De Ulloa no se acostumbraban a aquellas horas intempestivas que utilizaban en las colonias para orar; pensaban que a pesar del calor, el día era mejor. Doña Constanza acompañaba a Carina en el banco; al otro lado estaban Lucía Gálvez, su sobrino y el Capitán De Rieux que ya oficiaba de prometido de la joven. Ramón Gálvez le había permitido cortejar a su hermana. No es que hubiera dado saltos de felicidad porque entre ambos no reinaba una gran simpatía -se interponía la amistad de De Rieux con Diego, al que Gálvez había considerado un adversario- y nunca habían hecho buenas migas. Aun así, los dos caballeros habían sido capaces de dejar a un lado sus diferencias para no perjudicar a Lucía y dañar su felicidad. Desplegando el abanico, Carina se movió inquieta; era incapaz de atender el sermón del Obispo don Miguel Benavides.

–¡Estás en las nubes! -le dijo su tía con una mirada de reprobación al comprobar que ni seguía el credo en latín, ni hacía la señal de la cruz-. ¿En qué piensas? Deja ya de mirar para un lado y otro; olvídate de ese joven un momento y estate en lo que estamos.

–Lo lamento tía- contestó Carina, pero siguió husmeando entre la multitud, comprobando si Diego había llegado a la catedral.

Los accesos estaban colapsados de carruajes y podría haberle surgido cualquier contingencia de última hora que le hubiese impedido acudir a su cita -lo excusó-. De Rieux le había sido de poca ayuda; hacía días que no lo veía. En Bocachica estaban todos en alerta hacía semanas. Esta vez, tanto Lezo como Eslava eran conscientes del peligro inminente que se cernía sobre ellos; el fuerte de San José y el castillo de San Luis -los dos baluartes defensivos de primera línea de fuego- habían extremado las medidas de seguridad y sus tropas habían sido acuarteladas.

El temor a que los ingleses sitiaran la ciudad flotaba en el ambiente. Los cartageneros estaban nerviosos y aquella misa y las que el día siguiente celebrarían por toda la ciudad así lo confirmaban. Se cumplía un año del primer ataque de Vernon y cuarenta del de Pointis que a punto estuvo de destruir la ciudad en el siglo anterior. Ante tan malos presagios, los hechiceros indios llevaban días haciendo conjuros y los curas convocando manifestaciones religiosas; procesiones con antorchas por la ciudad; peregrinajes con cánticos hasta la Popa y rezos a los pies de las murallas. Carina apretaba en su faltriquera el rosario de su madre y el amuleto del ángel rojo que le había dado el hechicero de Mompox. Extrañamente ambos objetos la daban seguridad.

–¡Dios nos dará fuerzas para defender nuestros hogares; para defender nuestra fe ante esos infieles ingleses, hijos de Satanás! -seguía profiriendo a voces el Obispo cuyo sermón estaba siendo más largo que nunca. La misa duraba ya más de dos horas; el calor en el interior era sofocante; la dama que Carina tenía delante no paraba de chismorrear y abanicarse; detrás, unas niñas jugaban a escondidas. Los monaguillos sacaron los cálices y el Obispo se situó delante del altar.

–¡Por Dios! -terminó suplicando inquieta Carina- ¿Es que no va a terminar nunca este hombre?

–*¡Chissst!*- le replicaron instantáneamente doña Constanza y Lucía.

En ese momento las palabras del Obispo pidiendo protección a la Virgen retumbaban por las naves catedralicias mientras el órgano interpretaba un te deum. El coro cantaba y las largas filas para tomar la comunión de la hostia consagrada avanzaban por el pasillo central. Carina deseaba poder salir; acabar con aquello; comprobar si Diego estaba afuera. Armándose de paciencia esperó un rato más a que terminara el oficio religioso; entonces los asistentes comenzaron a desfilar hacia el exterior. En el cielo no se veía ni una sola estrella; estaba pesado y plomizo; amenazaba tormenta igual que su corazón. En el caos que se produjo afuera no divisó al Capitán De Veranz y supuso que algo lo habría retenido en San Luis. Maldijo por lo bajo mientras ayudaba a su tía a bajar la escalinata principal.

–¡Cielos, qué mal están estas escaleras!- comentó en ese momento doña Constanza - Llama a Juanín y que el cochero nos recoja en aquella esquina. No deseo andar más -dijo la vieja dama. Estoy agotada.

Pronto las dos mujeres, tras despedirse de sus amistades, subieron al carruaje.

–Me inquieta haber dejado sola a Perla. Esa muchacha puede ponerse de parto en cualquier momento. Sale de cuentas en tres días.

–No me lo recuerde, rece para que cuando lleguemos esté bien- contestó su sobrina.

El coche traqueteó por las calles mientras a un lado y otro de las aceras había grupos de gente hablando procedentes de la catedral o del resto de iglesias donde esos días había rogativas. Media hora más tarde llegaban a casa. El portalón trasero se abrió para dejarlas pasar y mientras doña Constanza subía deprisa a comprobar si Perla seguía bien -así se lo aseguró Yarko, que seguía despierto esperándolas- Carina se dirigió a las cocinas.

–Pipa -le pidió a su doncella que la esperaba con la cocinera de charla en el cuarto de abajo- prepárame una infusión de melisa. Veremos si puedo dormir -dijo de mal genio.

Deprisa subió a la planta superior; comprobó que Perla descansaba tranquila y escuchó cómo su tía se retiraba a sus aposentos; entró en su cuarto, como si las finas chinelas de seda le pesaran como piedras en los pies, y cerró la puerta bruscamente; encendió la vela del tocador y maldijo su mala suerte.

–*¡Ahhhhh!*- sofocó un grito de repente, asustada, girándose al sentir que alguien se le acercaba en la oscuridad. ¡Dios!, ¡eres tú!- dijo llorando, abrazándose al cuerpo esbelto y fuerte que la rodeó con sus brazos- ¿Qué haces aquí a escondidas? ¡Me has dado un susto de muerte!- balbuceó limpiándose las lágrimas que la habían desbordado.

–He salido muy tarde del fuerte y he preferido venir aquí directamente -contestó el hombre besándola; despejándole la cara; desabrochándole los botones de perlas de la espalda de su vestido de tafetán gris-. Hubiera sido difícil entrar a la catedral a esas horas y además, ¡si yo lo único que quiero es verte!

–No seas bobo -dijo empujándole con cariño hacia la cama. ¡Podías haberme avisado, he estado muy nerviosa buscándote entre la multitud!

–¡Sí! ¡Qué emocionante! Así será más bonito el encuentro ¿no crees? -continuó bajándole las mangas de la camisola interior; acariciando el inicio de sus senos; chupando el lóbulo de su oreja- Sabes, no tenemos mucho tiempo, tengo que volver a San Luis antes del amanecer.

–¡Apenas quedan cinco horas para que amanezca! -dijo protestando-¿No puedes quedarte un poquito más?

–No; es imposible.

–¡Pero es injusto! De Rieux lleva toda la tarde con Lucía y tú acabas de llegar.

–Ya. Supongo que se te olvida que Lucía es ahora su prometida oficial y que esta mañana han dado permiso a los oficiales para que visitaran a sus familias, novias y esposas. Hasta ahora, lamentablemente, no dan permisos para visitar a las amantes. ¿Olvidas que soy un hombre soltero y sin compromiso y tú una mujer casada, al menos aparentemente, con otro? Esta mañana yo también pedí un permiso como De Rieux pero me lo denegaron. Contestación de *Patapalo*: -dijo poniéndose serio, imitando al general- *"¿Dónde diablos tiene que ir usted? ¿Dónde se lo necesitará más que aquí?"*. Así es que -dijo encogiéndose de hombros- no he podido salir antes. Te vale eso de explicación- terminó mosqueado.

–Vale. ¡Cállate ya! No me hagas sentir culpable.

–Sabes -dijo desvistiéndola entre besos y caricias- que hubiera hecho cualquier cosa por verte antes si hubiera podido, pero ni puedo presentarme a tu lado en la iglesia, ni solicitar oficialmente un permiso para verte. ¡Claro que siempre podría inventarme que tengo otra novia y así salir!

–¡Ni se te ocurra! -le dijo ella apasionadamente, metiendo los dedos entre su pelo sedoso, deshaciendo el lazo de raso negro, soltando su coleta y el nudo de su corbata; desabrochándole la chaqueta azul marino del uniforme.

Durante horas los dos se amaron, se arrullaron, se acariciaron. Carina intentaba no escuchar las campanadas del reloj del vestidor ni las de la iglesia cercana que resonaban en su cabeza como si fueran puñaladas anunciando el momento en que él volvería a irse. Las seis dieron pronto. En la cama revuelta, con el cabello caoba desparramado sobre las sábanas, se veía preciosa. Diego sintió pena al tener que dejarla; se vistió deprisa, en silencio, sin querer ver sus ojos llorosos o escuchar sus súplicas.

–Volveré en cuanto pueda y espero que para entonces hayas podido averiguar algo más sobre el matrimonio con Courdec, debemos anularlo. ¿De acuerdo?

–Sí, ¿has visto a Courdec? ¿Sabes algo de él? Desapareció en enero y no hemos vuelto a saber de él. ¿Crees que pueda estar muerto? ¡Dime!

–¿Yo? -preguntó-¿Cómo voy a saber yo dónde anda ese malnacido? No, no lo sé, pero seguro que no estará haciendo nada bueno.

-contestó sin querer mirarla a la cara. Carina era lista, no le pasaría desapercibido su gesto de contrariedad.

Carina continuó tumbada mirando con pasión al hombre que se vestía a toda prisa, se colocaba las medias, los zapatos negros con grandes hebillas, el pantalón, la chaqueta azul con botonadura dorada y la camisa; se ató el lazo y se colocó el bicornio negro con ribetes dorados mirándose en el espejo.

Durante unos minutos siguió absorto en sus pensamientos. Hablar de Courdec lo ponía de mal humor. No le había mentido a Carina al decirle que desconocía su paradero y no sería porque no lo hubiese buscado como un sabueso por toda Cartagena. Desde que sus hombres fallaran un intento de apresarlo, no había vuelto a saber de él. Sabía que había resultado herido de gravedad porque llevaba un espadazo en un costado, cerca del vientre, pero poco más. Había desaparecido; se lo había tragado la tierra y eso sólo podía suponer o que había caído muerto en cualquier sitio, o que tenía mejores contactos en Cartagena de los que él le había atribuido. Había ordenado vigilar las salidas de la ciudad; las proximidades a los manglares; las ciénagas por donde podría intentar huir. ¡Pero nada! ¡Ni rastro de él, ni vivo ni muerto! Se preguntaba dónde diablos estaría y con quién. Mantendría la vigilancia, la búsqueda; controlaría a otros hombres de su entorno; esperaba tener suerte y encontrarlo como fuera.

–Me tengo que ir, te quiero -dijo dándole un romántico beso- Cuídate; si puedo vendré a verte en unos días. Avísame a través de Olalla o de De Rieux si cambias de opinión y decides marcharte a Mompox. Es lo que deberías hacer, pero no te insistiré más. Entiendo tus razones pero escúchame -dijo abrazándola - ...si no puedes llegar tan lejos, intenta al menos llegar a Túrbaco. Prométeme que lo harás si fuera necesario.

–Te lo prometo y tú prométeme que no te pondrás en peligro tontamente. Cuídate -Diego sonrió y cerró los ojos con preocupación. La miró con ansiedad antes de salir, era algo que necesitaba hacer cada vez que se despedía de ella; cómo si cada vez fuera a ser la última. La amenaza de ataque era tan agobiante en esa ocasión y el lugar donde estaba destinado tan peligroso, que presentía que si el ataque británico se producía de verdad, él no viviría para contarlo-.

Me tengo que ir -dijo finalmente desechando tan negros pensamientos-. Tengo que estar en el puerto para poder regresar a San Luis.

–Te amo- le dijo Carina abrazada a él, sin soltarse.

–Y yo a ti, recuerda que siempre lo haré -dijo soltándose de ella, desprendiéndose de sus brazos.

Carina sintió como la puerta se cerraba y Diego se iba. Con el corazón en vilo, pero agotada, se quedó profundamente dormida.

–*¡Toloooon, tolooon!*- escuchó de repente sonar las campanas no de una iglesia, sino de varias, repicando sin parar. Sobresaltada, se incorporó a la cama. ¿Es que no iban a dejarla dormir? Con los ojos pegados de sueño vio que una intensa luz grisácea y plomiza se colaba por las ventanas; debían haber pasado horas desde que se durmiera, desde que Diego se marchase. Ya era avanzada la mañana.

–¡Señoritaaa, señoritaaaa!- entró en ese momento como una loca Pipa en la alcoba-. Señorita los ingleses son muchos, dicen que son muchos, nos están rodeando.

Carina se levantó cubriéndose avergonzada con una sábana, pues aún seguía desnuda de la noche de amor, y recogiéndose el pelo se asomó a la calle. Había gente corriendo por las acercas; grupos de exaltados pregonando que el ataque había comenzado. Sintió que el corazón se le paraba. ¡Diego, Diego! ¿Estaría en peligro? No podía pensar en otra cosa más que en él. Sabía que el resto de su gente estaba en la casa, a cubierto y a salvo. ¿Pero y él?

–Rápido Pipa, tráeme la palangana para lavarme y la ropa.

–¡Carina, levántate! - entró en ese momento gritando su tía- nos atacan. Hay navíos ingleses frente a Bocachica, quieren entrar a la bahía; si lo logran, los tendremos aquí en un periquete.

–*¡Toc, toc, toc!*- llamaron insistentemente abajo al mismo tiempo.

Asomada a la ventana, doña Constanza comprobó que era Lucía con el niño de la mano que llegaba corriendo y nerviosa. Bajó y abrazada a la señorita Gálvez que lloraba histérica, la tranquilizó mientras ordenaba a la cocinera que preparase caldo caliente para que desayunaran las visitas. Carina bajó detrás, trastabillando por el corredor, una vez terminó de adecentarse. El cielo seguía igual de gris que la noche anterior y amenazaba lluvia. Menos mal que corría una ligera brisa que hacía más soportable el calor húmedo del trópico.

–Juanín, ¡Tráeme el catalejo! ¡El que estaba en la habitación de mi padre! -ordenó al sirviente, mientras saludaba a Lucía y abrazaba al pequeñín con verdadero cariño.

–La gente está como loca -contaba en ese momento la señorita Gálvez-. ¡Dios, Carina! ¿qué vamos a hacer? Tanto Gerardo, como mi hermano y el Capitán De Veranz están en el peor sitio posible -dijo con la voz en un susurro.

–Señora- dijo Juanín entregándole a Carina el catalejo-. El mejor sitio para observar es la casa de don Agustín, el vecino, pero también puede subir allí -dijo indicándoles el lugar donde se recogían aguas de lluvia para el aljibe; una especie de terraza en el tejado; un lugar resbaladizo y peligroso-. Por cierto que acaba de llegar Silverio y dice que los navíos que estaban anclados en el muelle aún siguen allí. Hay un gran revuelo en el puerto.

–*¡Roooommmmm, roooommmmmm!*- sonó con estrépito; retumbando los cristales de la casa.

–Son cañones -gritó pálido Juanín mientras escuchaban los gritos de los sirvientes en las cocinas, los llantos, el miedo-, todos salieron despavoridos al patio donde estaba Carina.

Las mujeres corrieron a abrir las ventanas de par en par y a asomarse fuera. Ríos de gente, de todas las razas y colores, corrían en dirección al muelle. Los disparos continuaron un rato, distinguiéndose por su fuerza el lugar de dónde procedían: algunos de San Felipe de Barajas, otros de la Boquilla, la mayoría de los fuertes de San José y Abanicos que disparaban sin parar. En Punta Icacos unas millas mar adentro, se concentraban las naves enemigas. Carina trepó con agilidad por la escalera del servicio y catalejo en mano miró atentamente al mar, en dirección a Bocachica, sin ver nada debido a la gran distancia. Cambiando el enfoque apreció movimiento en la bahía de las Ánimas. La gente parecía correr como pollo sin cabeza de acá para allá. A lo lejos, como pequeños puntitos divisó barcos moviéndose pero no supo si eran los propios o los enemigos.

–Silverio, tú que vienes del muelle, ¿está confirmado que sean barcos enemigos, ingleses?

–Sí, han aparecido hace dos horas; primero uno, luego otro. Ahora hay unos seis o siete pero todo el mundo dice que seguro que a lo largo del día habrá muchos más. Se han dado una vuelta para mostrar su poderío, ¡llevan por lo menos ochenta cañones! Han aparecido por Punta Canoa a las nueve y se dirigen a Bocachica. Cuando venía, los vigías estaban ya dando la orden de cerrar las murallas; ha sido cuando han comenzado a disparar desde el Boquerón -dijo refiriéndose a uno de los baluartes más próximos a la ciudad.

–Entiendo, prepáranos el carruaje. ¿Lucía, vienes? voy a acercarme al puerto.

–Sí voy contigo- contestó la muchacha, más pálida de lo habitual, recogiendo su manto.

–Vayan ustedes dos y luego me cuentan -dijo la tía sofocada- yo me quedaré aquí con el niño y Perla. Tomasa -preguntó volviéndose hacia la cocinera-... ¿Has avisado ya a la partera? Quiero que se acerque a echar un vistazo a Perla, esos dolores que esta noche decía sentir deben ser contracciones. Puede estar empezando el parto, ¡menudo momento! ¡Qué oportuna es la *jodía*! -dijo la tía mientras ordenaba a Siseli y a Michaela que arreglasen los ramos de flores que habían colocado en el altarcito de la casa y colocaran más velones.

Carina y Lucía llegaron pronto al muelle aunque estaba complicado el trasiego por las calles.

–*¡Todosss a sus puestosss!* - escuchó gritar a un oficial.

La gente corría por las avenidas sin respetar el espacio para la calzada. El mercado efectivamente no había abierto sus puestos y el gentío se concentraba cerca de los navíos que aún no habían salido. Carina corrió como alma que lleva el diablo hacia allá. No sabía dónde estaría Diego. A empujones, discutiendo con otras mujeres situadas en primera fila, arrastró de la mano a Lucía y logró llegar al punto desde donde se divisaba una poderosa fragata de guerra anclada junto a *La Galicia*, la nave capitana. Catalejo en mano contempló a lo lejos a la figura coja y manca que daba órdenes mientras recibía la visita del Obispo: era don Blas de Lezo. Había marineros subiendo y bajando, contramaestres dando órdenes, grumetes levando anclas, las velas ondeaban; el ruido era ensordecedor. Tambores de guerra sonaban; se escuchaban cañonazos a lo lejos; señales desde los fuertes advirtiendo del peligro de ataque inminente. Al estruendo bélico se añadían las campanas de los conventos, iglesias y parroquias que repicaban sin cesar. Soldados de infantería corrían en formación de un lado para otro; las banderas ondeaban a todo trapo; el sonido de los llantos y las lamentaciones de madres, esposas y novias era continuo. Una sensación de histeria colectiva parecía haberse adueñado de la ciudad... Carina hubiese deseado gritar a todo pulmón, taparse los oídos, cerrar los ojos y pensar que aquello era una pesadilla... pero no... Era la guerra y Diego seguía sin aparecer.

–Algunos se están marchando ya- escuchó decir detrás a una vieja; la mujer se refería a que ya había cartageneros que habían cogido sus carros, los habían cargado con todo lo valioso y se disponían a salir camino de Túrbaco o Mompox. En unas horas los caminos estarían colapsados. Carina supo que no podría irse, no con Perla en ese estado; no con su tía aún enferma; no con Lucía y el niño y todas con el alma en vilo esperando noticias de sus hombres. Tendría que quedarse. Con los ojos llenos de lágrimas, andando como una autómata entre el gentío, mirando como loca con su catalejo en mano cada uno de los navíos fondeados que se preparaban para partir; recorrió un buen trecho de muelle.

Desesperada ya, viendo el final y sin encontrar a Diego, divisó a Olalla de Veranz con su madre hablando con alguien; el corazón le dio un pálpito; supuso que sería con Diego y corrió hasta allí. Sin disimular, sin preocuparse de los chismorreos que su actitud provocaría, incluso tal vez el enfado de doña Celia... llamó a Diego a gritos. Éste, mortalmente serio, la saludó con un gesto indescifrable. Durante minutos siguió allí parado, mirándola fijamente mientras el viento le revolvía el pelo y unos marinos se movían frenéticamente a su alrededor. Carina no podía retirar sus ojos de él hasta que alguien se interpuso en medio de los dos: eran grumetes colocando las pasarelas para que los curas que habían bendecido los barcos y cañones pudieran bajar a tierra antes de que se diera la orden de partir. El navío comenzó a moverse.

–¡¡Noooooooo!!!- gritó abalanzándose hacia delante. Lucía la sujetó temerosa de que su amiga terminara cayéndose al agua.

Un grito sofocado de terror se le escapó a Carina cuando vio cómo se levantaban las poternas de los cañones y en fila india, uno detrás de otro, todos los navíos se dirigían a defender Bocachica. Guardó el catalejo; prefería no seguir mirando; no podía ver cómo se marchaba, tal vez camino de la muerte, su amor. Se conformó con ver difuminado a Diego que minuto a minuto se convertía en un punto desenfocado en el horizonte; los grandiosos navíos iban dejando una estela de espuma tras ellos, los coloridos gallardetes se movían agitados por la brisa y el horizonte iba llenándose de palos y velámenes enemigos.

El viento, que había aumentado considerablemente, arrastraba hasta la ciudad el sonido de las gaitas y los tambores británicos que aglutinaban ya a esa hora más de un centenar de barcos frente a San Luis. Al encuentro de esa magnífica escuadra, jamás vista, iban sólo seis grandes navíos españoles, los seis que estaban en Cartagena en esos momentos: el San Carlos, el África, el San Felipe, La Galicia, el Dragón, el Conquistador... todos enfilaron camino de la batalla. El temido momento había llegado finalmente. Lezo ordenó la estrategia a seguir mientras enviaba recado a Eslava de que ordenara a Torres permanecer en Santa Marta hasta que recibiera órdenes suyas. En el puerto la muchedumbre apesadumbrada se marchó.

Capítulo XXIX

El día amaneció tranquilo en comparación con la noche anterior.

–¡Hay que joderse! -comentó en voz baja Diego riéndose de las ironías del destino mientras oteaba el horizonte desde la popa de la nave capitana. La Galicia permanecía anclada en Bocachica en posición de ataque. Las gruesas cadenas entre los dos fuertes situados en sus extremos, San Luis y San José, eran tensadas por gigantescas poleas que hacían girar grupos de marinos; se escuchaba con nitidez el rechinar metálico de los cables y el respirar agitado de los hombres. Sumergidas bajo el agua, romperían la quilla a cualquier barco que se quisiera adentrar en la bahía.

Hacía escasos minutos que había amanecido pero ya había un intenso movimiento en cubierta. Guardiamarinas, aprendices, grumetes, soldados, artilleros, todos corrían de un lado a otro; hacía más de media hora que habían sonado las campanas que obligaban a los hombres a saltar del catre e incorporarse a sus puestos, aunque era dudoso que esa noche alguien hubiera pegado ojo. En el horizonte empezaban a apreciarse los primeros rayos de luz... y con ellos, algo más.

–¡¿Señor ha visto?! -gritó excitado un joven guardiamarina que en ese momento le acercaba las órdenes del general. -¡Ha visto bien!, ¿los ha contado? *Manteca*, *el Chino* y yo decimos que hay cien. Nos hemos jugado una ronda con el *Panza*, que dice que no, que exageramos; que somos unos *cagaos*, el *Panza* ve menos que un ciego -comentó divertido el muchacho.

Para muchos de aquellos jóvenes la situación, lejos de ser inquietante, prometía emocionantes aventuras. Con quince años todos soñaban con ser héroes y la guerra era el camino más rápido. Diego cerró pensativo el catalejo sin poder dejar de mirar boquiabierto el bosque de velámenes y palos enemigos al otro lado de las cadenas, unas dos leguas mar adentro. Durante el día anterior habían ido concentrándose navíos, bergantines y balandros enemigos y ahora superaban con toda seguridad el centenar. A esas horas la neblina y la bruma aún ocultaban el grueso de la expedición, pero con la creciente luz se adivinaba que era considerable.

La Galicia se mecía lentamente sobre sus cuadernas mientras las gaviotas chillaban despavoridas como si presintiesen el peligro. A grandes zancadas se dirigió a la bodega donde se guardaban las cajas de munición, los toneles con agua potable, las mechas y parte de la pólvora.

–¿Dónde está el resto? - preguntaba en ese instante un oficial al contramaestre.

–En la *santabárbara*- contestó el otro; refiriéndose a unas dependencias situadas bajo la línea de flotación, en la popa.

–¡Tengan cuidado no se moje la pólvora! ¡Llévenlo más al centro, no tan cerca de la sentina! -ordenó.

No eran muchos en el barco, apenas un centenar de hombres, y entre los presentes algunos que no debieran estar allí. Así lo entendían unos oficiales que miraban de soslayo a Diego. Éste debería estar en San Luis pero Lezo le había ordenado la tarde anterior que se quedara; tal decisión había obligado a desalojar al teniente Salmerón de su camarote, lo que provocó recelos y mal ambiente. Diego deseaba que *Patapalo* le diera una explicación y le aclarara dónde estaría destinado en la batalla que se avecinaba. En aquel navío en el que nunca había navegado se sentía desplazado y fuera de lugar.

Tras abandonar las bodegas el oficial subió a primera cubierta y revisó los cañones mientras Diego, situado al lado, escuchaba el resonar de la pata de palo de Lezo acercándose en dirección al comedor. Allí, junto a un gran mapa desplegado y un café bien cargado, estaba el comandante en jefe. Tenía mala cara, seguramente no habría dormido en toda la noche. No era para menos; las cosas se estaban poniendo feas, ni en sus peores pesadillas habían imaginado que la flota enemiga pudiera ser tan poderosa. Al menos -se dijo- contaban con *un plan* y con Torres. Eso al menos había repetido sin cesar el Virrey para calmar la irritación de Lezo; éste, contrariado, exponía unas teorías que Eslava no compartía.

–No señor, no voy a darle más hombres para defender San Luis. Ya tiene *vuecencia* demasiados. Hay otros fuertes y se necesitan especialmente en la Boquilla. Ya sabe lo que dicen nuestros informes; los informes que sus... -y recalcó bien el termino- ...sus agentes nos han hecho llegar. Vernon quiere atacar por allí, por la retaguardia, y desembarcar en las ciénagas para llegar a la Popa; desde allí bombardeará Cartagena. Destinará algunos barcos a distraernos a Bocachica, pero será una trampa. Su objetivo no es la bahía como *vuecencia* insiste. Puede que los ingleses sean estúpidos pero no tanto como para intentar entrar por una zona inaccesible.

–Ninguna zona es inaccesible, sólo más o menos difícil, y Vernon sabe que será muy complicado rendir San Luis y San José, pero que si lo logra, habrá conseguido Cartagena. Sé lo que dicen esos malditos informes pero no les creo. Vernon atacará por Bocachica y nos distraerá por la Boquilla, es lo que haría yo -se interrumpió momentáneamente para secarse con un fino pañuelo el sudor de la frente que le caía a gotas-. De todas formas hay algo claro: con cien hombres en San Luis y otros tantos en San José no podremos defender esa entrada que es vital. ¡¿Acaso es usted idiota?! -gritó perdiendo la paciencia.

–¡Es intolerable! ¿Olvida con quién está hablando? ¡Qué falta de respeto! No se lo consiento. Soy el Virrey, la máxima autoridad aquí y las cosas se harán como yo diga, y yo digo que se harán así -dijo moviendo con la mano las piezas de madera que había sobre el mapa desplegado en la sala del consejo de guerra-. Dejaremos aquí unos pocos efectivos y el resto los llevaremos detrás a segunda línea, a los fuertes de Santa Cruz…

–Perdóneme Excelencia, pero no tiene ni puta idea -dijo el otro perdidos totalmente los modales- y su plan nos llevará a la ruina. ¿Para qué cojones queremos mil hombres defendiendo la segunda línea de fuego si dejamos que nos rompan la primera, que desembarquen, que accedan al cerro de la Popa y se apoderen de nuestros principales fuertes? Si eso sucede -dijo señalándolo amenazadoramente- será *vuecencia* el único responsable.

–¡Váyase al infierno!- contestó el Virrey en tono despectivo, con un gesto airado.

Así terminó la entrevista entre ambos el día anterior y el actual no prometía mejoras. Es más, Eslava ordenaba a Lezo que se acercara al castillo de San Felipe de Barajas para terminar de concretar las operaciones del día y Lezo se negaba en redondo a acudir: no iría hasta que llegara Torres. Esperaba que eso sucediera pronto. Lo primero que tendrían que determinar -le había comentando a Diego- era la jerarquía de la operación; quién mandaba. ¿Las órdenes de Madrid que Torres había llevado no decían que él era el encargado de la defensa de la ciudad? ¡Pues entonces que Eslava se fuera a freír espárragos!

–*Toc, toc* -llamó el guardarmarina de nuevo a la puerta del camarote de Lezo abierta de par en par.

–¿Qué diablos quiere? -contestó el comandante de malos modos.

–Señor, su Excelencia el Virrey insiste. Dice que si no se presenta usted en san Felipe le formará consejo de guerra, lo hará colgar del palo mayor.

–¿Del palo mayor? ¿Del palo mayor?... ¡Ja! ¡No ha nacido aún el que pueda a mi colgarme del palo mayor! -contestó sofocado mientras resonaba con fuerza su pata sobre la tarima de madera del suelo. En ese instante salía Diego cuando Lezo lo llamó-. ¡Capitán De Veranz! prepare un bote, me acompañará a tierra, veremos qué quiere ese estúpido -dijo refiriéndose al Virrey.

Minutos después ambos salían al exterior donde se entretuvieron con los hombres que en esos momentos apagaban los infernillos en los que habían cocinado sus raciones de desayuno; otros transportaban la munición junto a los cañones y dos oficiales de guardia paseaban por el alcázar. Había una tranquilidad falsa e irrespirable en el ambiente; una calma chicha, en cualquier momento podrían comenzar los bombardeos y sin embargo parecía un día normal. El bote de remos avanzó deprisa en el remanso de la bahía y poco después ambos llegaban a su destino. Dos soldados se cuadraron ante Lezo que a duras penas consiguió salir del pequeño bote arrastrando su cojera y sujetándose a su brazo tullido; sin querer recibir ayuda alguna.

–¡Cierre la puerta! Tenemos que hablar... -empezó diciendo Eslava sin mirarlo a la cara una vez entró en su despacho- Tenemos un problema, bueno, varios.

–¿No lo había notado? ¿Cuándo se dio cuenta su Excelencia? -preguntó irónicamente el otro.

–No se ría, la cosa no tiene gracia.

–¡Suéltelo!, lo que tenga que decir, suéltelo, después ya haré yo lo que crea oportuno.

–No le permito una insurrección. Aquí, y lo sabe usted bien, yo soy la máxima autoridad.

–No en caso de guerra -lo corrigió el otro- y en eso estamos en guerra: g, u, e, r, r, a. ¿Entiende?

–Torres no está y no se lo espera -terminó diciendo Eslava, cortando el toma y daca de ataques mutuos y centrándose en el nuevo problema-. Abandonó hace tres días Santa Marta, estaba desabasteciendo la ciudad y se marchó a La Habana. Nadie esperaba tal despliegue de fuerzas enemigas -lo excusó.

–¡Diga más bien que *vuecencia* y ese imbécil redomado de Torres no esperaban este despliegue de fuerzas enemigas, yo sí! -contestó frenético Lezo- y además, tal y como se está produciendo. Vernon es un viejo conocido; sé cómo piensa mucho mejor que usted; sabía que vendría bien preparado esta vez, por eso repito que intentará entrar por la bahía cueste lo que cueste. Es tozudo. No parará hasta lograrlo.

–Bueno, bueno, de todas formas tendremos que hacerle frente en clara desventaja con lo poco que tenemos -dijo el otro haciendo oídos sordos a las críticas de Lezo-. Esta mañana hemos recibido la última información confidencial.

–¿Dónde está? -le quitó la palabra.

–¿Quién? -preguntó el Virrey mirando a su interlocutor indignado por su falta de respeto.

–¿Dónde está el agente o los agentes con los que han hablado esta mañana? ¡Quiero verlos! ¡Exijo verlos! -gritó- No puedo planear la defensa sin saber qué han visto ahí fuera.

–Está bien -dijo el otro en tono hastiado-. ¡Cabo! -llamó al hombre que vigilaba la puerta-. Que vengan Solís y Pedralves -indicó, haciéndoles un gesto elegante con la mano de la que colgaba un pañuelo.

Instantes después, y en una sala cargada de tensión, entraban dos hombres maduros, uno de ellos mulato. No eran militares; uno tenía aspecto de pescador y el otro, más elegante, de comerciante. Lezo cerró la puerta de un golpazo y les ordenó sentarse. Sin darles tiempo a presentarse, comenzó una batida de preguntas: de dónde venían, qué habían visto, en qué zona había mayor concentración de naves.

–Nosotros desde aquí no tenemos perspectiva, hablen -les ordenó.

Con las informaciones complementarias de los dos hombres el comandante se hizo una composición de lugar; habría cerca de doscientas embarcaciones, una buena parte de ellas navíos de guerra, los multiplicaban por ocho en efectivos y tenían vigilada toda la costa en muchas leguas... tantas como para hacer inviable enviar un correo a Torres a Cuba. Cuando éste conociese el ataque y el sitio a Cartagena, sería tarde; seguramente habrían tenido que rendir ya la ciudad ¡Maldita fuera!

–Pueden marcharse- les dijo, indicándoles el camino con su mano tullida.

Desanimado, comprendió que tampoco podrían recibir los víveres y las armas procedentes de España. Esperaban dos balandros para esa semana pero evidentemente no llegarían a sus manos; sólo podían rezar para que no los capturase el enemigo y sumara más pertrechos, víveres y hombres a los muchos que ya tenía. Desalentado, con bolsas y profundas ojeras en los ojos y la peluca ladeada, Patapalo se levantó torpemente.

–Nos vamos, ¿está el bote esperándonos? -preguntó a Diego que en silencio lo esperaba a unos metros de distancia en la sala-. Regresamos a La Galicia y su Excelencia, -dijo mirando al Virrey sentando frente a él- puede irse al diablo. Desde este momento y ante su negligencia y la de Torres, yo, y exclusivamente yo me haré cargo de la defensa de la ciudad. No aceptaré ninguna intromisión. Cuídese de conspirar a mis espaldas. Antes lo encierro. Yo que usted, Excelencia no tentaría a la suerte.

Eslava lo amenazó igualmente con detenerlo si se atrevía a usurpar sus funciones como máxima autoridad en la villa.

–¡¡¡Aquí yo soy quien manda!!! -seguía repitiendo como un loco el virrey mientras los otros dos hombres abandonaban sus dependencias. Al fondo, Ramón Gálvez esperaba con los brazos llenos de cartuchos y mapas para reunirse con su jefe inmediato. Saludó con gesto serio a Diego, que a su vez inclinó la cabeza ante su ex adversario amoroso, y entró en el despacho.

Diego salió detrás de Lezo cabizbajo y apesadumbrado. ¿Cómo iban a hacer frente al enemigo en semejantes condiciones? Si encima de ser pocos estaban desunidos sería imposible contener a los ingleses.

–¡De Veranz! -le ordenó Lezo- acérquese a Cartagena. Ordene que el medio millar de hombres acuartelados en los baluartes urbanos sean movilizados y desplazados a Bocachicha ¡¡¡ya!!!, a San Luis y a San José. Que todos los enfermos leves y las milicias cívicas se desplacen a defender la Boquilla; hay que impedir que desembarquen allí como sea. Los mulatos de Getsemaní conocen bien la zona, tendrán que echar una mano: cavar más fosos, impedir que en caso de desembarco los ingleses puedan cruzar con su artillería por el caño del Ahorcado. En los baluartes de Mas y San Lázaro hay pólvora, hable con el responsable, hay que minar toda la zona que va desde el playón hasta San Felipe de Barajas. Si por un milagro los ingleses llegaran hasta allí, no vivirían para contarlo, ¿lo ha entendido bien Capitán?

–Sí, mi general- contestó el joven, cuadrándose ante su superior.

Durante días, los barcos enemigos concentrados en línea a lo largo de toda la costa se limitaron a intimidar dejándose ver; a mostrar su poderío pero sin disparar. Eslava empezaba a impacientarse y no paraba de enviar misivas a Lezo que éste se limitaba a leer y tirar a la papelera, sin dignarse siquiera a contestarle. No estaba para histerias, necesitaba toda la calma, toda la paciencia, sabía que el enemigo estaba tomando posiciones; evaluando sobre el terreno qué hacer a continuación, y él necesitaba ganar tiempo. Tenía claro por dónde atacaría Vernon pero necesitaba tiempo. Estaba desplazando hombres de un lado a otro, arrancándolos de los baluartes urbanos y llevándoselos a primera línea. Unos días después sonaron los primeros disparos. Lezo continuaba en La Galicia, Diego aún no había regresado a San Luis. Los ingleses se decidían a atacar. En pocas horas se desataría el infierno.

–¡Esa partera no! No tiene ni idea, me matará- gritaba histérica Niña Perla. -¡Qué venga Carina! ¿Dónde está?- lloraba mientras Yarko la sujetaba y doña Constanza intentaba serenarla.

El parto venía mal y la partera no le había gustado a la muchacha. La tía desesperada le suplicaba que se dejase ayudar mientras abajo en las cocinas Tomasa llorando, hervía trapos y preparaba todo para el alumbramiento.

–Carina vendrá ahora, en cuanto termine en el patio. Mientras hay que ir preparándolo todo y si esa mujer -dijo señalando a la partera que se mantenía alejada ante el rechazo de Perla- dice que hay que intentar darle la vuelta al niño con la mano, pues por difícil que sea, habrá que hacerlo. ¡Sé razonable!

–¡Que se vaya! ¡Que busquen a Tita Candela! Que vayan a Getsemaní.

–No hay tiempo, el niño viene ya- le dijo con paciencia Yarko, que en ese momento le acariciaba el cabello y le limpiaba el sudor de la frente con un pañuelo.

Doña Constanza, harta, mandó a Juanín a Getsemaní a buscar a la tal Tita Candela mientras le suplicaba a la partera, indignada por el trato recibido de la mulata, que no se marchara aún.

–Por favor se lo suplico, espere un poco más, le pagaré bien -le insistió, no fuera a ser que la hechicera yoruba que Perla reclamaba no apareciese a tiempo.

–Señora -dijo la cocinera acercándose a doña Constanza- he dispuesto esta zona con ropa de cama por si la niña quiere dar a luz de pie como hemos hecho siempre las mujeres yoruba. De pie o en acuclillas; sujetas por las mujeres de la tribu; con agua hirviendo y un cuchillo afilado cerca para cortar el cordón umbilical.

–Bien Tomasa, sí, déjalo allí; si no viene esa mujer lo haremos así ¿y las muchachas siguen abajo? -preguntó doña Constanza por Carina y Lucía, que hacía horas no aparecían en el piso superior.

–Sí señora, ni tiempo han tenido las pobrecillas de moverse.

Casi ni han comido.

Lucía se había trasladado a vivir con su sobrino a la Casa Grande el mismo día que aparecieron los ingleses en el horizonte. Le aterraba estar sola en su casa esperando a tener noticias de su hermano o de De Rieux. Doña Constanza, viéndola tan asustada, la había invitado a quedarse con ellas hasta que la guerra terminase. Lucía no se lo había pensado dos veces; abrazada a doña Constanza, llorando en su regazo, se lo había agradecido profundamente. Desde entonces ayudaba a Carina en el cuidado a los heridos que no paraban de llegar, mientras el servicio se ocupaba de cuidar al niño y cubrir sus necesidades.

–Señora, ¡es de locos! ¡Están llegando a cientos! -continuó Tomasa santiguándose; refiriéndose a los heridos que llegaban en carros llenos después de haber desbordado todos los hospitales.

–*Crassssssssss*- un estruendo terrible rasgó el aire y sus vibraciones rompieron el cristal de la ventana que saltó hecho añicos por el suelo.

Dos esclavas corrieron a limpiarlo y a tapar el agujero poniendo unas telas mientras los gritos de Perla iban en aumento; sus gemidos se unían a los llantos y lamentos procedentes del patio donde se amontonaban, sin orden ni concierto, una treintena de heridos procedentes del frente. Asomándose a la ventana, nerviosa y con lágrimas en los ojos, la dama observó a su sobrina y a su amiga corriendo de un lado a otro sin resuello; llevando el cloroformo; sosteniendo el serrucho de amputar miembros; vertiendo palanganas llenas de sangre, sintió que las piernas le temblaban; una terrible sensación de asco y dolor la invadió. No podía dejarse arrastrar por el miedo, ahora no, Perla la necesitaba.

–¿*Quéeee* ha sido eso?- seguía preguntando la mulata mientras Yarko le susurraba una cancioncilla al oído como si fuera una nana para relajarla.

–Tómese esto mi niña -le dijo en ese momento Tomasa, que le ofrecía una infusión de cactus y manzanillo para aumentar las contracciones y hacer más rápido el parto.

Durante una hora la joven durmió; recuperando la conciencia cada tanto; de contracción en contracción, aunque éstas eran todavía poco seguidas. Doña Constanza ordenó al servicio que echara una mano en el patio; que limpiaran de sangre las losas del suelo y cubrieran con maderas las ventanas rotas por la onda expansiva de los disparos. Afuera no había demasiado movimiento, eran muchos los cartageneros que se habían ido de la ciudad; habían abandonado sus mansiones y comercios, sus puestos en el mercado o sus propiedades y habían salido camino del interior en carros y carretas cargados hasta los topes.

Los lamentos y gritos de dolor de los heridos traspasaban los tímpanos. Carina apenas se tenía en pie; llevaba horas en el patio ayudando todo lo que podía; sufriendo con aquellos jóvenes; sintiendo el terrible dolor de pensar que podrían ser Diego, Gerardo o Ramón... preguntándose dónde estarían ellos, cómo estarían. Sabía que el ataque británico había tardado días en estallar pero estaba resultando demoledor.

Se luchaba sin resuello en Bocachica y la Boquilla; los ingleses intentaban desembarcar en algún punto de la costa y los cartageneros se defendían como gato panza arriba; con arrojo y valor, haciendo frente con sus escasos hombres a un enemigo superior; batiéndose como una fiera herida; así lo aseguraban los muchachos que llegaban en camillas. A pesar de lo cruento de los enfrentamientos no había tantas bajas del bando español; los hombres estaban protegidos por fuertes. No había muchos muertos pero si muchos heridos. Llegaban sin parar con las cabezas abiertas; las piernas o los brazos destrozados; la cara reventada; profundas y peligrosas heridas en el abdomen, los cirujanos no daban abasto e iban de hospital en hospital, de casa en casa, usando lo que había, con los medicamentos casi agotados, salvando las vidas que podían.

Carina y Lucía recorrían con sus batas blancas manchadas de sangre los camastros para limpiar las heridas; lloraban con los soldados sus penas; les daban la mano y rezaban; escuchaban sus quejas; los oían hablar de sus novias, esposas e hijos; sufrían con ellos.

Era noche cerrada y sonaban atronadores los disparos en los fuertes cuando Tita Candela llegó a la Casa Grande. Era una mujer bajita, fea y rechoncha. Según entró, se tapó los ojos. No podía mirar directamente la sangre de aquellos hombres porque podría perder sus poderes curativos. Juanín la guió entre los heridos del patio, ante el asombro de las muchachas, y la sujetó mientras subían a la primera planta. Perla sonrió al verla entrar sintiéndose mucho más tranquila.

–Voy a ver cómo va todo. Ahora vuelvo- le dijo Carina a Lucía, dejando sola a su amiga.

Carina se quitó la bata, la cofia blanca y se lavó bien las manos para acompañar a su hermana; el momento de la verdad había llegado. Había estado retrasándolo inconscientemente; no había querido ni verla... estaba aterrada. Todo conspiraba contra Perla; el embarazo había sido un desastre y mucho se temía que el parto lo fuera igualmente. El pánico a que pudiese morir al dar a luz le destrozaba los nervios; por eso, en vez de acompañarla en la dilatación, había preferido quedarse atendiendo a los heridos. Al menos ellos eran desconocidos. Pero ante las insistentes llamadas de su tía y los gritos angustiosos de Perla no pudo seguir haciendo oídos sordos; armándose finalmente de valor, subió al dormitorio.

–¡Dios santo ¿Qué es este vapor?! -preguntó en voz baja al entrar al cuarto.

–*Chissssss*- le respondieron doña Constanza y Tomasa, señalando hacia la recién llegada.

Tita Candela había desplegado sus herramientas sobre una tela en el suelo y en apenas unos minutos había encendido un infernillo.

Carina se asomó curiosa a ver el interior del puchero que estaba al fuego. La vieja iba echando ramitas, hojas, raíces y canturreaba sin parar. Doña Constanza empezó a toser y salió un rato afuera.

La hechicera y Yarko pusieron en pie a la parturienta que a duras penas se sostenía. Los dolores comenzaban a ser mucho más agudos; sus gritos rasgaban la noche. Doblada de rodillas, la joven cayó sobre unas telas colocadas en el suelo y de repente el bebé mostró su cabecita. Tita Candela ayudada por Tomasa tiró de él; mientras los lamentos de Perla se sucedían sin cesar. Yarko y Carina la sujetaron con fuerza para que no se hiciese daño, para que no se diese un golpe contra el suelo.

Media hora después nacía una niña. Tomasa cortó con una piedra sagrada el cordón umbilical; la niña rompió a llorar débilmente y Perla se desplomó exhausta. Yarko la trasladó deprisa a la cama mientras la hechicera realizaba un ritual para limpiar de malas vibraciones la habitación.

–¡Es una niña! -exclamó Carina al acercarse para verla bien- ¿Qué le pasa? -preguntó asustada.

El bebé si no estaba muerto lo parecía; apenas se movía o lloraba; no tenía fuerzas; parecía medio ahogado. Perla estaba reventada.

–Hay que sacar la placenta o morirá- dijo Tita Candela mirando a Tomasa que asentía.

Carina no pudo aguantar más y rompió a llorar. El día había sido terrible: a los dos muchachos muertos esa tarde se le unía ahora ese espectáculo. Cogida de la mano de la mulata, le suplicó que fuera fuerte.

–¡Tienes que resistir, tienes que resistir!- le decía sin parar.

–¿Dónde está mi bebé? ¡Tráiganme al bebé! -pedía la otra mientras Yarko la consolaba.

Las miradas de las mujeres, de doña Constanza, Tomasa y Tita Candela encogieron el corazón de Carina.

Tita Candela envolvió al bebé en una fina sábana y se lo entregó a Perla. Ésta, abrazada a su hija recién nacida, terminó durmiéndose más tranquila.

–Tomen a ese bebé. La chamaquita está muerta- dijo dándoselo a doña Constanza.

–Ahorita lo importante es Perla. Si queremos que sobreviva, hay que actuar ya.

Doña Constanza entregó el bebé muerto a Tomasa y se dispuso a colaborar; tapó la nariz a Perla con un pañuelo con cloroformo y la dejó completamente inconsciente. Tita Candela procedió a abrir en tajo su vagina para sacar, sin tiempo que perder, el trozo de placenta que amenazaba con matarla. Carina se negó a marcharse hasta que la operación terminara.

–Esperemos que resista. De momento no podemos hacer nada más. Descansen. Yo me quedaré toda la noche por si hubiera que intervenir otra vez -les dijo Tita Candela una vez concluyó su labor.

Doña Constanza y Carina se retiraron después de que Lucía, que había dado la última dosis de láudano a los heridos en el patio, se reuniera con ellas.

Diego y el sargento Carrasco corrieron como alma que lleva el diablo escondiéndose detrás de unos promontorios rocosos. Estaban demasiado cerca de la playa donde, desde hacía dos días, los ingleses los batían con sus cañones. Intentaban desesperadamente lograr que se rindieran los pequeños baluartes situados en la Boquilla.

–¡¡Corra, corra hacia allá!! -le indicó Diego al joven.

–Rooommmm, rooommmmmm, rooommmmmm -se oía de forma atronadora mientras el polvo oscurecía los alrededores no permitiendo ver bien a los tres grandes navíos que desde enfrente los atacaban. Eran *el Norfolk*, *el Russel* y *el Shreswbury*; iban camino de Bocachica para terminar de destruir los fuertes de San José y San Luis, que estaban siendo muy duramente castigados y entrar por fin en la bahía.

–Deberíamos intentar llegar al fuerte, señor -dijo el sargento dirigiéndose a Diego que en ese momento se tapaba los oídos con las manos en un intento de no quedarse sordo.

–¡¡Intentémoslo!! -le contestó Diego.

Los dos corrieron como locos hacia el interior, ocultándose entre la vegetación, lo más lejos posible de la artillería enemiga. Pronto llegaron a la batería de Santiago, un pequeño baluarte ovalado de apenas una veintena de cañones. Allí se encontraba el Capitán de fragata Lorenzo Alderete al frente de medio centenar de hombres. En ese momento un disparo certero voló el lateral derecho del baluarte y dos hombres cayeron sin vida en un amasijo de piedras, metralla y fuego. Otros dos arrastraban a los heridos hasta zonas más seguras mientras el Capitán daba órdenes de iniciar la retirada. Tendrían que abandonar ese fuerte, refugiarse en otro próximo.

–¡Pero Capitán -gritaba en ese momento uno de los hombres, un teniente de pelo rapado- tendremos que abandonar estos cañones y la munición! ¡No podremos llevárnosla, la tomará el enemigo!

–Lo sé -contestó el otro con la cara tiznada y un hilillo de sangre cayéndole por la barbilla-, lo sé, no podemos hacer nada. Tenemos órdenes de retirarnos en caso de que el fuerte sea destruido. Hay que salir pitando de aquí y llegar al castillo de San Felipe, allí estará el Virrey -siguió gritando.

Diego se presentó delante del Capitán Alderete para informarle de que ya habían terminado de minar la zona que Lezo les había ordenado; incluso habían añadido otra zona colindante por si acaso.

–Me he tomado la libertad de incluir el paso por el lateral derecho hacia San Felipe que no estaba incluido en el plan inicialmente.

–Está bien -le contestó Alderete-. Sargento, acompañe al cabo Rioja y ayúdelo en el traslado de los heridos. Capitán De Veranz, ha terminado aquí, puede regresar con el general o volver a San Luis. En Bocachica necesitan todos los hombres disponibles. El ataque está siendo muy duro.

–Gracias Capitán -contestó Diego, quien tras despedirse de algunos de los hombres con los que había convivido los últimos días abandonó la Boquilla y se dispuso a atravesar toda la ciudad para incorporarse a San Luis. Sacándose del chaleco del uniforme el reloj de oro que le había regalado su padre comprobó que era temprano. Si se daba prisa podría incluso pasar a ver a sus padres y a Carina. Hacía diez días que no tenían noticias suyas; estarían muy preocupados.

A caballo, atravesó las charcas y las ciénagas donde grupos de mulatos, obedeciendo órdenes de Lezo, cavaban fosas y subían la altura de los parapetos para impedir el paso de los ingleses; el olor a podrido era nauseabundo. Los hombres trabajaban sin denuedo pero las mujeres parecían ajenas al retumbar de las bombas y seguían lavando la colada en un arroyo mientras enjambres de niños desnudos jugaban en el río. Atravesó la zona deprisa mientras una fuerte llovizna le calaba la ropa hasta los huesos. A media mañana llegaba a su casa.

–¡¡¡Gracias a Dios!!! -lloriqueó en ese momento su madre al verlo llegar.

–¿Cómo están? -preguntó Diego a los suyos.

–La pregunta es cómo estás tú. Nosotros estamos bien, asustados; esperando noticias tuyas, pero bien. Preocupados por la cantidad de heridos que llegan sin parar en carros procedentes de los fuertes y sin noticias concretas de lo qué está sucediendo. ¿Qué opinas, cómo van? -le preguntó su padre.

–Estamos luchando sin descanso; los hombres están siendo ejemplares; no se les puede pedir más. Pero si algo o alguien no lo remedia -dijo con un gesto de preocupación- mucho me temo que habrá que rendir Cartagena dentro de poco.

–¡¡*Ohhhhhh*!! -gritó en ese momento su madre asustada- ¡Por Dios, no nos digas eso hijo! ¡No puede ser!

–Sí, sí puede ser -dijo en ese momento Diego abrazando a su madre y a su hermana, mirando fijamente a su padre-. Puede ser porque son miles. Cerca de doscientos barcos frente a los seis navíos de guerra nuestros y la docena de brulotes y bergantines que tenemos. ¡No serán suficientes! Vengo de la Boquilla y allí están a punto de desembarcar. Con muchas bajas, cientos de muertos y heridos, pero a punto de lograrlo. No sé cómo estarán exactamente en Bocachica, aunque me dicen que se lucha sin denuedo. Tengo que incorporarme a San Luis en unas horas, sólo quería pasar a saludarlos, a decirles que estoy bien.

Diego se despidió de los suyos después de tomar un ligero desayuno, abrazar a las mujeres y aconsejar a escondidas a su padre que intentaran salir de allí cuanto antes. No sabían cómo reaccionarían Vernon y sus hombres cuando finalmente llegaran a la ciudad y eso sería más pronto que tarde. De nuevo a caballo galopó a toda velocidad por las calles desérticas, sin la vida y el colorido de días antes; llegó a la Casa Grande. A paso rápido entró en el patio encontrándoselo lleno de heridos y a Carina y a Lucía, cubiertas con batas blancas, practicando curas. Carina soltó lo que tenía entre manos y corrió a abrazarlo. Loca de alegría lo besó sin recato delante de todos mientras algunos de los muchachos, con sus cabezas vendadas y sus piernas y brazos entablillados, les silbaban.

Diego sonrió mientras besaba larga y profundamente a Carina, saludando a todos con una mano mientras con la otra agarraba del talle a la joven.

–¿Cómo estás mi amor? -le preguntó minutos después, cuando despegó su boca de la de ella.

–Ahora bien sabiendo que estás vivo. ¿Y los demás? ¿Sabes cómo están Gerardo o Ramón?

–No sé nada de ellos. Gerardo estará en el San José, están sufriendo mucho. Y a Ramón lo vi al día siguiente del ataque, cuando visité con Lezo al Virrey. No he vuelto a saber nada más de ellos, he estado en la Boquilla; allí nos están barriendo. No podemos contenerlos más tiempo, llevamos días disparando con todo lo que tenemos pero son muchos más, y esta mañana Alderete ha tenido que abandonar la batería de Santiago y marcharse con los hombres que aún le restaban a San Felipe, allí se supone que estará Eslava y con él, Ramón , pero no sé.

Los quejidos de los heridos rodeaban a los jóvenes que de la mano se acercaron al interior de la casa. En el zaguán doña Constanza le dio un cariñoso apretón y le preparó una bebida caliente. Afuera había dejado de llover, pero el tiempo seguía intempestivo y desagradable. Lucía también acudió en cuanto pudo y Diego intentó tranquilizarla sin mucho éxito.

–Hay un muchacho que procede de San Luis, tal vez lo conozca; él dice que lo conoce -le comentó Lucía.

Diego se sorprendió y se acercó al muchacho, que no tendría más de quince años, y presentaba una fea herida en un costado.

–Capitán, ¿va a volver al castillo? -le preguntó con dificultad el rapaz.

–Precisamente ahora voy para allí. ¿Cómo andan las cosas? ¿Sigue Desnaux al frente?

–Sí señor, pero las cosas están bien jodidas -contestó el joven- y peor van a ir. Ayer los hombres de Lestock -dijo refiriéndose a uno de los comandantes británicos al frente de las tropas atacantes- intentaron desembarcar en el fuerte de Abanicos pero no pudieron. Desde San José y desde San Luis no se paró de disparar. Por la noche había extraños rumores. Un oficial que llegó al fuerte aseguró que Lezo iba a volar sus naves.

–¿Cómooooo? -preguntaron todos.

–No sé señor, deben ser rumores. Se dicen muchas tonterías, aunque algunas son verdad. ¿Recuerda lo que se dijo los primeros días de que los ingleses estaban celebrando la victoria antes de empezar? ¿Síiiiii? ¡Pues era verdad! -dijo- Vernon lleva monedas que lo representan como el conquistador de Cartagena con Lezo arrodillado ante él dándole las llaves de la ciudad.

–¡Será cabronazo! -se le escapó a Diego- ¿Y eso como lo ha sabido usted?

–Bueno, hace tres días, en el primer intento de desembarco, los ingleses tuvieron muchas bajas: muertos, heridos y también muchos prisioneros. Algunos de estos llegaron malheridos a la playa y

Desnaux los recogió; los trasladó al hospital militar y allí los interrogaron. ¡No vea como cantaron! Algunos juraban haber visto esas monedas; juraron que eran piezas de oro.

–Comprendo -contestó el Capitán De Veranz, asombrado de no haber tenido noticia de nada de todo aquello, de haber estado tan perdido después de sólo unos pocos días afuera.

Abandonando a los heridos, el Capitán regresó con las mujeres y así conoció el parto de Perla, que mejoraba día a día físicamente aunque psicológicamente había quedado bastante tocada por la muerte de su niña. El tiempo pasó deprisa y dos horas después Diego iba camino de San Luis. Al despedirse de Carina sintió como si se desangrara. No había querido sacar el tema de su marido, de si había logrado encontrar las pruebas que permitieran romper su matrimonio, no era el momento. Cuando volviera, si volvía, tendría que enfrentar ese problema. No estaba dispuesto a renunciar a Carina.

La vista desde el muelle viejo a los pies de la ciudad era espectacular a esa hora en que comenzaba a caer la tarde. Varios de los navíos españoles seguían arrogantes en medio de aquel infierno de fuego y muerte. Las atronadoras réplicas de los barcos británicos al otro lado de las cadenas eran permanentes. Diego utilizó una pequeña chalupa para que dos soldados lo trasladaran primero hasta la Galicia donde hablaría con Lezo y después, era de suponer, al castillo de San Luis.

–¿De qué humor está hoy el Almirante? -preguntó al joven que remaba sin parar.

–¡Bueno! no sabría qué decirle, hoy no lo hemos visto en todo el día.

Una hora después Diego subía por la escalerilla de la nave.

–¡Señor, ya he regresado! -dijo presentándose enseguida ante su superior.

–¿Cómo van las cosas por la Boquilla? -le preguntó éste sin siquiera mirarlo.

–Mal señor, no le mentiré. Esta mañana ha quedado destruida la batería de Santiago. Los ingleses están haciendo una buena batida; si siguen a ese ritmo, mañana habrán desembarcado y podrán empezar a dejar en tierra puentes y artillería. Será imposible detenerlos hasta San Felipe. Hemos minado toda la zona del cerro de la Popa. Si llegan allí ¡que llegarán!, tendrán difícil continuar.

–¡Bien hecho! -contestó Lezo sin preguntarle si había hablado o no con Eslava, que estaba precisamente en San Felipe de Barajas.

–Señor he oído -dijo dudando si preguntar o no- que quiere vuecencia hundir las naves.

–Ha oído bien. Acabo de dar la orden -se limitó a contestar sin dar más explicaciones, dejándolo con la palabra en la boca; dándose media vuelta para atender a otro oficial que requería su atención.

Desde la cubierta de La Galicia, Diego observó como el navío San Carlos se alejaba hacia un lateral. Enseguida el crepúsculo tiñó de fuego la noche. El buque disparó contra el San Felipe que salió ardiendo como una tea. El fogonazo incendió el atardecer; un intenso humo y el olor a quemado y a brea invadieron el aire. Las volutas de ceniza caían sin parar mientras se escuchaba el barullo de soldados y marinos que dejaban sus buques próximos a ser hundidos y se dirigían con premura a Tierra Bomba. Poco después el San Carlos hundía otros dos navíos: El Fuerte y El África. Los españoles miraban boquiabiertos el fuego, las grandes moles de guerra hundiéndose en la bahía mientras se preguntaban qué diablos significaba aquello y si *Patapalo* no se habría vuelto definitivamente loco.

Lezo no había dado explicación alguna a nadie, se había limitado a ordenar a los responsables de los fuertes que estuvieran atentos.

–*¡Fire, fire, fire!* -se oía al otro lado de las cadenas; el enemigo también miraba atónito el espectáculo.

Diego comprendió que Lezo, consciente de su inferioridad, sabiendo que poco o nada podría hacer enfrentando a doscientos barcos contra seis, buscaba una solución desesperada; ganar tiempo a cualquier precio; ponerle cara la entrada a Vernon, hundiría sus propios barcos para cegar la bahía. Si los ingleses intentaban entrar, escollarían. El enemigo se acercaba.

La Galicia comenzó a maniobrar retirándose de un primer plano, dirigiéndose hacia el interior, a lugar más seguro. Aquella estrategia sólo le permitiría ganar un poco de tiempo; el enemigo no se retiraría sin más e incluso podría aprovechar la oscuridad de la noche para forzar la entrada. Tendrían primero que retirar los barcos hundidos. Eso -pensaba Lezo- sería muy trabajoso y les supondría muchas bajas pero tenían hombres suficientes; podrían permitirse esa opción. Aprovecharían así el momento de caos de los españoles, muchos de los cuales aún no habían llegado a sus nuevos destinos y andaban en los botes de un lado para otro. Ese era el mayor peligro. Sin despegar el ojo de su catalejo Lezo vio cómo dos naves inglesas empezaban a aproximarse peligrosamente al escenario del incendio; aquello provocó el pánico. El Fuerte San José parecía su principal objetivo.

Lezo sonrió. El caramelo era demasiado tentador y los ingleses iban a caer en la trampa. Si se entretenían capturando el fuerte San José, el más débil en ese momento, los defensores tendrían tiempo suficiente para retirarse a sus nuevos puestos. Cuando los británicos quisieran empezar a retirar las naves hundidas del fondo coralino sería de día; desde tierra los españoles, con las bases montadas previamente, los fustigarían sin piedad. No conseguirían entrar. Lezo rezó para que su estrategia tuviera éxito.

Mientras, en San José, hombres desesperados, marinos que eran pocos más que niños, huían a la carrera. Era la desbandada; el sálvese quien pueda. Entre los que intentaban poner orden y frenar la caótica salida estaba De Rieux; una herida en una pierna y el ataque directo de los británicos, que desembarcaron inmediatamente, hicieron que esa misma noche cayera preso del enemigo.

Capítulo XXX

Carina permanecía cogida de la mano de Perla mientras abajo se trabajaba sin descanso con los heridos que se acumulaban en el patio y las galerías. Habían necesitado adecuar parte del zaguán y la sala de visitas, que apenas usaban, para ampliar el improvisado hospital. A pesar del incesante ruido, la mulata parecía dormida. Le había estado leyendo un buen rato; entreteniéndola, poniéndola al día. Perla se dejaba mimar y las dos parecían más unidas que nunca. La convaleciente incluso le había pedido perdón por las trastadas que le hizo al llegar; por su peculiar bienvenida; por sus estúpidos celos iniciales. Carina se había reído recordando aquellos primeros días y les había quitado importancia... ¡hacía tanto! Un golpe brusco en el portalón provocó su curiosidad; dejó el libro sobre la colcha y se levantó.

–¡*Ummmmm*, no me dejes!- ronroneó Perla al sentir que su hermana abandonaba el butacón a la cabecera de su cama. Abriendo ligeramente un ojo comprobó que no dejaba el cuarto, que sólo se acercaba a echar un vistazo por la ventana; querría saber a qué se debía aquel escándalo. Tranquilizándose, se dio la vuelta enredada en las sábanas y cerró los párpados-. ¿Cómo van? -preguntó con escaso interés.

–Mal- fue la contestación cortante de Carina que no deseaba entrar en pormenores. Para qué preocuparla inútilmente con la difícil situación que se vivía en la ciudad ¡bastante tenía con lo suyo! En Cartagena se amontonaban los heridos sin cesar; muchos morían por falta de atención; las medicinas escaseaban; el cansancio hacía estragos y el desánimo también. Se oyó un estruendo; eran unos carpinteros desmontando las puertas para mejorar el paso de las carretas con los heridos hasta el interior del patio.

Carina observó desde su privilegiada posición el intenso movimiento y a Lucía señalando a los esclavos dónde colocar a los heridos recién llegados. Michaela le tendía en ese momento los trapos chorreando de agua con desinfectante, con los que iban a lavar a un veterano con la pierna destrozada; habría que cortársela con toda seguridad, tenía un aspecto feo. Tanto dolor y sufrimiento parecían haber hecho mella en todos pero no en Lucía, que trabajaba sin descanso. Charlaba con todos y conocía mejor que nadie cómo iban las cosas en cada zona de combate.

Los heridos hablaban entre ellos del hundimiento de navíos para cegar la bahía; de los ataques intermitentes a Bocachica que aún resistía; del continuo cambio de posiciones de la armada británica; de las bajas oficiales. Un tema sobre el que no paraban de hacer chascarrillos era el nuevo modelo de proyectil inventado por Lezo uniendo piezas, soldándolas. Con él había logrado hacer estragos en las naves enemigas, destrozar sus mástiles y velámenes; incendiar sus alcázares; agujerear sus cubiertas en cuanto se aproximaban los barcos a los baluartes. Entonces se oían las órdenes de fuego a un lado y otro, mientras el humo, las cenizas y los gritos lo invadían todo.

–¡*Tienn* que alucinar!- se reía el cabo Pedraza que explicaba con grandes aspavientos el tamaño de aquellos cachirulos que surcaban el aire haciendo extraños trompos; su trayectoria era imprevisible lo que provocaba pavor entre el enemigo. Dando una gran chupada al cigarro que tenía encendido, a pesar de la prohibición de la señorita Gálvez, siguió su cháchara mientras Michaela le hacía la cura diaria: -¡No *tien* malos ingenieros esos *hiputas!* Y son disciplinados, dicen que el mejor es Lestock -rechinó los dientes haciéndose el valiente a pesar del intenso dolor cuando la esclava le retiró las vendas pegadas a la carne. Sabedor de que la señorita Lucía -a quien buscaba impresionar- lo escuchaba, siguió - Hace una semana que hundieron los mercantes en el Manzanillo y el enemigo no ha *avanzao*. ¡Me apuesto lo que quieran a que no van a poder entrar; si lo intentan, terminan con los cascos como un colador!

Lucía le dirigió una sonrisa agradecida; aunque el hombre pareciese hablar con todos, sabía que era a ella a quien en realidad contaba sus observaciones. Él siempre la prefería a la hora de las curas "*tiene usted manos de ángel*" solía repetirle, mientras esperaba a que lo atendiese, dejando incluso pasar su turno si era otra quien se le acercaba con las gasas o los torniquetes.

–¿Han entrado ya en la bahía? ¿Los estamos zurrando?- preguntó con la voz ronca un joven grumete que llevaba días medio inconsciente pero parecía haber mejorado. Tenía la cara demacrada por la pérdida de sangre, la piel cetrina y los labios resecos. Siseli acudió a levantarlo para darle de beber mientras Lucía se acercaba a revisar su herida. Llevaba un costurón importante de lado a lado del pecho; la operación había sido muy grave. El cirujano no había dado un real por su vida, pero los jóvenes eran capaces de hacer añicos las estadísticas y sobreponerse a las peores situaciones.

–Creemos que no, muchacho -le contestó el cabo-. ¿Cómo se llama? ¿De dónde procede?

–Me llamo Tinín Infante; estaba en San José el día en que el *San Carlos* hundió las naves. ¡Dios, qué espectáculo! -comentó sonriendo mientras hacía una mueca de dolor.

–¡Fue la hostia! ¡Qué caos!- comentó el otro mientras las mujeres seguían en lo suyo; hasta Rosauro, el viejo barbero, se había acercado a echar una mano y andaba con la espuma rasurando barbas y cabezas para evitar los piojos y la sarna. Desde las cocinas llegaban caldos calientes, y dos jovencitas restregaban las losas del suelo con amoníaco mezclado con agua y vinagre para borrar los rastros de sangre reseca -¿Es verdad que desertaron al menos treinta hombres?- preguntó mientras lanzaba un escupitajo de tabaco al suelo y procedía a sacar más de un pequeño bolsillo.

–¡Bueno! No sé si serían tantos, aunque muchos lo intentaron. Se escapaban de las chalupas que los transportaban desde los barcos hundidos al fuerte San José. Lo sé porque los vi bien esa noche. Estaba presente cuando hirieron al Capitán. ¡Entonces sí que cundió el pánico! Los teníamos aquí -dijo poniéndose la mano frente a la cara refiriéndose a la proximidad de los ingleses- el ruido era de locos; no se oía nada; se mezclaban sus órdenes con las nuestras.

–¿Hirieron a don Francisco de Garay?- preguntó extrañado el otro, interrumpiéndolo, refiriéndose al Capitán de infantería de Marina que Lezo había puesto al frente de San José- Juraría que lo vi el día de esto -dijo señalándose la herida.

Lucía se acercó inquieta. Estaba en otra cosa pero no perdía paso en la charla. La falta de información de los hombres de la casa la tenía muy alterada. No saber si estaban vivos o muertos era algo que la angustiaba profundamente y saber que la situación era tan cambiante lo hacía más duro. Tanto ella como Carina pertenecían a familias de tradición militar pero no habían estado nunca tan cerca del frente. Ella no había lidiado nunca con tal incertidumbre: oír disparos día y noche; recibir sin parar heridos procedentes de todos los puntos de la ciudad. Fue escuchar *"fuerte San José"* y *"un Capitán herido"* y estremecerse. Se acercaba deprisa al catre del chico para preguntarle algo más cuando lo escuchó con claridad.

–No, no me refiero a don Francisco de Garay sino a don Gerardo de Rieux. Resultó herido esa noche, no volvimos a saber de él.

–¿Cómoooo? -gritó Lucía sujetando al chico por la camisa. ¿Cómo dice? ¿Han herido al Capitán De Rieux? ¿Fue muy grave? ¿Sabe dónde está, dónde lo llevaron? ¿No estará muerto?

–No, no sabría decirle, señora -contestó tartamudeando el joven, retirándole la mano del cuello que lo ahogaba- Esa noche lo hirieron mientras cerraba el paso a cuatro hombres que intentaban desertar, lo vi desde la garita en la que estaba de guardia, no sé dónde le dieron, solo sé que intentó levantarse y no pudo. Entonces sonaron nuevamente las sirenas y comenzó el ataque que había parado un rato. Había fuego por todas partes; moribundos gritando. Las balas pasaban por encima de nuestras cabezas como si fueran estrellas fugaces silbando con brillantes colores, era un caos. Avisé que el Capitán estaba tirado, herido, cerca de la rampa de aprovisionamiento, pero me ordenaron salir. Salí corriendo, luchamos, resulté herido y esa noche me trasladaron junto a otros compañeros en botes hasta el Manzanillo. Allí oí que los ingleses habían hecho muchos prisioneros y habían capturado al Capitán.

–¿Y eso cuándo fue exactamente? -preguntó con la voz quebrada Lucía.

–Si hoy es miércoles -dijo pensativo haciendo cuentas- hará una semana.

Lucía se desinfló, como si toda la energía que esos días había desplegado se hubiera esfumado de un soplido. Desde la ventana

Carina la vio desvanecerse; aunque no había escuchado la conversación del patio comprendió que aquella reacción sólo podría deberse a malas noticias. ¡Algo malo había pasado! Dejando la cháchara intrascendente con Perla bajó corriendo al patio.

–¡Agua, por favor agua!- pidió a voces a Michaela y a Tomasa que en ese momento atendían a Lucía desmayada en el suelo-. ¿Qué le han contado?- preguntó dirigiéndose con los ojos a punto de salírsele de las órbitas a los dos heridos que hablaban con ella-. ¿Le han dado malas noticias?

–No sabemos, señora -dijo titubeante el muchacho-, le contaba que el día que me hirieron fue un caos en San José; muchos hombres quisieron desertar ante lo que se avecinaba con los ingleses intentando desembarcar y el Capitán De Rieux resultó herido delante de mis narices. Después nos enteramos de que lo habían apresado a él y a otros más: al *Chima*, a Juan Cruces y *al Pardo*. Los ingleses se los llevaron y ya no supimos más de ellos -contó asustado sin saber exactamente qué de lo dicho había provocado el desmayo de la señorita y el gesto de pavor de doña Carina.

Tomasa llegó corriendo con un tazón de agua fresca del aljibe que dieron de beber a Lucía; otras dos esclavas la abanicaron hasta hacerla recobrar la conciencia.

–Tranquila, tranquila, ahora aclararemos todo. Mandaremos a alguien a preguntar- dijo Carina tan nerviosa que le temblaban las manos mientras levantaba a su amiga para meterla al interior de la casa; había que aislarla del espectáculo que estaban dando afuera donde todos las miraban.

Minutos más tarde mandaba un recado a Olalla de Veranz. Tal vez ella tuviera noticias; De Rieux era amigo íntimo de la familia y si no las tenía podría saber cómo obtenerlas, a quién dirigirse, dónde ir. Mientras mandaba a Sisela a casa de los De Veranz y esperaba una respuesta -rezando para que no se hubieran ido como tantos otros en los últimos días de Cartagena- ordenó que subieran a Lucía a su alcoba y le quitaran la bata de enfermera, la cofia, la tumbaran en la cama y la calmaran. La joven, más que descansar, lo que suplicaba a Carina y a su tía era que la dejasen ir en busca de su prometido.

–¿Estás loca? ¿Dónde vas a ir? ¡No sabemos dónde está, dónde preguntar!- dijo Carina poniéndose seria-. Espera a que nos conteste la señorita De Veranz, tal vez ella sepa cómo ayudarnos.

–Mientras llegan noticias puedo ir preparándome, tengo que salir -dijo intentando levantarse de la cama donde doña Constanza la sujetaba con fuerza para impedírselo-. Puedo ir a ver a mi hermano, sí -dijo con los ojos brillando, como si hubiera dado con la respuesta a todas sus preguntas-. Seguro que Ramón sabe algo o puede preguntarle a alguien.¡¡Alguien tiene que saber qué ha pasado!!

Llorando terminó por dormirse. El cansancio y la infusión de melisa hicieron efecto. Carina y su tía abandonaron la alcoba esperando poder contestar a sus preguntas cuando despertara. Doña Constanza dejó a su sobrina y se acercó a dar de almorzar a Perla mientras la más joven bajaba al patio a seguir con la tarea que Lucía había dejado inconclusa. Poco después llamaban a la puerta. Juanín abrió el portalón y entró el carruaje de la familia De Veranz. Carina corrió a abrirle la portezuela a Olalla. Tras darse los protocolarios besos en las mejillas, ambas se miraron con preocupación, sin saber por dónde empezar.

–Perdone que la haya molestado -dijo rompiendo el hielo Carina- pero esta mañana nos hemos enterado de esta noticia y no sabíamos dónde preguntar, dónde poder confirmar si el Capitán está o no herido y si lo está, dónde está y cómo. Si es verdad que los ingleses lo han apresado.

–Comprendo -comentó despacio la otra, quitándose los guantes y pasando entre las camillas y los heridos- ha hecho bien en contactarme. Espero que no se enfaden ustedes por no hablarles antes de este asunto, pero esperaba poder tener la información confirmada.

–Entonces, ¿es cierto?- preguntó nerviosa Carina.

–Sí. Hace tres días recibí un despacho de Diego diciéndome que le habían comunicado tales acontecimientos -dijo mirando a otro sitio- pero que no sabían si De Rieux había desaparecido porque había muerto o porque junto a otros hombres había sido apresado por los ingleses. Apuntaba en su carta que intentaría confirmármelo antes de que la noticia llegara a oídos de la señorita Gálvez.

–¡Entonces -dijo Carina tomándola del brazo - ¿está vivo o muerto?!

–Está vivo; herido pero vivo. Creen que la herida no era grave, una pierna. Por eso no pudo correr cuando se produjo el caos, la desbandada, y fue hecho prisionero. Es un oficial. Diego dice que lo tratarán bien. Ellos -dijo refiriéndose a las tropas españolas- también han hecho prisioneros. Los heridos los están trasladando al hospital militar y al resto a los sótanos del Manzanillo. Diego dice que si está vivo habrá que esperar a un intercambio de prisioneros.

–¿Pero eso cuándo será? ¿Cuándo?

–No sé -reconoció la señorita De Veranz desprendiéndose de las manos de Carina que la volvían a sujetar con fuerza-. Supongo que cuando termine esto o cuando hagan una parada. Mi padre dice que tendrán que hacer una pronto. La Boquilla y Bocachica deben estar llenas de cadáveres. Habrá que enterrar a esos hombres por humanidad y para evitar epidemias -contestó dando un sorbo a un vaso de agua.

–¿Eso es todo? -preguntó Carina intentando ordenar sus ideas- Entonces está herido, prisionero, y ahora hay que esperar a que haya un intercambio, así de sencillo. Por cierto, ¿cómo está su hermano? Doy por hecho que bien, si no ya me habría dicho algo.

–Sí, sí, está bien. Al menos hasta ayer que recibí su carta- dijo enseñándole el papel en el que Diego daba a su hermana información referente a De Rieux.

–¿No lo ejecutarán?- volvió Carina a referirse a De Rieux- ¿No podría morir desangrado?

–No, no lo matarán -la interrumpió Olalla con una seguridad que estaba lejos de sentir-. Al menos eso dicen los hombres que son los que saben de estas cosas. Lo único es que, bueno, es una tontería...

–Por favor, dígamelo todo, bueno o malo; necesitamos saber a qué atenernos.

–Sí, bueno, no quería contarlo porque no es oficial. Según mi hermano, el principal temor ahora es una epidemia de vómito negro que se ha declarado en los barcos ingleses. Buena parte de los prisioneros que han hecho están enfermos; los han trasladado a una zona restringida y los han puesto en cuarentena. En los interrogatorios han contado que la tripulación está muriendo sin piedad en los barcos; que los oficiales tiran los cadáveres al mar de noche intentando ocultárselo al resto de la tripulación: no quieren que cunda el pánico, por eso Diego opina que Vernon intentará pronto un ataque definitivo; no tienen tiempo y eso los estará poniendo nerviosos. Tampoco tienen medicamentos suficientes en los barcos; las condiciones higiénicas son terribles; la tormenta de hace unos días destruyó parte de los víveres y del agua potable que guardaban en las bodegas. Si no desembarcan pronto, tendrán que irse, desistir. Diego cree que si logramos resistir un poco más vencerán nuestras tropas. ¿No la alegra saber eso? ¡Hay esperanzas! Hace sólo unos días daban casi por perdida la plaza; se empezaba a hablar de rendición.

–Ya, esperanzas -dijo la otra incrédula, como si todo lo que contase Olalla fuese un cuento, una mentira piadosa-. Ojalá podamos resistir todos incluido De Rieux. ¿Cree que lo logrará? estaba plenamente recuperado de la disentería que sufrió hace poco, ¿pero no recaerá en esas condiciones?

–No creo y además es fuerte, sobrevivirá; dígaselo a Lucía, anímela.

Las dos mujeres siguieron hablando en voz baja en la biblioteca. Lucía abrió de golpe las puertas y entró angustiada. Carina la sujetó, sentándola en la butaca de terciopelo rojo. La señorita De Veranz, apenada por su estado, la tranquilizó dándole la mano; le insistió en que lo liberarían pronto, que Diego se lo aseguraba en una carta. Lucía se fue serenando.

–Carina, ¿puedo hablar contigo?-preguntó doña Constanza entrando en el despacho. Lllevaba cofia y bata y las manos llenas de frascos-. Tienes que hablar con alguien, no queda más que esto -dijo enseñándole los botes, el cloroformo, dos rollos de vendas, una caja de emplastes-. Hemos agotado todo, no tenemos material para tantos heridos. Mañana quedaremos desabastecidas ¿No dijiste que en tu casa, en la de Courdec, tenías material? Podrías ir a buscarlo, ¿o lo necesitan allí?

–No, no creo. Trasladamos a los heridos aquí; no debería haber nadie a no ser que Courdec hubiera regresado, lo que no creo; habría venido a buscarme. No sé, Tío Jacinto y parte del servicio estarán allí. Mandaré a alguien a que lo recoja o mejor iré yo -dijo quitándose la ropa que llevaba.

Regresó a la biblioteca y una vez confirmado que Lucía se encontraba mejor, pidió a doña Constanza que la atendiera; ella se acercaría a rescatar todo el material sanitario que aún quedase en la Casa Rosa. Ordenó preparar un carruaje y se despidió de la señorita De Veranz.

–Mañana, si no le molesta, vendré a visitar a la señorita Gálvez, a cerciorarme de que se encuentra bien. Intentaré conseguir más información esta noche. Es posible que venga a cenar a casa doña Rosarina, la mujer de Garay, tal vez ella sepa algo más, ¿de acuerdo?

Carina hizo un gesto afirmativo agradeciéndole su ayuda; le ofreció su mano enguantada que la hermana de Diego sostuvo unos momentos con emoción, hasta que ambas se despidieron. Ni cinco minutos después un nuevo carro con heridos paraba delante de la puerta. Definitivamente -pensó doña Constanza- no tendrían nada con que aliviar a esos muchachos al día siguiente si Carina no lo remediaba. ¡Virgencita no nos abandones! -dijo besando el rosario que llevaba colgado al cuello desde hacía días. Dirigiéndose a las cocinas a dar las últimas órdenes a Tomasa, recordó que una vez más no podría asistir a las rogativas y procesiones que el Obispo había convocado en la catedral. Lo harían todas sus amistades menos ella. Tal vez al día siguiente... ojalá fuera mejor que aquel.

Era media tarde cuando Carina entró en el que había sido su hogar. ¡Parecía que hubiesen pasado años desde su llegada con Courdec! Mientras ordenaba al servicio que le abrieran el portalón del establo se preguntó dónde diablos estaría el condenado francés. ¡¡Se lo habría tragado la tierra!! ¿Seguiría vivo o estaría muerto? Y en ese caso, ¿lo lamentaría ella? Un poco sí.

Lo odiaba por como la había engañado; por cómo la había utilizado aprovechándose de un momento de debilidad; por cómo había arruinado su vida enredándola en un asunto que podía condenarla a ojos de los suyos, pero reconoció que nunca la había tratado mal; que podía ser un tipo encantador cuando quería y que no le deseaba ningún mal, sólo que se alejara de ella; le devolviera su vida; su libertad y así poder encauzar su futuro junto a Diego. ¡Diego! Cada minuto se angustiaba pensando sí estaría herido, sí estaría vivo.

Necesitaba sacarse de la cabeza esos miedos porque la hundían. No podía hundirse ahora, no con Lucía hecha polvo; Perla aún en cama. Tenía que ser fuerte; se lo había prometido a Diego. Por eso trabajaba las veinticuatro horas del día curando a aquellos hombres; haciendo innumerables coladas; preparando los ranchos para los heridos, así se mantenía ocupada y estable emocionalmente.

–Jacinto -preguntó al mayordomo de su marido-, ¿recuerdas dónde pusimos el láudano, el mangle, las gasas y las botellas de ron? ¿Se terminaron de hervir todas las sábanas que dejé en el cuarto de planchar? -preguntó mientras andorreaba sin parar de un lado a otro de la casa. Afuera, dos muchachas embalaban todo en cajones de madera para facilitar el transporte.

Apenas prestó atención a los sirvientes, pero no se le escapó cierto gesto de crispación en Tío Jacinto; era evidente que el hombre la desaprobaba; siempre la había desaprobado. Seguramente le daría a Courdec los peores informes cuando llegara, ¡Si llegaba! ¡Que se fueran los dos al infierno! ¡Qué diantre le importaba a ella la opinión que tuvieran de su comportamiento unos esclavos! Haciendo caso omiso de su gesto y su evidente malestar al verla allí, ella le devolvió una mirada de desaprobación y con prepotencia le preguntó por la casa; por si habían tenido problemas -no había pasado por allí desde que se fuera- o si sabían algo del señor Courdec.

El mayordomo negó con la cabeza y rápidamente desvió la mirada, marchándose sin que ella lo hubiese autorizado. Aquel gesto maleducado estuvo a punto de hacerla perder los estribos. ¡¿Cómo se atrevía a retirarse de su presencia y a no mirarla de frente?! ¿Quién se habría creído que era? Mordiéndose la lengua, se calló. En realidad ¡qué más le daba lo que hiciera aquel estúpido! Ella sólo había ido a llevarse lo que necesitaba; aquella casa nunca había sido suya realmente.

–Señora, ¿ponemos esto también aquí o lo dejamos en aquel cajón? - le preguntó una sirvienta.

–Aquí, déjenlo todo aquí y las sábanas que hay en el cajón inferior de mi cómoda quiero que las hiervan mañana y las hagan tiras. ¿Me han oído bien?

–Sí señora -contestaron las muchachas a coro.

Era de noche cuando Carina decidió regresar a la Casa Grande después de que los esclavos colocaran en el carruaje todo el material que se llevaría.

-Jacinto, ¿no guardaba el señor Courdec algunos botes de formol arriba?

–No señora, no lo recuerdo- dijo muy seco el hombre, pensando que su contestación desanimaría a la mujer; pero ésta dejó lo que llevaba en el asiento del carruaje y subió deprisa al corredor. Abrió la puerta del dormitorio y entró a oscuras. Buscó a tientas la lámpara de aceite; abrió el cajón donde guardaba el pedernal para encender la mecha y sintió un escalofrío que le recorrió toda la columna. Asustada levantó la cabeza y miró a su alrededor. La puerta exterior estaba entornada y sólo entraba un pequeño haz de luz. Afuera se oía al servicio subir y bajar; dentro de aquel cuarto no había nadie ¿o sí? Desde luego ella no veía nada pero presentía la presencia de alguien cerca. Una ligera corriente de aire movió levemente la cortina del balcón y Carina observó los pies de alguien escondido. En ese momento se le aceleró el pulso; quedó paralizada. ¿Quién sería? ¿Un ladrón? ¡Allí! Intentó respirar profundamente; no perder los nervios; hacer como que no había visto ni notado nada. Cerró el cajón de la cómoda, sacó unos botes, un sobre donde guardaba un rosario y unas joyas regalo de su tía y se dispuso a salir. Rezando mentalmente se acercó a la puerta. Llevaba las manos llenas de cosas cuando de repente Pipa, que la había acompañado, entró como un torbellino de forma imprevista.

–¡¡Señorita!! Ya no cabe más, no podemos llevar nada más. Dice el cochero que vamos a tope. Que primero habrá que llevarse lo que hay dentro, y si queremos más cosas, volver otro día. ¡Señorita! -dijo tartamudeando y señalando el balcón donde Carina intuyó que también habría visto a alguien escondido-... señorita, *allíiii*, *allíii*, hay algui...

No pudo terminar la frase porque Carina le tapó la boca en un intento infructuoso de disimular. En ese momento alguien salió de detrás de las cortinas; era un hombre alto, rubio, con bigote y largas patillas, joven y de uniforme, un desconocido. Pipa profirió un grito de pánico mientras Carina, asustada, viendo sus ojos decididos a atacarlas, le tiró el quinqué encima y salió corriendo. Se escuchó el ruido del cristal al estrellarse contra el suelo; se oyó la puerta al cerrarse de golpe mientras Tío Jacinto se ponía delante cerrándoles el paso.

–¡¡Quítate de ahí inmediatamente!! ¡Desgraciado!- le gritó Carina histérica sin lograr nada.

El desconocido se acercó, y sin esfuerzo, empujó a las dos mujeres, al ama y a la sirvienta, contra la cama. Hablando en un idioma extranjero, que Carina supuso sería inglés, llamó a alguien; se dirigió hacia el balcón, hacia el lugar de dónde él mismo había salido. Muda por la sorpresa Carina comprobó que era Olivier Courdec quien salía de detrás. Más pálido y delgado que nunca; con grandes ojeras y un terrible color ceniciento de piel, pero él, sin duda alguna.

–¡Señor! ¿Qué es esto? ¿Qué pasa?- le preguntó Carina a su esposo, intentando acercarse a él, poniendo cara de inocente damisela. Courdec no se la tragó, sabía bien que su mujer lo había descubierto hacía tiempo; que había desconfiado de él siempre; que los agentes españoles lo habían localizado. Ese descubrimiento y la profunda herida que le hicieron unos desconocidos habían encendido todas las alarmas; lo habían obligado a huir precipitadamente.

–Querida -dijo despacio a su esposa-. Siéntese, tenemos que hablar -insistió mirándola, sabiendo que su acompañante, el Teniente Ferguson, no permitiría que saliera viva de allí, no hasta que al menos ellos estuvieran muy lejos, a salvo-. Querida -repitió- no pueden irse.

–¿Qué está diciendo? ¿Acaso esto es un secuestro?

–Alggooo paguesido- dijo en un español casi incomprensible el desconocido. Arrastraba las sílabas finales y no pronunciaba ni las "*r*" ni las "*j*".

–¿Quién es éste hombre? ¿Qué hace en nuestra casa? ¿Dónde ha estado todo este tiempo? ¿Por qué está con él escondido en su propia vivienda como si fuera un vulgar ladrón? ¿Qué pasa? -Carina preguntaba histérica intentando ganar tiempo mientras su mente buscaba cómo resolver la situación. Sabía que él sabía que ella sabía. Courdec tenía aspecto de haber estado enfermo o herido, el otro era claramente un enemigo. Por eso se habían escondido al oírla subir inesperadamente, por eso Tío Jacinto había estado tan nervioso intentando que se marchara cuanto antes de la casa. ¡Los había pillado *infraganti*! Se había presentado sin anunciar y los había puesto contra las cuerdas; habían tenido que esconderse deprisa como si fueran maleantes.

–No podrá salir de aquí de momento. Nosotros nos iremos pronto, cuando recobre un poco las fuerzas. Entonces podrá regresar con su tía, ¿de acuerdo?

–¡¡No le creo!! -gritó furibunda Carina-. ¿Acaso es estúpido? ¿Escondido aquí con un enemigo, un inglés? ¿No se da cuenta de que mi tía me echará en falta, mandará a alguien a buscarme? ¿Qué hará? ¿Secuestrarla a ella también? ¡Miren! -dijo dirigiéndose a los dos, aparentando ser muy digna- Me tapo los ojos, no los he visto. Váyanse, no diré nada. Si quieren hagan que Tío Jacinto se quede en la casa custodiándome hasta que ustedes puedan estar ya muy lejos.

–No podrá ser.

–¿Por qué no? - gritó Carina, cansada, agotada, tensa.

–No podré continuar viaje hoy -contestó débilmente; casi sin fuerzas se sentó en un butacón.

El desconocido lo levantó en brazos y lo llevó a la cama. Desabrochó su camisa y Carina observó el enorme vendaje que llevaba en todo el torso. Un vendaje oscurecido por la pérdida de sangre. Estaba herido y estaba mal.

–¡Déjeme!- dijo al extranjero mientras se acercaba a Courdec; con sus manos ágiles le quitó la venda y estudió atentamente la herida. Era de arma blanca; estaba demasiado cerca del abdomen y no era reciente, más bien parecía que tuviera semanas. ¿Sería esa la causa de su desaparición durante casi dos meses? Estaba mal curada; el estallido de la guerra no le habría facilitado precisamente poder recuperarse.

–Jacinto, sube parte del alcohol y las vendas que hay embaladas en el carro. Que las muchachas hiervan agua; cautericen un cuchillo fino, tráiganme una botella de ron. Está bien, yo lo curaré y usted me dejará en libertad ¿Trato hecho?

–Trato hecho -contestó el otro en un susurro; pálido por instantes; a punto de perder el conocimiento por el dolor.

–Esta herida no está bien, supura. Está infectada. Ha cerrado en falso. Habrá que volver a abrirla, limpiarla será muy doloroso. Tendrá que morder este trapo -dijo dándole al extranjero uno para que se lo pusiera en la boca a Courdec-. Yo la abriré. Tome una copa de ron, la necesitará.

–Veo que ha aprendido mucho de curas en poco tiempo. Cuando llegó el primer herido a casa hace tres meses casi se desmaya, me alegro. Nunca pensé que el principal beneficiario de ese aprendizaje fuera a ser yo mismo. Por lo demás le doy mi palabra. Usted me cura y nosotros -dijo mirando al otro con los ojos medio cerrados y turbios- la dejaremos a usted y a Pipa en libertad.

–Quiero algo más- se atrevió a decir Carina.

–¡Vayaaaa! - dijo con un hilo de voz el francés mientras se adormilaba con los sedantes.

–Quiero la libertad. Sé que no se llama Courdec, que no es francés, que no se casó conmigo de verdad. Necesito poder demostrar que ese matrimonio fue una farsa. Necesito ser libre.

–¿Para casarse con su enamorado? ¿Con el joven De Veranz? ¿Cree que soy ciego?

–No creí que lo supiera, pero es igual. Quiero ser libre para poder casarme con él. ¿Hay o no trato?

–¡¡Ja, ja!! -rio de mala gana- ¿Qué haría si le dijera que no? ¿Salir corriendo? Ferguson la mataría de un balazo en un segundo. No me amenace y sobre lo de devolverle su libertad, veremos. Termine el trabajo bien, en premio tal vez, y digo tal vez, se la dé. Si por casualidad intenta matarme mientras hurga con un cuchillo en mis tripas se quedará sin sus papeles. ¿Entendido?

–Está bien -terminó diciendo Carina más tranquila, sabiendo que cuando Courdec se recuperase ella podría hacerlo entrar en razón-. Bueno; dejemos eso para otro momento; ahora apriete los dientes.

Instantes después se escuchó un terrorífico grito de dolor. Courdec cayó inconsciente en la cama mientras Carina abría en canal la herida que supuraba pus y lo limpiaba; untándole después un ungüento especial para cicatrizar. El extranjero no la perdía de vista; sentado en el butacón la apuntaba con un pistolón. Pipa canturreaba nerviosa trayendo y llevando palanganas de agua hirviendo, vendas y herramientas a su ama. Jacinto envió una carta con el chofer del carro que llevaba los remedios a doña Constanza que Carina tuvo que firmar informando a su tía que no podría regresar a su casa en unos días; su esposo había vuelto herido y estaba siendo atendido por ella. Esperaba que su tía, Lucía u Olalla intuyeran que algo raro sucedía; que acudieran en su ayuda, pero tendría que esperar al menos unos días hasta provocar su alarma. ¡Hasta entonces tendría que resistir! Aquel hombre extraño no le gustaba nada. En su mirada había mezcla de odio, crueldad, lujuria. ¿Cuánto llevaría sin retozar con una mujer? Lamentó no tener un arma a mano. Tendría que buscar una. Presentía que la iba a necesitar.

El dolor de la pierna era insoportable. El calor y la humedad hacían que Gerardo de Rieux no se tuviera en pie; a ratos la fiebre lo hacía delirar. Sentado en el suelo, con las piernas estiradas -una de ellas entablillada y vendada- echó la cabeza hacia atrás y la apoyó en un muro. Con los ojos cerrados, notó cómo el sudor le caía por las mejillas; los gritos de dolor del resto de los prisioneros le pitaba en los oídos. Todo le molestaba: sus expresiones soeces; el entrechocar metálico de los grilletes; las risas de los ingleses que los custodiaban. Estaban en los sótanos de un pequeño y ruinoso baluarte donde el enemigo había logrado desembarcar; habían sido trasladados allí hacía una semana. Al menos habría cincuenta hombres: unos desesperados, otros contando chistes. ¡Qué cierto aquello de que cada uno era un mundo! Cada uno sobrevivía a su manera: llorando, riendo, maldiciendo, suspirando.

Los dos primeros días habían estado recluidos en un barco prisión inglés, en una zona habilitada para tal fin bajo la escotilla mayor, pero el barco ya saturado, se vio pronto colapsado con su llegada y fueron trasladados a otro lugar. ¡Mejor! Estaban confirmados los rumores de epidemia. En el barco habían visto cómo los hombres morían entre vómitos con terribles dolores, era el vómito negro que tras unas semanas de incubación había llegado a su punto álgido y hacía estragos entre el enemigo igual que lo había hecho en Cartagena hacía poco; era una enfermedad endémica en el Caribe que causaba miles de muertos cada año. Desgraciadamente contra ella no existían remedios eficaces; lo mejor era una dieta sana, agua clara, un lugar donde reposar, limpieza, todo lo contrario de las bodegas de aquellos barcos repletos desde hacía meses de soldadesca enferma y malnutrida.

La herida del muslo era superficial pero podría terminar con la pierna amputada si no se curaba bien, y allí era imposible. Ningún médico lo había visto desde que salió del barco prisión. ¡Bastantes enfermos tenía el enemigo como para preocuparse por los ajenos! Ante la escasez de medicamentos y agua habían optado por dejarlos, prácticamente abandonados, entre aquellos muros derruidos. La entrada a los sótanos estaba llena de cascotes y metralla; aún había cuerpos sin vida afuera. Los muchachos que heroicamente habían defendido aquellas piedras yacían desde hacía días destrozados; había brazos y piernas amputadas; cabezas arrancadas; ropa ensangrentada; botas sin dueño; sables partidos. El espectáculo era dantesco y el olor, nauseabundo. Gerardo había logrado arrancarse una manga de su camisa y ponérsela alrededor de la nariz para no sentirlo. Algunos habían incluso vomitado sobre el suelo de sus celdas el primer día, pero después parecían haberse acostumbrado.

–Señor, ¿escucha? -le preguntó un joven soldado que había estado con él desde el primer día ¿Escucha bien, de fondo? Le juro que esos cañones son de La Galicia, aún está *Patapalo* dando por culo a estos *desgraciaos*. -dijo mientras liaba tres hierbas arrancadas del suelo y se hacía un cigarro con ellas. Gerardo se preguntó si el joven no moriría antes envenenado que fusilado. Desde que lo conocía le había visto fumarse cualquier cosa. Arrancaba lo primero que pillaba y se lo fumaba.

-Espero que tenga razón. ¡Ojalá resistamos! -le contestó débilmente- Los ingleses están muriendo como chinches. La epidemia los va a obligar a replegarse.

–¡Dios lo oiga!- replicó el capellán de San José, también prisionero como el resto.

–El muchacho que llegó ayer, el que se llevaron sangrando, me contó que los ingleses han desembarcado en la Boquilla, pero no han podido con San Luis. Lezo ordenó levantar las cadenas hace tres días y salió con *La Galicia* detrás de un navío inglés, persiguiéndolo, disparándole sin piedad; medio lo hundió. Pero rápido tres fragatas inglesas acudieron en auxilio de la primera y *Patapalo* tuvo que retroceder. Con Lezo, lo juro -dijo besando los dedos en un gesto peculiar-, no podrán. ¡Qué cabrón es!

–¡Dios lo oiga! ¡Dios lo oiga!- repetía monótonamente el capellán, conversando en el mismo tono monocorde con el que rezaba las cuentas de su rosario: una y otra vez, una y otra vez.

No había desaparecido el crepúsculo cuando el grupo quedó paralizado. Algo pasaba afuera. Un mozo intentó saltar sobre sus cadenas y asomarse por el estrecho ventanuco para ver qué sucedía. En todo el día no se habían detenido los intensos bombardeos; los gritos de los soldados propios y ajenos; el sonido del entrechocar de espadas; los disparos de los cañones desde lo alto de los fuertes. Se olía la pólvora, se veían a lo lejos las espirales de humo negro; el aire estaba impregnado de un rancio olor a sangre. Pero todos cayeron en la cuenta de que hacía rato que reinaba un extraño silencio.

–¿Por qué se han *callao tos?* ¿Estarán tos muertos, no quedará nadie vivo? -preguntó uno nervioso.

–No diga pavadas. Alguien vivirá, si no ¿pa que están luchando?

–Es cierto, están todos muy callados. ¡Qué raro! ¿Fermín, ve algo? -le preguntó Gerardo a un muchacho que intentaba mirar por una grieta abierta en el muro.

-No señor; no se ven más que ingleses que andan subiendo y bajando.

Fue decir eso y todos escucharon cómo alguien bajaba a los sótanos donde ellos estaban. Vieron las luces de las antorchas que se acercaban por el interior; escucharon el ruido de las pisadas de las botas rechinando sobre la arena y las piedras de losa del suelo...

–*¡Liiivántensssen!* -escucharon atónitos cuando un tipo gigante, con cuello de toro y uniforme enemigo, en un castellano deleznable, los mandaba salir de las celdas uno detrás de otro, en fila india.

Los más temerosos rezaban creyendo que los llevaban al paredón. Gerardo se preguntó si aquello sería realmente el final; si detrás de cualquiera de esos muros le pegarían un tiro; los fusilarían a él y a sus compañeros de presidio. ¡No podía ser, aquello era ilegal, iba contra las leyes internacionales! Eran prisioneros de guerra; lo legal y lo moral, sería esperar a un canje. Oscurecido, con el crepúsculo incendiando la bahía donde se apreciaban fantasmagóricas las siluetas de las fragatas de guerra y los barcos en llamas; andando a ciegas por entre la vegetación, las piedras y los cadáveres; tropezándose unos con otros los hombres se detuvieron cerca de un canal al final del cual había un estrecho puente de madera. Al llegar, oficiales ingleses les dieron una identificación y les ordenaron esperar a un lado. Pronto vieron como al otro lado del puente, oficiales españoles hacían lo mismo con prisioneros británicos.

–¡Es un intercambio de prisioneros! -dijo por lo bajo Gerardo. Sintió cómo el cansancio y la debilidad desaparecían.

Media hora después, arrastrando su pierna derecha, con la cabeza vendada, el uniforme raído y chamuscado acompañado por aquellos desarrapados y enfermos marinos, De Rieux cruzaba el puente para reunirse con los suyos... Lloró al abrazarse al teniente Mendoza, un viejo conocido de la Armada. El hombre lo saludó mientras le pedía que subiera como pudiera al carro que habían preparado. Tirado en él, junto a los demás liberados, llegó a Cartagena pasada la media noche.

–¡Vamos, que los espera el matasanos!- dijo alguien fuera.

Soldados de infantería levantaron la capota del carro y los ayudaron a bajar, conduciéndolos hasta una sala pobremente iluminada donde un médico les pasó reconocimiento. Allí comprobaron que no eran portadores de la mortífera epidemia y podían marcharse en breve a sus casas. Varios esclavos los lavaron, curaron y vendaron las heridas; finalmente se vistieron. Los que se encontraban peor fueron trasladados en camillas a una nave lateral; los demás recibieron la baja para recuperarse en sus casas, cuidados por sus esposas, sus madres. Serían las dos de la madrugada cuando Gerardo abandonaba aquel hospital de campaña improvisado en medio del muelle viejo. Abrió la lona de la puerta; salió al exterior y respiró profundamente; en ese instante se sintió libre, feliz.

–¡¡¡Gerardooooo!!! -oyó gritar su nombre.

Se giró hacia la derecha y vio a dos mujeres jóvenes descender corriendo de un carruaje al otro lado de la calle. Gritando de felicidad se abrazaron las dos a él. Eran Olalla de Veranz y Lucía Gálvez.

¡Realmente Dios existía!

Capítulo XXXI

Abril de 1741. Bahía de Cartagena

–*¡¡¡¡Sssssssssssss!!!! ¡¡¡Roooooooommmmm!!!*

El fuego de mortero y los cañonazos que habían comenzado de madrugada, como todos los días, seguían silbando a las diez de la noche. A la luz mortecina de las velas, dentro del camarote, apenas se vislumbraba el perfil de los objetos. Diego se entretenía observándolos en la oscuridad; el reflejo del fuego y la pólvora brillaban intensamente; parecían fuegos artificiales. Impaciente se sentaba y levantaba a cada rato cansado de esperar a que el Almirante terminase. Lezo era un hombre muy religioso y se había hecho construir un oratorio allí abajo; llevaba más de media hora rezando ante la imagen de la Virgen de la Candelaria que el pueblo de Cartagena le había regalado; era la misma talla que el Obispo bendijo el día que los británicos aparecieron por Punta Canoa.

–*Toc, toc* -llamó Diego a la puerta. No quería interrumpir pero le preocupaba que Lezo no diera señales de vida; estaba mayor y torpe; podía necesitar ayuda para levantarse. La cojera y la edad no perdonaban-. Excelencia... perdone que lo moleste pero me pregunto si Vuestra Merced necesitaría de mi ayuda o puedo regresar ya a San Luis.

–No, no regresará a San Luis esta noche. ¡Ayúdeme!- dijo intentando levantarse apoyado en su bastón con empuñadura de oro. Llevaba un rosario colgando de la mano y a la luz cetrina se veía muy desmejorado. ¿Sabe qué día es hoy? ¿Y mañana?

Diego no acertó a contestar. Encogiéndose de hombros se limitó a negar con la cabeza mientras lo ayudaba a sentarse en su camarote delante del viejo mapa sobre el que cada mañana, cada tarde y cada noche, intentaba descifrar cómo ganarle la partida al enemigo.

–Hoy es Jueves Santo y mañana Viernes Santo, el día más importante de la Cristiandad -contestó mirando las perlas de su rosario-. El Obispo Benavides me ha informado que mañana habrá una misa solemne en la catedral, una procesión y unas rogativas. Nos ruega que estemos presentes y estaremos.

–¿Pero señor, en plena ofensiva inglesa? Ya ha visto su Excelencia -dijo señalando con la mano el humo y los disparos-. Señor, usted mismo lo dijo esta tarde. San Luis está a punto de caer; tendremos que proteger desde aquí al millar de hombres que hay en la fortaleza; cubrir su retirada. Si el Oxford y el Burfford siguen así, el castillo no pasará de mañana. Habrá que embarcarlos a todos hasta el Manzanillo. Y no pararán, tienen la victoria al alcance de la mano.

–Lo sé -lo interrumpió el otro-. Pero le recuerdo que en la guerra tan importante como luchar bien o tener una buena estrategia y hombres bien entrenados es mantener la moral bien alta ¡y vea lo flojos que andamos de ella! Su Excelencia el Virrey ha almorzado hoy conmigo. Me ha traído varias barricas de víveres y medicamentos y no ha dicho ni *mu* en todo el día. Está cabizbajo, hundido, desmoralizado. En pocas semanas sus aires de grandeza han desaparecido y aunque sea un estúpido, que lo es -señaló con énfasis- no lo es tanto como para no entender que, o cambian las cosas, o habrá que rendir Cartagena en el plazo de una semana. El enemigo ha desembarcado ya en la Boquilla y Bocachica; está emplazando sus baterías a la entrada; ha destruido el fuerte de San José y en unas horas hará lo mismo con San Luis. Nos han roto la primera línea de defensa; la más fuerte, sólo nos queda retroceder, resistir. Sinceramente -dijo mirándolo- nuestra única oportunidad pasa por aguantar hasta que la epidemia haga estragos.

–Están teniendo muchas más bajas que nosotros. Cuando eso sucede, las tripulaciones pueden revolverse. Tal vez sus hombres se amotinen.

–No se amotinarán contra Vernon. Respetan y admiran profundamente a Lestock. No, por difíciles que se pongan las cosas, por muchos que mueran, son soldados, no se amotinarán. Eso no nos salvará. Nos salvará que Dios nos proteja o una epidemia los machaque, una tormenta los hunda y nuestras defensas aguanten como hasta ahora. Eso nos salvará. Es como pedir un milagro, pero yo, Capitán, creo en ellos. Soy una prueba viviente de que existir, existen.

–Entonces, ¿mañana bajaremos a Cartagena todos?

–No, desde luego. Nosotros y algunos oficiales más; dejaremos que nos vean los ciudadanos, eso los tranquilizará; creerán que no está la cosa tan mal. No quiero que cunda el pánico.

–De acuerdo señor, mandaré preparar mi uniforme de gala y todo lo necesario.

–Partiremos a las cinco -le dijo Lezo mientras ojeaba su reloj de bolsillo.

Agotado, Diego se tumbó en el catre. Se sentía exhausto y desanimado, esperaba poder dormir algo más que las últimas noches, pero el insomnio no se lo permitió. Estaban en un momento crítico; aquella era más que una batalla. Si perdían, tendrían que abandonar su ciudad, su casa, su mundo. Pensarlo le dio miedo. ¡Tenían que resistir aunque fuera lo último que hicieran! Era medianoche cuando los disparos cesaron. El enemigo también necesitaba descansar; aunque tuvieran muchos más hombres, aquel ritmo endiablado era imposible de mantener indefinidamente.

A la luz de una esmirriada vela leyó por vigésima vez la carta que Carina le había entregado el último día que la vio. Le gustaba hacerlo; detenerse en las frases más románticas; oler su perfume. Tal vez la viera en la catedral en unas horas igual que a su familia.

–Señor, le dejo aquí toda su ropa- dijo su ayuda que le llevaba el uniforme limpio y cepillado para el día siguiente. Diego le ordenó que se marchara; necesitaba intimidad.

Dando vueltas y más vueltas en el raquítico y duro camastro pensó en Lezo. Había envejecido diez años de repente, pero a diferencia del Virrey, no perdía ni un segundo en lamentarse; cada minuto, cada segundo del que disponía era para seguir intentando la victoria. Reconocía que lo tenía todo en contra pero la fortuna siempre le había sonreído. Hasta el último minuto había que mantener la esperanza; la suerte podía cambiar en un chasquido. Su filosofía venía refrendada por veintidós batallas victoriosas y una vida legendaria. Era un honor estar a sus órdenes. Había oficiales que lo detestaban, sin ir más lejos Desnaux; con sus aires finos odiaba los modales rudos y poco aristocráticos de Lezo; Diego sin embargo agradecía su franqueza. Era un hombre que sabía lo que hacía, qué quería y cómo lo quería. Tenía las ideas claras y siempre escuchaba a los que tenían algo que decirle. Era rudo, pero justo. Malhablado, pero inteligente. Manco, tuerto y cojo, pero inmensamente afortunado. La diosa fortuna siempre le había sonreído, aunque él, un hombre tan religioso, prefería decir simplemente que Dios era español.

Cerró los ojos y lo recordó caminando con su pata de palo por la selva, enredándose en la densa vegetación, pegando bastonazos a un matorral que se le resistía o soltando los más soeces improperios al conocer al Virrey, a aquel señor tan elegante con su indefectible pañuelito sujeto al dedo y su peluca inmensa. También recordó la bronca que les echó a unos calafateadores a los que él en persona enseñó a reparar adecuadamente la grieta en un barco. ¿Qué no sabría él de barcos? Lo sabía todo.

Desde que siendo niño se enrolara en su Pasajes natal, su vida había sido aquella. Sólo tenía quince años cuando perdió la pierna en una batalla contra los ingleses, frente a Málaga, en la Guerra de Sucesión. Cojo con quince años, héroe con quince años. Una bala de cañón le destrozó la pierna izquierda pero su valor y arrojo corrieron de boca en boca. Se contaba que no soltó ni un lamento cuando esa noche le amputaron el miembro desgarrado. Aquel comportamiento ejemplar le sirvió para ser nombrado alférez por Luis XIV de Francia, abuelo y jefe del jovencísimo rey de España, Felipe V; de éste fue nombrado asistente de cámara. El bisoño monarca le ofreció vivir en la Corte pero él rechazó tal honor; su sueño era ser un gran Almirante. El destino le ofrecía una vida regalada en Palacio pero él prefería el mar. Aquel fue su bautismo de sangre; por cierto -le gustaba contar- que el barco enemigo que le dejó cojo contaba entre su tripulación con un joven guardarmarina llamado Edward Vernon. Sí, cuando decía que eran viejos conocidos, que tenía cuentas pendientes con él... ¡qué razón llevaba!

Después de aquello fue un no parar; de guerra en guerra; de

mar en mar; su pericia e inteligencia siempre lo destacaron. En su enfrentamiento a los saboyanos en Tolón, una esquirla lo impactó en el ojo izquierdo dejándolo tuerto. No fue impedimento para seguir navegando en la Escuadra del Mediterráneo que años más tarde él comandaría. Meses después, cerca de Barcelona, y contra los ingleses, perdió el brazo derecho. ¡Tenía veinticuatro años!

Ya Capitán y al mando de una fragata, su fama traspasó fronteras al capturar a uno de los navíos más emblemáticos del momento, el Stanhope, que triplicaba sus fuerzas. Su carrera en la Armada era un hito tras otro; un éxito tras otro... una herida tras otra. Terminada la Guerra de Sucesión partió hacia La Habana y conoció América. Marchó protegiendo la flota de galeones y allí se quedó años. Su cometido: limpiar de piratas el Caribe y los Mares del Sur. Su llegada a Lima como un héroe lo ayudó a encontrar novia; a enamorar a una joven, rica y guapa criolla, Josefina Pacheco. ¡Él! Un hombre parco en palabras, ni demasiado elegante, ni guapo; cojo, tuerto y manco.

Tras años de surcar los mares más peligrosos regresó a España; al frente de la Escuadra del Mediterráneo sitió Génova. A los treinta años su fama de audaz e imprevisible lo precedía. Las banderas que ondeaban en sus barcos llevaban bordadas las insignias reales: la flor de lis de los Borbones, la Orden del Espíritu Santo, el Toisón de Oro y tantos y tantos honores concedidos. La ilusión de su esposa de vivir con todos los privilegios en la Corte española se esfumó cuando en 1737 el rey lo mandó a Cartagena de Indias, de vuelta a América; había que defender la llave del imperio.

Diego agradeció al monarca su decisión; así lo había podido conocer ¡qué días aquellos! La expectación que levantó su llegada; los chismes que de él se contaron; el miedo que se extendió por Cartagena: si el Rey lo enviaba sería que algo grave los amenazaba; Felipe V no mandaría a su Almirante más laureado para nada. Se emocionó al recordar su primera vez; cuando se cuadró ante él; la mirada que le dedicó de *pobre niño rico y malcriado* lo que no fue óbice para que le diera una oportunidad. ¡Le debía tanto! ¡Le había enseñado tanto! Le agradecía que se emocionase cuando le hablaba de sus operaciones en Jamaica o Tortuga. ¡Me hubiera gustado tener veinte años menos y haberlo podido acompañar! -le dijo un día- y cuando lo protegió frente a todos en el juicio. Sólo por eso debería estarle eternamente agradecido. ¿Sería verdad que estaban en las últimas, que morirían ambos en aquel sitio inmisericorde? No lo sabía, pero algo tenía claro: jamás lamentaría haber estado allí con él.

–Señor, es la hora- dijo un grumete en la puerta a oscuras con una pequeña lamparilla de aceite.

Diego se levantó con la sensación de haber dormido sólo unos minutos y posiblemente así había sido. Saltó de la cama y echó un vistazo afuera; aún no había amanecido. Se agradecía el silencio. No soportaba más explosiones; la cabeza le iba a reventar. El oído derecho le había sangrado la tarde anterior y se lo había tenido que taponar con gasas. Frente al espejo lavó la cuchilla en la palangana y se afeitó.

Con las primeras luces abandonó la nave capitana junto a don Blas y tres oficiales más: don Lorenzo de Alderete, don Juan de Agresote y don Pedro de Elizagárate. En un bote llegaron a Cartagena; almorzaron con el Virrey en el Palacio del Gobernador; charlaron con el Obispo y varios sacerdotes que los esperaban; visitaron varias zonas de la ciudad y a la media tarde salieron rumbo a la catedral abarrotada de vecinos. El obispo hizo sus rogativas; pidió a la Virgen y a Jesús su protección frente a los enemigos de la fe. Los asistentes escucharon en silencio y angustiados.

Desde su asiento principal en la catedral Diego buscó con la mirada a Carina sin encontrarla. Nada más entrar había divisado a su familia en su banco de siempre; había dedicado una sonrisa a su hermana y un gesto respetuoso a sus padres. Vio a otros conocidos: al Virrey con sus oficiales -entre ellos Gálvez- a doña Constanza de refilón al pasar por el pasillo central, pero ni a Lucía, ni a Gerardo ni a Carina. Lo de Gerardo lo entendía: estaría reponiéndose y aquellas aglomeraciones no eran aconsejables para los convalecientes; la señorita Gálvez andaría cuidándolo, pero Carina ¿dónde diablos estaba? Tenía que hablar con doña Constanza, preguntarle por ella, darle un recado: que no lo olvidara.

Un oficial a su lado le estrechó la mano en señal de paz; comprobó sorprendido lo avanzada que iba la misa. Salían las autoridades religiosas cuando empezó a sonar una tamborrada. Los golpes que restallaban destrozaron sus oídos, que volvieron a sangrar. El Obispo seguido de sus sacerdotes, diáconos, subdiáconos y monaguillos presidía la solemne procesión que atravesaría, ya anochecido, calles y plazas con su atmósfera casi sobrenatural. Los hermanos cofrades con sus altos capuchones salieron uno tras otro con sus cirios humeantes; muchos descalzos iban portando largas cruces de madera en señal de penitencia. Comenzaron su desfile: unos de negro con cruces rojas en el pecho; otros de blanco a imitación de los antiguos templarios.

Se percibía en el ambiente el olor dulzón de las flores que acompañaban a la imagen de la Virgen... Las mujeres de negro con sus mantillas y la cara cubierta caminaban detrás de ella; acompañándola en su dolor, el dolor por ese hijo muerto que tantas de ellas sufrían ahora. Eran costumbres procedentes de la madre patria muy presentes en la sociedad criolla. Aquel año la Semana Santa carecería de la connotación festiva de otras veces: no habría puestos de dulces y chocolates por las calles, ni terrazas y tabernas a tope, ni bandas de música interpretando temas religiosos. Las dos casas de citas más populares habían cerrado hasta que terminase la guerra. El obispo culpaba al desmadre y a la lujuria de la terrible guerra y las damas más puritanas habían exigido su cierre. Las prostitutas de Cartagena habían decidido descansar. Tampoco tenían mucho que hacer con todos los hombres acuartelados, muertos o heridos.

–*¡Torrrroommmm, torrroooommmmmm!* -sonaron los tambores en el silencio sepulcral.

Diego caminó detrás de los sacerdotes y estandartes junto al resto de autoridades civiles y militares. Concluida la procesión, Lezo no les permitió saludar a sus familias. La guerra los esperaba. No pudo buscar a Carina.

–¡Adelante, pase! -contestó una voz al otro lado de la puerta.

Olalla de Veranz abrió el picaporte de la biblioteca y entró. Dentro Lucía atendía al Capitán De Rieux. Éste mantenía abierto un libro en su regazo mientras la pierna herida y vendada reposaba encima de unos almohadones. La joven dejó un tazón con café encima del escritorio y subió a la escalera de pared a tomar los títulos que estaban en las estanterías. Olalla los saludó con cordialidad; estrechó la mano del Capitán y besó a Lucía. Ésta enseguida comprobó que la recién llegada tenía mala cara.

–¿Ocurre algo malo? ¿Hay noticias del Capitán De Veranz o de mi hermano?- preguntó inmediatamente alarmada.

–No, no. Estese tranquila, no sé nada de ellos desde el viernes en la catedral y esa es la mejor noticia que podemos tener -contestó dando la espalda al caballero que parecía ajeno a la conversación; Olalla le hizo un gesto a su interlocutora para que saliera. Necesitaba verla a solas.

–Bien, dígame ¿qué ocurre? -preguntó creyendo saber por dónde iría la conversación una vez salieron al pasillo-¿Ha podido ver a Carina? Yo no pude ayer. El mayordomo insistió en que había salido sin darme más razones. ¡Por favor, dígame que la ha visto, si no, temo que a doña Constanza le dará un patatús!

–Sí, está allí. La he visto y he hablado con ella. Ha salido a atenderme; me ha ofrecido fríamente una limonada y me ha indicado que no podía regresar aquí, que tiene que cuidar a su marido. Entonces he mirado arriba y allí estaba él, de pie en la ventana. Me ha hecho una inclinación de cabeza. Desde luego tenía mal aspecto; estaba muy demacrado, envejecido. No sé, me ha parecido todo rarísimo.

–¿Pero ella estaba bien? ¿No estaba herida o enferma?

–No, no. Le he dicho que si necesitaba ayuda podría quedarme con ella; mandaría un recado a mi casa y poco le ha faltado para echarme sin más. Durante un instante me pareció ver miedo en su mirada, una advertencia muda de que me fuera. ¡Algo raro pasa! ¡Ya lo dijimos desde el primer momento! Tenemos que hacer algo, ¿pero qué? No puedo avisar a Diego. No sé dónde está y además, ¿para qué? No podrá abandonar su puesto. Si le aviso, sólo conseguiré ponerlo nervioso; que intente alguna locura. ¿Qué hacemos?

–No sé, anoche Gerardo me preguntó por ella un tanto intrigado. No parecieron convencerlo mis explicaciones. Busqué una excusa para salir y no regresé hasta mucho después; él ya estaba en cama. Hoy volverá al ataque y no sé qué explicaciones dar. Si le dijéramos la verdad intentaría ir a la casa; eso es peligroso, no está en condiciones de luchar, de enfrentarse a nadie.

–¿Cree que deseaba volver con su esposo?- terminó de preguntar angustiada Olalla; nerviosa por el sufrimiento que aquello causaría a su hermano.

–¡¿Volver?! ¡Si no paraba de hablar de cómo anular ese matrimonio para poder casarse con su hermano! No, debe estar retenida contra su voluntad; que Pipa tampoco haya regresado lo confirma. Su novio Juanín está muy preocupado. Ayer estuvo todo el día merodeando por la casa de Courdec y no logró verla. Sí vio a Carina de lejos, a través de una cristalera.

–¡¡¡Vayaaaa, qué bonito!!!- las interrumpió detrás una voz masculina. Tan enfrascadas estaban en su conversación que ni cuenta se dieron que detrás de la puerta De Rieux las escuchaba-. ¿Qué diablos pasa con la señorita De Ulloa? ¿Dónde está y por qué no se me ha informado de lo que ocurre?

Las dos mujeres se miraron; sabiéndose pilladas, confesaron.

–Hace días que se acercó por su casa, bueno, por la de Courdec -especificó Lucía-. Fue a recoger material sanitario porque aquí escaseaba y no ha regresado.

–¿Por qué? -se limitó a preguntar de forma tajante De Rieux.

–Bueno, esa noche mandó decir que su esposo, que llevaba ausente dos meses, había aparecido. Al parecer estaba herido, necesitaba atención y ella, como esposa, se la iba a dar, que regresaría en cuanto pudiera. Al principio no le dimos mayor trascendencia; parecía lógico aunque sólo fuera por humanidad. Además -intentó justificarse- coincidió con la noticia de su apresamiento, Gerardo. Estuvimos días pendientes de que se confirmara el intercambio de prisioneros; asustadas a causa de su herida que no sabíamos cuán grave era. Pasaban los días y no volvía; ya más tranquilas, con usted en casa decidimos visitarla. Doña Constanza se acercó a la Casa Rosa dos veces y no pudo verla; eso nos alarmó. Después fui yo otras dos veces, la última ayer, y tampoco. Esta mañana la señorita Olalla ha podido verla y hablar con ella. Me contaba que le ha parecido raro su comportamiento.

–Tememos que Courdec la pueda tener allí retenida contra su voluntad.

Gerardo escuchó con atención el relato.

–Diego no debe saberlo, bastante tiene ahora mismo... además, no podrá solucionar nada. Prepárenme una montura y la ropa, iré a ver qué pasa. Me acercaré ahora mismo.

–¡No por favor, no podrá hacer nada! No le contarán más de lo que nos han dicho a nosotras; tendrá que entrar a las bravas y no está en condiciones de hacerlo. No herido y cojo.

–¡Pero algo hay que hacer! - continuó el otro mientras andaba con las muletas por el pasillo.

–Propongo algo -saltó Olalla a sus espaldas, haciendo que ambos se volvieran a mirarla-. Que mañana alguien se infiltre en esa casa; intente hablar con la servidumbre; averiguar qué sucede. Si no, me presentaré yo misma con alguna autoridad con cualquier excusa y me llevaré a Carina aunque sea a rastras.

–Está bien... intentémoslo así. Si mañana no averiguamos qué diablos pasa, yo mismo iré allí y entraré aunque sea a tiros. Diego no me perdonaría que no protegiera a su futura esposa.

Las dos jóvenes se miraron preocupadas pero aceptaron obligadas por las circunstancias.

–¡¡Vamos, vamos, rápido!! -gritó Diego a los hombres que en botes, deprisa y corriendo, abandonaban San Luis a su suerte tras la última batida inglesa.

Trece navíos británicos bombardeaban en ese instante sin piedad el baluarte; parte de sus muros habían caído ya, desmoronados, como si fueran arena. Desde tierra, varias baterías protegían la retirada; en la bahía, el San Felipe, con el casco atravesado, disparaba sin tregua al enemigo. Desde la orilla, las plataformas con cañones que Lezo había mandado preparar disparaban sin cesar; había ideado un sistema mediante el cual, colocando cuñas de madera bajo el cañón aumentaba el ángulo de tiro y la distancia. Los ingleses estaban sufriendo un duro castigo. A esas horas -pensó Diego- estarían jurando en arameo; preguntándose de dónde salían los disparos -las baterías estaban ocultas por la vegetación- y cómo era posible que con armas vulgares, con cañones de veinticuatro o dieciséis libras, los defensores alcanzaran esas longitudes de tiro que destrozaban sus naves. Balas encadenadas surcaban el cielo rojizo y en llamas y rajaban los aparejos de sus barcos. La infantería de marina española sudaba la gota gorda para evitar que los bragueros, los cabos que impedían que los cañones se desplazaran con el retroceso del disparo, se desataran de los troncos a los que los habían amarrado. Tampoco se daba abasto a cargar la pólvora. El ruido era ensordecedor.

–Señor, ¿aquella es La Galicia? ¿Vamos hacia allá?

–No -contestó Diego a los hombres a su cargo-. Vamos al Manzanillo y al fuerte de la Cruz. Hay que reforzar la segunda línea defensiva. La primera está hecha añicos. En la Boquilla están desembarcando ya a miles.

El muchacho que había preguntado calló. ¡Malo! -debió pensar- Los fuertes del Manzanillo y la Cruz no eran ni la mitad de resistentes que los de San Luis y San José; si estos habían caído los otros lo harían en breve. Las fragatas San Carlos y Galicia retrocedían para proteger la retirada de los cientos de hombres que abandonaban los fuertes. El último en salir de San Luis sería su coronel, Desnaux. Aún seguía allí, entre los muros calcinados, arrancando los cañones para llevárselos. No podía dejárselos a los ingleses, tendrían que cargar con ellos en la retirada. El problema era que medían tres metros y medio de largo y pesaban más de tres toneladas; las patrullas que los transportaban avanzaban muy despacio por los caminos embarrados, tupidos y estrechos. Mientras embarcaban la artillería, veían cómo cuerpos reventados, putrefactos e hinchados de muertos propios y ajenos eran devueltos por el mar a la orilla; eran una masa informe mezclada de lodo y tierra que muchos pisoteaban sin darse cuenta.

–¡Desembarquen!- gritó Diego, saltando él el primero a tierra. En el pequeño baluarte del Manzanillo había mucho movimiento. A la vez llegaban botes con los heridos que trasladaban en parihuelas a dependencias especiales, al resguardo de la intemperie.

–*¡¡Roooooommmmmm!!!*- sonó brutalmente. Una explosión enorme obligó a todos a mirar hacia atrás; el San Carlos estaba hundiendo al San Felipe. La fragata ardía de forma escandalosa; oían el crujir de palos y mástiles al caerse; de las lonas al rasgarse;

de la pólvora explotando.

–¡Jesús, María y José!- se santiguó en ese instante un veterano alférez de pelo canoso y grandes cicatrices-. ¿Qué ha sido eso? ¿Nos han dado? ¿Le han dado al *San Felipe*?

–Le hemos dado nosotros -contestó Diego señalando al San Carlos que seguía disparando-. Están cegando la entrada a la bahía.

Los hombres asintieron sin prestarle atención; ensimismados en la inmensa bola de fuego en que se convirtió el navío. La intensa luz que desprendía la nave, a punto de hundirse, se reflejaba en sus rostros tiznados y sudorosos. Escasos minutos después, el *San Felipe* era historia. Su proa se colocó en posición vertical y despacio se hundió en las negras aguas.

Lezo ordenó en las siguientes horas que se hundieran todos los barcos mercantes, balandros, guardacostas, bergantines, todo. Había que impedir que las naves inglesas, que se amontonaban como lobos hambrientos en la boca de la bahía, pudieran llegar al muelle y a Cartagena. Durante dos días se trabajó sin descanso en ello. Algunos hombres lloraron. Había quien llevaba años de servicio en un mismo navío y aquello resultaba desmoralizador. Para el cuerpo de mando era la única salida.

Los ingleses descubrieron pronto que la ancha bahía engañaba; que sólo era navegable por un estrecho canal. Ese era el único paso con la profundidad suficiente para no encallar en los fondos coralinos de aguas tropicales y transparentes. Vernon ordenó a sus hombres que sacaran los navíos hundidos mientras los defensores seguían disparándoles desde tierra; la tarea era ardua, pero los ingleses no se amedrentaron. Después de días de trabajo agotador y cientos de víctimas, los barcos más ligeros consiguieron entrar; los españoles tuvieron que retirarse hasta la misma Cartagena. Estaban a mediados de abril y sólo los inmensos muros de la ciudad portuaria y el castillo de San Felipe de Barajas los protegían ya. Entre tantas amarguras, Lezo recibió una buena noticia: había soldados británicos desertando.

–No les creo, seguro que son espías- dijo en un primer momento cuando uno de sus oficiales le informó de que en la sala contigua tenían a dos irlandeses que habían abandonado la tripulación del

Norfolk y llegado a Cartagena-. ¿Por qué querrían abandonar a los suyos si van ganando? ¿Son idiotas?

–No señor, son católicos. Insisten en que no permitirán que esos infieles ganen Cartagena para su fe.

Lezo levantó una ceja incrédulo; tras interrogarlos, terminó creyéndoles. Además conoció algunos datos realmente interesantes. El enemigo luchaba denodadamente; parecía muy fuerte; pero hacía aguas. Las enfermedades, la falta de víveres y las muchísimas bajas sufridas los tenían contra las cuerdas.

–Señor, también hemos comprobado que los ingleses se han envalentonado hace una semana al capturar un correo nuestro.

–¿Cómo que un correo nuestro? No hemos mandando ningún... *¡Hiputa!* -dijo al entender que habría sido Eslava quien lo habría hecho-. ¿Para Torres?

–Sí señor, pedía ayuda desesperada a Torres. Ahora el enemigo sabe que Torres no vendrá, que no sabe nada, que tiene la retaguardia segura. Por eso varios de los navíos que tenían protegiéndose las espaldas están ahora en la Boquilla desembarcando.

–¡Maldición! ¡Hay que ser descerebrado! ¡Le advertí que no mandara ningún correo a Torres! Era de cajón que los ingleses interceptarían cualquier correo que saliera de aquí. Hay naves suyas por todo el litoral. En fin, ese hombre es un castigo -dijo secándose el sudor y sentándose en su camarote-. ¿Algo más?

–Nos llegan noticias de que Vernon ha enviado un correo a Inglaterra asegurando que ya nos ha derrotado. Parece que tiene prisa por celebrar la victoria.

–Bien, que mande lo que quiera. No por celebrarlo antes va a ganar antes. Esto no ha terminado -dijo despidiendo al oficial que cuadrándose ante él, abandono el camarote-. ¡Qué mal agüero!- dijo por lo bajo. Daba mala suerte celebrar las victorias antes de lograrlas. Como hombre supersticioso que era le pareció una buena señal.

La noche del diecisiete de abril los ingleses ocuparon el cerro de la Popa. Los defensores resistían aún en el fuerte de la Cruz y el baluarte de San Lázaro. La zona estaba minada y los atacantes sufrían lo indecible. Los refuerzos obsesivos de Lezo iban a dar sus frutos. Varias columnas volaron ese día por los aires intentando entrar en la ciudad; aquello resultó demoledor, definitivo. Eran veintitrés mil hombres de infantería y casi cinco mil marineros y negros macheteros de Jamaica los que habían iniciado el ataque. Tan sólo mil y pico de españoles los esperaron parapetados en las inmediaciones obligándolos a retirarse. Los británicos tuvieron cerca de diez mil bajas. Los defensores hicieron numerosos prisioneros; había heridos por doquier, diseminados y reventados por la ladera de la montaña; abandonados a su suerte. Vernon pidió un alto el fuego momentáneo. Cada bando necesitaba retirar a sus muertos; reorganizar sus estrategias.

A esas alturas los defensores habían perdido todas sus naves, incluida La Galicia, capturada por el enemigo. Este, a pesar de sus esfuerzos y su superioridad numérica, se veía incapaz de tomar la ciudad. En sus barcos los hombres morían a mansalva a causa de las enfermedades y las heridas de guerra. La resistencia numantina de los cartageneros terminó desmoralizándolos; las enormes bajas hacían insostenible proseguir con el ataque. Tras varios días de fuego de baja intensidad Vernon claudicó.

Se rindió; lo hizo sabiendo que había rozado la victoria con las manos, pero con miles de bajas y decenas de barcos perdidos. ¿Qué diría a su rey después de que en Inglaterra hubieran comenzado las celebraciones por la captura de la joya del imperio español? ¿Qué explicación ofrecer para las miles de bajas sufridas ante un enemigo numéricamente inferior?

Según abandonaban las naves inglesas la bahía, tropas españolas recuperaban el terreno perdido, ocupando las baterías y fuertes en ruinas, hasta llegar al último. Un San Luis humeante, caído piedra sobre piedra, recibió a Diego. Con la cabeza y un hombro vendado, diez kilos menos, profundas ojeras y sin voz se subió a lo alto de un parapeto. El espectáculo era dantesco. Detrás de la estela de espuma dejada por la escuadra en retirada, aún visible en el horizonte, miles de cadáveres flotaban en el agua.

–*¡¡Jaaaa, jaaaa!!*- *¡Fonnnnn! ¡Foooommmm!*- se oían risas y disparos. Esta vez de felicidad.

Aquella mañana todos recogieron sus cosas y regresaron a Cartagena con sus familias. Todos menos los muertos, que fueron enterrados por patrullas improvisadas; y los heridos, trasladados hasta los hospitales de la villa. Entre estos, Lezo. La herida sufrida no parecía grave, una esquirla en la pierna, una cicatriz más; una cruz más en su hoja de servicios.

Los botes que conducían a los hombres desde el frente a la ciudad estaban abarrotados. Diego esperó su turno durante horas; junto a él, un grupo de hombres bebía y reía entre cascotes, humo y destrucción; mañana sería otro día... ¡Ya habría tiempo de rehacer las defensas derribadas!

–¡Miren qué manos! -decía en ese momento Agustín Serrasola, jefe de artilleros, enseñando las suyas llenas de quemaduras, costras y heridas. Vendadas y cosidas por todas partes.

En los infernillos de campaña prepararon café mientras algunos sacaban la eterna baraja de los bolsillos -con cartas chamuscadas y agujereadas- y echaron una partida encima de una piedra. A mediodía Diego embarcó camino de su casa. Pronto podría abrazar a los suyos. Compartió la lancha con unos marinos a los que conocía; durante el trayecto escuchó sus bravuconadas sin participar en la conversación; sus pensamientos estaban ya muy lejos, no podía evitar la sensación brutal de victoria, de felicidad que lo invadía. Hasta los negros nubarrones que los habían amenazado durante semanas, de repente se alejaban movidos por una imperceptible brisa. Así se sentía él. El abandono inglés aún lo sorprendía. Desconocía los motivos exactos por los que se habían retirado; habría sido algo muy grave después de mes y medio de lucha y miles de muertos. Pero la vida era así. Como le gustaba decir Lezo, los designios de Dios son inescrutables. A él le bastaba con saber que su ciudad, su vida y su mundo seguirían esperándolo.

El viento de poniente acarició su cara. El hermoso mar esmeralda; las palmeras cargadas de cocos; el saludo de cientos de mulatos y negros que los silbaban y vitoreaban desde las orillas; la marabunta que se adivinaba esperando en el puerto le hizo recuperar la energía; como si el enorme cansancio que arrastraba se hubiera borrado de un plumazo. Comprendió que los suyos estarían ya nerviosos e impacientes por verlo aparecer. Se estarían empezando a preguntar si no estaría muerto o herido. Con la mano de visera oteó el horizonte;

quitándose el bicornio y silbando, saludó desde la distancia a su madre, a la primera de los suyos que divisó. Doña Celia empujaba a otra mujer mientras le devolvía el saludo a su hijo con la mano y le lanzaba un beso al aire. Enseguida vio aparecer detrás a su hermana. Olalla también dio un salto de alegría al verlo mientras se hacía un hueco en la zona donde desembarcarían. Minutos después Diego saltaba de la lancha y abrazaba a las dos mujeres de un golpe. Su madre lloraba en su cuello y Olalla se reía tontamente. Diego se sorprendió al no ver a Carina. Tampoco era extraño entre tanta gente -se dijo a sí mismo para tranquilizarse-. Estirando el cuello, miró inquieto a su alrededor.

–Diego -le tiró su hermana de la manga-. Escucha. Si buscas a Carina, no está.

Diego la miró con un gesto de interrogación. Invitándola a continuar.

–Digamos que es una historia muy larga, si quieres vamos a casa; te das un baño; comes algo; descansas y yo te cuento todo.

–Cuéntamelo todo ahora mismo -la interrumpió-. ¿Qué diablos está pasando?

Olalla invitó con un gesto a su madre a que se pararse a hablar con una conocida mientras ella seguía caminando nerviosa. Diego la enganchó del brazo y la detuvo.

–¿Qué pasa? ¿Dónde está Carina? ¿Le ha pasado algo?

–Esa es la cuestión. Carina está en su casa, con su esposo. El señor Courdec regresó. ¡Creemos que la tiene retenida! Pero en realidad no hemos podido hablar con ella. Courdec no dejó entrar en la casa ni a doña Constanza ni a Lucía. A mí me recibieron pero casi me echaron nada más llegar. Hay vigilancia; dentro al menos hay un hombre desconocido que no es Courdec. ¡Sabe Dios quién será! El caso es que como no teníamos noticias ni de ella ni de su doncella, me presenté en su casa con un alguacil. ¡Pero ya sabes cómo están aquí las cosas! Apenas quedan agentes. Eslava y Lezo han movilizado a todos los hombres disponibles y sólo dejaron tres ancianos para hacerse cargo de la seguridad en la ciudad. Uno de ellos me acompañó a regañadientes a la casa; era un viejo achacoso que se puso muy firme a la hora de exigir documentación a Courdec, pero no logró nada. Es más, tal vez sólo pusiera las cosas más difíciles a Carina. Por eso decidimos esperar a que Gerardo se recuperara de su herida o a que tú volvieras.

Diego calló unos minutos. Allí de pie, entre el gentío, parecía ausente. Olalla lo miró preocupada.

–Diego, ¿me escuchas? Si hablas con Gerardo, te explicará mejor lo ocurrido.

–Dile a madre que iré a casa luego, primero tengo que resolver algo.

–¿Pero qué vas a hacer ahora mismo? ¡Espera a bañarte y almorzar al menos! ¡Si estás sin dormir!

–No, cada minuto podría ser vital. A estas alturas Courdec sabrá que tiene el tiempo contado. Necesita salir de aquí pitando; mejor ahora que luego, aprovechando el caos, el jolgorio, el descontrol. Si espera a mañana puede ser hombre muerto.

Dicho eso Diego desapareció corriendo entre la multitud. Olalla con su sombrilla lo vio perderse entre la gente sintiendo cómo se le hacía un nudo de miedo en el estómago. Doña Celia, ajena a los problemas, se reunía con ella instantes después.

–¿Y Diego?

–Nada, madre, ya sabe cómo es. Ha dicho que irá a casa dentro de un rato, ¿regresamos?

Capítulo XXXII

–Conduzca despacio; diríjase hacia el norte; habrá que internarse en los manglares -le indicó Courdec al cochero-. ¿Preparaste todo lo que te pedí? -le preguntó a un Tío Jacinto silencioso y taciturno.

–¡¡Amo, amo!! - los interrumpió una sirvienta-. Sus ungüentos -dijo dándole un paquete.

La noticia de la retirada británica había corrido como la pólvora y la ciudad se había echado a la calle a celebrarlo. Grupos de borrachos deambulaban de taberna en taberna; las campanas repicaban sin parar y miles de personas se arremolinaban en el muelle viejo para recibir con los brazos abiertos a sus hijos, maridos o novios que regresaban en botes desde el frente hacía horas. El espectáculo ofrecía un gran contraste. A un lado, baterías y baluartes envueltos aún en espirales de humo; bosques destrozados e incendiados; restos de maderamen flotando en el agua; patrullas de enterradores trabajando a destajo; piras de cadáveres amontonados; explosiones controladas; llantos desgarrados de quienes descubrían que los suyos no regresarían. Y por otro, una mañana radiante; un mar intensamente azul en el que se apreciaban los bancos de peces de colores; manglares rebrotando en primavera a orilla de los playones...

Mientras los criollos se arremolinaban en ese extremo de la ciudad, que era un caos, Courdec ordenó viajar en dirección opuesta. No deseaba correr riesgos.

–El carruaje está preparado. Lo he metido dentro del arcón -contestó Tío Jacinto señalando un pequeño baúl a sus pies-. Aquí está todo lo que me ha pedido.

–Gracias -contestó Courdec al hombre, despidiéndose de él con un gesto agradecido.

De un salto ágil, que apenas recordaba su reciente convalecencia, entró y cerró la portezuela. Dentro lo acompañaban el teniente

Ferguson, Carina y Pipa. Las dos mujeres iban maniatadas y amordazadas. Habían decidido no dejarlas en casa; podrían dar la voz de alarma demasiado pronto. Mirando impaciente su reloj de bolsillo calculó que en breve estarían fuera de la ciudad. En el manglar serían difíciles de localizar. Aquellos pantanos eran verdaderos laberintos en los que cualquiera podía perderse; para evitar ese contratiempo contarían con la ayuda de conocidos de Tío Jacinto; gente de confianza que los guiarían en canoa hasta un pequeño balandro anclado en una ensenada a escasas cuatro millas.

–*¡Arrrr!* - sonó el látigo y el coche echó a andar despacio por las calles atestadas de gente.

Jóvenes soldados disparaban al aire mientras reían escandalosamente, borrachos como cubas; un contingente de infantería con las bayonetas caladas atravesaba en formación la calle principal mientras en la Plaza de la Mar un grupo de prostitutas y marinos bailaba de forma indecorosa al son de los tambores para jolgorio de la tropa alcoholizada que los aplaudía y vitoreaba. Desde el castillo de San Felipe de Barajas disparaban salvas; las damas de alcurnia acudían a paso ligero con sus mantillas y velas a la catedral a dar gracias a la Virgen y la chiquillería mulata corría descalza por las calles ofreciendo ricos trozos de papaya y coco a los viandantes. Cartagena recobraba su pulso. Los que llevaban semanas encerrados en sus casas escuchando aterrados el fuego de mortero y viendo pasar los carros cargados de heridos y muertos ahora celebraban lo que parecía un milagro. Aquel -pensó Courdec- era buen momento para salir sin que nadie les prestara atención.

Pipa lloriqueaba sonoramente en el interior del carruaje mientras cruzaban el centro en dirección a la Puerta de la Media Luna que les permitiría salir extramuros y llegar al Camino Real. Desde allí tomarían unas vías secundarias que Tío Jacinto les había dibujado en un plano improvisado esa mañana. El inglés iba silencioso con el arma en la mano; Courdec observaba el exterior y Carina a él. Intentaba saber qué haría, ¿las dejaría libres como había prometido? ¿Las mataría? Estaba más asustada de lo que quería demostrar. Si Courdec hubiese estado solo habría intentado algo; en el fondo no era mala persona, pero Ferguson le daba escalofríos. Era un tipo sin escrúpulos, violento por naturaleza.

–*¡Ahhhhgggg!* ¡Qué horror! -soltó con asco Courdec tapándose la cara con un pañuelo y dando arcadas. El viento de poniente arrastraba el hedor de la muerte. Cartagena era un inmenso cementerio y si no se actuaba con rapidez podría declararse una epidemia de peste con facilidad. Ante la imposibilidad de dar cristiana sepultura a los miles de cadáveres que había, las autoridades habían ordenado incinerar a los ingleses. A esas horas había decenas de piras encendidas por todas partes y la mezcla del olor a humo y el de los muertos era repugnante. Aves carroñeras sobrevolaban la ciudad desde hacía días. Carina estaba blanca. Courdec vio el miedo reflejado en sus ojos e intentó tranquilizarla.

–Quiero que sepa -le dijo con su peculiar acento- que lamento como han terminado las cosas, ¡pero *c'est la vie!* -comentó encogiéndose de hombros-... Sólo le pido que no esté asustada; le he dado mi palabra de que las dejaremos a ambas vivas y así será; además, le debo la vida. Me ha curado muy bien, así es que cuando regrese a casa, a Cartagena, en el cajón último de mi cómoda podrá encontrar los documentos que me acreditan con mi verdadero nombre, Tom Parker, y la falsificación del acta matrimonial. Cualquier letrado de la ciudad podrá anular la boda y usted podrá casarse con su amado Capitán -le dijo mientras le retiraba la mordaza al ver que ella quería hablar.

–Gracias- atinó únicamente a decir emocionada preguntándose angustiada si Diego seguiría vivo; si habría podido cumplir su promesa de seguir vivo para ella.

Las lágrimas amenazaron irrumpir como un torrente. El hombre le entregó un pañuelo y apretó sus manos para darle ánimos. Ella le agradeció aquel gesto. Intuyó que tranquilizarlas era precisamente lo que quería el hombre aunque no sabía si con el objetivo de que no molestasen en el viaje o para aclararles que no permitiría que nada malo les ocurriese. Al fin y al cabo habían compartido muchas cosas; ella incluso le había salvado la vida. Hablaban en español y Ferguson se removía en su asiento. Manejaba algunas palabras, las mínimas para hacerse entender, pero era incapaz de seguir una conversación. Eso lo inquietó; con una mirada de desprecio y desconfianza miró al francés; éste no se dio por aludido, no hacían buenas migas. Carina se preguntó qué los habría unido; por qué alguien como Courdec, un caballero a pesar de todo, habría terminado en manos de aquel tipo tan ruin y desagradable.

Tras una hora de traqueteo incesante por estrechos y solitarios senderos, el carruaje paró. El calor en el interior de la selva era insufrible; el bochorno aplastante. Durante un buen rato tuvieron que caminar por suelos fangosos donde las delicadas chinelas de Carina se atascaban. Con los zapatos en la mano, las medias agujereadas y los pies descalzos, avanzó como pudo. El cochero los orientaba mientras canturreaba y silbaba. Detrás de él caminaba Courdec; después las mujeres y cerrando el grupo Ferguson que no dejaba descansar el arma ni un segundo, inseguro y temeroso de ¡sabe Dios qué! Las flores blancas de los mangles lucían en todo su esplendor; el sol era radiante y se escuchaba el chapoteo de los animales en el agua. Un caimán con sus fauces abiertas, paralizado como una estatua, los miró fijamente a apenas dos metros. Ferguson se disponía a disparar cuando Courdec se lo impidió moviéndole el brazo.

-¡Déjelo, si no lo molestamos, no nos hará nada! No nos conviene que nos oigan, ningún lugar es lo suficientemente seguro; ya estamos llegando, no se inquiete.

Pipa lloriqueaba sin fuerzas, por pura inercia; Carina, goteando sudor, temía ser incapaz de llegar a dónde diablos fueran. Agradeció el ligero viento que se levantó de repente y la refrescó; al fondo se veían nubarrones y los comparó con los que habría pronto en su vida si no hacía algo. Necesitaba pensar, ¡pero estaba tan cansada! Ayudada por Courdec avanzó por una zona resbaladiza y peligrosa; escurriéndose una y otra vez. Tras cruzar un pequeño riachuelo se mojó completamente la falda; le pesaba un horror e iba ya hecha jirones de engancharsela en raíces y ramajes. Finalmente llegaron a una pesquería cerca del mar que se vislumbraba a lo lejos entre el intenso ramaje.

El lugar era una pequeña aldea de pescadores; apenas unos bohíos diseminados aquí y allá donde los mulatos tenían las redes echadas al agua. Niños desnudos se lanzaban desde las lianas salpicándolo todo; pelícanos gigantes entraban en picado y salían instantes después con un pescado en el pico; grupos de jovencitas con los pechos al aire decoraban sus piernas con pinturas minerales. Tuvo la sensación de que nada de lo vivido en las últimas semanas era real: la guerra, Courdec, el insufrible Ferguson. Aquella gente seguía a lo suyo; como si nada hubiese sucedido a escasas millas de allí. Las viejas calentaban en un puchero pescado con maíz y frijoles; los hombres iban y venían con sus canoas; algunos extraían ostras del agua metidos hasta la cintura en zonas poco profundas, los micos chillaban desagradablemente y una zorra manglera los observaba curiosa entre los matorrales. Dos hombres jóvenes, altos y fuertes, se les acercaron. El cochero parecía conocerlos; posiblemente fuera de aquel mismo poblado y los otros dos, familiares o conocidos. En esos pequeños núcleos rurales casi todos estaban emparentados. El más alto lucía una larga cicatriz en la cara, marcas pintadas en los brazos y el cabello alborotado; por ropa llevaba un taparrabos.

–¡Suban, vamos! - les ordenó Ferguson a las mujeres, señalando las canoas.

–¿¿Cómooooo?? -preguntó Carina asustada, resistiéndose a los empujones del mulato-. Por favor, no nos hagan subir a esa barca, déjennos aquí; Pipa y yo no nos moveremos. Si necesitan inmovilizarnos, átennos a un árbol. Nos quedaremos aquí hasta que estén seguros, pero por favor... -dijo llorando, tirándose al suelo de rodillas, suplicándoles-. No nos saquen de aquí, por favor, por favor- imploró mirando con ojos llorosos a Courdec.

Despeinada, embarrada, sucia y nerviosa vio que los hombres le daban la espalda sin escucharla. Echándose mano a la faltriquera de su falda comprobó que llevaba el abrecartas punzante que había tomado a escondidas. Esperaba no tener que necesitarlo... Pipa gritaba como una descosida sin recato alguno mientras Ferguson la empujaba enganchada con un solo brazo. Tropezándose, la doncella miraba hacia atrás buscando a su ama, que aún de rodillas en el suelo intentaba sin éxito decidir qué hacer; cómo impedir que se las llevaran. Pensó angustiada en la desesperación de Diego cuando llegara a casa y no la encontrara, cuando no supiera dónde buscarla. Su corazón se encogió al pensar en él ¿estaría vivo? Aquella pregunta la martilleaba sin cesar ¡Virgencita, Virgencita -suplicó en silencio- sálvanos!

–¡*Levantttesseeg!* -le ordenó el inglés con una mirada que no admitía réplica volviendo junto a ella.

Courdec retrocedió dejando a Pipa con los mulatos que la metían a la fuerza en la canoa y se dirigió en inglés y con muy malos modos a Ferguson; aunque Carina no entendía la discusión, intuía que el francés la estaba defendiendo. ¿Habría logrado ablandarlo con sus lágrimas e intentaría dejarlas allí? Aquel pensamiento la animó; aparentando estar más histérica que nunca volvió a suplicar de rodillas en el fango. Ferguson, con la paciencia agotada, se acercó con la intención de abofetearla y Courdec se interpuso. Por unos instantes se mascó el desastre; temió que la cosa terminara mal. Aunque el francés parecía ser el que tenía el mando, su debilidad física lo había dejado en inferioridad de condiciones y Ferguson no parecía dispuesto a negociar nada. Debía pensar que aquellas mujeres eran su pasaporte a la libertad; hasta que no embarcaran y estuvieran seguros, no podrían dejarlas libres.

La discusión subía de tono; los mulatos, ya en la embarcación, pedían a gritos que pararan; había que salir cuanto antes de allí decían mientras señalaban los nubarrones negros; en un rato podrían soltar un diluvio. Carina asustada se acercó a Courdec con la intención de agradecerle su gesto y pedirle que desistiera o terminaría matándolo a él también. Aquel pensamiento pareció premonitorio: un instante después Ferguson agarró violentamente del brazo a Carina; Courdec lo frenó y Ferguson le atizó un buen derechazo en la cara. De repente llovieron los golpes; los ganchos de derecha e izquierda se mezclaron con cabezazos, patadas, bastonazos. Courdec partió la nariz a su rival; Ferguson sangrando como un cerdo le clavó al otro una rama en los riñones, los niños de la aldea corrieron a ver el espectáculo sentándose alrededor de los improvisados boxeadores.

–¡Paren carajo!- gritaron los mulatos que se precipitaron a separarlos; aquello no estaba previsto en el trato con Tío Jacinto. Pero ya era tarde.

Un gancho del inglés dejó a Courdec doblado en el suelo. A patadas Ferguson intentó rematarlo; Carina se precipitó atacándolo por la espalda, sacando su fino abrecartas para clavárselo en el cuello, pero un movimiento brusco del hombre la tiró al barro. El abrecartas salió disparado y ella en volandas agarrada por Ferguson. Un Courdec inconsciente quedó sangrando en el suelo embarrado mientras a punta de pistola ataban a las dos mujeres espalda con espalda en la canoa. Muy asustada, esta vez Carina no lloró. Necesitaría toda su energía y astucia para escapar viva. De nada le serviría hacer teatro con Ferguson, lo que necesitaba era una buena idea, y pronto.

–*¡¡Tocccccc!! ¡¡Toccccccc!!* -llamaron con fuerza a la aldaba de la puerta.

Doña Constanza ordenó abrir. Diego entró deprisa al patio en el que aún quedaban algunos heridos a los que atendía habitualmente la señorita Gálvez, ausente en ese momento; había salido en busca de noticias de su hermano Ramón. Emocionada, la anciana se abrazó al joven.

–¡Gracias, gracias, gracias Dios mío! - repitió como una letanía sin soltarse de él.

–¿Qué diablos pasa con Carina? ¿Dónde está? - preguntó Diego inquieto apartándola ligeramente.

–¡Hay señor, gracias Capitán por venir! ¡Se han llevado a mi niña, tiene que encontrarla! ¡Tiene que encontrarla!

–¡Explíquese! ¿Quién se ha llevado a Carina y por qué? -interrumpió su lloriqueo

–Se han ido; se la ha llevado Courdec, ese maldito francés, nos lo acaba de decir Juanín.

En ese instante salía Gerardo de Rieux. Llevaba el uniforme y pedía a voces que le ensillaran un caballo. Bajaba corriendo detrás de él Juanín. Ambos se acercaron a Diego al verlo en la galería.

–Amigo, lo siento, se la han llevado. Iremos inmediatamente a buscarla. Te juro que le encontraremos. ¡Ese *hijo puta*!

–¿Dónde? -preguntó Diego ansioso, sacudiéndolo algo histérico.

–No sabemos con exactitud -lo frenó el otro-. Juanín los vio salir hace un rato; teníamos la casa vigilada desde hacía días. Todo ha sido muy precipitado y como no ha podido avisarnos ha seguido al carruaje corriendo detrás de ellos; afortunadamente hoy las calles están abarrotadas y no se podía conducir deprisa. Van hacia el norte, han salido extramuros, buscarán alguna salida al mar desde la que huir. Tendrán a alguien esperándolos o sabrán dónde encontrar un barco que los lleve en unas horas a Curazao.

–¿Quiénes acompañaban a Courdec y a la señorita Carina? -preguntó Diego dirigiéndose al sirviente.

–Señor, tienen también a mi Pipa -dijo el joven muy asustado gesticulando sin parar-. Vi por una rendija del establo cómo las metían a la fuerza. Iban la señorita, mi Pipa, el señor Courdec y un extranjero mal encarado con un pistolón en la mano. Empujó a Pipa de malas maneras adentro y a la señorita. Las llevaban amordazadas y con las manos atadas. ¡¡Yoooo, yoo debí haberlos matado el primer día señor!!

–¡Cuando agarre a ese cabrón de Courdec, lo mato! -cortó Diego al muchacho- ¿Cómo vamos a encontrarlos en los manglares? -preguntó angustiado mirando a De Rieux-. Seguro que han huido por la zona más difícil, temerán que los sigamos, nos lo pondrán difícil. Dudo que las suelten antes, son su salvoconducto para salir de aquí. ¿Quién es ese extranjero? ¿Qué más sabemos de él?

–Nada -contestó Juanín encogiéndose de hombros-. Sólo que es un mamonazo, hijo de la mismísima serpiente y todos le temen; pega a los esclavos; insulta a los hombres, allí no lo quiere nadie.

Doña Constanza y los demás guardaban silencio en el corro que se había formado en el patio. El silencio que acompañó a las últimas palabras del sirviente se rompió por el zapateo de Perla en la escalera.

–Voy con ustedes, conozco los pantanos. Seguro que me oriento mejor. Se dirigirán al Espinal, al Cabrero o al playón de San Lázaro. Son las zonas más próximas; siempre hay por allí balandros extranjeros que comercian de contrabando con los amos o los indios. Se dirigirán hacia allá.

–Es posible, pero no creo que esté para venir.

–¡No, mujer! -dijo sujetándola del brazo Yarko- ¿Cómo vas a ir si aún estás convaleciente?

–Ya no lo estoy; ya estoy bien. Tengo que ayudar a Carina, se lo debo -dijo Perla, quien a pesar de su palpable debilidad llevaba días intentando ir a buscarla. Incluso había exigido a Tomasa que le preparase un brebaje a base de uña de gato, polvo de calavera y coca con la que invocar a sus antepasados para recobrar su fuerza. Su tía había ordenado a la vieja cocinera que se abstuviera de hacerle caso so pena de echarlas a las dos a la calle. Bastante preocupación tenía con una de sus sobrinas como para que la otra, que parecía algo recuperada, se envenenara ella misma con semejante potingue asqueroso. Aun así doña Constanza tuvo que pedir a Yarko que las vigilara a las dos; no se fiaba de ninguna; la cocinera nunca había tenido temple para poner en su sitio a la mulata.

–No le debes nada. Es bonito por tu parte ofrecerte pero ya has oído a Yarko; no estás en condiciones y sólo conseguirías ponerte tú en peligro y poner a los demás -la regañó doña Constanza.

–Yo puedo ir, si me lo permiten -se ofreció Yarko-. Conozco bien esos parajes. Nací cerca.

–Está bien -contestó Diego, que también autorizó a Juanín a acompañarlos-. Gerardo, quédate, no creo que estés en condiciones de adentrarte en las ciénagas. Sigues cojeando, se te ve débil.

–Es igual, no voy a dejarte solo en esto. Iré contigo o detrás si te niegas; tú decides.

–Está bien, ensillen los caballos -ordenó volviéndose en dirección a unos esclavos.

Minutos después los cuatro abandonaban los establos de la Casa Grande; no tenían ni idea de por dónde empezar; aquello sería como buscar una aguja en un pajar...

Los esclavos comenzaban a cerrar los portones de la calle cuando un carruaje se detuvo delante de la casa. Bajó Olalla de Veranz, preocupada y preguntando por su hermano.

–Hija, pase -la invitó doña Constanza- pase y recemos, han ido a buscar a Carina. Dios quiera que la encuentren viva, que ese maldito gabacho no le haya hecho nada malo.

–¿La señorita Gálvez también ha ido con ellos? -preguntó alarmada.

–No, ha ido al Cabildo para confirmar las noticias sobre su hermano; no sabíamos de él hace días y temíamos que algo malo le hubiese ocurrido. Al parecer cayó herido cerca de San Felipe de

Barajas y ha sido trasladado al Hospital de Campaña más próximo. Lucía estaba ansiosa por confirmar que efectivamente se trata de él y que las heridas no son mortales -dijo santiguándose apresuradamente y estalló a llorar desconsolada.

Olalla la sujetó y la ayudó a caminar hasta el pequeño oratorio de la casa. La sintió más pequeña y frágil que nunca. Se arrodilló junto a ella y la acompañó en sus rezos.

A galope cruzaron la ciudad; los cartuchos de pólvora que unos bisoños soldados explotaban como diversión asustaron a sus caballos. Pasado el percance, atravesaron en diagonal la plaza del Cabildo y llegaron pronto a Getsemaní, donde el jolgorio y el caos eran aun mayores que en la isla principal; turbas de mulatos y negros bailaban y cantaban en la calle, el alcohol provocaba peleas y voces. Dejaron atrás la calle Larga y salieron por la puerta de la Media Luna. El calor era bochornoso y el cielo estaba cubierto de oscuras nubes; extramuros al menos corría el aire, algo imposible dentro del tupido recinto amurallado. El día había cambiado súbitamente y amenazaba con desplomar toda el agua del mundo sobre sus cabezas. De Rieux hizo un gesto a Diego advirtiéndole; en medio de las ciénagas no habría dónde cobijarse. Enseguida llegaron a los primeros playones donde vivían mulatos e indios en palafitos de madera sobre el agua.

Uno a uno, en fila india, se adentraron por lodazales y manglares; chapoteando en el fango; saltando entre raíces aéreas; sorteando toda clase de obstáculos en medio del particular sonido de la naturaleza. Los gritos de los monos se mezclaban con el revolotear de las aves y el silbido de un vigía que los había divisado. Yarko los guiaba; conocía la zona repleta de ensenadas ocultas a la vista por la tupida vegetación; eso las hacía especialmente apetecibles para los contrabandistas.

–¡Mire señor!- gritó-. Es de mi Pipa, conozco este vestido - dijo enseñándoles a todos el trozo de tela enganchada a unas ramas que en ese momento cogía.

Diego se acercó corriendo; cerca había otros trozos de tela desgarrados. Sin duda las mujeres habían pasado por allí recientemente. Habrían cruzado la corriente con sus pesadas faldas y se habrían enganchado con los ramajes de la orilla. Aquello al menos confirmaba que iban por buen camino; no se habían equivocado al decidir por dónde buscar.

Llegaron a una pequeña pesquería. Diego ayudó a desmontar a De Rieux mientras Yarko les indicaba algo con la mano: un corrillo de niños rodeaba a alguien tirado en el suelo. Acercándose comprobaron que era Courdec inconsciente. Con la cara hinchada y sangrante el francés estaba tirado a la sombra de un mangle blanco. Lo habían arrastrado entre varios muchachos que se divertían a su costa. Unos le habían robado las botas y otros la casaca; un niño metía su manito en los estrechos bolsillos del chaleco buscando cualquier objeto de valor; a pocos metros, indiferentes al extranjero, un grupo de mujeres cocinaba.

–¡Apártense! -les indicó Diego. Abriéndose hueco se agachó junto a Courdec y comprobó que su imaginación no le estaba jugando una mala pasada. Era él y estaba inconsciente, pero vivo.

–¡Mala yerba nunca muere! -dijo Juanín dándole una patada al herido.

Yarko espantó a los críos en su lengua, mezcla de palenquero, castellano y bantú, y éstos salieron corriendo, dejando al herido en manos de los recién llegados.

–¿Qué ha ocurrido aquí? -preguntó Yarko a las mujeres.

De Rieux, agotado, se sentó a descansar. Sobre un tocón se enjuagaba el sudor de debilidad mientras Juanín ayudaba a levantar al herido que Diego intentaba incorporar. El hombre abrió espantado los ojos y miró atónito a quienes tenía delante; echándose mano al arma, que debería haber llevado en el cinto pero a esas alturas le habían robado, se quedó petrificado.

–¡Cabronazo, *hiputa*! ¿Dónde las tiene? ¿Qué ha hecho con ellas? -le preguntó Diego violentamente.

Courdec quiso levantarse pero un punzante dolor en la cabeza se lo impidió; preocupado, miró a su alrededor y comprobó que las mujeres no estaban; que Ferguson se las había llevado... ¡a saber cuánto hacía de eso! Tanteó en su bolsillo buscando su reloj pero también había volado. Diego tuvo que reprimir sus impulsos para no partirle la cara; estaba realmente mal, incluso desorientado, y un fuerte golpe podría dejarlo de nuevo inconsciente, y él necesitaba que hablase, que dijese dónde se habían llevado a Carina y a su doncella. Por ahora lo dejaría vivir, ya ajustaría cuentas con él más tarde.

–Hable, ¿dónde las ha llevado? No intente mentirme, lo lamentará -dijo sacudiéndolo.

–Lo entiendo, entiendo su enfado. Pero le juro que nunca tuve intención de hacer daño a Carina; han sido las circunstancias -dijo.

–Usted es un enemigo, debí haberlo matado nada más descubrirlo.

–¿Acaso no lo intentó? - preguntó cínicamente señalándole la terrible herida sufrida hacía dos meses. -No me diga que no fue usted, porque no lo creería.

Diego calló; qué diablos le importaba a él aquella herida y aquel día tan lejano.

–No creo que sea el momento de hablar de eso ahora. En este momento la vida de Carina puede estar en peligro y usted lo sabe; usted.... -dijo tomándolo enfurecido por la solapa- es el culpable de todo. ¿Dónde se dirigía con ellas? ¿Quién es el otro hombre que lo acompañaba?

Courdec retiró las manos del otro de su manchada camisa y liándose un cigarro, con el torso apoyado en un tronco, se limitó a contar con las menos palabras posibles lo ocurrido. Diego sonrió cínicamente al escucharlo decir que había protegido a Carina de Ferguson con su vida.

-No le creo, miente y le advertí que lo mataría si lo hacía -dijo poniéndole la punta de su espada en el cuello sin que el otro se alterara en lo más mínimo.

–No miento. Tampoco necesita saber qué hacía yo con ese oficial británico, gajes de la guerra. El balandro está a una milla al norte. Aquí pensaba dejar a las mujeres pero Ferguson prefirió llevárselas ante el temor de que alguien lo detuviera y ahí fue donde se complicó -dijo señalándose la ropa rota y la cara hinchada.

–Comprendo. ¿Por dónde se va a esa ensenada? ¿Sabe cómo ir?

–No, pero ellos sí -dijo refiriéndose a los nativos-. Alguno podrá acercarlo.

–Está bien, espero que no mienta. Carina no se lo merece después de cuidarlo; podría morir.

–Lo sé, por eso estoy siendo sincero con usted. Aunque no lo crea, la aprecio.

–Se quedará aquí. El Capitán De Rieux -dijo mirando a su amigo, blanco y al borde del desmayo- lo vigilará. Si me ha dicho la verdad, lo dejaré libre, si no, dese por muerto -dijo dándole la espalda y ordenando a Yarko buscar alguna canoa y un guía que los acercara a la ensenada.

–Gerardo, será mejor que no vengas y te hagas cargo de este hombre. Vigílalo mientras vuelvo.

No les dio tiempo a ninguno a rechistar. Mientras Courdec era maniatado por Juanín y trasladado a un sitio seco, las mujeres se acercaron a atenderlos; De Rieux se mantenía alerta cerca de su rehén.

Poco tardó Yarko en encontrar a un joven que por unas monedas los acercara hasta la ensenada del Tuerto. Montaron todos en una vieja canoa. Yarko confirmó a Diego lo ocurrido con los extranjeros.

–Eso dijeron señor; al final la señorita se tiró al cuello del otro y lo atacó con un abrecartas, pero la derribó contra el suelo. Mire -dijo dándole un fino abrecartas dorado que le habían dado las aldeanas.

–No, si al final tendré que liberar a ese cabrón -contestó Diego refiriéndose a Courdec.

La canoa avanzaba deprisa por los túneles de la ciénaga. Unos micos juguetones saltaban de liana en liana sobre sus cabezas. La densidad de la vegetación era tal que apenas se podía pasar por los estrechos pasillos entre la maraña de ramas, raíces y plantas de todo tipo. A machetazos iban abriendo la espesura; facilitando el paso de la ligera embarcación. A lo lejos comenzaron a oírse truenos; el cielo se oscurecía por minutos; la tormenta amenazaba estallar encima de sus cabezas; las rachas de aire se tornaban peligrosas; ramajes pesados caían a su lado mientras los gritos de algunas aves, abandonando despavoridas sus escondrijos, anunciaban peligro.

–¿Ven aquel islote? -les dijo el guía- Allí los dejaré. Tendrán que bajar a pie hasta la ensenada.

–Espérenos hasta que le indiquemos si están o no, ¿entendido?

–De acuerdo -contestó el otro.

Los tres hombres desembarcaron; comprobaron que el terreno

era firme. Desde su posición vislumbraron un pequeño balandro sin bandera alguna en el mástil. Unas ocho o diez canoas con mulatos y negros pululaban a su alrededor, cargando y descargando bultos que seguramente serían contrabando de armas o alimentos. Desde el barco parecían maniobrar; querrían partir cuanto antes. ¿Estarían allí Carina y Pipa? ¿Cómo podrían acercarse y salir vivos? Diego sacó el pequeño catalejo que guardaba en su chupa y estudió con detalle la situación. Con el corazón en un puño comprobó que en la cubierta trabajaban limpiando y cargando, a la izquierda había una especie de muelle improvisado donde varios hombres hablaban y de pronto divisó a dos mujeres. Su corazón se paralizó ¡eran ellas! Habría podido reconocer a Carina a mil leguas. No podía verle la cara pero tenía su aspecto; movía los brazos luego no iba maniatada. El tal Ferguson las habría desatado sabiendo que no podrían escapar. ¿Intentaría llevárselas o las dejaría simplemente allí? ¿Solas? Sería lo mismo que condenarlas a muerte; serían presa fácil de cualquier alimaña.

–Capitán, ¿qué hacemos? ¿Nos acercamos? ¿Esperamos a que se vayan? ¿Y si se las llevan? ¿No podríamos detenerlos de alguna manera?

–Desde aquí no. Habrá que bajar. Lo que cargan -señaló mientras seguía mirando atentamente por su catalejo- son víveres. Serán extranjeros; temerán represalias. Nos haremos pasar por gente suya. Habla en palenquero, que no te entiendan, yo lo haré en inglés -dijo resuelto.

Comenzaron a descender. El temporal estrellaba las olas contra la orilla. La playa era un reguero blanco de espuma y el balandro era una cáscara de nuez violentamente agitada por la fuerza de la naturaleza. Los hombres, que hacía minutos estaban en cubierta, descendían deprisa por la escalerilla buscando dónde refugiarse. Diego se detuvo un instante a mirar: todos se dirigían hacia una gruta próxima. El agua les impedía ver y bajaban a ciegas por los escurridizos caminos llevándose por delante ramas, helechos, flores; clavándose las raíces; rodando por el suelo. Yarko se golpeó violentamente un brazo y no pudo reprimir un grito de intenso dolor. Diego le tapó la boca pero perdió de vista a las mujeres; supuso que estarían en la gruta como los demás.

–Aquí no puedo curarte, hay que llegar a la gruta -le dijo a gritos entre el torrente de agua.

Llegaron a la playa y entraron en la gruta. Una treintena de personas se calentaban en torno a una hoguera recién encendida y más al fondo unos esclavos colocaban a cubierto los toneles con víveres. Al verlos, varios les apuntaron con sus armas. Un individuo gordo, con la peluca ladeada, se les acercó.

–¿Quiénes son y qué hacen aquí? ¡No me diga que se han extraviado! - les dijo en inglés, comprobando primero de qué nacionalidad eran; si eran compatriotas o enemigos.

Diego les contestó en su lengua dejándoles creer que era paisano. Durante el descenso, y ya con la idea clara de embarcar con ellos y hacerse con el control del barco en un descuido, se había desprendido del uniforme. Llevaba el pelo sujeto de cualquier forma, la camisa por fuera y el dedo en el gatillo del arma. Conocedor de ese tipo de gentuza consiguió camelarlos; los otros lo aceptaran entre el pasaje; en cuanto finalizase la tormenta partirían rumbo a Providencia, le dijeron. Diego explicó que los hombres que lo acompañaban eran sus esclavos y ni caso les hicieron. Yarko se acercó a la hoguera y allí intentó él solo colocarse el hombro que se había dislocado en la caída. Juanín se dirigió disimuladamente hacia el fondo. Allí estaban ellas; cerca, el inglés las vigilaba. Se aproximó sin provocar alarma, dejando que ellas lo vieran; quería que supieran que no estaban solas pero sin ponerlas nerviosas, sin que se delataran. Pipa no pudo evitar romper a llorar -la muy tonta, pensó cariñosamente Juanín- mientras Carina contenía sus lágrimas con todas sus fuerzas su deseo de acercarse a Juanín, de preguntarle por Diego, por cómo las habían encontrado.

–¡Fuera de aquí! -ordenó de malos modos el inglés a Juanín parando en seco los pensamientos de Carina.

Juanín se acercó a los suyos. Las mujeres lo siguieron con la mirada, comprobando que en la boca de la gruta Diego ayudaba a Yarko inmovilizándole un brazo herido. Carina no pudo evitar soltar una ligera exclamación sentir que el corazón se le desbocaba. Tuvo que hacer un gran esfuerzo para no lanzarse a correr como una loca y echarse en brazos de su amor. Ferguson no la perdía de vista y la mujer, comprendiendo el peligro, giró la cabeza y se puso a hablar con Pipa y ayudar a unos hombres que recogían pequeños sacos del suelo.

–Déjalo mujer, no le corresponde a usted ese trabajo de siervos -le dijo agrio Ferguson.

Carina lo dejó. Sentándose sobre un pequeño saliente de roca junto a Pipa sintió que las piernas le flaqueaban. Después de muchos días de tensión podía relajarse. Diego no dio señal de haberla visto pero Carina sabía de sobra que lo había hecho.

La tormenta soplaba con tal fuerza en el exterior que parecía que la cueva misma fuera a venirse abajo. Las mujeres se taparon con unos sacos vacíos y se recostaron en una pared a la espera de que el temporal amainase. A distancia, los hombres seguían moviéndose: unos trabajando, otros bebiendo de sus petacas, otros hablando. Diego parecía en su salsa en aquel ambiente, parecía uno más.

Curiosamente -comprobó Carina- se había adaptado mejor al grupo que Ferguson, quien en su papel de oficial se mantenía a cierta distancia fumando y bebiendo de su petaca sin hablar con nadie. Diego por contra reía y bebía como un granuja, maldecía y fanfarroneaba como el que más; ganó todas las partidas de póker e incluso se atrevió a ponerle a uno la punta de su cuchillo en la yugular en un movimiento tan rápido y preciso que dejó a todos sin aliento. El tipo calvo que había intentado engañarlo se levantó trastabillando, de espaldas, y pisó a Ferguson. Éste lo empujo con malos modos haciendo intervenir al propio Capitán que le tenía ojeriza desde que había llegado.

Al llegar aquella mañana el hombre se había negado en redondo a llevarlas en su Blue skull. Evidentemente eran forajidos que por un buen puñado de monedas se vendían al más pintado, pero también individuos muy supersticiosos. Sencillamente no querían mujeres a bordo. La prepotencia de Ferguson casi lo echa todo a perder; tratarlos como escoria no había sido, precisamente, la mejor estrategia. Finalmente, y después de que Ferguson le diese a aquel canalla todo lo que llevaba, el individuo, al que sus hombres llamaban *Capitán Skull*, se había dejado convencer. Pero su mirada, captada de refilón por Carina cuando Ferguson se dio la vuelta, no presagiaba nada bueno.

La noche transcurrió con algunos hombres durmiendo y los

más borrachos jugando a las cartas. Al amanecer, apaciguada la tormenta, la mitad de la escasa tripulación del Skull no estaba en condiciones de embarcar. Ferguson despertó a las mujeres y fueron de los primeros en subir al balandro. Después, en un goteo continuo hicieron los demás. En total eran unos treinta hombres, la mitad tripulación y el resto pasaje, incluidos ellos. Dos mujeres, dos británicos de edad, un adolescente, Ferguson. Diego hizo sus cálculos, necesitaría sólo un poco de suerte para hacerse con el barco. Esperó a hacerse a la mar para poner en marcha su treta; pidió ayuda abajo en las bodegas; a la voz de alarma de que uno de los toneles de licor había reventado dos tipos corrieron escaleras abajo y recibieron un fuerte golpe en la cabeza de Yarko y Juanín, que inmediatamente los inmovilizaron con sogas.

–Vamos, hay que ser rápidos -les dijo Diego a sus hombres-, lo prioritario es que Ferguson no pueda usarlas a ellas de escudo. Tenemos que separarlas de él.

El Capitán daba órdenes en cubierta mientras las mujeres, heladas de frío, pidieron bajar a uno de los camarotes; el Capitán Skull, deseoso de perderlas de vista, las autorizó. Ferguson se disponía a seguirlas cuando Diego se interpuso en su camino proponiéndole una partida de naipes.

–*Quitessseg* -dijo con su fuerte acento a Diego, separándolo de un manotazo.

Diego se echó a un lado y lo dejó pasar. Tentado estuvo de empujarlo escaleras abajo, pero aún no era momento. Ferguson bajó a reunirse con las mujeres pero éstas, cerrando por dentro con el cerrojo advertidas por Yarko, no lo dejaron entrar. El británico empezó a dar mamporros a la puerta sin éxito mientras arriba la tripulación y Skull se burlaban de él con improperios soeces.

–El oficialito la debe tener muy corta. ¡Ja, ja, ja! ¡Capullo, no ve que la señorita no quiere ni verlo!

Se reían a mandíbula batiente cuando Ferguson, colérico, se encaró a uno de ellos; aquel gesto no gustó a los demás. Un individuo con un pañuelo azul atado a la cabeza y un gran aro en una oreja le estrelló un cubo en la cara haciéndolo caer doblado al suelo con el rostro ensangrentado.

Otro de los pasajeros, un joven que se había mantenido hasta entonces a distancia, recriminó a la tripulación su comportamiento salvaje. Aquello fue la espita para que en el barco comenzaran a volar maderas, puñetazos y golpes. Todos contra todos. En el caos, Ferguson atravesó con una fina daga al Capitán que cayó vomitando sangre sobre los tablones de madera. Robándole el pistolón al hombre que tenía delante, intentó hacerse con el barco, pero nadie lo obedeció.

–¡Soy un oficial británico, ustedes son británicos, tienen que obedecerme o los haré colgar!- gritaba.

Abajo las mujeres, asustadas por el estrépito, reforzaron la puerta tapándola con muebles y sacos.

–¡Es hombre muerto!- le gritó al inglés un tipo bajito, el segundo de Skull, a quien llamaban Bob.

Ferguson trepó por las jarcias del trinquete con una agilidad sorprendente; parecía dispuesto a quedarse allí de por vida. Los hombres movieron el palo hasta derribarlo, yendo a caer en medio de la cubierta. Con el arma en la mano, y medio cojo, amenazaba disparar al primero que se le acercarse. Ciego en los que tenía delante no vio a Diego que desde atrás se echó encima tirándolo al suelo; el arma rodó entre las maderas. Ferguson se defendió aún como un salvaje; le propinó un terrible puñetazo a Diego mientras los demás hacían corrillo apostando sobre quién ganaría. A golpes, ambos recorrieron toda la cubierta entre el jaleo y los aplausos del improvisado público hasta que Diego, sin piedad, atravesó con un puñal al inglés que cayó inerme, con los ojos despavoridos, al suelo. Limpiándose los salpicones de sangre con el mangote de su camisa, recogió el arma y se hizo con la autoridad de un barco sin primero, ni segundo, ni nadie al frente.

–¡Tú! -le ordenó en palenquero a un mulato- Encárgate de limpiar la cubierta y di a esos -dijo dirigiéndose al pasaje- que bajen a las bodegas. ¡Yarko!- llamó a su sirviente- Mantén esta dirección, volvemos a Cartagena -le rechistó esto último al oído sin querer alarmar a nadie- ¡Juanín! -lo llamó entregándole un arma- Vigila que nadie nos sobresalte.

Dándose la vuelta iba a buscar a Carina cuando ésta apareció por la escalera corriendo; llevaba el pelo suelto y alborotado; el traje roto; la cara tiznada y los ojos llenos de lágrimas. Como loca se echó en sus brazos y los dos se besaron largamente, delante de todos, mientras la tripulación los alentaba.

–Vaya, ahora sabemos por qué la señorita se resistía a Ferguson -dijo uno riéndose.

–A ese *hiputa* ni me lo nombres -contestó otro-, mató a mi Capitán. Señor -dijo volviéndose hacia Diego- ¿será a partir de ahora nuestro jefe? ¿Ponemos dirección a Providencia? ¿prefiere Curazao?

–Bueno, digamos que lo seré de momento, hasta que llegue a casa con esta jovencita -dijo tomando a Carina del talle mientras todos les vitoreaban-. Después, tendrán ustedes que jugarse a los dados quién será el próximo Capitán. Diríjase a Curazao -le ordenó sabiendo que por tratarse de una isla neutral podrían desembarcar sin llamar la atención de la tripulación y volver ellos a su querida Cartagena.

Fue decir eso y dos de los más gallitos comenzaron a discutir y a pelearse mientras las mujeres reían. Pipa mientras tanto se reunió con Juanín y Yarko.

–Gracias Capitán -le dijo Carina a Diego-. Nunca pensé que me alegraría tanto de verte. ¡Puedes pedirme lo que quieras! ¡Ahora sí que eres mi héroe!- dijo riéndose.

–Sí, sí, ríete pero te advierto que esta operación de rescate te saldrá cara, cómo mínimo el casarte conmigo. ¿Qué dices? -dijo mirándola embelesado.

-Resultas poco original. Si no recuerdo mal te lo propuse yo antes.

–No llegaste a proponérmelo, aunque a punto estuviste de hacerlo. Reconozco que me sorprendiste. Nunca pensé que la recatada señorita De Ulloa me fuera a salir tan *echa pa lante*.

–No te vayas por las ramas. Digo que sí y si se te ocurre faltar a tu palabra...

–¡*Ohhhh* mi amor! Gracias, te amo- repitió Diego, interrumpiéndola, besándola, apretándola con todas sus fuerzas; feliz como nunca. No recordaba cómo era sentirse así, tan ligero como el viento que en ese momento soplaba de costado y los acercaba a gran velocidad a Cartagena. Después de la tormenta de la noche anterior el día había amanecido despejado y radiante, como su corazón.

La sujetó con un brazo mientras con el otro enderezaba el rumbo y dejaba el timón en manos de uno de sus hombres. Con ella delante en la proa del *Blue Skull*, se sintió el hombre más afortunado del mundo.